Bibliothek der
phantastischen Abenteuer
Herausgegeben von
V. C. Harksen

Über dieses Buch Auf Burg Eiswurm, der früheren Eisdrachenfeste, Herrn Wilhelm Sturmhaubs Landsitz, wird mit gewaltigem Gepränge die Taufe der kleinen Prinzessin Bronwyn gefeiert. Graf Brüllo ist inzwischen König von Argonia geworden und Bernsteinwein Königin. Auch Gretchen Grau wird bei diesem Anlaß zur Prinzessin erhoben, was ihr gar nicht recht ist – denn nicht nur wird sie jetzt von lästigen Freiern umschwärmt, sondern auch der fahrende Sänger Colin zieht sich von ihr zurück, weil sie nun so turmhoch über ihm steht.
Unglücklicherweise wird die kleine Bronwyn neben vielen guten Gaben bei der Taufe auch mit einer Verwünschung bedacht: sie soll niemals die Wahrheit sprechen können. Der böse Spender ist natürlich der schnöde Zauberer Furchtbart, der jetzt im Untergrund wirkt, und seine Pläne, die Herrschaft über Argonia an sich zu reißen, noch immer nicht aufgegeben hat. Er lebt jetzt auf einem entlegenen Eisschloß, in das sich die Prinzessin Pegien zurückgezogen hat. Dort hat er sich eine junge, irregeleitete Nymphe gefügig gemacht, die für ihn ein Heer von Briganten aufstellt, um König Brüllo Schaden zuzufügen. Ihr Gefährte ist der Werwolf Wulfric, der tagsüber zu seinem Unwillen ein Mensch sein muß, lieber aber ein Wolf wäre. Die beiden jagen vor allem Einhörner, von denen es nur wenige gibt, um aus ihren Hörnern eine Essenz zu gewinnen, die ihre Truppen unbesiegbar machen soll. Das dumme und verblendete, in die Nymphe Sally vernarrte Einhorn Primel dient ihnen dabei als Lockvogel.
Vor den aufdringlichen Freiern flieht Gretchen und begibt sich mit Colin, dem Einhorn Mondschein und Colins Roß auf Reisen, dabei ständig verfolgt von Prinz Leofwin, dem ältesten der Drillingssöhne des Großherzogs von Frostingdung. Leofwin hofft, als Gatte einer Prinzessin zum Nachfolger seines Vaters ernannt zu werden...
›Zauberlied‹ (Fischer Taschenbuch Bd. 2725) und der vorliegende ›Einhorncodex‹ sind die beiden ersten Bände von Elizabeth Scarboroughs Geschichten aus Argonia und bilden einen abgeschlossenen Roman, auch wenn weitere Bücher der Autorin den gleichen Personenkreis (mit anderen Hauptfiguren) behandeln.

Über die Autorin Elizabeth Scarborough wurde in Kansas City/USA geboren. Neben ihrer schriftstellerischen Tätigkeit pflegt sie häusliche und musische Hobbies – weben, spinnen, Gitarre und Hackbrett spielen. Sie lebt in Fairbanks/Alaska. Wie keine andere versteht es Elizabeth Scarborough, mit altbekannten Versatzstücken des phantastischen Genres zu jonglieren und daraus höchst originelle, neuartige Geschichten zusammenzusetzen. Im Fischer Taschenbuch Verlag sind von ihr außerdem erschienen: ›Aman Akbars Harem‹ (Bd. 2706), ›Zauberlied‹ (Bd. 2721).

Elizabeth Scarborough
Einhorncodex

Roman

Aus dem Amerikanischen
von Rose Aichele

Fischer Taschenbuch Verlag

Deutsche Erstausgabe
Veröffentlicht im Fischer Taschenbuch Verlag GmbH,
Frankfurt am Main, August 1987

Die amerikanische Ausgabe erschien 1983
unter dem Titel ›The Unicorn Creed‹
bei Bantam Books, Toronto, New York, London, Sidney

Umschlaggestaltung: Die Titelillustration von Claus-Dietrich Hentschel, Konstanz,
zeigt einen Ausschnitt seines Acrylbildes
»Landschaft – gerädert (1985; 120 × 180 cm)«;
die Typographie besorgte Manfred Walch, Frankfurt am Main
Gesamtherstellung: Clausen & Bosse, Leck
Printed in Germany
1980-ISBN-3-596-22725-9

Die Hauptpersonen

Gretchen Grau	couragierte junge Hexe aus uralter Zaubersippe, eine vorzügliche Hausfrau, treue Schwester und schüchterne Geliebte
Herr Wilhelm Sturmhaub	Gutsherr im Lande Argonia, ihr Vater
Bernsteinwein	seine Tochter aus erster Ehe, Gretchens Halbschwester
Furchtbart	Gretchens Großonkel, ein böser und unwürdiger Zauberer mit verzweigtem Liebesleben und auch sonst keineswegs einwandfreiem Charakter
Colin Liedschmied	Gretchens Freund und Reisegefährte, etwas lang von Leitung
Graf Brüllo Eberesch	Bernsteinweins Gemahl
Prinzessin Pegien	eine von Furchtbarts Liebschaften, Tochter König Finbars des Feuerfesten von Argonia
Griselda	eine Drachendame
Grimmut	ihr treuer Gatte
Mondschein	Gretchen Graus getreues, aber allzu sittenstrenges Einhorn
Schneeschatten	eine liebliche Einhörnin mit sehr viel gesundem Einhornverstand
Primel	ein dummes, spießiges Einhorn

Wulfric der Werwolf	ein Wolf, der tagsüber als Mensch leben muß und diesen Zustand verabscheut; im Solde Furchtbarts
Sally	eine durchtriebene, eitle und verräterische Nymphe
Belburga	eine Menschenfresserin mit drei hübschen Töchtern, so unterschiedlich wie die drei Väter, von denen sie stammen
Sebastian	ein wackerer Eisriese

Marnie, Peter, Roger und Colin Cornwall wegen ihres Ansporns und ihrer Freundschaft gewidmet und Pat Monaghan, Jean Jett, Rachel und Joanna Wulpert, Judie, Darcy und Panika Gumm, Gretchen und Mary Anne Walker, Heather Jett, Joceylyn und Colin Reed, Robyn Russell, Cathy Saunders, Naima Dickensen und Elizabeth, Roy, Jean und Ron English, die wie ich Einhorn-Liebhaber sind. Dann aber auch dem Andenken des verstorbenen und von mir zärtlich bewunderten William D. Berry gewidmet, der auf dem Gebiet der Tier- und Fantasy-Malerei so Außerordentliches geleistet hat.

Zuletzt möchte ich auch Professor Dean Gottehrer von der Journalistik-Abteilung der Universität von Alaska für seine Hilfe beim Erstellen des Manuskripts danken, meiner lieben Freundin Jean Jett für ihre wertvollen Erläuterungen und Kritik und Karen Haas vom Bantam-Verlag für ihre Anregungen. Auch bin ich Dr. Thomas Johnston, Professor für Musik-Ethnologie an der Universität von Alaska, für seine lehrreichen Anmerkungen zur Magie und Musik zu Dank verpflichtet.

Prolog

Als Colin Liedschmied mit der königlichen Reisegesellschaft auf Burg Eiswurm anlangte, war der Ort kaum wiederzuerkennen. In Wirklichkeit sah er kaum etwas davon, als er mit dem königlichen Gefolge durch das aus Baumstämmen gezimmerte Tor ritt, weil sich überall Schaulustige drängten. Sogar jetzt – im Hochsommer –, als man eigentlich nach der Ernte sehen, die Herden hüten und die Bauern überwachen mußte, und obwohl Burg Eiswurm so weit von Königinstadt, der Hauptstadt und dem Wirtschaftszentrum Argoniens, entfernt war, wollte niemand die Taufe der kleinen Prinzessin versäumen.

Die Gäste, die aus allen Ecken des Königreiches und der bekannten Welt herbeigeströmt waren, hatten sich bereits versammelt: Könige und Staatsmänner, Feenköniginnen, Wesire und Weise, Zigeuner, eine große Anzahl Adliger, die man nicht einordnen konnte, und andere Vornehme, ganz gewöhnliche Leute, Leute, die einmal etwas gewesen waren, Geborene und Gewisse. Alle hatten sich hier versammelt, um der Taufe der kleinen Prinzessin Bronwyn beizuwohnen, die auf dem Schoß ihres Großvaters, des Herrn Wilhelm Sturmhaub, stattfinden sollte.

Die Teile des Schlosses, die sichtbar waren, waren verdeckt von seidenen Bannern in allen Farben, auf denen die Wappen sämtlicher Adelsgeschlechter des Königreichs vertreten waren. Die Banner wurden weniger durch den Wind bewegt als durch das Kommen und Gehen der Menschenmenge. Auf den Wiesen, die Schloß und Dorf von den ausgedehnten Waldungen trennten, waren zahlreiche Gästepavillons, die wie riesige überblühte Sommerblumen aussahen: Purpurrot, Tiefblau, Goldgelb und Grün in allen Schattierungen. Vom höchsten Turm der Burg wehte das Wappen des Königs, die Blattrispe einer Eberesche in scharlachrotem Feld. Wie es sich gehörte, war unmittelbar darunter die Flagge mit Herrn Wilhelms Familienabzeichen angebracht: ein blauer Eisdrachen in einem weißen Feld. Geschäftstüchtige Bauern boten auf den Straßen Wimpel feil, die beide Abzeichen trugen. Im Umkreis einiger Meilen brachte jeder, der ein Häuschen besaß oder gepachtet hatte, mindestens zwanzig Personen in seinem bescheidenen Heim unter, und rund um die Uhr sah man auffällig gekleidete Diener in den bescheidensten Dorfbehausungen ein- und ausgehen. In der Festwoche, die der Taufe voranging, roch es ständig nach frisch zubereiteten Speisen, und das Gelächter und der Gesang wollten nicht mehr abreißen.

Es war ein Glück, daß Seine Majestät so groß war, sonst wäre Colin, dessen Aufgabe als Hofspielmann es war, sich immer zur Rechten des Königs zu halten und sich jeden geistreichen Ausspruch desselben bei diesem wundersamen Anlaß zu merken, ständig auf der Suche nach dem König und seiner Rechten gewesen. Glücklicherweise stammte Seine Königliche Hoheit von den Eisriesen ab und hatte deswegen eine ziemlich herausragende Statur.

Das Glück war ihm allerdings nicht sehr gewogen, als er die andere Person ausfindig zu machen versuchte, die er bei der Taufe gerne wiedergesehen hätte, nämlich Gretchen Grau, seine treue Weggefährtin bei der Suche nach Bernsteinwein – Herrn Wilhelms uneheliche Tochter und Königin Bernsteinweins Halbschwester. Nun, er wußte ja, wo er sie finden würde – oder konnte zumindest sagen, wo sie gerade gewesen war. Denn Gretchens besondere Begabung, die Herdhexerei, war es, die die Tauffeierlichkeiten davor bewahrte, eine größere hauswirtschaftliche Katastrophe zu werden, als sie es ohnehin schon waren. Sie konnte im Nu alle Haushaltsangelegenheiten erledigen, und wohin sie auch ging, flammten köstlich duftende Herdfeuer auf, war plötzlich frisch geschnittenes Schilfrohr vorhanden, waren die Wände frisch getüncht, das Geschirr gespült und das Essen fertig. Sie sorgte für kalte Getränke, leerte die Nachttöpfe, bezog die Betten. Sie zündete die Lampen an und machte die Betten. Jedenfalls war es für Colin nicht unangenehm, der Spur zu folgen, die sie hinterließ. Allerdings hatte er sich eine etwas persönlichere Begegnung erhofft – sozusagen ein trautes Beisammensein –, bei dem er Gelegenheit gehabt hätte, ihr seine neuen Lieder vorzusingen oder ihr von seinem Leben bei Hofe zu

erzählen und vielleicht sogar in dem kostbaren Gewand vor ihr auf und ab zu stolzieren, das ihm der König geschenkt hatte. Aber es ergab sich nie, daß sie zur selben Zeit dienstfrei hatten und miteinander im gleichen Raum waren. Als er einmal von einem Empfang in Herrn Oswalds Pavillon zurückkam, wäre er beinahe mit ihr zusammengestoßen, aber ohne aufzusehen, rauschte sie wie eine braune Wolke an ihm vorüber, ließ dabei einen kleinen Riß von selbst flicken und entfernte einen Weinfleck an seinem Ärmel. Zuerst verschlug es ihm die Sprache, und dann hatte er keine Möglichkeit mehr, nach ihr zu suchen, weil ihn nun seine Pflichten zu sehr in Anspruch nahmen, die darin bestanden, das Geschehen zu beobachten und festzuhalten, zu tanzen, zu singen, zu unterhalten und von den anderen Gästen unterhalten zu werden.
So kam es also, daß er die Person, die er am sehnsüchtigsten erwartet hatte, erst dann richtig zu Gesicht bekam, als die eigentliche Taufe schon begonnen und er seinen Lieblingsplatz links hinter den provisorischen Thronsesseln des Königspaares im Innenhof eingenommen hatte. Der Innenhof war der einzige Ort, an dem zumindest die adligen Gäste genügend Platz hatten.
König Eberesch und seine Königin, die auserlesene Frau Bernsteinwein, waren auf der einen Seite flankiert von den vornehmsten Gästen und auf der anderen Seite von einem geschniegelten, strahlenden Herrn Wilhelm, einer ebenso stolzen Großmutter Grau – Gretchens Großmutter, die gewöhnlich so reizbar war – und nicht zuletzt Gretchen selbst, die immer noch den braunen Wollrock, das dazu passende Hemd und Holzpantoffel mit Jauchespritzern trug. Auf ihrer Schürze prangte ein frischer Fettfleck, den sie in ihrer Aufregung übersehen hatte. Ihre Blicke glitten unruhig über den Hof, als ob sie krampfhaft nach Arbeiten Ausschau hielte, die noch erledigt werden müßten. Nur ihr braunes Haar, das glänzte wie das Fell eines Fischotters, war sauber und ordentlich geflochten, es war das einzige an ihr, was von sorgfältiger Vorbereitung auf den großen Augenblick zeugte, der unmittelbar vor ihnen lag.
Als die Priesterin der Großen Mutter Prinzessin Bronwyn aus den

Armen der Königin übernahm und das Baby sehr behutsam und mit feierlicher Gebärde zu dem kleinen Berg mit Taufschlamm führte, der auf dem mit weißer Seide bedeckten Tisch vor den Thronsesseln aufgetürmt war, erhaschte Gretchen Colins Blick und grinste ihn an. Es war das Grinsen, das er von ihr gewohnt war, aber obwohl es Erleichterung ausdrückte, war es doch etwas nervös. Colin gab ihr Grinsen zurück und überlegte krampfhaft, wie er ihr verständlich machen könnte, daß sie nach der Feier auf ihn warten sollte. Aber dann war dafür gar keine Zeit mehr. Das Baby hatte sich mit den ungewohnten Armen der Priesterin abgefunden und zu brüllen aufgehört, und als die Frau nun seinen kleinen Körper mit dem lebenspendenden Schlamm liebevoll einrieb, gurgelte es sogar lustvoll vor sich hin.

Die Versammelten brachen in Hochrufe aus, als die letzte, noch freigebliebene Stelle an Bronwyns glänzendem rosafarbenen Körper mit einem weiteren Schlammklacks gesegnet wurde. Daraufhin wurde die Prinzessin ins Schloß zurückgetragen, damit sie vor der Geschenkzeremonie gebadet würde.

Colin dachte, daß nun der Augenblick gekommen sei, um zur Seite zu treten und mit Gretchen zu sprechen, bevor sie wieder verschwinden würde. Aber bevor er einen Schritt getan hatte, hob König Ebeeresch kaum merklich die Hand, woraufhin der königliche Herold, der rechts von Colin stand, ein lautes, wieherndes Trompetensignal blies. Colin zuckte zusammen.

Der König erhob sich majestätisch – er konnte das sehr gut, da er so groß war –, und die Mitglieder der Versammlung, die durch die Trompete zum Schweigen gebracht worden waren, knieten nun nieder. Das war gar nicht so einfach, weil eine kniende Person mehr Platz brauchte als jemand, der aufrecht steht, und der Innenhof war bereits überfüllt, als alle noch standen.

Colin hoffte, Seine Majestät würde soviel gesunden Menschenverstand zeigen und sich kurz fassen, was auch immer er zu sagen haben mochte. Das Mittagsmahl wartete auf sie, und zumindest Colin war hungrig.

»Ehrwürdige Freunde, treue Untertanen«, begann König Brüllo

Eberesch in der würdevollsten Variante seines dröhnenden Hinterwäldlerjargons: »Ich bin der letzte, der sich nachsagen lassen möchte, daß ich ein Mann bin, der sich um seine Verpflichtungen drückt. Die Königin, ich und auch unser kleiner Wurm dort verdanken das, was wir erreicht haben, nämlich wieder beisammen zu sein und Euch vom Thron unseres großen Königreiches aus zu dienen, dem Schneid und der Treue derjenigen, die mein Weib und Kind vor ein paar ausgefuchsten Zauberern errettet haben, mit deren Namen ich dieses große Ereignis aber nicht beschmutzen will!«

War das etwa nicht aufmerksam? Seine Majestät wollte ihm und Gretchen in aller Öffentlichkeit dafür danken, daß sie die schwangere Königin Bernsteinwein damals aus den Fängen irregeführter Zigeuner und dem Zugriff von Gretchens geistesgestörtem Onkel, dem Zauberer Furchtbart Grau, befreit hatten. Eigentlich wäre dies nicht nötig gewesen, denn es handelte sich dabei ganz einfach um Dinge, mit denen man bei jeder Suche rechnen mußte. Aber da sich der König ganz offensichtlich vorgenommen hatte, viel Aufhebens davon zu machen, entfernte Colin etwa vorhandene Stäubchen von seinem Hemd und tat alles, um bescheiden und dankbar auszusehen, wenn ihm der König seinen Dank aussprechen würde. Natürlich hatte Gretchen den Stein ins Rollen gebracht, aber er hatte sie begleitet, war während der Befreiung ihr guter Freund und Beschützer gewesen (das heißt, gewöhnlich hatte er sie beschützt, aber manchmal war auch das Gegenteil der Fall gewesen). Er versuchte wieder, ihren Blick zu erhaschen, aber sie starrte den König mit einer Mischung aus Wohlgefallen, Erwartung und einer gewissen Ungeduld an, weil sie endlich von hier fortkommen wollte.

»Wie ihr alle dem schönen Lied entnehmen konntet, das mein Spielmann Colin von der Suche verfaßt hat, war es die Schwester meiner Gemahlin, Gretchen mit Namen, die sich dazu bereit gefunden hatte, meiner Dame zu Hilfe zu eilen. Natürlich habe ich mich schon zuvor bei ihr und Colin für diesen Dienst bedankt, den uns die beiden erwiesen haben, aber ich bin wiederholt darauf hingewiesen worden, daß Gretchen, obwohl sie nach meiner Dame im ganzen Königreich das prächtigste Mädel ist, weder Ländereien noch einen Titel besitzt. Wie der Zufall es will, habe ich auch keine Blutsverwandten mehr, weil wir Ebereschs ja – wie ihr vielleicht schon wißt – ziemliche Draufgänger sind, die ziemlich liederlich mit ihrem Leben umgehen...«

Die Menge lachte aus Höflichkeit. Das kniende Gretchen sah aus, als ob sie gleich den Berg hinunter und zum Tor hinausrennen wollte. Ihre Großmutter und Herr Wilhelm drehten sich um, damit sie den König besser sehen konnten. Colin bemerkte, wie ein strahlendes, selbstzufriedenes Lächeln über Herrn Wilhelms Gesicht ging, dessen Grund offenbar wurde, als der König weitersprach:

»Also ist mir der Gedanke gekommen, daß ich Gretchen eigentlich adoptieren müßte.« Herr Wilhelm nickte zustimmend mit dem Kopf. Der König fuhr fort: »Daß ich also Greta Grau, die Halbschwester meiner Frau, an Schwester statt annehme und sie zu einer Prinzessin des Königreiches mache, als ob sie es von Geburt an gewesen wäre.«

Ohne abzuwarten, daß sie zu ihm käme, stieg der König von seinem Thron herab, trat mit einem Riesenschritt vor Gretchen hin und drückte ihr einen silbernen Reif aufs Haupt. Verwirrt schaute sie auf, so daß ihr der Ring übers Ohr herunterrutschte. Sie fing ihn aber auf und schob ihn wieder zurück.

»Das ist alles, was ich sagen wollte«, sagte König Eberesch. »Gehen wir also zu Tisch, bevor die Gabenzeremonie beginnt!«

Welche Belohnung Colin auch vom König für Gretchen erwartet hatte, mit einer Prinzessinnenkrone hatte er nicht gerechnet. Gretchens verwirrter Gesichtsausdruck war beinahe so lustig wie ihr Anblick: Das einfache, erdverbundene Gretchen mit Fettflekken auf dem Kleid, Ofenruß an den Ellbogen und einer Krone auf dem Haupt war nun eine Prinzessin des Königreiches! Es war einfach komisch! Nun ja, zweifellos würde sie die Leute bei Hof zur Aufrichtigkeit erziehen. Vielleicht würde sie dort wieder einfachere Kleidung einführen. Colin mußte ein Lachen unterdrücken,

das ihm aus dem Herzen kam, aber fehl am Platze gewesen wäre. Er versuchte also, ernsthaft erfreut auszusehen, als er nun zu ihr eilte, um ihr zu gratulieren.
Aber sie war wieder einmal verschwunden, dieses Mal, ohne daß sie einen einzigen Schritt getan hätte. Wo vorher ein freier Raum gewesen war, damit sich die Priesterin hin und her bewegen konnte, war nun eine undurchdringliche Wand, die aus den Rükken von heiratsfähigen Prinzen, Herzögen, Grafen und Adligen bestand, von denen jeder den anderen übertrumpfen wollte, indem er sich selber in den lautesten und überschwenglichsten Tönen pries. Alles in allem klang es sehr ähnlich wie die Dorfbewohner, die ihre Andenkenwimpel feilboten.
Herr Wilhelm grinste übers ganze Gesicht.
»Jetzt schau dir nur diese Vollidioten an«, zischte Großmutter Grau, »man könnte fast meinen, sie hätten noch nie ein hübsches Mädchen gesehen!«
»Aber, Mutter Grau«, antwortete Herr Wilhelm diplomatisch, »es ist doch nur angemessen, daß ein Mädchen in ihrem Alter ein paar Freunde hat.«
Colin betrachtete die Freier jedoch nicht als Gretchens Freunde, sie kamen ihm vielmehr vor wie eine Meute Jagdhunde, die ein aufgespürtes Reh zerfleischen. Er wartete, solange er konnte, um sich durch die Menge der Freier einen Weg zu ihr zu bahnen, so daß er das Festmahl verpaßte und um ein Haar zu spät zur Gabenzeremonie gekommen wäre, aber er schaffte es nicht, so nahe an sie heranzukommen, daß sie ihn hören konnte. Gerade als er sich zum Gehen wandte, geriet der Menschenschwarm, der sie umringte, plötzlich in Bewegung, und sie tauchte wie eine Ertrinkende noch einmal auf und warf ihm einen wilden, verzweifelten Blick zu, bevor sie wieder von der Menge verschluckt und an ihm vorbei zu den Gabentischen geschoben wurde.
Colin fand einen Platz in der Nähe der Königin, und zwar hinter einer Dame, die eine lila Haube mit erstaunlich breiten Flügeln trug, über die zudem noch ein ziemlich langer Schleier drapiert war. Als Colin kam, wurde gerade die erste Gabe überreicht. Er

konnte weder Gretchen noch ihre Freier bemerken – er sah nur einen einzelnen Mann, der das Werben um Gretchen verpaßt zu haben schien, einen grauhaarigen Kerl am Ende der Gratulantenreihe, der ziemlich unverschämt aussah. Colin dachte, daß das Grinsen dieses Menschen bei einer Taufe recht unangebracht wirke, dachte aber dann, daß es wohl auf eine Verdauungsstörung zurückzuführen sein müsse.

Wie es sich für eine Taufe gehörte, wurden zunächst die ideellen Gaben übergeben, von den Gästen, die mit Zauberkraft ausgestattet waren. Jeder gab das, worin seine Stärke lag. Von Gretchens Tante, der Seherin Sybil Grau, bekam das Baby die Gabe der Einsicht, von Königin Bernsteinweins Feenverwandten Schönheit und Güte gegenüber allem Natürlichen. Von Großmutter Grau, deren magische Begabung darin bestand, Dinge zu verwandeln, wurde das Baby mit der Gabe ausgestattet, aus einer verzweifelten Situation das Beste zu machen. Es wollte überhaupt kein Ende mehr nehmen – Schönheit, Treue, Mut, Einsicht, Großzügigkeit, Weisheit und all die anderen guten Eigenschaften, die eine Prinzessin brauchte, um ein vorbildliches Leben zu führen. Darüber hinaus empfing das Kind auch die Wünsche und Zauber, die es vor den üblichen Kinderplagen, wie zum Beispiel Wundliegen oder Durchfall, bewahren würden. Der König beschloß diesen Teil der Zeremonie, indem er Bronwyn sein eigenes Namenstagsgeschenk gab – einen leuchtendroten Miniaturschild aus Holz mit dem geschnitzten Wappen der Ebereschs, das er selbst gemalt hatte. Obwohl Königin Bernsteinwein ihren Gatten ziemlich pikiert ansah, brachte es doch keiner über sich, dem König zu sagen, daß dies für eine Tochter doch ein ziemlich merkwürdiges Geschenk sei.

Danach wandten sich alle dem Gabentisch zu, auf dem die übrigen Geschenke ausgelegt waren. Einiges waren Spielsachen, aber es waren auch Amulette, Talismane, Medizinbündel und Zaubermittel darunter. Von den Geschenken, die bereits ausgepackt waren, wurde jedes einzelne gesondert bewundert und lauthals gepriesen. Daraufhin zählte der Hof-Erinnerer den Nutzen der Geschenke und die Verdienste der Spender auf und erklärte sie sehr umständ-

lich dem Kind, das allmählich unruhig wurde und vermutlich frisch gewickelt werden mußte.
Die Königin hatte ihr Kind auf dem Arm, das immer schwerer wurde und nicht mehr stillhalten wollte, und obwohl Bernsteinwein sonst immer sehr ausgeglichen und heiter war, büßte sie unter diesen Umständen doch allmählich ihre königliche Haltung ein. Wie so viele Rituale, war eben auch eine Taufe kein Vergnügen für die Leute, die dadurch geehrt werden sollten. Bernsteinwein war bereits ganz verzweifelt darüber, daß sie kein Geschenk fand, das geschmacklos genug war, um dem recht groben Geschmack ihrer Tochter zu genügen, und ließ deshalb ihre Blicke über die Kinderrasseln, Bauklötze, Puppen und magischen Steine schweifen.
Die goldene, mit karminroten Steinen ausgelegte Schachtel sprang ihr förmlich in die Augen. Sie nahm sie vom Tisch und hielt sie Prinzessin Bronwyn vor das Gesicht, wobei sie das Kind spielerisch im Widerschein der Edelsteine badete. Das Baby gluckste und streckte seine fetten Ärmchen danach aus. Die Königin gestattete Bronwyn, daran zu lutschen, bevor sie die Schachtel umdrehte, um herauszufinden, wer sie geschickt hatte. Etwas ratlos schüttelte sie den Kopf und zuckte mit den Schultern, dann gab sie sie an den Hof-Erinnerer weiter, damit er die Sache prüfe.
Ihre junge Hofdame wollte sich nützlich machen und sagte: »Schauen Sie, gnädige Frau, wo es war. Dort ist nämlich auch noch dieses Pergament mit Zeichnungen und Geschriebenem. Vielleicht geht es daraus hervor...« Aber die Zeichnungen und Schriftzeichen auf dem Pergament konnten auch diejenigen nicht entziffern, die lesen konnten. Aber der König – ein Mann der Tat – steckte das Pergament schließlich in sein Wams und nahm dem Hof-Erinnerer die Schachtel ab.
»Jetzt wollen wir doch mal sehen«, sagte er und klappte den Verschluß hoch. »Natürlich wird dort auch ein Wappen drin sein.«
Was aber nicht der Fall war.
Der Deckel sprang auf, und die Leute, die in der Nähe der königlichen Familie standen, schnappten vor Schreck nach Luft, als plötz-

lich ein häßlicher Kobold aus der Schachtel hochschnellte und dem Baby ins Gesicht schrie: »Du bist eine ganz gemeine Lügnerin!« Und noch einmal kreischte er die Prinzessin an: »Du bist eine ganz gemeine Lügnerin!«

Im Unterschied zu den Herumstehenden schnappte die Prinzessin nicht nur nach Luft, sondern stimmte, da sie sich die Sache offensichtlich sehr zu Herzen nahm, ein fürchterliches Gebrüll an, das den Kobold, die Menge und alles andere für die nächste Zeit übertönte.

Das Geschrei des Kindes brachte schließlich auch Colin zu Bewußtsein, daß irgendetwas schiefgelaufen sein mußte und daß das Geschenk, das er wegen der Kopfbedeckung seiner Vorderdame nicht sehen konnte, in jeder Beziehung ungewöhnlich war. Bis dahin hatte ihn der Festakt mehr oder weniger gelangweilt, da er sich hauptsächlich mit der belustigenden, wenn auch ein bißchen beunruhigenden Vorstellung Gretchens als Prinzessin abgab. Dabei ging ihm auch durch den Sinn, daß sich eine königliche Taufe nicht so grundlegend von gewöhnlicheren Zeremonien in seinem heimatlichen Ostoberkopfingen unterschied – nur die magischen Kräfte, die dem Kind zu Gebote standen, gingen über das normale Maß hinaus. Wie sich nun zeigte, die bösen wie auch die guten.

Da Colin soviel von dem Vorausgegangenen verpaßt hatte, machte er einen Schritt nach vorn, um sich bei der Dame mit der extravaganten Kopfbedeckung darüber zu informieren. Aber noch bevor er sie ansprechen konnte, tat sie einen Satz nach rückwärts und stieß einen leisen Schrei aus. Offensichtlich wollte sie für die Königin Platz machen, die in den Armen ihres Gemahls ohnmächtig geworden war. Als der König die Königin in seinen Armen auffing, konnte Colin gerade noch die Prinzessin auffangen, die ihrer Mutter aus den schlaff gewordenen Händen geglitten war.

Keiner stellte sein Recht in Frage, das königliche Kind zu tragen, nur das königliche Kind selbst schien etwas dagegen zu haben, denn es schrie immer noch aus Leibeskräften. Mitten in dem Chaos, das aus schreienden Hofdamen, fluchenden Höflingen und einem König bestand, der die Sorge um seine Frau wie die einer

Bärin um ein schwaches Junges herausbrüllte, in dem alle an den Gabentisch stießen und sich plötzlich wie ein Haufen Dschungeltiere benahmen, die die Anwesenheit eines größeren Raubtieres gespürt haben, war der einzige zusammenhängende Gedanke, zu dem Colin noch fähig war, der, wie er das Baby beruhigen könnte.

Er begann deshalb, ihr sein Taufgeschenk vorzusingen, ein sehr besänftigendes Wiegenlied, aber da er ihr das Lied praktisch ins Ohr schreien mußte, würde es kaum beruhigend wirken. Erstaunlicherweise beruhigte sich Bronwyn jedoch in kurzer Zeit und schlief an seine Brust gekuschelt ein.

Vielleicht hatte das Wiegenlied auch auf die anwesenden Erwachsenen einen beruhigenden Einfluß, vielleicht hatte Colin auch nur länger gesungen als ihm bewußt war, denn als er von dem schlafenden Kind aufsah, hatte sich die Königin soweit erholt, daß sie ihm die Prinzessin wieder abnehmen konnte, und der König war verschwunden – das heißt, nur aus seinem Blickfeld, denn im Hintergrund konnte Colin immer noch seine brüllende Stimme hören, mit der er seinen Soldaten befahl, sich auf eine sofortige Rückkehr nach *Königinstadt* vorzubereiten. In Colins unmittelbarer Nähe stritten sich die Personen, die sich um die Königin geschart hatten.

»Natürlich ist das eine Art von Fluch«, sagte die Dame, die zur Seite gesprungen war, als Bernsteinwein ohnmächtig wurde. »Du wirst doch nicht ernsthaft glauben wollen, so etwas sei ein *Segen*!«

»Das scheint mir eine ganz faule Sache zu sein!« bemerkte der Wesir von Babacoola. »Nur ein Bösewicht ist imstande, einem Säugling einen so gemeinen Streich zu spielen, und es ist ziemlich unwahrscheinlich, daß Bösewichter etwas anderes verschenken als Flüche.«

»Was glauben Sie wohl, was es zu bedeuten hat?« fragte Althea, die junge, heiratsfähige Kammerzofe der Königin. Sie war eifrig damit beschäftigt, Bernsteinwein und dem Kind mit einem seidenen Taschentuch frische Luft zuzufächeln.

Großmutter Grau, die abseits von den anderen auf der gegenüberliegenden Seite des Gabentisches stand, brummte vor sich hin: »Zweifellos wird sie zu einer Lügnerin heranwachsen. Schade, daß keiner daran gedacht hat, ihr die Gabe der Aufrichtigkeit zu schenken. Nun wird die verflixte Sache auf ihr sitzenbleiben!«
Bernsteinwein sah mitgenommen und gequält aus, unruhig wanderten ihre Augen vom einen Sprecher zum anderen – offensichtlich hoffte sie, daß ihr doch noch einer Mut zusprechen würde. Die Dame mit dem seltsamen Hut bewies nun, daß ihr Mundwerk genauso gut funktionierte wie ihre Beine, als sie davor zurückgeschreckt war, der ohnmächtigen Königin zu helfen.
»Aber, aber, machen Sie sich doch darüber keine Sorgen«, sagte sie und legte mit einer gütigen Gebärde ihre Hand auf Bernsteinweins Arm. »Ich bin nun schon so viele Jahre bei Hof gewesen«, fuhr sie fort, »und Sie dürfen mir glauben, käme die Wahrheit erst einmal ans Licht, würde sich sehr schnell herausstellen, daß jede einflußreiche Familie im Königreich mindestens einen kleinen Fluch hat.«
»Ja, das stimmt«, pflichtete ihr der Hof-Erinnerer bei.
»Aber meine Liebe«, fügte die Königin-Witwe von Wasimarkan hinzu, »nach dem zu urteilen, was ich vom Leben am Hof mitbekommen habe, könnte sich dieser Fluch als das nützlichste Geschenk erweisen, das Ihre Tochter bis jetzt bekommen hat!«
»Eine Lügnerin zu sein?« schluchzte Bernsteinwein und begann zu gähnen. Colin registrierte das Gähnen mit Entsetzen. Da ihm schon früher die Ehre zuteil geworden war, Ihre Majestät aus entsetzlicher Gefahr zu befreien, sogar von einem Drachen, wußte er, daß die sanfte und sensible Königin die unglückselige Angewohnheit hatte, alle Krisen so zu bewältigen, daß sie während der Zeit in tiefen Schlaf fiel und anderen die Lösung des Problems überließ. Obgleich sie noch einen heldenhaften Versuch unternahm, ihrer mütterlichen Beschützerrolle gerecht zu werden, und ihr verfolgtes Kind sanft in den Schlaf wiegte, erzielte sie damit jedoch bei sich selbst eine wesentlich größere Wirkung als bei dem Kind, das bereits schlief. Ihr Gähnen wurde immer stärker, bis sie zuletzt gar

nicht mehr damit aufhörte und schließlich einnickte, ohne sich dagegen wehren zu können. Im letzten Moment übergab sie Bronwyn der ihr am nächsten stehenden Hofdame und kniete dann friedlich an der Geschenktafel nieder, legte die Arme ungeachtet der Taufgeschenke auf den Tisch und bettete ihr müdes Haupt darauf, bis die Diener sie in ihr Bett trugen.

Aber fünf Tage später, als die königliche Reisegesellschaft schon gut ein Drittel des Wegs nach Königinstadt zurückgelegt hatte, begriff Colin plötzlich, daß weder der Fluch, der über der kleinen Prinzessin schwebte, noch die anhaltende Schläfrigkeit der Königin oder die Kampfandrohungen des Königs gegenüber demjenigen, der Bronwyn verflucht hatte, ihn so sehr quälten, sondern eine schlimme Vorahnung, die sich auf Gretchen bezog und ihren verzweifelten Gesichtsausdruck, als er sie zuletzt gesehen hatte. So amüsant ihm das Ganze damals vorgekommen war, so sehr verfolgte es ihn nun, und als er Bronwyn bestimmt zum hundertstenmal seit der Taufe in den Schlaf gesungen hatte, wurde er beim König vorstellig und bat ihn um die Erlaubnis, nach Burg Eiswurm zurückkehren zu dürfen.

I

»Tut mir leid«, sagte der Turmwart, »aber ich darf nur Familienangehörige von Prinzessin Greta in ihre Zelle lassen!« Mit seinem schmutzigen Daumen deutete er auf die Turmtür: »Ihr alter Herr ist gerade bei ihr drin, um ihr ins Gewissen zu reden.«

»Aber, wenn ich dir doch sage, daß es in Ordnung ist«, erwiderte Colin und suchte solange in seinen Taschen herum, die mit Trillerpfeifen, Glocken, Trommelstöcken und Plektren bis oben hin angefüllt waren, bis er ein zerknittertes Stück Pergament mit dem Siegel der Ebereschs fand, das noch völlig ganz war. »Siehst du«, sagte er zum Turmwart und wedelte ihm mit dem Papier triumphierend vor der Nase herum, »ich habe sogar einen Passierschein vom König.«

Der Wärter zwinkerte angestrengt und legte seine lange Nase in Falten, so als ob er wirklich lesen könnte, was auf dem Pergament stand. Dem war nicht so, denn sonst hätte er gelesen, was in Wirklichkeit auf diesem Schein stand, nämlich: »Dem Meister Liedschmied werden alle die Brauereierzeugnisse und Spirituosen aus dem Königlichen Weinkeller beschafft, die er für die Bewirtung der königlichen Gefolgschaft braucht.« Was der Wärter aber sehr wohl erkannte, war das königliche Wappen. Während der vergangenen sechs Monate hatte schließlich seine Tante dieses verfluchte Wappen auf all die kleinen Wimpel genäht. Er nahm also Haltung an oder zumindest das, was er darunter verstand.

Ein richtiger Wachposten hätte sich natürlich in diesen Dingen ausgekannt, aber Bernard war nur vorübergehend auf diesem Posten. Er war der Neffe der Königin, der für Herrn Wilhelms Miliz einspringen mußte, die abkommandiert worden war, um die königliche Reisegesellschaft sicher nach Königinstadt zurückzugeleiten. Bernard, der sehr wohl wußte, daß ihm die Routine im Wachestehen und Haltungannehmen abging, versuchte den Mangel in den Augen dieses gewiß sehr einflußreichen Herrn wieder gutzumachen, indem er ihm eine vertrauliche Mitteilung machte.

»Also, Herr, königliches Siegel hin oder her, aber ich an Ihrer Stelle würde jetzt nicht dort hineingehn«, vertraute er ihm hinter vorgehaltener Hand an. »Aber wenn Sie vorsichtig an der Tür lauschen, bekommen Sie vielleicht mit, wann Seine Hoheit geht, und Sie können ihm aus dem Weg gehen. Verstehen Sie, was ich meine? Natürlich«, fügte er etwas kleinlaut hinzu und zuckte dabei die Schultern, »gehören Sie zu des Königs Leuten und wollen Seiner Hoheit vielleicht gar nicht aus dem Wege gehen. Aber wenn ich an Ihrer Stelle wäre, würde ich's tun. Herr Wilhelm ist in letzter Zeit ein richtiges Scheusal geworden, Sie wissen schon, was ich damit sagen will?«

Colin wußte es nur zu genau. In einem Land, wo ein so großer Teil der Überlieferung von Mund zu Mund weitergegeben und sogar das Archivmaterial auf Seemuscheln gesungen wurde, kannte natürlich jeder Spielmann, der etwas taugte, den Wert der mündlichen Überlieferung. Colin kniete also nieder und drückte, wie Bernard ihm vorgeschlagen hatte, sein Ohr an die Tür.

»Meinst du eigentlich, ich wüßte nicht, worauf du hinauswillst, du undankbares Geschöpf?« donnerte der Majordomus-Ritter-Protektor der Nordgebiete (und Anrainerdörfer). Colin konnte sich sehr gut vorstellen, wie das Gesicht des alten Ritters nun wieder die berühmte Auberginenfarbe annahm, was immer der Fall war, wenn er wütend war. Und er klang wirklich sehr wütend.

»Du kannst mich doch nicht mit deinen Hexentricks reinlegen, mich, der dich all die Jahre im Schweiße seines Angesichts aufgezogen und sein Bestes für dich gegeben hat, obwohl er ganz genau wußte, daß er dich kleines, widerborstiges Ding wahrscheinlich nie an einen anständigen Ehemann verheiraten würde!«

»Ich habe dich ja auch nie darum gebeten, mich zu verheiraten«, betonte Gretchen. »Aber wenn du unbedingt darauf bestehst, muß ich darauf bestehen, daß du's auch ordentlich machst!« Das rhythmische Klopfen und Klappern ihres Webstuhls hörte auf, während sie ihrem Vater in einem völlig ruhigen und überlegten Ton antwortete, der nach Colins Ansicht ganz genau berechnet war und ihren Vater wahrscheinlich so wütend machen würde, daß ihn der

Schlag traf. »Wie ich dir bereits erklärt habe, lieber Vater«, fuhr Gretchen fort, »muß eine Herdhexe ihr eigenes Brautkleid gesponnen, gewebt und genäht haben, bevor sie heiratet, und es muß tadellos und ohne magische Hilfsmittel gemacht sein. Du bist doch sicher auch dafür, daß ich bei meiner Vermählung etwas besser angezogen bin als bei meiner Krönung? Da ich ja nun eine Prinzessin bin, muß ich auch höheren Anforderungen genügen. Ach du meine Güte!« entsetzte sie sich mit einem kleinen, mädchenhaften Seufzer, wobei die Trittbretter des Webstuhls weiterklapperten. »Ach, ich wünschte nur, daß du mich nicht so ablenken würdest, lieber Papa. Sieh nur, was ich wieder gemacht habe! Zwei Reihen zurück ist ein Fehler, den ich gar nicht bemerkt habe, so sehr regst du mich auf! Ich verstehe überhaupt nicht, warum du mich so beschimpfst! Hat man dir denn nicht gesagt, daß wir Prinzessinnen zarte Geschöpfe sind, die man weder anschreien noch erschrecken darf?« Ihre Stimme ging in ein tiefes Brummen über, das ihrer sonst sehr rauhen Sprechart sehr viel näher kam.
»Nun laß mich aber bitte allein, während ich es wieder in Ordnung bringe. Du hast nun deinen Kopf durchgesetzt und den König dazu gebracht, mir einen Titel zu geben, und diese armen Trottel dort draußen veranlaßt, mir Heiratsanträge zu machen. Nun möchte ich aber auch ganz gerne meinen Willen haben ... Sag mal, warum schickst du diese Schnösel nicht einfach nach Königinstadt, damit sie deine Enkeltochter belästigen, wenn du unbedingt eine Prinzessin unter die Haube bringen willst?«
»Wie du sehr wohl weißt, ist sie viel zu jung dazu, während man dich eher als ein wenig überfällig betrachten könnte. Außerdem kann Bernsteinweins Tochter nicht meine Stellung erben, da sie als Erbin des Königreiches in Betracht kommt. Beim Schnarchen des Drachens, Mädel, warum nimmst du nicht endlich Vernunft an? Prinzessin hin oder her, du besitzt keine Ländereien, und du könntest meine erben, aber nicht ohne einen Ehemann. Frauen können nicht Majordomus-Ritter-Protektor und so weiter werden, denn es ist eine zu harte Arbeit. Ich werde nicht jünger, Gretchen, und das gleiche gilt auch für deine Großmutter, und du sitzt

hier einfach herum und machst dich an diesem verdammten Webstuhl zu schaffen, während alle Adligen des Königreichs hier herumhängen, meine Schatztruhen mit wertlosem Tand füllen, die Wildbestände in meinen Wäldern empfindlich dezimieren und bittere Tränen in das Bier weinen, das sie mir wegtrinken.«

»Also, das tut mir ganz besonders leid«, sagte Gretchen, und dabei war ihre Stimme so herablassend geduldig, als spräche sie mit einer begriffsstutzigen Kuh. »Ich weiß ja, wieviel Kummer es dir macht, daß man in deine kostbaren Wildgehege eindringt. Aber wenn du nur Vernunft annehmen und mich hier rauslassen würdest, dann könnte ich die Nahrungsmittelvorräte so strecken, daß keiner mehr auf die Jagd muß.«

»Nicht, bevor du dir nicht einen Ehemann ausgesucht und die übrigen zum Teufel geschickt hast«, erwiderte Herr Wilhelm halsstarrig.

»Das könnte ich auf keinen Fall tun«, sagte Gretchen, »denn ich muß zuerst die Heiratstradition der Herdhexen erfüllen. Ich glaube, das *habe* ich bereits erwähnt.«

»Wie kann es denn eine Tradition sein«, fragte ihr Vater, »wo du doch die einzige Herdhexe weit und breit bist, und meines Wissens die erste, die heiratet?«

»Wenn diese schwierige Tradition nicht wäre, gäbe es wahrscheinlich mehr Ehen mit meinesgleichen«, sagte sie mit einem verdächtig tiefen Seufzer. »Nur die Große Mutter weiß, wie ungern ich ohne Magie webe. Aber das ist nun einmal die Regel, und da ich, wie du ganz richtig festgestellt hast, die einzige Herdhexe in dieser Gegend bin, mußt du eben leider mein Wort darauf nehmen!«

»Aber die Freier...«

»Warum sagst du ihnen denn nicht einfach, daß sie nach Hause gehen sollen und daß ich es sie wissen lassen werde, wenn ich soweit bin? Wenn du aber jede Stunde kommst, um mich anzuschreien, brauche ich noch zwanzig Jahre!«

»Ich will dir sagen, was ich tun werde, du hochnäsiges, kleines

Biest! Ich sende sie alle aus, um die gefährlichsten Heldentaten zu vollbringen – damit wäre dann wenigstens für einen Teil von ihnen gesorgt – und dich werde ich mit dem ersten von ihnen verbinden, der glorreich und lebendigen Leibes zurückkommt. Den wirst du dann heiraten, ob du willst oder nicht!«
»Dies«, sagte Gretchen, »scheint mir eine wirklich dumme Idee zu sein. Wenn diese Kerle für die Führung deines Königreiches wirklich so wichtig sind, findest du nicht, daß es dann ein bißchen viel verlangt ist, wenn sie für mich Kopf und Kragen riskieren sollen?«
Dem dumpfen Aufschlag einer Faust auf Holz folgte ein Schmerzensschrei und eine Salve ritterlicher Obszönitäten Herrn Wilhelms. Dann hörte Colin das Klappern einer Webstuhlbank, von der jemand ganz schnell aufsteht, und Gretchen, die fragte: »Hast du dir wehgetan?« Ihre Stimme war ein Muster töchterlicher Besorgtheit.
»Du unverschämtes Biest! Beim stinkenden, dampfenden *Atem* des Drachen, du wirst doch den erstbesten Kerl heiraten, der mit einem Drachenkopf zurückkommt oder . . . oder . . . einem ganzen Heer von Banditen! Du wirst schon sehen, was passiert, wenn du das nicht tust!«
»Natürlich werde ich tun, was du willst, Vater. Du hast *gesprochen*, nicht wahr? *Und* der König?« Ihre Stimme war nun voller Wut. »Wie käme ich dazu, als deine Bastardtochter und einfache Dorfhexe deinen mächtigen Willen in Frage zu stellen? Macht ja nichts, daß Hexen nicht unbedingt heiraten müssen und daß ich wahrscheinlich glücklicher wäre, wenn ich alleine bliebe, wenn du es dir nun einmal in den Kopf gesetzt hast, daß geheiratet wird. Aber das eine kann ich dir sagen: Ich *werde* alles so vorbereiten, wie es das Volk meiner Mutter vorschreibt, und vorher geht gar nichts! Und – ach du meine Güte, jetzt schau dir nur mal das an!« Ihre Stimme wurde plötzlich wieder zuckersüß. »Ein Kettfehler. Entschuldige, Vater, aber dies ist wirklich eine ganz ernsthafte Angelegenheit. Wahrscheinlich brauche ich mehrere Tage, bis ich das wieder in Ordnung gebracht habe, aber mein Gewand muß einwandfrei

sein, damit ich schön bin wie der junge Mai für den adligen Tölpel, den mir mein geliebter Vater als Bräutigam bestimmt. Ich muß das Ganze wieder auseinandernehmen und von vorn anfangen!«

Die Tür wurde so schnell aufgestoßen, daß Colin erst zurück und dann eine Treppe tiefer springen mußte. Er hielt sich an der Mauer fest, um nicht umgestoßen zu werden, als Herr Wilhelm mit purpurrotem Gesicht und kochend vor Wut zur Tür heraus- und die Treppe hinunterstürmte, ohne ihn überhaupt zu sehen.

Abgesehen von einem Strohlager, dem Webstuhl, der auf dem nackten Fußboden stand, und einem Spinnrad, war das Turmzimmer leer. Hinter dem Webstuhl und auf einem Haufen in der Nähe des Spinnrads lagen unzählige Säcke mit gesponnener und ungesponnener Seide. Neben der Webstuhlbank stand eine unglasierte Schüssel mit geliertem Brei.

Gretchen ging im Zimmer auf und ab, ihre Wangen waren tiefrot, und ihre dunklen Augen glühten wie geschmolzenes Eisen. Sie kam Colin wie eine hungrige braune Löwin vor, ihre Zöpfe flogen peitschend hinter ihr her, als sie ihren Käfig durchmaß.

Colin räusperte sich, worauf sie herumfuhr. Einerseits war sie froh, ihn zu sehen, andererseits ärgerte sie sich, daß sie mitten in einem Wutanfall gestört wurde.

»Die täten gut daran, mich nie hier rauszulassen«, sagte sie, »sonst begehe ich einen *Verrat*, so wahr ich hier stehe!« erklärte sie wütend. »Ich bringe diesen verdammten Eberesch noch um, weil er mich in diese Zwickmühle gebracht hat, nach allem, was wir für ihn getan haben! Was ist denn bloß mit deinem naseweisen König los?« fragte sie. »Warum kann er sich nicht um seine eigenen Angelegenheiten kümmern?«

Colin zuckte die Schultern und setzte sich auf die Webstuhlbank. »Wahrscheinlich dachte er, du wolltest den Titel wirklich haben. Du hast dir doch sonst auch kein Blatt vor den Mund genommen. Wenn du *nicht wolltest*, warum hast du es dann nicht einfach frei heraus gesagt?«

»Vor all den Leuten?« fragte sie unwillig. »Hätte ich denn das Diadem zurückweisen und zu ihm sagen sollen: ›Tut mir leid,

Herr, aber ich trage keinen Schmuck!‹ Aber ich glaube, du hast recht. Er ist mir wohlgesinnt. Es ist nur – nur...«

»Nur was?« fragte Colin. Zu seiner Überraschung sah er, daß ihr Kinn zitterte und eine große Träne dort herabhing. »Ach wirklich, Gretchen«, sagte er, »das darfst du dir nicht einreden. Der König wollte dich um keinen Preis unglücklich machen! Er glaubt wirklich, daß er dir damit einen guten Dienst erwiesen hat. Es war das einzige, was ihm an diesem ganzen Schlamassel hier Freude bereitet hat – daß er sich dir gegenüber auf diese Weise erkenntlich zeigen konnte. Die Sache mit dem Turmgefängnis und dem Heiratszwang verdankst du nur der entsetzlich schwerfälligen Art deines Vaters, seine eigenen häuslichen Probleme zu lösen, nicht König Eberesch. Ich bin mir ziemlich sicher, wenn er und die Königin nicht so schnell fortgemußt hätten, um die Sache mit dem Fluch zu klären, wäre dies alles nicht passiert.«

»Ich wollte, die restlichen Dummköpfe, die hier herumhängen und sich so wichtig machen, wären mit ihm verduftet«, erwiderte sie und kehrte dabei zu ihrer früheren Heftigkeit zurück. »Die ganze Zeit seit der Taufe waren sie hinter mir her, die einen oder die anderen. Ich hatte keinen Augenblick mehr Ruhe. Es war schon schlimm genug während der Festlichkeiten, daß ich keine Gelegenheit hatte, mit dir zu sprechen oder im Wald spazierenzugehen, aber nach der Taufe war es völlig unmöglich. Und wenn sie mir nicht nachlaufen wie Hunde, dann treiben sie sich im Wald herum und töten Vaters Wild. Wahrscheinlich ist er schon deswegen so darauf aus, mich los zu sein!« Sie hatte zu dem engen Turmfenster hinausgesehen, während sie sprach. Als sie sich wieder umdrehte, war ihr Gesicht naß, und sie machte einen besorgten Eindruck. »Ach Colin, ich hoffe, Mondschein ist vernünftig genug, sich vom Schloß fernzuhalten. Seit jenem Abend, als du mich dabei erwischt hast, wie ich durchs Tor schlüpfte, habe ich ihn nicht mehr gesehen. Wenn er hierherkommt, um nach mir zu sehen, fällt es vielleicht einem meiner mutigen Verehrer ein, ihn zu töten und mir sein Horn als Hochzeitsgeschenk zu überreichen. Und mein Vater würde das natürlich als mutige Tat betrachten!«

Sie wandte sich wieder dem Fenster zu, vergrub den Kopf in den Händen und begann mit einer Verbissenheit zu schluchzen, die für sie charakteristisch war.

»Ach ja, natürlich!« rief Colin und tippte sich mit der Hand an die Stirn. »Ich hätte ja beinahe vergessen, daß...« Er brach mitten im Satz ab, weil er sich plötzlich daran erinnerte, daß Bernard bei den Gesprächen mit seiner Gefangenen stiller Zuhörer war. Er erhob sich und ging auf den Zehenspitzen zur Tür. Als er sie öffnete, stolperte der Wärter zurück und grinste ihn dümmlich an.

Colin erwiderte sein Lächeln mit allen Anzeichen gegenseitiger Verbundenheit, gesellte sich zu ihm auf den Treppenabsatz und schloß leise die Tür. »Ihr geht das alles ziemlich an die Nieren«, sagte er zu Bernard in einem übertriebenen Wisperton.

»Nun Herr, ich glaube, einer hart arbeitenden Person wie unserer guten Hexe Grau fällt es schwer, sich an dieses Prinzessinnendasein zu gewöhnen«, sagte der Wärter teilnahmsvoll. »Meine alte Tante hat schon immer gesagt, Politik sei keine anständige Beschäftigung für eine Frau. Aber wie gesagt, Herr Wilhelm ist der Herr hier, und der König ist der König, und der Mensch muß ja schließlich eine Arbeit haben und...«

»Genau so ist es«, stimmte ihm Colin hastig zu, »ich wußte vom ersten Moment an, daß du ein mitfühlender Kerl bist.«

»Ich tue mein möglichstes, Herr«, erwiderte Bernard und wurde wegen Colins Kompliment rot vor Freude, »und gelt, wenn Sie Hilfe brauchen...«

Genau das war's, worauf Colin gewartet hatte. »Nun ja, alter Junge, von der Heulerei ist mein Taschentuch ganz naß geworden und von der Trösterei ist dann auch meine Kehle ziemlich ausgetrocknet, wenn du verstehst, was ich meine, ganz zu schweigen davon, daß es ziemlich anstrengend war, hierher zurückzureiten.«

Colin schaute sich um, weil er wissen wollte, ob sonst noch jemand hier war. Aber außer ihm und dem enthusiastischen, wenn auch etwas verwirrten Bernard war niemand in dem völlig verlassenen Treppenhaus. Er wühlte noch einmal in der Tasche und zog eine

Silbermünze heraus, die er dem anderen Mann heimlich zusteckte. Bernard, der kein Dummkopf war, hatte seine Hand bereits ausgestreckt gehabt und wartete.

»Nun«, fuhr Colin in seinem bühnenreifen Geflüster fort, »wenn du jetzt vielleicht eine Möglichkeit sehen könntest, der Dame ein Handtuch zu besorgen, damit sie sich richtig schneuzen kann, und uns vielleicht ein paar Erfrischungen, dann wache ich in der Zwischenzeit auch gerne darüber, daß sie sich nicht aus dem Staub macht.«

»Das brauch ich mir nicht zweimal zu überlegen, Herr«, sagte Bernard und zwinkerte Colin zu, als er die Münze einschob. »Da Sie ja einer von des Königs Mannen sind, denke ich mir, daß dies nur recht und billig ist. Auch bin ich natürlich froh, daß ich etwas tun kann, um der guten Hexe Grau zu zeigen, daß ich nichts gegen sie habe. Sie ist eine fleißige und wirklich verantwortungsvolle Arbeiterin, und meine Tante behauptet, es gebe im ganzen Königreich keine ordentlichere Hausfrau. Sie ist eine gute Frau und eine gute Hexe, wenn sie auch nicht gerade aus dem Stoff ist, aus dem Prinzessinnen gemacht werden. Ganz unter uns – ich finde, es ist ein Verbrechen, sie einzulochen, aber keiner hat mich gefragt, und schließlich brauche ich ja die Arbeit, die sehr einfach ist, wenn auch ein bißchen langweilig – verstehen Sie, was ich damit sagen will?«

»Wie rücksichtslos von mir!« entschuldigte sich Colin, wobei er dem anderen Mann die Hand kameradschaftlich auf die Schulter legte. Dann gab er ihm einen freundschaftlich gemeinten Schubs treppabwärts und sagte: »Natürlich wirst du dir auch selber erst eine Erfrischung genehmigen müssen, bevor du wieder diese entsetzliche Treppe heraufklettern mußt, und versuch auch bitte, ein hübsches, sauberes und weiches Tuch für Gretchen herauszusuchen. Ihre Nase ist nämlich vom Weinen ziemlich wund.«

Bernard gab seine Version eines zackigen Grußes zum besten und rannte die Treppe hinunter.

Sieben schwarze Riesenschwäne trugen Zauberer Furchtbart Grau in seinem magischen Streitwagen vom Tal in die Lüfte empor und über die Gletscher, um das Gebirge zu überqueren, das Argonia von Brazoria trennte. Prinzessin Pegien Aschenbrenner, allgemein als »Pegien, die Illuminatorin« bekannt, beobachtete seinen Aufstieg vom äußersten, eisigen Rand ihres Felsenschlosses aus. Sie war die einzige überlebende Tochter und Universalerbin von König Finbar, dem Feuerfesten, und hatte bis vor kurzem den zufriedenstellenden Rang einer Kronprinzessin im Ruhestand innegehabt. Pegien konnte wirklich nicht mit gutem Gewissen behaupten, daß sie nicht froh darüber gewesen wäre, Furchtbart gehen zu sehen – wenn auch nur für eine kurze Zeit. Sie hatte keinen ruhigen Augenblick mehr gehabt, seit er bei ihr Zuflucht gesucht hatte. Herrschsüchtig, wie er war, hatte er nämlich sein Asyl sofort in eine Festung verwandelt.
Sobald er verschwunden war, holte sie ihre Malsachen hervor und setzte sich an ihren Lieblingsplatz auf dem Felsrand, um wenigstens an diesem einen Morgen die Angst um ihren Geliebten von sich fernzuhalten. Da das mit Gletschern gesäumte Tal an diesem Tag in Sonnenlicht getaucht war und nicht wie sonst oft in Nebel oder Regen, wollte sie einfach nur ausspannen und den schönen Tag nützen, der ihr eine einmalige Gelegenheit gab, ihre Leuchtmagie auszuüben. Und was die sonnigen Tage anbetraf, die waren hier gezählt. Auch konnte man an einem warmen Tag wie diesem nicht im Innern malen, denn das Felsenschloß war aus einem Eisblock am Rande des großen Gletschers gehauen, der hinter dem Bau aufragte. An warmen Tagen bedeutete dies, daß das Wasser von den Wänden tropfte, so daß die Tusche auf den Pergamenten auslief und sie verdarb.
Sie würde das tun, was sie sonst immer an solchen Tagen tat, sich in der Sonne aalen und die schwindelerregende Aussicht vom Gletscherrand genießen, sie würde das glitzernde Eis beobachten und die tanzenden Prismen über dem merkwürdig gespaltenen Gletscher und dem Labyrinth aus Eis hinter ihrem Schloß, das der Lindwurm gegraben hatte. Sie würde dem Gemurmel des Plapper-

maulflusses lauschen, dessen geschwätzige Wassermassen durch das Tal flossen. Sie würde sich von ganzem Herzen eine Tusche wünschen, deren Farbe es mit dem tiefen Kobaltblau der Gletscherspalten oder dem Lindgrün des zarten, frischen Grases im Tal aufnehmen könnte, während sie daneben den malerischen Verfall des Dorfes bewundern würde, das sich unter ihrem eisigen Hochsitz ausdehnte.

Als Furchtbart bei ihr Zuflucht gesucht hatte, hatte sie so sehr gehofft, daß er Gefallen daran finden würde, diese stillen Freuden mit ihr zu teilen. Aber er zeigte überhaupt keinen Sinn für die großartige Aussicht, er wollte nur seinen Plan mit ihr teilen, wie er König Eberesch am sichersten stürzen könne. Sie versuchte ihm klarzumachen, daß es kein besonderes Vergnügen sei, auf einem Thron zu sitzen. Sie hatte nur ihren Vater beim Regieren beobachtet, aber das hatte ausgereicht – nun hatte sie selbst die Nase voll davon. Sie hatte ihre Entscheidung getroffen, als ihre Brüder versucht hatten, eine Zaubertat zu vollbringen, die ihre Kräfte überstieg (in Wirklichkeit war sie immer die Begabtere gewesen), und auf ihren Platz in der Thronfolge verzichtet. Furchtbart hatte ihr das oft genug vorgeworfen, aber sie hatte damals nicht ahnen können, daß sie noch kurz vor dem Hinscheiden ihres Vaters einen so hervorragenden und ehrgeizigen Mann kennenlernen würde. Auch sah es dann plötzlich so aus, als ob König Finbar seine Tochter überleben und sich die Frage der Thronfolge für sie gar nicht mehr stellen würde. Aber dann verschied König Finbar, und Eberesch wurde zum Nachfolger ihres Vaters ernannt, eine Stellung, auf die Furchtbart offensichtlich mehr Wert gelegt hatte, als es Pegien damals bewußt gewesen war.

Natürlich hatte sie ihm seinen Willen gelassen, denn sie dachte, er würde darüber hinwegkommen, aber statt ihn zu beruhigen, hatte ihre Duldsamkeit ihn zu seinen verrückten Plänen ermutigt. Vor allem hätte sie ihm nicht erlauben dürfen, die Juwelen, Teppiche und Möbel zu verkaufen, die sie in ihre Einsiedelei mitgenommen hatte, aber er war so begeistert, als er daranging, sein neues Heer auszustatten, daß sie nicht »nein« sagen konnte. Das Heer entpuppte sich allerdings als ein wilder Haufen brazorianischer Banditen, das er mit Hilfe einer etwas fragwürdig aussehenden jungen Frau, die er irgendwo im Wald getroffen hatte, ausgehoben hatte. Außerdem hatte er ihr versprochen, wenn er den Thron wieder zurückgewonnen hätte und ihn mit ihr teilen würde, würde sie ohnehin wieder alles zurückbekommen. Weil sie – abgesehen von Schriftrollen und Büchern – den Dingen keinen großen Wert beimaß, überließ ihm Pegien ihre Sachen. Er hatte sich auf eine so reizende Art bei ihr bedankt, ihr das Händchen gehalten, ihr tief in die Augen gesehen und mit dieser wunderbar volltönenden Stimme zu ihr gesprochen, so daß sie am Ende gar nicht mehr wußte, was sie ihm versprochen hatte und was sie zurückbehalten wollte.

Als sie nun auf Schritt und Tritt von seinen sogenannten Soldaten verfolgt wurde, und ihr ein aufmerksamer Furchtbart (was untypisch war) sogar das Rauchen verbot, weil er behauptete, dies sei eine gefährliche und ungesunde Angewohnheit, begriff sie, daß sie ihn nicht mehr dazu bringen würde, Vernunft anzunehmen, und daß sie es war, die sich seinen Torheiten unterwarf.

Sie hoffte, König Eberesch würde die Botschaft bekommen, die sie am Boden ihres Taufgeschenks in Bronwyns Horoskop verschlüsselt angebracht hatte. Vielleicht würde er dann kommen und diesem ganzen Unsinn ein Ende setzen. Sie war sehr beunruhigt gewesen über Furchtbarts Geschenk, obwohl er behauptete, das Schachtelmännchen sei nur ein harmloser Scherz, aber sie war Zauberin genug, um zu wissen, wie es gemeint war, so sehr er sie auch vom Gegenteil überzeugen wollte. Natürlich wollte sie auch vor Furchtbart nicht als Verräterin dastehen, weil sie seinem Feind eine Nachricht geschickt hatte, aber was zuviel war, war eben zuviel.

Und dieses letzte Programm, das er auf die Beine stellte – nämlich die Schlagkraft seiner heruntergekommenen Armee zu erhöhen –, zerrte einfach an ihren Nerven, und zwar in dem Maße, daß sie, ohne viel zu überlegen, in ihrer Tasche nach ihrem Rauchzeug suchte. Ein unmelodischer Schall, der vom Turm zu ihrer Linken ertönte, gebot ihr jedoch Einhalt. Der Wächter senkte sein Horn und deutete ins Tal auf seine Kameraden, die gerade das Dorf zu ihren Füßen unsicher machten. Pegien schirmte die Augen mit der Hand ab und ließ den Blick prüfend übers Tal schweifen.

Sie bemerkte, daß sich bei den Bäumen am Fluß, in der Nähe des zerklüfteten Gletschers, etwas regte. Als sie länger hinsah, tauchten zuerst ein paar Männer aus dem Dickicht auf und dann etwas Weißes, das sogar auf diese Entfernung als Furchtbarts weiblicher »Leutnant« zu erkennen war, die dumme kleine Nymphe, die für diesen Spaß verantwortlich war, und dahinter entdeckte Pegien noch eine andere, nichtmenschliche Gestalt, die sich so unbeholfen bewegte, als wäre sie gefesselt.

Unwillkürlich bekundete Pegien ihre Abscheu. Also meinte er es wirklich ernst, und was noch schlimmer war, er brachte es offenbar auch wirklich fertig, seinen Plan durchzusetzen. Furchtbart hatte vorgehabt, mit dieser erbärmlichen jungen Frau ein Einhorn zu fangen, und wenn sie ihre Augen auf diese Entfernung hin nicht täuschten, hatte er auch wirklich eines gefangen und würde noch andere fangen, um die Heilkraft der mythischen Tiere dazu zu benutzen, seine erbärmliche kleine Armee nahezu unverwundbar zu machen. Pegien stieß einen ganz damenhaften Fluch aus, weil sie in der Tasche ihres Gewandes nichts zum Rauchen fand. Wächter hin oder her, sie mußte jetzt einfach rauchen.

II

Als Colin das Turmzimmer wieder betrat, sprang Gretchen von der Webstuhlbank auf, auf der sie weinend gesessen hatte, und trocknete sich wütend die Augen mit dem Hemdsärmel. Indem sie ihn unter Tränen angrinste und ihm mit völlig verschwollenen Augen zuzwinkerte, begann sie kleine Gegenstände, die sie unter den Seidengarnhaufen versteckt hatte, hervorzuwühlen und in ihrem Medizinbeutel zu verstauen.

»Das hast du wirklich gut gemacht, Spielmann«, beglückwünschte sie ihn und zog dabei ein glänzendes Seidengewand unter den Haufen hervor. »Ich nehme alles zurück. Nie zuvor ist eine Prinzessin mit mehr List und Tücke aus ihrem Turmgefängnis befreit worden. Du hast mich nun wirklich davon überzeugt, daß dein Aufenthalt bei Hof keine Zeitverschwendung war!«

»Aber ich wollte ja gar nicht...« erwiderte er, »ich wollte doch nur diesen Wärter fortschicken, damit du ungestört über Mondschein reden kannst. Sag mal, du hast also dein Hochzeitskleid schon die ganze Zeit fertig gehabt?«

»Warum sollte ich denn über Mondschein sprechen, wo ich ihn doch sehen kann?« fragte sie und streifte das seidene Gewand über ihr handgesponnenes braunes Hauskleid. »Und – nein, ich habe meine Zeit nicht damit verschwendet, dieses Gewand zu weben. Bernsteinwein hat es mir geschenkt. Sie wollte, daß ich es zur Taufe anziehe. Nur hatte ich keine Zeit, mich umzuziehen, deshalb habe ich es damals nur in die Rocktasche gestopft. Gar keine üble Verkleidung, findest du nicht?«

Sie war damit fertig, das Kleid zurechtzuzupfen, bewunderte den Teil ihrer pummeligen, herausgeputzten Figur, den sie gerade noch sah, wenn sie an sich hinuntersah, und sagte bestimmt: »Es ist alles ganz einfach. Du mußt nur so tun, als wäre ich eins von diesen Dienstmädchen, die meinen Freiern helfen, uns um Haus und Hof zu bringen.«

Sie wandte sich dem Fenster zu. Bis jetzt hatte Colin die schwarzweiß gefleckte Katze übersehen, die in dem Lichtstrahl döste, der durch die hohe, schmale Öffnung fiel. Als die Katze spürte, daß sie im Mittelpunkt des Interesses stand, streckte sie sich und begann zu gähnen.

Gretchen kraulte das Tier am Kinn und sagte zu ihm: »Nun, Liebes, nun kannst du zeigen, daß du – wie dein Vater – ein Held bist!«

Statt einer Antwort, rollte sich der Kater auf den Rücken, als wollte er ihre Aufmerksamkeit auf seinen Bauch lenken. Als ihm keine Streicheleinheiten gewährt wurden, schnurrte er noch eine Weile vor sich hin, rollte sich dann auf die Seite, legte den Schwanz um die Schnauze und schlief weiter.

»Er schlägt seiner Mutter nach«, sagte Gretchen entschuldigend und zuckte mit den Schultern, obwohl sie sich wegen Colin keine Gedanken zu machen brauchte. Dieser hatte zwar Chingachgook, Großmutter Graus Kater, verziehen, daß er ihn beinahe aufgefressen hätte, als Gretchens Großmutter in einem Anfall von Wut den Spielmann in eine Spottdrossel verwandelt hatte, und Colin war mehr als einmal froh gewesen, daß Ching mit größeren Tieren, darunter Drachen und Bären, sprechen konnte, doch er hatte Gretchens scheinbar einseitige Unterhaltungen mit dem Kater immer ziemlich beunruhigend gefunden. Es kam ihm sehr gelegen, daß er sich nicht auch noch mit Chings Nachkömmling herumschlagen mußte.

»Wenn du dein Einhorn wiedersehen und dich vor der Hochzeit drücken willst, müssen wir uns beeilen. Soweit ich das beurteilen kann, ist dein Wächter einer, der in kurzer Zeit sehr viel trinken kann!«

Die Nachmittagssonne tauchte den schmutzigen, mit Abfall gefüllten Hof vor dem Turm in helles Licht. Verstohlen schlichen sich Colin und Gretchen daran vorbei und hielten sich im Schatten der Mauer. Gretchen trat in einige Roßäpfel und schnaubte angewidert, als sie sich daran erinnerte, wie sie vor knapp zwei Wochen im Zuge der Vorbereitungen zu den Tauffeierlichkeiten das ganze Pflaster mit Hilfe ihrer Magie von Kuhfladen und Hühnerdreck gesäubert hatte. Nun waren die Steine wieder schmutzig und das Gras und die Blumen niedergetrampelt. Die splittrigen Schuppen, von denen noch vor kurzem farbenfrohe Banner geweht hatten, waren jetzt nur noch splittrige Schuppen, deren einziger Schmuck aus den neuen Einschußlöchern bestand, die von den Schießübungen der Freier herrührten.

Gretchen ging Colin in den langgestreckten Stall voraus. Sie duckte sich hinter eine leere Pferdebox, während Colin sein Pferd holte. Aber das wäre gar nicht nötig gewesen, denn der Stallknecht schien wie die übrige Dienerschaft ihre Gefangenschaft dazu zu benutzen, Herrn Wilhelms Anwesen langsam aber sicher verkommen zu lassen.

»Euer Knecht hat Roundelay weder abgesattelt noch gefüttert oder ihr frisches Wasser gegeben«, beschwerte sich Colin.

»Es wird allmählich Zeit, daß der Lausebengel mal etwas ordentlich macht«, erwiderte Gretchen. »Sobald wir Mondschein gefunden haben, werden wir uns auch um Roundelay kümmern. Hilf mir jetzt aufs Pferd und gib mir einen Teil deines Gepäcks, damit du hinter mir Platz hast!«

Colin kam ihrem Befehl nach und setzte sich hinter sie aufs Pferd. Obgleich Colin Gretchens wegen seine Instrumente umrangieren mußte, die sich in seinem Gepäck immer in einem empfindlichen Gleichgewicht befanden, hatte das den Vorteil, daß die Leute, die sich so sehr daran gewöhnt hatten, ihn auf einem mit Instrumenten vollbepackten Pferd zu sehen, kaum auf das Mädchen achten würden, das mittendrin saß.

Gretchen hielt nach Ching Ausschau, als sie am Haus ihrer Großmutter vorbeiritten, der sich immer auf dem Dach zu sonnen pflegte, aber heute hatte er sich glücklicherweise von seinem Lieblingsplatz losgerissen, möglicherweise weil er Großmutter dabei bewachen mußte, wie sie in der Not das Bier für die Wirtschaft selbst zu brauen hatte. Die Vorräte mußten ja nun, da sie – Gretchen – nicht mehr da war, um sie zu strecken, ziemlich schnell zur Neige gehen. Aber von ihr aus konnten sie schmoren, denn die Großmutter, auf deren Unterstützung sie so sehr gehofft hatte, als

sie ihrem Vater plausibel zu machen versuchte, daß sie nicht heiraten wollte, hatte sie nicht unterstützt.
Niemand belästigte sie, als sie die einzige Straße entlangritten und das Tor in der äußeren Mauer passierten, das man nachts verriegeln konnte, um die Siedlung vor plündernden Feinden zu schützen, falls es wirklich Feinde gab, die es ausgerechnet auf Burg Eiswurm abgesehen hatten. In der Hauptsache war die Mauer dazu da, das Damwild von den Gemüsegärten und die Bären vom Abfall fernzuhalten, aber sie nützte nichts gegen die Salamander, die einfach darüberkrochen und sich unter den Strohdächern der Häuser einnisteten, wo sie schlimme Feuersbrünste entfachten.
Das Tor lag gegen Südwesten, dahinter führte der Weg durch ein Feld mit leuchtend rotem Feuerkraut und altrosa Heidekraut. Es hatte den Pflanzen ziemlich geschadet, daß die Gefolgsleute draußen im Feld ihre Zelte aufgeschlagen hatten und auch, daß die Gäste darauf bestanden hatten, dort ihre Lanzenturniere abzuhalten. Trotzdem genoß Gretchen die leuchtenden Farben und den scharfen Geruch. Es war schön, nicht mehr länger im Turm gefangen zu sein.
Jenseits der Heide erstreckte sich Wald, soweit das Auge reichte, der sich nur dort öffnete, wo am Wegrand Felder bebaut worden waren. Den Horizont über dem Wald markierten die gezackten Berggipfel, die beinahe so blau waren wie der Himmel und so spitz wie große Eiszapfen.
Gretchen beugte sich im Sattel vor und suchte die Bäume in der Nähe nach einem Schimmer von Weiß ab. Sie war gleichzeitig erleichtert und enttäuscht, als sie nichts sah.
Colin wurde zusehends hungriger und gereizter. Seine Kräfte waren fast erschöpft. Auch bedauerte er allmählich, seine Vorahnung nicht einfach außer acht gelassen zu haben. Wenn er doch nur noch ein bißchen von dem Bier hätte trinken können, das Bernard holen gegangen war! Gretchen nahm kaum Notiz von ihm – und das nach all der Mühe, die er sich ihretwegen gegeben hatte! Denn er lief ja sogar Gefahr, die Gunst des Königs zu verlieren, indem er ihr half, ihren hochgeborenen Freiern zu entgehen.

»Sag mal, Gretchen«, begann Colin plötzlich, »nachdem du das Einhorn gewarnt hast, wirst du doch hoffentlich auch eine Entscheidung treffen wegen all deiner Freier? Ich kann deinen Vater ganz gut verstehen, du bringst ihn in eine schwierige Lage, wenn du die vornehmsten Herren des Königreiches zurückweist. Es könnte wirken, als wäre ihm seine gesellschaftliche Stellung etwas zu Kopf gestiegen.«

»Das wäre mir aufgefallen, aber vielleicht trifft das auf mich zu«, sagte sie sarkastisch, »doch das scheint offensichtlich nur mir etwas auszumachen – aber ich kann dir sagen, ich habe mich wie ein dummes kleines Mädchen gefühlt, als mir plötzlich all diese vornehmen Adligen weismachen wollten, sie hätten sich unsterblich in mich verliebt und beteten mich an! Ausgerechnet die, die mich zuvor keines Blickes gewürdigt hatten. Was ich in letzter Zeit an Komplimenten gehört habe, hat nichts mit Gretchen Grau zu tun – klare Augen und eine lilienweiße Haut, wahrhaftig!«

»Es ist schon erstaunlich, wie sich politische Beziehungen auf den Teint eines Mädchens auswirken können«, sagte Colin zustimmend. »Aber wenn du keinen von ihnen heiraten wolltest, verstehe ich einfach nicht, warum du nicht deine Zauberkraft zu Hilfe genommen hast und aus dem Gefängnis verschwunden bist.«

»Hast du denn nicht das große Vorhängeschloß an der Tür bemerkt?« fragte ihn Gretchen. »Weißt du, die Magie vermag nichts gegen Eisen. Das gilt für mich wie für andere Zauberer. Ich muß sogar die eisernen Töpfe selbst scheuern, meine Zauberkraft wirkt bei ihnen nicht. Und tagsüber bewachte mich ja der liebe gute Bernard. Großmutter hat ihm ein Amulett gegeben, das ihn vor mir schützen sollte.«

»Deine Großmutter hat deine Gefangenschaft also unterstützt? Ich hätte gedacht, sie wäre auf deiner Seite. Sie – äh – weiß sie von – äh – du weißt schon, was ich meine?«

Gretchen seufzte tief und ließ ihre Blicke wieder suchend über die Bäume gleiten. »Ja, sie weiß es«, erwiderte sie schließlich, »und sie mag es nicht, weil sie der Meinung ist, Einhörner und Hexen hätten nichts miteinander zu schaffen, und Einhörner seien nur für solche Frauen gut, deren ganze Kraft in ihrer – nun, ich möchte es nicht wiederholen, denn es war ziemlich grob und vor allem auch unrichtig. Schließlich besitzen ja Mondschein und ich etwas Gemeinsames, und zwar die Magie.« Colin fand, Letzteres sage sie etwas kleinlaut.

Er versuchte daher vorsichtig einzuräumen: »Aber vielleicht hat deine Großmutter nur Angst, er wolle ihr deine Zuneigung stehlen.« Und er begriff auch, wie dies der Fall sein konnte; wie anziehend die uneingeschränkte Bewunderung und ungeteilte Aufmerksamkeit des Einhorns für Gretchen sein mußte. Durch ihre Herdhexenkunst war Gretchen zwar dazu befähigt, jedermanns Probleme zu lösen, alle möglichen Angelegenheiten in die Hand zu nehmen und anderer Leute Schwierigkeiten aus der Welt zu schaffen, aber sie wurde dadurch noch lange nicht feinfühlig oder gar beliebt. Zweifellos war ihr noch nie aufgegangen, daß es um sie herum auch Leute gab, die ihre Entscheidungen lieber selbst treffen und ihre Probleme lieber selbst lösen wollten.

Nachdem sie lange genug über seine Bemerkung nachgedacht hatte, antwortete Gretchen schließlich: »Nein, das ist wohl nicht der Grund, der Grund ist vielmehr der: Obwohl Hexen nicht heiraten müssen, behauptet Großmutter, wir müßten uns paaren, wenn wir ein bestimmtes Alter erreicht hätten, um unsere volle magische Kraft zu erlangen. Aber Großmutter ist in dieser Beziehung ziemlich inkonsequent – all die Jahre hat sie mich wie ein Luchs beobachtet, damit ich mich nicht mit den Jungen einlasse, aber nun, nachdem sie damit so erfolgreich gewesen ist, daß mich Mondschein zu seiner Jungfrau erkoren hat, findet sie es störend. *Nun* will sie mir einreden, meine Kräfte bräuchten eine Unterstützung und dergleichen Unsinn. Vielleicht ist sie tatsächlich eifersüchtig und hat das nur erfunden, da sie genau weiß, daß sich Einhörner nur mit Jungfrauen einlassen. Was mich wirklich ärgert, ist, daß ich die letzte der Grau-Hexen bin. Wenn ich Jungfrau bleibe, um Mondschein zu gefallen, wird es hier in Zukunft keine kleinen Grau-Hexen mehr geben, und Großmutter ist eben der Meinung, eine Hexe müsse sich ausschließlich um ihre Familie und ihre Hexerei kümmern.«

»Nun, dabei leistest du ja gute Arbeit!« sagte Colin kläglich. »Ich hoffe, du siehst auch, in was für Schwierigkeiten du *mich* bringst!«

Gretchen drehte sich im Sattel um und grinste ihn zärtlich über die Harfe hinweg an, die sie auf dem Schoß hatte. »Das passiert eben, wenn man plötzlich wegen alter Freundschaften mit Hexen in Gefühlen zu schwelgen beginnt. Wenn du nicht in Schwierigkeiten geraten wolltest, warum bist du dann überhaupt zurückgekehrt?«

»Nun, ich, äh, das heißt... Seine Majestät wollte, daß ich ein Lied über das Werben um dich schreibe und dabei deine unübertreffliche Schönheit und Güte verewige«, improvisierte er schließlich. »Und er versteht sehr viel davon, möchte ich hinzufügen!«

Gretchen war entzückt. »Ach, wirklich?« fragte sie und drehte sich noch einmal nach ihm um, als sie gerade in einen engen Pfad einbogen, der durch ein dichtes Birkengehölz bergan führte. »Erzähl doch weiter«, fuhr sie fort, »welche Art Lied denn?«

»Ach weißt du, das übliche: Dein funkelndes Auge, deine rubinroten Lippen und so weiter, und so weiter...«

»Und hast du dir schon etwas ausgedacht?«

»Nun, ich wollte eben wieder mein Standardlied verwenden«, erwiderte er und zupfte gedankenvoll an seinem Bart. »Du weißt schon, das Lied, das ich all meinen Damen bei Hof vorzusingen pflege. Ich muß eben nur die Augen- und Haarfarbe ein bißchen ändern, damit es auf dich zutrifft. Aber diese ganze Geschichte mit dem Einhorn und daß du nun eine Prinzessin bist, hat irgendwie – äh – nicht gepaßt.«

Sie mußte lachen. »Du meinst wohl, es war zu unflätig und du mußtest befürchten, daß Großmutter Grau dich wieder in eine Spottdrossel verwandelt!«

Er wand sich. »Ja, genau, weißt du, ich meide bis zum heutigen

Tag alle Lieder, die mit der Zeile beginnen: »Wenn ich Flügel hätte wie ein Vöglein ...«

»Das kann ich sehr gut verstehen«, sagte sie, »und ich würde dir auch nicht raten, eines zu schreiben, das mich meinen Freiern anpreist. Ich habe wirklich nicht vor, mich zur Verfügung zu halten, so daß sie das Lied mit dem Gegenstand vergleichen können.«

»Das habe ich befürchtet. Nun gut, aber was hast du eigentlich vor?«

»Ich werde tun, was ich deiner Meinung nach sofort hätte tun sollen. Ich werde nach Königinstadt reiten und Eberesch sagen, ich möchte seine Schwester bleiben, möchte ihm aber gleichzeitig die Krone und den Titel zurückgeben. Ich werde ihm einfach sagen, es sei zuviel Arbeit, sie immer auf Hochglanz zu polieren, und ihn fragen, ob er mir vielleicht statt dessen einen Sack voll Gold oder einen Zauberteppich oder sonst etwas Nützliches geben kann.«

Lachend sagte Colin: »*Das* ist wirklich ein gutes Thema für ein Lied. Ich glaube, es gibt noch keines, das vom Bestreben handelt, eine Krone zurückzugeben, und als königlicher Spielmann ist es daher meine Pflicht, Sie zu begleiten und das Ereignis aufzuzeichnen. Aber bis auf weiteres *sind* Sie noch Prinzessin und ich ...« dabei verbeugte er sich, so gut es im Sattel ging »... bin ihr untertänigster Diener, Madame!«

Furchtbarts Schwanengefährt segelte von Nordwesten über die Gletscher ins Tal zurück. Der Zauberer fand es sowohl des Prestiges wegen als auch wegen der Beweglichkeit vergnüglich, in seinem Himmelswagen zu reisen. Obgleich der Flug über die schroff aufragenden Gipfel einem gewöhnlichen Sterblichen Angst eingejagt hätte, war dies für Furchtbart nur eines der alltäglichen Ärgernisse, die sich bei der Gründung eines Reiches zwangsläufig ergaben.
Es stimmte, daß ihm ganz warm ums Herz wurde, wenn er am Saum des Waldes entlangglitt, der den größten Teil Argoniens bedeckte, und er wußte, daß er, ohne Widerrede befürchten zu müssen, sagen konnte, daß jeder Abschnitt des Waldgebietes, den er jetzt noch nicht unter Kontrolle hatte, bald ihm gehören würde. Aber obwohl

es angenehm war, wie ein pelzvermummter Gott dazusitzen, während die Schwäne hoch über den eisbedeckten Gebirgsketten durch die Luft glitten, war das Vergnügen, das er beim Fliegen empfand, ein sehr nebensächliches und einsames. Am anderen Ziel seiner Reise war ihm allerdings sehr viel mehr gelegen: Als seine Schwäne im Spiralflug Kurs auf die Straßen der prächtigen brazorianischen Hauptstadt genommen und erst im letzten Moment eine leichte Wendung gemacht hatten, damit sie auf der breiten zweiten Schicht des Tempels landen konnten, der die Stadt in seiner dreieckigen Wuchtigkeit dominierte.
Die Passanten hatten sich beim Anblick dieses offensichtlich sehr mächtigen, als bescheidener Pilger verkleideten Zauberers gefürchtet. Er war hier gelandet, um die Stadt mit seiner Anwesenheit zu ehren. Aber natürlich hatte Furchtbart seine Zeit und sein magisches Talent nicht an die Passanten verschwendet, er besuchte den Tempel nur aus dem einen Grund, um mit der weisen Priesterin zu sprechen, einer Priesterin, für deren Gelehrsamkeit er Verwendung hatte.
Was die Einhörner und ihre verschiedenen Verwendungsarten anbetraf, so war die Priesterin Helsinora die größte lebende Autorität auf diesem Gebiet. Glücklicherweise war die Dame wie Furchtbarts Geliebte Pegien eine Gelehrte, die sich von der Außenwelt abschirmte und daher auch empfänglich war für Furchtbarts Erhabenheit. Als Gegenleistung für gewisse Versprechen hatte sie ihm ihr Lebenswerk ausgeliehen, eine Reihe von Schriftrollen, die jeden bekannten und vermuteten Verwendungszweck der Zaubertiere enthielten und über ihre Freß-, Paarungs- und Wandergewohnheiten Auskunft gaben (es handelte sich dabei um Forschungsergebnisse, die von der Priesterin über Jahrzehnte gesammelt und zusammengestellt worden waren – denn Einhörner waren jetzt in Brazoria seltener als in Argonien). Die einzige Schwierigkeit bestand darin, daß das Dokument in altbrazorianischen Schriftzeichen abgefaßt war und übersetzt werden mußte. Aber Furchtbart zweifelte nicht daran, daß er mit Pegiens Hilfe bald in seine Geheimnisse eingeweiht sein würde.

Mit den Schriftrollen unter dem Arm stieg Furchtbart auf dem äußersten Rand des Felsenschlosses aus seinem Wagen und schlenderte frohgemut in den Thronsaal. Bei seinem Eintreten spritzte Pegien wie von der Tarantel gestochen auf und versteckte hastig etwas in ihrem Gewand. Furchtbart tat so, als bemerke er den Rauchgeruch und ihren schuldbewußten Gesichtsausdruck gar nicht, und legte die Schriftrollen vorsichtig vor sie hin, auf den Thronsessel, der im ganzen Schloß mit Abstand die trockenste Stelle war.

Falsche Bescheidenheit außer acht lassend, erzählte er, wie er Helsinoras Vertrauen gewonnen hatte, die einen überlegenen Geist und Willen offensichtlich anerkannte, wenn sie mit einem zusammentraf.

»Gut«, sagte Pegien, die nur einen flüchtigen Blick auf das Dokument warf, bevor sie mißtrauisch in seinem Gesicht nachforschte, »und wie sieht sie aus?«

»Wer?« fragte Furchtbart, der die Schriftrollen wieder sorgfältig zusammenrollte, bevor die Tropfen, die sich über ihnen an der Decke sammelten, sie ruinieren konnten. Also wirklich, Pegien hatte ihr einst so prächtiges und gemütliches Versteck seit seiner Ankunft ziemlich verkommen lassen. Sogar Prinzessinnen schienen nachlässig zu werden, wenn sie sich eines Mannes wirklich sicher waren.

»Diese Helsinora, natürlich. Also, hör mal, Furchtbart. Du weißt ganz genau, was ich meine. Ist sie schön? Schlanker als ich? Hat sie irgendwelche abscheulichen Angewohnheiten?«

»Meine liebe Pegien«, erwiderte der Zauberer hochmütig, »nicht, daß ich etwas bemerkt hätte. Ich finde, solche Überlegungen sind nebensächlich, denn wir müssen jetzt in erster Linie dafür sorgen, daß unser Land auch wirklich von seinem unrechtmäßigen König befreit wird.« Furchtbart machte einen verletzten Eindruck, vor allem deswegen, weil Pegien die Wichtigkeit seiner neuesten Errungenschaft nicht eingesehen hatte.

Fälschlicherweise interpretierte sie seinen Gesichtsausdruck als gekränkte Zuneigung. Sie faßte ihn zerknirscht am Arm. »Tut mir

leid, Liebster. Aber *ich* finde eben, solche Überlegungen sind wirklich *sehr* zweckdienlich.«
Sie wandte sich abrupt von ihm ab, und ihre Stimme wurde wieder griesgrämig.
»Dein sogenannter Werbeoffizier hat wieder einen ganzen Haufen keuchender Banditen angeschleppt. Sie warten am Eingang auf dich.«
»Aber, aber, meine Dame, deine Manieren lassen zu wünschen übrig. Gilt es denn nicht als ziemlich schlechtes Benehmen, seine Gäste draußen warten zu lassen?«
»Gedungene Straßenräuber kann man doch wohl kaum als Gäste betrachten«, konterte sie, »und leider hat dieses Schloß keinen Bediensteteneingang. Übrigens wußte ich auch nicht, wo ich das Einhorn unterbringen sollte. Die Ställe sind schon vor Jahren geschmolzen.«

Obwohl Gretchen sich Colins Beihilfe bei ihren Plänen schon versichert hatte, mußte sie Mondschein noch dafür gewinnen.
Kurz nachdem Colins Pferd einen Hügel erklommen hatte, erreichten sie eine Lichtung. Umstanden von säulenartigen Birken und mit einem Uferteppich aus Moos und Heideblumen, lag vor ihnen ein ausgedehnter, silberner See, dessen Wasser kristallklar war und gesprenkelt vom Schatten der Blätter.
Gretchen sprang von dem Braunen herunter, warf den Kopf zurück und stieß einen langgezogenen Schrei aus, wie ihn Colin bei einem menschlichen Wesen noch nie gehört hatte.
»Das ist der Schrei der silbergefleckten Seeschlange«, teilte sie ihm stolz mit, als der Ton verhallte. »Ich habe ihn im letzten Herbst von einem Matrosen der Schlangenfluch gelernt, bevor wir zu Ebereschs Schloß gezogen sind.«
»Aber hier gibt es doch gewiß keine Seeschlangen, ob silbern gefleckt oder nicht«, erinnerte sie Colin, »es ist viel zu weit landeinwärts.«
»Natürlich«, erwiderte Gretchen, »aber so weiß Mondschein gleich, daß ich es bin und keine Schlange.«

Hufe donnerten durch den Wald, und plötzlich brach Mondschein durch das Dickicht, seine Mähne flog hinter ihm her wie der Schaum im Kielwasser eines Schiffes. Sein Horn glich einer glitzernden Lanze, sein Fell Nebel und Rauch – wahrscheinlich, dachte sich Colin, gleicht es der Haut einer silbergefleckten Seeschlange.

Ungestüm galoppierte das Einhorn an Gretchens Seite, mehr in der Art eines jungen Hündchens als des mystischen Zaubertiers, das Colin vor einem Jahr, bei der ersten Begegnung zwischen Gretchen und dem Einhorn, gesehen hatte.

Als das Einhorn Colin sah, wurden seine schlanken Beine ganz steif, und es schüttelte herausfordernd seine Mähne. Das kleine weiße Spitzbärtchen, das so vornehm aussah, zitterte vor Entrüstung.

Mondschein rückte noch näher an Gretchen heran, legte ihr den Kopf auf die Schulter und flüsterte ihr ins Ohr, während er ihre Gedanken las:

»Holdes Mädchen, du bringst einen Mann mit. Heißt das, du bist mir untreu geworden? Was habe ich dir denn zuleide getan? Ich – dein alleruntertänigster Diener, der ohne mit der Wimper zu zukken sein Leben für dich opfern würde, wenn du 's von ihm verlangen würdest, ich, der ...«

»Jetzt hör auf, Liebster«, bettelte Gretchen. »Von diesen Redensarten habe ich in letzter Zeit zuviel gehört. Zwar von Wesen, die weniger aufrichtig waren als du, aber es hat mich trotzdem ziemlich angestrengt. Also hör bitte auf damit!« Sie sank zu Boden und breitete ihre Röcke auf dem Gras aus, so daß er seinen Kopf auf ihr Knie legen konnte. Hier, wo sie sich schon so oft getroffen hatten, schienen sie sicher zu sein, außerdem hatte Gretchen vom Reiten genug. »Natürlich habe ich dich nicht betrogen. Du kennst doch Colin. Er war doch bei mir, als wir uns zum erstenmal begegnet sind.«

Das Einhorn verdrehte ein amethystfarbenes Auge in Colins Richtung. Colin lächelte gewinnend und winkte ihm zu. Mondschein richtete das Auge wieder auf Gretchen. »*Er* ist wirklich ein Mann und *keine* Jungfrau«, klärte sie das Einhorn auf.

»Das habe ich mitbekommen«, mischte sich Colin ein, »und ich nehme stark an, daß ich keine Jungfrau bin. Gerade in letzter Zeit habe ich mir alle Mühe gegeben, keine mehr zu sein.«

Gretchen sah Mondschein verwirrt an, dabei schien sie auch ein bißchen verletzt zu sein. »Ich dachte, nur wir beide könnten uns miteinander unterhalten. Ich wußte nicht, daß du auch andere verstehen kannst.«

»Nein, Mädchen. Ich habe die Gabe, auch Menschen zu verstehen. Ich kann alles erkennen, was von deinesgleichen gesagt wird – nur haben sehr wenige von ihnen die Gabe, Einhörner zu verstehen. Und schon gar keine Männer!« Mondschein erhob sich und näherte sich vorsichtig Colin, wobei er verächtlich die Lippen schürzte und die Nüstern aufblähte. Nachdem er gekünstelt geatmet hatte, rief er: »Nein, riecht nicht nach Unberührtheit!« Dabei umkreiste er den Spielmann, der immer nervöser wurde. Das Einhorn kümmerte sich nicht darum, aber fuhr fort, in einer Weise weiterzuschnüffeln, die gleichzeitig bedrohlich, mißtrauisch und verächtlich war.

Colin erinnerte sich an all die Geschichten, die er über Einhörner gehört hatte, in denen allerdings nie die Rede gewesen war von der wunderbaren Heilmagie dieser Zauberwesen, sondern nur von ihrer Wildheit in der Schlacht und ihrer Vorliebe für das Aufspießen unliebsamer Gegenstände oder Personen, die verwegen genug waren, in ihr Gebiet einzudringen.

»Bist du dir auch ganz sicher, daß du keine Jungfrau bist?« fragte das Einhorn schließlich und versetzte dem Spielmann mit dem Kopf einen groben Stoß gegen das Bein. Colin war tief beunruhigt, weil dabei das spitz zulaufende Horn einem sorgsam gehüteten Körperteil gefährlich nahekam.

»Absolut sicher. Frag doch Frau Nachtigall«, erwiderte Colin. »Frag doch mal meine Stute, Roundelay. Vielleicht ist sie es, die du riechst. Ich habe sie noch nie gefragt, was sie in ihrer Freizeit tut.«

»Also, Mondschein, jetzt werde nicht persönlich«, verwies ihn Gretchen, »Colin war mir heute eine große Hilfe. Vielleicht kann er dich auch verstehen, weil er mein hmmm...« Sie suchte nach einem Ausdruck, der zu der konservativen und etwas altväterlichen Weise paßte, mit der das Einhorn menschliche Beziehungen betrachtete, »... weil er mein Mitstreiter ist. Ich glaube, so könnte man es ausdrücken. Mein Vater hat mich in einen Turm eingeschlossen und wollte mich dazu zwingen zu heiraten, und Colin hat mich befreit. Damit hat er uns doch einen großen Dienst erwiesen.«

Mondschein schenkte ihr jedoch keine Beachtung. Er änderte seine arrogante Haltung und kniete unterwürfig zu Colins Füßen, so daß der linke Vorderhuf, das Horn und das rechte Vorderbein vor dem sprachlosen Spielmann den Boden berührten.

»Ich bitte Sie, tapferer Herr«, sagte das Einhorn zu Colin, »verzeihen Sie diesem unwürdigen Tier. Ich habe Sie geprüft, weil ich nicht wußte, daß Sie sich für mein Gretchen, die liebreizendste aller Jungfrauen, eingesetzt haben und sie vor schrecklichen Gefahren erretteten. Da ich durch mein Bekenntnis dazu verpflichtet bin, meine Freundschaft nur den Würdigsten zu schenken, hätte ich natürlich nie gedacht, daß ich meine Freundschaft eines Tages einem Mann schenken würde. Ich habe nicht einmal Verhaltensvorschriften in bezug auf Männer, die mich nicht töten, sondern meine Freunde sein wollen. Ich werde wohl in Betracht ziehen müssen, daß Gretchens Freunde ebenfalls nach dem Teil meines Bekenntnisses behandelt werden müssen, das das Verhältnis des Einhorns zu seiner Jungfrau behandelt.« Und er zitierte aus dem Einhorncodex einen Fünfzeiler:

»Denn dies ist der Codex des Einhorns:
Daß die junge Frau, die mit seinesgleichen herumzieht,
Auch wirklich eine Jungfrau sein muß.
Blitzsauber
Und durch und durch züchtig.«

Colin beteuerte dem Einhorn, daß jeder unsicher würde bezüglich des richtigen Einhornverhaltens, wenn ihm das gleiche Bekenntnis unter den gleichen Umständen aufgezwungen würde. Er könnte Mondschein ja sehr gut verstehen, aber sollten sie jetzt nicht besser fliehen?

Sobald Gretchen auf seinem Rücken Platz genommen hatte, fragte Mondschein in geschäftsmäßigem Ton: »Und wir fliehen – wohin?«

»Nach Königinstadt«, erwiderte Colin.

»Und wo liegt Königinstadt?« fragte Mondschein. »Am großen Fluß oder in der Richtung, aus der die eisigen Winde kommen? In der Richtung der aufgehenden oder der untergehenden Sonne?«

»Äh-hmmm-uhh«, sagte Colin, der fieberhaft nachdachte, welches Naturphänomen sie auf einen südöstlichen Reisekurs bringen würde.

Gretchen löste das Problem auf ihre resolute Art. »Diese Richtung«, sagte sie und wies mit dem Finger nach vorne.

III

Es war eine große Enttäuschung für Furchtbart, als er feststellte, daß Einhörner nicht ganz so wild waren, wie man ihm erzählt hatte. Nur zwanzig Mann statt der ihm bekannten hundert waren nötig, das Tier zu bändigen. Von den zwanzig wurde nur einer getötet, die übrigen trugen Verletzungen davon, die sie nur leicht schwächten.

»Bist du sicher, daß dieses Tier gesund ist?« fragte Furchtbart seinen hübschen, weiblichen Leutnant. Strahlend wie immer kniete Sally in ihrem durchsichtigen weißen Überwurf und der aus Laub bestehenden Tunika vor ihm, die jedesmal an den bezauberndsten Stellen Blätter abwarf, wenn sich das Mädchen in einen Wirbelwind verwandelte.

»O ja, Dunkler Pilger«, antwortete sie mit der ernsten Unterwürfigkeit, die Furchtbart im Interesse seiner Sache jedesmal patriotisches Herzklopfen verursachte. Seine Überredungsmagie hatte bei dieser einst so verstimmten und desillusionierten Nymphe Wunder gewirkt. Sie war nun eine Frau voller Engagement – für ihn und für die Sache natürlich. Dank der Wunderkräfte. Er hatte wirklich kein Verlangen danach, daß sich das Feuer in diesen grünen Augen einmal gegen ihn wenden würde.

»Das Einhorn ist freiwillig mitgekommen, es hat sogar darauf bestanden, mich auf seinem Rücken hierher zu tragen«, sagte sie mit der Andeutung einer Kritik. »Davon werde ich bestimmt noch wochenlang wund sein. Ich kann dir versichern, daß ich zur Rückreise mit Vergnügen wieder meinen Wirbelwind benützen werde.«

»Die Opfer, die du für die gemeinsame Sache bringst, gereichen dir zur Ehre, mein Kind«, sagte Furchtbart. »Vielleicht werde ich später persönlich nach deinen Wunden sehen und sie behandeln. Das ist das wenigste, was ich für dich tun kann. Aber nun, während unsere treuen Anhänger das Tier in unsere Festung bringen, möchte ich gerne deinen Bericht hören.«

Das Mädchen erhob sich anmutig und zählte die erledigten Aufgaben auf. Zu seiner großen Freude stellte Furchtbart fest, daß sie so intelligent war, daß er ihr kaum detaillierte Anweisungen geben mußte, wenn sich seine Instruktionen plausibel in die gemeinsame Sache einfügten. Wenn Furchtbart sie überzeugen konnte, dann konnte sie wiederum die Banditen überzeugen. Ihre Magie, der natürliche, unwiderstehliche Zauber aller Nymphen, glich seiner eigenen Zauberkraft, die ihn dazu befähigte, sogar noch die absurdesten Unwahrheiten mit der Glaubwürdigkeit unwiderlegbarer Tatsachen zu erfüllen.

»Wie du mir aufgetragen hast, Dunkler Pilger, habe ich angefangen, ein Informationsnetz aufzubauen aus Leuten, die bereit sind, unserer Sache zu dienen. Die Frau meines Bruders in Klein-Lieblos wird sich wahrscheinlich – wie in der Vergangenheit so auch jetzt – als besonders nützlich erweisen. Wie alle anderen Gläubigen hat sie mit großer Erregung von den Belohnungen gehört, die unser Volk erwarten, wenn wir siegen. Ich habe die Nachrichten von deinen großen Entdeckungen unter unseren Anhängern ausgestreut, so daß jeder sich darüber freuen kann, daß du in deiner großen Weisheit dem Geheimnis der ewigen Jugend, Gesundheit und Schönheit auf der Spur bist, Vorteile, von denen wir alle profitieren werden, wenn wir dich bei deiner Arbeit unterstützen.«

Ihr Gesicht zeigte ein strahlendes Lächeln. Sie war hocherfreut, solche Neuigkeiten mit ihren Waffenbrüdern teilen zu können. Ihre etwas schrägstehenden Augen leuchteten vor Begeisterung.

»Du bist ja so weise, Dunkler Pilger, die Früchte deiner Nachforschungen mit den Gläubigen zu teilen. Ich weiß nun mehr über die Gefangennahme von Einhörnern, als ich jemals in die Praxis umsetzen kann.«

»Du schaffst es schon, meine Liebe. Sprich nur weiter. Was ist mit diesen neuen Rekruten, die heute mit dir angekommen sind, und was wolltest du über dieses Einhorn sagen?«

»Das sind die Gefolgsleute von Wulfric, dem Werwolf, Dunkler Pilger. Obgleich Wulfric im großen und ganzen ein einsames Leben vorzieht, hat er diese Männer aus Liebe zu mir zu unserer Sache geführt und schickt sie nun großzügigerweise hierher, damit sie uns bei unserem großen Werk unterstützen. Er war es auch, der das Einhorn aufgespürt hat, denn er kennt sich im Wald noch besser aus als ich.«

»Wo ist dieser Mann?« fragte Furchtbart, »ich möchte ihm persönlich danken und ihn segnen und ihm unsere gemeinsame Sache darlegen.« Wenn dieser Mann wirklich so gut war, wie Sally behauptete, dann wollte er sich vergewissern, daß er unter seinen, nämlich Furchtbarts, persönlichen Zauber fiel.

Die Nymphe, die einen Vorwurf aus der Stimme ihres Führers heraushörte, fing auf eine niedliche Art an zu zittern und schlug die Augen nieder. »Ich... ich habe mir die Freiheit herausgenommen und Wulfric und seinen Gefolgsleuten unsere Sache selber dargelegt. Du hast es mir doch erlaubt und gesagt, ich sei deine rechte Hand und dein Sprachrohr!«

»Still, liebes Kind, man sollte es nicht übertreiben...« begann Furchtbart, aber die Nymphe sprach hastig weiter, weil sie seine Anerkennung wiedergewinnen wollte.

»Weißt du, ich hatte plötzlich diese Idee, die der gemeinsamen Sache dienen sollte. Es war ein ganz spontaner Einfall, und ich hatte so gehofft, du würdest dich darüber freuen!«

»Das wird schon noch kommen, mein Kind«, stieß der Zauberer zwischen zusammengebissenen Zähnen hervor, so diplomatisch es ihm möglich war. »Jetzt sag mir nur noch, was du mit diesem Mann angestellt hast!«

»Als ich ausgezogen bin, um das Einhorn einzufangen, Dunkler Pilger, stellte ich fest, daß Wulfric und seine Mannen gerade eine Gruppe vornehmer Reisender erschlagen hatten. Der Anführer der Reisegesellschaft sah Wulfric ein bißchen ähnlich. Bevor man ihm die Kehle sowie seinen prall gefüllten Geldbeutel aufschlitzte, beteuerte dieser vornehme Herr, seine Reisegesellschaft stünde unter dem Geleitschutz des Königs. Er trug eine Brosche mit seinem eigenen Siegel und dem des Königs, und er sagte, dies sei die Einladung zur Taufe der Prinzessin Ronwyn, die gleiche Taufe also, bei der auch du durch einen deiner Anhänger gewisse Geschenke überbringen ließest, Dunkler Pilger.«

»Ach ja!«

»Als ich vom Auftrag des Ermordeten erfuhr und seine Ähnlichkeit mit Wulfric feststellte, habe ich die Gelegenheit beim Schopf ergriffen...«

»Ich wollte, ich wäre dabei gewesen!« rief Furchtbart und faltete die Hände wie zum Gebet. »Ich hätte Wulfric befohlen, in die Maske des Ermordeten zu schlüpfen, meine Geschenke zu überbringen und bei der Taufe zu spionieren und meine treulosen Verwandten auf Burg Eiswurm zu bespitzeln.«

Die Nymphe war ganz außer sich und wäre beinahe in Ohnmacht gefallen. »O Meister!« rief sie, »genau das habe ich getan! Dann habe ich es also richtig gemacht, nicht wahr?«

»Das hast du ganz wunderbar gemacht, mein Kind«, erwiderte er wohlwollend. Dann blickten sie beide auf, als seine Soldaten mit einem letzten Ruck an den groben, schweren Seilen das immer noch um sich schlagende, gefesselte Einhorn bis zur Felskante hochzogen. Von dort konnten sie das Zaubertier mit Leichtigkeit auf den äußersten Rand des Schlosses ziehen, und dann verschwanden die schwach kickenden, gespaltenen Hufe aus dem Blickfeld der beiden.

Furchtbart lächelte vor sich hin, nahm seine Jüngerin beim Arm und geleitete sie durch das Gebüsch am Fuße des Felsens und durch einen geheimen Eingang ins Innere des Schlosses. Der Gang war seine persönliche Entdeckung, er führte zu einem Ausgang, den nicht einmal Pegien kannte. »Und nun, tapferes Kind, werde ich mich um deine Verletzungen kümmern, während du mir noch mehr über deinen bemerkenswerten Freund erzählst. In meinem Arbeitszimmer sind wir ungestört.«

Dieses Mal war Prinz Leofwin Langleib, der Anwärter auf den Thron des Herzogtums von Frostingdung, vorbereitet. Wie er es prophezeit hatte, hatte der zaubermächtige Graf es wieder geschafft und war während der Jagd plötzlich verschwunden, so daß die Falken nun, wie zuvor, wirr und ziellos in der Luft herumkreisten, während die Jagdhunde winselten und mit eingeklemmten

Schwänzen herumstrichen und nicht von der Seite ihrer Herrn weichen wollten.

Leofin hatte genug von dieser Art von Hokuspokus und wollte dieses Mal etwas dagegen unternehmen. Da er die Truppen seines Vaters in zahllosen Feldzügen gegen die wirklichen und imaginären Feinde Frostingdungs geführt hatte, wußte er, wie man mit gerissenen Fremden umgehen mußte.

Der Prinz spornte sein Pferd zu einem starken Galopp an und brach durch das Gehölz, ohne darauf zu achten, ob ihm die Zweige ins Gesicht schlugen oder an seinen Armen entlangpeitschten. Er war fest entschlossen, den Kerl, der abgehauen war, zu überholen und von ihm zu erfahren, was hier eigentlich vorging.

Von Anfang an hatte Leofwin gedacht, daß mit dem schlangenartigen Zauberer etwas nicht stimmte, noch bevor der Mann an seiner Jagd teilgenommen hatte. Der gute Graf war nach seinem Dafürhalten zu schnell, sein Geruchssinn zu ausgeprägt und sein Auge zu scharf für einen Verwalter der brazorianischen Inselbesitzungen, der seine Zeit in einem Sessel zubrachte. Das war das einzige, was Leofwins Spione über ihn herausgebracht hatten. Leofwin wollte immer ganz genau wissen, in wessen Gesellschaft er sich befand, und alle Berichte über den reichen Grafen paßten nicht in sein Bild von dem Mann mit dem ausgezehrten, hungrigen Gesichtsausdruck, dem schlauen Blick und der durchtriebenen Art, erst dann zu sprechen, wenn schon alle anderen ihre Meinungen preisgegeben hatten. Auch war in den Berichten nicht die Rede von den seltsamen Jagdgewohnheiten des Mannes gewesen.

Heute war es zum dritten Mal innerhalb von drei Tagen geschehen, daß der Graf mit ihnen ausritt und dann ganz einfach verschwand. An den vergangenen beiden Tagen war der Mann nach einer Stunde wieder erschienen und hatte die Hunde auf die Fährte des Wilds gesetzt, am ersten Tag hatten sie einen Rehbock gejagt und am zweiten einen Eber, den der Graf mit einem so blutrünstigen Vergnügen hatte töten helfen, daß Leofwins Soldatenherz unwillkürlich höher geschlagen hatte.

Aber, guter Jäger hin oder her, wenn er beabsichtigte, ihm die

schlampige braune Prinzessin vor der Nase wegzuschnappen, bevor er, Leofwin, seinen Zug machen konnte, dann würde er wirklich von seinen Göttern jede erdenkliche Hilfe benötigen.
Leofwin brauchte diese Frau, um seinen Brüdern den Kronprinzentitel von Frostingdung wegzuschnappen. Es war ja nicht so, daß er gerade diese Frau gebraucht hätte, er wäre auch mit einer anderen zufrieden, solange es sich nur um eine Prinzessin handelte. Erst dadurch, daß er vor seinen Brüdern eine Prinzessin heiratete, würde sich Leofwin das Vorrecht auf den Thron sichern.
In den meisten Ländern hätte es genügt, der Älteste zu sein, aber die Großherzöge und -herzoginnen von Mittelfrostingdung hatten jahrhundertelang ihre Kinder nicht einzeln, sondern immer zu mehreren bekommen. Natürlich führte dies unweigerlich zu politischen Verwicklungen, da viele der kleinen Prinzen und Prinzessinnen sich so ähnlich sahen, daß man später nicht mehr mit Bestimmtheit sagen konnte, wer wessen Kind war. Leofwin war einer von eineiigen Drillingen.
Natürlich könnte er jederzeit seine Brüder umbringen, oder es wenigstens versuchen, und dann heiraten, wen er wollte. Aber seine Brüder waren ebenso rücksichtslos und ehrgeizig wie er, wenn auch weniger leidenschaftlich. Während er dazu neigte, seine Brüder mit dem Schwert niederzumetzeln und damit die Sache ein für allemal für sich zu entscheiden (wofür er dann sehr wahrscheinlich vom Großherzog erschlagen würde, der diese Art von Auseinandersetzung mißbilligte), würden Leofrig und Leofric ihn wahrscheinlich eher vergiften oder ihn in eine entlegene Kammer sperren, damit er verhungere. Auf ihre Art waren auch sie faszinierend. Leofwin würde es hassen, sie umbringen zu müssen, auch wenn er Aussicht auf Erfolg hätte, da er sie mochte. Und schließlich mußte ein Mann ja doch heiraten, und warum dann nicht eine Prinzessin?
Leofrig und Leofric waren viel zu sehr damit beschäftigt, sich gegenseitig zu beobachten, als daß sie sich zu weit von zu Hause weggewagt hätten. Leofwin dachte, er könne zwei Fliegen mit einer Klappe schlagen, wenn er sich auf den Feldzügen, die er für

seinen Vater und auch für andere führte, die ihn in Dienst nehmen wollten, nach einer Braut umsähe. Die Schwierigkeit bei diesem Plan war jedoch, daß er ihn früher oder später gegen jeden kämpfen ließ, und wenn er schließlich für seine Nachbarn das eine oder andere Land erobert hatte, hatten deren Töchter ihren Rang verloren, da sie mit dem Sturz ihres Hauses automatisch zu Sklavinnen wurden. Sein strategisches Geschick hatte das Herrschaftsgebiet seines Vaters daher außerordentlich bereichern und vergrößern helfen, aber ihm selbst in keinster Weise geholfen, eine Braut zu finden.

Auch hatte er derzeit keine Feinde mehr, denn er hatte alle Gebiete zwischen den weiten Ödflächen und dem Ozean unterworfen. Um nicht bei Hofe bleiben und gewärtig sein zu müssen, daß ihm seine Brüder Gift in die Suppe schütteten, erklärte er sich bereit, an Prinzessin Bronwyns Tauffeier teilzunehmen. Er fand es sehr freundlich von König Ebneresch, Gretchen auch zur Prinzessin zu machen, gerade so als hätte er geahnt, daß sie die ideale Frau war, die Leofwin unbedingt mit nach Hause nehmen mußte. Nun mußte Leofwin sie nur noch für sich gewinnen.

Leofwin durfte nicht zulassen, daß ein hinterlistiger Graf beim Jagen seine Kreise um ihn zog und sich dann womöglich mit der Prinzessin aus dem Staub machte. Leofwin hatte dieses ganz besondere Leuchten in Juvemgoods Blick gesehen, wenn er Prinzessin Greta beobachtete. Er argwöhnte, daß das Leuchten von denselben Gedanken herrührte, die auch ihn bewegten, nämlich, wieviel Liebeswerben notwendig sei, bevor man sie aufs Pferd nehmen und mit ihr zu seinem Stammschloß davonreiten konnte. Niemand würde ihn dazu zwingen.

Plötzlich sprang eine seltsame, pelzgekleidete Figur vor ihm auf den Pfad. Leofwin zügelte seine Stute so abrupt, daß er beinahe vornüber aus dem Sattel gestürzt wäre. Das Pferd bäumte sich auf und wieherte und riß so sehr am Zaumzeug, daß Leofwin geraume Zeit damit zu tun hatte, im Sattel zu bleiben und das Tier zu beruhigen.

Als er alles soweit im Griff hatte, daß er wieder aufsehen konnte,

war die pelzbekleidete Kreatur verschwunden, und stattdessen stand mit spöttischem Grinsen Graf Schwindelgut vor ihm.
Leofwin war wütend und fuhr ihn an: »Was zum Donnerwetter fällt dir eigentlich ein, mein Pferd so zu erschrecken? Wohin ist das Tier verschwunden?« Das Grinsen des Mannes wurde immer breiter, was natürlich ein Fehler war, denn Leofwin zog sein Schwert und bewegte sich auf Schwindelgut zu, um ihn zweizuteilen.
»Es gefällt dir wohl nicht, mit uns zu jagen? Schleichst dich immer davon, stimmt 's? Laß dir eins gesagt sein, du verdammter Schleicher – wenn du nicht sofort darüber Rechenschaft ablegst, was du getrieben hast, dann werde ich dafür sorgen, daß du dich nie wieder davonschleichst!«
Gegen Ende seiner Rede fing Leofwin an zu schnauben wie ein Bulle, und er hatte ein wenig das Gefühl, sich wie ein Trottel benommen zu haben, der die Karten zu früh auf den Tisch gelegt hatte. Er hatte sich durch das unverfrorene Grinsen des Grafen so in Rage bringen lassen, daß es nur noch schwer ohne Blutvergießen abgehen konnte.
Aber langsam, wenn auch offensichtlich mit großer Anstrengung, schaffte Schwindelgut es, sein Grinsen zu unterdrücken und sich zu fügen. Er kniete mitten auf dem Pfad nieder und beschmutzte dabei seine vornehmen silbergrauen Reithosen mit Schlamm und welken Blättern.
»Hoher und edler Prinz«, sagte er mit einer Stimme, die Leofwin an die eines Priesters bei der Entrichtung des Zehnten zu erinnern pflegte, »habe ich Euch nicht versprochen, Euch zu einer so reichen Jagdbeute zu verhelfen, wie ihr sie bisher noch nicht gesehen habt? Aber wie Ihr selbst sehen werdet, nach drei Tagen des Herumsuchens habe ich mein Wort gehalten!«
»Nun rede schon, ehe ich endgültig die Geduld verliere und den Anblick deines Blutes einem Gespräch mit dir vorziehe!«
Das selbstgefällige und ironische Grinsen auf Graf Schwindelguts Gesicht war wiedergekehrt, und er sagte: »Einhornspuren, ehrwürdiger Prinz – und nach der Fährte zu urteilen, nur wenige Stunden alt!«

»Einhorn – du meinst das Tier, dessen Horn einen Menschen vor Vergiftungen bewahren kann?« Das war genau das Mittel, das ihn vor seinen Brüdern schützen könnte, dachte Leofwin, und das vielleicht auch die schlampige, braunhäutige Prinzessin für ihn einnehmen würde.
»Ja, Prinz, sie verfügen über diese Zauberkraft und über noch viel mehr.«
»Worauf warten wir noch? Sofort ihm nach, aber wenn ich dich noch einmal aus den Augen verliere, kommst du mir am besten nie wieder unter die Augen, sonst wirst du es bereuen!«

Es gelang Mondschein, den ersten beiden Gruppen der Jäger zu entkommen.
Er hörte die Hunde der ersten Gruppe lange bevor sie in ihre Nähe kamen. Nachdem sie durch einen Bach geritten waren und sich glücklich im Schatten der Bäume befanden, führte Mondschein seine Freunde so tief in den Wald, bis sie das Gebell der Hunde und das Getrappel der Jagdpferde, das die Erde erzittern ließ, nicht mehr länger hören konnten.
Mit der zweiten Gruppe kamen sie sogar noch weniger in Berührung. Das einzige Anzeichen dafür war ein Jagdfalke, der eine glücklose Ente umkreiste. Die Jäger mußten, nach der Lautstärke des Rufes zu urteilen, mit dem der Falkner seinen Vogel zurückrief, ziemlich entfernt sein.
Als die Gefahr vorüber schien, drehte sich Gretchen auf Mondscheins Rücken um und murmelte im Flüsterton etwas vor sich hin, das sich wie ein Reim anhörte. Nun wirbelten plötzlich auf allen Wegen, die Mondschein im Wald eingeschlagen hatte, Blätter und Staub auf.
»Sag mal, was tust du da eigentlich?« fragte Colin. »Ich verhexe unsere Wege mit einem Wischzauber, falls einer der Jagdhunde auf die Idee kommen sollte, einem Einhorn nachzuspüren statt einem Eber oder einem Hasen.«
Am späten Abend hatten sie noch Gelegenheit, über Gretchens Wischzauber heilfroh zu sein, als sie der dritten Jagdgruppe be-

gegneten. Gemessen an der Zeitspanne, die die Flüchtigen unterwegs waren, waren sie nicht sehr weit vorangekommen. Sie hatten lediglich ein paar Meilen zurückgelegt. Dies lag nicht an Mondscheins Schnelligkeit oder daran, daß Roundelay nicht hätte Schritt halten können.

Aber jedesmal, wenn sie zu einer Wasserstelle kamen, hielt Mondschein an, um sein Horn hineinzutauchen. Dann, um die verlorene Zeit wieder einzuholen, galoppierte er so schnell er konnte, bis er am nächsten Tümpel anlangte.

Beim zweiten Mal hielt er so plötzlich an, daß Roundelay gegen ihn stieß und Colin nach vorn auf den Hals seines Pferdes rutschte. Die Instrumente klirrten und ächzten bedenklich, als sie mit dem Spielmann nach vorn fielen. Colin beschwerte sich: »Muß Mondschein das denn wirklich jedesmal tun?«

Gretchen, die beinahe ein unfreiwilliges Bad genommen hätte, als Mondschein plötzlich anhielt, mußte zuerst nach Luft schnappen, ehe sie antworten konnte.

Mondschein warf Colin einen schmerzlichen Blick zu und tauchte dann sein Horn ein zweites Mal ins Wasser, damit der Spielmann auch begriff, daß die Einhörner sich an Bächen genauso verhielten, wie sie es für richtig hielten. Nachdem er noch einmal lässig mit dem Schweif geschlagen hatte, trabte er durch den Bach davon.

Bis dahin hatte auch Gretchen ihre Fassung wiedergewonnen und lächelte Colin um Entschuldigung heischend an: »Du wirst dich bestimmt noch daran gewöhnen, mir ist es auch nicht leicht gefallen, aber er muß es tun, denn es ist Teil seines – Mondschein, wie nennst du ihn, den kleinen Vers?«

»Es wäre sehr gütig, liebste Jungfrau, wenn du aufhören würdest, dich auf meinen Codex, mein Bekenntnis, als »diesen kleinen Vers« zu beziehen. Schließlich handelt es sich um die Grundregeln für Einhörner, die von jeder Stute an ihr Fohlen weitergegeben werden. Der Abschnitt, den unser hochgeschätzter Begleiter angreift...«

»Aber ich habe ihn ja gar nicht angegriffen...« wehrte sich

Colin. Nach Mondscheins Ton zu urteilen, war zu befürchten, daß jemand, der keine Jungfrau war, diese fehlende Jungfräulichkeit durch keine noch so opferbereite Mitstreiterschaft ausgleichen konnte – Mondscheins feierlichem Schwur zum Trotz.
»Der Absatz lautet«, fuhr Mondschein, Colins Protest geflissentlich überhörend, unbeirrt fort:

»Aber auch dies ist der Codex des Einhorns:
Die Handlung des Einhorns ist ein für allemal –
Da uns das Horn dazu befähigt,
Alles Wasser zu segnen,
Damit seine Reinheit verbürgt ist.«

»Ein edler Gedanke«, sagte Colin, »aber ein ziemlich mittelmäßiger Vers, wenn du mich fragst. Ich wünschte, wir ritten die Hauptstraße entlang«, fuhr Colin fort und sah sich beklommen um. Der Wald wurde immer dichter und die Schatten waren für diese frühe Stunde viel zu dunkel. Nur gelegentlich unterbrach das Tirilieren eines Vogels das dumpfe Klappern der Hufe, das Geflimmer der Blätter und die gedämpften Geräusche der Instrumente, die in ihren Schutzhüllen immer wieder sanft gegen Roundelays Flanken schlugen.
Colin mochte den tiefen Wald nicht. In seiner Heimat Ostoberkopfingen gab es ausgedehnte Wiesen, den Wald hatte man ausgiebig gerodet, so daß die Bäume erst in ziemlicher Entfernung des Ortes anfingen. Als Spielmann reiste er meist in besiedelten Gebieten, um die Menschen zu unterhalten, er wagte sich selten in einsame Gegenden. Im großen und ganzen hatte er das Gefühl, dabei nicht viel versäumt zu haben, denn er hatte keine besondere Vorliebe für Schatten, Stille oder eiskalte Windböen.
»Hör doch endlich auf, dir Sorgen zu machen«, erwiderte Gretchen gelassen, »Mondschein kennt sich in diesen Wäldern gut aus, natürlich besonders entlang der Bäche.«
»Ja, das hab ich gemerkt«, sagte Colin ungerührt.
»Colin, wir können doch nicht auf der Hauptstraße reisen, das ist nun einmal so«, sagte sie bestimmt, »es hat wenig Sinn für mich

zu fliehen, wenn ich zwischen hier und dem Forellenfluß jeden Freisassen meines Vaters grüßen muß, und außerdem bin ich als Reiterin eines Einhorns ja auch nicht gerade unauffällig.«
Sie folgten einem Weg an einem steilen Bergabhang entlang. Auf der einen Seite stieg die Wand steil an, auf der anderen fiel sie steil ab. Der Weg wurde allmählich breiter und führte sanft bergab. Vor ihnen schien sich nun auch das Erlengestrüpp etwas zu lichten, das in diesem Teil des Waldes vorherrschte. Da in der letzten halben Stunde keine Bäche ihren Weg gekreuzt hatten, waren sie gut vorangekommen. Dann spitzte Mondschein plötzlich die Ohren und kam mit viel Lärm wieder zum Stehen.
»Was tust du denn, Lieber?« fragte Gretchen.
»Horch, Mädchen«, erwiderte das Einhorn, »hörst du die Jagdhunde und Hufe?«
Colin lauschte ebenfalls und hörte sofort die Geräusche der Jagdgesellschaft. Er hörte auch Stimmen, obwohl er nicht sagen konnte, aus welcher Richtung sie kamen. Aber das Gebell der Jagdmeute und das Pferdegetrappel waren nun deutlich hinter ihnen auf dem schönen, breiten Pfad zu hören. »Sie sind hinter uns! Macht, daß ihr fortkommt!« rief Colin und hatte es vernünftigerweise eilig, seinem eigenen Rat zu folgen.
Gretchen drehte sich auf Mondscheins Rücken um und schnatterte ihren Wischzauber so schnell herunter, daß nur die langjährige Praxis ihre Zunge sie vor dem Verhaspeln bewahrte. Als das Einhorn Roundelay nachjagte, schien sich der ganze Pfad zu schütteln und einen undurchdringlichen, vibrierenden Schleier aus Staub, Blättern und Ästchen von der Erde zu den Baumwipfeln hochzuwirbeln.
Das Chaos, das durch den Wischzauber entstand, verwischte nicht nur ihre Spuren, sondern gewährte ihnen auch Schutz, als sie in dem vor ihnen liegenden Gehölz untertauchten. Das Hundegebell und Pferdegetrappel wurde nun von Niesen und Husten übertönt, das Gretchen zeigte, daß die Jäger durch ihren Zauber auch persönlich aus der Ruhe gebracht wurden.
Aber sie hatte keine Zeit, sich zu diesem Erfolg zu beglückwün-

schen. Plötzlich riß Colin Roundelay herum, so daß sich die Stute beinahe an Mondscheins Horn die Flanke aufgeschlitzt hätte, und ritt mit ihr in das Weidendickicht neben dem Pfad.

Für einen kurzen Augenblick sah Gretchen das Jagdlager, dessentwegen Colin die Richtung geändert hatte: leuchtendrote Pavillons und Männer, die für ein Lagerfeuer Zweige auf einen kegelförmigen Reisighaufen stapelten, an dem die Hirschkuh gebraten werden sollte, die die Männer am anderen Ende des Lagers fertigmachten, während die Jagdhunde die Eingeweide hinunterschlangen. Gretchen konnte es gerade noch sehen, bevor jemand dicht hinter ihr nieste und Mondschein hinter Roundelay im Dickicht untertauchte.

Der Staub und die Blätter hatten sich kaum gesetzt, als auch schon die Hunde haarscharf an Gretchens Fersen vorbei ins offene Lager jagten. Dicht hinter ihnen ritt der Jäger, den sie hatte niesen hören. Es war der rotgesichtige, O-beinige Prinz, der versucht hatte, sie mit der Darstellung eines kürzlich gefangengenommenen Feindes zu belustigen, der um sein Leben gefleht hatte.

Einer der Männer, der mit der Vorbereitung des Lagerfeuers beschäftigt war, blickte auf. Gretchen erkannte Herrn Eberfluch, der ihrer Meinung nach eher selbst einem Eber ähnlich sah als jemand, der für einen Eber einen Fluch bedeutete. »Was gibt 's Neues, Leofwin?« begrüßte er den Prinzen. »Habt ihr eines der Einhörner gefunden, nach denen ihr gesucht habt?«

Gretchen wurde ganz starr vor Schreck und fühlte, wie Mondschein unter ihr ganz klein wurde. Keiner von ihnen hatte geahnt, daß sie von Mondscheins Aufenthalt in den Wäldern wußten – und beide waren sich sicher, daß es in diesen Wäldern keine anderen Einhörner gab.

»Ich nicht«, erwiderte der Prinz und mußte noch einmal niesen, ehe er abstieg. Dann nahm er einen Weinschlauch aus der Satteltasche und trank einen langen, durstigen Zug, bevor er den Weinbehälter an Lord Eberfluch weitergab. Der Diener zündete nun den Holzstoß an, und das aufgespießte Wildbret wurde über dem Feuer aufgehängt.

Leofwin übergab sein Pferd einem Reitknecht und setzte sich auf einen Baumstamm, den er in die Nähe des auflodernden Lagerfeuers gezogen hatte. Plötzlich sagte er: »Graf Schwindelgut war sich so sicher, die Spur eines Einhorns gesehen zu haben, und ein oder zweimal, bevor ich jegliche Spur von ihm verloren habe, hätte ich schwören mögen, daß er recht hatte. Wo ist übrigens Schwindelgut? Ist er vor mir ins Lager gekommen?«
»Was meinst du, woher das Wildbret kommt?« fragte ein dünner, asketisch aussehender junger Adliger, den Gretchen noch als Verfasser ganz entsetzlicher Gedichte in Erinnerung hatte, die er sich ihr zu Ehren abgerungen hatte.
Der Dichterling wandte sich an Herrn Eberfluch: »Übrigens habe ich meine Wette gewonnen, mein Lieber. Der geheimnisvolle Schwindelgut hat wieder gesiegt – setzt unseren guten Leofwin auf die Spur eines wilden Einhorns an und bringt es doch irgendwie fertig, den Speck mit nach Hause zu bringen, wenn ihr mir erlaubt, meine Metaphern auf die Essenszeit abzustimmen.«
»Es ist sehr wohl möglich, daß du deine Wette zwar gewinnst, aber deinen Kopf verlierst, wenn du nicht aufpaßt, was du sagst!« knurrte Leofwin. Der beschwerliche und vergebliche Ritt hatte nicht zur Verbesserung seiner Laune beigetragen.
Gretchens Aufmerksamkeit wurde vom Geräusch raschelnder Blätter zwischen den Bäumen auf der anderen Seite des Lagers gefangengenommen. Ein Mann tauchte zwischen den Bäumen auf und betrat die Lichtung. Gretchen konnte sich nicht daran erinnern, schon einmal mit ihm gesprochen zu haben, doch sie hatte ihn unter den Freiern gesehen. Er trug einen silbergrauen Anzug, der sehr gut zu seinem modisch struppigen silbergrauen Haarschopf und seinem grauen Vollbart paßte. Sie konnte die Farbe seiner Augen nicht erkennen, aber in dem tiefen Schatten, der ihn immer noch umgab, schienen sie wie die eines Raubtieres zu leuchten.
»Da ist er ja, dein durchtriebener Graf«, sagte der dürre junge Herr. »Komm, Schwindelgut. Prinz Leofwin sehnt sich nach dir!«
Anfangs war Leofwins Stimme ganz ruhig, aber an der Spannung

in seinem Rücken erkannte Gretchen, daß er sich nur mit äußerster Mühe beherrschte. Es kam ihr beinahe so vor, als fürchte der Prinz den Mann, der vor ihm stand. »Wo, zum Henker, bist du denn dieses Mal gewesen, Schwindelgut?« fragte er.
Aber Graf Schwindelgut beachtete ihn überhaupt nicht.
Gretchen konnte jetzt ganz deutlich sehen, daß die Augen des Grafen funkelten und daß er direkt in die Richtung ihres Verstecks schaute. Seine Nasenflügel, die breiter und flacher waren als bei den Menschen, die sie bisher zu Gesicht bekommen hatte, blähten sich auf, als er den Kopf nach hinten warf und aufgeregt in der Luft herumschnupperte, denn er hatte sie gewittert.

Wenn Wulfric jetzt noch in seiner Wolfsgestalt gesteckt hätte, hätte er mit dem Schwanz gewedelt. Nur mit Mühe konnte er sich davor zurückhalten, seine Lippen zu lecken. Was für einen köstlichen Geruch das Tier doch an sich hatte! Auch waren da noch andere Gerüche, die aber durch den Gestank der Jäger überlagert wurden: Eine Frau, ein fremder Mann und ein Pferd. Der Geruch der Frau kam ihm bekannt vor, er war sich zwar nicht ganz sicher, aber wahrscheinlich war sie die junge Verwandte des Dunklen Pilgers. Er hatte sie schon zweimal zuvor gewittert.
Gerüche, die er einmal mit einem Lebewesen identifiziert hatte, konnte er immer wieder erkennen. Wulfric wandte sich nun dem tobenden jungen Kriegsherrn zu und lächelte unterwürfig, aber es war nur eine gespielte Unterwürfigkeit. Wenn Leofwin von der Magie des Tieres profitieren wollte, dann mußte er Wulfric den von ihm festgesetzten Preis bezahlen.
Der O-beinige Prinz packte ihn am Kragen, schüttelte ihn und drohte ihm mit der Faust. »Antworte mir, du verfluchter, grinsender Hexer!« forderte der Prinz.
Wulfric lächelte immer noch und überlegte sich, wie angenehm es wäre, wenn er jetzt wieder in seine Wolfsgestalt zurückschlüpfen und die kläglichen Reste Seiner Hoheit über den ganzen Wald verteilen könnte, aber er beherrschte sich und nahm statt dessen wieder seine »schwanzwedelnde« Stimme an.

»Ladet keine Schuld auf meine Schultern, o großer Prinz!« winselte er. »Habe ich denn nicht die Fährte des Tieres bis zu dieser Lichtung verfolgt, auf der wir nun stehen? Aber hört mir gut zu, o großer Herr! Das Tier ist verschlagen und unwahrscheinlich schnell! Genauso oft, wie ich es verfolgt habe, ist es mir auch wieder entkommen. Aber es befindet sich in der Nähe, großer Prinz, und Ihr sollt aus seinem Horn trinken, wenn Ihr mir helft, es einzufangen!«

Es war nicht so, daß er Leofwin gebraucht hätte, das Einhorn einzufangen, dieses oder irgendein anderes. Er mußte das Tier nur zu Sally treiben, und sie würde es dann gefangennehmen. Aber sie kämpfte gegen Männer ebenso gern wie gegen Einhörner, und deshalb wollte Wulfric ihr diesen Kerl hier schenken, den die anderen Männer fürchteten. Er war ein grimmiger Kriegsherr, und obwohl Wulfric ihn nicht mochte, hatte er den gleichen unersättlichen Tatendrang wie andere, die Wulfric für die Sache gewonnen hatte. Er würde sich sehr gut dazu eignen. Sie würde Wulfric loben und verwöhnen, wenn er ihr diesen tückischen Krieger übergeben würde.

»Aber warum sollte ich *dir* helfen, das Einhorn zu fangen?« knurrte Leofwin und nahm wieder einen Schluck aus seiner Feldflasche. »Was würdest du denn mit ihm anfangen, nachdem ich mir das Horn geschnappt habe?«

»Vielleicht will er es der Prinzessin als Reitpferd schenken!« scherzte Eberfluch.

»Oder ihr das gegerbte Fell als Material für ein Gewand verehren«, sagte der Dichterling. »Das arme Ding könnte weiß Gott ein neues Kleid vertragen! Ich habe einmal bei einem Würfelspiel einen Gürtel gewonnen, der angeblich aus Einhornfell war. Ziemlich schäbiges Ding. Ich hätte nie darauf setzen sollen, aber der böse Geist in meinem Weinbecher hat mich dazu verleitet. Ein Glück, daß ich gewonnen habe, denn in meinem beklagenswerten Zustand habe ich meine Siebenmeilenstiefel dagegen gesetzt. Bei dem Ding handelte es sich sicher um das Fell eines armen Kleppers, obwohl der Kerl, der es an mich verloren hat, behauptete, es hätte die Kraft, einen in der Schlacht vor dem Feind zu schützen. Es wäre besser gewesen, wenn er etwas gehabt hätte, das ihn beim Würfelspiel beschützt hätte!«

»Deswegen möchtest du wohl auch um jeden Preis die Prinzessin gewinnen?« fragte ihn Eberfluch, »weil du so oft beim Würfelspiel verlierst. Ich sah dich doch neulich mit diesem Zwerg um die Aussichten auf ihre Mitgift wetten!«

»Sie tun mir Unrecht, Herr, ich habe gewonnen. Aber, wie gesagt, ich kann gut verstehen, daß die Aufregung bei der Jagd auf diese – sagen wir mal *neuartige* – Art von Wild einen reizen könnte. Solch ein Sport muß ein angemessener Trostpreis für euch sein, denen meine auf einer guten Erziehung beruhende Raffinesse abgeht, und die deshalb auch keine Aussichten haben, die königliche Hexe für sich zu gewinnen.«

»Auf guter Erziehung beruhende Raffinesse, daß ich nicht lache!« spöttelte Eberfluch. »Alles, was du hast, sind wohlerzogene Eltern, die wollen, daß du gute Beziehungen zum König hast, falls dieser auf den Gedanken verfallen sollte, ihre armseligen Ländereien zu annektieren und einen Truppenübungsplatz daraus zu machen.«

»Während Sie ihr natürlich etwas sehr viel Brauchbareres zu bieten haben? Zum Beispiel Ihre dreizehn Kinder von drei verstorbenen Müttern, die von Trollen abstammten, und ein großes, moderiges Schloß, das sich inmitten eines Sumpfes voller Schlangen und Gelichters befindet?«

»Es ist kein Sumpf, es ist nur undränierter Ackerboden, und ich werde mich bei dir bedanken, daß du mein Zuhause so schön beschreibst, mein Lieber. Stimmt, es ist einfach, aber wenigstens ist die Hypothek bezahlt, und wahr ist auch, daß die Kinder eine Mutter brauchen.«

»Wofür denn? Zum Essen?«

»Ach, ihr großen Herren«, seufzte Wulfric, riß ein Stück halbrohes Fleisch von dem bruzzelnden Wildbraten ab und verzehrte es. »Könnt ihr denn nicht einsehen, daß der Besitz eines Einhorns dem einer Frau vorzuziehen ist? Könnt ihr denn wirklich nicht einsehen, daß der Besitz eines solchen Tieres mehr wert ist als der kostbarste Schatz oder die Belohnung, die ihr bekommt, wenn ihr ein Einhorn für jemanden einfangt? Kennt ihr wirklich nicht die Legenden von den lebenspendenden Eigenschaften dieses Tieres oder seinem wundersamen Horn oder vom Geheimelixier, das aus Einhörnern besteht?«

»Haha!« lachte Eberfluch. »Lieber eine Prinzessin im Stall als zwei Einhörner im Wald. Ich muß schon sagen, Leofwin, alter Junge, merkst du eigentlich nicht, wenn man dich auf die Schippe nimmt? Der Graf macht sich wieder mal lustig über dich! Einhörner! Bah! Wenn ich dir sage, daß es so etwas gar nicht gibt! Keiner aus *meiner* Familie hat jemals eines gesehen, und meine Besitzungen bestehen zu einem großen Teil aus Wildnis.«

»Soviel ich weiß, machen sich die Einhörner nichts aus Sumpfgebieten und Einöden«, sagte der Dichter herablassend, »sie sind vielmehr Wesen, die unsere Träume und Zauberwelt bevölkern, und sie sollen angeblich nur für junge Mädchen sichtbar sein. Trotz allem sind sie aber, wie ich fürchte, nicht greifbarer als die Einhörner, die die Familie meines Herrn noch nie gesehen hat.«

»Stimmt das?« fragte Leofwin und packte Wulfric an der Gurgel.

Statt einer Antwort, würgte Wulfric. Leofwin lockerte den Griff, und der als Mensch getarnte Werwolf mußte seinen ersten Impuls niederkämpfen, dem Prinzen nämlich kurzerhand die Halsschlagader durchzubeißen. Stattdessen erwiderte er demütig: »Nein, großer Prinz. Die Tiere gibt es wirklich. Hat denn noch keiner von euch so einen magischen Becher gesehen, der den Trinkenden vor Gift beschützt?«

»Ach, wo doch jeder weiß, daß es sich dabei um kunstvoll geschnitzte Kuhhörner handelt«, hänselte Eberfluch, »die wahrscheinlich von irgendeiner Hexe verzaubert wurden, um dem Gift die Wirkung zu nehmen. Ich sage euch doch, es gibt keine derartigen Tiere. Weder hab ich jemals eines gesehen, noch mein Vater, noch *dessen* Vater!«

»Vielleicht hätten Sie Ihre Mutter und Großmutter fragen sollen, großer Herr«, gab Wulfric zu bedenken. Er hätte zu gern ihre Gesichter gesehen, wenn er ihnen plötzlich das Versteck des Einhorns gezeigt hätte, aber er wußte, daß sie das Tier auf diese Weise nie fangen würden. Sie brauchten sie oder wenigstens die Hilfe der Jungfrau, die sich in der Begleitung des Einhorns befand, was natürlich illusorisch war. Außerdem waren diese Tölpel es gar nicht wert, das Einhorn zu sehen. Wahrscheinlich glaubten sie auch nicht an Werwölfe. Diese Kerle würden wahrscheinlich nicht einmal ihren eigenen Augen trauen. Sie waren reich und bequem, und zogen es vor, sich die Höhlen nach ihrem eigenen Geschmack zu bauen und das Gesetz des Waldes zu leugnen, weil es ihnen nicht paßte. Sie waren die Ausbeuter und königlichen Lakaien, von denen sie gesprochen hatte. Sie waren für eine gemeinsame Sache nicht geeignet, wie sich noch erweisen sollte.

»Mein lieber Schwindelgut«, sagte der junge Dichter gähnend, »du bist zwar ein ganz vorzüglicher Jäger, aber ich glaube, du hast dich durch eine poetische Metapher irreführen lassen. Das Einhorn ist doch nur ein Symbol für unerreichbare Reinheit, eine Idee, die offensichtlich vom zarten Geschlecht heraufbeschworen wurde, um seinen Zauber zu erhöhen und die Illusion seiner geistigen Überlegenheit zu erwecken. Ich, für meinen Teil, werde mich nun zurückziehen und ganz einfach von einem süßen, jungen Ding träumen, ohne diesen verstiegenen Ballast!«

»Nun, das ist das erste vernünftige Wort, das du heute von dir gegeben hast, mein Lieber«, stimmte ihm Eberfluch zu. »Ich werde mich jetzt ebenfalls niederlegen, und, Prinz Leofwin, wenn Ihr wollt, helfe ich Euch morgen, Wildgänse zu jagen. Von denen weiß ich wenigstens, daß es sie gibt.« Als er dies gesagt hatte, zog er sein Messer aus der Scheide, schnitt sich ein großes Stück Fleisch ab, das er im Bett mampfen wollte, und torkelte zu seinem Pavillon hinüber.

Leofwins kalter, blauer Blick traf auf den Wulfrics und hielt ihm stand, als ob er versuchen wollte, durch ihn hindurchzusehen. Er hörte auch nicht auf zu starren, als er sich von dem Fleisch nahm und den Rest an die Diener verteilte, die er anschließend wegschickte.

Als er seinen letzten Bissen verzehrt hatte, sagte der Prinz bedächtig: »Aber diese Einhörner, sie existieren doch wirklich, nicht wahr, Schwindelgut? Ich habe nämlich das Horn eines solchen Tieres gesehen, und es war nicht aus dem Horn einer Kuh geschnitzt. Es lag in einer Schatztruhe, die ich einmal bei einer Belagerung gefunden habe, obwohl ich mich zu jener Zeit mehr für Gold interessiert habe. Ich habe mein Versehen bereut, als ich erfuhr, was es war, aber dann war es schon zu spät.«

»Aber gewiß doch, großer Prinz, es gibt sie«, erwiderte Wulfric.

»Und hier in der Umgebung soll eines sein – du behauptest, du hättest es gesehen?«

»Ganz in der Nähe, großer Prinz, aber ich habe es nicht gesehen, sondern gewittert.«

»Mann, worauf wartest du eigentlich noch? Führ mich sofort zu ihm!«

»Solche Hast, großer Prinz, ist beim Einfangen von Einhörnern nicht dienlich. Wie der fleischlose Jüngling schon ganz richtig sagte, müssen die Einhörner von einer Frau eingefangen werden. Ich kenne eine Frau, die uns helfen wird, aber wir müssen einige Tage lang reisen, um sie zu finden.«

»Bis dahin wird es verschwunden sein!«

»Ich glaube nicht, großer Prinz. Aber selbst wenn dies der Fall sein sollte, dort, wo die Frau zu Hause ist, gibt es noch viele.«

»Hmm, offensichtlich ist es ziemlich umständlich, sich vor dem Vergiftetwerden zu schützen! Ich wäre besser dran, wenn ich statt dessen den Umgang mit den Giftmischern vermeiden würde!«

»Es hat ja noch andere Vorzüge, Herr. Das Geheimelixier, das aus den anderen Körperteilen des Tieres zubereitet wird, garantiert dir Gesundheit und weitestgehende Unverwundbarkeit. Und darüber hinaus natürlich unbeschränkte männliche Potenz.« Wulfric nannte das letztere ziemlich beiläufig, aber wie er erwartet hatte, beugte sich der Kriegsherr eifrig nach vorn.

»Und wie bekommen wir dieses Elixir?« fragte er Wulfric.

»Durch die Frau, von der ich gesprochen habe, großer Prinz«, erwiderte Wulfric.

»Wie bitte? Stimmt das denn auch wirklich?« fragte Leofwin und kratzte sich nachdenklich am Kinn. Wulfric überlegte sich, ob er dem Prinzen jetzt nicht das Einhorn in seinem Versteck zeigen sollte, um ihn zu überzeugen. Aber statt sich damit zufriedenzugeben, würde Leofwin dann nur versuchen, das Tier zu fangen, und wenn ihm das nicht gelingen würde, würde er bestimmt die ganze Bevölkerung auf seine Spur hetzen, und Wulfric müßte dann bei der Suche womöglich mit den Leuten von Burg Eiswurm wetteifern und würde dann wahrscheinlich den Mann für die gemeinsame Sache verlieren. Wenn es aber Leofwin wirklich gelang, das Tier einzufangen, dann würde Wulfric sowohl den Mann als auch das Tier verlieren. Denn welcher Mann brauchte schon mehr als ein Einhorn, außer Ihrem Dunklen Pilger?

Also begnügte sich Wulfric damit, zu nicken und abzuwarten.

Währenddessen dachte Leofwin über die Sache nach, wägte ab und fing schließlich an zu gähnen. »Die Sache hört sich gut an, alter Junge«, sagte er zu Wulfric, »aber findest du nicht, daß das Ganze noch ein bißchen Zeit hat? Ich muß nämlich zuerst noch im Schloß etwas erledigen...«

Wulfric lächelte, als ob er verstanden hätte, obwohl dies nicht der Fall war. Er wollte sich nicht unnötig mit dem Bemühen belasten, zu verstehen, warum die Menschen so handelten, wie sie es taten.

»Sind sie schlafen gegangen?« fragte Colin. Das Lagerfeuer war bis auf die Glut heruntergebrannt, aber als auch der Prinz und der Graf zu ihren Zelten hinübergegangen waren, versank das ganze Lager in Grabesstille.

»Das kann nicht sein«, sagte Gretchen. »Er hat uns gesehen, ich weiß, daß der Graf uns gesehen hat.«

Mondschein zitterte. Auch er hatte gespürt, daß die Blicke des Grafen auf ihm ruhten.

»Hast du verstanden, was die beiden zuletzt gesagt haben?« fragte Gretchen Colin. »Sicher haben sie über Mondschein gesprochen.« Das gute Gehör, das Colin sein eigen nannte, war ein Teil des Erbes

seiner Vorfahren, der Meerbewohner, die ihm übrigens auch ihre musikalischen Fähigkeiten vererbt hatten.
»Ich habe nur einen Teil davon verstanden«, antwortete Colin. Wie jetzt immer, teilte er seine Gedanken Mondschein mit, der sie dann an Gretchen weitergab. »Sie haben nicht direkt über Mondschein gesprochen, aber dieser Graf sagte fürchterliche Dinge über Einhörner.«
»In der Tat, entsetzliche Dinge«, sagte Mondschein und erschauerte. »Ich habe alles verstanden. Der Mann muß verrückt sein. Er spricht von einer Person, die Einhörner einweckt, um die Krankheiten der Menschen zu heilen!«
»Igitt«, sagte Gretchen, »das ist ja wirklich abscheulich!«
»Da gehört schon allerhand dazu«, sagte Colin, »aber laßt uns von hier abhauen, bevor er seine Ansichten populär macht!«
»Ich wüßte gerne, wo er sie her hat«, ereiferte sich Mondschein.
»Hast du nicht einmal behauptet, du könntest jedermanns Gedanken lesen?« fragte Gretchen. Sie beobachtete aufmerksam das inzwischen ruhig gewordene Lager, damit ihr nicht entging, wenn sich dort etwas regte. »Ja, aber nicht seine«, sagte Mondschein, »er hat ein seltsames Gemüt, ich würde es nicht als menschlich bezeichnen, auch wenn das sehr merkwürdig klingt. Aber der andere – der Prinz – meine Jungfrau, wir müssen diesen Ort ganz schnell verlassen! Die Gedanken, die er dir gegenüber hegt, sind wirklich sehr unkeusch!«
»Das kann ich mir denken«, erwiderte sie.
Sie schlichen sich ohne Zwischenfall am Lager vorbei, obwohl sich einmal einer der Hunde, der eigentlich mehr einem Wolf glich, zu regen schien und sie beim Vorüberreiten träge beobachtete. Colin murmelte in einer Stimme, die leiser war als sein Herzklopfen, die Worte zu dem wirksamsten Wiegenlied, das er kannte. Der wolfsähnliche Hund dehnte seine Vorderpfoten und schien wieder in Schlaf zu versinken.
Als sie bereits an drei Bächen und einem kleinen Teich vorbeigekommen waren, blieb Mondschein plötzlich stehen und schnupperte. »Eines ist sicher, Mädchen«, sagte er, »daß die Feinde hinter

uns her sind. Und ich fürchte sehr, ich habe mich verirrt. Ich weiß nicht, in welcher Richtung Königinstadt liegt. In der Eile habe ich die Orientierung verloren und ganz vergessen, welche Richtung du mit deinem hübschen Finger gezeigt hast.«

»Mach dir nichts daraus«, sagte Gretchen, »ich hab 's mir anders überlegt.«

»Was?« fragte Colin und fiel fast aus dem Sattel. »Du willst damit sagen, daß du den König *gar nicht* besuchen willst? Du hast doch hoffentlich nicht vor, einen dieser Gecken zu heiraten? Wenn du entfliehst, dann mußt du doch schließlich auch ein Ziel haben. Wie du selber weißt, hast du auswärts keine Freunde – abgesehen vielleicht von den Zigeunern, aber wer weiß, wo die gerade sein mögen?«

»Doch, es gibt noch eine andere Person«, erinnerte ihn Gretchen. »Und wenn dieses Großmaul Graf Schwindelgut in der ganzen Umgebung der Eisdrachenfeste das Gerücht verbreitet, im Wald laufe ein Einhorn frei herum, glaubt ihm über kurz oder lang auch jemand, und dann können wir uns vor Jägern nicht mehr retten, und dabei habe ich noch nicht einmal an diejenigen gedacht, die mir Papa nachschicken wird. Wir brauchen also eine ganz besondere Hilfe, wenn wir unbehelligt nach Königinstadt gelangen wollen. Was hältst du davon, wenn wir jetzt eine Zeitlang in südlicher Richtung weiterreisen, bis wir den Forellenfluß überquert haben?«

»Zu deiner Tante Sybil?« fragte Colin erleichtert, »aber natürlich! Sie ist im Moment genau die richtige Person und wird uns aus der Patsche helfen. Ja, warum ist sie mir denn bloß nicht eingefallen?«

Schließlich trabten sie wieder weiter, und zwar in südlicher Richtung. Auf der gegenüberliegenden Seite des Teichs, an dem sie stehengeblieben waren, erhob sich eine magere, graue Gestalt, streckte sich und wedelte selbstgefällig mit dem Schwanz. Dann tappte sie leise durch den dunklen Wald zu dem Lager mit den schlafenden Jägern zurück.

IV

Als Herr Cyril Hühnerstange, Hauptarchivar und Drachenverbindungsoffizier des Hauptquartiers, auf seinem Weg zur königlichen Speisekammer, wo er seine mitternächtliche Brotzeit zu machen gedachte, an der königlichen Waffenkammer vorbeikam, blieb er plötzlich stehen, denn er hörte langsame, gemessene Schritte, die mit müder Hohlheit auf dem Steinboden klapperten und sich der verschlossenen, in Eisen eingelassenen Tür näherten, um sich dann wieder zu entfernen.
Herr Cyril fragte sich, welches der zahlreichen Palastgespenster in dieser Nacht wohl hier herumgeisterte.
Vielleicht war es die Dame Drusilla, die während der zweiten Regierungszeit des Hauses Starkherz hingerichtet worden war, weil sie sich vor den Augen der Königin Ethel mit dem König eingelassen hatte. Sie mußte eine ungewöhnlich wilde und hitzige Frau gewesen sein. Herr Cyril hoffte inbrünstig, daß es nicht der Geist von Königin Ethel war, die dann später an einer sehr merkwürdigen Magenkrankheit gestorben war. Tröstlich war nur der Umstand, daß noch nie jemand davon gesprochen hatte, daß Königin Ethel nach ihrem Tod nächtlicherweise herumzuwandern pflegte.
Jedenfalls klang es wie die Schritte eines männlichen Gespensts im Marschschritt. In Anbetracht dieser Tatsache konnte es sich also auch nicht um einen der armen Aschenbrenner-Prinzen handeln. Keiner der beiden Jungen hatte auch nur das geringste Interesse für das Kriegshandwerk an den Tag gelegt. Hätten sie allerdings mehr Zeit in der Waffenkammer verbracht und weniger damit, die anspruchsvolle Salonmagie auszuprobieren, die ihr königlicher Vater nur in seiner Glanzzeit beherrschte, wären sie vielleicht nicht vor ihrer Zeit gestorben. Vielleicht würde jetzt sogar einer von ihnen regieren.
Seine Überlegungen waren nostalgischer Natur: Denn – selbst wenn die Prinzen am Leben geblieben wären, hätte es geschehen

können, daß Argonia in einen Bürgerkrieg gestürzt worden wäre. Zweifellos hatte sich alles zum besten gewendet. König Eberesch machte eine gute Figur auf dem Thron, und er, Cyril, hatte das einzigartige Glück, mit der einzig verbleibenden Erbin der Aschenbrenners, Prinzessin Pegien, korrespondieren zu dürfen. Pegien war eine brillante Historikerin und zweifellos die gelehrteste Frau im ganzen Königreich.

Wäre diese Gespenstergeschichte nicht eine interessante Geschichte, die er seinem nächsten Brief an die Prinzessin beifügen könnte? Er hoffte nur, daß es sich bei dem Gespenst um einen der interessanteren Vorfahren Ihrer Königlichen Hoheit handelte, damit er sicher sein konnte, daß sie schnell antwortete. Seit sechs Monaten hatte er nun schon nichts mehr von ihr gehört.

Wenn es ihm nur gelänge, durch die Tür zu spähen, ohne das Gespenst zu verjagen. Fackellicht sickerte durch den Türspalt, das von den beiden Fackeln in der Steinmauer herrührte, es war spärlich, reichte aber gerade aus, um zu sehen, daß die faszinierenden Schritte nicht von einem Gespenst herrührten.

König Brüllo Eberesch, der etwas, das wie ein kleines Tier aussah, an seine breite Brust drückte, ging in seiner eigenen Waffenkammer auf und ab.

Herr Cyril machte die Tür weiter auf. Der König schaute ihn an, als wäre der Hauptarchivar selbst ein Gespenst. Eilfertig verbeugte sich Cyril. »Ich bitte um Verzeihung, Majestät, aber ich vernahm eben Eure Schritte und dachte, ich sollte mal nachsehen.«

Der König nickte müde. Trotz des unsteten Fackellichts sah Cyril die Sorgenfalten im breiten sommersprossigen Gesicht des Königs und die roten Ränder um seine blauen Augen.

»Kann ich Eurer Majestät in irgendeiner Weise behilflich sein?« fragte Cyril instinktiv, obwohl sich der König eher ablehnend verhielt.

Seine Majestät schüttelte nur den Kopf und schaute auf das Tier herunter, das aber – wie Cyril Hühnerstange nun sah – überhaupt kein Tier, sondern ein Baby war, das in eine Pelzdecke gewickelt war. »Nein, ich brauche dich nicht«, erwiderte der König, »aber vielleicht kannst du ihr helfen. Weißt du, was kleine Kinder mögen? Bernsteinwein schläft immer noch, und Bronwyn fängt sofort fürchterlich an zu schreien, wenn eine der Frauen sie berührt. Seit wir die Eisdrachenfeste verlassen haben, habe ich die Dienste einer Kinderfrau bei ihr versehen. Die einzige andere Person, die sie noch geduldet hat, war der junge Liedschmied, und der Halunke hat mich verlassen.«

Zufällig kannte sich Cyril Hühnerstange mit kleinen Kindern sehr gut aus. Seine Eltern hatten so viele in die Welt gesetzt, daß nie genug Diener vorhanden gewesen waren, sich um alle zu kümmern. Söhne und Töchter waren in großer Zahl durchs Schloß gezogen und hatten ihren Weg hinaus auf die Felder gefunden, die zu den ausgedehnten landwirtschaftlichen Besitzungen seines Vaters gehörten, wo sie dann Seite an Seite mit den Bauern arbeiteten, denn sein Vater glaubte daran, daß man sich von ganz unten hochdienen müsse.

Nur Herr Cyril tanzte aus der Reihe. Er hatte eine merkwürdige magische Begabung, die seine Eltern, obwohl sie sie nicht verstanden, von Anfang an unterstützten. (»Obwohl du wissen mußt, daß er es nicht von mir oder meiner Familie hat«, hatte sein Vater protestiert, als seine Mutter ihn auf Cyrils Begabung angesprochen hatte. »Schon gut, Liebster«, hatte seine Mutter geantwortet, »jedenfalls hat er deine Augen.«) Man ließ Cyril gewähren, als er zu den gesprochenen Worten seltsame Schriftzeichen erfand und die Geschichten verschlüsselte, die ihm seine Großeltern und die Großeltern der Diener erzählten. Man ließ ihn auch mit jedem umherwandernden Spielmann sprechen, der bei ihnen vorbeikam. Er erbettelte sich immer noch mehr Geschichten von Finbar, dem Feuerfesten, dem legendären König von Argonia, der damals regierte. Später, als Cyril in König Finbars Dienste trat, war der König ein alter, gebrochener Mann, seine Söhne waren tot und seine Tochter hatte sich in die selbstgewählte Einsamkeit zurückgezogen. Als er heranwuchs, verdiente sich Cyril das Recht, seine Kunst auszuüben, damit, daß er sich bei der Erziehung der Kleinen nützlich machte. So konnte er zu Hause bleiben und brauchte nicht auf den Feldern mitzuhelfen. Er war ein Fachmann für Kinderpflege geworden, er konnte die Kinder bald ebenso gut füttern, trockenlegen und zum Lachen bringen wie seine Mutter und seine Schwestern.

»Wie alt ist die kleine Prinzessin jetzt, Herr – so ungefähr neun Monate , nicht wahr?« fragte Hühnerstange.

»Hmm – ja, das stimmt«, sagte der König und zog die Decke vom naßgeweinten, rosafarbenen Gesichtchen des Kindes, als wollte er nachsehen, ob das Gesagte auch wirklich stimmte.

»Brei«, verkündete Cyril Hühnerstange und trat siegesgewiß seinen Weg in die Küche an.

Obwohl der König ziemlich verwirrt war, folgte er ihm.

»Brei?« fragte Seine Majestät ungläubig, als wollte er sich versichern, daß er richtig gehört hatte, während der Hauptarchivar aus den Schränken und Schubladen der königlichen Speisekammer die diversen Zutaten herauszog.

»Ja, Herr, Brei, damit werden wir jetzt ihren kleinen Magen füllen. Sehen Sie, sie ist schon wach und weiß, daß wir uns um die Befriedigung ihrer Bedürfnisse kümmern. Schau her, kleines Mädel«, sagte er und blieb auf dem Weg vom Büfett zum Tisch stehen, um sie am Kinn zu kraulen, »im Handumdrehen machen wir dir einen leckeren Brei!« Über die ganze Küche hinweg folgte ihm das Baby mit seinem Blick. Zum ersten Mal seit Tagen blieben ihre Augen trocken.

Eine Stunde später schlief die Prinzessin wieder auf dem Schoß ihres Vaters. Ihr engelsgleiches Gesichtchen war breiverschmiert, der auch seine Spuren auf ihrem rosa Samtkleidchen hinterlassen hatte, aber sie gurrte im Schlaf zufrieden vor sich hin und machte hin und wieder ein Bäuerchen.

König Brüllo Eberesch lehnte sich in seinem Stuhl zurück und strich sich mit einem sorgenvollen Gesichtsausdruck den Brei aus dem flammendroten Bart. Er war mittlerweile der Meinung, es sei besser, die Nacht im Gespräch mit einem aufgeweckten Menschen wie Cyril zu verbringen, als in der Waffenkammer auf und ab zu gehen. Der steinige Fußboden dort war sogar für solche Füße hart,

die an lange Fußmärsche durch steinige Gebiete gewöhnt waren. Aber es war der einzige Raum im ganzen Palast, in dem sich Eberesch zu Hause fühlte. König zu sein war wesentlich schwieriger als das Soldatenleben, und der ehemalige Grenzbaron sehnte sich manchmal nach Schwert und Schild zurück. Er hatte sich noch nicht so recht an die feineren Waffen gewöhnt, die nötig waren, sich selbst, seine Familie und sein Königreich gegen die Mächte zu verteidigen, die sich dagegen zusammenzogen.
Herr Cyril Hühnerstange war ein fähiger Mann. Er hatte herausgefunden, wie man sich mit den Drachen Griselda und Grimmut verständigen konnte, während alle anderen nur kopfschüttelnd um sie herum standen. Ursprünglich hatte Brüllo Eberesch die Drachen durch die magische Katze anwerben lassen, die Gretchen Grau begleitet hatte, als sie mit dem jungen Sänger Bernsteinwein gerettet hatte. Die Schwierigkeiten waren dann erst aufgetaucht, als der Kater zur Unterstützung seiner Herrin wieder zur Burg Eiswurm zurückkehren mußte und König Eberesch über zwei Drachen verfügen konnte, mit denen niemand reden konnte. »Versuchen Sie 's doch mit Herrn Cyril, dem Archivar«, schlug schließlich jemand vor. »Er spricht alle Arten von heidnischen Sprachen. Und beherrscht auch die Schrift.« Und richtig, schon nach einem kurzen, hitzigen Wortwechsel mit Griselda und Grimmut beherrschte Cyril Hühnerstange die Grundlagen der Drachensprache und wurde somit zum Verbindungsoffizier zwischen der Krone und ihren Drachen.
Die meiste Zeit verbrachte Cyril abgeschieden von der Außenwelt allein mit seinen Seemuscheln und Schriftrollen, und tauchte nur gelegentlich aus seinem Quartier im Dokumentensaal auf, wenn er als Dolmetscher für die Drachen gebraucht wurde.
König Brüllo Eberesch kam zu dem Schluß, daß es nicht sehr sinnvoll wäre, vernünftige Männer wie Cyril Hühnerstange in seinen Diensten zu haben und sie nie um ihren Rat zu bitten. Er hatte diese Fluchgeschichte praktisch mit jedem sogenannten Berater im Königreich durchgesprochen. Warum sollte er nicht einen Mann um Rat fragen, der wenigstens soviel gesunden Menschenver-

stand hatte, daß er wußte, wie man mit einem schreienden Kleinkind umzugehen hatte.
»Nun, Cyril«, sagte er beiläufig, »was meinst du eigentlich zu dieser Schachtel und diesem Zettel, mit denen mein kleines Mädchen verflucht wurde?«
Herr Cyril Hühnerstange, der gerade die Teller abtrocknete, drehte sich um. König Ebereschs Köchin hatte die Leitung der Palastküche inne, und sie war eine sehr pedantische Person. Cyril wollte sie nicht vor den Kopf stoßen und seine Küchenprivilegien verlieren. Er lächelte höflich und ermutigend, aber ziemlich verständnislos und fragte: »Welche Schachtel meinen Sie denn, Herr?«
»Sag bloß, du weißt nichts davon!« Brüllo Ebereschs Stimme stieg zu ihrer üblichen Lautstärke an, so daß das Baby im Schlaf wimmerte und sich bewegte. »Du willst behaupten, daß du wirklich nichts davon weißt?« wiederholte der König, dieses Mal im Flüsterton. »Irgend so ein Schuft hat meiner kleinen Bronwyn bei der Taufe ein tückisches Geschenk gemacht. Wir glauben, daß sie dadurch verwünscht wurde; bei ihrer Mutter ist es jedenfalls so gewesen. Ich hätte mir nie träumen lassen, daß ich mir jemals solche Mühe geben würde, mein Mädel aus dem Bett zu locken. Jetzt schläft sie schon seit drei Wochen, ohne irgendein Anzeichen, bald wieder aufzuwachen.«
Obwohl Cyril Hühnerstange in Dingen der Hofetikette nicht besonders versiert war, war er doch klug genug, diese ganz spezielle königliche Beschwerde zu überhören. »Sie haben etwas von einem Pergament gesagt, Herr?« erkundigte er sich höflich.
»Ja, von einem Pergament, das sich unter dieser verfluchten Schachtel befand. Keiner weiß, was es zu bedeuten hat. Aber willst du damit wirklich sagen, daß dich keiner von meinen Beratern deswegen befragt hat?«
Hühnerstange zuckte die Schulter. »Es gibt ja schließlich auch noch andere im Palast, die lesen können. Gewöhnlich fallen mir nur die Dokumente in die Hände, die mindestens zehn Jahre alt sind.«

»Ein Haufen hirnloser Idioten«, brummte der König vor sich hin und suchte vorsichtig, damit seine Tochter nicht aufwachte, etwas in seinen Taschen. Er zog eine schmutzige, zerknüllte, verschmierte und abgeflachte Schriftrolle aus dem Innern seines Gewandes, die er vor Cyril Hühnerstange auf den Tisch knallte.
Cyril überflog das Dokument und sah dann den König ungläubig an. »Das soll einen Fluch begleitet haben, Herr?«
Der König nickte. »Es lag unter dieser unglückseligen Schachtel.« Seine Augen wurden ganz schmal, als er abwartete, was der einzige Mann in seinem Hofstaat, der offensichtlich wußte, wie man ihm helfen konnte, aber nicht gefragt worden war, ihm zu sagen hatte.
Cyril Hühnerstange schüttelte den Kopf, besah sich die Rolle noch einmal und sagte dann: »Das ist unmöglich, Herr. Ich kenne diese Handschrift und diese Zeichnungen. Das ist wirklich nur ein Taufgeschenk von Ihrer Hoheit, Prinzessin Pegien, der Illuminatorin!«
König Eberesch langte über den Tisch und entriß Cyril das Dokument, starrte es genauso verständnislos an wie zuvor und schob es ihm dann wieder zu. »Hmmm«, sagte er nur.
Cyril Hühnerstange untersuchte das Dokument noch einmal. »Ja, Herr, das macht alles einen ganz unschuldigen Eindruck. Die Prinzessin Pegien versucht hier nur das Standardhoroskop einer vornehmen Dame, die im gleichen Monat geboren ist wie Ihre Tochter, in die alte Trommelklotzrunenschrift zu übertragen, eine archaische Schreibschrift, in der die vornehme Dame sehr versiert ist.«
König Brüllo seufzte und nickte – und damit erwies sich seine einzige Hoffnung, den Urheber des Fluches doch noch zu finden, als nichtig.
»Halt«, sagte Cyril plötzlich, »was könnte sie denn damit meinen?« »Ach du meine Güte – da muß ich mich wohl irren – aber nein, ganz bestimmt nicht! Dieses Runenzeichen hat zwei Bedeutungen und beide – Majestät?«
König Ebereschs müde, rotgeränderte Augen wurden wach.

»Ich glaube beinahe, daß ich mich anfangs geirrt habe, denn dieses Dokument ist kein einfaches Horoskop, obwohl es offensichtlich den Anschein erwecken soll. Aber im letzten Absatz übersendet Ihnen die Prinzessin eine sorgfältig verschlüsselte Botschaft. Ich weiß nicht genau, wie ich sie in die argonische Sprache übersetzen soll, aber sinngemäß besagt sie, daß, wenn Ihr Euch nicht beeilt, zur Prinzessin auf Schloß Drachenruh zu gelangen, dann ist nicht nur Euer Kind verflucht, sondern Eure Herrschaft und wahrscheinlich das ganze Königreich in Gefahr.« Cyril Hühnerstange warf noch einmal einen Blick auf das Dokument und fügte hinzu: »Und obwohl dies nicht ausdrücklich gesagt wird, gibt die Art, wie uns die Prinzessin gewarnt hat, zu der Befürchtung Anlaß, daß sie selbst in allergrößter Gefahr schwebt.«

Sogar die Königin rührte sich im Schlaf, als König Ebereschs Gebrüll, mit dem er seine Generäle, Admiräle, Verwalter und Berater aufweckte, durch den Palast schallte.

Der König ließ seine Tochter bei ihrer gähnenden Mutter und hielt eine Rede vor seinem Kabinett, in der er betonte, wie wichtig jetzt schnelles Handeln sei. Man informierte ihn darüber, daß die Vorbereitungen mehrere Wochen in Anspruch nehmen würden, in denen die Armee von ihren verschiedenen Außenposten abgezogen werden mußte. Armeen konnten schließlich nicht so einfach zusammengezogen werden – ob er das denn nicht wüßte?

Wieder einmal hatte Cyril Hühnerstange den rettenden Einfall: »Prinzessin Pegien schreibt etwas von der Eile, die nottut, nicht aber von einer Streitmacht. Drachenruh erreicht man am schnellsten auf dem Seeweg, bei gutem Wetter – eine Reise von zwei Wochen, verglichen mit einem Monat auf dem Landweg.« Der Hauptarchivar verwahrte auch Argonias Landkarten, die allerdings etwas unzureichend waren und bezüglich Zeit und Entfernung keinerlei Details enthielten.

Ein anderer Berater, der nun unbedingt wiedergutmachen wollte, daß er selber nicht auf diesen Gedanken gekommen war, fügte hinzu: »Das Schiff, das Eure Majestät so mag, liegt gerade im Hafen. Es ist ein Schlangenjäger, ein Typ, der wesentlich schneller ist als die Schiffe unserer Marine.«

Der Mann hatte einen entscheidenden Punkt getroffen, denn die Schlangenjäger wurden in Ablemarle gebaut, wo die Schiffsbauer mit der Notwendigkeit rechnen mußten, daß ihre Schiffe Schlangen überholen mußten. Die Schiffsbauer der Marine, die in Argonia zu Hause waren, hatten es nie so richtig verstanden, ihre Schiffe so leicht, schnell und beweglich zu bauen wie die Schlangenfluch, ihre Schiffe wurden ja ohnehin hauptsächlich für staatliche Missionen gebraucht.

»Das ist richtig. Bringt Kapitän Seegarten von der Schlangenfluch hierher und sagt ihm, er solle dem Bootsmann Taschenklau sofort die Anweisungen geben, das Schiff baldmöglichst seeklar zu machen. Da du klug genug zu sein scheinst, mir zu dienen, sollst du auch mitkommen – halte dich also bereit!« Dann wandte er sich an einen anderen Herrn, der zwar keinen großen Beitrag geleistet hatte, aber wenigstens den Mund gehalten hatte: »Und du – und auch du«, sagte er zu einem Dritten.

Schüchtern meldete sich nun Cyril Hühnerstange, der hinter dem König stand, zu Wort: »Herr, ich würde Euch auch sehr gerne auf dieser Reise dienen, wenn Ihr es mir gestattet. Und vielleicht wäre es auch ganz gut, bei dieser Gelegenheit die königliche Luftstreitmacht einzusetzen?«

»So soll es geschehen«, sagte Brüllo Eberesch. »Sagen Sie mir, Cyril, gibt es irgendein Dokument in den Archiven, das darüber Auskunft gibt, welche Rüstung man auf einem Schiff zu tragen hat?«

V

Um die Mittagszeit desselben Tages, an dem sie morgens Leofwins Jagdgesellschaft begegnet waren, überquerten sie den Forellenfluß.

Colin freute sich aus verschiedenen Gründen darauf, Gretchens Tante Sybil wiederzusehen, nicht zuletzt wegen der Lebkuchen-Dachziegel, die so groß waren und so ausgezeichnet schmeckten.

Sybil Grau war in ihrem Garten, als sie aus dem Wald auf die Lichtung ritten, auf der das kleine Lebkuchenhaus stand. Das Haus hatte Sybil von einer verstorbenen, aber unbeweinten Vorfahrin geerbt, die Kinder gemocht hatte – im kulinarischen Sinne – und das Haus dazu benutzt hatte, sie in ihre Fänge zu locken. Sybil unterschied sich von diesem längst verstorbenen Ungeheuer so sehr wie ein Schwert von einer Spindel. Weit davon entfernt, die Kinder aus der Umgebung zu verschlingen, neigte sie eher dazu, sich von den Kindern, die verwegen genug waren, sie zu besuchen, buchstäblich um Haus und Hof bringen zu lassen. Wenigstens war dies der Fall gewesen, bevor Gretchen das Haus repariert und es mit einem starken Konservierungszauber verhext hatte, wodurch es weniger schmackhaft wurde. Nun mußten die Kinder, die zu Besuch kamen, ihre Lebkuchen auf viel langweiligere Art essen, nämlich aus der Keksdose.

Sybil richtete sich auf, als ihre Besucher sich näherten, und stemmte die Arme in die Hüften. Umgeben von ausgerupftem Unkraut und Stiefmütterchen sagte sie strahlend: »Also wirklich, ihr habt ja gar nicht lange gebraucht«, sagte sie und schob den breiten Rand ihres Gärtnerhutes zurück.

»Du hast mich wieder in deinem Kristall verfolgt«, warf Gretchen ihr liebevoll vor, während sie von Mondscheins Rücken heruntergleitt, um ihre Tante zur Begrüßung zu umarmen.

»Natürlich habe ich das, mein Kind. Du bist schließlich meine einzige Großnichte. Und Colin, mein lieber Junge, wie nett von dir,

eine alte Dame wieder zu besuchen!« Colin küßte Sybil auf die Wange und erwiderte das muntere Hexenlachen. »Ihr könnt nun eure Tiere ausruhen lassen«, sagte sie. »Das ist schon in Ordnung. Diese Jäger haben den Wald in aller Herrgottsfrühe verlassen. Ich habe es nach dem Frühstück geprüft. Sie sind alle wieder zum Schloß zurückgeritten.«
Auch das war einer der Gründe, weshalb Colin froh war, Tante Sybil wiederzusehen. Ihre Magie, die Kunst nämlich, Gegenwärtiges zu sehen, auch wenn sie nicht am selben Ort war, konnte zuweilen ungeheuer nützlich sein. Dieses Mal war sie sogar ausgesprochen beruhigend.
Er nahm Roundelay Sattel und Zaumzeug ab und lud auch seine Instrumente ab. Dann rieb er den schaumbefleckten Rücken seiner Stute mit einer Bürste und einem Lappen ab, die er aus der Satteltasche holte.
Mondschein war immer noch frisch und munter, aber Gretchen rieb ihn ebenfalls ab. Obgleich er es nicht brauchte, mochte er es doch sehr gerne. Sybil hob die Hand und streichelte die Nase des Einhorns, das seine Schnauze ganz überschwenglich an ihrer Handfläche rieb. »Was für ein hübsches Tier du doch bist!« sagte Sybil und bot ihm ein Stück Lebkuchen aus ihrer Rocktasche an, das er gierig hinunterschlang.
Sybil mußte lachen und sagte: »Iß alles, was du willst, edles Einhorn, und wenn die Keksdose nicht so ganz nach deinem Geschmack ist, dann gibt es ja immer noch das Blumenbeet. Ich werde zwar meinen Rittersporen ganz entsetzlich nachtrauern, aber habe andererseits auch Verständnis dafür, daß jemand, der so außerordentlich und wunderschön ist wie du, nicht einfach nur Gras fressen kann.«
»Du bist sehr gnädig, gute Hexe«, erwiderte Mondschein, machte eine galante Verbeugung vor ihr, wobei er sein Horn sehr tief senkte, »ich bin dir sehr dankbar für dein Anerbieten, aber ich glaube, der Rittersporn verträgt sich nicht mit meiner Verdauung, aber wenn du zufällig ein paar von diesen langen orangefarbenen Dingern haben solltest –« sagte Mondschein und schielte gierig zu

dem Gemüsegarten hinüber. Um ihm etwas Gutes zu tun, zog Sybil alle Karotten aus ihrem Beet. »Ach, ganz vorzüglich«, sagte Mondschein, als er eine probiert hatte, »und dein Gras sieht ja auch ganz delikat aus. Ich bitte dich um die Erlaubnis, speisen zu dürfen, edle Jungfrau«, sagte er, zu Gretchen gewandt.
Gretchen fuhr ihm durch seine Stirnlocke und küßte ihn. »Aber gewiß doch, Liebling. Aber benimm dich, denn bestimmt mag auch Roundelay Karotten.«

»Wahrscheinlich wirst du mich jetzt ausschimpfen müssen«, sagte Gretchen, wischte sich den Mund mit der Serviette ab und legte ihr Messer am Rand ihres leeren Tellers ab. Colin ließ sich noch die Forelle in Honigsauce und den Blumenkohlauflauf schmecken.
»Nun, warum sollte ich das tun wollen? Auch wenn du deine Besuche bei mir zu lange hinausschiebst, so mag ich dich doch, Gretchen, und bin sehr stolz auf dich. Das solltest du aber inzwischen begriffen haben«, sagte Sybil und strich dabei beruhigend über Gretchens Hand, aber ihre durchdringenden braunen Augen glänzten so neugierig wie die eines Vogels. Sybil hatte große Ähnlichkeit mit ihrer Schwester, Gretchens temperamentvoller Großmutter, abgesehen davon, daß sie rundlicher, gütiger und vor allem liebenswürdiger war als Großmutter Grau oder auch Gretchen. Als Gretchen noch ein Kind war, dachte sie, Tante Sybil sei so »süß«, weil sie in einem Haus wohnte, das nur aus Plätzchen und Süßigkeiten bestand. Aber einer genauen Prüfung des erwachsenen Gretchens konnte diese Theorie natürlich nicht mehr standhalten, schließlich hatte das Baumaterial ja auch nicht auf die Persönlichkeit von Großmutter Elsbeth, der kinderfressenden Unholdin, gewirkt.
»Ich hätte wissen müssen, daß ich mich auf dich verlassen kann, Tante«, sagte Gretchen, »alle anderen hätten mich am liebsten gevierteilt, weil ich mich nicht *ihren* Plänen für *mein* Leben fügen wollte.«
»Ich weiß, Liebes, ich weiß«, sagte Sybil, immer noch Gretchens Hand tätschelnd. »Ich habe dich beobachtet, und dabei ist mir klar

geworden, daß du nie etwas tun würdest, von dem du das Gefühl hast, daß es nicht richtig ist, egal wie Maudie, dein Vater oder der König darüber denken. Ich frage mich nur, ob es wirklich klug ist, deine Zukunft um eines Einhorns willen aufzuschieben? Versteh mich bitte nicht falsch!« Sie erhob beschwörend die Hand, als ob sie den Protest abwehren wollte, zu dem Gretchen gerade den Mund öffnen wollte. »Mondschein ist ein wundervolles Geschöpf, und du wärest dumm, wenn du seine Gesellschaft nicht genießen würdest. Und natürlich stimmt es auch, daß Hexen im allgemeinen gegen eine Heirat mit einem Mann ohne magische Begabung eingestellt sind. Aber die Zeiten ändern sich, mein Kind. Die Magie wird von Generation zu Generation dürftiger, und wenn sich starke Hexen wie du nicht fortpflanzen, wird es bald mit der Magie ganz aus sein.«

»Aber du selber hast ja auch nicht geheiratet«, sagte Gretchen, »und Mondschein mag dich, was bedeutet, daß du wahrscheinlich nie...«

»Nun werde bloß nicht unverschämt, Gretchen Grau«, fuhr Sybil sie an. »Aber wenn es dich wirklich interessiert, ich habe tatsächlich nie, aber du mußt auch wissen, daß es wegen meiner magischen Kräfte ist. Männliche Besucher machen sich nichts aus einer Frau, die sie so kontrollieren kann wie ich. Und vielleicht ist es ganz einfach nur so, daß ich ein bißchen zuviel über das Treiben anderer Leute weiß, als daß ich eine feste Vorstellung von dem Mann entwickeln könnte, mit dem ich mich um jeden Preis einlassen wollte.«

Sie wandte sich gedankenvoll um und sagte: »Obgleich da allerdings *einmal* etwas war. Aber schließlich geht es ja jetzt nicht um *meine Zukunft*. War auf Burg Eiswurm wirklich kein einziger junger Mann dabei, den du hättest heiraten wollen, um deinem Vater einen Gefallen zu tun? Jemand, bei dem du sogar Mondschein behalten könntest?«

Gretchen schüttelte den Kopf und sagte: »Nur ein alter Witwer, Herr Schwachherz, der auf einer Tragbahre zur Taufe kam. Ich glaube, er ist schon über neunzig und blind. Ich habe ihm angeboten, ihn zu heiraten, denn ich dachte, es täte ihm gut, wenn sich jemand um ihn kümmern würde, und vor allem würde er sich nicht zwischen mich und Mondschein drängen, aber Vater sagte, er dächte gar nicht daran, eine neunzigjährige Mumie »Sohn« zu nennen.

»Wirklich ein sehr vernünftiger Mann, dein Vater«, sagte Sybil teilnahmsvoll und schüttelte den Kopf.

Gretchen, die finster dreinblickte, nickte zustimmend. »Und das Problem ist, daß ich keinen dieser Männer heiraten wollte, auch wenn es dabei gar nicht um Mondschein ginge. Sie wissen nämlich alle, daß ich mütterlicherseits niedriger Abstammung bin. Und die meisten von ihnen haben zur Hexerei ein miserables Verhältnis. Nur dieser winselnde Zauberer, den du vielleicht schon einmal in Gesellschaft von Prinz Leofwin gesehen hast, hat als einziger von ihnen eine magische Begabung, und der verursacht mir eine Gänsehaut. Aber das alles wäre nicht so schlimm, wenn sie sich nicht hinter meinem Rücken über mich lustig machen würden. Trotz ihrer Schmeicheleien hatte ich bei keinem von ihnen das Gefühl, daß er mich auch *mag*.«

»Darüber wollte ich auch mit dir reden, Gretchen«, warf Colin dazwischen. »Siehst du, du ziehst dich eben nicht so gut an wie die anderen Damen und befleißigst dich nicht gerade eines vornehmen Umgangstons. Daran sind diese Kerle jedoch gewöhnt. Schau her, du bist doch ein sehr attraktives Mädchen für jemanden, der deinen Typ mag, und alles, was du tun müßtest...«

Er beendete seinen Satz mit einem verlegenen Husten, als er ihren wutentbrannten Blick sah.

»Und was rätst du mir? An welcher Stelle sollte ich wohl damit beginnen, mich für dich und deinesgleichen hübsch zu machen? Sollte ich vielleicht mein Haar und meine Haut bleichen oder genügt es, wenn ich mich nur ein paar Zentimeter größer mache?«

Colin wurde rot. Er hatte nicht gedacht, daß ihr seine Vorliebe für gertenschlanke Damen so bewußt war.

»Zunächst einmal, Nichte«, sagte Sybil streng, »wirst du dich jetzt bei deinem Freund entschuldigen. Wenn er dich nicht gern genug gehabt hätte, um zurückzukommen und dir zu helfen, könnten wir uns jetzt nicht streiten, weil du immer noch in deinem Turm eingeschlossen wärest.«

Gretchen wurde puterrot und sagte so kleinlaut, daß Colin sie kaum wiedererkannt hätte: »Es tut mir leid!«

Colin zuckte mit der Schulter und sagte: »Ist schon in Ordnung. Ich wollte damit nur sagen, daß du manchmal versuchen solltest, ein hübsches Kleid zu tragen, die Haare wie die Damen bei Hof aufzustecken und ein bißchen Parfüm hinters Ohrläppchen zu tupfen. Ich weiß ja, daß du es kannst«, sagte er ermutigend, »du hast dich ja damals auch ganz schön herausgeputzt, als du für die Zigeuner tanztest. Wie sollte dich auch jemand gut genug kennenlernen, daß er sich in dich verliebt, wenn du immer schimpfst und mit abgestandenem Küchendunst parfümiert bist?«

Sie senkte den Blick und ballte die Fäuste, die sie im Schoß liegen hatte, daß die weißen Knöchel hervortraten. Voller Trotz sagte sie: »Warum sollte ich sie auch kennenlernen wollen – Leute wie Leofwin oder diesen läppischen Grafen Grauhalm mit seinen entsetzlichen Sonetten?«

Sybil schüttelte den Kopf und sagte: »Ihr Jungen seid immer so furchtbar schnell dabei, euch gegenseitig herunterzumachen. Der arme Robbie Grauhalm. Weißt du, er kann nichts dafür, daß seine Sonette so schlecht sind.«

»Sag jetzt bitte nicht, daß es meine Schuld ist, weil ich ihn dazu inspiriert habe«, ächzte Gretchen.

»Nein, aber ich muß dir sagen, daß du unrecht hattest mit deiner Behauptung, keiner dieser Jungen hätte eine magische Begabung. Gerade der arme Robbie ist nämlich einer jener Unglücklichen, deren Magie so verwässert ist, daß man beinahe nichts mehr davon bemerkt. Er stammt aus einer alten Familie von Verwandlern ab. Wie ich gehört habe, waren diese einst genauso mächtig wie deine Großmutter Maud. Und eine von Robbies Schwestern ist eine recht fähige Spinnerin, die Stroh zu Gold verspinnen kann. Aber die Familienmitglieder haben ihres Reichtums und ihrer gesellschaftlichen Stellung wegen so oft in ganz gewöhnliche Familien eingeheiratet, daß für Robbie kaum noch Magie übriggeblieben ist. Am nächsten kommt er den Umwandlungskünsten seiner Familie, wenn er sagt: ›Deine Lippen sind wie eine Rose.‹ Allerdings leuchtet mir ja nicht ein, warum dies besonders wünschenswert sein sollte, denn es würde das Küssen zu einer sehr stachligen Angelegenheit machen.«

»Gut, dann tut er mir eben leid«, sagte Gretchen. »Aber seine Sonette sind trotzdem miserabel, und ich werde ihn trotzdem nicht heiraten!« Sie warf Colin wieder einen herausfordernden Blick zu. »Und ich werde auch keinen heiraten, der mich nur deswegen will, weil ich mich schön anziehe oder plötzlich eine Prinzessin geworden bin!«

Colin zog die Augenbraue hoch und sagte: »Mach, was du willst, Hexe. Du tust es ja ohnehin, aber ich persönlich verstehe nicht, warum es soviel schlimmer sein soll, wenn ein Mann eine hübsche Frau heiraten will, weil sie eine Prinzessin ist, als wenn ein Einhorn sich mit ihr anfreundet, nur weil sie eine Jungfrau ist. Wenn du keine Jungfrau mehr gewesen wärest, hätte es dich nämlich mit seinem Horn aufgespießt und dich zu Tode getrampelt. So kann man es wenigstens in den Legenden nachlesen.«

Gretchen sprang auf und stieß dabei beinahe den Tisch um. »Das ist nicht wahr«, rief sie.

Colin wiederholte: »So kann man es in den Legenden nachlesen!«

»Ich möchte erst einmal hören, was Mondschein dazu zu sagen hat«, antwortete Gretchen und rauschte wütend zur Tür hinaus.

Colin schämte sich ein bißchen, weil er sie so geärgert hatte, aber gleichzeitig hatte er auch das Gefühl, sie hätte es verdient, weil sie sich so furchtbar überlegen gab; als mächtige Hexe, Schwester der Königin und obendrein auch noch als Prinzessin, hielt sie sich offenbar für etwas Besseres. Seinetwegen konnte sie ruhig Einhörner Männern vorziehen, aber man mußte schließlich das eigene Geschlecht verteidigen, auch wenn ihm so unsympathische Vertreter angehörten wie Prinz Leofwin und Graf Schwindelgut.

Dennoch war es nicht besonders nett von ihm gewesen... Beschämt schaute er zu Sybil hinüber. Sie zwinkerte ihm freundlich zu und sagte: »Willst du uns nicht ein bißchen was vorspielen, Lieber – und einer einsamen alten Dame eine Freude bereiten?«

Die Luchse Myrrll und Pyrrll konnten zum ersten Mal, seit die Zweibeiner in ihrem Revier aufgetaucht waren und das mächtige Einhorn mit Namen Adlerflaum mitgenommen hatten, wieder ihren Abendtrunk genießen. Danach begann das Wasser seltsam zu schmecken und abgestanden zu riechen.

Sie gingen weg, bevor die Fäulnis einsetzte, und kamen bald zu einem anderen Ort mit gutem Wasser, wo es ein Einhorn gab und keine anderen Luchse.

Sie hatten beschlossen, an diesem Abend in der Nähe des Baches zu warten, um dem Einhorn für das Wasser zu danken und es vor den Zweibeinern zu warnen, die ungefähr eine Tagesreise entfernt in der Nähe des Gebirges wohnten.

Aber kaum hatte Myrrll aufgehört zu trinken und wollte sich putzen, als Pyrrll ein warnendes Knurren ausstieß.

Zweibeiner. Viele große, behaarte und ein kleines, mit glatter Haut – es war die Frau, die den Geruch des Magischen an sich hatte und Adlerflaum dazu verlockt hatte, seinen Kopf in ihren Schoß zu legen, während die anderen das hilflose Einhorn mit einer langen Rebe banden.

Hatte es die Frau dieses Mal auf die Luchse abgesehen? Vielleicht wollte sie sich in ihre Felle wickeln, nachdem man sie getötet hatte, vielleicht wollte sie ihre glatte Haut verdecken? Die jungen Katzen wichen mit angelegten Ohren, zitterndem Hinterteil und sich sträubendem Fell in den Schutz der Bäume zurück.

Aber die zweibeinige Frau beachtete sie nicht. Sie ließ sich am neuerwählten Bach der Luchse nieder, die ebenfalls warteten. Sie wollten sehen, was geschehen würde. Da sie Katzen waren, waren sie auch neugierig.

Bald kam auch das weibliche Einhorn, um den Fluß zu segnen. Es war alt, aber sein Horn war gut, und das Tier tauchte es in das Wasser, um die Unreinheiten zu bannen, die es im kristallklaren Wasser des Baches entdeckte. Dann schnupperte es, hob den Kopf und schnupperte noch einmal, weil es von der Zweibeinerin, die flußabwärts saß und wartete, Witterung bekommen hatte.

Myrrll knurrte. Sie hatte keine Lust, so schnell wieder weiterzuziehen. Sie mochte diesen Platz und dieses Wasser. Pyrrll stimmte sein Geheul an, um das Einhorn zu warnen, aber das Tier trabte bereits auf die Zweibeinerin zu, denn es war verzaubert von ihrem Geruch und sang bereits Lobeshymnen auf sie. Pyrrlls Schrei wurde zu einem wütenden Knurren, denn auch er wollte nicht schon wieder weiterziehen.

Myrrll rollte sich zu einem Ball zusammen und sprang. Mit einem einzigen Satz war sie bei dem Einhorn angelangt und mit einem weiteren Satz auf dessen Rücken. Mit ausgefahrenen scharfen Krallen ritt sie das Einhorn. Eigentlich war das nicht die Art von Dank, die die Katzen dem Einhorn darbringen wollten, aber vielleicht würde sie das Einhorn retten. Pyrrll sprang ebenfalls und landete vor den trommelnden Hufen des Einhorns.

Das wütende Einhorn scharrte und stampfte auf dem Boden und schwang sein Horn grimmig durch die Luft, aber Myrrlls Krallen waren sehr kräftig, und Pyrrll war sehr schnell und beweglich, sprang zwischen den Beinen des Einhorns hin und her und behinderte es, so daß sich das Zaubertier weder vorwärts noch rückwärts bewegen konnte.

Die Zweibeinerin saß immer noch auf ihrem Platz und wartete, sie konnte weder das Einhorn sehen noch die Luchse, denn dazwischen waren die Bäume.

Lange quälten sie die Einhorndame und trieben sie von der Zweibeinerin weg. Obwohl die Einhorndame sehr wild war, war sie doch schon alt und ermüdete rasch. Die Luchse trieben sie zu ihrem neuen Bau, einer warmen Höhle an einem Bergabhang mit schützenden Bäumen und Büschen.

Es vergingen drei Nächte, und jeden Abend ging Pyrrll zum Bach hinunter und sah die Zweibeinige warten. Durstig kehrte er jedesmal wieder um. Am vierten Abend war die Zweibeinige nicht mehr dort, und Pyrrll rannte zurück zu seiner Schwester und dem Einhorn, damit sie ihn zur Tränke zurückbegleiteten. Aber das Einhorn sprach weder mit ihnen, noch wollte es sich erheben. Alles, was die beiden Luchse in dieser Nacht und noch lange danach hörten, war ein Lobgesang auf die verschwundene Zweibeinige.

Gretchen stand vor dem Einhorn, die Fäuste in die Hüften gestemmt. »Nun, stimmt es oder stimmt es nicht?« fragte sie. »Du kannst es mir doch bestimmt sagen. Hättest du mich aufgespießt oder ist das nur ein Gerücht?«

Mondschein kaute mit gesenktem Haupt weiter, während seine Hornspitze kleine, gedankenvolle Muster ins Gras zeichnete. »Warum stellst du mir eine solche Frage, Gretchen? Du bist rein und hast noch nie etwas von mir zu befürchten gehabt!«

Gretchens Mut brach in sich zusammen, und sie mußte sich setzen, weil sie zum Stehen plötzlich zu müde und entmutigt war. »Dann muß es wohl wahr sein!« sagte sie leise.

Mondschein hörte auf, Gras zu fressen, und schmiegte tröstend seinen Kopf an ihre Wange. »Beruhige dich doch. Dieser Teil des Einhorncodex gilt doch nur für falsche Jungfrauen. Er hat doch überhaupt nichts mit uns zu tun.«

»Du willst damit sagen, wenn ich keine Jungfrau gewesen wäre, als wir uns zum ersten Mal getroffen haben ...« Sie kam einfach nicht darüber hinweg.

»Dann wäre es meine Pflicht gewesen, dich zu töten«, versicherte ihr Mondschein.

»Huch«, sagte sie kläglich, »bin ich aber froh, daß ich dem Bäckerjungen bereits überlegen war, als ich fünfzehn war!«

»Ach, Mädchen«, flehte Mondschein sie an, »wahrscheinlich hätte ich es aber gar nicht getan. Ich kann mich nicht einmal mehr richtig an diesen Abschnitt erinnern – die Einzelheiten des Verses sind mir entfallen. Aber ich bin sicher, daß ich bei *dir* Milde geübt hätte. Meine Mutter hat mich nicht gelehrt, ein Einhorn dürfe nicht auch barmherzig sein zu den Guten und Schönen.«

»Wo ist deine Mutter jetzt?« fragte Gretchen. »Ich möchte diese Angelegenheit klären.«
»Sie mußte mich verlassen, bevor sie meine Erziehung beenden konnte«, erwiderte das Einhorn.
»Das ist schlimm«, sagte Gretchen.
»In der Tat«, stimmte ihr Mondschein zu.
»Hat sie dir vielleicht auch noch mitgeteilt, was passiert, wenn – wir sind ja *bereits* gute Freunde – wenn ich jemanden heiraten wollte – zum Beispiel einen sehr netten und in vielerlei Beziehung auch sehr reinen Menschen, jemanden, den du sehr gern magst? Und ich möchte jetzt gerne von dir wissen, was würde denn aus uns, wenn ich diese nette Person heiraten und gewissermaßen meine Unschuld verlieren würde? Wenn ich heiraten oder jemanden treffen würde, einen Mann, zum Beispiel...«
»Eine ganz vorzügliche Wahl für jemanden deiner Rasse«, wieherte Mondschein und entblößte seine großen weißen Zähne, als er sich neben ihr niederließ, um sein Haupt in ihren Schoß zu legen.
»Soll das ein Witz sein?« fragte Gretchen. »Denn wenn dies der Fall ist, dann trifft sie die Sache genau im Kern. Nicht, daß ich jetzt etwas dergleichen im Sinn hätte, aber wenn ich mich jemals mit jemandem...«
Mondschein beäugte sie mit seinen samtigen, violetten Augen und sagte: »Mädchen, würdest du mich dann verlassen?«
Gretchen griff mit der Hand in seine Mähne und ließ die Haare durch ihre Finger gleiten. »Nein, natürlich nicht, Lieber!« sagte sie gedankenvoll. »Wenigstens nicht absichtlich. Aber verstehst du denn nicht. Es sei denn, ich würde mir genügend deiner reizenden Gewohnheiten aneignen, um meiner Großmutter ein Einhorn in Erinnerung zu rufen, damit sie mich schließlich in ein solches verwandeln könnte, vorausgesetzt, sie wäre damit einverstanden, wofür natürlich die Chancen sehr gering sind...«
»Gut«, sagte Mondschein, »ich befürchte, daß du nicht aus dem Stoff bist, aus dem Einhörner gemacht werden, Gretchen-Mädchen!«

»Nun, das weiß ich nicht, aber auch wenn dies der Fall wäre, so sind doch Großmutters Verwandlungen nur vorübergehend und würden nichts nützen. So daß also – es sei denn, du wärst in Wirklichkeit ein verzauberter Prinz?«
Mondschein erhob sich mit einem verächtlichen Schnauben. »Ganz bestimmt *nicht*! Ich bin ein absolut vertrauenswürdiges, echtes und unverfälschtes Einhorn, das noch nie etwas anderes war und sein wollte! Ich habe eine Einhornmutter und einen Einhornvater, die es hätten beweisen können, bevor sie hinweggerafft wurden. Und jetzt...« begann es, wobei es wieder in sich zusammensank und sein Haupt auf ihr Knie legte... »Und nun habe ich nur noch dich. Bitte vergib mir, Mädchen, daß ich so grimmig geworden bin, aber ich möchte dich wirklich nicht verlieren!«
Gretchen seufzte und fuhr gedankenverloren mit dem Finger der Spirale seines Hornes nach. Dann sagte sie: »Ich könnte es auch nicht ertragen, dich zu verlieren, Liebes. Aber ich verstehe eigentlich nicht, warum wir uns trennen müssen, wenn wir uns mit unseresgleichen paaren. Sicher ist in eurem Codex doch auch irgendwo Vorsorge für die alten Freundinnen der Einhörner getroffen worden, die keine Jungfrauen mehr sind. Und was geschieht, wenn du ein nettes Einhornmädchen kennenlernst und dich gerne mit ihr paaren würdest? Müßte ich dich dann zur Abwechslung niedertrampeln und aufspießen?«
Das Einhorn blies verloren und nachhaltig durch seine samtweichen Nüstern.
»Ich finde eben, daß es besonders albern wäre, die Dinge auf diese Weise zu regeln«, fuhr Gretchen fort. »Euer Codex schreibt dir bei beinahe allem vor, was du tun sollst oder auch nicht, und übersieht dabei die wichtigen Dinge. Wenn du wirklich das zu *tun* gedenkst, was es dir nach deinen Aussagen vorschreibt, muß ich mich wirklich darüber wundern, daß es überhaupt noch Einhörner gibt! Ihr sollt euch jedem Mädchen ergeben – bitte korrigiere mich, wenn ich etwas Falsches sage – jedem Mädchen, ob es nun etwas taugt oder nicht, solange sie nur eine Jungfrau ist, und müßt mit ihr ziehen. Hab ich recht?«

»Ich – ich glaube schon. So wird es zwar im Vers nicht formuliert, aber...« Der Singsang ging Mondschein durch den Sinn und machte ihn zusammen mit Gretchens Beweisführung ganz schwindlig. Die Verse, an die er sich erinnern konnte, stimmten der Sache, wenn auch nicht dem Geist nach tatsächlich mit Gretchens unwirscher Auslegung überein. Aber irgendwie hatte er das Gefühl, daß der Codex darüber hinaus doch noch etwas anderes bedeuten sollte.

Nun wollte Gretchen noch etwas wissen: »Schreibt euch der Codex eigentlich nicht vor, Empfehlungsschreiben von euren Jungfrauen zu verlangen?«

»Aber nicht doch, Gretchen-Mädchen. Wir können das doch nach dem süßen Geruch der Keuschheit beurteilen, der die wirkliche Jungfrau umgibt, und nach dem ganz besonderen, wunderbaren Gefühl, das einen überkommt, wenn man in ihrer Nähe weilt...«

»Ich kann allerdings nicht behaupten, daß ich noch viel von der Sache halte«, sagte sie und schob seinen Kopf sanft, aber etwas brüsk von ihrem Schoß, um dann aufzustehen. »Sobald ich dem König gesagt habe, daß ich nicht mehr länger Prinzessin Greta sein will, schauen wir mal, ob wir nicht noch ein Einhorn finden, das ein bißchen mehr Erfahrung in diesen Dingen hat und deine und meine Erziehung zu eurem Codex fortsetzen kann. Es ist ja schlimm genug, wenn man in einem solchen System gefangen ist, aber ganz schlimm ist es, wenn man dann noch nicht einmal weiß, was man zu tun hat, wenn man darin funktionieren will.«

Sie strich sich das Gras und ein paar Haare von Mondscheins Kinnbärtchen vom Rock und ging mit gewichtigen Schritten zum Haus zurück. Sie fühlte sich ziemlich erleichtert, seit sie wußte, was sie von Mondscheins lästigem Einhorncodex zu halten hatte. Sobald sie die Sache mit dem Prinzessinnentitel geregelt hätten, würden sie Mondscheins Problem ein für allemal lösen.

Mondschein war sich dessen nicht so sicher.

Geigenmusik erfüllte das Haus. Colin saß an Tante Sybils Tisch, den blonden Kopf über die Geige gebeugt, und ließ die Finger der linken Hand wie Grashüpfer über die Saiten springen, während er mit der Rechten den Bogen über die Saiten jagte. Ihm gegenüber saß Sybil, eine Teetasse in den sittsam gefalteten Händen und die Beine unter ihrem Stuhl ordentlich übereinandergekreuzt. Aber ihre Wangen waren gerötet vor Vergnügen, und mit den Zehen klopfte sie verstohlen den Takt zu Colins Melodie.

Als das Lied zu Ende war, setzte sich Gretchen auf den leeren Stuhl neben ihrer Tante.

»Willst du nicht ein bißchen von dem Bärentraubenwein, Gretchen, Liebes?«, bot Sybil ihr an, als sie ihr bereits von der klaren, granatroten Flüssigkeit aus dem Krug auf dem Tisch einschenkte. »Du siehst aus, als ob du es gebrauchen könntest!«

Gretchen leerte den Becher in drei Zügen. Um nicht gleich von Mondscheins Offenbarungen sprechen und zugeben zu müssen, daß Colin bezüglich der Einhörner recht gehabt hatte, fragte sie: »Was war das, was du gerade gespielt hast, als ich zur Tür hereinkam?«

Mit Musikfragen konnte man den Spielmann von jedem anderen Thema ablenken.

Aber es war Sybil, die antwortete: »Dein Freund hat mir gerade ein Lied über dich vorgesungen, das er am Königshof vortragen will, Liebes. Es ist sehr geistreich. Sing es ihr doch vor, mein Junge!«

»Eigentlich ist es ein Instrumentalstück«, sagte Colin, »ein Volkstanz, aber ich habe mir den einen oder anderen Vers dafür ausgedacht.« Er nahm seine Geige zur Hand, zögerte aber und legte sie dann wieder auf den Tisch. Dann füllte er zuerst seinen Becher und dann den von Gretchen – Sybil trank gerade aus ihrer Teetasse, die aber das spöttische Zucken ihrer Mundwinkel nur sehr unzureichend verdeckte. »Du siehst immer noch ziemlich durstig aus, Gretchen«, sagte Colin. »Trink doch!« Dabei leerte er seinen eigenen Becher in einem Zug.

Er tat so, als würde er das Instrument stimmen, bis ihr Becher beinahe wieder leer war. Dann, als ihr Blick nicht mehr ganz so klar und der harte Zug um ihren Mund etwas weicher geworden war, begann er. Er wußte sehr wohl, daß es wichtig war, sein Publikum möglichst frühzeitig vorzubereiten. Nach einer spritzigen Einleitung auf der Geige hob er den Kopf ein wenig, damit man auch verstand, was er sang:

»Ist Ihr Leben zu friedlich, Herr?
Zu trostlos heiter?
Hören Sie, Herr, dann sollten Sie
Prinzessin Greta zur Frau nehmen.

Sie ist so sanft wie der jagende Falke
So anschmiegsam wie der Drache
Sie macht Ihr Essen und Ihr Bett
Und repariert dann auch noch Ihren Wagen.«

Colin warf einen verstohlenen Blick auf den Gegenstand seiner zweifelhaften Schmeichelei, während er seine Geige unter das Kinn klemmte und wieder eine ausgelassene Variation des Themas spielte. Gretchen stierte in ihr Weinglas, offenbar entdeckte sie dort etwas, was ihre Aufmerksamkeit vollkommen in Anspruch nahm.

»Gretchen ist die Braut zum Heiraten
Die Männer in dem Glauben läßt, sie sei dreist
Aber sie ist nur schüchtern, weil die Horden der Eroberer
Sich wegen des Goldes auf sie stürzen.«

Colin schloß die Darbietung mit einem schwungvollen Schnörkel seiner Geige. Als er aufsah, begegnete er Gretchens finsterem Blick.

»Aber Colin Liedschmied«, sagte sie ganz schnell, »ich wußte gar nicht, daß Ihr Euch etwas aus mir macht. Das ist wirklich das schönste Kompliment, das Ihr mir jemals gemacht habt!« sagte sie und schüttete ihm den restlichen Wein aus ihrem Becher ins Gesicht. Dann brach sie plötzlich in ein Gelächter aus, einer Mischung aus mädchenhaftem Gekicher und Hexengegacker. »Ich wünschte nur, daß du dieses Lied schon gesungen hättest, bevor mir meine Bewunderer ihre Heiratsanträge gemacht haben. Es hätte mir zweifellos viel Mühe erspart!«

Colin verbeugte sich und grüßte, indem er mit seinem Geigenbogen die Stirn berührte. »Was sollte ich dazu sagen, schöne Frau? Als ich Euch während dieser letzten Tage begleitet habe, wurde meine Phantasie von neuem angeregt.«

»Du kannst zum Teufel gehen«, sagte sie grinsend. »Ich glaube nicht, daß hier irgend jemand wissen will, wie ich meine Situation meistern werde.«

Sybil hatte begonnen, den Tisch abzuräumen, aber nun unterbrach sie Gretchen und sagte ernsthaft: »Ich hoffe, du entscheidest dich für den einen oder anderen Weg erst, nachdem ich in meinem Spiegel nachgesehen habe.«

Gretchen wurde schnell wieder nüchtern und entschuldigte sich. »Natürlich, Tantchen, hätte ich dich zuerst gefragt. Könnten wir vielleicht nachschauen, was die Jäger jetzt tun? Und dann auch – könntest du vielleicht herausfinden, ob es im Wald noch andere Einhörner gibt, mit denen sich Mondschein verständigen könnte? Und dann – wenn es nicht zuviel Arbeit macht – könnten wir vielleicht noch nachsehen, was mit Bernsteinwein, dem König und dem Baby los ist?«

»Ja«, stimmte ihr Colin zu, »ich hätte auch gerne gewußt, was aus dem Fluch geworden ist.«

Sybil nickte und strich sich den Rock glatt, bevor sie es sich vor ihrer Kristallkugel bequem machte. »Nun wollen wir mal sehen«, sagte sie, umfaßte die Kristallkugel mit beiden Händen und schaute hinein. »Nun, da ihr davon gesprochen habt, finde ich, daß wir mit dem Königspalast beginnen sollten. Ich bin auch sehr besorgt um das Baby. Kugel«, redete sie die Kristallkugel in einem Ton an, der kein Herumfackeln zuließ: »Zeig uns bitte den König und was die königliche Familie macht!«

»Ich hoffe, daß es euch nichts ausmacht«, fügte Colin hinzu und schaute auch weiterhin mit weitgeöffneten, unschuldigen Augen auf die Kugel, obwohl er sich von den beiden Frauen scharfe Blicke zugezogen hatte.

Regenbogenfragmente bewegten sich im Raum. Sie waren grün, saphirfarben, rosa, orange und rot, die zuerst die drei Leute mit Pailletten aus vielfarbigem Licht besetzten und schließlich die Wände vergoldeten, bevor sie hell wurden.

Das königliche Kinderzimmer, das genauso kalt und steinern aussah wie die anderen Räume im Schloß, wurde nur durch die goldenen und rosafarbenen Wandschirme etwas weicher gemacht, Teppiche, auf denen abgeschmackte, großäugige Tiere abgebildet waren, unter denen sich auch ein besonders unrealistisch aussehender Drache befand. Neben der goldenen Wiege, die mit allerlei geschnitzten Herzen und Blumen verziert war, befand sich ein stabiler Tisch, auf dem ein großes, rosafarbenes Baby mit kupferroten, drahtig aussehenden Haaren lag. Das Kind schrie so laut wie ein ganzer Chor von Klageweibern.

Königin Bernsteinwein, die so mutlos und unordentlich aussah, wie sie Gretchen noch nie gesehen hatte, beugte sich über das Kind und versuchte, eine Locke ihres langen, goldenen Haares aus den klebrigen Händchen des Babys zu befreien. Mehrere Hofdamen scharwenzelten unnütz um sie herum, machten Vorschläge und gaben Kommentare ab, die niemandem nützten.

»Also so was, sie ist ja überhaupt nicht naß, das kleine Biest!« kündigte Elise an, nachdem sie den betreffenden Körperteil des Kindes untersucht hatte. »Und sie hat auch keinen Hunger. Offenbar will sie nur die allgemeine Aufmerksamkeit auf sich lenken. Aber es ist besser, wenn man Kinder nicht zu sehr verwöhnt!«

»Liebste Elise, würdest du so gut sein und dir deine Ansichten über Kindererziehung solange aufsparen, bis du mir geholfen hast, meiner Tochter klarzumachen, daß sie meine Haare loslassen soll. Bitte nimm sie weg, das tut weh!«

Tante Sybil schüttelte den Kristall versuchsweise. »Das ist ja alles sehr gut, Kugel. Wir freuen uns darüber, daß der kleine Liebling trocken und satt ist und daß Bernsteinwein wieder wach ist. Aber wie steht 's mit dem Fluch – und wo ist eigentlich der König?« Zu Colin und Gretchen gewandt sagte sie: »Wißt ihr, man muß manchmal hart bleiben. Auch die besten Kristalle können manchmal Fehler machen und glauben, daß man sich mit irgendeiner veralteten Vision zufriedengibt.«

Colin schaute gedankenvoll auf die Kristallkugel, als sich das neue Bild aufbaute. Zuerst zerfiel die alte Vision in farbige Wolken, die sich dann wieder in Regenbogen auflösten, bevor sie dann noch für einen kurzen Augenblick zu klarem Kristall wurden. »Meinst du, daß der Fluch bereits wirkt? Elise klang so, als sei sie auf das Baby wütend«, sagte er, zu Sybil gewandt.

»Manche Leute sind andauernd wütend«, erwiderte Sybil, wobei sie vermied, ihre Nichte anzusehen. Aus dem Zentrum des Kristalls schlugen ihnen Wellen entgegen, die drohten, sich auf Sybils bestem Leinentischtuch zu brechen.

So plötzlich, wie die Wellen nach vorn gerollt waren, verebbten sie auch wieder und ließen ein Bild der Schlangenfluch zurück, die sich durch die stille See vorwärtsbewegte. Im Hintergrund waren die violettfarbenen Gipfel einer fernen Gebirgskette zu sehen.

»Ich glaube, meine Kristallkugel will nur angeben«, sagte Sybil und schnippte mit einem Fingernagel dagegen. »Ich bekomme so selten Besuch, und deswegen will sie vor euch eine richtige Show abziehen. Aber wir haben heute keine Zeit dafür«, ermahnte sie die Kristallkugel, »laß es gut sein und zeig mir bitte König Eberesch!«

Als sie dies gesagt hatte, nahm die Kugel plötzlich eine düstere graue Farbe an und stellte sich langsam auf das Schiffsdeck ein. König Ebereschs Kopf mit dem orangeroten Haarschopf überragte alles an Deck außer dem Großmast.

»Da sieh mal einer an«, sagte Colin, »ich frage mich, was Herr Cyril Hühnerstange auf hoher See soll? Er ist der Hauptarchivar des Palastes. Ihr würdet es nicht für möglich halten, was er alles über Wiegenlieder weiß!«

»Und *ich* frage mich, was der König auf See tut?« sagte Gretchen. »Wie kann ich ihm meine Krone zurückgeben, wenn er nicht zu Hause bleibt? Ich beabsichtige wirklich nicht, hinter ihm her zu schwimmen.«

Offensichtlich hatte der König seine eigenen Probleme. »Ich hätte nicht so dumm sein sollen, mich an Bord dieses Dingsdas zu begeben«, brüllte er, »Infanteristen gehören nun einmal nicht auf Schiffe! Jedermann weiß das!«

»Je nun, Hoheit«, sagte ein verhutzeltes kleines Männchen, in dem Gretchen sofort Colins Freund, den Bootsmann Ned Taschenklau erkannte, »das Wetter, das wir jetzt haben, ist sehr ungewöhnlich, Hoheit«, sagte Taschenklau.

»Unzuverlässig, wenn du mich fragst. Bei dieser Geschwindigkeit brauchen wir nämlich zur See zwei *Monate* und nicht, wie ursprünglich geplant, zwei Wochen. Auf dem Landweg könnten wir unser Ziel in der Hälfte der Zeit erreichen.«

Cyrils geölter Wettermantel aus Schlangendarm, den er trug, um sich vor der nicht vorhandenen Gischt und dem Wind zu schützen, knisterte, als er an Deck auf und ab ging. Hoch droben am Himmel gaben sich die beiden Drachen, Griselda und Grimmut, ihrer Luftakrobatik hin und flogen ihre Achter, als sie das Schiff umkreisten; gelegentlich tauchten sie so tief hinunter, daß das schlaffe Segel aufgeregt zu flattern begann. Cyril Hühnerstange untersuchte eine zerknitterte Schriftrolle und schüttelte dabei seufzend den Kopf. »Es zeigt hier ganz deutlich, wenn wir an der Seite des Gletschers auftauchen, die dem Meer zugekehrt ist...«, dachte er laut.

»Wir brauchen keinen Gelehrten, um zu sehen, daß die Reise zur See bei günstigem Wetter kürzer ist, mein guter Herr Archivar«, sagte einer der anderen in hochnäsigem Ton, »aber wie das nun einmal ist, so brauchen eben Segelschiffe Wind für ihre Segel, oder...«

Er fiel aufs Deck, als ein rotgoldenes Geschoß von der Größe der königlichen Stallungen an ihm vorbeisauste. Grimmut hatte immer noch seinen Spaß dran, wenn sich die Menschen gelegentlich vor ihm ducken mußten. Die Kraft, mit der der Drache vorbeiflog, ließ das Holz, aus dem das Schiff gebaut war, in der besten nautischen Tradition erzittern.

»Zum Donnerwetter, der hätte uns beinahe umgeblasen!« fluchte der Matrose, der Taschenklau dabei half, ein Tau abzuspulen.

»Wie den dort drüben«, sagte Taschenklau und blinzelte dabei in die Richtung, wo einer der niedergestürzten Herren lag, dann blickte er auf. Er beschattete die Augen mit der flachen Hand, während er den Drachen beobachtete, der mit nach oben gekehrtem Bauch der Sonne entgegenflog, während seine blaugrüne Partnerin Achter um ihn herumflog. Dann wandte sich der Bootsmann von diesem Schauspiel ab und blinzelte Herrn Cyril an, der sein Gleichgewicht auf dem nicht sehr entgegenkommenden Deck zu halten versuchte.

»He dort, Herr! Stimmt 's eigentlich, daß Sie mit den Kreaturen sprechen können, wie der Kater vom jungen Liedschmied?«

»Nicht genauso«, erwiderte Cyril Hühnerstange, »ich benutze nur ihre eigenen Geräusche, aber der Kater hat auf einer übernatürlichen Ebene mit ihnen kommuniziert.«

»Wie auch immer. Warum fragen Sie sie eigentlich nicht, ob sie nicht mit ihren albernen Flugübungen dort oben aufhören könnten und statt dessen ihre faulen Schwänze dazu benutzen, Wind für dieses Schiff zu machen?«

Das Bild fiel mit Farbengeprassel in sich zusammen...

»Nun«, sagte Sybil zu Gretchen, »sieht ganz so aus, als ob du auf den König eine Weile warten müßtest, Liebes, wenn er solange weg ist.«

»Macht nichts«, sagte Gretchen, »wir können die Zeit dazu benützen, um ein zweites Einhorn aufzuspüren, damit wir diese Sache mit der Unberührtheit endlich einmal geklärt haben – es wäre schön, wenn wenigstens das aus dem Weg geräumt wäre, im Falle, daß König Eberesch sich als schwierig erweist.«

Sie gab ihnen einen kurzen Überblick über die Unterhaltung mit Mondschein, die mit der Lösung geendet hatte, die ihr eingefallen war.

»Klingt ja sehr vernünftig«, sagte Sybil. »Aber hast du dir schon einmal überlegt, daß du Mondschein in ernsthafte Gefahr bringst, wenn du ihn so eng an dich bindest und ihn überall hin mitnimmst? Egal, wo du hingehst – es werden immer Leute dort sein – und nach dem, was ich von dir gehört habe, ist anzunehmen, daß überall in den Wäldern Einhornjäger sind. Du kannst dich ja schließlich verkleiden, obwohl ich nicht glaube, daß dich jemand erkennen würde, wenn du erst einmal von hier weg bist. Aber ein Einhorn bleibt eben doch ein Einhorn.«

Gretchen machte ein langes Gesicht. Wie Tante Sybil angedeutet, mußten sie mit dem größten Problem noch fertig werden. Welche Schritte sie auch unternahm, um weitere Einhörner aufzutreiben oder um Kronen zurückzugeben, die Wälder würden immer noch voller Jäger sein. Wenn Mondschein allein war, war er genauso unfaßbar wie der Wind, aber wenn er durch sie behindert war, konnte er den Jägern natürlich nicht so leicht entkommen. Er würde jedenfalls ihre Hilfe brauchen, und sie wußte nicht einmal, ob dies genügte. Obgleich ihre Magie in Selbstverteidigung verwandelt werden konnte, wenn sie ihre ganze Geschicklichkeit und Konzentration aufwandte, konnte sie jedoch kaum damit rechnen, daß sie damit sowohl sich selbst als auch Mondschein verteidigen konnte, und Colin war ebensowenig ein Krieger wie sie selbst.

Sybil klopfte ihr besänftigend auf den Rücken und schaute wieder auf ihre Kristallkugel. »Reg dich nicht auf, mein Kind, ich habe eine Idee«, sagte Sybil, »aber vorher könnten wir nochmals in den Kristall schauen und herausbekommen, wo diese jungen Männer sind. Dann können Mondschein, du und der junge Colin diesen Teil des Waldes ganz einfach meiden.«

Indem sie die Melodie von Colins Lied über Gretchen vor sich hinsummte, rief Sybil nach der Version von den Jägern.

Die dazu notwendigen Regenbogen wirbelten wieder im Raum herum, das Glas wurde klar, und zuletzt baute sich das Bild eines offenen Kamins in der Schänke auf Burg Eiswurm in der Mitte des Kristalls auf.

»Verflucht«, sagte Sybil, indem sie das schlimmste Schimpfwort gebrauchte, das sie kannte. »Das wollte ich ja überhaupt nicht. Muß eine Störung sein, die dadurch entstanden ist, daß ich Colins Lied gesummt habe.«

Im Zauberspiegel sahen sie Herrn Wilhelm und Großmutter Grau, die neben Großmutters Braukessel standen. Großmutter Grau rührte das Gemisch im Kessel mit klatschenden Hieben ihres hölzernen Paddels.

»Schrei *mich* nicht so an, Willie Sturmhaub«, fuhr ihn die alte Dame an, »oder du wirst wahrscheinlich das Bier verderben!«

Gretchen grinste schadenfroh und zog ihren Stuhl näher an den Tisch heran und sagte: »Wir wollen die Vision aber trotzdem noch im Spiegel lassen. Ich will wissen, wie sie zurechtkommen, nun, da sie mich verjagt haben. Ich möchte wetten, daß im Schloß schon jetzt ein ziemliches Durcheinander herrscht.«

Sybil lächelte vor sich hin und hielt das Bild fest.

Die verkürzte Figur Herrn Wilhelms sagte: »Wie bitte, Mutter Grau? Aber sie hat doch wirklich ihre Chance gehabt, und nun habe ich diesen Burschen gesagt, daß derjenige, der mit dem Nachweis der mutigsten Tat nach Hause kommt, ihre Hand gewinnen würde, und ich beabsichtige, mein Wort auch wirklich zu halten!«

»Er hat ja gar nichts von Einhörnern gesagt«, bemerkte Gretchen verwirrt.

»Wahrscheinlich weiß er gar nichts davon«, sagte Colin. »Wir hätten uns darüber im klaren sein sollen, daß Leofwin und Schwindelgut überhaupt nichts davon erwähnt haben. Wenn du ein Einhornjäger wärest, der beabsichtigt, ein so seltenes Tier wie Mondschein einem Herrn vom Temperament deines Vaters zu klauen, würdest *du* ihm vielleicht etwas davon verraten?« fragte Colin.

»Willie, ich habe dir ja schließlich nur geholfen...«, Großmutter Graus Stimme klang jetzt eiskalt und klar, »dem Mädchen beizubringen, daß es nicht gut wäre für eine rechtschaffene Hexe, in der Gesellschaft eines – sich ihrer Verantwortung zu entziehen. Aber ich habe dir ganz bestimmt nicht bei deinem Versuch geholfen, sie mit einem dieser vornehmtuerischen Trottel zu verkuppeln. Sie sind eine so nichtsnutzige Bande, wie ich sie in meinem ganzen Leben noch nie gesehen habe, und ich gebe dir den Rat, unsere Dorfjungen auszusenden, damit sie die Rasselbande zusammentreiben und sie hierher zurückbringen, wo du sie dann endlich zum Teufel jagen kannst!«

Herrn Wilhelms Gesicht wurde wieder einmal dunkelviolett, er richtete sich zu seiner vollen, unbedeutenden Größe auf und sagte: »Ich bin der Herr dieser Burg, Hexe Grau, und mein Wort hat Gesetzeskraft. Ich habe versprochen, daß die mutigste Tat, die von einem dieser Idio... vornehmen Herren vollbracht wird, die Hand meiner Tochter gewinnen würde, und das wird sie auch. Nur zu deiner Information: Ich habe sie wissen lassen, daß *ich* persönlich vermute, daß die mutigste der Taten, die sie vollbringen können, darin bestehen wird, Gretchen zurückzubringen.«

»Mein hochwohlgeborener Herr Schwiegersohn«, sagte Großmutter Grau voll zuckersüßer Boshaftigkeit, »mußt du eigentlich mit aller Gewalt noch dickschädeliger werden, als du es bereits bist?«

Herr Wilhelm riß den Mund weit auf, und der Spiegel beschlug sich.

»Mist!« sagte Gretchen, »das hätte ich gerne gesehen.«

»Wo sind eigentlich Gretchens Bewunderer?« fragte Colin.

Sybil konzentrierte sich wieder auf ihre Kristallkugel, aber dieses Mal ergab sich kein scharfes Bild. Ein verschwommenes Grün und Braun, das zu einem Wald zu gehören schien, schwirrte über den Spiegel, bis schließlich ganz schnell hintereinander ein paar gespensterhafte, verwirrt aussehende Reiter zu sehen waren, die in einem anderen, braungrün gefleckten Waldabschnitt herumirrten.

»Du meine Güte«, sagte Sybil, »manchmal funktioniert es einfach überhaupt nicht, wenn man dem Spiegel keine bestimmten Orte und Personen vorgibt!«

»Versuch's doch mal mit Prinz Leofwin«, schlug Gretchen vor. »Er ist der Schlimmste von allen!«

Aber so sehr sich Sybil auch konzentrierte, bekamen sie nur das durch das Bild flitzende Grün des Waldes zu sehen.
»Wie wär's dann mit dem Grafen Schwindelgut?« fragte Colin, aber der Kristall durchlief scheinbar ziellos neblige Waldszenerien, bis er schließlich – offenbar resignierend – bei der dahinjagenden Erscheinung eines mageren grauen Wolfes stehenblieb und sich hartnäckig weigerte weiterzusuchen.
Gretchen versuchte es noch einmal: »Wenn er uns schon keine Einhornjäger zu zeigen vermag, kann uns der Spiegel vielleicht das nächste Einhorn zeigen, mit dem wir über Mondscheins Codex sprechen könnten?«
Sybils Gesicht leuchtete auf, und sie sagte: »Oh ja, ich bin mir ganz sicher, daß sie das kann. Kristallkugel, zeig uns das nächste Einhorn.«
Nach dem gewohnten prismatischen Vorspiel zeigte der Spiegel Mondschein, der Sybils Rasen nach Karottenstückchen absuchte, die er übriggelassen hatte.
»Nein, aber doch nicht *dieses* Einhorn, du dummes Ding!« rief Sybil gereizt. »Glaubst du, daß ich mich in seine Gegenwart versetzen lassen muß, wenn er in meinem Garten grast? Wir wollen das *nächste* Einhorn in der näheren Umgebung sehen.«
Aber keine weiteren Anweisungen oder Bitten halfen nun, im Kristall ein klares Bild zu erzeugen, das von Mondschein zum Wolf und zum vorbeiflitzenden Grün weitersprang und wieder zurück in solch schneller Folge, daß das Ganze bald nur noch aus einem einförmigen Muster von grünen und grauen Streifen bestand.
»Verflucht!« sagte Sybil.
»Ich glaube, wir müssen das andere Einhorn selber suchen«, seufzte Gretchen. »Sag mal, du könntest mir nicht noch mal den kleinen silbernen Spiegel leihen, der uns mit seinen drei Visionen geholfen hat, Bernsteinwein und die Zigeuner ausfindig zu machen?« Ohne Sybils Spiegel wäre es für Gretchen und Colin schon sehr schwer gewesen, Bernsteinweins Aufenthaltsort zu ermitteln, geschweige denn, sie zu befreien.
Aber Sybil schüttelte nur den Kopf und sagte: »Nein, mein Kind,

ich fürchte, das geht nicht. Wie du siehst, sind meine magischen Kräfte heute ein wenig sprunghaft. So wie heute werden sie nicht oft trainiert, und die Kristallkugel ist zuweilen etwas unberechenbar. Aber auch unter den besten Voraussetzungen ist es schwer, die gleiche Magie zweimal auszuleihen. Drei Wünsche sind eben drei Wünsche, auch wenn sie in der Familie bleiben!«
Gretchen machte ein langes Gesicht, woraufhin sie Sybil in die Arme schloß und ein bißchen freundlicher hinzufügte: »Kopf hoch, Liebes. Mit diesem dichten Wald um dich herum und den Jägern *und* den Einhörnern, wie wolltest du denn da überhaupt herausbekommen, wo jeder einzelne von euch ist?«
Colin mußte ihr, wenn auch zögernd, recht geben: »Ich sehe ein, daß auch in einem magischen Spiegel ein Baum dem anderen ziemlich ähnlich sieht. Wahrscheinlich wäre es ziemlich schwierig, Orientierungspunkte zu finden.«
»Nun«, sagte Gretchen und unterbrach das lange Schweigen, das auf die unangenehm scharfsichtigen Bemerkungen Colins gefolgt war, »wenn du nicht helfen kannst, dann müssen wir eben sehen, wie wir allein weiterkommen!«
Gretchen wandte sich zum Gehen, aber Sybil holte sie zurück und drückte sie auf ihren Stuhl nieder. »Sei nicht so vorschnell, Gretchen. Ich habe ja nicht gesagt, daß ich dir überhaupt nicht helfen könnte.«
Sybil nahm die Kristallkugel vom Tisch und stellte sie auf den Kaminsims zurück, bevor sie den Schrank öffnete, aus dem sie eine Velin-Rolle herauszog, die von einem Band zusammengehalten wurde. »Ich habe nur gesagt, daß ich dir *meine* Magie nicht mit auf den Weg geben kann. Aber zufälligerweise kenne ich jemanden, der dir – wenn überhaupt – bestimmt helfen kann.«
Colin nahm Geige und Bogen vom Tisch und beugte sich über die Landkarte, die Sybil auf dem Tischtuch aus Leinen auseinanderrollte. Neugierig strich Gretchen mit den Fingern über die Oberfläche des Velins. Außerhalb der Archive waren richtige Landkarten ziemlich selten. In einem Land mit nur einer Hauptverbindungsstraße wurden nur wenige Reisen unternommen, zu

denen man eine Karte gebraucht hätte. Darüber hinaus war die Karte auch noch insofern außergewöhnlich, als ihre Oberfläche mit Zeichnungen von Tieren, Bäumen und etwas anderem ausgeschmückt war, das Gretchen natürlich wie gerufen kam, nämlich Bächen, Flüssen, Seen und Wasserwegen aller Arten.

»Schöne Arbeit, nicht wahr?« sagte Sybil voller Stolz. »Er hat sie selber gemacht. Er stellt sich bei derlei Arbeiten sehr geschickt an, ganz abgesehen von seinen überragenden Leistungen als Verwandlungskünstler.«

»Wer ist das?« fragte Colin.

»Der Mann, den ihr unbedingt aufsuchen müßt – ein ehemaliger Liebhaber von mir«, erwiderte Sybil, und dabei wurden ihre Wangen dunkelrot. »Der mächtige und geheimnisvolle, wenn auch in Wirklichkeit wirklich nette Zauberer Himbeere«, fuhr sie fort. »Wenn euch jemand helfen kann, dann ist er es!«

»Unter keinen Umständen darf ich noch einmal versagen«, sagte Sally, die Nymphe, ballte ihre zierliche Faust und schüttelte sie, um dem Gesagten Nachdruck zu verleihen. »Ich darf den Dunklen Pilger nicht enttäuschen! Er *braucht* die Tiere für sein großes Werk, damit der Sieg unserer Sache garantiert ist!«

Wulfric winselte Zustimmung und versuchte mit seiner Schnauze in ihre Faust einzudringen. Er hatte gerade seine Mahlzeit beendet und war dann zu ihr gekommen, um ihr über seine Abenteuer zu berichten. Aber er hatte sie in einem ziemlich erregten Zustand angetroffen. Sie schritt in dem Truppenlager, in dem es wie in einem Bienenkorb zuging, auf und ab wie ein eingesperrtes Tier, während ihre Kameraden durch die Höhlen schwärmten und frischgeschälte Pfähle zusammenschlugen, um die Eingänge von zwei Höhlen zu vergittern. Sie beabsichtigte, diese als Pferche zu verwenden, wo dann mehrere Einhörner auf einmal eingesperrt werden konnten. Auf diese Weise konnte sie sich auch die beschwerliche Reise zum Schloß Drachenruh ersparen, die sie bis jetzt nach jedem Fang gemacht hatte.

Aber es war ihr nicht gelungen, das Zaubertier zu fangen, das sie

vor kurzem für die Sache gewinnen wollte, und deswegen machte sie sich Vorwürfe.
Wulfric hatte seine Wolfsgestalt beibehalten, so daß sie Trost finden würde, wenn sie sein Fell streichelte und mit ihm so vertraut sprach, wie sie es nie tat, wenn er seine menschliche Maske trug. Er haßte es ohnehin, Menschengestalt anzunehmen. Er fand keinen Gefallen daran, auf zwei Beinen gehen zu müssen und soviel von seinem Geruchssinn zu verlieren. Er war zwar ein prächtiger Wolf, aber ein armseliges Exemplar von einem Menschen. Das konnte er auch daran sehen, wie ihn die anderen Männer behandelten, wenn er einer der ihren war. Sogar sie mochte ihn in seiner Wolfsgestalt lieber, das konnte er an ihrem Verhalten erkennen. So zögerte er also die Verwandlung noch ein bißchen hinaus und leckte statt dessen ihre Hand.
»Ich muß dir etwas gestehen, treuer Freund«, teilte sie ihm mit. »Ich weiß, warum ich versagt habe. Das letzte Einhorn, das ich fangen wollte, wurde mir verweigert – denn es war *dort*, das kann ich dir beschwören – weil ich in einem Anfall von Sentimentalität ein anderes Tier verschont habe, nämlich sie, die den Bach in der Nähe des Dorfes Immerklar segnet, den ich früher einmal bewacht habe. Ich habe eine Woche lang mit den Bewohnern Mitleid gehabt, die das Tier kennen und es brauchen, aber nun habe ich eingesehen, daß weder meine Treue gegenüber den Menschen noch ihre gegenüber dem Zaubertier unser großes Werk stören dürfen. Wenn uns die Bewohner daran hindern, das Tier zu fangen, dann müssen wir eben kurzen Prozeß mit ihnen machen!« Tapfer lächelte sie auf ihn herab, als sie dies sagte, und schüttelte mit einer entschlossenen Gebärde ihre goldenen Locken zurück.
Mit einem aufgeregten Winseln, das die Liebe zu seiner tapferen kleinen Führerin ausdrückte, leitete Wulfric den Prozeß ein, bei dem er wieder menschliche Gestalt annahm, und in kürzester Zeit stand er wieder als der falsche Graf Schwindelgut neben der Nymphe.
»Ach Sally«, sagte er, »stehe ich dir etwa nicht treu zur Seite bei allen deinen Vorhaben? Ich bringe dir gute Nachrichten, die deine

Selbstvorwürfe beenden und dir helfen werden, all das zu erreichen, was du wünschst.« Wulfric mußte sich bezähmen, daß er nicht vor lauter Begeisterung in ein Freudengeheul ausbrach, bevor er fortfuhr: »Denn hab ich nicht auf jenem Schloß einen großen und blutrünstigen Krieger kennengelernt, der euch helfen wird, eure Sache zu gewinnen? Gerade jetzt hat er seine Siebenmeilenstiefel angezogen, um möglichst schnell zu dir zu gelangen und uns zu helfen, Einhörner zu fangen. Auch will er unsere Kameraden zu guten Kriegern machen. Und hab ich schließlich nicht noch ein anderes Einhorn gesehen, das in unsere Richtung zieht und auf seinem Rücken die geschmähte Verwandte des Dunklen Pilgers trägt? Glaubst du denn nicht, daß die Gefangennahme der beiden dem Dunklen Pilger große Genugtuung verschaffen wird?«

Sally sprang von ihrem Platz auf, schloß ihn in die Arme und küßte ihn auf die behaarte Wange. »Natürlich *wird* es das, Wulfric, natürlich!« rief sie begeistert. »Du bist der zuverlässigste Kamerad, den ein Mädchen je gehabt hat! Der Dunkle Pilger wird dich sicher dadurch belohnen, daß er sich nach einer Möglichkeit umsieht, um dich von deinem Übel zu erlösen, so daß du dich nie wieder in eine menschliche Gestalt zurückverwandeln mußt, auch nicht am hellichten Tag.«

»Und – oh, ich weiß zwar, daß du sehr müde sein mußt, aber vielleicht könnten wir uns doch zusammen aufmachen – ich in meinem Wirbelwind und du in deiner Wolfsgestalt – um unseren neuen Verbündeten willkommen zu heißen? Ich könnte ihm ja den Weg hierher zeigen, während du das andere Einhorn und das Verrätermädchen in die Reichweite unserer Kriegsschar lockst.«

»Dein Plan ist gut«, stimmte ihr Wulfric zu und ließ sich auf alle viere fallen.

Nach einer schlaflosen Nacht und einem reichhaltigen Frühstück füllten Colin und Gretchen ihre Satteltaschen bis obenhin mit frischen Himbeertörtchen, einige davon für den Eigenverzehr, der Rest ein Geschenk Tante Sybils für den Zauberer. Als diesen noch zwei runde Käse, für jeden ein Laib Brot und ein Leinwandsäckchen

mit gesalzenen Körnern und Nüssen hinzugefügt waren, nahmen Gretchen und Colin im Sattel ihrer Reittiere Platz.
»Ich werde euch gut überwachen mit meinem Kristall«, versprach Tante Sybil, als sich Gretchen noch einmal von Mondscheins Rükken herabbeugte, um ihr ein letztes Küßchen auf die Wange zu geben. »Wenn ich irgend etwas sehe, das für euch nützlich sein könnte, werde ich euch durch Budgie eine Nachricht übermitteln.« Budgie, Tante Sybils Hausgeist, flog meistens in der Nähe des Hauses im Wald herum, war aber jederzeit bereit, die Botschaften seiner Herrin zu übermitteln. Der Wellensittich, der gerade auf dem Fenstersims saß, fing nun an zu trällern, als ob er sagen wollte, daß sie sich nicht zu sorgen brauchten.
So konnten die Reisenden beruhigt von dannen ziehen. Sie ritten zwei Tage lang, und obwohl sie etwas feucht waren, weil sie so viele Bäche durchwatet hatten, kam es zu keinen ernsthaften Katastrophen. Sogar das Wetter war ihnen gewogen. Der azurblaue Himmel über ihnen war mit spitzenartigen, weißen Wölkchen gesäumt, die wirklich nur der Dekoration dienten. Der Boden des Waldes, in dem es so frisch roch, war mit schwammartigem, smaragdgrünen Moos bedeckt, das das Darüberreiten angenehm und leicht machte.
Wenn Mondschein die Bäche geläutert hatte, die sie überquerten, wurde das Wasser immer so wohlschmeckend und so rein, daß es einen beinahe trunken machte. Hellglänzende Fische schossen an seichten Stellen über blankgeschliffene Steine, während die tieferen Stellen im kühlen, grünen Schatten vor sich hindämmerten. Hasen und Eichhörnchen, Elche und Füchse liefen ihnen über den Weg. Colin sang all die neuen Lieder, die er bei Hofe gelernt hatte, nur die Wiegenlieder ließ er aus. Auch Gretchen, deren rauhe Stimme allerdings immer etwas neben dem richtigen Ton lag, sang und lachte, bis ihr die Seiten weh taten.
Als es am Abend des zweiten Tages dämmerte, schlugen sie neben einem breiten, gurgelnden Bach ihr Lager auf. Gretchen zauberte ein rauchloses Lagerfeuer herbei und ließ sich davor nieder.
»Das Leben am Hof muß ja ziemlich aufregend sein«, bemerkte

sie, denn ihr gingen immer noch die Lieder durch den Kopf, die sie den ganzen Tag über gesungen hatten. »All die Lieder, die Musik, das Tanzen und die Feste, all die Leute aus den verschiedensten Himmelsrichtungen, die so viele aufregende Geschichten erzählen können. Du mußt ja sehr darauf aus sein, wieder zurückzukommen!«

Colin hatte es sich zwischen den Wurzeln einer Fichte bequem gemacht. Die Stiefel hatte er ausgezogen. Mit hinter dem Kopf verschränkten Armen lag er ausgestreckt da und kaute zufrieden an einem Grashalm.

»Oh, ich glaube, ich kann's erwarten«, sagte er. »Natürlich ist es zuerst sehr interessant. Die ganze Musik und die Tanzerei. Aber du mußt bedenken, daß ich die meiste Zeit über die Musik spiele, anstatt von den anderen Leuten unterhalten zu werden. Und die Leute – ja, ich gebe zu, anfangs scheinen alle ganz geistreich, bezaubernd und unterhaltsam zu sein, bis man begreift, daß die Witze gar nicht lustig gemeint sind, vor allem nicht für diejenigen, auf die sie gemünzt sind. Auch haben die Leute keine allzu großen Bedenken, ihre Magie über das erlaubte Maß hinaus auszuüben. Janet Schwanengleich zum Beispiel bekam plötzlich ganz entsetzliche Warzen, kurz bevor sie ihren zukünftigen Gatten kennenlernen sollte. Eine Tatsache, die nicht nur Janet aus der Fassung brachte, sondern auch das Gerücht aufkommen ließ, daß ihr Verehrer, der Janets ältere Kusine Maide übergangen hatte, um Janet den Hof zu machen, eine verwandelte Kröte sei. Siehst du, wie diese Dinge außer Kontrolle geraten?«

Gretchen nickte und lächelte und röstete ein Käsebrot über dem Feuer.

Colin seufzte und sagte: »Man könnte beinahe die Generäle beneiden, weil sie in ihrer Rüstung wenigstens davor geschützt sind, daß ihnen jemand in den Rücken fällt.« Er kaute gedankenverloren an einem Grashalm und fuhr nach einer Weile fort: »Weißt du, das Lied, das König Eberesch für dich haben wollte, war nicht das erste, das mir Schwierigkeiten bereitet hat, seit ich zum Hofstaat gehöre.«

»Ausgerechnet dir soll es schwerfallen, Lieder auszudenken? Das kann ich einfach nicht glauben!« spottete Gretchen. Seit sie ihn kannte, hatte er sich ständig neue Strophen ausgedacht.
»Ich hatte einfach nicht die Zeit dazu, in Anbetracht der Tatsache, daß ich mit dem König herumziehen und ihm alle seine Lieblingsweisen vorspielen mußte, natürlich änderte er die geläufigen Vorbilder ab, um sie auf seine großartigen Heldentaten abzustimmen – die sich allerdings bis jetzt darauf beschränkt haben, eine unpopuläre Steuer zu erheben und dich zur Prinzessin zu ernennen. Er hat noch nicht viele Freunde am Hof, deswegen will er mich um sich haben, damit ich ihm zuhöre, wenn er es will, oder mit ihm spreche, wenn er es will, oder sogar mit ihm trinke, wenn er sich betrinken will. Und ich kann dir sagen«, entrüstete sich Colin und verdrehte dabei die Augen, um seine Märtyrerrolle zu unterstreichen, »wenn dieser zurechtgestutzte Eisriese betrunken ist, brauche ich Wochen, um mich wieder davon zu erholen.«
»Ja, ich kann mich diesbezüglich auch noch an etwas erinnern«, sagte Gretchen. Ihr Grinsen wurde immer breiter, als sie sich an Colins vergeblichen ersten Versuch erinnerte, bei einem Saufgelage mit dem König, der über eine erstaunliche Trinkfestigkeit verfügte, auch wirklich mitzuhalten. Colin war es auch damals ziemlich schlecht ergangen. Sie sagte: »Ja, ich glaube du hast recht, was das Leben am Hof anbetrifft. Wahrscheinlich wäre es nichts für mich. Ich scheine immer wieder zu übersehen, daß die einzigen Leute, die Zeit für all die Bälle und Feste haben, diejenigen sind, die andere für sich arbeiten lassen – und wie ich mich kenne, würde ich bestimmt arbeiten, während die anderen tanzen!«
Colin mußte grinsen, weil ihre Stimme so verzweifelt klang, und sagte dann feierlich: »Ich weiß, was du meinst. Auch ich bin immer zu sehr mit meiner Spielerei und meinen anderen sozialen Verpflichtungen eingespannt, als daß ich mich wirklich amüsieren könnte. Da sind dann noch die Frauen ...« Ein tiefer, aufgesetzter Seufzer entrang sich seiner Brust, wobei er genüßlich seine Zehen krümmte und seine Lage veränderte. Unter den Augenwimpern beobachtete er ihre Reaktion und fuhr fort: »... die mir natürlich

ziemlich viel von meiner Zeit stehlen. Bei all der Zeit und Mühe, die man aufwenden muß, um die Damen bei Hofe bei Laune zu halten, kann ein ehrlicher Musiker wie ich überhaupt keine vernünftige Arbeit mehr leisten.«

Mondschein, der in der Nähe graste, hob den Kopf, schnaubte verächtlich und warf Colin aus den Augenwinkeln strenge Blicke zu.

»Bitte verzeih mir«, sagte Colin, der sich aus seiner liegenden Position so elegant verbeugte, wie es unter diesen Umständen überhaupt möglich war. »Ich habe ganz vergessen«, sagte er, »daß Einhörner anwesend sind.«

Gretchen knabberte nachdenklich an ihrem Käsebrot, dann fuchtelte sie damit in der Luft herum und fragte: »Und diese Dame, die du Mondschein gegenüber schon einmal erwähnt hast – wie heißt sie doch gleich noch mal – Adelaide? Adeline? Agatha? Al... waa... was soll denn das?« schrie sie und sprang plötzlich mit leeren Händen auf.

Der diebische Rabe, der aus der Luft herabgestoßen war, um ihr das Brot zu entreißen, ließ sich außer Reichweite auf einem Pappelast nieder. Jedesmal, wenn er ein Stück aus dem Brot herausgepickt hatte, legte er den Kopf schief und sah sie mit einem Blick an, der ausdrückte, daß er zwar das Brot ganz annehmbar fand, aber im allgemeinen natürlich an etwas Besseres gewöhnt war.

Am nächsten Morgen, als sie aufstanden, saß der Rabe immer noch dort. Nach der Landkarte des Zauberers sollten sie nicht den Fluß überqueren, an dessen Ufer sie übernachtet hatten, sondern an ihm entlanggehen. Der Fluß verlief sehr seltsam und dem Forellenfluß entgegengesetzt in nordöstlicher Richtung.

»Nun«, sagte Colin wohlgelaunt, als Gretchen die Karte wieder verstaut hatte, »wenigstens können wir uns nicht verirren, da wir ja sogar einen Führer haben!« Der Rabe kreiste über ihnen, als sie am Flußufer entlangritten.

Nach kurzer Zeit stellten sie allerdings fest, daß der Boden sumpfig wurde und sie einsanken. Durch das hohe Gras wurden die Wasserlöcher verdeckt. Scheinbar fester Boden verwandelte sich

unversehens in Schlamm, der die Pferdehufe in die Tiefe zog und jeden Schritt zu einer unglaublichen Kraftanstrengung machte.
Als Roundelay ihren Huf schon zum wiederholten Male auf einen harmlos aussehenden Grasfleck gesetzt hatte und bis zum Bauch in dem alles verschlingenden Schlamm versank, stieg Colin ab und führte sie ganze zwei Schritte weiter, bis auch er auf das weiche Gras trat, das sich bei näherer Untersuchung als ein kleineres Nebenrinnsal des Hauptflusses herausstellte. Er begann unflätig zu fluchen.
Mondschein versuchte, ihn zum Schweigen zu bringen, obwohl auch er versucht war, einen der deftigeren Einhorn-Flüche zu gebrauchen, als er sich mit dem Horn den Schmutz von den Hufen entfernen mußte.
Über ihnen kreiste noch immer der krächzende Rabe.
»Jetzt könntest du deinen Zaubertrick vom letzten Jahr wieder hervorholen, der uns nun wirklich nützlich wäre«, jammerte Colin, der hilflos herumzappelnd nach einem Stückchen trockenen Bodens suchte. »Während ich damals wenig Lust hatte, in den übergroßen Korb zu klettern, den du für mich geflochten hattest, um damit einen Drachen zu befreien, würde es mir jetzt nichts ausmachen, darin flußabwärts zu schwimmen, anstatt mit dem Schlamm hier zu kämpfen.«
Gretchen schaute unschlüssig nach dem Wasser und sagte: »Du willst damit sagen, daß du den Wasserweg benutzen willst, der uns ausdrücklich untersagt wurde?« Gretchen mochte Wasser nicht, denn ihr war die grausige Geschichte noch in lebhafter Erinnerung, die sie als kleines Mädchen von Großmutter Grau gehört hatte. Es war die Geschichte einer Vorfahrin der Graus gewesen, die von einem gerissenen Feind in ihrem eigenen Spülwasser geschmolzen wurde. Es war zwar nicht so, daß Gretchen dazu neigte, sich aufzulösen, aber man konnte nicht vorsichtig genug sein. Abgesehen von dem Putzwasser, das sie für die Ausübung ihrer Zauberei benötigte, und dem Wasser für eine gelegentliche Katzenwäsche, vermied sie das feuchte Element. Und in diesem Fall konnte sie, wenn auch nicht gerade schmelzen, so doch ertrinken.

Sie war ja nicht aus demselben Holz geschnitzt wie Colin, der von den Meerbewohnern abstammte und schwimmen konnte wie ein Fisch.
»Wenn wir auf dem Landweg weitergehen«, versuchte er ihr klarzumachen, »werden wir entweder bis über die Ohren naß oder wir müssen uns so weit vom Ufer entfernen, um auf festen Grund zu kommen, daß wir Gefahr laufen, das Flüßchen vollkommen aus den Augen zu verlieren, und dann finden wir den Freund deiner Tante wahrscheinlich nie.«
Obwohl sie meinte, es besser zu wissen, mußte Gretchen zugeben, daß Colin wahrscheinlich recht hatte. Sie fand eine Stelle, etwas trockener als die, wo Colin eingesunken war, und stieg ab.
Während Colin einen großen Hügel aus Schilfrohr und Gräsern zusammentrug, flocht sie das Material zusammen, und zwar so schnell, daß er ihr mit den Augen nicht mehr folgen konnte. Eh er sich's versah, war aus dem Schilf ein topfartiger Korb geworden, der groß genug war, daß zwei Leute darin bequem Platz nehmen konnten. Mondschein beobachtete das Geschehen mit großem Interesse.
»Wahrscheinlich könnte ich den Korb auch groß genug machen, daß du noch Platz darin hast«, sagte Gretchen zu Mondschein, »aber bei Colins Stute hört es auf. Sie würde uns alle versenken.«
Mondschein erhob sehr schnell Einspruch: »Nein, Mädchen, wir Einhörner läutern zwar das Wasser, aber wir schwimmen nicht darin. Ich gehe mit dem Pferd und passe auf, daß es in der Nähe des Ufers bleibt und wir nicht voneinander getrennt werden.«
»Das ist sehr brav«, sagte Colin.
Dann kletterte er in das Korbboot, wobei er seine (wenigstens für ihn) ungewöhnliche Mutprobe ablegte, und hielt sich solange an einer vorstehenden Baumwurzel fest, bis sich auch Gretchen dazu entschließen konnte, an Bord zu klettern.
Da sie flußabwärts schwammen, glaubten sie ohne Ruder oder Paddel auszukommen – wenigstens sahen sie keine Notwendigkeit dafür, bis das Boot anfing, sich wie ein Kreisel zu drehen.

Gretchen stieß schrille Schreie aus, bedeckte das Gesicht mit den Händen und klammerte sich am Boden des Bootes fest, als sie auf dem silbrig glänzenden Wasser dahinflitzten, ab und zu am Ufer anstießen und mit den tiefhängenden Zweigen in Berührung kamen, die die Passagiere in den schnellen, seichten Strom hineinzuziehen drohten.

Der Rabe sah, wie sie sich duckten und nach den Zweigen griffen, ihr Treiben schien ihn zu amüsieren. Er flog immer wieder zu ihnen herab, wobei er rauhe Schreie ausstieß und ihnen mit seinen Schwingen zufächelte.

»Was meinst du, vielleicht will er noch ein Brot?« fragte Colin.

»Ich weiß nicht, was das freche Biest will«, brummte Gretchen, »aber es bringt mich so weit, daß ich eine Schleuder will!«

Trotz ihrer mutigen Worte blieb sie zusammengekauert auf dem Boden sitzen. Deswegen bekam sie auch nicht mit, daß das Wasser so schnell an einem aufrecht stehenden Baumstamm vorüberstürzte, daß es aussah, als ob dieser auf sie zuschwämme. Sie sah auch nicht die langen, olivgrünen Schatten auf dem kristallklaren Wasser: hell, dunkel, hell, dunkel – als der Korb zwischen Reihen sich drehender Fichten durchwirbelte, und sie verpaßte auch den Otter, der sie einen Moment lang neugierig anstarrte, bis er ihnen dann zugestand, daß sie eine gute Idee gehabt hatten, und sich selber ins Wasser gleiten ließ.

Colin dagegen sah und fühlte alles. Er stemmte die Füße gegen die eine Seite des Bootes, während er sich mit dem Rücken an der anderen abstützte. Seine Arme hingen über den Korbrand. Offensichtlich genoß er die Bootsfahrt in vollen Zügen. Er holte tief Atem, denn er liebte die würzige, von Laubgeruch durchdrungene und vom Duft der Heideblumen geschwängerte Luft. Die Blumen nickten zu beiden Seiten des Flusses in nachbarschaftlicher Manier, als das Boot vorbeischoß. Auf eine ebenso natürliche Weise wie er atmete, sah und Geruchsempfindungen hatte, fing er nun auch zu singen an. Er sang um des Gesanges willen, um der Freude willen, die das Singen bereitete, er ahmte Vögel, Pfeifen, Harfen und Geigen nach, er gab auch Laute von sich, die nichts zu bedeuten hatten, er sang Lieder, an die er sich nicht mehr richtig erinnern konnte, und er trommelte auf den Schenkeln den Begleittakt zu Mondscheins und Roundelays Hufschlag in den nahen Wäldern.

Gretchen schaute mit benommenem Blick vom Boden des Korbes zu ihm auf und sagte: »Du bist vielleicht blöd und weißt es auch ganz genau! Es kann jetzt jeden Moment passieren, daß wir in meinem schlecht gefügten Gerät zerschellen oder untergehen, und du trällerst vor dich hin wie ein aufgeblasener Verwandter von Tante Sybils Wellensittich.«

Colin schrie seinen Schlußvers heraus, bevor er ihr antwortete, und zog schelmisch an ihren aufgeweichten Zöpfen. »Sei kein Frosch, das macht doch Spaß, wenn du dich nur entspannen würdest! Sing doch ganz einfach mit, dann vergißt du vielleicht, daß du Angst hast!«

»Ich hab ja gar keine Angst, aber wenn ich schon dem Tod ins Auge blicken muß, dann möchte ich nicht, daß es so klingt, als wäre ich auf einem Ausflug.«

»Dann tu eben ein bißchen so, als ob ... Na los, ich bin wirklich ein ganz vorzüglicher Vorsänger, das finden alle, und besonders bei Matrosenliedern. Versuch mal das. Wiederhole, was ich dir vorsinge: Und es geht *hei-hi-hee* und fort zur rollenden See.«

Dieses Lied heiterte Gretchen beträchtlich auf. Gottlob befanden sie sich nicht auf rollender See, sondern nur auf einem Flüßchen. Sie richtete sich auf und schüttelte ihre Zöpfe zurück, so daß sie über den Rand des Korbes hingen, und warf Colin einen vorsichtigen, irgendwie vorwurfsvollen Blick zu. Für ihn war es herrlich, denn er *mochte* Wasser, weil er von den Meerbewohnern abstammte, und deswegen liebte er es auch, wie eine richtige Sirene zu singen, nur daß sich sein Gesang nicht so verheerend auf die Seeleute auswirkte.

Das Boot kippte elegant auf die andere Seite, als er geraume Zeit auf einem hohen Ton aushielt. Die Übereinstimmung zwischen dem Lied und der wippenden, wirbelnden Vorwärtsbewegung des Schiffes riß auch Gretchen mit, und sie konnte nachher nicht mehr sagen, wann auch sie in den Gesang mit eingestimmt hatte. Ihre Stimme verschmolz mit der des Raben wie mit der Colins, aber irgendwie wurden alle Geräusche um sie herum zu Musik: das Rauschen und Plätschern des Wassers, das Klappern der Hufe am Ufer entlang, das Herumwirbeln und Sich-Senken des Korbes, der Rabe, der über ihnen in der Luft nicht nur mit seinem heiseren Krächzen, sondern auch mit einem frenetischen, allem zuwiderlaufenden Tanz aufwartete. Ob ihn nur ihre Stimmen dazu veranlaßt hatten, oben zu bleiben, oder ob er es ganz einfach müde war, immer wieder herabzustoßen, war schwer zu sagen, jedenfalls blieb er hoch oben in der Luft und hörte auf, sie zu belästigen.

Am Ufer gingen die kleineren Bäume in Baumriesen mit weit ausladendem, baldachinartigem Blätterdach über, die lilafarbenen Blumen lösten gelbe und weiße Gewächse ab, die schlammigen Ufer wurden sandig, und wo sie zuerst außer dichtem Baumbestand nichts gesehen hatten, sahen sie nun durch eine Lücke zwischen den Bäumen eine Bergkette mit gleißenden, schneegekrönten Gipfeln.

Ohne eine Note auszulassen, machte Colin Gretchen auf eine Eule aufmerksam, die in einiger Entfernung über den Fluß flog. Gretchen stieß einen Schrei aus und kippte beinahe das Boot um, als sie ein büschelohriges Luchsweibchen in greifbarer Nähe am Ufer entdeckte, das seine Jungen säugte.

Mondschein hielt an und tauchte sein Horn in den Fluß, bevor Gretchen durch ihr Geschrei den Luchs vertreiben konnte, denn er wollte dem Tier beteuern, daß sie nicht daran interessiert seien, ihm oder seinen Jungen etwas zuleide zu tun.

Einige Zeit später kamen sie an einem Biberdamm vorbei, der einen Nebenfluß überspannte. Der Biber kam aus seinem Bau und hieb entrüstet auf das Wasser ein, weil er seine Ruhe haben wollte, wurde aber ignoriert.

So zogen sie also singend, lachend und schwatzend weiter und wären einmal beinahe versunken. Als die Dämmerung näherrückte, verließen sie die ausgedehnte Grasniederung mit dem großartigen Ausblick auf das Majestätsgebirge. Das Gebirge war so genannt worden, erklärte Colin, weil dessen Entdecker den König damit ehren wollte, aber wie es der Zufall wollte, war in Argonia gerade ein Interregnum, und wer konnte schon sagen, ob der neue Herrscher gar kein König, sondern eine Königin sein würde? Also ging der Entdecker auf Nummer sicher und nannte seinen Fund ganz einfach »Majestät«.

Wenig später glitt das Boot aus der Grasniederung heraus und in den Wald hinein, wo etwas Seltsames passierte, das den Rest ihrer Reise beeinflußte.

Sie hörten einen dumpfen Aufschlag, als ob plötzlich eine Kreatur vom Himmel gefallen wäre. Mondschein und Roundelay blieben plötzlich stehen und spitzten die Ohren. Die tiefen, ineinander verwobenen Schatten der Lärchen und Zedern schienen sich ganz schnell zusammenzuziehen und dann zu springen – um plötzlich, gar nicht weit von ihrem Boot entfernt, ins Wasser zu plumpsen. Einen Moment lang glaubte Gretchen, ein Bein mit einem Stiefel gesehen zu haben, aber sie hatte nicht die Zeit abzuwarten, ob der Rest des Körpers nachfolgen würde, denn gerade in dem Augenblick drehte sich ihr Boot wieder in der Strömung, und als sie wieder in der Ausgangsposition waren, waren Boot und Bein verschwunden, die Schatten zogen sich auf der anderen Seite des Flusses wieder zusammen, um dann ganz abrupt wieder aufzureißen und die Sonnenstrahlen durchzulassen, die wie zuvor zwischen den Bäumen durchschienen.

Alle waren entsetzt, nur durch Mondscheins Geistesgegenwart wurde die Stute Roundelay an der Flucht gehindert. Colin und Gretchen hörten auf zu singen und ließen den moosbewachsenen Waldboden nicht mehr aus den Augen, weil sie noch andere unangenehme Zwischenfälle befürchteten. Der Wald schien immer düsterer zu werden. Das Moos war nun kein einladender Teppich mehr, sondern schien den Boden zu erdrücken, kroch an den Baumwurzeln entlang und wuchs um die Äste herum, und von denselben Bäumen hing noch eine andere Art von Moos herunter, die wie die lange, grüne Haarsträhne erdrosselter Sirenen aussah.

Aber abgesehen von der ungesunden Atmosphäre, auch das Manövrieren des Schiffes wurde durch das verblassende Licht und den zusehends dichter werdenden Wald immer schwieriger, weil auch das Ufer an dieser Stelle besonders hoch und der Fluß ungewöhnlich breit war.

Obwohl es so aussah, als ob sie gleich mit etwas zusammenstoßen würden, verfingen sie sich statt dessen in einem Gewirr bloßgelegter Baumwurzeln. Geisterhände, die nach ihnen gegriffen hätten, wären auch nicht verwirrender oder störender gewesen. In der Eile suchte Gretchen nach einer Stelle, wo sie den Korb über Nacht aus dem Fluß ziehen konnte.

Sie suchte immer noch, als sie um die nächste Biegung kamen. Direkt vor ihnen, in der Mitte des Flusses, befand sich das kleinste Schloß, das sie jemals gesehen hatten. Obwohl es eigentlich nur so groß war wie ein kleines Haus, hatte es die zu einem richtigen Schloß gehörende Vielzahl von kleinen Türmchen, einen großen Turm an jeder Ecke, eine Zugbrücke und einen Graben, den der Fluß speiste und aus dem Schloß eine Insel machte.

Der Rabe, den sie nicht mehr gesehen hatten, als sie durch den Wald fuhren, war plötzlich wieder zur Stelle und krächzte mit seiner rauhen Stimme triumphierend.

Mit einem kreischenden Geräusch, das in den Ohren genauso schmerzte wie Knochenbrechen auf dem Rad der Inquisition, wurde langsam die Zugbrücke heruntergelassen. Mondschein blieb stehen und Roundelay wieherte voller Unruhe. Colin und Gretchen blieb beinahe das Herz stehen, während ihre Blicke von einem Ufer zum anderen schossen, um etwas ausfindig zu machen, an dem sie sich notfalls halten konnten, damit sie ihr Fahrzeug aus dem Wasser ziehen konnten, bevor sie es der Gewalt des Wesens ausliefern würden, das in diesen moosbedeckten Mauern hauste.

Aber der Bewohner des Schlosses wartete nicht, bis das Boot ankam. Colin und Gretchen sahen mit schierem Entsetzen, wie auf der Zugbrücke zuerst eine große, lange Schnauze sichtbar wurde, der ein paar zottige Vorderpfoten folgten, mit Krallen, die so lang

wie Stricknadeln waren. Bald humpelte das Ungeheuer in voller Größe über die Zugbrücke.
Sie hatten keine Chance, von dem Scheusal übersehen zu werden, denn es glotzte sie mit seinen hervortretenden roten Riesenaugen an, die größer als Eßteller waren und mit bösartiger Schadenfreude aufblitzten. Die Schnauze hatte es gesenkt, und sie hing tiefer herab als sein schwabbliger Hinterleib. Das abscheuliche Ungeheuer war über und über mit grünem Schleim und giftig aussehenden Geschwüren bedeckt, die auch die rasierklingenscharfen schuppenartigen Gebilde darunter verdeckten.
Eine schlaffe, lilafarbene Zunge hing ihm aus einem Maul, das einem Grislybären alle Ehre gemacht hätte. Entlang der Wirbelsäule hatte das Ungeheuer Stacheln, die tödlich aussahen und um seinen Hals legte sich ein dicker Wulst aus stachligen grünen Haaren.
Als das Boot immer näher an die Brücke herankam, richtete sich das Ungeheuer zu voller Größe auf, brüllte, daß es wie ein Waldbrand auf sie niederprasselte, und fuchtelte mit seinen Klauen in der Luft herum, als wollte sie sie geschmeidig machen, um die Menschen desto besser zerfleischen zu können, wenn sie erst einmal in Reichweite wären.
Mondschein trompetete wie ein Elefant und stampfte den Boden, dann senkte er den Kopf, um anzugreifen. Er stieß noch einen letzten Schlachtruf aus, der Gretchen galt: »Fürchte dich nicht, Mädchen, ich werde dich vor jedem Unheil bewahren, auch wenn ich dabei zugrunde gehe!« Als er das gesagt hatte, stürzte er sich auf das Ungeheuer.

VI

Wulfric hatte genug Zeit, um aus seiner Wolfsgestalt wieder in die Maske Graf Schwindelguts zu schlüpfen, denn er konnte Prinz Leofwin schon eine halbe Meile früher fluchen hören, bevor er seine Witterung aufnahm.

»Du hast dir ja wirklich Zeit gelassen!« beschwerte sich der Leofwin, als Wulfric plötzlich aus dem Dunkel der Nacht auftauchte und vor dem Lagerfeuer des Prinzen stand. »Ich hätte schon viel früher damit gerechnet, mit dir zusammenzutreffen – aber sag mal, du mußt mich überholt haben. Wie war denn das möglich? Trotz dieser Siebenmeilenstiefel habe ich drei volle Tage gebraucht!«

Die Wunderstiefel lehnten an dem Baumstamm, auf dem der Prinz saß und seine Schienbeine rieb. Seine Füße waren rot, und er hatte vom Gehen Blasen bekommen – die des Poeten waren um einiges kleiner. Wulfric grinste schiefmäulig. Sie sollten ruhig zu spüren bekommen, wie schnell er bei Nacht war.

Plötzlich flammte das Lagerfeuer auf, als ob ein starker Wind hineinblies. Blätter wirbelten in die Flammen. Aus dem dunklen Gehölz hinter dem Werwolf drang ein Seufzen, das sich, als es näher kam und lauter wurde, in das Rascheln welker Blätter verwandelte und in das Geräusch frischer Blätter, die sich aneinanderrieben. Kräftige Bäume erzitterten bis in die Wurzeln.

Dann flammte das Feuer mit einem letzten Windstoß heller auf als je zuvor, bevor es durch herumfliegende Erdklumpen und nasse Blätter erstickt wurde. Funken sprühten bis zu Wulfrics Kopf, dann war nur noch ein bißchen Glut zu sehen, und das Feuer wäre um ein Haar ausgegangen. Leofwin bemerkte, wie sich auf der anderen Seite des Feuers ein Wirbelwind dem Lager näherte.

Die Windsbraut drehte sich langsam erdwärts, bis alle Abfälle, aus denen sie bestand, sich auf dem Boden verteilt hatten, und Leofwin erblickte eine schöne Frau, die eine anmutige Pirouette drehte und ihm dann ins Gesicht sah.

Der Prinz kannte diesen Frauentyp sehr genau: Wassernixe. Nymphe. Langes blondes Haar, große grüne Augen. Ein Körper, der einem nicht aus dem Sinn ging. Sie waren sich alle ähnlich. Leofwin hatte viele dieser Sorte auf seinen Feldzügen kennengelernt. Er sah die Frau lüstern an. Den Schmerz in seinen Beinen hatte er fast vergessen. »Ich muß schon sagen, Graf, alter Junge, wer schneit uns denn hier herein?« fragte er. »Nett von dir, mir Gesellschaft zu besorgen...«

»Auf die Knie, Dreckskerl«, fauchte Wulfric, »Unwürdiger, verneig dich vor dem Feldmarschall unserer erhabenen Sache, der Schlachtjungfrau Sally Offenherz!«

»Nein, Mondschein!« rief Gretchen, die entsetzt auf das Einhorn starrte, das auf das abscheuliche Grabenmonster losrannte. »Halt!« Aber Mondschein stürzte sich bereits Hals über Kopf auf die schleimige Erscheinung. Gretchen brüllte und fuchtelte mit den Armen, um Mondscheins Aufmerksamkeit auf sich zu lenken.

»Laß das bleiben!« brüllte sie Colin an, aber da war es auch schon zu spät. Das Korbboot kippte um, als Gretchen aufstand; Hexe und Spielmann fielen ins kalte Wasser.

Gretchen schlug mit den Armen um sich und schrie wütend: »Hiiilfe! Verdammt noch mal, so rette mich doch! Siehst du denn nicht, daß ich ertrinke?«

Colin hielt ihr die Hand hin und sagte: »Versuch zu stehen, das Wasser ist nur knietief!«

Gemeinsam wateten sie ans Ufer. »Pah«, machte Gretchen. Angewidert spie sie das Wort mit dem Wasser aus, das sie geschluckt hatte. »Ich hab's doch gleich gewußt, daß ich mich auf keinen Mann verlassen kann, der Boote mag!«

»Und *ich* hätte einer Hexe ein bißchen mehr Verstand zugetraut, als in einem Boot plötzlich aufzustehen!« fauchte der Spielmann zurück. Dann wies er mit dem Kinn in die Richtung, wo das Einhorn und das Monster standen. Sie waren nur noch wenige Meter voneinander entfernt und machten keinen Mucks, als sie sich ge-

genseitig fixierten. »Sieh mal dort«, flüsterte Colin und zeigte auf die beiden, »ist das denn nicht seltsam?«
Das Ungeheuer unternahm nichts, was für Mondschein hätte bedrohlich werden können, das Einhorn aber rollte die Augen und schüttelte nervös seine Mähne. »Das Ding dort riecht seltsam, Mädchen«, sagte er zu Gretchen, »es riecht beinahe wie...«
»Komm jetzt«, sagte Gretchen und zog Colin nach vorn, »bevor sich das Monster auf ihn stürzt!«
Aber Colin hielt sie zurück, und als sie sich umdrehte, um ihn zurechtzuweisen, deutete er nur auf das Monster, das wieder in einem seltsam blinden und schwerfälligen Gang auf das Einhorn zuschlurfte. »Sieh nur genau hin, unter all dem zottigen Zeug. Ich kann mich wahrhaftig nicht daran erinnern, jemals ein Ungeheuer mit Strümpfen an den Füßen gesehen zu haben – du vielleicht?«
Gretchen hörte auf zu plantschen und blinzelte durch ihre tropfenden Augenwimpern hindurch.
Sogar in dem schwächer werdenden Licht konnte sie erkennen, daß das Scheusal an seinen Monsterfüßen wirklich ein Paar Socken hatte, aus Wollresten zusammengestopft, die aus jemandes Lumpensack zu stammen schienen, den Gretchen sehr gut kannte. Für sie konnte ein Grabenmonster, das solche Ringelsocken trug, nur eines bedeuten!
»Also«, seufzte sie erleichtert auf, »ich hoffe nur, daß Tante Sybils Törtchen nicht zerdrückt worden sind!«
»Hoffentlich«, stimmte ihr Colin zu. »Er sieht hungrig aus. Und hoffentlich ist er wirklich so gutmütig, wie deine Tante gesagt hat. Sie hätte uns aber ruhig etwas genauer über diese Meisterverkleidungsgeschichte aufklären können. Ich war wirklich nicht auf so etwas Ausgefallenes vorbereitet.«
Als sie sich dem monströsen Zauberer und dem immer noch scheuenden Einhorn näherten, hörten sie, wie eine leise, angenehme Stimme zwischen den riesigen Zähnen des Ungeheuers sprach: »Du bist wirklich ein wunderschönes Geschöpf!«
Zwischen den Falten des Monsterhängebauches kam eine Hand heraus, die beruhigend menschlich aussah, und sich nun nach den

geblähten Nüstern des Einhorns ausstreckte. Wieder sagte die Stimme: »Ich danke dir sehr herzlich, daß du meinen Graben geläutert hast. Enten und Fische würden es auch tun, wenn deine Kameraden sie nicht erschreckt hätten.«

Mondschein wieherte entrüstet: »Meine Kameraden sollen sie erschreckt haben? Was glaubst du eigentlich, was *du* getan hast? Versuch nicht, *mich* mit süßen Worten und einer liebenswürdigen Witterung hereinzulegen, Schurke! ... Teures Mädchen!« rief das Einhorn und wandte sich wieder an Gretchen: »Dieses Ding dort wünscht mit mir zu sprechen! Was soll ich nur machen? Ich wollte diese Kreatur bitten, dich zu retten, habe mich aber natürlich bereits damit besudelt, daß ich dem Codex zuwidergehandelt und mich dazu herabgelassen habe, mich deinem Spielmann anzuschließen. Siehst du, wo es hinführt? Weil ich mich einmal erniedrigt habe, soll ich nun mit jedem Hergelaufenen reden, dem es in den Sinn kommt, mich zu grüßen! Was soll ich denn nur zu einer solchen Kreatur sagen?«

»Versuch's doch mit ›Seid mir gegrüßt, mächtiger Zauberer!‹«, schlug Gretchen vor. »Sei bitte nicht so fürchterlich snobistisch, Lieber, denn dieser ganz besonders abstoßende Typ ist ein Freund der Familie. Zauberer Himbeere, nehme ich an?« fragte sie und streckte ihre Hand auf gut Glück der Schnauze des Monsters entgegen.

Das Ding versuchte, sich darüber zu beugen, als ob es ihren Handrücken küssen oder mit seinen riesengroßen Zähnen hineinbeißen wollte – wie Gretchen nun sehen konnte, waren es lediglich Birkenrindenstückchen. Plötzlich begann sein Kopf herabzugleiten, und Gretchen konnte gerade noch den größten Teil dessen auffangen, was sich von der oberen Hälfte einer hageren Person abschälte, die der Generation ihres Vaters zuzurechnen war.

Der Mann hatte einen buschigen Bart und struppiges, graues Haar, das jetzt – nachdem er den Kopf des Monsters heruntergezogen hatte – total zerzaust war. Seine Ohren standen stark vom Kopf ab und waren ziemlich spitz. Ein zerknittertes Gewand mit astrologischen Zeichen grob bestickt, verdeckte den Körperteil, der nicht von der unteren Körperhälfte des Monsters bedeckt war. Offensichtlich hatte der Zauberer seine merkwürdige Erscheinung ganz vergessen, denn er prüfte seine Gäste mit einem Blick, der ebenso schlau und neugierig war wie der des Raben, der nun auf der Schulter des Magiers Platz genommen hatte. Wahrscheinlich dachte er, daß *sie* diejenigen waren, die komisch aussahen.

Gretchen wrang ihren Rock aus, bevor sie ihre Hände daran abwischte. Die eine streckte sie dem nicht gerade sehr entgegenkommenden Zauberer wieder hin und sagte dabei: »Freut mich wirklich, Sie kennenzulernen! Zauberer Himbeere, wenn ich mich nicht irre? Das ist Colin Liedschmied, der Spielmann des Königs und mein Reisebegleiter, und das ist Mondschein – wie jeder Trottel sehen kann, ein Einhorn. Ich selber bin Gretchen Grau, Bronwyns Tochter, die wiederum die Tochter von Maude und diese wiederum die Tochter von Oonaugh war. Aber für Sie dürfte am wichtigsten sein, daß ich Sybils Nichte bin.« Gretchen beendete ihre Vorstellung mit Schniefen und Niesen.

Der Zauberer zog ihr ein Taschentuch aus dem Ohr. »Natürlich bist du das!« stimmte er ihr freundlich zu. »Ich hätte gleich erkannt, wer du bist, wenn Raben-Jack nicht darauf bestanden hätte, daß ihr Banditen seid. Darum hab ich euch in dieser seltsamen Verkleidung empfangen. Aber bitte, kommt doch herein, ihr müßt furchtbar hungrig und durstig sein.«

Als sie in Decken eingewickelt vor dem Kaminfeuer des Zauberers saßen und ihre Kleider trockneten, fragte Gretchen: »Sie nennen den Raben also Jack? Ist er denn Ihr Hausgeist?«

Himbeere sagte lächelnd: »Ach nein, er ist nur ein guter Freund, wie die anderen auch.« Mit einer weit ausholenden Geste deutete er auf die Eichhörnchen, Hasen, Erdhörnchen, Mauerschwalben, Hermeline und Mäuse, die überall im Raum in den Winkeln und Mauerritzen nisteten. Material, um Nester zu bauen, gab es in Hülle und Fülle, denn der Boden war mit Rindenstücken und alten Lumpen übersät. Jene Tiere, die gerade nicht schliefen, als die Fremden hereinkamen, sahen sie mit großen Augen an, die im Halbdunkel des kerzenbeleuchteten Raumes funkelten.

»Die Tiere scheinen Sie ja sehr zu mögen«, sagte Colin gesprächig.
»Wir arbeiten zusammen«, erwiderte Himbeere. »Sie suchen hier Unterschlupf und benutzen meinen Garten, wenn sie wollen, und ich verwende sie als Modelle für meine Verkleidungen und Zeichnungen.« Er lächelte nachsichtig dem Eichhörnchen zu, das gerade drei Junge säugte. Alle lagen zusammengekuschelt in einem alten Gewand auf einem Stapel aus Rindenstückchen. »Außerdem sind sie ganz vorzügliche Briefbeschwerer!«
Eines der Jungen versuchte, sich beim Trinken eine bessere Lage zu verschaffen, dabei stießen seine winzigen Pfötchen ein Stück Rinde herunter. Gretchen hob es auf und wollte es gerade wieder auf den Haufen zurücklegen, als sie die Zeichnung gewahrte; es war die entzückende Skizze eines gefleckten Rammlers, der ständig zwischen den Krumen auf dem Tisch des Zauberers herumhoppelte und schnüffelte. »Sieht beinahe aus, als würde er sich bewegen«, sagte Gretchen, als sie die Zeichnung näher betrachtete und sie mit dem lebenden Hasen verglich.
Der Zauberer nickte zustimmend und freute sich über ihr Interesse. Sie sah sich auch noch andere Skizzen an, auf denen hauptsächlich Tiere des Waldes abgebildet waren, die mit der gleichen Lebensnähe, in realistischen Haltungen und Stellungen gezeichnet waren wie der Hase. Viele davon stellten die Modelle für die Köpfe dar, die die Wände im Schloß des Zauberers zierten. Sie waren so aufgehängt, wie ein Jäger seine Trophäen aufhängen würde oder ein Krieger seine Schilde, aber der Zauberer erklärte, daß sie nur die oberste Schicht seiner Verkleidungen darstellten. In der Mehrzahl handelte es sich dabei um realistische Nachbildungen von Rotwild, Elchen, Bären oder Drachen, aber einige davon waren auch so phantasievoll und exotisch wie das Grabenmonster.
Unter den Skizzen und Masken waren auch ein paar Zeichnungen von Elfen und Feen und sogar eine von einem Troll. Eine bezaubernde Kohlezeichnung, ein Kind mit spitzen Ohren und dem breiten, rätselhaften Grinsen des Zauberers, über dem Kaminsims

an die Wand geheftet, zog ebenfalls Gretchens Aufmerksamkeit auf sich.
»Selbstporträt des Künstlers in jungen Jahren?« fragte Gretchen.
»Meine Tochter«, erwiderte der Zauberer, und sie glaubte, dabei in seiner Stimme eine Spur von Traurigkeit zu entdecken. »Aber, nanu, ich nehme doch stark an, daß ihr nicht nur deswegen so weit gereist seid, um über mich zu sprechen oder in meinem Schloßgraben herumzuschwimmen. Sagt mir, was kann ich für euch tun?«
Gretchen gab dem Zauberer einen kurzen Abriß ihrer Probleme, gelegentlich von Colin und Mondschein unterstützt, der zufrieden auf einem Strohhaufen in der Ecke des Raumes kniete und ziemlich geräuschvoll Karotten aus des Zauberers Gemüsegarten kaute.
»Aha, ich verstehe«, war alles, was Himbeere sagte, als sie fertig war.
»Können Sie uns helfen?« fragte Gretchen.
Er lächelte. »Teils, teils ... Nun, ich kann dir zum Beispiel keinen Tip geben wie du dir deine Jungfräulichkeit auf unbeschränkt lange Zeit erhalten kannst, aber ich bin mir natürlich sicher, daß mir gleich etwas einfallen würde, wenn ein hübsches Mädchen wie du von dieser Last befreit werden will ...«
Als er dies sagte, hörte Mondschein auf zu kauen und blitzte ihn wütend an. Gretchen wurde noch ein bißchen röter, als sie es ohnehin schon war und schüttelte den Kopf.
»Was Mondschein anbetrifft, so kann ich dir wahrscheinlich helfen.«
Als Himbeere einen langen Streifen Rinde unter einem schlafenden Rotfuchs hervorgezogen hatte, machte er die Rinde naß und rollte sie zu einem festen Kegel zusammen. Aus einem irdenen Topf zog er einen Klumpen bernsteinfarbenen Kleisters und strich mit der Fingerspitze reichlich davon auf die Ränder des Kegels.
»Besonders haltbarer Naturharzkleister«, erklärte er ihnen, »ist ganz prima, um etwas zusammenzuhalten.«

Sie nickten und sahen zu, wie er den Kegel vollends fertigmachte, dann hielt er ihn in die Höhe neben Mondscheins Horn und studierte ihn kritisch. Zuletzt legte er den Kegel mit einem zufriedenen Grunzen in den Schoß und beschrieb mit seinen Händen seltsame Figuren darüber.
»Zurück!« rief er warnend, als sich Colin und Gretchen ihm neugierig näherten. »Dieser Teil ist zwar einfach, aber der Zauber, den ich beschwöre, ist gefährlich. Es ist ein Unsichtbarkeitszauber, den ich lieber auf diesen Kegel anwende als direkt auf Mondscheins Horn. So könnt ihr ihm dann den Kegel aufsetzen und wieder abnehmen, ohne daß das Horn für immer verschwindet. Aber der Zauber kann auch bewirken, daß ihr beide vom Erdboden verschwindet. Ich muß mich ja sogar selber dagegen abschirmen.«
Seine neugierigen Gäste gingen schnell wieder auf die gegenüberliegende Seite des Tisches zurück.
»Nun denn«, sagte Himbeere und begann in einem feierlich bedächtigen Tonfall zu sprechen:

»Sellerie und Grapefruit,
Kopfsalat, Melone, Auge vom Wassermolch.
Broccoli und Blumenkohl!
Wachsen viel spärlicher zur Stunde.
Wasser nur um Durst zu stillen;
Schrumpft zusammen wie Vipernatter.
Dünner – dünn wie Zwiebelschale
Bis das Licht hindurch kann.
Gut durcheinanderschütteln in einem Glasgefäß!
Und schon ist der Gegenstand unsichtbar!«

Was auch wirklich stimmte. Während sie abwartend zuschauten und Himbeere sang, wurde der Kegel in seinen Händen immer dünner, durchscheinend zuerst, dann durchsichtig, bis er beim letzten Wort des Zaubergesangs vollends verschwand.
Mit spitzen Fingern trug Himbeere, was Mondschein wie Luft

vorkam. Aufgeregt beobachtete er den Zauberer und sagte: »Was hast du da, mächtiger Zauberer? Halt! Ich habe ›Halt‹ gesagt! Laß mich mal sehen ...«

»Du kannst es doch nicht sehen, Dummer«, sagte Gretchen, »das ist doch der Witz – es ist unsichtbar!«

»Nur eine kleine Putzmacherarbeit, edles Einhorn«, sagte der Zauberer beruhigend, »damit deine Identität nicht mehr so augenfällig ist.«

Während der Zauberer mit der einen Hand den nervös zuckenden Hals des Einhorns streichelte, um es zu beruhigen, spießte er mit der anderen das »O«, das Finger und Daumen formten, auf der Hornspitze auf und stülpte das ›Nichts‹, das er in der Hand hielt, so weit über das Horn, bis seine Hand auf der Stirn des Zaubertieres lag. Je tiefer die Hand glitt, desto mehr verschwand von Mondscheins Horn. Mondschein schielte nach oben, um die eigene Stirn zu sehen.

»Ist es wirklich *weg*?« fragte er.

Statt einer Antwort brachte ihm Himbeere einen Spiegel, der auf der Rückseite versilbert und beinahe noch ganz war. Diesen hielt er Mondschein hin und zeigte ihm sein Spiegelbild mit dem Tarnkegel über dem Horn. Dann nahm er den Kegel herunter, um wieder das schillernde Horn zu enthüllen, bevor das Einhorn sich unnötig aufregte.

Er mußte den Vorgang mehrere Male wiederholen, bevor sich Mondschein beruhigt hatte. Nun legte der Zauberer den Spiegel aus der Hand und rüttelte mit dem Kegel an der Wurzel von Mondscheins Horn.

»Es ist ein bißchen wacklig. Vielleicht solltest du ein Taschentuch darum wickeln, wenn du galoppierst, obwohl du ansonsten keine Probleme damit haben solltest. Weißt du, es ist zwar nicht so wirksam, wie wenn man dein wirkliches Horn unsichtbar machen würde, aber ich habe mir schon gedacht, daß du dir die Möglichkeit vorbehalten wolltest, dein Horn herzeigen zu können, wenn ihr auf die Einhörner stoßt, die ihr sucht.«

»Aber gewiß doch!« rief Mondschein herausfordernd, »meinen

Sie vielleicht, ich wollte von denen mit einem *Pferd* verwechselt werden?«

»Nein«, sagte Gretchen, »aber es wird uns sehr zustatten kommen, wenn die anderen Menschen, denen wir auf unserer Reise begegnen, glauben, du seist ein Pferd. Deine Hufe kannst du ja verstecken, indem du dich in etwas stellst, was sie verbirgt.«

»Hast du eigentlich vor, ihm den Bart zu stutzen?« fragte Colin Gretchen.

Mondschein verdrehte wieder seine Augen, so daß Gretchen schnell erwiderte: »Nein, natürlich nicht. Wenn mich jemand fragt, werde ich ihm eben sagen, daß es ein ziemlich *altes* Pferd sei, daß wir die Pferde auf Burg Eiswurm ohnehin mit Bärten züchten – der großen Kälte wegen.«

Aber Colins Frage hatte Mondschein sehr verwirrt. Als er wieder seine hornlose Erscheinung im Spiegel des Zauberers betrachtete, begann er zu zittern. Gretchen entfernte sofort den Kegel und befestigte ihn mit dem Taschentuch, um ihn nicht aus den Augen zu verlieren.

»Das war *sehr* eindrucksvoll«, sagte Colin, »darauf sollten wir einen trinken!«

»Ach ja, von wegen Trinken ...« sagte der Zauberer, »was wollt ihr? Bier, Wein, Met oder Elchmilch?«

»Was, das haben Sie alles hier?« fragte Gretchen erstaunt, denn im kleinen Heim des Zauberers hatte sie weder Braugeräte noch einen Weinkeller entdeckt.

»Nein, eigentlich auch wieder nicht, ich habe hier nur Wasser. Aber ihr könnt alles haben, was ihr wollt.« Er füllte aus einem Krug Wasser in irdene Becher, die er seinen Gästen kredenzte. »Also los, ihr müßt nur sagen, was ihr haben wollt!«

Colin seufzte. Wie schade war es doch, daß die begabtesten Magier oft ein bißchen verrückt waren. Sogar Gretchen schaute den Zauberer mit argwöhnischem Blick an. Aber der arme Mann hatte ja wirklich getan, worum sie ihn gebeten hatten, er hatte eine ganz vorzügliche Tarnung für Mondschein besorgt. Um ihn nicht zu verletzen und um höflich zu sein, schlürfte Colin sein Wasser und

sagte: »Ich würde ja am liebsten Bier trinken, aber es geht nichts über einen Becher mit Wa... Bier?«
Er verschluckte sich beinahe an dem Getränk, das wie Großmutter Graus bestes dunkles Bier schmeckte. Als er seinen Becher wieder absetzte, schaute er in das klare, kalte Grabenwasser, das immer noch drin war. Vorsichtig setzte er wieder den Becher an die Lippen und trank noch einen Schluck daraus. »Kein Zweifel, Bier, aber...«
»Eine ganz einfache Verwandlung«, sagte der Zauberer achselzuckend und mit einem schelmischen Lächeln, das seine koboldartigen Ohren so passend erscheinen ließ wie nie zuvor. »Wenn ihr wollt, kann ich auch das Aussehen verwandeln, obwohl ich mir zu Hause meistens nicht die Mühe mache. Hier esse ich nur Fisch, Gemüse und gelegentlich auch ein Ei. Da die meisten Tiere hier ringsum meine Freunde sind, ist es kein gutnachbarliches Verhalten, wenn ich sie jage. Aber ich kann ja Fisch oder Gemüsebrei mit dem Geschmack von Wildbret oder Gänseleberpastete versehen, wenn mir danach ist.«
»Toll!« rief Gretchen begeistert. »Könnte ich bitte Apfelmost haben, heiß und gut gewürzt, wäre er natürlich ganz phantastisch!«
»Ich finde, daß Sie mit Gretchen zusammen eine Wirtschaft aufmachen sollten«, schlug Colin zum Spaß vor. »Ihr beide könntet reich werden; Sie mit Ihrem Zaubertrick, der Eiern den Geschmack von Wild verleiht, und Gretchen, die das Ganze in einen richtigen Wildbraten mit einer schmackhaften Sauce verwandelt, und alles ohne mühsames und zeitaufwendiges Jagen.«
»Soweit ich weiß«, erwiderte der Zauberer mit gespielter Überheblichkeit, »sind aus königlichen Prinzessinnen, auch wenn sie es nur widerwillig sind, noch nie Kneipenbesitzer geworden, so einträglich das Unternehmen auch sein könnte.«
Gretchen lachte aus vollem Hals und hob ihren Becher, um mit dem Zauberer, dessen Trinkgefäß mit ablemarlonischem Weinersatz gefüllt war, anzustoßen. »Ein ganz vorzüglicher Jahrgang«, gab er ihnen mit Kennermiene zu verstehen.

»Eigentlich habe ich genug von der Arbeit in der Wirtschaft und meinem Prinzessinnendasein«, verkündete Gretchen, »und ich wage zu behaupten, daß der Zauberer hier nur so abgeschieden lebt, weil er allein sein möchte.«

Himbeere kicherte und zwinkerte ihr fröhlich zu: »Nicht aller Umgang, den man in der normalen Gesellschaft hat, ist so bezaubernd!«

»Ich könnte mir denken«, sagte Colin, »daß es für Sie hier draußen ziemlich langweilig sein muß, so ganz allein und mit nichts beschäftigt, als Bilder zu malen und in seltsamer Aufmachung herumzulaufen.«

»Wenn ich mich recht erinnere«, erwiderte der Zauberer, »tun sie bei Hofe auch nichts anderes, nur daß sie keine Bilder malen. Übrigens ist das nicht meine einzige Beschäftigung: Auch ich habe meine kleinen Projekte – und meinen Garten. Hie und da suchen mich auch Leute auf, weil sie meine Zauberkraft benötigen. Sie zahlen mir mit dem, was ich nicht selbst bestellen kann, was nicht allzu viel ist. Gewöhnlich verlange ich von ihnen etwas, das mir bei meinen Projekten weiterhilft, obgleich das von Kunde zu Kunde verschieden ist.«

»Und welche Projekte sind das denn, Meister Zauberer?« fragte Gretchen, sie hatte überhaupt nicht ans Honorar gedacht, was natürlich sträflich war, denn sogar unter Zauberern, die miteinander befreundet waren und sich wechselseitig berufsbedingte Höflichkeiten erwiesen, mußte für den Zauber bezahlt werden, damit er auch etwas wert war. Großmutter Grau hatte ihr das schon oft genug gesagt, aber Gretchen erkannte, daß Himbeere viel zu höflich war, um es direkt anzusprechen. Gretchen fragte also: »Wollen Sie damit sagen, daß Sie sich auch in anderen Disziplinen üben und etwas dazulernen wollen, bei denen Ihnen Ihre Magie nichts nützt? Meine Großmutter befaßt sich zum Beispiel mit Heilkunde und mit Bierbrauen, die nichts mit ihrer Verwandlungsmagie zu tun haben, und Tante Sybil beschäftigt sich mit der Metallverarbeitung, wenn sie sich vom Schauen in die Gegenwart ausruhen will.«

»Ja, genau«, sagte der Zauberer und nickte mit dem Kopf. »Und du gehst auf Abenteuersuche, um einen Ausgleich für deine Herdhexentätigkeit zu haben«, fügte er noch hinzu.

»So ist es aber eigentlich nicht«, begehrte sie auf.

»Oder wie Colin Heldentaten vollbringt, damit er nicht nur immer davon singen muß«, sagte der Zauberer abschließend.

Mit einem zugleich verwirrten und erfreuten Gesichtsausdruck blickte Colin zu ihm auf, denn unter diesem Aspekt hatte er es noch nie angesehen, aber nun, da der weise und mächtige Zauberer es erwähnt hatte, fand er, daß man die ›Ritterzüge‹, die er unternahm, auch wirklich als solche ansehen konnte.

»Meine Tätigkeit ist allerdings nicht praktisch«, gestand ihnen Himbeere. »Ich schlage mich die meiste Zeit damit herum, daß die Dinge, die ich zeichne, auch in der Realität funktionieren, wie zum Beispiel Ballone.«

»Ballone?« fragte Gretchen, »das ist ja ein seltsames Wort, was bedeutet es?«

»Noch – nichts«, erwiderte der Zauberer, »es soll eine Art fliegender Ball werden, der von ganz allein durch die Luft segelt, wenn man ihn losläßt. Ich habe den ersten gezeichnet, kurz bevor ich den Königshof verlassen habe. Aber das liegt schon viele Jahre zurück. Ich habe sogar mein Haus hier mit Türmen versehen, um einen guten Startplatz für die Ballone zu haben, die ich erfinden würde.« Er schüttelte traurig den Kopf und sagte: »Aber bis jetzt habe ich die Idee noch nicht in die Tat umsetzen können.«

»Ich müßte zuerst einen fliegenden Ballon gesehen haben, bevor ich daran glauben könnte«, sagte Gretchen und lehnte sich in ihrem Stuhl zurück. Unter der Decke hatte sie die Arme übereinandergeschlagen, und schaute ziemlich skeptisch drein. »Ich kann mir einfach nicht vorstellen, daß so etwas ohne Zauber funktioniert.«

»Du hast natürlich recht. Meistens tut es das auch nicht«, gab der Magier zu. Dann erhob er sich und durchsuchte die hochkant gestellten Kisten, die ihm als Schränke dienten, bis er schließlich triumphierend eine Handvoll kleiner, gelbbrauner Gegenstände hervorzog, die er vor Gretchen auf den Tisch rollte. »Bis jetzt haben Fischblasen am besten funktioniert. Man kann sie aufblasen und durch die Luft segeln lassen. Mit gutem Fahrtwind fliegen sie bis zum Grabenrand.«

Er klang so entmutigt, daß Gretchen Interesse heuchelte, als er eine der Blasen auf die doppelte Größe aufblies. Sie hing einen Augenblick lang in der Luft und fiel dann zischend auf den Boden.

»Das wäre ja ein ideales Spielzeug«, sagte Colin, der dem Zauberer ein bißchen auf die Sprünge helfen wollte, »bei Festen und auf Jahrmärkten würden sich die Kinder wahrscheinlich sehr darüber freuen.«

Aber Himbeere schüttelte nur den Kopf und sagte: »Weißt du, das Problem ist, sie sind zu schwer. Ich glaube auch, daß man es schaffen müßte, sie richtig zum Fliegen zu bringen, wenn man nur genügend Luft hätte. Und was würde wohl aus all den Fischen, wenn sie bei den Kindern ankämen. Ich hasse es, aus einem lebendigen Wesen ein Spielzeug zu machen!«

Gretchen griff die Bemerkung auf und sagte: »Ich glaube nicht, daß Sie sich deswegen Sorgen zu machen brauchen. Die Blasen sind weder hübsch noch besonders bunt, so daß sich Kinder wahrscheinlich nicht dafür erwärmen können.«

»Aber Sie wollen erreichen, daß sie wirklich *fliegen?«* fragte Colin, der sich für die Idee zu interessieren begann, »wie Drachen zum Beispiel?«

»Genau das hatte ich dabei im Auge. Ich hatte auch gehofft, daß mir schließlich etwas einfallen würde, wie man sie größer machen könnte, daß ich eine Blase vielleicht einmal so groß aufblasen könnte, daß sie einen Menschen tragen würde.«

Gretchen hielt immer noch die Fischblase in der Hand und sagte: »Farbige Seidenstoffe wären schöner als das«, sagte sie kritisch, »und vor allem leichter.«

»Aber begreifst du denn nicht, daß man nicht einfach ein Taschentuch zusammenknoten kann«, entrüstete sich der Zauberer, »dann geht nämlich die ganze Luft raus.«

»Man könnte es aber in der richtigen Form nähen«, erwiderte Gretchen sanft. Wenn man das zerlumpte Gewand des Zauberers und dessen grobe Stickerei betrachtete, wurde einem ohnehin klar, daß Himbeere herzlich wenig vom Schneiderhandwerk verstand, soviel er auch von den übrigen Aspekten der Verkleidung wissen mochte. »Und dann könnten Sie es ja versiegeln, wenn es lange oben bleiben soll«, fuhr Gretchen fort, »Sie müssen es imprägnieren, wie wir das mit den Seiten unserer Schneeschuhe auch machen.«

»Würde es das aber nicht zu schwer machen?« fragte Himbeere, der nun so eifrig war wie ein Jagdhund, der Witterung aufgenommen hat.

»Nicht, wenn Sie nur die Nähte behandeln«, antwortete Gretchen. »Das Harz, mit dem Sie Mondscheins Kegel-Kappe zusammengeklebt haben, würde es schon tun.«

Sie hatte noch nicht ausgeredet, schon verscheuchte Himbeere Eichhörnchen und Hasen, stieß mehrere Stapel Zeichnungen um und grub sich einen Weg unters Bett. »Ich muß irgendwo einen großen Vorrat farbiger Taschentücher haben«, sagte er, »einer meiner Zauberfreunde hat sie hier liegenlassen. Er ist sehr geschäftig, einer von denen, die immer irgendwelche Gegenstände aus der Luft ziehen. Er hat mir ein paar Tricks beigebracht, um sich für einen Gefallen erkenntlich zu zeigen; als er aber einen meiner Hasenfreunde überreden konnte, in seiner Show mitzumachen, hatte keinen Platz mehr für all die – ach, hier sind sie ja!«

Als sich Gretchen schließlich im Stroh neben Mondschein zusammenkuschelte und ihren Kopf an seinen Hals schmiegte, war sie im Einklang mit sich und der Welt, ein Gefühl, das sie schon lange nicht mehr gehabt hatte. Kraft ihrer Magie, die die Näharbeiten und feinen Stiche steuerte und mit Hilfe des Zauberers, der für das Schnittmuster und dann noch für die Luft sorgte, um die Dinger aufzublasen, hatten sie bald mehrere hübsche Ballons geschaffen, die an diesem Abend durch den Raum schwebten.

Gretchen mußte unwillkürlich lächeln, als sie sich daran erinnerte, wie sehr sich Himbeere darüber gefreut hatte. »Ich kann's kaum

erwarten, bis ich sie am Morgen vom Turm losfliegen lasse«, sagte er, »ich wette, daß sie bis nach Königinstadt kommen.«
»Mindestens!« hatte Colin ihm zugestimmt. »Wir werden morgen eine richtige Startfeier abhalten. Ich bin mir ziemlich sicher, daß mir dazu auch das passende Lied einfällt.«
Aber der Morgen brachte dringendere Geschäfte mit sich – und Gäste.

Wulfric, der sich bei anderen Tieren in der Gegend erkundigte, erfuhr bald, daß Gretchen Grau und das Einhorn im Schloß eines sehr beliebten Zauberers Unterschlupf gefunden hatten. Wegen seiner isolierten Lage war dieses Grundstück unzugänglich, es sei denn, man hatte eine Einladung. Aber die Art, wie sich die anderen Tiere über den Zauberer ausließen, gefiel Wulfric überhaupt nicht.
Die Füchse redeten davon, wie klug er sei, die Hasen sagten, wie sanft er sei und die Elche erzählten, wie flink er sei. Ein Luchs, der besonders vernarrt in ihn war, geriet schier in Verzückung wegen der Wißbegierde und Geduld des Mannes. Als ihm ein Stachelschwein von der Gutmütigkeit des Zauberers erzählte, knurrte Wulfric, daß er nicht übel Lust habe, sich nach ihren Zeugenaussagen nun wirklich selbst davon zu überzeugen, wie gut der Zauberer schmecke. Er hätte es auch versucht, wenn ihn nicht die sklavische Ergebenheit der anderen Kreaturen von seinem Vorhaben abgebracht hätte. So entschied er sich dafür, statt dessen einen Hasen zu verspeisen.
Aber damit hatte er noch nicht das Problem gelöst, wie er das Einhorn im Schloß ausfindig machen sollte. Den Schlüssel zur Lösung fand er erst, als er den Hasen fast aufgegessen hatte. Während des Kauens mußte er unwillkürlich daran denken, wie gut der Hase nach all den ausgemergelten, kranken Tieren schmeckte, die er in dem Revier gejagt hatte, wo Sally die Einhörner bereits eingefangen hatte. Ein Reh hatte noch fürchterlich gejammert, bevor er es gerissen hatte, und geschworen, daß er nie in der Lage gewesen wäre, es zu fangen, wenn ihm nicht die Menschen seinen

Freund, das Einhorn, weggenommen und damit das Wasser in der ganzen Gegend hätten verfaulen lassen, so daß es selbst und alle andereren Rehe nun zu schwach sei, um davonzulaufen. Das brachte Wulfric auf eine glänzende Idee.

Als er dann an den durch und durch tückischen Plan dachte, brach er zuerst in ein triumphierendes Geheul aus, und wechselte schließlich in ein Jammergeheul über, das von Krankheit, Schmerz und Selbstmitleid geprägt war. Als sich ein paar der größeren Tiere zusammengetan hatten, um darüber zu beraten, wem das Recht zukäme, Wulfric den Rest zu geben, hatte er seine Geschichte parat.

»Ach, meine lieben pelzbedeckten Brüder und Schwestern, ich möchte euch danken, daß ihr hergekommen seid«, keuchte er und kroch mitleidheischend auf den Luchs zu, wobei er den Bauch auf dem Boden schleifen und die Zunge aus dem Maule hängen ließ. »Ich glaube, die Seuche hat auch mich erwischt, und ich werde wohl sterben müssen! Aber ich sage euch, es ist noch nicht zu spät, noch könnt ihr euch retten! Handelt sofort, bevor auch euer Fluß und euer Wald verdorben ist und ihr durch die Missetaten des *bösen* Mannes in jenem Schloß und der rücksichtslosen, verruchten Hexe, der dieser auch noch angesichts ihrer übelsten Tat Unterschlupf gewährt, krank werdet! Befreit das Einhorn aus ihren elenden Händen, bevor auch ihr ein Opfer meiner schrecklichen – Krankheit werdet!« Den letzten Satz unterbrach Wulfric demonstrativ mit einem herzerweichenden Husten. Danach rollte er sich auf den Rücken und fuchtelte mit den Pfoten kraftlos in der Luft herum.

»Was hat er denn?« fragte ein Rabe, von seinem vorstehenden Ast aus.

»Ich nehme an, er hat zuviel Eisenhut gefressen, den man bezeichnenderweise auch Wolfsfluch nennt«, sagte der Luchs. »Vielleicht ist aber auch der Vollmond daran schuld, den wir neulich hatten, ihr wißt ja, wie die Wölfe auf den Vollmond reagieren.«

»Laßt ihn bloß nicht an meine Jungen ran«, grunzte das Wildschweinweibchen.

»Ach, meine stachlige Schwester«, rief Wulfric, wobei er seine

Stimme immer durchdringender werden ließ, »Ich soll dir was – zuleide tun wollen? – Weit gefehlt! Ich bin wirklich nur hierhergekommen, um euch zu warnen. Die böse Frau, die bei eurem durchtriebenen Zauberer lebt, will uns alle vernichten! Überall im grünen Wald sterben unsere Geschwister – ich übertreibe nicht – sterben unter den entsetzlichsten Todesqualen am Wasser, das unrein ist, weil ihm die Zauberkraft eines Einhorns fehlt! Es ist einfach ganz furchtbar, meine Brüder und Schwestern. Ich, euer sterbender Tier-Bruder, beschwöre euch bei meinem letzten Atem, erstürmt das Schloß und befreit das Einhorn. Laßt jedes Tier, das heute unter uns weilt, Maul, Zähne, Hörner, Klauen, Krallen und Sehnen in den Dienst der großen Aufgabe stellen, die vor uns liegt und darin besteht, unseren Wald ein für allemal von der Bedrohung durch den Menschen!« Er würgte wieder mitleiderregend und fuhr dann fort: »Ich bin am Ende, meine Brüder und Schwestern, aber ich werde nicht umsonst gestorben sein, wenn ihr euch meine Worte zu Herzen nehmt und euch vor dem Entsetzlichen rettet, das euch erwartet!« Als er dies gesagt hatte, spielte er ihnen ein sehr glaubwürdiges Todesröcheln vor und stahl sich, unter Vorgabe eines entsetzlichen Todeskrampfes, fort ins Gebüsch, bevor eines der großen Tiere auf die Idee kam, sein vortrefflich inszeniertes Hinscheiden so auszunutzen, daß er sich eine Abwechslung im Speiseplan verschaffte.

Von seinem Versteck aus hörte Wulfric, wie sie sich berieten, wie sie im Boden scharrten, wie sie schnüffelten, schnaubten und argumentierten, bis sich schließlich der Bär auf seinen Hintertatzen erhob, in die Runde schaute und sagte: »Ich glaube, der alte Himbeere hat hier was getan, wofür er sich verantworten muß. Ich wußte von Anfang an, daß *sie* etwas Böses im Schilde führt.«

»Aber das Einhorn ist doch freiwillig mitgekommen«, wandte der Luchs ein.

»Einhörner haben nicht mehr Verstand als Zauberer, wenn's um Frauen geht. Das weiß jeder«, brummte der Bär, »auf jetzt, wir machen aus dem alten Himbeere Marmelade und aus ihr ebenfalls!«

Colin wurde durch lautes Getöse geweckt. Zuerst konnte er sich nicht mehr daran erinnern, wo er war und versuchte, seine verklebten Augenlider aufzureißen, als sein Bewußtsein aus einem Traum mit glitzernden Eishöhlen und schönen Frauen mit vor Entsetzen erstarrten Gesichtern herauswanderte. Da es kein besonders angenehmer Traum gewesen war, konnte er seine Augen dazu überreden, sich wenigstens zur Hälfte zu öffnen.
Die eisigen Wände aus seinem Traum verwandelten sich in hölzerne, der Eisboden in Holzdielen, die mit Rindestückchen übersät waren, und eine der tiefgekühlten Damen in einen bärtigen Mann, der in aller Eile seine Socken anzog. Ach ja, der Zauberer. Aber was hatte dieses verdammte Getöse zu bedeuten? Colin stützte sich auf seinen Ellbogen und dachte über den Lärm nach.
Zuerst kam er zu dem Schluß, daß es der Fluß sei, der den Graben speiste und sich gerade eine hochsommerlicher Flut erlaubte, nur daß eben das Gurgeln dabei fehlte. Es war mehr ein knurrendes, zischendes, kreischendes, miauendes, stampfendes und scharrendes Getöse. Es klang mehr wie – beunruhigt setzte er sich halb auf, als der Zauberer ganz schnell über Gretchen und Mondschein hinwegstieg und zur Tür eilte.
»So warten Sie doch, Himbeere!« rief Colin, der gleichzeitig Hosen und Stiefel anzog und nach dem Schwert griff, das ihm der König mitgegeben hatte. »Was ist denn los? Das klingt ja beinah, als ob die ganze Tierwelt des Waldes auf uns einstürmt. Haben Sie denn alle zum Frühstück eingeladen und sie warten lassen?« Colin wartete auf eine Antwort, während er sein Hemd anzog und seine diversen Flöten, Pfeifen und Plektren wieder in die Taschen stopfte.
»Du hast's fast getroffen!« sagte der Zauberer, aber Colins Lächeln erwiderte er nicht.
Gretchen erhob sich in einem braunen Gewirr von dem Halbmond, den Mondscheins Hals formte. Sie kehrte ihnen den Rücken zu, als sie unter der Decke Bluse und Rock anzog. Ihre Bewegungen weckten das Einhorn auf, das aus dem Schlaf hochschreckte.

»Hoppla, was ist denn hier los?« fragte Mondschein Gretchen und sprang auf. Er spitzte zuerst die Ohren und legte sie dann flach, als er in der Luft herumschnupperte. »Ich höre einen höchst ungebührlichen Lärm!«
Gretchen schüttelte nur den Kopf und stülpte ihm den Tarnkegel übers Horn, falls die Störung durch Menschen verursacht war. Dann, als sie die Ungeduld bei Colin und dem Zauberer bemerkte, nahm sie Mondschein beim Zügel und folgte ihnen über den offenen Schloßhof zur Zugbrücke hinaus. Jack, der Rabe, kreiste über ihren Köpfen, um ihnen Schutz vor den Vogelschwärmen – Gänsen, Möwen, Enten, aber auch Raben, Habichten und Eulen zu gewähren, die kreischend und schreiend an einem grautrüben Himmel herumschwirrten.
Fluchend wischte sich Colin einen feuchten Beweis für das Mißfallen der Vögel aus dem Haar. Als sie am Pförtnerhäuschen angelangt waren, duckten sich Gretchen und Colin angstvoll hinter dem Zauberer, als er den Hebel des Sperrads ergriff und die Zugbrücke mit Quietschen und Geklirr aufs gegenüberliegende Ufer niedersausen ließ.
In scheinbar lässiger Haltung überquerte Himbeere dann den Graben.
Schlagartig ebbte der Lärm ab, und es war nur noch ein ängstliches Gemurmel zu hören. Der ganze Wald war in heftiger Bewegung, wurde wie in einem bösen Traum vom Wind gepeitscht. Der gleiche Wind fuhr auch durch Himbeeres Bart und Mondscheins Mähne und schlug Gretchen die Haare ums Gesicht.
Aber man konnte nicht mit Bestimmtheit sagen, ob der Wind oder die Wut daran schuld waren, daß sich Fell und Federn der Kreaturen vor der Brücke sträubten. Füchse, Ottern, Bären, Luchse, Hirsche und Rehe, Wölfe und Wildschweine starrten die Menschen mit einer solchen Wildheit an, daß sich auch Colins Haare zu sträuben begannen. Ein kleiner Phönix am Rand der Menge, der sich in unmittelbarer Nähe eines winzigen Salamanders befand, sah aus, als ob er gleich in Flammen aufgehen würde. Die Vögel stellten ihr unruhiges Kreisen ein und ließen sich am Ende der

Zugbrücke nieder, so daß der Zauberer einen Schritt zurückweichen mußte.

Hunderte von wilden, glänzenden Augenpaaren funkelten den Zauberer anklagend an.

Himbeeres spitze Ohren klappten nach vorn, und Colin sah, wie er sich zwingen mußte, seine lässige Haltung zu bewahren.

»Was ist los, Freunde?« fragte der Zauberer in einer Sprache, die, oberflächlich betrachtet, nur eine Mundart des Argonischen zu sein schien, doch auch etwas von der Sprache jeder der versammelten Tierarten enthielt. »Ich rieche keinen Rauch und sehe kein großes Feuer, das euch vertrieben hat und verständlich machen würde, daß ihr in so großer Zahl bei mir Zuflucht sucht. Welchem Umstand habe ich die Ehre dieses Besuchs zu verdanken?«

Ein Braunbär trottete nach vorn und brummte tief und ungehalten.

Mondschein, der seine Ohren ebenfalls nach vorne gestellt hatte, riß sich plötzlich von Gretchen los, die ihn festhielt, schüttelte unwillig die Mähne und bäumte sich wiehernd auf. »Der Bär lügt!« empörte er sich.

»Inwiefern denn?« fragte Gretchen. Aber als sie ihm gerade besänftigend mit der Hand auf den Hals klopfen wollte, begann die Menge wieder wütend zu johlen und auf sie einzudringen, wobei sie den Zauberer vor sich herschob.

Mit einem einzigen Sprung, der einem Hasen Ehre gemacht hätte, sprang Himbeere hinter das Pförtnerhäuschen zurück und kurbelte die Zugbrücke wieder hoch. Kreischend flogen die Vögel auf, als die Brücke knallend ins Schloß fiel.

Erschöpft sank Himbeere an die Mauer des Pförtnerhäuschens. »Die meinen es ernst und vermuten offenbar, daß ich sie betrogen habe.«

Mondschein schnaubte wütend und sagte: »Mein lieber Zauberer, wenn Sie die Aufsicht über diesen Wald führen, dann würde ich Ihnen vorschlagen, diesen Bären zu zwingen, seine verleumderische Bemerkung über mein Mädchen sofort zurückzunehmen! Bah, Bären! Das sind entsetzliche Lügner!«

»Ich wollte, ich könnte deinem Rat folgen, weises Einhorn«, erwiderte Himbeere mit dem Anflug eines Lächelns, »aber es ist gar nicht so einfach, einen Bären zu etwas zu zwingen, was er nicht will. Nebenbei ist Knochenrülpser nicht der einzige, der glaubt, daß wir alle Einhorn-Entführer sind.«
»Einhorn-Entführer?« wiederholte Colin, »aber das ist doch albern! Wir haben doch bereits ein sehr dienstbares Einhorn zu unserer Verfügung, oder vielmehr, er hat uns zu seiner Verfügung, und ich für mein Teil finde, daß er mehr als genug ist. Der einzige Grund, weshalb ich hier im Wald herumirre, erhebliche Unannehmlichkeiten auf mich nehme und sogar meine Karriere gefährde, ist, daß ich Mondschein eine Gefälligkeit erweisen will!«
Himbeere beschwichtigte ihn mit der Hand und sagte: »So beruhige dich doch, Spielmann. *Ich* glaube dir ja, aber *sie* sind offenbar anderer Meinung!«
»Ich dachte, ihr wärt Freunde!« sagte Gretchen, die elegant zur Seite wich, als ein paar Wildgänse an ihrer Nase vorbei Dreck fallen ließen, der auf das Pflaster platschte. Himbeere öffnete die Tür zum Pförtnerhäuschen, und auf der dunklen Treppe, die zu den Zinnen des Turmdaches führte, berieten sie sich weiter.
»Gewöhnlich stehe ich auch mit ihnen auf gutem Fuße, sogar mit Knochenrülpser«, erwiderte Himbeere auf ihre Frage. »Obwohl er schon immer ein verdrießlicher Bursche war – das liegt aber daran, daß sein Revier näher am Dorf gelegen und er beim Jagen schon öfters nur mit knapper Not davongekommen ist. Aber – obwohl er mit Menschen im allgemeinen nichts anfangen kann, hatte ich doch die Hoffnung, er würde mich ein bißchen mögen und – äh?« Er brach plötzlich ab, als Jack, der sich auf seiner Schulter niedergelassen hatte, auf eine höchst seltsame Art zu gurgeln begann, von der Colin annahm, daß sie eine Art Sprachersatz für das Tier darstellte, denn der Zauberer sagte in einem fort: »Uh – huh – und was dann? Stimmt das?«
»Nun, das ist interessant«, sagte Himbeere, als der Rabe geendet hatte. »Jack hat mir erzählt, daß in der Nachbarschaft ein fremder

Wolf aufgetaucht ist, und zwar ein kranker Wolf, der die Tiere des Waldes aufgeschreckt hat und ihnen erzählte, daß der Teil des Waldes, aus dem er kommt, zugrunde gehe und mit ihm alle seine Bewohner, weil die Menschen die Einhörner einfangen und das Wasser schlecht werden lassen.«
»Das ist ja furchtbar!« rief Gretchen. »Jeder, der so handelt, sollte in Stücke gerissen werden!«
»Darüber sind sich alle einig«, sagte Himbeere finster, doch der Wolf hat die Mehrzahl der Tiere davon überzeugt, daß ihr, also du und Colin, die Täter seid und daß Mondschein euer letztes Opfer ist, und ich sei euer Komplize, weil ich euch in meinem Schloß beherbergt habe.«
Mondschein stieß mit seinem Horn die Tür auf. »*Ich werde* ihnen schon die Wahrheit sagen!« rief es und galoppierte hocherhobenen Hauptes in den Schloßhof hinaus. »Bitte seien Sie doch so gut und öffnen Sie das Tor, Zauberer!«
Laut krächzend umkreiste der Rabe Mondscheins Haupt.
»Deine Tarnung!« rief der Zauberer und kicherte vor sich hin, als er hinauflangte, um Mondscheins Tarnkegel zu entfernen. Kein Wunder, daß die Tiere so zornig wurden, als du dich vor ihnen gezeigt hast, sie mußten ja denken, wir hätten dir dein Horn abgenommen!«
Die Brücke wurde noch einmal heruntergelassen, aber dieses Mal blieben die anderen zurück, während Mondschein hinübertrabte und dabei sein Haupt verächtlich schüttelte.
»Jetzt hört mir mal gut zu, ihr albernen Tiere«, schimpfte er, »ich bin ein freies Einhorn und bin mit meinem Mädchen und unserem treuen Freund, dem Spielmann, auf einer ganz normalen Suche hier vorbeigekommen. Ich danke euch, daß...«
»Du bist hier derjenige, der lächerlich ist, Gehörnter!« grunzte der Eber. »Weil du dich von jenen Schurken, die dich schlachten werden, so völlig widerstandslos hast abführen lassen und dabei deine Pflicht versäumst und unser Wasser einfach verderben läßt!«
»Also, ich muß schon sagen«, schniefte ein langnasiger Elch, »ich

hätte nie gedacht, daß ich jemals ein Einhorn erleben würde, das sich zähmen läßt. Ich finde dein Benehmen einfach widerlich!«
Der Bär, den man Knochenrülpser nannte, trottete wieder nach vorn und schlug mit der Tatze nach Mondscheins Horn. »Na, komm schon, alter Junge, während wir die da drin in die Ecke treiben, kannst du ausbüchsen und anschließend im Wald dich gehörig ausruhen. Wir werden dafür sorgen, daß sie und ihresgleichen keinem Einhorn mehr etwas zuleide tut!« Er griff nach Mondscheins Horn und zog daran. Das Einhorn tänzelte zurück und schüttelte dabei wütend seinen Kopf.
»Was fällt dir ein? Laß sofort los!« schrie Mondschein, als ihn der Bär fortzog.
»Das kann er doch nicht so einfach tun!« rief Gretchen. »Ich werde sofort einen Feuerkreis um das Schloß legen und ...« Colin konnte sie gerade noch an den Haaren packen, als sie davonrennen wollte.
». . . Und einen Waldbrand verursachen, der alles niederbrennt?« fragte er sie. »Damit wären wir dann allerdings die Freunde des Zauberers ein für allemal los – *und* Mondschein! Aber ich muß natürlich zugeben, wenn du zuerst alles niederbrennst, wird es ihnen die Mühe ersparen, alles kurz und klein zu schlagen!«
Indem Mondschein vorgab, sich vorwärts zu bewegen, aber mit einem schnellen Sprung zurücksetzte, überrumpelte er den Bären und entkam. So schnell er konnte, galoppierte er in den Schloßhof zurück. Gretchen redete nicht mehr davon, alles niederzubrennen, schmiegte sich vielmehr beschützend an Mondscheins Hals, aber der Blick, den sie Colin zuwarf, vermochte ihn fast zu versengen.
Himbeere, der Zauberer, zog die Brücke wieder hoch, doch als er die wütenden Blicke sah, die sich die beiden Freunde gegenseitig zuwarfen, schritt er in Colins Interesse ein. »Weißt du, Gretchen, er hat recht. Sie glauben lediglich, daß sie auf diese Weise Mondschein und natürlich sich selber vor dem Übel bewahren, von dem ihnen der Wolf erzählt hat. Wenn sie doch nur zur Abwechslung auch einmal auf uns hören würden!«

»Lassen Sie noch einmal die Brücke herunter, und dann *werde ich* sie dazu bringen, wieder Vernunft anzunehmen«, knurrte Gretchen, »diese engstirnigen, unvernünftigen Viecher werden doch nicht so dumm sein zu glauben, daß einer von uns an einem derart gemeinen Vorhaben beteiligt ist!«

»Ein paar davon verstehen die menschliche Sprache«, sagte der Zauberer sanft, »aber ich glaube nicht, daß sie wohlwollend reagieren werden, wenn du sie engstirnige, unvernünftige Viecher schimpfst!«

»Oh, das werde ich natürlich nicht sagen«, erwiderte Gretchen und langte an ihm vorbei, um die Brücke selbst herunterzulassen. »Sie werden sehen, daß ich zuckersüß sein werde, aber ich lasse mich doch nicht von irgendwelchen hergelaufenen Bären oder einer Unzahl wandelnder Pelzmäntel einschüchtern!«

»Gretchen ...«, begann Colin, aber seine Stimme ging in dem ohrenbetäubenden Gebrüll unter, das zu hören war, als Gretchen die Brücke betrat.

Mondschein eilte ihr nach und sprach: »Ich werde dich verteidigen, Mädchen!«

»Sei bloß nicht albern«, rief sie ihm über die Schulter zu, »du hast doch selbst gesehen, wie bösartig der Bär war, und wenn du dabei getötet wirst, dann war ohnehin alles umsonst!«

Das Gebrüll wurde immer stärker, bis schließlich der Boden anfing zu beben, und sich die Tiere auf die Brücke drängten. Gretchen wich nicht von der Stelle und behielt ihren ruhigen, sanften und liebenswürdigen Gesichtsausdruck bei. Colin hätte nicht sagen können, ob ihre Stimme genauso lieblich war, oder ob sie vielleicht gar nichts sagte, denn bei dem Höllenlärm konnte er sein eigenes Wort nicht mehr verstehen.

Knochenrülpser brummte, schnüffelte eine Herausforderung und stürmte dann nach vorn. Der Eber und seine Wildschweinfamilie folgten ihm dicht auf den Fersen, während die Vögel an Gretchens Haar zupften und zerrten.

Durch den Lärm hindurch konnte nun Colin Gretchen schreien hören: »Einen Augenblick, ihr verfluchten Scheißviecher!« Und

plötzlich wimmelte es auf der Brücke nur so von herumhüpfenden, hin und her jagenden, vorwärtsstürmenden und -kriechenden Tieren, die sich alle auf die Hexe stürzen wollten.
Mondschein stieß einen schrillen, durchdringenden Schrei aus und galoppierte vorwärts, dabei gebrauchte er sein Horn wie eine Sense und schnitt Federn und Fell ab auf dem Weg zu seiner Jungfrau. Zauberer Himbeere stürzte sich ebenfalls ins Kampfgewühl und versuchte, Gretchen von ihren Angreifern wegzuziehen, wurde aber dabei selber angegriffen.
Colin zückte sein Schwert Todesfee, stürmte nach vorn und schmetterte dabei ein besonders wirkungsvolles Kriegslied, das er von Seiner Majestät beim Saufen gelernt hatte. Zu Colins größter Verwunderung übertönte seine Stimme den ganzen Lärm, und die Tiere begannen sich scharenweise von der Brücke zurückzuziehen.
»Wa . . . ?« Er blieb stehen und sah Gretchen, die verkratzt war und üble Prellungen hatte, aber im großen und ganzen noch heil geblieben war, und die der Zauberer gerade unter Mondscheins schützendem Bauch hervorholte.
Sobald Colin aufhörte zu singen, griffen die Tiere wieder an.
»Sing weiter!« rief Himbeere Colin zu. Liedschmied setzte sein Kampflied fort und versuchte dabei so drohend wie möglich auszusehen, bis sie alle wieder wohlbehalten im Hof waren, und die Brücke wieder oben war.
»Das wird allmählich langweilig«, keuchte Gretchen. »Ganz gleich, was wir ihnen sagen wollen oder wer zu ihnen spricht, sie hören einfach nicht zu!«
»Richtig, Hexe, ich bin ja so froh, daß du wenigstens ausreichend Gelegenheit hattest, dies festzustellen, nachdem es uns fast das Leben gekostet hat«, sagte Colin, »ich glaube aber nicht, daß das Absingen von Kriegsliedern auf die Dauer einen guten Eindruck auf sie machen wird! Ich glaube nicht, daß die ganze Blase ihren Bedarf an Herumtoben und -schreien gedeckt hat und sich jetzt etwas beruhigen muß, bevor sie das Schloß Stück für Stück auseinandernimmt.«

»Vielleicht ein anderes Lied, das sie beruhigt?« schlug der Zauberer vor.
»Soll das ein Witz sein?« tobte Gretchen. »Alles was beruhigender ist als eine ganze Drachensippe in voller Flammaktion, wäre bei dieser Bande verlorene Liebesmüh!«
»Es ist immerhin einen Versuch wert«, erwiderte ihr Colin kühl, »meine Stimme *hat* nun mal eine große Wirkung auf die Zuhörer, das wurde mir wenigstens immer wieder bestätigt. Es muß wohl an dem Sirenenblut liegen, das in meinen Adern fließt!«
Gretchen schniefte wehleidig und betupfte einen Kratzer an ihrem Arm mit etwas Spucke und sagte zu Colin: »Nun, wenn du vermeiden willst, daß der ganze Boden mit deinem Sirenenblut durchtränkt ist und mit unserem Blut dazu, dann darf ich jetzt vielleicht aus eigener, bitterer Erfahrung sprechen und dir vorschlagen, daß du deine Serenade auf einem Turm und nicht auf der Brücke zum besten gibst!«
Er wußte einen vernünftigen Vorschlag zu schätzen und wandte sich zur Tür.
»Colin«, rief sie ihm nach, »paß auf die Vögel auf!«
Zuerst schien sich gar nichts zu ereignen.
Colin hatte beschlossen, eine sanfte Weise auf einer Blechpfeife zu blasen, anstatt seine Stimme zu strapazieren und dabei zu riskieren, daß sie versagte. Zitternd setzte er die Pfeife an die Lippen, einen Augenblick lang befürchtend, daß ihm die Luft ausbleiben würde. Nachdem er dann ein- oder zweimal vergebens versucht hatte zu blasen, gewann die Magie seiner Musik sein sterbliches Ich zu beherrschen, begann zu erklingen – zuerst lieblich, dann immer fröhlicher, zuerst als einfache Melodie, dann als ein Gemisch von unterschiedlichen Stimmen, das sich schließlich zu einer richtigen, improvisierten Wald-Rhapsodie ausformte.
Zu seiner unendlichen Erleichterung blieben Colins Bemühungen nicht ohne Wirkung auf die Tiere. Nach den ersten Takten hörte ein Otter auf, Steine nach dem Schloß zu werfen, und der Bär, der während der ersten beiden Strophen ruhelos umhergewandert war, setzte sich schließlich brummend hin und schlief sofort ein.

Die Vögel hörten auf, den Turm, auf dem sich Colin befand, zu umkreisen und ließen sich nach und nach auf den Zinnen nieder, falteten ihre Flügel, um mit dem eigenen Gesang ihren Beitrag zu Colins musikalischer Darbietung zu leisten.
Colin spielte so lange, bis die Sonne widerstrebend am Himmel aufging und die Wildsau ihr Lauschen unterbrechen mußte, um ihre Jungen zu säugen. Zu diesem Zeitpunkt war es so ruhig, daß man außer der Melodie nur noch den Specht hören konnte, der den Takt schlug; vor dem blendenden Grün des Hintergrundes konnte man seinen roten Kopf hin und her flitzen sehen, als er zu dem Rhythmus, den die Pfeife bestimmte, den Kontrapunkt klopfte.
Schließlich hörte auch Colin auf zu spielen und sagte: »Ich danke euch, ihr seid ein wundervolles Publikum gewesen, aber nun ist es an der Zeit, auch ein paar Worte an euch zu richten...« Doch da unterbrach ihn das laute Murren des Bären und des Ebers, die sich sofort erhoben, als Colin sein Spiel beendet hatte. Sie sagten wie aus einem Munde: »Ist ja schon in Ordnung, aber *ich mag* zum Beispiel Zugaben...«
Zauberer Himbeere und Gretchen waren ebenfalls auf den Turm gestiegen und standen nun neben Colin.
»Sachte, Spielmann«, meinte Himbeere, »vielleicht kann ich während deines Spiels mit ihnen reden.«

Wulfric hatte vom Gebüsch aus beobachtet, wie sich die Tiere auf die Hexe stürzten und sie in Stücke rissen. Er konnte aber leider nicht länger bleiben, da es nun Tag wurde, und er ein paar verhaßte Stunden in Menschengestalt zubringen mußte, so daß er aus diesem Teil des Waldes zu fliehen hatte, bevor sich die Tiere auch gegen ihn wandten.
Aber er war zufrieden mit der Nachricht, die er Sally überbringen konnte. Da er es fertiggebracht hatte, mit Hilfe der Tiere die Menschen und vor allem die verräterische Verwandte des Dunklen Pilgers aus dem Weg zu räumen, war ihnen das Einhorn so gut wie sicher.
So lange Wulfric konnte, behielt er seine Wolfsgestalt. Er sprang

in großen Sätzen zum Waldrand, und das wütende Gebrüll der Tiere trieb ihn ebenso sehr an wie das jämmerlicher Geschrei der Hexe.
Er war so guter Dinge, daß er ziemlich weit kam, bevor er sich wieder in seine menschliche Gestalt schicken mußte, was mindestens einmal geschah, bevor die Sonne ihren Zenith erreichte. Er war sogar schon so weit gekommen, daß er nicht einmal mehr mit seinen vorzüglichen Ohren das Kampflied des Spielmanns oder sein Spiel auf der Pfeife hören konnte, und schon gar nicht mehr die Stimme des Zauberers, der mit seinen Nachbarn Frieden schloß. Es waren dieselben Nachbarn, die Wulfric mit so großer List gegen ihn aufgehetzt hatte.

VII

Leofwin kam zu dem Schluß, seinen Beruf verfehlt zu haben. Die Geschäfte eines fürstlichen Feldherrn waren langweilig und wenig anregend, wenn man es mit der Karriere von Sally Offenherz' Schlägern – oder Vierkämpfern, wie sie sie zu nennen pflegte – verglich.

Davon war er überzeugt, obwohl er bis jetzt kaum Gelegenheit gehabt hatte, Beute zu machen. Sein erster militärischer Auftrag für Sally hatte darin bestanden, vor dem Wirtshaus Wache zu halten und recht grimmig dreinzuschauen, während sie den Wirt überredete, ihr das zum Ort gehörende Einhorn zu überlassen.

In der Zwickmühle zwischen Sallys gewinnender Art zu argumentieren und der Androhung rücksichtsloser Gewalt, schmolz der anfängliche Widerstand des Bürgermeisters bald zu einem kriecherischen Flehen zusammen, daß die Bande um Himmels willen die Stadt nicht plündern möge. Zu Leofwins großer Belustigung legte sich Sally aber auf nichts fest, sondern begnügte sich damit, gewinnend zu lächeln.

Leofwin fühlte, wie etwas an seinem Ohr vorbeiflog, und er schlug danach, weil er dachte, es sei ein Moskito, die in dieser sumpfigen Ebene zu einer wirklichen Plage wurden. Aber es war eine Fee von der Größe eines Flaschenkorkens. Sie konnte Leofwins Schlag gerade noch entgehen und schimmerte einen Augenblick später nicht weit entfernt von der Nase des Bürgermeisters, die winzigen Fäuste entschlossen in die Seiten gestemmt.

»Laß dir's gesagt sein, Völler«, drohte sie, »du kannst nicht zulassen, daß sie's tun. Ich werd's verhindern, daß du's zuläßt.«

Der Bürgermeister fuhr mit der hohlen Hand nach seiner Nasenspitze, um sie zu fangen, aber sie wich ihm aus. Müde sagte der Mann: »Um es ganz genau zu sagen, Kleine Frau, diese guten Leute werden es einfach nicht zulassen, daß wir sie *nicht* lassen. Und du mußt schon entschuldigen, aber sie sind um ein Vielfaches größer als du!«

»Komm mir bloß nicht damit!« schimpfte die Fee, die jetzt wieder vor seiner Nase herumflog und ihm dabei sehr nachdrücklich mit dem kleinen Finger drohte. »In dieser Stadt gibt's meines Wissens mehr erwachsene Männer als diese übergelaufene Schlampe mitgebracht hat.« Sie ließ ihren winzigen Daumen in die Richtung von Sally Offenherz schnellen. »Und außerdem hast du drei ganz ordentliche Zauberer zu deiner Verfügung und außerdem eine verdammt gute Dorfhexe. Das sind doch eigentlich genug Vorteile, oder was *brauchst* du denn noch alles, um Schneeschatten verteidigen zu können? Wahrscheinlich hast du aus lauter Bequemlichkeit vergessen, daß es genau das Einhorn war, das du nun nicht schnell genug verschachern konntest, obwohl es euch davor bewahrt hat, das eigene Nest zu beschmutzen und am Wasser zu sterben, das ihr durch die eigenen Exkremente vergiftet habt, als ›Ihre Windigkeit‹ es satt hatte, euren Fluß zu bewachen und lieber Königin der Banditen sein wollte!«
»Du bist die einzige Bürgin dafür, daß das Einhorn Schneeschatten überhaupt etwas für uns tut, Fee«, erwiderte der Bürgermeister. Kommt sie jemals in unsere Stadt, um bei einem hiesigen Hufschmied beschlagen zu werden? Nein! Hat sie jemals einem Bürger dieser lieblichen Stadt ihre Hilfe angeboten? Wieder *nein!* Wir wissen wirklich nur von ihr, daß sie das Wild vom Fluß forttreibt, wenn einer von uns so töricht ist zu jagen, wenn sie in der Nähe ist. Mit dir ist es das gleiche – du Biest! Kapuziner – Sally, die hier vor mir sitzt, war hingegen immer äußerst zuvorkommend, als *sie* noch unsere Flußwächterin war. Sie sorgte dafür, daß die Landschaft hübsch aussah, sie zeigte uns die Stellen, die zum Jagen günstig waren, und sie ritt während der letzten zehn Jahre am Gründungstag an der Spitze des Festzugs.«
Die Fee schüttelte bedächtig den Kopf und flog zur Tür. »Du bist ein Dummkopf, Völler«, sagte sie, »Schneeschatten hat es gut gemeint mit der Stadt. Sie hat nur das getan, was Einhörner tun müssen, und ob du's nun einsehen willst oder nicht, ein Einhorn ist genau das, was deine Gemeinde braucht. Schick dieses Weib und ihren Anhang zum Teufel, oder es wird dir leid tun!«

Der Bürgermeister war auch nicht ganz dumm und gab dem Wirt die Anweisung, das kleine Insekt mit einem Besen zu vertreiben, denn er wollte nun endlich zur Sache kommen und mit Sally darüber verhandeln, welche Werte die Gemeinde als Entschädigung für die kulturellen und ästhetischen Einbußen und die Umweltschäden, die der Verlust ihres Einhorns wahrscheinlich für sie darstellen würde, erwarten konnte.
Das eigentliche Einfangen ging dann ganz glatt und problemlos vor sich, was widerum der Intelligenz und Schönheit der kleinen, niedlichen Führerin zu verdanken war. Sie setzte sich ins Gras, wobei sie einerseits einen merkwürdig spröden Eindruck machte, aber andererseits so verführerisch aussah, daß Leofwin es kaum erwarten konnte, bis sie das edle Tierchen schließlich eingefangen hatten, das verständlicherweise aus dem Wald herbeigeeilt war, um sein gehörntes Haupt in ihren anmutigen Schoß zu legen. Nun, da der Fang glücklich vollzogen war, und sich das Tier in dem speziell für diesen Zweck hergestellten Geschirr befand, lungerte Leofwin noch am Ort des Geschehens herum. Die anderen waren schon ins Wirtshaus vorausgeeilt, um sich einen anzutrinken, während Sally noch bei dem Einhorn zurückgeblieben war, um ihm zur Beruhigung süße Lügen ins Ohr zu flüstern. Wenn sie nur sitzen blieb und sich nicht wieder in einen Wirbelwind verwandelte, bevor seine Kameraden außer Reichweite waren, dann nämlich, stellte sich Leofwin vor, könnte er das Leben als Bandit wirklich sehr lohnenswert finden.

Mit dem von den Drachen erzeugten Wind kam die Schlangenfluch viel schneller voran, als die Mannschaft ursprünglich erwartet hatte.
In nur vier Tagen schafften sie es, um die südliche Landzunge herum und durch die Ablemarlonianische Meerenge zu fahren, in der damaligen Welt bedeutete dies für ein Segelschiff eine noch nie dagewesene Höchstleistung.
Nun fuhren sie dicht an Argonias östlichsten Gestaden vorbei. Während der letzten beiden Tage und Nächte hatten sie nichts

anderes gesehen als die blau-weiße Eisplatte des Selbstmord-Gletschers, der so genannt wurde, weil er ständig Brocken seines eigenen Eises ins Meer schleuderte. Die abergläubischen frühen Entdecker Argonias hatten geglaubt, der Gletscher sei einer der letzten Eisriesen, der sich, von Reue einer verlorenen Schlacht wegen, gepeinigt, langsam selbst verstümmelte.
Herr Cyril war vom Gletscher begeistert und von den Ottern, die sich auf den abgestoßenen Brocken tummelten. Die glattfelligen Geschöpfe tollten herum und ließen sich durch die riesigen Eisbrocken, die ständig irgendwo auf ihrem Spielplatz niederfielen, nicht stören. Hühnerstange bedauerte nur, daß das Wetter es ihm nicht immer gestattete, das Ufer so genau zu beobachten, wie er das gerne getan hätte.
Um die Mitte des ersten Tages, als sich Herr Cyril wieder einmal Notizen machte, wurde er durch einen dichten Nebel gestört, der sich wie ein Trauerflor ums Schiff legte und eine kaum noch ausreichende Sicht zuließ. Keine Fackel oder Kerze konnte die Dunkelheit einigermaßen durchdringen.
»In dieser Waschküche sollten wir nicht weiterfahren, Herr«, ließ der Kapitän den König wissen.
Aber als Cyril Hühnerstange die Drachen informierte, daß sie ihre Tätigkeit über Nacht einstellen mußten, hatte Griselda gefragt: »Aber warum denn in aller Welt? Das Licht *meines* Lebens wird doch noch das bißchen Flamme auswerfen können, das *eurer* mickrigen Maschine als Leuchtfeuer dienen soll!« Um zu beweisen, daß das, was sie gesagt hatte, nicht übertrieben war, ließ sie eine Feuerzunge aus ihrem Rachen hervorschießen, die von Backbord bis Steuerbord reichte.
»Aber bitte nicht ans Segel, meine Liebe«, flehte Herr Cyril die Drachendame an.
»Aber du brauchst doch nicht gleich in Panik zu geraten, kleiner Mann«, beruhigte ihn Griseldas Gefährte, »wenn meinem kleinen Hitzkopf manchmal der Kragen platzt. Die Zeit ihrer Niederkunft steht bevor, und du weißt ja, wie seltsam Frauen reagieren, wenn sie schwanger sind!«

Als Grimmut dies gesagt hatte, flog er vor den Hauptmast und schleuderte eine Flamme durch die Düsternis, die Nebel und Dunkel wenigstens soweit erhellte, daß der Navigator das eine oder andere Seezeichen ausfindig machen konnte, an dem sie vorbeifahren mußten.
Wenig später kam der König, der auf dem Weg zur Reling war, weil er sich erbrechen mußte (Seine Majestät war Infanterist und deswegen kein besonders guter Matrose), an Herrn Cyril vorbei. Eberesch stierte dabei den Hauptarchivar mit herausquellenden Augen unverwandt an. Nach einer Weile wandte er sich wieder an Hühnerstange und bot ihm seinen pelzverbrämten Mantel an: »Mann, wenn dir kalt ist, dann nimm meinen Mantel, aber nimm um Himmels willen die Kerze aus deiner Jackentasche!«
Cyril war zwar etwas verwirrt, aber gehorchte wie immer dem königlichen Befehl und nahm den Umhang untertänigst an. Er fragte sich, ob die Seekrankheit Seiner Majestät schon so weit fortgeschritten war, daß das Delirium eingesetzt hatte. Dann, als er an sich herabsah, um die königliche Schulterspange zu schließen, sah er, was den König so irritiert hatte.
Ein weiches, aber helles Licht drang durch Jacke und Umhang, an einer Stelle, die sich direkt über Herrn Cyrils Herzen befand.
»Ach das«, sagte Herr Cyril. »das ist keine Kerze, Majestät!«
»Bei meinem Schild und Panzer!« rief der König und fiel – von einer ungewohnten Frömmigkeit getrieben, etwas unsicher auf die Knie. »Aber wenn das keine Kerze ist, dann schwöre ich, daß du vor meinen eigenen Augen zum Heiligen geworden bist!«
Unverzüglich half Cyril dem König wieder auf die Beine. »Stehen Sie doch bitte wieder auf, Herr, und lassen Sie niemanden sehen, daß Sie so etwas tun! Ich bin kein Heiliger, und wenn ich's wäre, dann müßte sich jemand beim Verteilen von Heiligenscheinen sehr vertan haben. Sehen Sie!« Und damit zog er das Pergament der Prinzessin aus der Hülle. Als das mit kunstvollen Zeichnungen verzierte Manuskript nun offen dalag, glühte es mit einem Licht, das ausgereicht hätte, um einen Ballsaal auszuleuchten.
Der König pfiff bewundernd durch die Zähne. »Pegien Aschen-

brenner hat offenbar nicht ganz von ungefähr den Beinamen Illuminatorin? fragte er leise und starrte auf das Manuskript. »Dies gibt uns ja genügend Licht bis zum Anlegeplatz, von dem aus Drachenruh auf dem kürzesten Weg zu erreichen ist.«

»Seltsam, daß ich diese Eigenschaft ihrer Schrift noch nie zuvor entdeckt habe«, verwunderte sich Herr Cyril. »Aber natürlich habe ich sie mir auch noch nie zuvor bei Dunkelheit angeschaut.«

»Muß ja eine sehr praktische Begabung sein«, sagte Brüllo Eberesch, »ich glaube, daß sie sich damit ein königliches Lösegeld erspart.«

Nach dieser Entdeckung bereitete ihnen der Nebel kaum mehr Schwierigkeiten, außer daß er Herrn Cyril daran hinderte, die Gletscher so gründlich zu studieren, wie er das eigentlich gerne getan hätte. Dies war nun schon der dritte Tag, an dem das Wetter so schlecht war und bald würde die Schlangenfluch den östlichen Hafen erreichen, ohne daß Cyril mehr über die Beschaffenheit der eisigen Klippen wußte als zuvor.

Ansonsten hätte alles kaum besser verlaufen können, dachte er und summte eine kleine Melodie vor sich hin. Das Schiff kam sehr gut voran. Er bekam neue Sehenswürdigkeiten zu Gesicht und sang neue – Lieder? Wie kam es eigentlich, daß er gerade jetzt eine unbekannte Melodie sang? Aber wenn man sich's überlegte – wie wäre es denn überhaupt möglich gewesen, daß irgendeine Melodie dem Leiter der Archive unbekannt geblieben wäre? Gewiß hatte er noch nie zuvor ein Talent für musikalische Improvisation an den Tag gelegt... und er war sich doch ziemlich sicher, daß er sich in allen musikalischen Hauptströmungen der Welt ziemlich gut auskannte.

Dann dämmerte ihm plötzlich, daß er das selbe Lied sang, wie Prinzessin Pegien, die ihn anspornte, möglichst schnell zu ihr zu kommen.

Steuerbords plumpste eine Eisplatte ins Wasser, die das Schiff noch viel heftiger hin und her schaukeln ließ, als es die stürmische See schon tat. Herr Cyril vergaß das Lied und schaute sich um, weil er

mit irgend jemand, der zufällig in der Nähe war, über den Vorfall sprechen wollte. Wohin er blickte, standen die Matrosen und die Gefolgsleute des Königs wie angewurzelt da und starrten hinaus aufs Meer und lauschten den Klängen von Prinzessin Pegiens Stimme, die von überall her zu kommen schien.
»Seltsam, ich frage mich, was sie hier draußen verloren hat?« sagte Cyril zum Maat des Geschützoffiziers, einem rothaarigen Burschen mit Namen Liam. Er sah, wie Liam die Tränen über die Wangen liefen, und fragte ihn mit einer Stimme, die ihm, gemessen an der Realität des Liedes, selber merkwürdig verträumt und entfernt vorkam: »Warum weinst du?«
»Das ist das Lied, das sie immer gesungen hat, wenn sie mich an ihrer Brust stillte«, sagte der Mann, wobei er nicht so sehr die Frage beantwortete, als vielmehr seiner eigenen Verwunderung Ausdruck gab. »Schön, es wieder einmal zu hören! Fürwahr, sie hat es nicht mehr gesungen, seit sie gestorben ist – das war vor rund dreißig Jahren, als ich noch ein junger Bengel war.«
Seltsam, aber es ging Cyril einfach nicht aus dem Sinn, daß es möglich sein sollte, die Stimme von Prinzessin Pegien so weit von der Küste entfernt zu hören, daß es ferner möglich sein sollte, daß Liam die Stimme seiner Mutter hörte, die schon dreißig Jahre tot war, und daß es schließlich auch noch möglich sein sollte, daß Liam die Stimme seiner Mutter hörte, während Cyril doch nur die Stimme von Prinzessin Pegien hörte, und daß es dann auch noch möglich war, daß die ganze Mannschaft die Arbeit eingestellt hatte und auf irgendwelche Gesänge hörte, die jeden auf seine Weise, aber doch ähnlich stark fesselten. Nur durch Magie konnte so etwas möglich geworden sein, und nur bestimmte Wesen besaßen diese Fähigkeiten. Welche es waren, daran schien er sich im Augenblick nicht mehr erinnern zu können, aber das machte ihm im Moment auch gar nichts mehr aus. Er konnte sich jetzt nicht damit abgeben, verschiedene Kategorien von Magie aufzuzählen, wenn er sich so dringend auf Pegiens Gesang konzentrieren mußte.
Eine Zeitlang achteten weder Cyril noch die anderen auf jene Kreatur, die nicht sang, sondern im Wasser auf sie zugeschwom-

men kam und ihre Schlingen um das Schiff zu legen begann, und zwar gleich ein halbes Dutzend. Aber dieselbe Kreatur, die die Schlangenfluch auf diese Weise in ihrem Bann hielt, begann ihre Schlingen zusammenzuziehen, weiterhin rhythmisch ums Schiff schwimmend, und es in einem pulsierenden Schraubstock zusammendrückte, dessen Bewegungen mit den Sirenenklängen harmonierten, die sich der Gemüter der Männer auf dem Schiff bemächtigt hatten.

Während der ersten Tage ihrer Reise durch die Schatten östlicher Wälder brachte es Colin fertig, für gute Stimmung zu sorgen, indem er verschiedene Tanzmelodien spielte und die paar Marschlieder sang, die er kannte, aber am vierten Tag war sein Repertoire auf einige lausige Mordballaden zusammengeschmolzen. Nacheinander sang er von den grausamsten Verbrechen, die in der Geschichte je begangen wurden, bis ihm schließlich auch dazu nichts mehr einfiel.

»Bist du dir sicher, daß das alles ist, was du kennst?« fragte Gretchen sarkastisch. »Vielleicht hast du die leichteren Vergehen überhört? Oder wie steht's mit den Geisterballaden, die wären doch hier wirklich am Platze?«

»Nein, es ist gehupft wie gesprungen.« Colin fröstelte unter seinem Mantel. Obwohl auf Zauberer Himbeeres Schloß noch spätsommerliche Temperaturen geherrscht hatten, war die Luft unter den vom Nebel umhüllten Riesenzedern feucht und kalt. »Ich bin auch so schon nervös genug«, fuhr Colin fort, »durch meinen Gesang scheine ich Lyrrill und die Jungen vertrieben zu haben.«

Gretchen reckte sich über Mondscheins Hals hinweg nach vorn, dann lehnte sie sich achselzuckend wieder zurück und sagte: »Sie ist nur vorausgegangen und schaut wieder nach ihren erwachsenen Jungen, aber ich wünschte auch, sie käme bald wieder zurück!« Gretchen war es lieber, wenn die Reisegesellschaft zusammenblieb, darüber hinaus empfand sie Lyrrills Anblick als beruhigend. Der Luchs war zum Schloß gekommen, nachdem die anderen Tiere die Erklärungen akzeptiert hatten, die von Zauberer

Himbeere, Gretchen und Mondschein abgegeben wurden, und sich daraufhin zerstreuten. Lyrrill erzählte dem Zauberer, daß die Botschaft des Wolfes sie beunruhigt hätte, und zwar nicht, weil sie jemals einen Zweifel an des Zauberers Unfähigkeit zum Verrat gehegt habe, sondern weil sich ihre Jungen vom vergangenen Jahr in dem Gebiet, in dem nach Aussage des Wolfes die Tiere starben, ein eigenes Revier gesucht hatten. Sie sagte Himbeere, daß sie sie suchen wolle, und wenn es ihnen gut ginge, dann wäre ja ein Einhorn in der Nähe, das Mondscheins Fragen beantworten könnte. Wenn es ihnen aber schlecht ginge, hieße das, daß es dort kein Einhorn mehr gebe – aber dann könnten ihre Jungen vielleicht durch Mondscheins Zauberkraft gerettet werden.
Gewöhnlich konnte Gretchen die Luchsmutter am Ende von Mondscheins Hornspitze sehen, ihre kleinen Jungen sprangen und tollten um sie herum und taten ihr möglichstes, die geschickten Pfoten ihrer Mutter durcheinanderzubringen, aber sie behielt einen gleichmäßigen Schritt bei, der langhaarige Beutel an ihrem Unterbrauch schwang im Rhythmus ihrer Bewegung, als sie durch einen Wald zogen, in dem alles mit Moos überzogen war, so daß selbst der Gesang der Vögel gedämpft klang.
Colins haarsträubendste Lieder waren fröhlicher als diese abgestorbene Stille. Nachts zündete Gretchen immer ihr brennstofffloses Feuer an, und sie konnten von Glück sagen, daß sie diese Gabe hatte, denn der Boden unter ihren Füßen war völlig aufgeweicht. Das Unterholz war wesentlich kärglicher und die Bäume höher als in der Gegend um Tante Sybils Häuschen, und aus dem Moos, das in der Umgebung von des Zauberers Schloß mit Hartriegel und Steinbrech gesprenkelt war, begannen nun in zunehmendem Maße Beifuß, Läusekraut, Fliegenorchidee, Stinkender Zehrwurz, Wachsblumen und die trügerisch schlichten, rosa Glöckchen des giftigen Sumpfrosmarin zu sprießen.
Was sie jedoch am meisten beunruhigte, war der plötzliche Wechsel im Erscheinungsbild der Bäche und Flüsse. Im Gegensatz zu den kristallklaren Wasserläufen des Nordens flossen diese sehr träge und trübe.

Mondschein war entsetzt. »Wie lang mag es hergewesen sein, daß ein Einhorn dieses Gebiet betreut hat?« fragte er Lyrrill.
Gelassen winkte Lyrrill ab und sagte: »Das ist nicht das Übel, von dem der Wolf gesprochen hat«, sagte sie. »Das Wasser war schon immer so, weil es die Tränen sind, die das Gesicht des großen, gefrorenen Riesen waschen, der unter jenen Bergen weint!«
»Sie spricht vom Gletscher«, erklärte Colin, als Mondschein fragte, was sie damit meine. »Offenbar kennt der Luchs nur die alte Sage. Aber da wir ja in einem aufgeklärten Zeitalter leben, wissen wir, daß die Gletscher keine sich selbst entleibenden Riesen sind. Die bestinformierten Gelehrten sind sich darüber einig, daß die eigentlichen Frostriesen nur an Stärke und Größe abgenommen haben wie unsere übrigen Vorfahren auch. Wie zum Beispiel der König sind ihre degenerierten Überbleibsel eben nur noch ungefähr so groß wie Menschen. Was die *Gletscher* angeht, so sind sie die Schilde, die von den Eisriesen zurückgelassen wurden. Wenn die Sonne das Eis auf ihrer Oberfläche schmelzen läßt, verändern sie ihre Lage und quetschen große Brocken aus dem darunterliegenden Erdreich heraus. Wahrscheinlich wird das Wasser deswegen so schmutzig.«
»Wenn es mich auch beruhigt, eine so vernünftige Erklärung von dir zu hören«, sagte Mondschein, »muß ich doch dieses Wasser sofort einer reinigenden Wirkung unterziehen, sonst wird es den Tee meines Mädchens verderben. Also entschuldigt mich bitte...« Kaum hatte er dies gesprochen, tauchte er sein Horn ins Wasser, und verwandelte die trübe Brühe in Wellen der Klarheit.
Kein einfaches natürliches oder legendäres Phänomen konnte aber den Gestank erklären, der ab dem Abend des fünften Tages den Wald durchdrang. Schon den ganzen Nachmittag hatten sie auf ihrem Weg verendete Tiere angetroffen: Zuerst einen Bärenkadaver, dann Hasen, Eichhörnchen und Füchse. Allen hing die Zunge heraus und sie hatten die Lefzen über den Zähnen zurückgerissen, die Läufe, die sie weit von sich streckten, waren steif und das Fell war feucht von dem ständigen Nieselregen. Einige waren schon

aufgedunsen, aber offensichtlich hatten keine anderen Tiere die Kadaver angerührt. Diejenigen, die nicht mehr die Kraft gehabt hatten, sich von ihren eigenen Exkrementen wegzuschleppen, waren darin liegengeblieben und verendet.

Lyrrill kam von ihrem Erkundungsgang zurück und von den Büscheln an ihren Ohren angefangen bis zu dem schwarzen Schwanzende schien sie alles hängen zu lassen. »Tod, wohin das Auge blickt«, berichtete sie Mondschein. Colin und Gretchen empfanden ihre Stimme als ein leises, unheimliches Klagen. »Ich habe auch eine Artgenossin getroffen, aber sie war keines meiner Kinder. Sie ist verendet.«

»Hast du denn wirklich nichts Lebendiges mehr angetroffen?« fragte Gretchen und sah von ihrem Tee auf, den sie in einem frisch getöpferten Kessel über ihrem Zauberfeuer braute.

»Nichts«, erwiderte der Luchs.

Colin betrachtete mißtrauisch den Kessel und sagte: »Mir widerstrebt es, von diesem Zeugs zu trinken, auch wenn Mondschein seine Magie darauf angewandt hat!«

»Du tust mir Unrecht, Spielmann«, sagte Mondschein hochmütig, »wie kannst du an mir zweifeln, wo uns doch meine Kräfte allein vor dem traurigen Schicksal dieser anderen Kreaturen bewahrt haben?« Doch das Einhorn verstummte schnell wieder, denn es war im Augenblick ungewöhnlich nervös.

Colin fiel Mondscheins Unruhe auf. »Es muß an diesem Wald liegen, denn wenn Lyrrill sagt, wir seien hier die einzigen Lebewesen, dann muß es auch stimmen. Ich kann mir nicht helfen, aber ich habe das Gefühl, wir werden beobachtet.«

»Vielleicht liegt es auch an den Moskitos«, sagte Gretchen und schlug nach einer. »Sie scheinen ja zumindest überlebt zu haben«, fügte sie hinzu und schnitt eine garstige Grimasse. Als sie wieder zum Schlag ausholte, hielt Colin ihren Arm fest.

Ein Paar winzige Flügel flatterten wütend, und eine kleine, grünliche Fee schwebte zitternd vor Gretchens Nase in der Luft.

»Ach, das tut mir aber wirklich leid!« rief Gretchen, die aufrichtig bestürzt war, zumal die winzige Fee nicht den Eindruck erweckte, als würde sie einen Schlag der Hexe überleben. »Du bist nämlich das erste lebende Geschöpf, dem wir heute begegnen und ich...«

»Wenn du das ›Leben‹ nennst!« rief die Fee und seufzte: »Mäuseblut aber auch! Ich wünschte, ich wäre tot, wenn dies Leben ist! Allerdings *hat* mich ja meine Mutter schon davor gewarnt von dem Wasser zu trinken.«

Die Fee sank auf einem Haufen vielfarbiger Lumpen nieder, der bei näherem Hinsehen aus abgestreiften Schmetterlingsflügeln bestand, und ließ sich dann auf dem Rand von Gretchens Teekessel nieder. Unablässig fuhr sie mit ihren winzigen Fingern durch die langen, lilafarbenen Haarsträhnen, die an ihrem hohen, schmalen Schädel klebten und jammerte: »Es war ja nicht so, daß ich keine gute Kinderstube gehabt hätte! ›Halt dich an Tau und Nektar, Riesel‹, hat mir meine Mutter eingebleut, ›denn Tau und Nektar sind das Richtige für Feen.‹ Aber ich kann euch sagen, daß es wirklich nicht oft passiert, daß eine ganz normale kleinwüchsige Fee wie ich die Chance bekommt, Flußhüterin zu werden. So eine verantwortungsvolle Arbeit bekommen eigentlich nur die großen Mädchen, wie die Nymphen und Dryaden. Ich war nur gerade in der Nähe, als sich diese abtrünnige Nasturtium aus dem Staub machte, um das Königreich zu revolutionieren.«

Gretchen, die zu dem Schluß kam, daß die Fee im Fieber sprach, hielt ihr eine Blume Einhorn-geläuterten Wassers an den Mund und sagte: »Trink mal davon!«

Die Fee spuckte – aber es war ein schwacher Versuch. »Das ist ja das Wasser, das mich krank gemacht hat, und zu allem Übel auch noch so schnell«, klagte sie, »ich hätte nie gedacht, daß es so schnell wirken würde! Diese verfluchten Sterblichen – man darf ihnen kein Wort glauben!«

Gretchen bestand hartnäckig darauf, daß sie trank. »Das Wasser ist jetzt wieder rein! Mondschein hat es in Ordnung gebracht, und es wird dich heilen.«

»Meine Dame, es ist mir vollkommen egal, was dein Pferd in diesem Wasser getrieben hat, und es wird mich nicht...«, sagte die

Fee und prustete, als ihr Gretchen Wasser in den offenen Mund schüttete, daß der Winzling beinahe ertrunken wäre.
»Mondschein ist kein Pferd«, erklärte Gretchen der Fee, bevor diese ihr einen deftigen Fluch entgegenschleudern konnte. Dies war offenbar etwas, worauf sich alle möglichen Arten kleiner Leute ganz gut verstanden. »Mondschein ist ein Einhorn, das inkognito reist.« Riesels Teint nahm bereits eine etwas gesündere Farbe an, und ihre Augen bekamen wieder Glanz, der aber mit boshafter Rachsucht vermischt war, so daß Gretchen Mondschein ganz schnell den Unsichtbarkeitskegel abnahm und dabei sagte: »Glaubst du mir nun endlich?«
»Nun fehlt mir wirklich nichts mehr zu meinem Glück«, stöhnte die Fee, »zuerst hat mich das Ränkespiel einer Nymphe fast umgebracht, die lieber unter die Räuber gegangen ist, und nun werde ich durch ein Einhorn gerettet, das lieber ein Pferd wäre. Sag jetzt nichts, ich möchte lieber raten, aber wahrscheinlich bist du dann eine Prinzessin, die lieber eine Hexe wäre.«
»So ungefähr«, erwiderte Gretchen, die sich über die kleine Person ausgesprochen wunderte.
»Ich möchte aber kein Pferd sein«, protestierte Mondschein. »Was du auch sein magst, du hast es sicher geschafft!« sagte die Fee, die sich nun genüßlich auf dem Rand des Kessels streckte, »ich glaube, ich muß mein Versehen erklären! Es tut mir furchtbar leid, daß ich ein bißchen kurz angebunden war, aber du kannst dir wirklich nicht vorstellen, was ich in den vergangenen Tagen alles durchgemacht habe – und daß dies auch noch zu allem Unglück an meinem ersten Fluß passieren mußte! Erstens war doch dieses nichtsnutzige Flittchen *unverfroren* genug, so mir nichts dir nichts wieder in *meinem* Gebiet aufzukreuzen und dann war auch dieser Idiot von einem Bürgermeister blöde genug, auf sie zu hören. Ich kann euch sagen, mir reicht es allmählich wirklich. Wenn ich nicht so krank gewesen wäre, hätte ich's euch gegeben. Ich war schon dabei, als ich euch gesagt habe, was ich von euch Menschen halte. Ich nehme an, daß ihr auch dieses arme Einhorn auf den Markt bringen wollt?«

Den anderen verschlug es die Sprache, aber das hinderte die Fee nicht daran, fortzufahren.
»Ich kann ja wirklich nicht verstehen, welche Reichtümer ihr euch einhandeln wollt, die diese Gemeinheit auch nur einigermaßen rechtfertigen würden«, sagte sie, »das wäre alles nicht passiert, wenn ihr nur ein bißchen mehr Rückgrat hättet!«
»Sie spricht immer noch wie im Fieber«, sagte Gretchen und schöpfte noch ein wenig Wasser.
Colin glaubte dies weniger und sagte: »Wir wissen überhaupt nicht, wovon du sprichst, Fee, aber anscheinend hättest *du* dieses Wasser vor allem behüten müssen, was es nun – äh – verschmutzt hat, denn schließlich bist ja du die Hüterin dieses Flusses!«
»Vor *allen,* meinst du wohl«, sagte sie, »das heißt, vor einer ganzen Siedlung, einer verrückten Nymphe und einem ganzen Schwarm Banditen. »Hör mal, Götterknabe, vielleicht gibst du mir mal eine Chance! Eine Flußnymphe kann eben auch nicht mehr tun, als in ihren Kräften steht. Es ist mir egal, was eure dummen Legenden darüber berichten. Und daß du es nur weißt, ich habe mein Möglichstes getan, um diesen idiotischen Bürokraten davon zu überzeugen, daß er seinen ganzen Mut zusammennehmen und diese Wilddiebe bis zu seinem letzten Atemzug bekämpfen soll, aber schlotternd vor Angst hat er nur sein Geld eingestrichen und mir zu verstehen gegeben, daß er keine Befehle von Feen entgegennähme, die kleiner seien als ein Weinkrug – und daß er mich als Kochlöffel benützen würde, wenn ich nicht verschwände. Was hätte ich also tun sollen?«
»Aber du verfügst doch über magische Kräfte«, sagte Colin.
Ihre Augen, die zu engen Schlitzen zusammengezogen waren, funkelten vor Zorn, und sie erwiderte: »Wie schon gesagt, ich tue mein Möglichstes. In diesem Land haben die Feen kein Monopol auf Magie. Als ich kam, hatte das kleine Nest schon drei zweitrangige Zauberer, eine erstklassige Hexe und einen verkrüppelten Schmied, der *meine* ganze Magie mit seinen eisernen Hufeisen in Bann schlagen konnte. Außerdem scheinen sich die armen Irren auch ohne meine Hilfe ihr Grab geschaufelt zu haben.«

»Willst du damit sagen, daß sie alle tot sind?« fragte Gretchen. »Das ganze Dorf?« Sie hatte schon öfters Gerüchte über Grenzorte gehört, die durch Überfälle oder irgendwelche Krankheiten ausgestorben waren, aber natürlich war Burg Eiswurm weit entfernt davon. Bei ihnen starben höchstens ein paar alte Leute oder auch ein paar kränkliche junge während des Winters. Auch konnte es vorkommen, daß eine ganze Familie bei einem nächtlichen Feuer umkam, oder ein Jäger erfror, der zu lange im Gasthaus geblieben war und dann im Schnee seinen Weg nach Hause nicht mehr fand. Aber der Tod eines ganzen Dorfes war für sie bis jetzt immer noch der Stoff für Geschichten gewesen, die man sich nächtlicherweise am Kamin erzählte.
Riesel zuckte mürrisch mit den Schultern und sagte: »Wie soll ich das wissen? Ich konnte es nicht ertragen, ansehen zu müssen, wie sie Primel wegführten, also bin ich in der Gegend herumgeflogen. Ich muß wohl mein Zeitgefühl verloren haben, und ohne zu überlegen habe ich dann, kurz nachdem ich wieder zurück war, von dem Wasser getrunken, das mich so krank gemacht hat, daß ich mich seitdem um nichts mehr kümmern konnte. Aber wenn sie wirklich zugrundegegangen sind, dann sind sie selbst dran schuld, das ist alles, was ich zu der Sache noch zu sagen habe!«
»Wenn du dir wirklich solche Sorgen um Primel gemacht hast«, mischte sich nun Mondschein ein, »warum bist du dann einfach weggeflogen und nicht geblieben, um sie zu warnen? Mir scheint, dich trifft genauso große Schuld an ihrer Entführung wie diejenigen, die du beschuldigst!«
»Du bist ja wirklich ein superkluges Einhorn!« rief die Fee und sah zu ihm hinüber. »Jetzt höre mir mal gut zu, alter Junge, nach menschlicher Zeitrechnung bin ich ungefähr hundertunddrei Jahre alt und habe schließlich nicht mein *ganzes* Leben damit zugebracht, diesen Fluß zu hüten. Ich bin auch ein bißchen rumgekommen und hatte genügend Gelegenheit, euch zu beobachten, wenn ihr eure ersten Jungfrauen kennenlernt, und ich habe herausgefunden, daß euch dann alles andere wichtiger ist als euer

Verstand. Primel hat schließlich eine feine Nase, wenigstens hatte sie die noch bei unserem letzten Zusammentreffen. Außerdem wußten wir schon seit geraumer Zeit von dieser Bande von Einhorn-Entführern, und Primel war auch über Nasturtium im Bilde, obwohl sie sich nie zuvor begegnet waren. Ich habe ihr sogar geschildert, wie diese bösartige Schlampe aussieht. Also war es wirklich nicht mehr nötig, daß ich dieses Einhorn warnte, und Gefahr lief, aufgespießt zu werden, weil ich mich in ihre Privatangelegenheiten einmischte. Ist das klar?«
Mondschein ließ sich durch den Kopf gehen, was ihm die Fee vorgehalten hatte und sagte schließlich: »Das stimmt natürlich, ich hätte es mir auch nicht gefallen lassen, daß mir jemand das Recht abstreitet, Jungfer Gretchen kennenzulernen. Aber das war ja die ehrenwerte und edle Anziehungskraft, die ein wahrhaft keusches Mädchen von höchstem Rang auf ein echtes Einhorn ausgeübt hat.«
Die Fee sah ihn mit ihren Augen, die hundertunddrei Jahre alt waren, vielsagend an und sagte: »Klar doch, aber ist das denn nicht immer so?«
Schweigend betrachtete Gretchen die kleine Fee. Etwas an dem zynischen kleinen Wesen erinnerte sie sehr stark an Großmutter Grau, wenn diese irgendetwas Böses im Schilde führte. Ihre Großmutter hatte damals herumgetobt, als sie den Kesselflicker, der sie hatte übers Ohr hauen wollen, in einen Regenwurm verwandelt und den kleinen Buben gezeigt hatte, die zum Angeln gingen. Natürlich konnte man auch Parallelen sehen, wo aller Wahrscheinlichkeit überhaupt keine vorhanden waren. Dennoch... »Kannst du uns vielleicht den Weg zu jenem Dorf zeigen?« fragte Gretchen. »Vielleicht gibt es noch Überlebende, die durch Mondscheins Magie geheilt werden könnten.«
»Warum sollte er denn seine Magie darauf verwenden, diesen Menschen zu helfen, wo er doch ganz genau weiß, wie man hier mit Einhörnern umspringt?« fragte Riesel.
»Ja, warum sollte ich eigentlich?« fragte Mondschein. »Wenn meine Magie dazu imstande ist, sollte ich sie dann nicht lieber auf

die unschuldigen Tiere des Waldes anwenden, die schuldlos leiden müssen.«

»Nein – und zwar vor allem deswegen nicht, weil sie bereits tot sind und nicht mehr leiden müssen«, erwiderte Gretchen ganz sachlich, »wenn du statt dessen dein Talent für die unschuldigen Tiere der Stadt verwendest, finden wir vielleicht heraus, wohin die Banditen die Einhorndame gebracht haben und können sie befreien, damit wir endlich eindeutige Antworten auf unsere Fragen bekommen.«

»Habe ich es dir nicht gleich gesagt?« triumphierte Mondschein, indem er wie ein übermütiges kleines Füllen Bockssprünge vollführte. »Habe ich es dir nicht gesagt, Kleine, daß meine Jungfrau die Gescheiteste, Schönste und Liebenswürdigste von allen ist? Was für ein wundervoller Plan! Laßt uns von dannen eilen, damit wir ihn durchführen!«

»Ja, auf geht's«, stimmte Riesel zu, »und zwar sofort, bevor mich wieder der Ekel überkommt.«

»Du mußt dich wirklich ein bißchen mehr um dein Äußeres kümmern, meine Liebe«, sagte Furchtbart.

Schuldbewußt wandte sich Pegien von ihrem Spiegel aus Eis ab. Sie hatte zu ermitteln versucht, ob sie allmählich dick wurde oder nur angenehm mollig war. Zu ihrem Entsetzen hatte sie entdeckt, daß ihr Mund zusammengekniffen war, und sie dunkle Ringe unter den Augen hatte. Auch ihre Hände waren nicht mehr damenhaft, ihre Fingernägel waren abgekaut. »Es ist dieses Einhorn, Furchtbart. Sein Schreien hält mich die ganze Nacht über wach. Es muß furchtbare Angst haben. Kannst du es denn nicht freilassen und deinen Truppenmangel auf eine andere Weise lösen?«

Furchtbart legte seinen Arm um ihre Hüfte, und sein düsteres Gesicht erschien neben ihr im Spiegel. »Nur Mut, meine Prinzessin, heute nacht wird das Einhorn wahrscheinlich besserer Stimmung sein, Sally hat ihm eine Gefährtin gebracht.«

»Ach du meine Güte! Wie viele willst du denn eigentlich noch? Ich hatte gehofft, eines würde genügen!«

»Aber nicht doch, mein Liebling. Ich nehme doch an, daß ich mehr als zweihundert Gefolgsleute haben werde, bevor ich Brüllo Eberesch stürze und jeder meiner Gefolgsmänner muß etwas Puder vom Horn, einen Gürtel aus dem Fell und einen oder zwei Hufe als Glücksbringer besitzen. Das Elixier muß für die Unfälle aufbewahrt werden, die bei solch einer magischen Vorsorge einfach nicht zu vermeiden sind. Beim Elixier ist es wichtig, daß es jeweils vor der Anwendung aus dem frischen Blut des Tieres gewonnen wird.«

»Aber du kannst doch nicht vorhaben, die Tiere zu schlachten!« rief Pegien entsetzt. »Überall im Königreich tun diese Tiere nur Gutes. Furchtbart, ihr Verlust wäre ein schrecklicher Schlag für Argonien unter *jeder* Regierung!«

»Aber so beruhige dich doch, mein Liebling. Wir müssen ja erst Maßnahmen ergreifen, wenn ich genügend Soldaten zusammenhabe, und du freust dich sicher über die Nachricht, daß unsere tapfere Sally wieder eine neue Schar Patrioten für unsere Sache gewonnen hat, die ich solange hier im Schloß untergebracht habe, bis sie vollends indoktriniert sind. Sie können sich ja solange zu den Leuten gesellen, die uns bedienen und nach den Tieren sehen.«

»Furchtbart, ich habe Angst vor diesen Räubern, die du Patrioten nennst. Auch wenn sie sich noch im Augenblick mit dem Sold begnügen, den du ihnen bezahlst, so sind sie doch ganz rücksichtslose und gefährliche Kerle. Und – und du bist eben so oft weg.« Verlegen schlug sie einen Moment lang die Augen nieder und besah sich ihre malträtierten Hände. Dann blickte sie ihm wieder entschlossen ins Auge und sagte: »Keiner davon ist es wert, daß seinetwegen einem Einhorn auch nur ein Haar gekrümmt würde. Du darfst sie nicht opfern!«

»Mein liebes Mädchen«, sagte ihr Liebhaber, der etwas zurückwich und über seine lange Adlernase auf sie herabsah. »Obwohl ich dein mitleidsvolles Gemüt immer als einen deiner anziehendsten Charakterzüge betrachtet habe, muß ich doch darauf bestehen, daß ich diese Angelegenheit ohne deine Einmischung auf meine Weise erledige. Wegen unserer Vorwärtsstürmer brauchst du dich nicht zu beunruhigen. Jeder davon steht wie auch ihre Brüder im Wald unter meinem persönlichen Bann, und dieser Bann besteht darin, daß wir beide unseren Revolutionären heilig sind. Sie sind so geschult, daß sie für einen von uns beiden zu sterben bereit sind. Keiner von ihnen wird jemals den Saum deines Rockes berühren, es sei denn, um dich zu schützen, und ich bestimme natürlich, wie und vor wem oder was du beschützt werden sollst. Du siehst also, du hast nichts zu befürchten.«

Eine Kälte, die nicht durch die eisige Zugluft im Raum verursacht war, setzte sich in Pegiens Gewand und ihrem dicken wollenen Schal fest, und sie bekam eine Gänsehaut.

»Was das Schlachten der Tiere anbetrifft, mein kluger Liebling, so hast du mir Stoff zum Nachdenken gegeben. Wenn wir vorsichtig sind, ist es sehr gut möglich, daß wir die Hörner, das Fell, das wir brauchen und die Hufe entfernen können und dann anschließend die fehlenden Teile durch die anderen Tiere erneuern lassen, so daß unser Vorrat an heilkräftigen Ersatzteilen praktisch unerschöpflich ist.« Er tätschelte ihren Arm und schien überhaupt nicht zu bemerken, wie Pegien vor ihm zurückwich. »Aber warum vergißt du nicht die ganze Angelegenheit und malst wieder ein paar hübsche Bilder? Vielleicht könntest du auch schon unsere Krönungsansprache vorbereiten.«

Als er schon beinahe an der Tapetentür war, richtete Pegien noch einmal das Wort an ihn: »Furchtbart?« sagte sie.

»Ja?«

»Aber du wirst doch den Tieren nicht jetzt gleich etwas zuleide tun, oder?«

Er strich gedankenvoll mit der Hand übers Kinn und sagte: »Helsinoras Recherchen haben ergeben, daß die Zutaten des Elixiers alle frisch sein müssen, um eine optimale Wirkung zu erzielen, aber ich möchte mit deiner Anregung natürlich schon ganz gerne im voraus herumexperimentieren, bevor wir die Zaubermittel wirklich brauchen. Aber nein, Liebling, ich sage dir, was ich tun werde. Da du so besorgt bist, daß ich sie alle ausrotte, werde ich warten, bis ich ein Paar Tiere in Reserve habe, für den Fall, daß dem Tier etwas Unerwartetes zustößt, das unseren ersten – äh – Patienten heilen soll. Siehst du nun, daß ich ganz gerührt bin von deinem Mitgefühl?«

Zwei Tränen rollten über Pegiens Wangen, die sie mit einem Zipfel ihres Schals wegwischte. Wie töricht sie doch war! Durch ihre Erziehung zur Prinzessin hätte sie wissen müssen, daß jemand, der so ehrgeizig war wie Furchtbart, vor keinem noch so schrecklichen Verbrechen zurückschrecken würde, um seine Ziele zu erreichen. Und sie selbst war machtlos, seinem Beschützerbann auf Gedeih und Verderb ausgeliefert. Früher hatte sie ihre Hofdamen öfters davon sprechen hören, sie seien Gefangene ihrer Liebe, aber sie hatte nie gedacht, selbst einmal so erschreckend hautnah mit diesem Phänomen konfrontiert zu werden.

Pegien mußte überlegen, Pläne schmieden, deswegen packte sie ihre Tintenfässer und einen Pergamentbogen und stopfte sie in die Taschen ihres Gewandes. Nachdem sie eine brennende Fackel von der Wand genommen hatte, trat sie hinter einen der drei alten, fadenscheinigen Wandteppiche, die ihr Furchtbart gelassen hatte, nachdem er ihre wertvolleren Einrichtungsgegenstände verkauft hatte. Einen Moment lang konnte man noch ihre Konturen erkennen, die sich von dem schwach leuchtenden Hintergrund abhoben. Dann fiel der Wandvorhang wieder herab, die warme Glut verlöschte und ließ den Raum mit seinen Wänden aus Eis in Dunkelheit zurück.

Drei Umstände waren es, die Herrn Cyril Hühnerstange wieder zur Besinnung brachten: Erstens spürte er das eiskalte Meerwasser, das über das auseinanderbrechende Deck hereinströmte und in seine Stiefel drang. Zweitens hatte der Zaubergesang aufgehört, und diesem Umstand hatte er es schließlich zu verdanken, daß er des Wassers wieder gewahr wurde. Drittens hörte er plötzlich leises Mädchengelächter und sah, woher das Gelächter und der Gesang gekommen war. Er erkannte aber auch, daß die Schlangenfluch sehr wahrscheinlich untergehen würde, auch als das Geläch-

ter das Knirschen und Krachen des hölzernen Schiffsrumpfes und das Pulsieren übertönte, das von dem furchtbaren Ungeheuer herrührte, das das Schiff langsam erdrosselte.
Die Drachen waren nirgends zu sehen, aber trotzdem rief Herr Cyril nach ihnen. Seine Stimme war schwach, gemessen an dem Lärm, des auseinanderbrechenden Schiffes, des pulsierenden Monsters und des teuflischen Mädchengekichers. Während die Fluten, die aus einem Loch in der Mitte des Schiffes hervorschossen, über ihn hinwegspülten, brüllte er, bis ihm der Hals weh tat. Das Loch gähnte dort, wo einst der Großmast gestanden hatte, es mußte furchtbar gedröhnt haben, als er herausgebrochen und in die aufgewühlten Fluten gefallen war, aber er hatte nichts davon gehört. Sehr allmählich nahmen auch die anderen Männer an Bord wieder ihre Umgebung wahr.
»Himmelsakra, Jungs, wir sind erledigt!« schrie Liam, als er durch eine erneute Flutwelle auf die Knie geworfen wurde. »Die Bestie rächt sich für alle Schlangen, die wir zu Öl verarbeitet haben!«
»Verflucht!« sagte Neddy Taschenklau, als er auf dem sich nach allen Richtungen neigenden Deck hin und her rutschte und schlitterte, wobei er die Berührung mit den Planken vermied, die von der Berührung mit der Schlange senkrecht in die Luft aufragten. In der rechten Hand hielt er eine Harpune. »Wo steckt denn dieser verfluchte Schlangenkopf?« fragte er. »Keine Schlange wird mir jemals mein Schiff unter den Füßen wegziehen!«
Cyril Hühnerstange kam stolpernd zu ihm heran und hielt seinen Arm zurück. »Bootsmann, ich würde das nicht tun, wenn ich an deiner Stelle wäre!« sagte er.
Taschenklau fuhr zu ihm herum: »Ach ja, das würden Sie nicht tun, Herr! Was würde dann seine Hoheit tun?«
»*Brüllen!*« schrie Herr Cyril.
Aber Taschenklau funkelte ihn nur einen winzigen Moment lang wütend an, bevor er mit der Harpune ausholte und sie mitten unter die sich windende, pulsierende Masse schleuderte, die ihr Schiff zusammenhielt.
Drei Lagen Schlangenwindungen vom Schiff entfernt, erhob sich

ein pfeilförmiger Kopf aus dem Meer, wobei das Wasser aus den schlitzförmigen Augen des Seeungeheuers wieder zurückfloß. Als ob es gähnen müßte, öffnete das Geschöpf plötzlich seinen höhlenartigen Rachen. Sein Giftzahn glitzerte in dem gleichmäßigen Licht, das von Prinzessin Pegiens Pergament ausging. Der Kopf schoß blitzartig nach vorn, direkt auf Taschenklau zu. Mit einem lawinenartigen Dröhnen klappten die Kiefer zusammen.

Ned schrie auf.

Jeder, der sich noch an einen der kläglichen Überreste des Decks klammerte, stimmte in sein Geschrei mit ein.

Plötzlich fuhr der Kopf wieder zurück und schleuderte die Harpune, die er sich mit dem Maul aus dem Leib gezogen hatte, weit von sich ins Meer hinaus. Offensichtlich verstimmt durch die feindselige Geste, die die Harpune bedeutete, begann sich die Schlange auseinanderzuringeln.

»Ach nein!« schrie der oberste Admiral des Königs, »wenn sie uns losläßt, werden wir ins Meer geschleudert!«

»Ja«, stieß Taschenklau grimmig zwischen Schmerzensschreien hervor, »die Schlangen mögen ihren Fraß eben feucht und saftig!«

»Wo sind denn bloß meine flammenwerfenden Luftstreitkräfte?« brüllte Brüllo Eberesch und kippte über Bord. Sein Kettenhemd, der Schild und die schwere Lederrüstung behinderten ihn beträchtlich. Glücklicherweise krümmten sich noch einige Schlangenwindungen zwischen König und Meer. Eberesch stieß sein riesiges Schwert in den Schlangenleib hinein und zog sich daran auf den Rücken des Monsters hinauf. Sein Schwert als Krücke benutzend, versuchte er aufrecht zu stehen und sich wieder aufs Schiff hinüberzuschwingen. Die ganze Zeit über, die er auf dem Rücken der Schlange herumrutschend verbrachte, stieß er Schlachtrufe und schreckliche Flüche aus.

Herr Cyril klammerte sich an einem Lukendeckel fest, weil er um sein Leben fürchtete und wünschte, daß er nur dieses eine Mal nach Hilfe rufen könnte, ohne dabei seine Zunge benutzen zu müssen, obwohl sie ja so viele Sprachen beherrschte.

Die Schlange löste noch eine Windung, so daß das Schiff wie ein Steinchen in einer Kinderrassel durcheinandergerüttelt wurde.
»Wupp! Wupp! Wupp!« schrie Brüllo Eberesch, als das Tier unter ihm durchrutschte. »Wupp, Monsterchen! Du großer, schleimiger Schlauch, halt still und verspüre mein Schwert!« Aber die Schlange löste nun eine Windung nach der anderen, und der König bewegte sich wie ein Seiltänzer auf den zuckenden Schlangenwindungen.
Aber sein Gebrüll war nicht umsonst gewesen. Nun war noch ein weiteres Geräusch in dem allgemeinen Tumult zu hören, als der Drache Grimmut auf der Bildfläche erschien. Er war vom Gletscher übers Meer geflogen. Eine Kugel aus Flammen schoß zwischen seinen goldenen Lippen hervor, die die Schlange mit einem Zischgeräusch versengte, das häßlicher klang als das Zischen von tausend Schlangen.
»Halt! Das darfst du nicht tun!« kreischte eine hohe Frauenstimme. »Sag deinem Drachen, daß er das bleiben lassen soll!« Zwei Nixen kamen hinter dem Eisbrocken hervor, der sie verdeckt hatte, und begannen, wie wild um das Schiff, das Schlangengewirr und alles Drumherum ihre Kreise zu ziehen.
Die prächtige grünhaarige Sirene brach ein Stück Eis ab und warf es nach Grimmut, der sich gerade einen Riesenspaß daraus machte, die Schlange zu grillen, während sich die Schlange zu einer festen Verteidigungsspirale um das Schiff herum zusammenrollte, die in ihren Windungen alle zusammenquetschte, die es nicht mehr bis zum Mast schafften. Außer dem Schwert des Königs blieb nichts mehr in direkter Berührung mit der Schlange, und vom Schwertknauf hing nun Seine Majestät herunter, der im derzeitigen Augenblick nicht nur wegen seiner Leibesfülle schwer war, sondern auch wegen seiner Rüstung, die an die hundert Pfund wog.
Das Eisgeschoß flog in weitem Bogen an Grimmut vorbei, der gerade wieder einmal ein Stück Schlange in den Klauen trug. Die Schlange zischte und stöhnte ganz fürchterlich.
»Laßt ihn in Ruhe, ihr entsetzlichen Kreaturen!« kreischte die

Komplizin der grünhaarigen Nixe, ein sehr wohlgestaltetes Meerweibchen mit lavendelfarbigen Zöpfen und sehr gesunden Kiemen.

Aber Grimmut schlug unbeirrt wieder zu, und die Schlange wand sich vor Schmerzen und wusch dabei alle im eisigen Meerwasser, als hohe Wellen über das zertrümmerte Deck hereinbrachen.

Herr Cyril sah, wie sich der Kopf der Schlange hoch über seinem Zufluchtsort erhob und der König vom Hals des Ungeheuers herabbaumelte. Mit einem abschließenden deftigen Fluch stürzte König Eberesch mit seinem Schwert ins Meer.

»Grimmut, hör doch auf!« schrie Cyril Hühnerstange. Der Drache schwebte gerade in der Luft und überlegte sich offensichtlich, welches Stück der Schlange er als nächstes braten sollte.

»Was ist denn los, Teufelskerl?« fragte Grimmut, »habt ihr denn überhaupt keinen Sinn für ein bißchen Spaß?«

»Seine Majestät ist über Bord gegangen! Zwing die Nixen dazu, daß sie ihn herausfischen«, erwiderte Herr Cyril.

In diesem Augenblick dachte Cyril überhaupt nicht daran, daß Drachen und Nixen wahrscheinlich keine gemeinsame Sprache hatten, aber wie sich herausstellte, war das gar nicht nötig. Die Nixen hatten ein lebhaftes Interesse an seiner Unterhaltung mit dem Drachen an den Tag gelegt und auch sofort die Anweisungen verstanden, die Herr Cyril Grimmut gegeben hatte.

»Ich mach das schon«, sang das Mädchen mit dem lavendelfarbigen Haar und tauchte hinab.

»Das ist gemein, den letzten netten Sterblichen hast du gekriegt! *Ich komme mit!*« rief die grünhaarige Lorelei und tauchte ebenfalls hinunter.

Es bedurfte natürlich beider Mädchen, um den König an die Oberfläche zu hieven und ihn auf den ersten Eisbrocken zu wuchten, der groß genug war, ihn zu halten. Dann schwamm Lorelei zu der Schlange und dem Schiff zurück und sagte zu Cyril: »Wir haben ihn gerettet, wie du es gewünscht hast. Könntest du nun diesen Drachen dazu veranlassen, daß er unseren Ollie in Ruhe läßt, damit seine Haut wieder nachwachsen kann?«

»Nur, wenn ihr uns helft, das in Sicherheit zu bringen, was von uns übriggeblieben ist«, antwortete Herr Cyril. »Wenn sich eure Schlange wieder auseinanderringelt, werden wir sehr wahrscheinlich ertrinken!«
»Ich weiß nicht, was daran so furchtbar ist«, sagte die Nixe und verzog schmollend den hübschen Mund. »Ihr Sterblichen stellt euch wirklich furchtbar an, wenn es darum geht, ein bißchen naß zu werden.«
Herr Cyril ergriff wieder das Wort und legte dabei soviel Würde an den Tag, wie er es in seiner mißlichen Lage vermochte. Er sagte: »Gnädige Frau, dieses Schiff ist mit einem Auftrag höchster nationaler Bedeutung unterwegs. Der Mann, den Sie gerade gerettet haben, ist der König des Vereinigten Argonia. Wir sind ihm gefolgt, um gegen den bösen Zauberer Furchtbart Grau zu kämpfen, der die kleine Prinzessin Bronwyn mit einem tödlichen Fluch gebannt hat und dessen böse Ränkespiele unser schönes Vaterland gefährden. Als gute Patriotin in Königlich Argonischen Gewässern können Sie sicher verstehen, daß es im Augenblick den nationalen Interessen zuwiderlaufen würde, wenn wir jetzt ertränken, ohne Rücksicht auf das Vergnügen, das der Anblick Ihnen und Ihrer Begleiterin zweifellos bereiten würde!«
»Sei doch nicht gleich so gereizt«, sagte die Nixe. »Das hättet ihr mir auch gleich sagen können, daß ihr hinter diesem fürchterlichen Furchtbart her seid. Mit dem habe ich auch noch ein Wörtchen zu reden!« Als sie dies gesagt hatte, tauchte sie ins Wasser zurück und schwamm zu dem Schlangenkopf, um Ollie über die Bergungsmaßnahmen zu unterrichten.

Der bleiche Mond stand schon sehr hoch am Himmel und leuchtete als Riesel Gretchen und Colin widerstrebend ins Dorf führte. Wie Colin später ganz richtig bemerkte, hätten sie den Weg in die Stadt auch ohne Mond und Führerin, mit geschlossenen Augen gefunden. Denn es stank dort fürchterlich.
Der Ort war so gründlich verseucht, daß sogar der Fluß, der weiter oben – in der Nähe von ihrem Lagerplatz – bereits durch Mond-

scheins magische Kraft geweiht worden war, hier unten von Verwesung und Exkrementen ganz dickflüssig war. Der Wind trieb die Blätter über seine Oberfläche und schüttelte die nackten Zweige der Bäume, die so knorrig und verkrüppelt aussahen, als ob sie hundert strenge Winter durchgemacht hätten. Verwelkte, modrige Blätter huschten wie Ratten über den schlammbedeckten Pfad, der einmal die Hauptstraße des Dorfes gewesen zu sein schien. Der Weg begann am Fluß und schien am Ort vorbei nach Südosten weiterzuführen.

Trotz des spärlichen Mondlichts bemerkte Gretchen schon beim ersten Haus auf der rechten Seite, daß die Pflanzen in den Blumenkästen verwelkt herunterhingen, und am dritten Haus zur Linken hing die Eingangstür gerade noch an einem einzigen Scharnier, das vom Wind kreischend hin und her bewegt wurde.

Keine Lichter brannten und kein Rauch stieg aus den Schornsteinen auf.

»Hier ist er«, sagte Riesel, »der wohlhabende Marktflecken von Immerklar, völlig ausgestorben. Amüsiert euch gut, meine Lieben und lebt wohl!« Und damit war sie auch schon davongeflogen.

Colin schluckte. Gretchen holte tief Atem, um das Würgen in ihrer Kehle zu unterdrücken und sagte schließlich zu Mondschein: »Ich glaube, du wirst zuerst einmal das Wasser reinigen müssen!«

»Dort soll ich mein Horn hineintauchen?« fragte er, wobei er von einem Huf auf den anderen trat, »es ist sehr eklig, Jungfrau, ich werde mein Horn beschmutzen!«

»Heißt es in deinem Codex, daß du Wasser nicht läutern mußt, das so faul ist, daß du dir dein Horn darin beschmutzt?« fragte sie scheinheilig.

»Nicht, daß ich wüßte«, seufzte Mondschein und tauchte ganz schnell die äußerste Spitze seines Horns in die schmutzige Brühe.

Sofort breitete sich in konzentrischen Kreisen Klarheit aus, die den Schmutz verschlangen, in dem der Fluß erstickt war. Nach kurzer Zeit konnten sie den Unterschied auch schon hören, als nämlich

das frischgereinigte Wasser wieder gurgelnd über die Steine floß.
Mondscheins Gesicht hatte einen etwas schadenfrohen Ausdruck als er den Kopf wieder hob, doch es schnüffelte verächtlich und sagte: »Puh. Nun, liebes Mädchen und guter Spielmann, da ich das geweihte Wasser für eure Dienstleistungen geschaffen habe, werde ich euch eine Zeitlang allein lassen, um die Krankheiten der Tiere zu kurieren, die ich mit der Kraft meines Horns noch erreichen kann.«
»Sehr gut!« sagte Gretchen und gab ihm zum Abschied einen leichten Klaps auf die Flanke. »Aber sei vorsichtig, du weißt, es gibt hier Einhorn-Entführer.«
Nachdem es seinen schaumgleichen Schweif noch einmal peitschend durch die Luft sausen ließ, um zu zeigen, was es von derlei Gefahren hielt, galoppierte das Einhorn die Straße entlang, bis es die Dunkelheit verschlang.
Durch den Nachtwind wurde das Geheul eines Wolfes zu ihnen herübergetragen. Colin schaute sich um, mit den Augen durchbohrte er die Finsternis, während er »Todesfee-Bringer« griffbereit hatte. Gretchen holte noch einmal tief Atem und kniete sich neben dem Fluß nieder, wo sie beide Wasserschläuche prall mit der klaren, heilkräftigen Flüssigkeit füllte. Den einen gab sie Colin und sagte: »Es geht schneller, wenn wir's uns teilen. Ich nehme mir die Hütten zur Linken und du nimmst dir die zur Rechten vor. Wenn du jemand findest, der noch einen Funken Leben in sich hat, dann flöße ihm von dem Wasser ein...«
Nervös fuhr sich Collin mit der Zunge über die Lippen und sagte: »Aber was ist, wenn – ich will damit sagen, daß ich nicht sehr gut unterscheiden kann.« Er war nämlich nicht so scharf darauf, allein bei den Toten Visite zu machen. Allein schon der Gedanke daran machte ihn depressiv und hilflos, und wenn er sich auch nicht gerade fürchtete, so war er doch ziemlich beunruhigt.
Gretchen hingegen war ziemlich ungeduldig, weil sie anfangen wollte und antwortete sehr spitz: »Dann gib eben allen davon, es kann ja nichts schaden!« Als sie dies gesagt hatte, schritt sie mutig

auf das erste Häuschen zur Linken zu. Colin blieb nichts anderes übrig, als seinen eigenen Rundgang anzutreten.
Die ersten beiden Behausungen, in denen Gretchen nachsah, waren leer, und sie fand eine mögliche Erklärung in der dritten, wo sechs Erwachsene und zwei kleine Jungen zusammengesunken um den Tisch saßen. Sie schienen miteinander zu Abend gegessen zu haben. Als sich Gretchens Augen an das schwache Mondlicht gewöhnt hatten, das durch die Fenster mit den geöffneten Läden hereinfiel, und als sie sich an den Verwesungsgeruch soweit gewöhnt hatte, daß sie wieder atmen konnte, nahm sie sich ihren eigenen Rat zu Herzen und erforschte die Gesichter der Reihe nach, indem sie einen Kopf nach dem anderen hob und in den glasigen Augen nach einem Lebenszeichen suchte. Obwohl die Leute keinerlei Lebenszeichen mehr von sich gaben, wurde Gretchen so sehr vom Mitleid gerührt, daß sie ein paar Tropfen aus ihrem Wasserbehälter auf jedes grimassenschneidende Lippenpaar träufelte.
Als sie das Haus verließ, blieb sie einen Augenblick lang stehen und wischte sich die Tränen ab. Die Leute dort drinnen mochten ja ein Einhorn verraten haben, aber sie sahen aus wie ihre Nachbarn zu Hause. Sie fühlte sich peinlich berührt, weil sie diesen Menschen, die sie nie als menschliche Wesen kennengelernt hatte, in dieser unwürdigen Situation zum ersten Mal begegnete, es war beinahe so, als hätte sie sie beim Baden überrascht, ohne die Hüllen, die ihre Mängel verdeckten. Sie mußte sich dazu zwingen, zur nächsten Hütte weiterzugehen.
Auf der anderen Seite des Weges klopfte Colin schüchtern an die Tür, die bereits sperrangelweit offen war, und Gretchen hörte, wie er mit heiserer Stimme flüsterte, bevor er hineinging: »Ist hier noch jemand am Leben?«
Ein Lächeln huschte über ihr Gesicht, als sie durch die Tür des Hauses trat, und sie mußte nun selber ihren ganzen Mut zusammennehmen. Gerade als sie über die Schwelle ging, hörte sie die Schreie.
Zuerst erschien es ihr, als kämen die Schreie von drinnen, und sie

durchsuchte sofort das ganze Haus. Aber es zeigte sich, daß dort niemand war. Verwundert begab sie sich wieder nach draußen. Colin war nun verschwunden, und durch die Windböen hindurch, hörte sie das Getrappel von Mondscheins Hufen, als das Einhorn im Namen der Barmherzigkeit seine eigene Mission durchführte. Doch sie hörte auch – und zwar sehr deutlich – ein schmerzerfülltes Stöhnen.

Als sie dem Geräusch nachging, mußte sie zuerst durch den Schmutz auf dem offensichtlich vielbenutzten Fahrweg bis zur letzten Hütte gehen. Unmittelbar danach bog der Weg plötzlich zum Wald hin ab. Als Gretchen zurückblickte, konnte sie sehen, daß sie immer noch in Sichtweite der Siedlung war, aber sie nahm auch wahr, daß das Stöhnen jetzt immer lauter wurde, und eilte weiter, bis sie zu einem langgestreckten, niedrigen Gebäude kam. Nach seiner Größe und Lage zu urteilen, war dies wahrscheinlich das Gasthaus: Einerseits war es leicht zu erreichen, aber andererseits auch so abgelegen, daß die Zecher den Bewohnern nicht die Nachtruhe störten. Aus diesem Gebäude also kam das Stöhnen des Elenden, der diese Katastrophe überlebt hatte und sich so anhörte, als läge er in den letzten Zügen.

Wenigstens lebte noch jemand, der ihnen vielleicht sagen konnte, was dem Einhorn und denjenigen, die es gefangengenommen hatten, nun wirklich widerfahren war. Gretchen sandte ein stummes Dankgebet zur Großen Mutter mit der Bitte, daß sie wenigstens diesen letzten Bewohner am Leben lasse. Vielleicht war dieser Mann einer der Zauberer, von denen die Fee gesprochen hatte. Denn als Gretchen nun deutlicher hörte, konnte sie unter dem Stöhnen seltsame Worte erkennen – wahrscheinlich handelte es sich um eine Zauberformel.

Als sie aber die Tür des Gasthauses öffnete, bemerkte sie, daß das Stöhnen doch nicht nur Stöhnen war oder eine Zauberformel, sondern eine Art Lied, das zu allem hin auch noch sehr schlecht gesungen war. Gretchen tadelte sich selbst, daß sie überkritisch war, was ihr auch Bernsteinwein schon vorgeworfen hatte, und erinnerte sich wieder daran, daß eine so kranke Person wie diese hier, offen-

sichtlich nichts dafür konnte, wenn sie den Liedtext ein wenig undeutlich aussprach.
Sie rannte also hinein so schnell sie konnte und immer der Stimme nach, und stieß sich an einer umgestoßenen Bank das Schienbein. Sie stieß einen Fluch aus und rieb sich das Schienbein, dabei hörte sie genauer hin, denn sie wollte den Klang dazu benützen, den Weg zu dem Sänger zu finden. Aber zu ihrer großen Enttäuschung war an den Worten des geheimnisvollen Lieds weder etwas vage Magisches noch etwas, das ihr Aufschluß über die Ereignisse im Dorf geben konnte:

»Wo ist mein Bett?
Mein wunderschönes Bett?
A-a-a-lles f-u-u-u-tsch für Bier und Tabak!
Hab es einer Hure geliehn
Und nun ist alles hin...«

Als Gretchen Kraft ihres Zaubers die Fackeln an der nächstgelegenen Wand entzündet hatte, sah sie, daß die Stimme zu einem unordentlichen Haufen von schmutzigen und fleckigen Kleidern gehörte, die einmal sehr elegant gewesen sein mußten. Der Haufen befand sich am Ende einer langen Tafel in einer dunklen Ecke des Raumes neben dem Kamin. Dieser war in die Wand gegenüber des Eingangs eingelassen. Gretchen zog die Fackel aus ihrer Halterung und ging auf das singende Häuflein zu. Nach dem Klang zu urteilen, mußte der Mann unter schrecklichen Schmerzen leiden.
»Geht es Ihnen nicht gut, Herr?« frage sie und beugte sich über ihn. Sein Kopf war auf den Tisch herabgesunken. Das Gesicht konnte sie nicht erkennen, dafür die kahle Stelle an seinem Hinterkopf, die mitten unter den wild umherliegenden Bechern und Humpen im Fackellicht glänzte. Die kahle Stelle, dachte sie zuerst, befand sich an ungefähr der gleichen Stelle, wo gewöhnlich die Tonsur eines Pilgers war.
Aber er war kein Pilger, der ihr nun antwortete und sie mit seinen blutunterlaufenen Augen lüstern anglotzte. Auch war es keine

brüderliche Liebe, mit der er sie nun an den Handgelenken packte und mitsamt ihrer Fackel, der Feldflasche und allem übrigen zu sich auf den Schoß zog. Prinz Leofwins Atem roch so erbärmlich, daß es nicht nur den Atem verschlug, sondern sogar den Leichengeruch des gesamten Dorfes übertraf.

»Aha, du kleines Biest, da bist du ja! Hast ja ganz schön lange dazu gebraucht, das Gesöff zu besorgen!« Er griff nach ihrer Feldflasche, die sie ihm aber wieder wegzog. Er sah sie aus der Nähe an und sagte: »He, was ist denn mit dir los? Was hast du denn mit dir gemacht – du bist ja plötzlich ganz rußig. Ich dachte, du hättest goldblondes Haar. Hast wohl den Schornstein gefegt, wie?«

»Mach dich bloß nicht lächerlich!« schnauzte Gretchen ihn an und versuchte, sich von ihm freizumachen, aber zu ihrem Entsetzen mußte sie erkennen, daß er sogar unter den derzeitigen Bedingungen wesentlich stärker war als sie. »Laß mich sofort los!« schrie sie ihn an.

Statt dessen zog er ihr Gesicht zu sich herab, wobei er sie beinahe erstickt hätte und mit der anderen Hand griff er ihr unter die Röcke und zog sie hoch. Gretchens Magie aber richtete die Fäden an ihren Röcken so aus, daß sie von selber wieder in die sittsame Position zurückschnellten.

Seine Schweinsaugen nahmen einen listigen Ausdruck an, und er sagte: »Oho, wir sind nicht nur rußig, sondern auch frech, wie das kleine einhornliebende Nymphlein, wie? Du willst dich wohl auch für ›unsere Sache‹ *schonen,* Schätzchen?« fragte er und stieß sie dabei mit seinem groben, breiten Finger in die Brust, daß sie vor Schmerz hätte aufschreien mögen. »Nun, du hörst besser auf mich, mein Schatz, und vergißt alle Einhörner und politischen Angelegenheiten. Die überläßt du nämlich besser den Männern, die dumm genug sind, daran zu glauben, und die Einhörner stehen nicht auf der Seite von Mädchen, zu der *du* gehörst. Er kraulte sie unter dem Kinn, worauf sie ihn wütend in den Finger biß. »Nun aber genug davon«, fuhr er fort, nahm ihr die Fackel aus der Hand und steckte sie – ohne Gretchen dabei loszulassen – in den Halter, der über ihm in der Wand eingelassen war.

Dann drückte er Gretchens Arme so fest an ihren Körper, daß sie sich überhaupt nicht mehr rühren konnte und sagte: »Du brauchst dich nicht vor dem guten alten Fwin zu zieren. Ich hab nämlich was für dich, das dir guttun wird. Wie würdest du es finden, wenn dir ein echter, gutaussehender Prinz seine Aufmerksamkeit schenkt?« Er spitzte den Mund, weil er auf einen Kuß von ihr wartete, und lockerte gleichzeitig auch seinen Griff, weil er darauf wartete, daß sie sich erkenntlich zeigte. Aber sie löste sich vollends aus seiner Umklammerung und schnellte in die Höhe.

»Verpiß dich, Hoheit! Ich hatte einen langen und anstrengenden Tag. Wenn du uns schon nicht helfen kannst, diese Leute hier zu retten oder das arme Einhorn zu befreien ...« Sie schaute ihn mißtrauisch an und fragte ihn: »Sag mal, wie kommt es eigentlich, daß du noch lebst, während das ganze Dorf wegen des giftigen Wassers gestorben ist?«

»Wasser?« sagte er verächtlich, erhob sich in geduckter Haltung von der Bank und wankte ihr entgegen. »So etwas rühre ich doch nicht an«, fuhr er fort, »die Innereien eines wahrhaften Kriegerprinzen von meinem Format sind doch auf Bier und Wein geeicht. Und jetzt komm her, mein Schatz, tu nicht so spröde und sei nicht so aufmüpfig. Wo glaubst du wohl, bekommt ein so häßliches, mürrisches und unansehnliches Geschöpf wie du noch einmal die Gelegenheit, einen Mann, geschweige denn einen Prinzen näher kennenzulernen?«

»Hast du eine Ahnung«, sagte sie und warf beim Zurückweichen eine Bank um. Unsicher ging sie rückwärts weiter, und als sie über die Bank springen wollte, blieb sie mit dem Fuß hängen und fiel der Länge nach auf den Rücken.

Leofwin warf sich brüllend auf sie: »Dir scheint es wohl an der geziemenden Dankbarkeit zu fehlen, mein Kind. Ich werde dir schon noch Manieren beibringen!«

Gretchen versetzte ihm ihren kräftigsten magischen Stoß, mit dem sie sonst sogar Kühe von der Stelle bewegen konnte, aber der Prinz war sehr schwer und blieb liegen. Amüsiert und selbstgefällig blickte er auf sie herab und grinste.

»Jetzt hör mal gut zu, du Idiot – ich meine natürlich, Hoheit«, sagte Gretchen schließlich, »ich muß Ihnen, glaube ich, sagen, daß Sie hier nicht die einzige Hoheit sind. Ich selbst wurde nämlich vor kurzem von König Brüllo Eberesch zur Prinzessin ernannt. Ich hoffe, daß Sie vor Scham im Boden versinken werden, wenn Sie mich aus der Nähe betrachten. Ich bin mir aber ziemlich sicher, daß Seine Majestät es überhaupt nicht schätzen würde, daß Sie sich, also ein Fremder – ob Sie nun einem vornehmen Geschlecht entstammen oder nicht – in *unserem* Land herumtreiben und *unsere* Mädchen belästigen, wenn es Untertanen gibt, die dringend Ihrer Hilfe bedürfen!«

Das ließ den Prinzen aufhorchen. Gretchen gratulierte sich selbst dazu, daß sie es fertiggebracht habe, an sein königliches Verantwortungsbewußtsein und seinen Sinn für internationale Diplomatie zu appellieren.

Er nahm nun ihr Gesicht in seine fleischigen Hände und betrachtete sie eingehend. »Du bist also die Prinzessin Greta, deretwegen ich tödlichen Gefahren ins Gesicht sehen und für die ich unaussprechlich tapfere Taten vollbringen mußte, die mich beinahe das Leben gekostet hätten. Mein Vermögen haben sie mich schon gekostet, denn dieses Lumpenpack hat mir meine Siebenmeilenstiefel geklaut, die ich auf ganz ehrliche Art beim Würfeln gewonnen habe.«

»Ja, das bin ich«, stimmte Gretchen ihm vergnügt zu.

»Menschenskind, hab ich aber Glück!« rief der Prinz, zog sie wieder zu sich herab und versuchte noch einmal, ihre Röcke hochzuschieben. »Ich habe mich mit dieser albernen Suche abgemüht, wo ich doch nur eine Gelegenheit wie diese gebraucht habe – die ich auch wirklich verdient habe, könnte ich hinzufügen! Nun werde ich dich eben ganz einfach entehren, worauf mir dein König dann sicher deine Hand geben wird, mit allem, was dazugehört. Dann werde ich dich mit nach Hause nehmen, und eine anständige Königin aus dir machen. Als *der* Prinz von Frostingdung mit *der* bona-fide Prinzessin in seinem Besitz, kann ich dann auch auf das eine oder andere Einhorn verzichten. Denn mit dir im Schlepptau ge-

winne ich nicht nur mein eigenes Königreich, sondern auch deine sicher sehr ansehnliche Mitgift!«
»Huch«, rief Gretchen und fing an, wie eine Wilde zu zappeln. Sie rang nun mit dem Prinzen, dessen versoffene Augen vor Freude leuchteten.
»Das kommt mir *äußerst* gelegen«, frohlockte er.
»Das ist wirklich sehr *schändlich*«, beschwerte sich Gretchen, wobei sie wütend auf seine Hände einschlug, die sich an ihrem Körper zu schaffen machten. »Ein vornehmer Prinz benimmt sich doch wirklich anders!«
Mit einem kräftigen Griff faßte Leofwin Gretchen unters Kinn, ihre beiden Handgelenke hielt er in der anderen Hand. Obgleich Gretchen kein Schwächling war, so war sie doch Leofwin nicht gewachsen. Er war ein ungewöhnlich kräftiger Prinz.
»Du hörst zuviel auf Ritterromanzen, mein Täubchen. Du scheinst der Ansicht zu sein, daß man Hexen wie dich in *richtige* Prinzessinnen verwandeln kann, die ja, wie jeder weiß, so zerbrechlich sind, daß sie auseinanderbrechen würden, wenn man sie so durcheinanderschütteln würde...«
»Um das einmal klarzustellen: Ich höre *nicht* auf Ritterromanzen, und ob ich nun entzweibreche oder nicht, aber meine *Rippen* werden das ganz bestimmt nicht mehr sehr viel länger durchstehen, wenn du nicht mit deinen Knien davon runtergehst!«
Aber nun war der Prinz fest dazu entschlossen, ihr eine Rede zu halten.
»Leichtgläubige Leute wie du glauben an dieses alte Märchen, daß sich der Adel wirklich aus edlen Menschen zusammensetzt. Aber laß es dir gesagt sein, Liebes, Edelmut bringt dich im Spiel um die Herrschaft nicht weiter. Vergewaltigen und Plündern in ausländischen Siedlungen, das ist *meine* Spezialität. Darin bin ich wirklich gut!« schloß er, ohne falsche Bescheidenheit.
Gretchen stöhnte. »Das habe ich befürchtet. Dort draußen sind aber Leute, die deine Hilfe brauchen und du – hör endlich auf, und zwar sofort! Laß mich sofort los oder du wirst es bereuen!« Sie kratzte und biß und begann ihn mit Schimpfwörtern zu überhäu-

fen, die er aber nicht so richtig verstand, weil er gerade damit beschäftigt war, zu seiner größeren Bequemlichkeit ihre Gewänder durcheinanderzuwühlen.

»Du kannst mir nichts vormachen, Liebling. Dein ungestümes Aufbegehren ist doch nur Leidenschaft, hab ich nicht recht? Mach dir keine Sorgen wegen der Leute dort draußen. Sie sind erledigt und *aua!*« sagte er, als sie ihn biß, »ich werde dich auch gleich dorthin bringen, wenn du nicht gleich mit diesem Gezeter aufhörst und...« Er holte gerade aus, um ihr eine runterzuhauen, als er ein ganz bestimmtes, ungutes Gefühl von Wärme im Rücken verspürte.

»Faß ihn!« schrie Gretchen mit einer so lauten Stimme, daß Staub- und Aschepartikel von den Balken herabwehten.

Glücklicherweise waren in den meisten Hütten, die Colin durchsuchte, keine Menschen mehr, weder lebendige noch tote. Im fünften Haus, einer Schmiede, fand er den Bürgermeister, den zwergenhaften Hufschmied, von dem Riesel gesprochen hatte, der nun über seinem Amboß hing, als ob er auseinandergebrochen wäre. In seinen leeren Augäpfeln spiegelte sich groteskerweise das Mondlicht.

Der Anblick war einfach zuviel für Colin, der sich übergeben mußte, bevor er den Leichnam in die Rückenlage biegen konnte. Ganz mechanisch schüttete er dann dem Zwerg das Wasser des Einhorns in den Mund, obwohl der Winzling mit dem starren Blick natürlich regungslos dort liegenblieb.

Colin ließ den Leichnam ziemlich unsanft auf den Boden zurückfallen und stapfte weiter. Er ging von Hütte zu Hütte, wo er nun auch mehr Leute fand, Mütter, Familienväter und Kinder, von denen die meisten kleine Jungen waren, aber es war auch die eine oder andere Mädchenleiche unter den Toten.

Als er mit seiner Häuserreihe fertig war und Gretchen immer noch nicht aufgetaucht war, begann er in ihrer Reihe nachzusehen, wobei er den Leichen den einen oder anderen zusätzlichen Tropfen Einhornwasser einflößte, als Dreingabe und falls Gretchen noch nicht so weit gekommen sein sollte wie er. Vielleicht war es nur seine Phantasie, die ihm jetzt einen Streich spielte, aber er hatte das Gefühl, daß die Leichen in Gretchens Reihe irgendwie weniger tot aussahen als die in seiner eigenen, wenn so etwas überhaupt möglich war. Nachdem er sich selbst einen Dummkopf gescholten hatte, weil er glaubte, eine Leiche könne lebendiger aussehen als die andere, eilte er weiter, um nach Gretchen zu suchen. Vielleicht hatte sie sogar einen Überlebenden gefunden? Ja natürlich, das mußte es sein, was sie aufgehalten hatte.

Aber er war ziemlich bestürzt, als er alle Behausungen mit Ausnahme der letzten durchsucht hatte, ohne eine Spur von Gretchen zu entdecken. Als er sich unter der niedrigen Haustür duckte und rückwärts wieder in die sturmgepeitschte Nacht hinausging, blieb er plötzlich wie angewurzelt stehen, und seine Unruhe verwandelte sich in Angst, als er am anderen Ende des Wegs Schreie hörte.

Er rannte, so schnell er konnte, über den schlammbedeckten Weg zu der Stelle, von der die Schreie kamen, rutschte dabei auf den Blättern aus und fiel in den glitschigen Schmutz. Doch er rappelte sich auf und lief nun um so schneller.

Die Schreie wurden immer lauter, so daß er nicht einmal mehr die Geräusche seiner eigenen Schritte hörte.

Mondschein war enttäuscht, als die Hunde, Katzen und Pferde, die er mit seinem Horn berührte, nicht sofort reagierten. Er hatte gehofft, wenigstens im einen oder anderen noch einen Lebensfunken vorzufinden. Denn sicher waren die Tiere im Dorf eher dazu bereit, seine Fragen über das andere Einhorn zu beantworten als die Menschen.

Jedenfalls wären die Tiere so klug, jemandem dankbar zu sein, der sie gerettet hatte ...

Wenn es allerdings Tiere waren, die sich gegen den Zauberer aufgelehnt und es gewagt hatten, seine Jungfrau anzugreifen, dann waren seine Überlegungen vielleicht doch falsch. Aus irgendeinem Grund jedoch, der vielleicht auch nur darin bestand, daß seine Jungfrau es für richtig hielt, wollte er versuchen, sie zu retten. Deswegen war er auch nicht überrascht, als ihm plötzlich ein Abschnitt aus dem Einhorncodex einfiel, von dem er hätte schwören mögen, daß er ihn vorher nicht gekannt hatte. Mondschein war sich absolut sicher, daß er ihn nicht bei seiner Mutter gelernt hatte, aber trotzdem klang er richtig und informierte ihn auch ganz genau über seine Pflicht:

»Denn dies ist der Einhorncodex:
Daß das Horn den Lebewesen dargeboten wird,
Die an einem durch Wasser verursachten
Übel leiden und deswegen seiner
Bedürfen. Wir schreiten zur Tat.«

Verglichen mit den anderen Abschnitten, war dies ein etwas seltsamer Schluß, aber vielleicht lag es an dem grundsätzlich aktivistischen Charakter der Strophe.
Mondschein war unendlich erleichtert, daß dieser Teil des Codex Jungfer Gretchens Plan erhärtete, der wie so oft bei ihr, wieder einmal unkonventionell war. Ihr beharrlicher Wunsch, daß er sich neben ihr auch mit Spielleuten und einem austauschbaren Grabenmonster einlasse, fielen zum Beispiel darunter.
Aber Mondschein war überzeugt davon, daß sie trotz allem ein *liebes* Mädchen und vor allem auch sehr rein war. Irgendwie schienen sich die Dinge bei ihr immer zum Besten zu wenden: Der Spielmann hatte sie in des Zauberers Schloß gerettet, und der Zauberer selber hatte sich, im Gegensatz zum ersten Eindruck, als ein gebildeter Kobold mit einem unwahrscheinlich guten Geschmack erwiesen, der die Schönheit und Weisheit der Einhörner sehr wohl zu schätzen wußte.
Mondschein hörte, wie der Wind durchs Geäst brauste, und sah, wie eine Wolke über den Mond flitzte. Einmal meinte er sogar, Lyrrills Jagdruf vernommen zu haben, und ein anderes Mal ganz in der Nähe den eines Wolfes, und Mondschein begann ein bißchen zu zittern, weil er sich darüber Gedanken machte, warum

gerade dieser Wolf am Leben geblieben war, wenn alle anderen Lebewesen im Wald tot waren.
Das Ganze war ihm nämlich unheimlich, obwohl gerade dies Mondschein im allgemeinen nichts ausmachte, weil es ja offenbar auch Leute gab, die das Einorn etwas unheimlich fanden. Aber in dieser Nacht, mit dem Verwesungsgeruch der toten Tiere und Menschen in der Nase, der ihn einfach nicht losließ, machte ihm die unheimliche Atmosphäre sehr viel aus. Sie war ungesund.
Mondschein wünschte, Gretchen und der Spielmann würden sich beeilen. Er hatte allmählich keine Katzen, Hunde und Pferde mehr, die er behandeln mußte, und es widerstrebte ihm etwas, bei den Schweinen, Ziegen und Hühnern weiterzumachen.
Als Mondschein wieder an den Fluß zurückgekehrt war, hörte er Roundelay unruhig wiehern. Er spitzte die Ohren, um zu verstehen, was sie sagte.
Das war, als er den ersten Schrei hörte.

Colin war so schnell in das Gasthaus gestürmt, daß er beinahe ausgeglitten wäre, bevor er zum Stehen kam. Das Geschrei war mehrstimmig, eine weibliche und eine männliche Stimme. im hellen Schein des Feuers, das sich blitzartig auf dem Boden der Wirtsstube ausbreitete, sah er, daß die wütenden, beleidigten Schreie von Gretchen kamen, die an der Stelle war, von der das Feuer ausging. Die anderen Schreie, die schmerzlich und angstvoll klangen, kamen von Prinz Leofwin.
Todesfee bedrohlich schwingend, sprang Colin über sämtliche Tische und Bänke, bis er zu der Ecke kam, wo Gretchens Feuer den Prinzen eingekreist hatte.
Als Gretchen das Schwert in Colins Hand bemerkte, löschte sie ihr Feuer, bevor es an des Prinzen Hosenbein hinaufkriechen konnte.
»Es wurde wirklich höchste Zeit, daß du kommst«, sagte sie, »meine Finger sind schon ganz lahm, und meine Stimme ist heiser.«
»Das war aber sehr *grausam*, Hexe!« beschwerte sich Leofwin und rieb sich seinen Hintern, als ob er einen möglichen Schaden feststellen wollte.

Gretchen zuckte mit der Achsel. »Hast du denn nicht gerade davon gefaselt, daß dir der Sinn nach flammender Leidenschaft steht?« sagte sie, »aber in meiner Berufssparte bringe ich's eben höchstens zu leidenschaftlichen Flammen!«

»Laß dir's gesagt sein, Schurke«, sagte Colin und ließ dabei seinen strafenden Blick an der Klinge seines Schwertes vorbeigleiten und bei dem kauernden und schwitzenden Edelmann haltmachen, »wenn du mit Prinzessin Greta dein leichtfertiges Spiel treibst, spielst du mit dem Feuer!«

»Ach du meine Güte!« seufzte Gretchen, »du klingst ja beinahe wie die Drachen!«

»Zum Glück hast du mich nicht verstümmelt«, sagte der Prinz gereizt, »mindestens die Hälfte der Damen in diesem Teil der Welt würden dir das nie verzeihen!«

Colin tanzte im Zimmer herum. Offensichtlich bereitete es ihm einen Riesenspaß, den Prinzen zu bedrohen, der sich neben seinem schweren Kampfschwert niedergelassen hatte. Ja, das war die höfische Kultur in ihrer reinsten Ausprägung: Daß man seine Herrin vor den Prinzen mit dem schwarzen Herzen verteidigte, wie es Ritter Osgood, der Gute, in der gleichnamigen Ballade getan hatte. Herr Osgood hatte Corisande vor dem niederträchtigen und lüsternen Cuthbert verteidigt.

Aber offensichtlich konnte Ritter Cuthbert nicht so gut mit dem Schwert umgehen wie Prinz Leofwin, denn bevor sich's Colin versah, hatte der Prinz seine große und schwere Waffe gezückt und Colins Klinge mit einem einfachen Hieb in unzählige kleine Stücke zerschlagen, so daß man es nicht mehr zusammensetzen konnte. »Verpiß dich, Maulheld, damit ich meine Unterhaltung mit der Dame fortführen kann. Ich bin mir ziemlich sicher, daß sie sich langsam für mich zu erwärmen beginnt«, sagte Leofwin und hieb dabei ganz brutal auf die Stelle, wo vorher Colins Kopf gewesen war.

Dieser war jedoch bereits unter dem Tisch in Deckung gegangen und versuchte, auf allen vieren herumkrabbelnd, die Teile seines Schwertes wieder einzusammeln.

»Du hast mein Schwert kaputtgemacht«, klagte er Leofwin an, der bedrohlich vor ihm aufragte, »der König hat mir dieses Schwert gegeben und du hast es kaputtgemacht!«
»Mach dir nichts draus, Zwitscherer, du wirst es nicht mehr brauchen, wenn ich dich erledigt habe!« sagte Leofwin und beugte sich so tief hinunter, daß er Colin, der immer noch unter dem Tisch saß, mit dem Schwert erreichte, aber plötzlich mitten in der Bewegung innehielt... denn Mondschein stürzte in einem Hagel von Tonscherben und Möbelstücken zu Gretchens Befreiung herbei. Hinter ihm kam Riesel geflogen, die sich – ums liebe Leben bangend – an seinem Schwanz festgeklammert hatte.
Das Einhorn bäumte sich wild auf und blieb dann vor ihnen stehen.
»Du hast geschrien, Mädchen?« fragte er.
Als Mondschein aufgetaucht war, hatte sich Leofwin zunächst zu Colin unter den Tisch begeben, aber jetzt kroch der Prinz weit genug unter dem Tisch hervor, um das Einhorn mit dem Schwert bedrohen zu können.
Gretchen konzentrierte sich und informierte ihre Magie, daß sie jetzt mit dem größten Messer in ihrer unmittelbaren Umgebung Zwiebel schneiden müsse. Leofwins Schwert entwand sich wie von selbst der Hand seines Besitzers und begann, dem Holzboden ganz leichte, harmlose Hiebe zu versetzen. Wenigstens waren sie ziemlich ungefährlich bis zu dem Moment, als sich der Prinz sein Schwert zurückholen wollte, und es seine Finger offenbar mit Zwiebeln verwechselte. Er zog seine Hand ganz schnell wieder zurück.
Inzwischen hatte ihn Mondschein entdeckt, der nun mit seinem Horn gezielte, schnelle Stöße unter den Tisch ausführte. »Komm hervor, du vermaledeiter Bösewicht, damit ich dich wie deine Artgenossen, die Wildsäue, aufspießen kann!« schrie das Einhorn den Prinzen an, der allerdings nur das wütende Gewieher verstand und die Gefahr, die ihm durch das spitze Horn drohte. »Mein Mädchen schänden, das wolltest du doch? Nimm das dafür!«
»Laß es gut sein, Mondschein«, sagte Gretchen und packte ihn bei

seiner Mähne, »wenigstens für den Augenblick!« Sie zog den Tarnkegel aus ihrer Rocktasche und stülpte ihn über sein Horn. »Dazu wäre dein Horn nun wirklich viel zu schade, um es mit dieser Art von Schmutz zu besudeln!«

»Aber eine falsche Bewegung...«, sagte Colin zum Prinzen, der nun schleunigst unter dem Tisch hervorkroch und sich zu seinen Freunden gesellte, »oder sie wird dir dein eigenes Schwert auf den Leib hetzen!« Leofwin, gedemütigt, nachdenklich und ganz plötzlich auch wieder nüchtern, folgte seinem Rat.

»Puh, bin ich aber froh, daß das vorüber ist!« sagte Riesel, machte sich von Mondscheins Schwanz los und ließ sich erschöpft auf dem Rand eines leeren Kruges nieder, ihre schmutzigen Beine mit den aufgeschürften Knien ließ sie an der einen Seite herunterhängen, den Kopf, die Schultern und die dünnen, sehnigen Arme an der anderen. »... weil nun ein *wirklich* schwerwiegendes Problem auf uns zukommt...« fuhr sie fort und blickte über die Schulter zur Tür, »betreffs der Korrektur hier.«

Colin traten die Augen aus den Höhlen, Gretchen drückte sich voller Angst an Mondschein, sogar Leofwin fiel die Kinnlade herunter.

Angekündigt durch ihren abstoßenden Geruch und hereingeweht vom feuchtkalten Wind, schlurften drei Männer, die Colin sofort wiedererkannte, weil er deren leblose Lippen mit dem Wasser des Einhorns befeuchtet hatte. Aber herumwandelnderweise sahen sie kein bißchen besser aus als in den morbiden Posen, in denen sie Gretchen und Colin in ihren Hütten angetroffen hatten. Der zwergenhafte Schmied war immer noch rußig und hatte einen starren Blick. Von der Farbe verrotteter Blätter hoben sich die Pokkennarben des Schusters wie glühende Kohlen ab. Schlamm klebte im Haar des Töpfers und verschmierte sein Gesicht und sein Hemd. Er war offenbar dem Gift erlegen, als er gerade töpferte, denn Colin hatte ihn über einem zerbrochenen Tongefäß liegend angetroffen. Die dunklen schmierigen Flecken ließen seine totenbleiche Haut nur noch wächserner erscheinen und seine Augen wie Steine im seichten Wasser.

Die drei gespenstischen Gestalten hatten nur ihr Ziel im Auge, einen Wirtshaustisch, an dem sie sich mit aufgestützten Ellbogen niederließen und ins Leere starrten.
Bald gesellte sich eine vierte zu den drei Gestalten. Es war einer von den sechs Männern am Tisch, die als erste mit dem geweihten Wasser behandelt worden waren. Der vierte kümmerte sich nicht um seine Kameraden, sondern ging an ihnen vorbei auf die Regale zu, die sich hinter dem langen Tisch befanden, der als Bar diente. Er holte drei saubere Krüge herunter und hielt sie unter den offenen Hahn des nächstbesten Fasses, bis alle drei voll waren. Man hätte den Eindruck gewinnen können, daß er seiner täglichen Beschäftigung nachging, nur daß er den Hahn offen ließ, als er zu dem Tisch ging, an dem die drei anderen Dorfbewohner saßen. Das Bier ergoß sich auf den Holzboden, machte ihn glitschig und bahnte sich einen glänzenden Weg zwischen den Tischbeinen und unter den Bänken hindurch. Mit einer mechanischen Bewegung knallte der Wirt die Bierkrüge vor seinen Gästen auf den Tisch und schlurfte wieder davon.
»Die müssen ja hier ziemlich viel anschreiben können!« murmelte Colin vor sich hin und tauschte argwöhnische Blicke mit Gretchen. »Er hat nicht mal Geld von ihnen genommen.« Gretchens Miene war undurchdringlich, ihre Augen blickten mißtrauisch und sie hatte sie zugekniffen. Sie hatte das Gefühl, daß hier irgendeine Betrügerei im Gange war, die mit Prinz Leofwin nichts zu tun hatte. Sie konnte die Hexerei förmlich riechen, aber sie wußte nicht genau, woher der Zauber kam.
Mondschein verdrehte seine Augen so sehr, daß nur noch ein Hauch von Violett zu sehen war.
Leofwin fiel in eine tiefe Ohnmacht.
»Das Wasser scheint aber gewirkt zu haben«, sagte Colin schließlich mit einem optimistischen Lächeln, das aber so blaß war wie die Neuankömmlinge. »Sie – äh – scheinen sich wenigstens bewegen zu können, auch wenn sie gegenüber Fremden nicht gerade sehr freundlich zu sein scheinen. Aber das ist ja nichts Ungewöhnliches. Ich bin schon an vielen Orten herumgekommen, wo die

Leute so sind. Gewöhnlich braucht es gar nicht viel, um sie aufzutauen. Vielleicht ein Liedchen und –«
»Pst!« sagte Gretchen. »Etwas stimmt hier nicht. Sie sind eben nicht nur unfreundlich, sondern sie wissen gar nicht, daß wir hier sind, und ich kann dir sagen, sie waren vorhin wirklich tot!«
Mondschein faßte sich wenigstens soweit, daß er protestieren konnte: »Etwas *stimmt nicht?* Willst du damit etwa sagen, mit *meiner* Magie? Nein, Mädchen, da irrst du dich!« Er schnupperte vorsichtig, dann blies er seine Nüstern voll auf und sagte: »Riech mal! Der Geruch des Todes ist verschwunden!«
Mit einiger Mühe kämpfte sich Riesel aus ihrer Faulenzerhaltung im Bierkrug hoch, trocknete ihre Flügel am Saum eines Geschirrtuchs und flog zum Tisch mit den leichenhaften Trinkern.
Sie flatterte vor ihren Augen, Ohren und Nasen herum, aber so sehr sie ihnen auch auf die Nerven zu gehen versuchte, keiner nahm Notiz von ihr. Nach einer kurzen Inspektionsrunde kehrte sie zurück und ließ sich auf Mondscheins Schnauze nieder. »Was für ein langweiliger Haufen Totenköpfe«, sagte sie, »ich hätte ihnen zum einen Ohr hinein und zum anderen wieder herausfliegen können, ohne daß sie etwas gemerkt hätten. Aber du kannst beruhigt sein, Hörnchen, nichts ist mit deiner Magie danebengegangen. Es ist nur so, daß noch nicht genug richtig gelaufen ist!
Die Sachlage stellt sich für mich folgendermaßen dar: Mit Hilfe deines Horns hast du es fertiggebracht, daß ihre Körper wieder funktionieren – wenigstens soweit, daß sie ihren alten Gewohnheiten wieder nachgehen können, als da sind: Essen und Trinken und Verschmutzen meines armen Flusses...« Sie machte eine kurze Pause, während der sie sich nachdenklich am Kopf kratzte und wieder zu den Zechern hinübersah. In dem flackernden Licht von Gretchens Fackel sah es fast so aus, als ob um die winzigen Lippen der Fee ein unmerkliches Lächeln spielte. »Aber was ihr Innenleben anbetrifft, wenn dort jemals etwas war, *das* ist immer noch auswärts. Niemand ist zu Hause in ihren Augen. Ich fürchte, ihr tapferen Helden und Heldinnen, daß ihr durch eure

glorreiche magische Intervention nur ein Dorf geschaffen, in dem die Bewohner wandelnde Leichname sind!«

»Wie unerfreulich!« sagte Mondschein.

»Du mußt dich irren!« sagte Colin und lachte nervös. »Nur böse Zauberer bringen so etwas fertig!«

»Dann überzeug dich doch selber davon«, sagte Riesel und winkte ihn mit einer spöttischen Bewegung ihres winzigen Zeigefingers zur Tür.

Gretchen folgte und gemeinsam schauten die drei durch die zersplitterte Tür auf die Straße hinaus, wo die stummen Dorfbewohner in einer ziellosen Pantomime ihres täglichen Lebens herumirrten. Sie achteten weder auf den leichten Regen, der nun den Wald in einen Schleier hüllte, noch auf den Schlamm, der unter ihren strauchelnden Füßen hervorquoll, und sie kümmerten sich auch nicht darum, daß sie nicht bei hellichtem Tag, sondern im regenverhangenen Mondenschein spazierengingen. Sie schienen nicht viel mehr Leben in sich zu haben als ihre eigenen Schatten.

VIII

»Sehr gut, Ollie, so ists richtig«, sagte Lorelei, die gerade das Seeungeheuer unterwies, »drücken, loslassen, drücken, loslassen! Eureka! Er kommt wieder zu sich!« Sie machte einen Rückwärtssalto im Wasser, und als sie wieder an der Oberfläche auftauchte, hatte sie die Gruppe von frierenden und nassen Matrosen und Soldaten, die sich auf dem schmalen, felsigen Uferstreifen zwischen dem tiefen Wald und der kalten, grauen See zusammenkauerten, direkt vor sich.

Herr Cyril war von den beiden Seejungfern und ihrem großen Haustier begeistert, und offenbar sah man ihm seine Begeisterung auch an, denn Lorelei lächelte ihm zu und zeigte dabei ihre Grübchen. Herr Cyril lächelte mit der angemessenen Zurückhaltung zurück, denn so bezaubernd und hilfreich die beiden Nixen jetzt auch waren, da sie ihr bestes Benehmen an den Tag legten, wußte er doch von der Überlieferung, die er in seinen Seemuscheln aufbewahrte, daß die meisten ihrer Artgenossen reizvolle, seetüchtige Idioten waren, die eine krankhafte Liebe zu Leichen hegten. Das heißt, die meisten weiblichen Artgenossen fielen unter diese relativ harmlose Kategorie, wenn man die hin und wieder vorkommenden Schiffskatastrophen und das Ertränken der Mannschaften einmal unberücksichtigt ließ. Die männlichen Artgenossen waren viel schlimmer und sogar so gräßlich, daß sich die Nixen lieber mit den Männern der menschlichen Spezies einließen (vorzugsweise Ertrunkenen) oder den Selkies, Zaubertieren, die im Meer Seehunde und an Land Menschen waren. In den Archiven waren einige Fälle aufgezeichnet, wonach ein Geschlecht durch die Verbindung von einer Seenixe mit einem Selkie begründet wurde. Vom jungen Colin Liedschmied, dem Spielmann des Königs, hieß es, daß er von solch einer Familie abstamme.

Abgesehen davon, daß sie die ersten Seejungfern waren, die Herr Cyril jemals gesehen hatte, waren sie auch deswegen für ihn so ganz besonders interessant, weil sie ihre Gewohnheit, nämlich die

Sterblichen zu ertränken, in ihr Gegenteil umänderten und sogar ihre Seeschlange mit erstaunlichem Sachverstand anwiesen, den König wiederzubeleben. Es stimmte zwar, daß die beiden Nixen und die Seeschlange unter einem gewissen Zwang handelten, aber nun, da sie sich an den Gedanken gewöhnt hatten, erledigten sie ihre Arbeit sogar auf eine recht fröhliche Weise.

Lorelei hatte das Ungeheuer dazu überredet, die letzten paar Ellen seines Schwanzes am Ufer ein paarmal um die mächtige Brust des Königs zu ringeln. Unter ihrer Anleitung mußte das Monster seinen Schwanz abwechselnd ausdehnen und wieder zusammenziehen, in einer sanfteren Spielart des pulsierenden Rhythmus, mit dem es die Schlangenfluch zertrümmert hatte. Bei jedem Zusammendrücken stieg eine Wasserfontäne aus Ebereschs Mund empor.

Herr Cyril erwiderte Loreleis Lächeln mit einem fragenden Gesichtsausdruck. So langsam begann er die in einer melodisch gurgelnden Sprache gehaltenen Unterhaltung zwischen der Nixe und der Schlange zu verstehen. Offenbar hatten sie den Plan fallengelassen, die Überlebenden der Schlangenfluch zu ertränken, wenigstens fürs erste. Lorelei schien sich sogar über sein Interesse zu freuen und nickte ihm aufmunternd zu.

Herr Cyril Hühnerstange riß sich von den beinahe ertrunkenen Männern los und watschelte nach vorn, um sich die Rettungsaktion aus der Nähe anzuschauen. Seine Beine schmerzten und seine Knie waren immer noch von dem Ritt weich, den er mit seinen Schiffskameraden hatte über sich ergehen lassen müssen. Er war dabei mit ihnen auf den glitschigen, noch unversengten Teilen der unangenehm runden Seeschlange gesessen. Obwohl er wußte, daß das Monster für den Transport vom Schiffswrack zum Strand nicht annähernd so lange gebraucht hatte, wie es ihm vorgekommen war, schien die Reise durch den blendenden Nebel und die durch Eis blockierte See endlos zu sein. Herr Cyril befürchtete immer noch, daß diese Verzögerung dem König das Leben kosten könne.

Doch schon als er sich dem vom Seeungeheuer umwickelten König

näherte, sah er, daß dieser mit den Armen schwach um sich zu schlagen begann.
Loreleis Grübchenlächeln wurde zusehends strahlender, und Cyril gratulierte ihr: »Ganz vorzügliche Arbeit, die Sie da leisten, Fräuleinchen! War eine ausgezeichnete Idee, ihr – äh – Haustier dazu zu verwenden, Seine Majestät wiederzubeleben. Ich glaube kaum, daß einer von uns noch genug Kraft gehabt hätte, das Meerwasser aus Seiner Königlichen Hoheit herauszupressen.« Die Seejungfer schlug erfreut mit dem schillernden Schwanz aus und sagte: »Wenn ihr Dummköpfe uns doch nur gleich gesagt hättet, daß ihr hinter Furchtbart her seid und nicht nur ein x-beliebiges Schiff seid, das vorüberfährt, dann hätten nämlich Cordelia und ich Ollie erst gar nicht erlaubt, mit eurem Schiff zu spielen!«
»Natürlich nicht!« stimmte ihr Cordelia zu. Die Nixe saß auf einem Felsen, in einiger Entfernung von der Küste und schüttelte die Lockenfülle über ihren entblößten Schultern zurück, als sie dazu ein bißchen mit ihrem menschlichen Oberkörper wackelte, ging ein bewunderndes Raunen durch die Reihen der Schiffbrüchigen, das ihr kollektives Zähneklappern einen Moment lang unterbrach. Nachdem sie ihren Bewunderern ein gewinnendes Lächeln geschenkt hatte, fuhr sie fort: »Ihr könnt euch ja gar nicht vorstellen, wie entsetzt ich über Loreleis Verfassung war, als sie hierher kam, nachdem sie sich mit diesem schrecklichen Zauberer abgegeben hatte! Ihr müßt nämlich wissen, daß Lorelei und ich vor Jahren zusammen zur Schule gegangen sind, und obwohl sie *viel* älter ist, habe ich sie immer als meine liebe Schwester betrachtet. Eigentlich hat sie Ollie gefunden, auf einem Eisbrocken nicht weit von hier. Bis ich dann auf sein Rufen hin zu ihr geeilt bin, war sie ein vollkommenes Wrack, sie war ganz ausgetrocknet und faltig, weil sie zu lange aus dem Wasser war, und ihre Stimme war nur noch ein heiseres Krächzen.«
»Also, ich muß schon sagen, so schlimm kann es dann auch wieder nicht gewesen sein«, erwiderte Lorelei gereizt. »Natürlich war ich gekränkt, wie es übrigens jede Sirene wäre, die etwas auf sich hält. Ich begann natürlich zu verzweifeln, daß Furchtbart überhaupt

jemals sein Versprechen hatte einlösen wollen, mir Gesellschaft zu leisten. Ich wollte ja nur, daß er diese Prinzessin mit dem gespaltenen Schwanz aufgibt, die er immer wieder besucht hat und zu mir kommt, wie er's so oft versprochen hat, um mit mir zu spielen!« Ihre volle Oberlippe zitterte, als sie dies sagte, ob aus Entrüstung oder weil sie verletzt war, konnte Hühnerstange nicht beurteilen. »Aber er hatte diese großen häßlichen Schwäne vor sein Boot gespannt und benutzte Magie, um so schnell von mir loszukommen, daß ich ihm nur unter Aufbietung all meiner Energie nachschwimmen konnte! Bevor ich auch nur einen einzigen Ton gesungen hatte, legte er auch schon am Ufer an und verschwand im Wald, ohne sich zu verabschieden.«

»Wenn *ich* sie nicht gerettet hätte, wäre sie wahrscheinlich auf jenem Felsen zugrundegegangen«, sagte Cordelia, »aber inzwischen haben wir uns wirklich sehr gut amüsiert, haben mit Ollie gespielt und mit all den kleinen Fischerbooten von der Küste auf der Windseite.«

Herr Cyril überlegte, daß sie wahrscheinlich Brazoria damit meinte, denn soviel er wußte, war die argonische Küste an dieser Stelle nicht sehr dicht besiedelt. Die Argonier hatten sich in den südwestlichen Regionen angesiedelt, in der Nähe von Königinstadt, der Hauptstadt und dem Golf der Kobolde. Es war auch besser so, daß Ollie und seine Freunde eine Bedrohung für die brazorianische Schiffahrt darstellten und nicht für die argonische.

Die silbergefleckte Seeschlange lockerte die Windungen ihres spiralenförmig gewickelten Schwanzes, damit der König das restliche Meerwasser ausspucken konnte. Während er seine nasse, bärtige Wange an den Schuppen des Monsters rieb, vergrub sich Seine Majestät immer tiefer in den Windungen des Schlangenleibs und sagte flüsternd zum Monster: »Deine Haut ist schon ein bißchen sehr rauh, Liebes, aber dennoch hab ich's schon sehr gern, wenn mein Mädchen einen festen Griff hat!«

Als er dies sagte, tauchte Lorelei aus dem seichten Wasser empor und vollführte einen Luftsprung wie ein Delphin, drehte sich in der Luft und versetzte Ollie dabei einen Hieb auf den Schwanz mit ihrem eigenen schuppigen Hinterleib. Dann machte sie einen Sprung mit Überschlag in der Luft, so daß sie genug Schwung bekam, um im tiefen Wasser in einiger Entfernung vom Ufer wieder unterzutauchen. Dort tauchte sie kurze Zeit später auch wieder auf und schwamm ruhig zum Strand zurück, wo sie ihre grüne Mähne unwillig schüttelte und schmollend zum König sagte: »Du solltest nicht nur Ollie loben, Lieber, schließlich habe ich dich ja gerettet!«

Cordelia schlug mit ihrem schimmernden Schwanz aufs Wasser ein und warf wütend ihren Kamm von sich. »Denk daran, liebe Schwester, in wessen Gewässern du dich befindest. Ollie ist schließlich *mein* Haustier, und obgleich ich mein Gebiet gerne mit dir teile, wenn du nicht ganz bei dir bist, gehören doch alle Sterblichen in diesen Gewässern mir und – ach schau nur schau, ist nicht sein Haar, das die Farbe von Korallen hat, ganz *wunderhübsch*?« Sie glotzte voller Bewunderung den Körper des Königs an, der nun in seiner ganzen Pracht mitsamt dem korallenfarbenen Haar sichtbar wurde, als sich Ollies letzte Windung löste. Die Schlange schwamm ins große, weite Meer hinaus und ließ Seine Hoheit auf seinem königlichen Hintern liegend zurück. »Ach nein, Schwester«, fuhr die Nixe fort, »ich glaube, den dort muß ich selber haben!« Lorelei zog ihre obere Leibeshälfte mit einem kräftigen Schlag ihres Schwanzes aus dem Wasser, der nicht rein zufällig Wasser über Cordelias getrocknete und frisch gerichtete Haare spritzte. Lorelei rief: »Du bekommst ihn nicht zurück, auch wenn dir sein Haar noch so gut gefällt! Er ist mein Verbündeter, und es waren schließlich *meine* Angaben über Furchtbart, die ihm zu seinem Thron verholfen haben, nicht wahr, mein kleiner Engelbarsch? Ich lasse es nicht zu, daß du ihn nach all der Mühe ertränkst, die ich mir mit ihm gegeben habe!«

»Was für einen Mist du von dir gibst, Schwester Lorelei!« schniefte Cordelia vor sich hin und schüttelte ihre frisch gewaschene, lavendelfarbene Mähne, so daß ihre alabasterweißen Brüste dabei zu zittern anfingen. Schließlich sagte sie: »*Du* bist mir ja ein sauberer Gast! Daß ich dich noch einmal an meinen Fischzügen beteilige, kannst du dir getrost aus dem Sinn schlagen. Wer hätte gedacht, daß du dich wegen eines Sterblichen mit korallenfarbenem Haar gegen mich auflehnen würdest! Hast du denn wirklich nichts aus der Affäre mit deinem Goldstück Furchtbart gelernt? Die Männer haben doch weiß Gott keine Ehre im Leib. Deswegen ziehe ich dem Umgang mit ihnen auch die Gesellschaft einer ehrlichen Schlange wie Ollie vor!«

Lorelei blieb hart. »Tut mir leid, Schwester, aber das ist jetzt wichtiger als reine Aufräumarbeiten. Begreifst du denn nicht, wie nachteilig es sich auf unseren Nimbus auswirkt, wenn die Sterblichen in der Weltgeschichte herumgondeln und meinen, daß sie uns Meerjungfern einfach ans Land locken können, um uns dann links liegenzulassen? Ich weiß, daß ich mich furchtbar dumm benommen habe und deswegen kann ich es auch im Moment nicht zulassen, daß ihr diese Männer ersäuft. Sie wollen Furchtbart für mich einfangen, stimmt's kleiner Kugelfisch?« Herr Cyril begriff, daß das letztere an seine Adresse gerichtet war.

Er antwortete schnell und in einem sehr verbindlichen Ton: »Aber ja, natürlich Fräulein. Äh, wenigstens gehört es auch zu unserer Mission. Aber wenn Sie oder Jungfer Cordelia uns nun sagen könnten, wo wir eigentlich sind, so daß wir ...«

»Du bist auf dem Strand, Dummkopf!« schnauzte ihn Cordelia an, »wohin dich mein lieber Ollie gebracht hat, den du beinahe ermordet hättest, wie du sehr wohl weißt! Aber du mußt mich nun entschuldigen, weil ich dort drunten im Wasser einen lieben Freund habe, der durch ein paar grausame Menschen so fürchterlich verletzt worden ist, daß ich ihn nun gesundpflegen muß.« Sie streifte alle der Reihe nach mit einem vorwurfsvollen Blick, besonders lange verweilte sie jedoch bei König Eberesch, bevor sie sich wieder Lorelei zuwandte, die sie in einem Ton anredete, der zeigte, daß sie immer noch durch Loreleis vermeintlichen Treuebruch verletzt war.

»Damit du nicht noch einmal den gleichen Fehler machst, liebe Schwester, würde ich dir raten, diesen Männern nicht so ganz über den Weg zu trauen. Wenn ich du wäre, würde ich darauf bestehen, daß sie dir diesen betrügerischen Zauberer direkt hierherbringen, und zwar mit einer Ankerkette um den Knöchel, als Bezahlung dafür, daß du ihnen das Leben gerettet hast.« Cordelia machte eine kleine Pause, um ihren Vorschlag wirken zu lassen, dann lächelte sie die Mannschaft süßlich an und sagte: »Möchte vielleicht einer von euch Jungs mit einer Dame schwimmen gehen?« Trotz des sehnsüchtigen Ausdrucks, der auf ein paar Gesichtern zu sehen war, nahm keiner den Vorschlag an, so daß die verstimmte Meerjungfer allein ins Wasser tauchte und ganz schnell auf die über dem Wasser sichtbaren Windungen des immer noch leicht schwelenden Ollie zuschwamm.

Lorelei sah ihnen gedankenvoll nach, bis beide außer Sichtweite waren, dann wandte sie sich zurück an Hühnerstange. Ihre Augen waren nur noch Schlitze, in denen ein Gefühl aufblitzte, das Herr Cyril nicht benennen konnte. »Laßt euch nur nicht durch ihr dummes Geschwätz drausbringen. Sie will mir nur meinen Spaß an der Sache verderben, weil sie eifersüchtig ist. Aber in einem Punkt hat sie natürlich auch recht: Ihr Jungs schuldet mir ja auch wirklich großen Dank dafür, daß ich euch errettet habe? Nun, ich weiß nicht, ob ihr Furchtbart ertränken solltet, wenn ihr ihn ausfindig macht, aber was nun diese Prinzessin mit dem gespaltenen Schwanz anbetrifft –«

Nun wußte Cyril ja Bescheid. Der Ausdruck, den er in ihren Augen gesehen hatte, war Gier. Obwohl sie sich bis jetzt als Wohltäterin aufgespielt hatte, wußte Cyril Hühnerstange doch auch, daß er nicht allzu überrascht sein durfte, wenn die Meerjungfern, ihrer habgierigen und unmoralischen Natur gehorchend, versuchten, die mißliche Lage der Schiffbrüchigen zu ihrem eigenen Vorteil auszunutzen. Anscheinend wollte sich Lorelei nicht nur an Furchtbart rächen, sondern sie war offenbar noch mehr daran interessiert, auch ihre Rivalin, Prinzessin Pegien zu erledigen.

Der König war immer noch nicht ganz bei sich, und wenn dies erst einmal der Fall wäre, würde ihn seine Ehre als König von Argonia dazu verpflichten, dem tödlich schönen Wesen, das ihm das Leben gerettet hatte, jeden Wunsch zu erfüllen und ihm seine Dienste anzubieten. Herr Cyril kam zu dem Schluß, es wäre für alle Beteiligten das beste, wenn Lorelei überhaupt nicht mehr dazu käme, ihre Ideen als Wünsche zu formulieren. Man mußte sie nur auf eine schonungsvolle Weise daran erinnern, daß die Schiffbrüchigen zwar ohne Schiff und größtenteils auch ohne Waffen und Proviant waren, aber eben immer noch über eine ansehnliche Schlagkraft verfügten. Hühnerstange griff zum einzigen Mittel, das er im Augenblick für angemessen hielt, um die zu allem entschlossene Sirene umzustimmen.

»Oho, Drache Grimmut, Herr!« rief er auf gut Glück in die Luft hinein, »könnten wir uns vielleicht ganz kurz sprechen?«

Ein paar Matrosen folgten ihrem Instinkt und sprangen sofort ins Meer, als eine Flamme zwischen den Bäumen hervorschoß. Aber auch Herr Cyril machte unwillkürlich einen Schritt nach rückwärts, als Grimmut den Kopf zwischen den Bäumen durchstreckte.

»Ich wollte dir keine Angst einjagen, Heißsporn«, sagte der Drache umgänglich. »Aber bei diesem verfluchten Nebel konnte ich ja verflammt nichts mehr sehen. Ich dachte nämlich, daß es an der Zeit wäre, sich wieder ein bißchen auf dem Boden herumzutreiben und ein schönes Stück Elch oder Wölfin für die Frau Gemahlin aufzutreiben. Solange ich in der Nähe bleibe, ist es ja nicht so schlimm für sie. Aber ich konnte keine einzige Kuh in der Nähe des Schlosses finden. Ich nehme an, daß es einfach zu verflammt neblig ist zum Jagen. Wenn ich meine Mahlzeit sehe, habe ich sie auch schon verbrannt, verstehst du, was ich meine? Aber was kann ich jetzt für dich tun?« Beim Anblick des Drachen hatte Lorelei einen mädchenhaften Schrei ausgestoßen und war in die kalten, grauen Fluten gesprungen.

»Hat sich schon von selbst erledigt, Herr, danke!« erwiderte Cyril. »Das heißt, wenn Sie uns vielleicht nur noch sagen könnten, wo wir eigentlich sind?«

Grimmut kratzte sich mit einer seiner scharfen Krallen an einer der roten Schuppen, die seinem Rückgrat entlangliefen und sagte dann schließlich: »Jetzt laß mich mal überlegen. Ich würde sagen, ihr seid ungefähr – das Schloß ist – huch – nun, da sind zwei Gebirgszüge und noch ein großer Gletscher zwischen dem Meer und...«

Herr Cyril hörte ihm geduldig zu, aber erkannte sehr bald, daß der Drache, obwohl er genau wußte, wo sie waren und auch jederzeit in der Lage sein würde, in Richtung des Schlosses zu fliegen, seine Wahrnehmungen hinsichtlich der Zeit und des Raumes einfach nicht auf die Verhältnisse der erdgebundenen und sehr viel langsameren Menschen übertragen konnte.

Frustriert begann Grimmut Rauchwolken durch seine Nasenlöcher zu rülpsen und seine Augen wurden glühend rot vor Wut.

»Ist ja nicht so wichtig, Herr«, fügte Cyril rasch hinzu, weil er sich nicht auch noch die Auseinandersetzung mit einem überforderten Drachen zu seinen Problemen aufhalsen wollte. »Ich glaube bestimmt, daß du wieder draufkommst. Vielleicht könnte auch Madame Griselda – äh – ein bißchen Licht in die Sache bringen.«

»Deswegen bin ich ja so voller Dampf, Heißsporn«, erwiderte der Drache, »Grieselda kann nicht kommen und ich muß schleunigst zurück zu ihr. Ich bin ja nur gekommen, weil ich euch sagen wollte, daß ihr ohne uns weiterziehen müßt. Während ihr, du und der Rest der Mannschaft, von dieser Schlangentype eingewickelt wurdet und nur noch singenden Fischmädchen zugehört habt, hat meine Gnädige angefangen zu gebären. Ich glaube, daß sie unseren kleinen Ableger irgendwann innerhalb des nächsten Monats ausstoßen wird, aber ich muß ganz schnell zurück, um für sie zu jagen, während sie zu brüten beginnt.« »Was soll denn der ganze Tumult?« fragte der König, der inzwischen wieder zu sich gekommen war, mit seiner dröhnenden Stimme, die jeden Zweifel zerstreute, den man wegen der Wiederherstellung seiner Lungen nach dem Untertauchen noch gehegt haben mochte. Seine Majestät war nun von seinen Mannen umgeben. Offenbar saß er, denn sein Haupt war nicht über den Köpfen der anderen zu sehen. »Ist das Grimmut? Dann soll er doch bitte so gut sein und uns ein Feuer anfachen. Wenn meinen Männern jetzt dann nicht bald eingeheizt wird, gehen sie an ihren Frostbeulen zugrunde!«

»Sie wollen mich bitte entschuldigen!« sagte Herr Cyril zum Drachen und gesellte sich zu der Gruppe, die um den König herumstand. Brüllo Eberesch sah ein bißchen blasser aus als gewöhnlich, aber er war schon wieder eifrig damit beschäftigt, das Metall an seiner Rüstung zu polieren, er trocknete es mit einem Stück Tuch, das von einem Mantel abgerissen worden war.
Cyril überbrachte die Botschaft des Drachen.
»In Ordnung«, sagte der König, »ihre neue Drachenhöhle ist in der Nähe meines Stammschlosses. Ich habe dort eine winzige Garnison eingerichtet. Er soll dies dem Hauptmann der Garde überbringen!« Bei diesen Worten streifte er seinen Siegelring vom Finger und gab ihn Cyril. »Er soll uns Pferde und Waffen hierherschicken«, fuhr der König fort, »bestimmt kann ihm der Drache den Weg weisen.«
»Hoffen wir's, Herr«, erwiderte Herr Cyril, der jedoch ernstliche Zweifel hegte, obwohl er Grimmut die Wünsche des Königs sehr genau darlegte, einen Zettel mit einer Nachricht am Ring befestigte und alles in seinen eigenen Geldbeutel steckte, den er dann schließlich an der Drachenklaue festband. Cyril konnte eben keine Bilder malen wie Prinzessin Pegien, um anderen die Situation zu schildern und die Befehle des Königs deutlich zu machen.
Als Herr Cyril Hühnerstange die leuchtende Gestalt des Drachen im Nebel verschwinden sah, hatte er das dumpfe Gefühl, daß ihre Mission, wenn nicht sogar ihrer aller Leben dem Untergang geweiht war. Auch wenn sie sich zu Ebereschs Schloß durchschlagen konnten, war nicht sicher, daß ihnen dies gelingen würde, bevor der Gegner seine volle Kampfstärke gewonnen hatte. Wenn sie aber in dem erschöpften Zustand, in dem sie sich gegenwärtig befanden, mit dem Zauberer zusammentrafen, der im Vollbesitz seiner Kräfte war, dann konnten sie ihn wahrscheinlich nicht einmal daran hindern, den Thron zu usurpieren, geschweige denn, Prinzessin Bronwyn von ihrem Fluch zu erlösen. Und während sie frierend am Ufer saßen und sich überlegten, wo sie überhaupt waren, in einem Zustand, der es ihnen nicht möglich machte, sich selber noch irgend jemand anderen zu retten, schmachtete Prin-

zessin Pegien, die nach Cyrils Urteil eine der größten Frauen in der argonischen Geschichte war, in den Fängen eines skrupellosen Schurken.

»Wehe, wenn ich Sie damit vor meinen Lämmchen erwische«, schnauzte das Weib Wulfric an, als er wieder seine menschliche Gestalt annahm. »Wenn Sie nur ein bißchen Anstand im Leib hätten, würden Sie sich aber auch nicht vor einer anständigen Witwe zu einer so abscheulichen Zurschaustellung hinreißen lassen!« Trotzdem hätte sie Wulfric beinahe mit ihren leicht vorgewölbten, schwarzen Augen verschlungen, als sie sah, wie sich graues Fell in glattes, menschliches Fleisch verwandelte, und sich der grauhaarige Mann in voller Größe vor ihr von den Händen und Knien erhob. »Also wirklich«, sagte sie, »ich weiß nicht, was sich die liebe Nastur – pardon, Sally dabei gedacht hat, daß sie ein so verkommenes Subjekt, wie Sie es ja offensichtlich sind, bei ihrer einzigen Schwägerin vorbeischickt, wo sie doch ganz genau weiß, daß ich drei hübsche, keusche Töchter habe, die so lange behütet werden müssen, bis ich den standesgemäßen Ehemann für sie gefunden habe.« Ihre langweilige Stimme mit der nasalierenden Aussprache machte eine Pause, als sie mit der roten Zungenspitze über ihre spitzen Zähne fuhr. Sie mußte lächeln, obwohl es ihr gegen den Strich ging. Ihr Parfüm roch so widerlich süß, daß Wulfric ausnahmsweise einmal froh war, daß er sich in seiner menschlichen Gestalt befand, denn gegen einen derartigen Geruch hätte seine Wolfsnase revoltiert.
Aber weil er sich auf einer Mission für *die Sache* befand, sagte er höflich: »Ich bitte Sie inständigst, mir diese häßliche leibliche Hülle nachzusehen, o ehrwürdige Verwandte meiner tapferen Führerin, aber ich muß Euch eine wichtige Botschaft von ihr überbringen. Sie möchte Euch davon in Kenntnis setzen, daß Ihr nun sehr bald eine Gelegenheit haben werdet, *der Sache* zu dienen. Eure Töchter könnten nämlich die Tiere anlocken, die wir unbedingt brauchen, um unser großes Ziel zu erreichen. Ich weiß, das mindestens eines dieser Tiere in den Wäldern dort drüben frei her-

umläuft, obwohl ihn unsere gute Sally gerade in eine raffinierte Falle lockt. Ich werde nach dem Zeichen Ausschau halten, das Ihr mit Sally vereinbart habt. Haltet Ausschau nach fremden Tieren oder Menschen und setzt uns unverzüglich davon in Kenntnis, wenn Euch etwas derartiges über den Weg laufen sollte.«

»Selbstverständlich«, antwortete die Dame kurz angebunden, »und vergessen Sie nicht, daß ich für meine Bemühungen eine Belohnung haben will. Ich habe Ihnen schon einmal einen Dienst erwiesen und bis jetzt noch kein Honorar erhalten. Ich möchte mindestens in den Stand einer *Herzogin* erhoben werden und verlange, daß Ihr alle meine Töchter standesgemäß verheiratet. Es ist nicht leicht, für eine gut aussehende, junge Witwe wie mich, allein mit drei zarten Pflänzchen einen angemessenen Lebensstil beizubehalten. »Sagen Sie mal«, fragte sie, wickelte eine messingfarbene Haarsträhne um einen ihrer langen Finger mit den spitzigen Nägeln und warf ihm einen listigen Blick unter den farblosen Wimpern zu, »Sie müssen doch diese erbärmliche Verwandlung hoffentlich nicht deswegen mitmachen, weil Sie ein verwunschener Prinz sind, oder? Wenn dies der Fall wäre, hätte ich nämlich ein paar wichtige Verbindungen zur Zunft der Zauberer, die Ihnen helfen könnten, wenn Sie dafür was springen lassen ...«

Als sie dies sagte, war Wulfric schon wieder in seine Wolfsgestalt zurückgeschlüpft und überquerte bereits den Bach, der den Garten der Frau eingrenzte. Aber er war auch wieder nicht so schnell, daß er eins der »unschuldigen Lämmchen« übersehen hätte, von denen ihm die gute Frau erzählt hatte; ein wirklich ganz allerliebstes, goldhaariges kleines Mädchen, das am Bachufer saß. Alle möglichen Tiere scharten sich um das Goldkind und himmelten es an. Wutentbrannt erinnerte sich Wulfric an die gemeinen Bemerkungen des Frauenzimmers über seine demütigende Verwandlung in einen Menschen, und er fing beim Anblick des Mädchens an zu geifern – schließlich hatte er schon seit längerer Zeit keine Lammkoteletten mehr gefressen.

Er schätzte die Entfernung zwischen sich und dem Mädchen ab und setzte gerade zum Sprung an, als er Sallys Jagdhorn hörte.

Leofwin erwachte, als Colin, Gretchen, Mondschein und Riesel gerade darüber diskutierten, was sie mit den untoten Dorfbewohnern machen sollten. Nach einer einleitenden Stöhnarie, die keiner so richtig beachtete, krabbelte der Prinz zu Gretchen hinüber, nahm ihr zu Füßen Platz und begann ihren Rocksaum leidenschaftlich zu küssen.

Gretchen klopfte ihm auf die Finger und sagte: »Könntest du bitte aufhören, an meinen Kleidern herumzufingern«, sagte sie, »wir befinden uns hier mitten im Niemandsland, um uns herum wimmelt es nur so von Einhorndieben, Zombies, Banditen auf Beutezug, auf dem Königshaus lastet ein schwerer Fluch, der König ist irgendwo auf der Suche, während sich ein ganzes Rudel von vertrottelten Edelmännern deines Kalibers, die gewiß nicht besser sind als ihr Ruf, uns hier herumjagen, weil sie meinen, daß es eine Heldentat sei. Aber du bringst es offenbar nur fertig, meine Kleider zu reinigen, indem du drübersabberst.« Sie riß ihm den Gewandzipfel aus der Hand und wandte sich wieder ihren Freunden zu, aber er warf sich vor ihr auf den Boden, umklammerte ihren Knöchel und heulte: »Verzeiht mir, edle Zauberin; aber ich konnte ja wirklich nicht ahnen, daß ihr etwas anderes wärt als wieder eins von diesen ganz hinreißenden Mädchen. Wie hätte ich auch ahnen können, daß Ihr Gewalt über das Feuer habt und meine eigene Schwertklinge gegen mich losschicken könnt, ja, daß ihr sogar einem Einhorn gebietet und die Toten wieder lebendig machen könnt? Die meisten Mädchen, die ich vergewaltigt habe, *hatten noch nicht mal* Hobbies. Ich flehe Euch an, verschont mein Leben, denn Ihr seid sicher ebenso gütig wie Ihr schön seid!«

»Stimmt«, sagte sie, »und du hast mir ja vor nicht allzu langer Zeit gesagt, was du von meiner Schönheit hältst. Nun, laß es aber gut sein. Steh schon auf und erzähl uns lieber, wie es kommt, daß du hier auf uns wartest, während wir dich schon vor Tagen abgehängt haben?«

»Das ist leicht zu erklären«, sagte der Prinz erleichtert. Er ließ sich wieder schwerfällig auf die Wirtshausbank plumpsen, die vor dem Tisch mit den vielen leeren Krügen stand. Gretchen stellte fest, daß er nun wieder völlig nüchtern zu sein schien. Er sprach nicht mehr undeutlich und sein Ton war relativ höflich. Ich habe mit diesem Simpel Graustroh gewürfelt und dabei seine Siebenmeilenstiefel gewonnen. Siebenmeilenstiefel sind die Familienmitgift der Graustrohs. Von der väterlichen Seite her sind die Graustrohs vielleicht Verwandlungskünstler, aber von Mutters Seite her waren sie Elfenschuster, und zwar ausnahmslos, auch wenn sie jetzt noch so vornehm tun!

»Das erklärt zwar, wie es kommt, daß Sie so *schnell* hierher kamen«, gab Colin zu, aber nicht, wie Sie so schnell *hierher* kamen. Man könnte ja fast meinen, Hoheit, daß Sie sich mit diesen Gaunern verbündet haben, die die ganzen Einhörner hier klauen!«

Leofwin fuhr sich mit der Hand über die Augen und sagte: »Sachte, Sänger, sachte! Hab Erbarmen mit einem kranken Mann. Ihr Leute habt wirklich eine seltsame Begabung, einem ein hübsches Jagdvergnügen zu vermiesen. Ich habe eigentlich nur vorgehabt, Einhörner zu jagen und nicht, sie zu entführen. Ich bin diesem verrückten Schwindelgut gefolgt, weil ich mir den Preis sichern wollte, mit dem ich mir die kleine Prinzessin hier erobern wollte.« Er nickte in Gretchens Richtung. »Ich weiß wirklich nicht, warum mir der Kerl ausgerechnet *meine* Siebenmeilenstiefel wegnehmen wußte, denn er ist ja um so vieles schneller als ich – er muß entweder seine eigenen Siebenmeilenstiefel irgendwo versteckt haben oder einen Zauberteppich oder noch etwas anderes. Gewöhnlich lasse ich mich ja nicht auf einen derartigen Hokuspokus ein. Ein Mann sollte sich nur auf seine eigene Kraft und sein eisernes Schwert verlassen, finde ich. Aber in diesem Fall habe ich eben diese verdammten Stiefel benutzt, weil das, was mir versprochen war, ziemlich weit weg war und es das einzige Mittel schien, um ein Prunkstück für meine Familie und obendrein noch die Hand der kleinen Prinzessin zu erringen. Ich kann euch sagen, meine Füße werden nie wieder sein wie früher!«

»Welche Rolle spielt eigentlich dieser Graf Schwindelgut bei den Einhornentführungen?« fragte Gretchen. »Wir wissen ganz genau, daß du dies im Sinn gehabt hast, also kannst du dir dieses

ganze Gewäsch von wegen eines Geschenks für mich schenken!«
»Soviel ich weiß, hat er nicht viel damit zu tun gehabt, Königliche Zauberin. Es war vor allem das kleine, durchtriebene Nymphchen, das hinter der Sache stand, obgleich sie auch von einem dunklen Mönch oder schwarzen Pilger oder dergleichen gesprochen haben, und daß sie ein ganz neues Reich hier auf König Eberesches Territorium gründen wollten. Ich hatte das Gefühl, daß sie die Hörner der Tiere wegen ihrer vielseitigen Verwendbarkeit haben wollten, um damit das Wasser in strategisch wichtigen Zisternen sauber zu halten, um die Kranken zu heilen und dergleichen Dinge mehr. Dann haben sie auch von einem Elixier phantasiert, das Schwindelgut offenbar kannte«, sagte er und warf den Zombies, die auch jetzt noch mit aufgestützten Armen um die Tische herumsaßen und sich mit einer grauenhaften Regelmäßigkeit ein Bier nach dem anderen hinter die Binde gossen, einen Seitenblick zu, »wenn vom Horn gelautertes Wasser *das* fertigbringt, kann ich auch verstehen, daß ...«
»Das war keine Absicht«, unterbrach ihn Gretchen. »Erzähl uns jetzt lieber von der Frau, die du erwähnt hast. Du hast gesagt, daß sie eine Nymphe wäre, aber ...«
»Sie ist wirklich eine Nymphe«, sagte Riesel bitter, »eine Überläuferin. Sie wachte ursprünglich über mein Revier, drunten am Fluß, als sie noch auf den Namen Nasturtium hörte. Ich bin ihr damals nur ein einziges Mal begegnet – aber die Tiere schienen sie nicht sehr zu mögen. Sie hat eben gefunden, daß die Beschäftigung einer Flußnymphe unter ihrer Würde war, obwohl sie sich ja nicht geschämt hat, vor den Dorfbewohnern mit ihren Reizen zu spielen, wenn deren Frauen gerade nicht hersahen, das habe ich mir wenigstens sagen lassen. Sie hat wirklich gedacht, daß sie es nicht nötig hätte, Flüsse zu bewachen und auf Tiere aufzupassen. Sieht ganz so aus, als ob sie jetzt auch noch andere gefunden hat, die genauso denken wie sie und ihr geholfen haben, Schneeschatten zu entführen!«
Plötzlich flog die Fee zu Leofwin hinüber, nahm sein Ohrläppchen

in beide Hände, zog kräftig daran und rief: »Er weiß, wo sie Schneeschatten hingebracht haben! Ich hab gesehen, wie er sich an diese Schlampe hingekuschelt hat!«

»Au«, schrie der Prinz, warf der kleinen Frau einen wehleidigen Blick zu und rieb sich am Ohr. »Offenbar hast du nicht genug gesehen, um beurteilen zu können, wovon du überhaupt sprichst, kleine Wanze. Ich bin nämlich gar nicht dazu gekommen, mich an deine Freundin heranzukuscheln, weil ihr Lieblingswolf aus dem Gebüsch gebrochen kam und versucht hat, mich zu zerreißen. Wenn ich nicht mein treues Schwert dabeigehabt hätte, wäre ich jetzt ein toter Mann. Ich habe mich damit bis in eine Ecke dieser Wirtschaft durchgeschlagen und sie mir vom Leib gehalten, bis dann das Mädchen den Befehl zum Aufbruch gab. Ich schwöre, daß ich nicht weiß, wohin sie das Einhorn gebracht haben, wahrscheinlich aber dorthin, wo sie auch die anderen eingesperrt haben – bei diesem Priester oder Pilger oder was auch immer, könnte ich mir denken. Sie haben mir meine Stiefel und meine ganze Ausrüstung genommen, und ich habe gut daran getan, mich vollaufen zu lassen, bis sie hier wie die Fliegen umgefallen sind. Ich kann euch sagen, es ist mir gar nicht leichtgefallen, jedem armen Teufel ein Trankopfer darzubringen, um ihn standesgemäß ins Jenseits zu befördern.«

Riesel öffnete einen prall gefüllten Sack, der in einer dunklen Ecke der Wirtsstube verstaut worden war und sagte: »Sieht aber ganz so aus, als ob es dich noch ein bißchen mehr Mühe gekostet hätte, die Häuser zu plündern oder sollte ich mich dabei irren, ehrwürdiger Prinz?«

»Mir steht ja schließlich eine Entschädigung zu für all meine Anstrengungen«, erwiderte der Prinz. »Ich hab ja nicht nur meine Stiefel und meine Ausrüstung verloren«, traurig schielte er nach seinem Schwert, das immer noch auf dem Boden herumhackte, »sondern meinen guten alten Milzspalter, den ihr dazu mißbraucht, sinnlos den Boden zu zerschlagen; er hat sich gegen mich gewandt! Und dies nach all dem, was wir gemeinsam durchgemacht haben! Ich wünschte, Sie würden meinen treuen Weggefährten dazu bringen, dies zu unterlassen, gnädige Frau. Das ist wirklich ein Schwert, das auf meine Person zugeschmiedet ist. Es wurde von meinem Großvater, dem Kobold angefertigt, um mich unbesiegbar zu machen, und es geht mir gegen den Strich, wenn es Frauenarbeit verrichtet!«

»Nun, alles zu seiner Zeit«, erwiderte Gretchen, »wenn ich du wäre, würde ich mich jetzt nicht zu sehr um das Schwert kümmern, weil es Mondschein ziemlich nervös macht. Mondschein hat nämlich in dieser Woche auch noch keine Milz aufgespießt, und er muß schließlich in Übung bleiben.«

Als sie dies sagte, gab sich Mondschein den dazu passenden Anschein von Wildheit.

»Bringen Sie ihn dazu, daß er das bleiben läßt. Ich kann Ihnen nicht viel mehr dazu sagen. Ich war gerade bei meinem zweiten Humpen, als Sally und ihre Jungs die Stadt verließen.«

»Wie lange sind sie denn schon weg?« fragte Gretchen.

Leofwin kratzte sich nachdenklich am Kinn. »Das kann ich nicht genau sagen, ich weiß ja nicht einmal, wie lange ich selber schon hier bin – nach dem fünften Fäßchen habe ich den Überblick über die Zeit verloren.«

»Dann müssen wir wahrscheinlich versuchen, im nächsten Ort etwas über sie herauszubekommen«, sagte Gretchen niedergeschlagen.

»Ja, aber unter keinen Umständen können wir die Bewohner so rumlaufen lassen«, sagte Colin, »wir müssen ihre Schwierigkeiten der nächstbesten Behörde schildern, die dafür zuständig ist.«

»Vielleicht können sich irgendwelche Verwandten um sie kümmern, bis meine Magie zur vollen Entfaltung kommt«, sagte Mondschein, »ich bin mir absolut sicher, daß sie nach einer gewissen Zeit auch wirkt, und ich finde es wirklich abscheulich, eine Arbeit nicht zu Ende zu führen!«

»Aber was sollen wir bloß bis dahin mit ihnen machen?« fragte Gretchen, ohne jemand bestimmten damit anzusprechen. Sie persönlich glaubte, daß auch die größte Aufmerksamkeit diesen

Jammergestalten nicht mehr helfen konnte, aber man konnte eine solche Gruppe nicht einfach ihrem Schicksal überlassen, bis der nächste nichtsahnende Reisende zufällig darauf stieß. Darüber hinaus fühlte sie sich auch schuld daran, daß diesen Leuten durch ihre Einmischung auch noch das bißchen Würde genommen wurde, das ihnen im Tod geblieben war.

»Ich werde auf sie aufpassen«, bot Leofwin an, wobei seine Schweinsaugen hämisch aufleuchteten, »das kann ganz lustig werden. Ich habe gehört, daß die Zombies alles tun, was man ihnen befiehlt.«

»Eine prima Idee«, gab Riesel zu, »wir werden sie zuerst dazu veranlassen, ihre Kloaken und Abfallgruben auf die andere Seite der Stadt zu verlegen, damit sie von meinem Fluß wegkommen und...«

»Hör mal, Dreikäsehoch«, protestierte der Prinz, »du erwartest doch nicht etwa, daß ein direkter Nachkomme des Elfenkönigs Gawdaufuhl Kloaken gräbt?« Er griff wieder nach seinem Schwert, das sich aber wieder gegen ihn kehrte und erbarmungslos Hiebe gegen ihn führte, weil es immer noch unter dem Einfluß von Gretchens Magie stand.

Die Fee grinste schadenfroh und sagte: »Aber natürlich würde ich das erwarten, mein großer Junge, und du würdest dazu noch nicht einmal deinen Froschschlächter brauchen, es sei denn, daß du damit graben willst!«

»Es wäre doch wirklich jammerschade, wenn ein so vorzügliches Schwert durch Graben stumpf würde«, sagte Colin, »ich würde es ja an mich nehmen, wenn du's dazu bringst, mir zu helfen. Schließlich hat er ja *mein* Schwert entzweigehauen, und ich werde wahrscheinlich eines brauchen, wenn wir auf einen von diesen Banditen treffen!«

Gretchen nickte und wie von selbst flog das Schwert in Colins Hand. Leofwin sprang wütend auf und schrie: »Also hör mal, du kannst mir doch nicht einfach mein Schwert wegnehmen und mich hier zurücklassen, damit ich mit einem Haufen von Zombies Kloaken grabe! Das lasse ich mir nicht gefallen!«

Bevor er auch nur eine Bewegung ausführen konnte, war ihm Riesel schon aufs Ohr gehüpft. Mit ihren Händen formte sie einen Trichter und trompetete ihm direkt ins Ohr. »Merk *dir das eine,* Großmaul: Wenn du dich jetzt nicht endlich einmal anständig benimmst, werde ich dich von dem größten Moskito, der dir jemals um die Stirn geflogen ist, piesacken lassen. Es wird dich wahnsinnig machen!« Als sie dies sagte, stach sie ihn mit der nadelartigen Spitze ihres Fingernagels. Brüllend schlug der Prinz mit der Hand nach dem Ohr, aber in dem Moment war Riesel schon auf der anderen Seite und stach ihn noch ein paarmal. Auch dort versuchte er ihr einen Schlag zu versetzen, aber sie wich ihm wieder aus, flog über seinen Kopf und zog ihn ganz fest an einer Haarsträhne, daß er vor Schmerz laut aufjaulte. Einige Minuten lang griff sie ihn immer wieder an, während sich der Prinz wie eine wildgewordene Windmühle um sich selber drehte.
»*Hör doch endlich auf!*« brüllte er schließlich und sank erschöpft am Tisch nieder. Tränen liefen ihm über die rötlichen Wangen und wo die Fee ihre Spuren hinterlassen hatte, glühten Blutstropfen wie kleine Rubine. »Ich – halt's nicht – mehr aus«, sagte er.
Riesel wandte sich wieder Gretchen und Colin zu. Ihr winziges Gesicht drückte Entschlossenheit aus, und sie sagte: »Nun, da ich mit Seiner Hoheit zu einer Einigung gelangt bin, glaube ich, daß ihr beruhigt euren Geschäften nachgehen könnt. Ich werde darüber wachen, daß diese Lümmel essen, die nötigen Bewegungen ausführen und der Ruhe pflegen, die Leute in ihrem Zustand brauchen. Darum sollt ihr euch aber nicht sorgen. Schickt lieber ein paar Sterbliche her, die sich um die Zombies kümmern und versucht herauszufinden, wo Schneeschatten ist.«

Die Dämmerung äderte den Himmel mit karneolfarbenen Streifen, als Colin, Gretchen und Mondschein zu ihrem ursprünglichen Lagerplatz zurückkehrten. Colin nickte schläfrig an Roundelays Nacken, und Gretchen gähnte die ganze Zeit.
Mondschein jedoch tänzelte fröhlich dahin, munter drehte er den Kopf von einer Seite zur anderen und sagte zu Gretchen: »Hast du

gehört, Mädchen, wie die Hunde im Dorf wieder gebellt und die Pferde wieder gewiehert haben? Siehst du nun, daß meine Magie diese ehrenwerten Tiere nicht zu halblebigen Geschöpfen gemacht hat.«

Gretchen beugte sich müde nach vorn und klopfte Mondschein anerkennend den Hals. »Nein, Lieber«, sagte sie, »du hast sie wieder ganz hergestellt. Nur die Menschen sind nicht wie sie vorher waren, wegen deiner Magie. Was eigentlich nur meine dunklen Vermutungen bestätigt und zeigt, daß hier ein böser Zauber mit im Spiel ist.«

Mondschein, der zu sehr von seinen magischen Fähigkeiten hingerissen war, fuhr fort, ohne auf ihre Befürchtungen zu achten: »Und mein Horn hat auch den Fluß verwandelt. Siehst du, wie sogar die kleinen Blümchen entlang dem Ufer ihre Köpfchen wieder aufgerichtet haben?«

»Ja«, sagte sie zustimmend und gähnte wieder, »es kommt mir wirklich so vor, als ob heute morgen das eine oder andere Gänseblümchen zwischen dem Beifuß hervorsprießt.«

Sie nahmen ihr Frühstück wieder an einem von Gretchens magischen Feuern ein. Gretchen und Colin hatten keinen großen Appetit, denn sie hatten immer noch den Leichengeruch in der Nase und den kalten Blick der Zombies im Dorf vor Augen.

»Wenn ich jetzt dann nicht meinen Schlaf nachholen kann, werde ich bald so aussehen wie die Untoten im Dorf«, beschwerte sich Colin und dehnte sich und reckte die Glieder. »Aber hier bleiben möchte ich eigentlich nicht.«

Die morgendliche Kälte machte Gretchen schaudern, so daß sie ihr wollenes Hemd fester über die Arme zog und näher ans Feuer heranrückte. Ein dünner Nebelschleier wehte über den Fluß, das Moos auf dem Waldboden war feuchtkalt vom Tau, der ihre weichen Lederschuhe durchweichte.

Eine Bewegung in den Baumkronen alarmierte Mondschein, der daraufhin den Kopf hob und die Bäume absuchte. Nach kurzer Zeit tauchte Lyrrill auf, die auf weichen Pfoten auf sie zukam.

»Sieht so aus, als ob sie ihre Jungen gefunden hätte«, sagte Colin.

Mondschein übersetzte Colins Bemerkung in die Katzensprache. Die große Katze, die sich offensichtlich wohl fühlte, schleckte ihre Pfote und striegelte sich. »Ja«, erwiderte sie, »und Lyrill hat keine dummen Jungen aufgezogen. Meine Kinder sind nicht am Gift eingegangen oder haben sich in ihrer Höhle verkrochen, während die Einhörner entführt wurden. Myrrill und Pyrrill sind ebenso am Leben wie das Einhorn, das sie vor den niederträchtigen Jägern und dem falschen Weibsbild errettet haben.«

Mondschein bewegte sich tänzelnd fort, als er dem Luchs über den harten Waldboden folgte. Als sie tiefer in den Wald vorgedrungen waren, fiel den Reisenden auf, daß es dort zahlreiche kleinere Tiere gab, die sich offensichtlich ihres Lebens erfreuten. Aber sie nahmen auch die Geräusche von größeren Tieren wahr. Colin ging es durch den Kopf, daß es in diesem Wald unwahrscheinlich viel Wölfe geben mußte, und er war sich sicher, daß er denselben heulen hörte, den er auch schon in der Nähe von Immerklar gehört hatte, und hatte nicht sogar Leofwin davon gesprochen, daß die Nymphe, die die Einhörner entführte, einen Lieblingswolf hatte?

Mondschein nahm nur wenige Geräusche wahr, weil er andauernd Gretchen anschwatzte: »Jetzt stell dir doch nur vor, Jungfrau, daß ich nun endlich eine Artgenossin kennenlerne, die *alles* über unser kostbares Bekenntnis weiß. Wie wunderbar, wenn man über die Sitten und Bräuche seiner Vorfahren Bescheid weiß! Und das werde ich dann alles deiner Unerschütterlichkeit und Weisheit zu verdanken haben, gütige, schöne, kluge, sanfte, einfallsreiche und edle Jungfrau, die viel liebevoller, treuer und ...«

»Ach, laß es gut sein, bitte!« sagte Gretchen, die rot wurde, als sie Colins amüsiertes Lächeln gewahrte. Zärtlich fuhr sie durch die Einhornmähne und sagte: »Ich bin ja mindestens genauso froh darüber, daß wir diese Sache jetzt dann endlich klären, aber wir müssen uns unbedingt überlegen, ob nicht der König den Einhornentführungen so bald wie möglich ein Ende setzen kann. Vielleicht bringt er mir die Garantie für ihr Leben als Gabe dar, statt daß er mir die Prinzessinnenkrone auch weiterhin aufzwingt – das würde nämlich all unsere Probleme auf einen Schlag lösen!«

»Abgesehen von den Zombies«, erinnerte sie Colin.
»Ja, natürlich«, pflichtete sie ihm bei, »die hatte ich nicht vergessen. Aber es muß doch schließlich jemanden in diesem von bösen Zaubern heimgesuchten Land geben, der sie wieder zurechtbiegen kann. Es ist ja nicht so, daß sie wieder von vorne beginnen müßten, Mondschein hat ja den Bewohnern von Immerklar wieder ihr Leben geschenkt – beinahe.«
Colin zog ein schiefes Maul und sagte: »Ich glaube, in solchen Fällen reicht eben ›beinahe‹ nicht aus.«
Lyrrill bahnte sich ihren Weg durch ein Dickicht von jungen Zedern und Mondschein folgte ihm auf den Fersen. Mit großen, federnden Sprüngen kamen die noch ganz verspielten Kätzchen des letzten Wurfes aus dem Gebüsch hervor. Fauchend spreizten sie ihre kleinen Pfoten. Als sie an den Jungen vorbei war, drehte sich Lyrrill plötzlich um. Flankiert war sie von zwei Tieren, die ihr aufs Haar glichen.
Bevor Colin und Gretchen dem Luchsweibchen zur Wiedervereinigung mit ihrer Familie beglückwünschen konnten, sagte eine mürrische Stimme hinter den drei erwachsenen Luchsen: »*Vielleicht* geht ihr erbärmlichen, langhaarigen Kreaturen mal ein bißchen zur Seite und hört auf, mir mit euren schmutzigen, kleinen Schwänzen übers Gesicht zu streifen, damit ich mir diesen Artgenossen anschauen kann, den ihr angeblich gefunden habt!«
Die Luchsfamilie zog sich weiter in das Gebüsch zurück, das zu beiden Seiten des Weges wuchs, den sie für Mondschein freigaben.
Das andere Einhorn hatte es sich auf einem Lager von blumenübersätem Moos bequem gemacht. Das Fell der Einhorndame war weißer als Schnee, ihre Mähne und ihr Schweif hatten eine matte Goldtönung. Im Unterschied zu Mondschein trug sie ihr Horn ziemlich tiefer, so daß es aussah, als ob sie immer daran hinabsehen würde, auch war ihr Horn durchscheinender als seines und die elfenbeinerne Patina verbreitete einen sanften Glanz. Nur die paar Kerben und Kratzer, die immer noch durch ihr Fell durchschienen, erinnerten sie an ihre Auseinandersetzung mit Myrrill und Pyrrill

und beeinträchtigten die Vollkommenheit ihres Zustandes. Ihre Augen hatten den Silberglanz von Wasser im Winter und ein paar silberne Haare schimmerten an ihrer cremefarbenen Schnauze. Entsetzt starrte sie Mondschein an und rief: »Dein Horn!«

»Mein – ach ja, dieses kleine Dings«, sagte er und verdrehte die Augen so, daß er das Horn dazwischen sehen konnte, »Mädchen, wenn du so gut wärst?«

Gretchen zog den Unsichtbarkeitskegel von seinem Horn.

»Schlau, was?« fragte Mondschein das ältere Einhorn und kicherte, »eine kleine Vorrichtung, die sich mein kluges Mädchen und ihre Freunde ausgedacht haben, um mich zu beschützen.«

»Sehr viel wahrscheinlicher, um dich zu demütigen!« erwiderte die Einhorndame und rümpfte die Nase. »Wie mich diese Katzen dort gedemütigt haben und mir die Stunde meines größten Triumphes vermasselt haben. Übrigens, ich bin Primel, meine Mutter war Tautropfen und mein Vater der prachtvolle Dornbusch, und ich verlange, daß man mich aus dieser schändlichen Gefangenschaft befreit!«

»Sag mal, könnte es vielleicht auch sein, daß du das Ganze falsch verstanden hast. Die Luchszwillinge haben dich doch eher befreit, und es war gerade das andere Einhorn, das in Gefangenschaft geraten ist!«

Primel beehrte sie – obwohl »beehren« vielleicht noch ein viel zu liebenswürdiger Ausdruck war – mit einem eisigen Blick und einem hochmütigen Naserümpfen. Danach ließ sie die Hexe tunlichst links liegen und fragte Mondschein in wohlgesetzten Worten: »Wer auch immer die Person sein mag, die du so schmachvollerweise auf deinem Rücken herumträgst, sei doch bitte so gut und sag ihr, daß *ich* mit keinem anderen menschlichen Wesen außer der mir vom Schicksal zugedachten, reinen Jungfrau spreche, von deren Seite ich auf eine so grausame Weise von diesen beiden übergroßen, kurzatmigen, idiotischen Mausefängern gerissen wurde. Ich verbitte mir, von irgendwelchen anderen Exemplaren der menschlichen Spezies angesprochen zu werden, und ich muß noch einmal betonen, daß ich darauf bestehe, unverzüglich losgelassen zu werden, damit ich mich wieder mit meiner Jungfrau vereinigen kann!«

Mondschein ging zwei Schritte zurück, so daß er mit dem Allerwertesten an Roundelays Nase stieß. Er hatte wirklich keine Lust, sich mit dem strengen, älteren Einhorn herumzustreiten, aber er wußte auch überhaupt nicht, wovon sie eigentlich die ganze Zeit redete.

Primel war nicht auf den Mund gefallen und klärte ihn umgehend darüber auf. »Seit meiner Geburt habe ich auf meinen Einsatz als Einhorn gewartet und darauf, daß die richtige Jungfrau des Weges kommt. Merk dir, daß es mir nie in den Sinn gekommen wäre, irgendeine dahergelaufene, niedriggeborene Dienstmagd als Jungfrau zu akzeptieren!« Sie streifte Gretchen mit einem vielsagenden Blick und fuhr fort: »Und auch nicht die Sorte von Mädchen, die meine unschuldheischende Gegenwart mit einem *Mannsbild* beflecken würde.« Als sie dies sagte, durchbohrte sie Colin mit einem Blick aus ihren wäßrigen Augen. »Und vor allem würde ich nicht mit einer Jungfrau verkehren, die es wagt, mich mit ihrer schändlichen Wundertüte meines Horns zu berauben und mich zu einem ganz gewöhnlichen Gaul zu machen.«

»Also, hör mal!« ereiferte sich Gretchen, aber dann, als sie sah, wie aufmerksam Mondschein seiner Artgenossin lauschte, hielt sie inne und ließ Primel weiterreden, obwohl sie vor Wut überkochte.

»Nein, mehr nach meinem Geschmack war das bezaubernde Geschöpf, das zu dem Bach kam, den ich bewachte: In der Tat eine wunderschöne Erscheinung, mit Haaren, die so golden waren wie meine Mähne und einer Haut, die so weiß war wie mein Fell. Ihre Lippen und Wangen waren rosig und die Augen zugleich leuchtend und verschämt. Ach ja, und ihr Benehmen und ihre Haltung zeigten mir eben sofort, daß ich noch nie eine einhornwürdigere Jungfrau erblickt hatte!«

»Jetzt sag mir doch mal«, mischte sich nun Colin ein, dem ihre Bemerkung über seine Präsenz ganz und gar nicht gefallen hatte, »wenn ihr Einhörner euch angeblich in das erste Mädchen verliebt, das euch über den Weg läuft, wieviel Mädchen hast du dann eigentlich überhaupt kennenlernen müssen, um beurteilen zu können, daß deine Jungfer den anderen so verdammt überlegen ist?«

Hochnäsig ließ ihn Primel links liegen, sie schlug vielmehr mit ihrem linken Huf aus und versuchte dabei, Myrrill zu verletzen, die aber noch rechtzeitig zurücksprang. »Ich hätte mich wahnsinnig gerne mit ihr verbunden, aber dann kamen diese abscheulichen Katzen, gingen auf mich los und rissen mich förmlich von der Seite meiner über alles geliebten Jungfrau, bevor ich mich ihr überhaupt vorstellen konnte!«

»Sie haben es doch nur getan, um dich zu beschützen«, sagte Gretchen, »du darfst uns glauben, wir haben ganz fürchterliche Dinge...«

Aber Primel übertönte Gretchens Stimme und hörte überhaupt nicht auf das, was sie sagte. Die Einhorndame zählte der Reihe nach alle Tugenden ihrer verlorenen Jungfrau und die Verrätereien der Luchse auf. Wieder forderte sie ihre Freilassung. Sie schilderte Mondschein sehr anschaulich, was sie von der Kategorie der Luchse und von Katzen im allgemeinen hielt. Schließlich richtete sich dann ihre vernichtende Kritik auch gegen die menschliche Spezies und insbesondere gegen Gretchen und Colin. Ihr Zorn steigerte sich, als sie über Personen, Luchse und sogar Artgenossen sprach, die ein treu ergebenes Geschöpf wie sie daran hindern wollten, sich mit seiner auserwählten Jungfrau zu vereinigen.

Zuletzt wurde es sogar Mondschein müde, ihr zuzuhören, und er beschwichtigte sie mit einem verzweifelten Wiehern: »Genug davon, genug! Um der Barmherzigkeit willen, du kannst doch machen, was du willst! Du kannst dir auch die Jungfrau aussuchen, die du willst, nur solltest du das nächste Mal eben darauf achten, daß sie auch wirklich eine Jungfrau ist und nicht eine verruchte Nymphe, die nicht durch ihre weiblichen Reize bestrickt, sondern durch ihre Tugend. Es steht dir frei zu gehen, wohin du willst, nur verrate mir vorher noch das, was ich vom Einhorn-Bekenntnis noch nicht weiß!«

»Sag nur, du kennst das Einhorn-Bekenntnis nicht?« fragte Primel und blies dabei verächtlich Luft durch ihre Nüstern. »Wahrhaftig, du kennst nicht mal den Einhorncodex?«

»Nein, ich kenne ihn nicht, meine Mutter wurde von Jägern gefangen, als ich noch sehr klein war und...«

»Ha, habe ich dir denn nicht gesagt, daß man den Menschen nicht trauen darf. Obwohl Jäger deine Mutter gefangen haben, ziehst du noch mit diesen Menschen herum, du Dummerchen!« Sie trompetete triumphierend, als sie sich erhob, obwohl sie sich ziemlich nervös nach den Luchsen umsah, die schnurrend hinter ihr Platz genommen hatten und vollkommen darin aufgingen, sich gegenseitig mit ihren langen, rosafarbenen Zungen abzuschlecken, wobei sie sehr viel Geduld an den Tag legten. Als sie sich davon überzeugt hatte, daß sich ihre vermeintlichen Peiniger nicht mehr um sie kümmerten, sagte Primel zu Mondschein: »Ich werd natürlich nicht die Zeit haben, um dir das ganze Bekenntnis herunterzubeten, aber da du diese schurkischen Katzen dazu überredet hast, mich freizulassen, werde ich dir bei ein paar wenigen, aber präzis formulierten und wohlüberlegten Fragen Rede und Antwort stehen.«

Mondschein schaute sich nach Gretchen um. Die Hexe saß mit verschränkten Armen und zusammengekniffenen Lippen da. Sie nickte kurz, als sie seinen fragenden Blick sah und sagte: »Schieß los, schließlich bist du ja deswegen hierhergekommen!«

Mondschein wandte sich wieder Primel zu, blies durch die Nüstern und stampfte mit dem Huf auf, bevor er sagte: »Wie wollten nur wissen, Frau Primel, was aus der Liebe zwischen einem Einhorn und einer Jungfrau wird, wenn das Mädchen – wenn das Mädchen keine Jungfrau mehr ist?«

»Was, du mutest meinen zarten Ohren solchen Schmutz zu?« schrie Primel und versuchte, an ihm vorbeizurennen. Obwohl sie die Luchse überhaupt nicht zu beachten schienen, legte nun Myrrill ganz beiläufig eine Pfote, an der die Krallen ausgefahren waren, auf ihre Flanke. Primel überlegte es sich daraufhin sofort anders. »Nun, da du schon mal *fragst*«, erwiderte sie, »ich möchte mich ja nicht in anderer Einhörner Angelegenheiten mischen, besonders, wenn dies nicht erwünscht ist, aber da du mich ja von dir aus nach meinem Rat gefragt hast, muß ich dir ganz offen sagen, daß ich *nicht* finde, daß deine Jungfrau unseren Anforderungen entspricht. Jede Jungfrau, die dir eine so unanständige Frage durchgehen läßt, muß etwas zu verbergen haben. Offensichtlich hegt sie lüsterne Gedanken wegen eines Mannes, und wir brauchen gar nicht lange zu suchen, um den zu finden, den sie meint, da deine kleine Freundin sogar die Unverschämtheit besessen hat, dir ihren Liebhaber aufzuhalsen!«

Primel überging Mondscheins Einwand, daß sich Colin ja manchmal als sehr nützlich erwiesen habe und fuhr fort: »Das Einhorn muß vor allem auf die Reinheit und Redlichkeit seiner Jungfrau achten, mein Junge. Daran mußt du immer denken. Du hast schlecht gewählt, denn dein Mädchen ist schmuddlig und nicht makellos. Außerdem ist sie dunkel und nicht hellhäutig. Ihre Sprache ist vorlaut und beißend und nicht süß und sanft, und ich könnte nicht gerade behaupten, daß dieser unverschämte Blick in ihren Augen mit dem allzeit damenhaften Gebaren eines Einhornmädchens übereinstimmt.« Unter mühevollem Geschnüffel fügte sie hinzu: »Außerdem ähnelt sie den Leuten, die ich nur aus sicherer Distanz zu betrachten pflege, die im Ruf stehen, Hexen zu sein, und ich fürchte, daß sie dafür auch noch ein ziemlich übellauniges Exemplar ist. Du tätest gut daran, wenn du dich ihrer entledigen würdest!«

»Sie ist aber sehr nett zu mir, danke, und sie übt nur die ermutigendsten und artigsten Zauber aus, das kann ich bestätigen. Außerdem *ist* sie nun einmal meine Jungfrau, und zwar die erste, die mir jemals begegnet ist. Sie kann ja nichts dafür, daß sie zur Prinzessin ernannt wurde und daß ihre Verwandten wollen, daß sie heiratet!« Mondschein schloß seine Rede, die er als hitzige Verteidigung begonnen hatte, sehr kleinlaut, wobei er an seinem Horn vorbei auf die Stelle vor seinen Vorderhufen starrte.

»Was? Die soll eine Prinzessin sein?« rief Primel und stieß dabei ein Lachen aus, das überhaupt nicht affektiert war. »Also wirklich, du erwartest doch hoffentlich nicht, daß ich dir das glaube!«

»Das stimmt aber«, sagte Mondschein beharrlich, »aber was sagt eigentlich der Codex dazu?«
»Bevor ich dir das sage, muß ich zuerst noch einmal betonen, daß der Codex sich keinesfalls auf diese liederliche Hexe von dir anwenden läßt, welchen politischen oder persönlichen Status sie auch haben mag. Sie ist eben kein bißchen jungfräulich, wird es auch nie werden und war es aller Wahrscheinlichkeit nach nie. Sie verletzt nur den Geist des Codex, mein lieber Mondschein, und wir Einhörner müssen den Geist des Codex sehr viel strikter einhalten als den Buchstaben, kannst du das denn nicht verstehen? Na, komm schon, sorg dafür, daß dieses ehrlose Flittchen absitzt und wir uns ein Stück weit entfernen. Ich möchte den Codex nicht in ihrer Gegenwart deklamieren und auf diese Weise entweihen.«
Gretchen stieg wütend ab. Als Mondschein und Primel an ihr vorbeirauschten und Roundelay dabei zur Seite schoben, sagte Colin beiläufig: »Irgendwie habe ich das Gefühl, daß sich Mondscheins neue Freundin nichts aus dir macht.«
Gretchen funkelte ihn wütend an.
Lange Zeit standen Primel und Mondschein auf der engen Lichtung hinter dem Versteck der Luchse und besprachen sich Schnauze an Schnauze. Dann drehte sich Primel plötzlich um und galoppierte von dannen.
Mondschein trottete zu Colin und Gretchen zurück, den Kopf ließ er vor Gram hängen, seine großen, amethystfarbenen Augen beunruhigten Gretchen so sehr, daß sie ihre Wut vergaß und ihre Hand ausstreckte, um seinen Hals hingebungsvoll zu streicheln.
»Was hat dir denn diese alte Ziege erzählt?« fragte sie. »Wir dürfen wohl kaum hoffen, daß das Bekenntnis zu unseren Gunsten ausgefallen ist?«
»Mädchen – oder vielmehr Gretchen, der Codex besagt, daß sich Einhörner nur mit wahren Jungfrauen anfreunden können. Primel behauptet, ich sei schon hoffnungslos verdorben, weil mich Spielmann Colin gesehen und mit mir gesprochen habe. Und sie hat auch noch gesagt – tut mir leid, aber sie...« Wenn Einhörner

überhaupt rot werden konnten, dann war dies jetzt bei Mondschein der Fall und er sagte zögernd: »Sie bezweifelt die Heiligkeit deiner Ehre!«

»Meine Ehre ist so heilig und unverletzlich wie die von allen anderen auch«, antwortete Gretchen und machte Anstalten, wieder aufzusitzen. »Und ich finde, daß wir diesen ganzen Unsinn wenigstens solange vergessen sollten, bis wir herausgefunden haben, was wir zu tun haben, um Primels liebliche, unbescholtene Jungfrau daran zu hindern, noch mehr deiner Artgenossen in ihre gemeinen, kleinen Fallen zu locken.«

Aber Mondschein konnte Primel nicht auf die leichte Schulter nehmen. Obwohl sie von der Nymphe an der Nase herumgeführt worden war, war sie doch ein älteres und ziemlich erfahrenes Einhorn, das erstaunlich viel wußte. Und Nymphen waren schließlich auch nicht anders als die Jungfrauen der Sterblichen, indem sie sich eben auch mit Männern einließen und andere Sterbliche an der Nase rumführten. Der Zauber, den sie als Nymphe besaß, konnte sie sehr leicht mit einer Aura umgeben, die der jungfräulichen Reinheit glich und die überzeugend genug war, um sogar ein Einhorn zu täuschen. Trotz ihres Verknalltseins war Primel die einzige Autorität, die Mondschein auf dem Sektor des korrekten Einhornverhaltens kannte, und er mußte ihre Worte deshalb sorgfältig abwägen. »Mädchen – äh – Gretchen, könntest du nicht vielleicht mit Spielmann Colin weiterreiten, ich würde mir die Angelegenheit noch einmal ganz gerne in aller Ruhe durch den Kopf gehen lassen!« Gretchen erstarrte und öffnete den Mund, um zu sprechen, das Ergebnis bestand allerdings nur darin, daß Unter- und Oberkiefer zusammenklappten, wie bei einer Schildkröte, die nach etwas schnappte, schweigend erlaubte sie Colin, daß er ihr aufs Pferd half und nahm vor ihm Platz.

»Ich finde«, sagte Colin, »da wir nun alles über den Einhorncodex herausgefunden haben, was wir wissen wollten, daß wir jetzt schleunigst in die Hauptstadt reiten und auf den König warten sollten, um zu sehen, was mit den Räubern – und deiner Krone – geschehen soll.«

Gretchen zuckte mit den Schultern und schwieg eine Zeitlang, dann richtete sie sich unmerklich auf und antwortete ihm in einem vorsichtigen, aber unbeteiligten Ton: »Ich glaube, daß es dann zu spät sein wird, um etwas gegen die Plünderer zu unternehmen. Wenn wir den Einhörnern helfen wollen, dann müssen wir es selber tun, auch wenn das bedeutet, daß wir uns mit den Räubern selber herumschlagen müssen, und natürlich müssen wir jemanden, auf den wir uns verlassen können, sofort über die mißliche Lage des Ortes Immerklar unterrichten.«

»Mit den Banditen herumschlagen, was meinst du eigentlich damit? Also wirklich, Mädchen, ich wünschte, daß du manchmal ein bißchen mehr auf deine Vernunft hören würdest! Es ist doch immer das gleiche mit dir: Befreie dies und befreie jenes! Kein Wunder, daß dich der König zur Prinzessin machen wollte. Du denkst ja wahrhaftig schon wie ein verfluchter Ritter!« Er sah, daß sie aufgebracht war und dies kein besonders günstiger Moment war, um eine Beschwerde vorzubringen, aber er dachte, daß er sich vielleicht ihre ungewöhnlich gedämpfte Stimmung zunutze machen konnte, um ihr seine Meinung zu sagen. Der Umstand, daß sowohl Gretchen als auch Mondschein beharrlich schwiegen, gab ihm die Gelegenheit, daß er sich über einiges auslassen konnte, das ihn in letzter Zeit verdrossen hatte.

»Zuerst«, erinnerte er sie, »habe ich dir geholfen, einen Drachen zu befreien, damit wir deine Schwester aus den Fängen deines abscheulichen Onkels und *eines weiteren* Drachen befreien konnten. Dann mußte wieder alles gemacht werden, was du für richtig hieltest, und alles, was du damit erreicht hast, war, daß man dich in einen Turm eingesperrt hat, so daß mir nichts anderes mehr übrig blieb, als dich daraus zu befreien, und jetzt bist du offenbar wieder soweit, daß du gegen Horden von Banditen losziehen und Einhörner befreien willst, die das gar nicht wollen, wie du bei dieser zimperlichen Einhorndame gesehen hast. Ich mag dich, Gretchen, und wage zu behaupten, daß ich ein einigermaßen geduldiger Mensch bin, und unsere gütige Große Mutter weiß auch, daß ich die Einhörner mindestens ebensosehr wie meine Nebenmenschen be-

wundere, aber während der ganzen Reise hast du noch nicht davon gesprochen, daß es um eine weitere Befreiung geht. Alles was du gesagt hast, war, ›hilf mir bitte dabei, meine Krone zurückzugeben, Colin, so daß ich mich nicht von Mondschein trennen muß‹, dann hieß es: ›Colin, wir wollen ein anderes Einhorn suchen, um zu sehen, was es über Mondscheins verfluchtes Bekenntnis zu sagen hat‹! Gut, ich habe dir dabei geholfen, aber nun, weil du dich nicht darum scherst, was die Einhorndame zu sagen hatte, rennst du diesem Banditengelichter hinterher, das uns wahrscheinlich um Kopf und Kragen bringt, nur damit du *wieder einmal* ein Einhorn befreien kannst!«
Colin, der durch Gretchens Schweigen ermutigt wurde, fuhr fort: »Aber dieses Mal mache ich nicht mit, das laß dir gesagt sein! Du meinst, ich hätte nichts Besseres zu tun, als dein Komplice bei all deinen lächerlichen Spielchen zu sein. Du vergißt, daß ich dem König dazu verpflichtet bin, Lieder zu machen, die Leute zu unterhalten, über die Geschichte singenderweise zu berichten und nicht sie zu machen. Seine Majestät und dein Vater würden mich sicher dafür verantwortlich machen, wenn dir irgend etwas passierte. Deswegen gehen wir dieses Mal den vernünftigen, feigen Weg statt uns auf weitere edle, aber vollkommen hirnrissige Abenteuer einzulassen. Dieses Mal legen wir das gesamte Problem, mitsamt den Zombies, Banditen, Einhörnern und so fort der dafür zuständigen Behörde im nächsten Ort dar, in dem wir – äh – ganz normale und gesunde Leute antreffen und dann reiten wir direkt nach Queenston zurück.«
Mondscheins nebelgraue Gestalt schimmerte zwischen den Bäumen durch, als er ihnen voraneilte. Gretchen seufzte, schlug Colin auf die Brust und sagte: »Wir machen das, was du für das Beste hältst!«

IX

Nur Pegien kannte den Geheimgang, der von ihren Privatgemächern zur Spitze des Labyrinths führte. Als sie den Gang während eines Ferienaufenthaltes mit ihrer Familie entdeckt hatte, waren sie und ihre Brüder noch ganz klein gewesen. Ihr Vater, König Finbar, hatte das Felsenschloß als Sommersitz benützt, als einen Zufluchtsort, an dem er von seinen Regierungsgeschäften sicher war. Pegien hatte den Gang gefunden, als sie sich vor ihren Brüdern versteckte, zwei munteren Lausebengeln, die es als den besten Sport betrachtet hatten, ihre Schwester zu ärgern, wenn ihr Vater oder ihre Lehrer zu beschäftigt waren, um sie zum Jagen mitzunehmen oder sie an ihren Turnierspielen zu beteiligen. Die Prinzessin hatte sich sehr gefreut über ihren Fund und die Vorstellung gehegt, daß der Gang von dem großen Drachen angelegt worden war, um sich vor seinen Peinigern in Sicherheit zu bringen.

Natürlich glaubte Pegien jetzt nicht mehr daran, daß dies der Wahrheit entsprochen hatte. Als sie zum erstenmal nach Drachenruh gekommen war, war der Drache schon jahrzehntelang nicht mehr aufgetaucht. Der Durchgang war die Bahn, die von des Drachen großem Leib und heißen Atem hinterlassen worden war, und die dicken und soliden Mauern, aus denen das Labyrinth bestand, waren die Überreste des Gletschers aus der Zeit vor den Drachen. Der Legende nach sollte der Lindwurm tief drinnen im Labyrinth in sich hin- und herwindenden Gängen liegen, die er im Herzen der Eismasse gegraben hatte, die hinter dem Schloß den Berg hinanstieg. Sie konnte sich noch gut daran erinnern, daß die Diener versucht hatten, ihre kleinen Schutzbefohlenen mit Geschichten über den Drachen zum Gehorsam zu erziehen, indem sie ihnen im Flüsterton drohten (sie taten dies einerseits, um mehr wie der Drache zu klingen und dann aber auch, damit es Ihre Königliche Hoheit, die Mama der Kinder nicht hörte), daß der Drache zischend und dampfend aus seinem Labyrinth in ihre Schlafzimmer gekrochen käme, wenn sie sich nicht anständig benehmen

würden. Insgeheim hatte sich Pegien sogar gewünscht, daß dies der Fall sein würde. Das zu erleben, wäre sehr aufregend gewesen, während es kaum sehr aufregend war, die jüngste und einzige Prinzessin am Hofe zu sein.
Als sie noch klein war, war sie aufrecht und ohne Angst zu haben auf der Mauer entlanggegangen, die sich unmittelbar am Schloß befand. Der Schnee, der auf der Rückseite des Schlosses herangeweht worden war, hatte die Wände des Labyrinths an vielen Stellen abgestützt, so daß diese mitunter eine Armlänge breit waren. Natürlich waren sie trotzdem noch glatt, und es war gefährlich, sich dort hindurchzubewegen, aber obwohl sie nun älter und nicht mehr so beweglich war, fühlte sie doch, daß es ihr mit Hilfe ihrer Illuminationsmagie gelingen würde, das Zimmer zu finden, wo die Einhörner eingesperrt waren.
In der Nähe des Schlosses bildeten die mit Schnee gefüllten Abdrücke, die von den wellenförmigen Bewegungen des Drachen herrührten, mehrere geräumige Sackgassen, Räume aus Eis, mit einem einzigen, leicht zu versperrenden Zugang, der nur von einer Tür auf der Rückseite des Schlosses her zu erreichen war. Drei solcher Kammern lagen zwischen dem geheimen Ausgang und dem großen Saal, den Furchtbart in eine Kaserne für seine Soldaten umgewandelt hatte, auf deren anderer Seite wiederum ganz ähnliche Räume waren, die einst Gefrierkammern für leicht verderbliche Nahrungsmittel abgaben. Bei ihren Kindheitsabenteuern war Pegien nicht abgeneigt gewesen, sich den einen oder anderen Happen zu klauen.
Niemand konnte sie sehen, nicht einmal der Wachtposten auf dem höchsten Turm, weil er auf der Vorderseite des Schlosses war. Ihr Weg war sowohl durch das Schloß wie auch durch den unteren Rand des Gletschers überschattet, wo er mit der rückwärtigen Mauer zusammenstieß. Obgleich der Wachtturm auf der Vorderseite eine so gute Sicht bot, daß man dort an klaren Tagen das ganze Terrain bis hin zum Meer überblicken konnte, konnte man dort kaum hören, was im Schloß und auf seiner Rückseite vor sich ging, weil sich dieser Wachtturm direkt über dem Plappermaul-

fluß befand, der endlos und ohne Sinn und Verstand Tag und Nacht weiterplapperte. Andererseits konnte man hinter dem Schloß beinahe alles hören, was auf den Wachttürmen vor dem Schloß gesprochen wurde, weil der Ton aus dieser Höhe weit trug und weil jeder, der sich dort oben verständlich machen wollte, laut sprechen mußte, um den Fluß zu übertönen. Pegien hatte gelernt, zwischen dem Geräusch des Flusses und menschlichen Lauten zu unterscheiden, aber Furchtbarts neue Wachen mißtrauten dem Fluß noch. Viele, die im Turm Wache gehalten hatten, mußten sich einen Verweis gefallen lassen, weil sie blinden Alarm geschlagen hatten oder auf das geräuschvolle Wasser unten im Tal Pfeile verschossen hatten. Gegenwärtig neigten sie nun dazu, alle fernen Geräusche dem Fluß zuzuschreiben und nur noch ihren Augen zu trauen.

Pegien zog ein paar alte Hosen an, die einst ihrem Vater gehört hatten. Sie waren um die Hüften herum ziemlich eng, würden aber zusammen mit den Stiefeln aus Ziegenleder ihre Knie und Beine schützen. Sie raffte ihren Umhang über den Knien zusammen und kroch durch den Tunnel, dessen Eingang durch einen Wandteppich in Pegiens Gemach verdeckt war. Sie rollte dann die Tür aus Packeis, mit der sie den Durchgang versperrt hielt, von der Rückwand des Schlosses weg und kroch durch die Gletscherwand ins Labyrinth, in dem Abschnitt, wo sich der Geheimgang befand.

In letzter Zeit war sie oft hier draußen gewesen, um zu rauchen, aber seit ihrer Kindheit hatte sie nicht mehr versucht, die Mauern zu überschreiten. Einen Augenblick lang suchte sie die weite Fläche vor sich ab, die aus Schatten und glitzerndem Eis bestand. Nun, jetzt zählte nur noch die Gegenwart.

Mit einem Mut und einer Beharrlichkeit, die ihrem Vater alle Ehre gemacht hätten, kroch sie durch die Wand, das linke Knie und die linke Hand folgten der rechten.

Sie hatte sich eine schöne Nacht für ihren Spaziergang auf Händen und Knien ausgesucht. Sogar der Mond, der halbvoll und ziemlich hell war, machte mit. Zur Abwechslung suchten weder Regen

noch Schnee den Gletscher heim, und auch die Windstille war sehr angenehm. Insgesamt brauchte sie nur eine Stunde, bis sie die frühere Gefrierkammer erreichte.
Die Einhörner waren genau dort, wo sie sie vermutet hatte. Sie hatte allerdings nicht mit den schlechten Bedingungen gerechnet, unter denen die Zaubertiere hier gehalten wurden. Der Boden der Kammer war mit schmutzigem Stroh bedeckt, um zu verhindern, daß sie zu Eis wurden. Das kleine Weibchen lag zitternd auf einem Haufen alter Decken in der Nähe des Holztroges, der sich direkt neben der Tür befand, die von Menschenhand gemacht worden war und die Tiere vom Haupttunnel abschloß. Ansonsten hatten die armen Tiere keinen Schutz vor den schneidenden Winden und eisigen Regengüssen, die den Gletscher beinahe täglich heimsuchten.
Das Einhornmännchen trottete ruhelos im Kreis herum. Nach Pegiens Meinung hätte nicht mehr viel dazu gefehlt, daß er über seine eigenen Beine gestrauchelt wäre. Der Schaum auf seinen goldgefleckten Flanken war zu Eis gefroren, die Mähne und der Schwanz waren schmutzverklebt. Gelegentlich ging er rückwärts, bis er zu einer tiefen Einbuchtung in der Wand kam, so daß er vom Eingang aus nicht mehr zu sehen war. Entmutigt versetzte er der Wand einen Schlag mit den Hinterhufen, so daß ein Eis- und Schneeregen von der Wand herunterfiel, aber das war auch so ungefähr alles, was das Ausschlagen bewirkte.
Die kleine Einhorndame registrierte seine Anstrengungen schon gar nicht mehr. Sie verdrehte ihre Augen und jeder ihrer Atemzüge klang wie ein Seufzer. An den Bärten, den Nasenlöchern und Schnauzen der Einhörner hatte sich ein Frostrand gebildet. Aber am meisten entsetzte Pegien beim Anblick des Einhornpaares, daß ihre Hörner abgebrochen waren. Vom Horn des Männchens fehlte ungefähr eine Handbreit und das des Weibchens war nicht viel mehr als ein gezackter Stumpf, der aus ihrer Stirn herausragte.
»Ach, meine Lieben, ich hatte ja keine Ahnung«, sagte die Prinzessin mehr zu sich selbst. Aber die Einhorndame schien sie gehört zu haben, denn sie hob den Kopf und mühte sich sichtlich dabei ab, den

Blick auf Pegien zu richten. Pegien schnürte es die Kehle zu, und sie sagte: »Aber Furchtbart hat mir doch versprochen, daß ihr gut versorgt seid! Aber seid unbesorgt, Freunde. Ich werde es nicht zulassen, daß diese skandalösen Zustände anhalten! Ich...«
»So lassen Sie uns doch, Hoheit!« seufzte die Einhorndame, und obwohl sie nicht wirklich sprach, hätte Pegien schwören mögen, daß dies der Fall war. Allerdings war die Prinzessin nicht erstaunt darüber, denn schließlich war sie ja dazu erzogen worden, ein Land zu regieren, in dem wenigstens ein gutes Drittel der Bevölkerung über eine magische Begabung verfügt.
»In dem Zustand, in dem ihr euch befindet?« erwiderte Pegien, »ganz bestimmt nicht, sobald ich mit Furchtbart einmal unter vier Augen sprechen kann, werde ich dafür sorgen, daß ihr freigelassen werdet. Aber kann ich vielleicht in der Zwischenzeit noch etwas für euch tun?«
»Nein, lassen Sie uns in Ruhe«, wiederholte die Einhorndame, »Sie können uns doch nicht helfen!«
»O doch«, schnaubte ihr Partner, dessen Augen im Mondlicht feuerrot aufleuchteten, als er er ebenfalls zur Prinzessin aufsah, die über seinem Gefängnis hockte. »Sie kann hier runterkommen, damit ich ihr eine Kostprobe von meinem Huf gebe und von dem, was von meinem Horn noch übrig ist. Wenn die eine Jungfrau sein soll, bin ich ein Esel! Das heißt aber nicht, daß ich nicht auch bei der erstbesten Gelegenheit Hackfleisch aus der flachshaarigen Verführerin machen würde, die uns in dieses elende Gefängnis gebracht hat!«
»Sei doch still, Adlerflaum, ich fühle, daß sie ein gutes Herz hat, aber sie muß wieder fort von hier, weil sie uns ja doch nicht helfen kann.«
»Sie hat ein gutes Herz, sie hat ein gutes Herz!« machte sie Adlerflaum nach. »Hast du dir das womöglich eingeredet, als sie dich hier raufgehievt haben, daß die Ortsbewohner, die dich, ohne zu zögern, gefangennehmen ließen, ein gutes Herz hatten oder vielleicht sogar dieses besessene Luder, das uns beide so schmählich verraten hat?«

»Das Luder, von dem du redest, ist auch meine Feindin«, sagte Pegien, »sie hat den Charakter des Mannes, den ich liebe, von Grund auf verändert. Ich kann überhaupt nicht verstehen, daß er euch so verwahrlosen läßt, aber ich ...«
Sie hörte ganz plötzlich auf zu sprechen, weil der Wachtposten auf der Vorderseite des Schlosses Alarm blies. Also hatte man sie offenbar doch entdeckt!
Im Schloß waren nun aufgeregte Tritte zu hören und das Fluchen der Männer, als sie auf dem vereisten Boden ausrutschten und hinfielen. Pegien machte auf der Mauer kehrt, weil sie wieder davonkriechen wollte, bevor man sie entdeckte. Aber sie verlor dabei das Gleichgewicht und rutschte statt dessen an der Wand des Einhorngeheges hinab. Sie war unverletzt, weil sich die Wand leicht nach außen wölbte und Pegiens Fall dadurch aufgefangen wurde, aber als sie sich vom Boden erhob, näherte sich ihr Adlerflaum mit wutentbranntem, roten Blick.
»Verzeiht mir, das war sehr ungeschickt von mir«, entschuldigte sie sich sofort, kroch zur Einhorndame hinüber und zwängte sich zwischen sie und die Wand. »Ich hoffe, daß ihr mir meine Vertraulichkeit nach unserer doch sehr kurzen Bekanntschaft noch einmal nachseht, aber unter den gegebenen Umständen ...«
Aber nun ließen sie beide Einhörner links liegen, deren Aufmerksamkeit durch etwas anderes abgelenkt wurde, und die plötzlich ihre Ohren spitzten. Auf der Vorderseite des Schlosses ertönten Stimmen, und die Einhörner mit ihrem feinen Gehör registrierten natürlich alles. Pegien fand heraus, daß sie ebenfalls jedes Wort verstehen konnte, wenn sie schwieg und den Einhörnern ihre Aufmerksamkeit zuwandte, da diese wie Tonverstärker wirkten.
»*Wo* hast du ihn gesehen, Bursche?« fragte Furchtbart. »Wie kommt es, daß du ihn bei Nacht gesehen hast?«
»Es war die Flamme, Dunkler Pilger. Ein großer, lodernder Drache, der von der Küste kam, würd ich sagen, und der in westsüdwestlicher Richtung flog.«
»Wie, ein Drache von der Küste? Aha! Welche Farbe?«

»Rötlich, Dunkler Pilger, ähnlich wie der mit dem dicken, blauen Bauch, der heute früh hier vorbeigeflogen ist.«

»Was sagst du da, einer mit einem dicken blauen Bauch? Hatte er auch etwas Grün an sich? Und der andere – hatte seine Rottönung einen Stich ins Goldene?«

»Jawohl, Euer Ehrwürden. Die beiden haben sich im Gebirge niedergelassen, als ich Jack, der gerade Wache hielt, das Mittagessen vorbeibrachte. Es kam mir so vor, als ob der Rote, der gerade vorbeigezogen ist, Kurs auf das Schloß jenseits des Gebirges nahm, das wir gemäß Ihrem Befehl im Auge behalten sollten. Deswegen habe ich in mein Horn geblasen.«

»Das hast du gut gemacht, mein Junge, obwohl du mir auch über das früher Gesehene hättest berichten sollen. Wache!«

»Ja, Euer Ehrwürden?«

»Schick sofort einen Späher zu Sally Offenherz, sie soll unverzüglich mit ihrer Streitmacht hier erscheinen.«

»Jawohl, Euer Ehrwürden!«

»Sind die Ruinen so befestigt worden, wie ich es angeordnet habe? Und weiß das Empfangskomitee, was es zu tun hat?«

»Jawohl, Euer Ehrwürden!«

»Gut. Gut. Stellt zusätzliche Wachen auf und exerziert mit den Soldaten viermal pro Tag. Wache?«

»Ja, Euer Ehrwürden?«

»Berichte mir von allen weiteren Drachenbewegungen. Es sind hinterhältige Wesen, die mich schon einmal verraten haben. Sie stecken mit dem Tyrannen Eberesch unter einer Decke. Wenn sich eins der Monster unserer Festung nähert, mußt du mich sofort darüber informieren, damit ich euch dann mit Hilfe meiner Magie vor ihm beschützen kann.«

»Das ist das Mutigste, was ich jemals gehört habe, Euer Ehrwürden, daß jemand einem Drachen ganz allein entgegentritt, um uns vor ihm zu schützen. Erlauben Sie mir zu sagen, Herr, daß es eine Ehre ist, einem Führer wie Ihnen zu dienen. Aber was ist, wenn das Tier mit der ganzen Garnison und den Mannen des Königs über uns herfällt?«

»Welche Garnison meinst du, Wächter?«
»Die Garnison, die Eberesch im Schloß eingerichtet hat, Euer Ehrwürden.«
»Dort gibt es keine Garnison mehr, Wache. Alle Soldaten wurden schon vor Wochen durch irgendwelche Sonderverordnungen ihrer Verpflichtungen enthoben, als unsere tapferen Gefolgsleute dem Schloß einen Besuch abstatteten, um sich wieder einmal über die dortige Versorgungslage zu informieren.«
Als das kameradschaftliche Gelächter der Soldaten verklungen war, hörte man Säbelgerassel und die Schritte der auseinandergehenden Krieger. Dann war wieder alles ganz ruhig, nur im Hintergrund war noch das aufgeregte Geplapper des Flusses zu hören.
Die Einhörner entspannten sich wieder und richteten ihre Ohren nicht mehr angestrengt nach vorn. Pegien verkroch sich hinter Schneeschattens Rücken, um dem bösen Blick auszuweichen, mit dem sie Adlerflaum ansah.
»Klingt ja alles ziemlich deprimierend, nicht wahr«, sagte sie gesprächig. »Ich fürchte, es wird von Mal zu Mal schlimmer! Ihr habt doch hoffentlich nichts dagegen – aber ich muß jetzt unbedingt etwas rauchen!«

Sybil gähnte und rieb sich die Augen, dann trank sie ihren Tee aus, bevor sie sich wieder ihrer Kristallkugel zuwandte. Ihr Zauberinstrument war mindestens ebenso diesig wie ihr Kopf. Budgie, der Wellensittich, zwitscherte aufgeregt und senkte seine kleinen Krallen in ihr Haar.
»Ja, Liebes, ich bin auch ziemlich müde. Wir wollen jetzt nur noch unser abendliches Sichten vornehmen, und dann geht's ab in die Buntkarierten. Nein – ganz deiner Meinung – ich bin es auch langsam müde, mir ewig Gretchens tölpelhafte Freier anzuschauen, die im Wald herumtapsen. Ist ja eine so feige Bande! Abgesehen von diesem bösartigen Prinzen und diesem entsetzlichen Grafen hat offenbar nicht einer den Schneid gehabt, sich außerhalb der Reichweite von Herr Wilhelms Fleischtöpfen zu begeben – ich kann mir lebhaft vorstellen, welch eine Zumutung das für die Dienerschaft

auf Burg Eiswurm jetzt sein muß, da meine Nichte nicht da ist! Was sollen wir dann tun? Vielleicht den Kindern zuschauen? Ach ja, jung sollte man nochmals sein! Die schöne Bootsfahrt neulich, als der kleine Colin meine Nichte Gretchen zu Himbeeres Schloß mitgenommen hat, das hat mir auch wirklich einen Riesenspaß gemacht! Aber es wäre wahrscheinlich nicht nett, den beiden dauernd nachzuspionieren. Laß die Große Mutter ihren Lauf nehmen, wie ich immer zu sagen pflege, nicht wahr, Liebes? Aber er ist eben ein ganz reizender junger Mann und sehr geduldig, was Gretchens Launenhaftigkeit anbetrifft. Laß uns nur eben mal schauen und überlegen, ob wir kein Einhorn in der Nähe haben, damit dieser Unfug endlich mal aufhört. Dort – sehe ich etwas kommen ...«

Sie rückte ganz nahe ans Glas heran, so daß sich die regenbogenfarbenen Funken, die dem Bild vorangingen, sich auf ihrem Gesicht widerspiegelten. Dann, als der Kristall wieder klar wurde, schaute sie ihn mit weit aufgerissenen Augen an und nahm ihn in beide Hände, um besser sehen zu können. Das Bild wechselte von selbst, was während ihrer Laufbahn eigentlich nur zweimal passiert war, das eine Mal, als Gretchens Mutter Bronwyn starb und das zweite Mal, als die Kugel Bruder Furchtbarts verborgene Insel ins Blickfeld rückte, wo er Gretchen und Winnie gefangenhielt.

Dieses Mal folgten drei Visionen ziemlich schnell aufeinander. Sybils Augen brannten vor Anstrengung.

Budgie flatterte mit den Flügeln und zwitscherte irritiert. Sybil nahm ihn von ihrem Kopf herunter und streichelte zärtlich sein Gefieder, als sie ihn auf ihrem Zeigefinger zur Tür trug.

»Ich weiß ja, daß du klein bist und wirklich nicht den ganzen Weg bis zur Küste zurücklegen kannst«, sagte Sybil, »aber könntest du vielleicht versuchen, Gretchen zu finden?« Der Vogel pfiff aufgeregt vor sich hin. »Nein, ich sehe ein, daß du kein Kristallspiegel bist«, fuhr Sybil fort, »nein, vergiß es. Es ist zuviel verlangt, aber – hmmm, bis zu Zauberer Himbeeres Schloß könntest du es doch schaffen, wie? Sei ein ganz *liebes* Vögelchen!« Während sie dies sagte, ließ sie den Finger schnippen und Budgie flog auf den Wald zu.

»Nimm dich vor den Eulen in acht, Liebes!« rief ihm Sybil nach und schloß die Tür hinter sich, als er nicht mehr zu sehen war.

Obwohl schon mehrere Stunden vergangen waren, seit sie das Lager der Luchse verlassen hatte, kochte Gretchen immer noch vor Wut. Es war alles so unfair gewesen! Natürlich konnte sie es Mondschein nicht verübeln, daß er noch einmal über das nachdenken wollte, was ihm der alte Klepper gesagt hatte – das war absolut verständlich, Primel war schließlich das erste Einhorn gewesen, das dem armen Kerl seit einer Ewigkeit begegnet war, und da war es natürlich nicht verwunderlich, daß er den abgefeimten Bemerkungen des älteren Einhorns eine übermäßig große Bedeutung beigemessen hatte.
Gretchen wurde wieder stinksauer, als sie an die Unverschämtheit dieses gehörnten, abgehalfterten alten Ackergauls dachte! Daß es überhaupt jemand wagte, sie nach dem Aussehen zu beurteilen! Und dabei hatte ihr Gretchen nur eine ganz höfliche Frage gestellt, und diese auch nur aus Hilfsbereitschaft. Wie fies von Primel, einfach zu behaupten, daß sie für ein Einhorn nicht damenhaft genug wäre, nur weil ihr die Leute, mit denen sie Umgang pflegte, nicht paßten und weil sie die falsche Hautfarbe hatte. Das grenzte einfach an Bösartigkeit, das war doch wirklich das letzte!
Sie reckte sich auf Roundelays Hals nach vorn, um zwischen den Bäumen wenigstens Mondscheins Schwanzende sehen zu können. Sicher hatte er nun eingesehen, daß Primel überhaupt kein Recht hatte, ihm zu sagen, ob Gretchen nun geeignet war oder nicht. Primel war schließlich nur ein einzelnes Einhorn und vertrat nicht die ganze Einhornrasse. Es mußte noch andere geben, die klüger waren, denn alles in allem galten doch Einhörner als besonders weise Geschöpfe. Es war eben ihr Pech gewesen, daß sie einem reichlich einfältigen, engstirnigen über den Weg gelaufen waren. Es durfte doch einfach nicht wahr sein, daß alle Einhörner Großmutters und Primels Meinung teilten, daß Einhörner und Hexen nichts miteinander zu schaffen hatten.
Vor ihnen hielt Mondschein an, um einen Bach zu läutern, Gret-

chen schwang das Bein über Roundelays Hals und ließ sich auf den Boden herab. Colin, der einen überraschten und etwas besorgten Eindruck machte, schaute ihr dabei zu.
Mondschein hob den Kopf und schüttelte sein Horn, von dem Wasser herabtropfte. Gretchen bot dem Zauberwesen ihr Taschentuch an in der Absicht, sein Horn damit abzutrockenen. »Laß mich nur machen«, sagte sie, »wie geht's dir? Fühlst du dich nicht ein bißchen einsam, so ganz allein? Colin meint, daß wir im nächsten Dorf anhalten und nach Leuten umsehen sollten, die uns helfen könnten, die anderen Einhörner zu befreien. Ich finde, daß dies eine gute Idee ist, oder was meinst du dazu? Natürlich werden wir auf diese Weise Zeit verlieren, aber andererseits bekommen wir zusätzliche Hilfe und ich . . .«
Sie wurde seines beschwörenden Blicks gewahr und stellte voller Abscheu fest, daß sie fürchterlich viel quasselte und offensichtlich nicht aufhören konnte, obwohl sie selbst die Leute verachtete, die viel schwatzten. Sie konnte es einfach nicht ertragen, daß er ihr womöglich die kalte Schulter zeigte und ohne sie weitertrottete. Mit zitternder Hand streichelte sie seinen seidigen Hals, aber seine Haut entzog sich ihrer Berührung, so daß sie ihre Hand wie von der Tarantel gebissen zurückzog.
»Natürlich«, fuhr sie hastig fort, »werde ich wieder mit Colin auf seinem Pferd reiten müssen, wenn wir in den Ort kommen, denn ich glaube nicht, daß der Tarnkegel gut genug ist, um dich vor einer ganzen Stadt zu verbergen, aber bis dahin . . .«
»Gretchen, meine Freundin«, sagte Mondschein ernst, »wenn ich jetzt ›Nein‹ sage, möchte ich betonen, daß dies nicht vorsätzlich geschieht, denn was auch immer du den anderen bedeutest, mir bist du lieb und teuer. Aber andererseits kann ich natürlich auch nicht leugnen, daß mich Primels Worte sehr beunruhigt haben und ich noch weiter darüber nachdenken muß, damit ich herausfinde, was dahintersteckt.«
»O ja, ich *verstehe*«, sagte Gretchen, »natürlich kann ich *das* verstehen, es ist mir doch vollkommen klar, daß du darüber nachdenken mußt. Eigentlich wäre ich ja auch furchtbar enttäuscht, wenn

du *nicht* darüber nachdenken würdest, und ich bin mir ziemlich sicher, daß wenn du es tust, daß du dann auch einsiehst...«
Beschämt wandte sich Mondschein von ihr ab, aber die Worte sprudelten nur so aus ihr heraus, bevor er endgültig ging.
»Vielleicht bin ich nicht rein im üblichen Sinn«, sagte sie, »was die körperliche Seite anbetrifft, so bin ich es ja, aber was alles andere anbelangt, so mag ich meine Mängel haben, aber worauf ich eigentlich hinauswollte – du hast doch schon vorher gewußt, daß ich eine Hexe bin!«
Als Gretchen dies sagte, hoben und senkten sich Mondscheins Flanken vor innerer Erregung, und sie sah, wie das ihr zugewandte Auge Mondscheins in ihre Richtung blickte, um sich dann sofort wieder abzuwenden und sie nur noch verstohlen anzuschauen. Gretchen legte die Arme um seinen Hals und liebkoste ihn, wobei sie das Gesicht in seiner Mähne vergrub. »Ach Mondschein«, rief sie verzweifelt, »ich dachte, es würde dir nichts ausmachen, daß ich unvollkommen bin. Ich war der Meinung, daß du mich ziemlich gut kennen würdest und hätte niemals gedacht, daß ich dir durch – mein bloßes Sosein Schande bereiten könnte. Wenn ich das gewußt hätte – aber lassen wir das!«
Sie nahm Haltung an und wischte sich die Augen mit dem Handrücken ab, das Taschentuch, das sie Mondschein kurz zuvor angeboten hatte, ließ sie unbeachtet. Dann sagte sie gefaßt: »Ich schätze, wenn ich nicht zu dir passe, dann ist das eben so. Wenn du die Jungfrauen in der nächsten Ortschaft kennenlernen willst, um einen Ersatz für mich zu finden, dann werde ich dir dabei helfen. Ich bin mir sicher, daß dir auch Colin dabei helfen wird, ich werde ihn darum bitten.«
»Das ist nicht nötig...« begann Mondschein.
»Ist ja schon gut«, unterbrach sie ihn, »wahrscheinlich hat Großmutter sogar recht, wenn sie sagt, daß es mir vor unserer Bekanntschaft auch ohne Einhorn ganz gut ging, und ich fühle mich sicher auch wieder hervorragend, wenn du – wieder eine feste Beziehung eingegangen bist. Ich... ich mag dich sehr gern und möchte, daß du glücklich bist – und wenn's auch nur dieses eine Mal wäre!«

Mondschein tauchte sein Horn ins Wasser und durchquerte langsam den Bach.

Gretchen ergriff Colins Hand und ließ sich von ihm wieder aufs Pferd helfen.

Eine Zeitlang waren alle so schweigsam, daß selbst der Gesang der Vögel rauh und unpassend klang. Allmählich begann das Gebiet, durch das sie ritten, wieder gesünder auszusehen, schließlich schlängelte sich dort auch ein jadegrüner Nebenarm jenes Flusses hindurch, der auf der Höhe von Immerklar so träge dahingeflossen war, und es gab in dieser Landschaft, die durch Blumen und herumhüpfende Eichhörnchen, Hasen, Füchse und Rehe verschönt wurde, auch noch zahlreiche andere Flüsse und Seen.

Gretchen saß wie angegossen auf Roundelays Rücken. Nach dem zu urteilen, was sie in ihrem Zustand wahrnahm, hätte es stockfinster sein können. Colin war sich der Spannung in ihrem Rücken unangenehm bewußt und beim Anblick ihrer Kopfhaltung tat ihm sein eigner Nacken aus lauter Sympathie weh. Trotzdem war es ein schöner Tag, und er begann, ohne daß er sich dessen so richtig bewußt war, ein Lied vor sich hin zu summen und dann zu pfeifen.

Aus heiterem Himmel fing Gretchen plötzlich rückhaltslos zu schluchzen an.

»Na, na«, sagte er und nahm beide Zügel in die eine Hand, während er Gretchen mit seiner freien Hand umständlich an die Brust drückte. »Das geht doch nicht, du zitterst ja so sehr, daß du das Pferd erschreckst!«

»Das ist mir gleich«, sagte sie, aber trocknete doch das eine Auge, um zu sehen, ob Roundelay auch wirklich davon betroffen war.

Er streichelte ihr zerzaustes Haar mit der freien Hand und versuchte, über ihren Kopf hinweg auf den Weg zu schauen, der vor ihnen lag. »Natürlich macht es dir was aus, das ist ja gerade das Problem bei dir, daß dir alles so sehr zu Herzen geht. Ich glaube, Hexe, daß diese Geschichte mit dem Einhorn einen sehr ungünstigen Einfluß auf dich gehabt hat. Ich kann mich nicht entsinnen, daß ich dich jemals so bitterlich habe weinen sehen, als wir die

Drachen und Zauberer bekämpften, dagegen weinst du zweimal innerhalb eines Monats wie ein kleines Kind wegen dieser seltsamen Einhörner!«

Er hatte gehofft, daß er durch seine Kritik wieder eine so freche Antwort provozieren würde, wie er es von ihr gewohnt war, aber sie weinte nur um so fester, und das Pferd begann nun wirklich zu scheuen. Besorgt veranlaßte er Roundelay dazu, ihren Gang zu verlangsamen und wickelte die Zügel um sein Handgelenk. Gretchen nahm er nun ganz fest in beide Arme und küßte ihr Haar und ihre Stirn, die sich heiß anfühlte. Er liebkoste sie, als sei sie ein kleines Kind.

»Bitte, Gretchen, so weine doch nicht! Soll ich dir etwas vorsingen, um dich etwas aufzuheitern? Vielleicht eine hübsche blutrünstige Ballade oder ein Schlachtlied?« Sie antwortete nicht, was ihm aber nur recht war, weil er auch nicht zum Singen aufgelegt war. »Vielleicht würdest du aber solange damit aufhören, um ein bißchen zu zaubern? Dann wirst du dich gleich besser fühlen. Sollte ich vielleicht den einen oder anderen Topf schmutzig machen oder etwas zerreißen, damit du es flicken kannst?«

Als er dies sagte, schlang sie beide Arme um seinen Hals und fing nun wie eine Todesfee zu jammern an. Obwohl Roundelay an seltsame Geräusche gewohnt war, da sie ja im Dienste eines Spielmanns stand, war sich Colin ziemlich sicher, daß sie den Lärm, den Gretchen nun vollführte, nicht stillschweigend hinnehmen würde. Es blieb ihm also nichts anderes übrig, als den Kopf zu neigen und ihr den Mund mit Küssen zu stopfen, was ihr Jammern dann auch sehr wirksam unterband, wie er es sich erhofft hatte.

Aber der Kuß überraschte ihn auch in anderer Beziehung. Gretchen biß ihn nicht, wie er erwartet hatte, sondern schien vielmehr Geschmack an der Sache zu finden, sie vergaß sogar einen Augenblick lang, daß sie eigentlich weiterweinen wollte. Trotz der bissigen Bemerkungen, die ihm häufig entschlüpften, war ihr Mund genauso warm, lieblich und feucht wie der von anderen Mädchen, die er geküßt hatte, aber ihr Kuß war natürlich auch wesentlich salziger. Für eine Person mit so vielen Ecken, Kanten und Borsten fühlte sie sich erstaunlich weich und geschmeidig an. Alles in allem war es eine ziemlich angenehme Überraschung, aber auch eine, die ihn ziemlich verwirrte und beunruhigte. Er war zugleich erleichtert und enttäuscht, als sie sich schließlich von ihm losriß, ihr Gesicht abwischte und sagte, wobei sie ziemlich dämlich grinste: »Vielleicht hege ich auch wirklich unsaubere Gedanken, aber ich wünschte, daß dieser alte Karrengaul sein erbärmliches Horn in seine eigenen...«

»So ist's recht, Hexe«, sagte Colin lachend, »ja, warum schickst du ihr eigentlich nicht einen deftigen Fluch nach? Laß uns mal überlegen, was eine Herdhexe alles tun könnte, um einem Einhorn einen tüchtigen Streich zu spielen? Sie könnte zum Beispiel die Wiesen sauer machen, so daß unsere Einhorndame die Blähsucht bekommt, aber das wäre unfair gegenüber den anderen Tieren!« Er schnippte mit dem Finger und sagte: »Nein, ich hab's: Wir beschäftigen uns mit dem falschen Einhorn – warum gibst du denn nicht ganz einfach Mondschein einen Liebestrank?«

Colin bemerkte eine leichte Veränderung in der Art ihres Lächelns, als sie nun sagte: »Das ist nicht die richtige Art von Zauber. Schließlich will ich ja von einem Einhorn nicht *so* geliebt werden. Außerdem könnte auch Mondschein jeden Zauber wieder rückgängig machen, der mit einer Flüssigkeit zusammenhängt, und ich hatte doch so sehr gehofft, daß ich das eigentlich nicht brauchen würde – ich hätte nie gedacht, daß ich...«

Sie wandte das Gesicht ab, und Colin nahm eine lange, verwirrte Strähne von Gretchens Haar, zog spielerisch daran und sagte dann schließlich: »War keine gute Idee, Hexe, vergiß es!«

Gretchen fing nun wieder zu schniefen an, und obwohl sie sich bei der Umarmung so gut angefühlt hatte und obwohl er den Kuß als sehr angenehm empfunden hatte, so war sie eben erschreckend abstoßend, wenn sie weinte. Ihre Augen waren geschwollen und gerötet und dasselbe galt auch für ihre Nase, die zu allem Übel hin auch noch tropfte. Wenn die Damen bei Hof weinten, so geschah dies immer auf eine sehr vornehme Art und Weise, sie benützten dazu ein Spitzentaschentuch und kamen mit einem Mindestmaß an unangenehmen Geräuschen und Ausscheidungen aus – und vergossen nur hier und da eine heimliche Träne, die über eine makellose rosafarbene Wange herabperlte. Natürlich bestanden sie auch immer darauf, daß es ja nur aus lauter Liebe zu Colin geschehen würde. Die Mädchen, die er aus Ost-Oberkopfingen kannte, heulten höchstens einmal, wenn sie sich auf einer Mistgabel aufspießten oder wenn ihnen eine Kuh auf den Füßen herumtrampelte, jedenfalls hatte er selbst während seiner ganzen Kindheit keine greinen hören. Gretchens Weinen hörte sich wie das eines kleinen Kindes an, das zugleich herzzerreißend und wütend, aber andererseits auch unwahrscheinlich aufrichtig war. Colin mußte sich wieder ins Gedächtnis rufen, daß dieses Kind, dem er mit zunehmender Begeisterung Trost spendete, ja in Wirklichkeit eine mächtige Hexe, die Tochter eines Edelmannes und wenigstens gegenwärtig auch noch eine Prinzessin war.

Also wickelte er die Zügel wieder von seinem Handgelenk herunter und verteilte sie auf beide Hände, während er die Arme in einer möglichst kameradschaftlichen Weise um Gretchen legte und auf eine beruhigende Weise vor sich hin summte – aber er wußte selbst nicht mehr richtig, was es eigentlich war.

Als die Sonne unterging und der wolkenverhüllte Mond am Abendhimmel aufging, blieb Mondschein plötzlich stehen. Vor dem Wald war eine Wiese mit einem Fahrweg, der zuerst parallel zur Baumfront und dann quer durch die Wiese verlief. Mitten in der Wiese war noch ein Hain von Bäumen, der einen beinahe dekorativen Charakter hatte und auf der Seite, die Colin, Gretchen und Mondschein gegenüberlag, in den Wald überging. Vor dem letzten rosafarbenen Schimmer der Abenddämmerung hob sich ein steinerner Turm ab, der aus dem Hain emporragte. Ein Bach floß aus dem Hain heraus, um den Turm herum und durchs Dorf am Rande des Hains.

Mondschein wandte sich an Gretchen und sagte: »Ich würde mich nun gerne wieder tarnen und euch zu der Ortschaft dort drüben begleiten.«

Gretchen nickte, stülpte ohne ein Wort zu verlieren den Tarnkegel über sein Horn und wollte ihn dann mit ihrem Taschentuch festbinden.

Aber Mondschein erhob dagegen Einspruch und sagte: »Nein, Gretchen, mir ist es lieber, wenn er lose sitzt, damit ich ihn wieder abnehmen kann, wenn die Zeit dafür gekommen ist.«

Also wollte er tatsächlich eine andere Jungfrau suchen, die Primels Vorstellungen und den Anforderungen des Einhorn-Bekenntnisses besser entsprach. Gretchen hatte wieder einen Kloß im Hals und mußte erst einmal schlucken, bevor sie zu Mondschein sagte: »Ich könnte dir ja dabei helfen, obwohl es mich natürlich nichts angeht, aber unsichtbare Gegenstände sind eben furchtbar schwer wiederzufinden, wenn sie erst einmal verlorengegangen sind, und dein – erster Versuch – könnte sich als – unbefriedigend erweisen.«

Auf halbem Weg zum Turm überholte sie ein Wanderer, und zwar von hinten, was deswegen so bemerkenswert war, weil der Mann zu Fuß ging und sie sich immerhin mit Hilfe eines Pferdes fortbewegten. Er ging sehr schnell, obwohl er dabei so vornübergebeugt war, daß sie sein Gesicht auch nicht sehen konnten, als er sich nach ihnen umdrehte und dabei an der überdimensionalen Kapuze zupfte, die er aufhatte. Die miserabel gegerbte Schafshaut, die er sich übergeworfen hatte und die seine nackten Beine zum Teil verdeckte, stank so erbärmlich, daß Gretchen und Colin notgedrungen die Nase höher tragen mußten.

So höflich, wie es einem möglich ist, der die Nase hoch trägt, fragte Colin: »Könnten Sie uns bitte den Namen von der Ortschaft dort drüben sagen, guter Mann, und wo wir vielleicht übernachten können und einen Stall für unsere Pferde finden?«

Der Mann hob einen Moment lang seinen Kopf und grinste Colin mit einem weit aufgerissenen Mund und schrecklichen gelben Zähnen an, dann sagte er: »Na, Reisender, Sie müssen ja weit fortgewesen sein, daß Sie nicht mal Klein-Lieblos und seinen berühmten Turm kennen!«

»Und weshalb soll er denn so berühmt sein?« fragte Gretchen. »Wer wohnt denn dort?«

Gretchen hatte das Gefühl, daß der stechende Blick des Fremden unter der Kapuze zwischen ihr und Colin hin und her wanderte, aber sehr oft an Mondschein hängenblieb, der nervös hinter ihr hersprang, als sie vorgab, ihn zu führen.
Aber der Mann antwortete sehr schnell mit einer Stimme, die wie ein Winseln klang und ihr seltsam bekannt vorkam: »Ach, gnädige Frau, haben Sie denn noch nie etwas von der armen Witwe gehört, die hier mit ihren drei Töchtern wohnt, deren Schönheit im ganzen Land gepriesen wird? Und was Ihre Frage nach der Unterkunft anbetrifft, so muß ich einräumen, daß selbst eine rechtschaffene Witwe und ihre schönen Töchter etwas zum Knabbern haben müssen – und da liegt es natürlich nahe, daß sie in einem so großen Turm auch Gäste über Nacht unterbringen kann, die ihr vielleicht ein geringes Entgelt geben, ihr Holz hacken oder für sie Wasser aus dem Ziehbrunnen schöpfen oder ihr sogar...« und dabei wendete er den Kopf beinahe unmerklich in Mondscheins Richtung »ein zusätzliches Reittier überlassen.«
»Äh – danke, guter Mann«, sagte Colin, »wir müssen's uns noch einmal durch den Kopf gehen lassen.« Aber der Kerl war ihnen schon weit voraus, und sein wiegender Gang rief in Gretchen die Assoziationen mit einem Hund wach, der vergnügt mit dem Schwanz wedelte.

»Nein, wirklich«, sagte Colin zwischen zwei Bissen an Witwe Belburgas Tafel, »sie waren tatsächlich tot, nicht wahr, Gretchen? Es war nicht nur eine Trance oder etwas Ähnliches, wenigstens hatte ich nicht den Eindruck...«
»Nein, das wäre allerdings nicht sehr gut möglich gewesen«, erwiderte Gretchen und rümpfte ihre Nase, als sie sich wieder daran erinnerte. Den Teller mit dem Essen stieß sie dabei weit von sich. »Ein Trancezustand«, fuhr sie fort, »riecht im allgemeinen nicht so widerlich!«
Allerdings war der Geruch des Dorfes Immerklar nicht das einzige, was ihr den Appetit verschlug, sondern sie war auch nicht besonders scharf auf die Übernachtung bei der Witwe. Der Stall, in den

sie Mondschein und Roundelay geführt hatte, war so heruntergekommen, daß sie die beiden erst dann mit gutem Gewissen dort lassen konnte, als sie mit Hilfe ihrer Magie die Ställe gründlich gereinigt und repariert hatte. Der Turm war feucht und kalt, das Brot ausgetrocknet, das Fleisch schmeckte nach nichts und die Schüsseln waren schmuddelig. In der Mitte des runden Raumes war eine weiße Stoffbahn angebracht, die von der Wendeltreppe bis zu der Decke und von dort bis zu dem rautenförmigen Fenster reichte, das sich neben der schweren Tür befand, durch die sie gekommen waren. Das Feuer im Kamin war erloschen.

Was die Witwe Belburga anbetraf – so war ihr Empfang nicht gerade übermäßig herzlich gewesen. Die Frau war sehr flink gewesen, als sie Colins Münzen kassierte, aber um so langsamer, als sie die beiden verköstigen und ihnen sagen mußte, wo der Stall war. Sie hatte Mondschein ein bißchen zu lange unter ihren extrem langen, farblosen Wimpern hervor angeschaut. Colin war dazu übergegangen, mit sehr lauter Stimme von ihren Abenteuern zu erzählen, besonders hob er dabei die Notlage der Leute von Immerklar hervor und wies auf seine guten Beziehungen zum Königshaus hin, um die gute Witwe dergestalt einzuschüchtern und dadurch zu bewirken, daß sie ihn selbst und Gretchen anständig behandelte. Seine List wirkte sehr viel besser als er erwartet hatte.

Belburga hing ihm förmlich an den Lippen, füllte sogar noch Kohlen in das Kohlebecken, das neben dem Tisch stand und zündete eine zusätzliche Fackel an, um den Kerzenstummel zu ergänzen, der den Tisch nur ungenügend beleuchtete. Gretchen konnte beinahe hören, wie das Gehirn der Frau hinter dem komplizierten Kunstgebilde von unmöglichen, kupferfarbenen Löckchen zu arbeiten begann, das sie ständig mit der Hand tätschelte, als ob sie sich vergewissern wollte, daß ihr Kopf hinter den Locken auch noch wirklich da sei.

»Und Sie haben davon gesprochen, daß ein wirklicher Prinz in die Sache verwickelt gewesen wäre? So ein Zufall!« sagte die Witwe mit ihrer tonlosen, näselnden Stimme. Die Augen hinter ihren frivolen Wimpern waren dunkel und durchdringend wie die eines Wiesels. Sie lehnte sich nach vorn, wobei sie mit der Hand ihr tiefes Dekolleté fächelte und ihren Busen in einer Weise vor Colin hob und senkte, die Gretchen als höchst abscheulich empfand. Colin wandte ihr seine ungeteilte Aufmerksamkeit zu. »Wissen Sie, mein erster Gemahl war ebenfalls ein Prinz«, teilte sie ihm vertraulich mit, »er war auch der Vater meiner bildhübschen Lilienperle. Ach, ich sehe es Ihnen ja förmlich an, daß es Sie schockiert, eine Edelfrau wie mich so leben zu sehen, aber dazu muß ich sagen, daß ich eben nicht immer schon in solch ärmlichen Verhältnissen gelebt habe, nein, wirklich nicht!« Als sie dies sagte, erhellte ein strahlendes Lächeln ihr Gesicht, bei dem aber ihre schmalen Lippen fest verschlossen blieben. Dann fuhr sie fort: »Auch ich weiß das eine oder andere über die Verpflichtungen gegenüber dem vornehmen Stand, denn seit der Zeit, die ich am Hofe verbracht habe, bin ich natürlich auch königstreu eingestellt. Deswegen finde ich auch, Meister Liedschmied, daß Sie sich ein paar unserer strammen Dorfjungen aussuchen sollten – auch wenn sie ein bißchen dumm sind, sind sie doch sehr verläßlich – und diese armen Leute aus Immerklar hierherbringen sollten, wo man sie wenigstens dazu anleiten könnte, etwas Sinnvolles zu tun, wenn sie sich schon nicht mehr vollständig erholen.«

Offenbar hatte die Witwe erkannt, dachte Gretchen, daß sich ein Teil der Bewohner von Immerklar sehr leicht zu Dienern abrichten ließe, denen man keinen Arbeitslohn bezahlen mußte.

»Natürlich müssen Sie auch diesen armen Prinzen hierherbringen«, fuhr Belburga fort, »wo er wieder standesgemäßen Umgang pflegen kann.«

»Aber er ist kein besonders netter Mensch«, mischte sich jetzt Gretchen ein.

Freifrau Belburga zog nur eine von ihren zu einem dünnen Strich zusammengezupften Augenbrauen hoch und bedachte Gretchen mit einem kühlen Seitenblick – es war das erste Zeichen von Aufmerksamkeit, das ihr die Witwe an diesem Abend geschenkt hatte. »Prinzen, junge Dame«, sagte sie herablassend, »sind *immer* nette

Menschen. Die Angehörigen der unteren Klassen verstehen eben manchmal nicht, was für eine entsetzliche Bürde die Königswürde darstellt, die diese Auserwählten von dem gewöhnlichen Gelichter unterscheidet, zu dem du offensichtlich gehörst!«

»Wirklich?« fragte Gretchen, aber zog es dann doch vor, den Mund zu halten, weil sie sehr müde war und die Nacht nicht damit verbringen wollte, sich nach einem anderen Schlafplatz umzusehen, so unangenehm ihr das derzeitige Quartier auch erscheinen mochte.

»Ja, wirklich«, versicherte ihr Belburga, »nehmen wir dagegen meine Lilienperle, die aus königlichem Geblüt stammt – habe ich eigentlich schon erwähnt, daß Lilienperles Vater ein Prinz war? Nun ja, was ich sagen wollte – Lilienperles Natur ist so beschaffen, daß sie diese Dinge sehr gut versteht – sie ist der Inbegriff des Feingefühls, des Taktes und vor allem ist sie *unwahrscheinlich* kultiviert! Und dies alles natürlich – abgesehen von ihrer Schönheit, die in Klein-Lieblos längst und inzwischen wahrscheinlich auch in weiten Teilen Argoniens zur Legende geworden ist. Sie müssen sie unbedingt kennenlernen, Meister Liedschmied, ich glaube, es würde Ihnen Spaß machen, ein Lied über sie zu komponieren, das Sie dann singen könnten, wenn Sie wieder an den Königshof zurückgekehrt sind.«

Colin, der jedoch sitzen blieb, verbeugte sich leicht in ihre Richtung und sagte: »Ich kann es kaum erwarten, gnädige Frau!«

»Natürlich nicht, aber zuerst müssen Sie diesen Prinzen hierherbringen, vielleicht wollen Sie dann ihre erste Begegnung in Ihrem Lied festhalten. Aber im Augenblick sind meine Töchter viel zu sehr damit beschäftigt, ihre besonderen Fähigkeiten in der Abgeschiedenheit ihrer Gemächer zu vervollkommen, als daß sie sich damit abgeben könnten, zahlende Gäste zu unterhalten.« Sie seufzte und tupfte die Lippen mit ihrem Taschentuch ab. »Schließlich muß man doch wirklich so unendlich vorsichtig sein, wenn man Kinder großzieht, nicht wahr? Vor allem ist es so wichtig, daß sie die richtigen Leute kennenlernen, und gewiß wäre es jammerschade, wenn sich Mädchen, die so hübsch sind wie meine Töchter,

mit ganz gewöhnlichen Burschen einlassen und am Ende auch noch ungesunde Angewohnheiten annehmen würden.« Als sie das letztere sagte, schaute sie Gretchen scharf an und erhob sich.
»Einen Moment mal, Meister Liedschmied, aber soviel ich weiß, habe ich noch ein Stückchen Kuchen von meiner mageren, aber nahrhaften Mahlzeit übrig. Ich bin gleich wieder zurück!«
»Heute kann ich offenbar niemanden für mich gewinnen«, bemerkte Gretchen mit bitterer Miene, während sich die Witwe außerhalb ihres Blickfeldes, hinter der weißen Stoffbahn befand.
»Wie wär's mit einem Bad?« regte Colin an, wobei er aber schnell hinzufügte: »Wahrscheinlich riechen wir immer noch nach den Zombies und haben uns so sehr daran gewöhnt, daß es uns gegenseitig gar nicht mehr auffällt.«
Gretchen nickte, aber es war eine lustlose Geste und starrte dann ihren Teller an.
In einem Wirbel von geflickten Spitzen und ziemlich häßlichen rosa Samtrüschen hastete Belburga zum Tisch zurück und sagte: »Ich habe mir gerade überlegt, Meister Colin – ich *darf* Sie doch Colin nennen, oder? Sie erinnern mich nämlich ein bißchen an meinen dritten Gatten – aber was ich eigentlich sagen wollte: Ich habe mir gerade überlegt, daß Sie nach Ihrer Rückkehr sicherlich sehr gerne meine zweitälteste Tochter, Rubinrose, kennenlernen würden. *Sie* ist nun ein Mädchen, das über die außergewöhnlichsten Talente verfügt neben dem unglaublichen Liebreiz ihrer äußeren Erscheinung. Ihr Vater – mein zweiter Ehemann... ist oder vielmehr war... war ein ganz erstaunlicher Zauberer, der die unglaublichsten Zauberkunststücke vollbrachte und dabei auch noch ein hochgebildeter Mann war. Rubinrose hat nicht nur meine Schönheit geerbt, sondern auch den Verstand und die Fähigkeiten ihres Vaters. Das Mädchen ist wirklich genial und ich bin mir sicher, daß Sie sie anbeten werden. *Haben* Sie nicht vorhin erwähnt, daß Sie eine einflußreiche Stellung bei Hofe haben?«
Mit der Genauigkeit, die Gretchen als höchst geschmacklos empfand, begann nun Colin seine Stellung bei Hofe und seine persönliche Beziehung zum König zu beschreiben, wobei er jeden Hin-

weis auf Gretchens Verbindung zum Königshaus unterließ und nur sagte, daß sie eine Hexe wäre, die allerdings einem mächtigen Hexengeschlecht entstammte.
Belburga war davon überhaupt nicht beeindruckt und musterte Gretchen mit einem kälteren Blick denn je.
»Ich hatte einen Großonkel«, sagte Belburga, »der in eine Familie von Hexen eingeheiratet hat – und wir wurden in unserer Familie einfach das Gefühl nicht los, daß er damit seinen größten Fehler begangen hatte. Persönlich finde ich, daß ein Schuster bei seinem Leisten bleiben sollte, finden Sie nicht auch, Meister Colin?« Aber natürlich war es ihr mehr oder weniger egal, ob sie beide in dieser Sache übereinstimmten oder nicht. Ohne eine Pause einzulegen, fuhr Belburga fort, sie mit den Machenschaften ihres Onkels zu unterhalten, die auch ohne den voreingenommenen Bericht seiner Nichte schon recht scheußlich gewesen zu sein schienen. Als ihr dann schließlich der Gesprächsstoff auszugehen schien, wandte sie sich wieder mit diesem für sie so typischen Lächeln, bei dem der Mund fest verschlossen blieb, an Colin. Gretchen fiel auf, daß sie für jemanden, der so viel sprach wie Belburga, den Mund nicht genügend öffnete, so daß sie den Eindruck erweckte, als ob sie ständig Zahnweh hätte.
»Aber ich nehme an«, fuhr die Witwe nach einer so kurzen Pause fort, daß Colin überhaupt keine Gelegenheit hatte, selbst eine Bemerkung zu machen, »daß Sie als ein Junge, der auf dem Land aufgewachsen ist und als einer, in dessen Adern Tritonenblut fließt – ich habe Sie doch recht verstanden – sehr viel mit meiner reizenden, naturliebenden jüngsten Tochter, Esmeralda Tausendschön (Esmeralda ist der fremdländische Ausdruck für »Smaragd« und klingt doch so sehr viel vornehmer als unser Ausdruck, nicht wahr?) gemeinsam haben könnten. Das soll aber wirklich nicht heißen, daß sie eingebildet ist – ihre Schwestern und ich nennen sie ganz einfach Tausendschön, weil sie so viel Zeit in ihrem kleinen Garten am Bach mit den tausend Blumen verbringt und dort mit all den kleinen Tieren spielt, die ihre Freunde sind und sie natürlich anbeten. Sie hat sogar die wildesten unter ihnen dome-

stiziert, und einfach jeder, der etwas Besonderes vorstellt, wird Ihnen versichern können, daß unsere Tausendschön die freundlichste, sanftmütigste, großzügigste und gutartigste Jungfrau ist, die man sich denken kann, abgesehen davon, daß sie natürlich auch die Schönste ist, das heißt, zusammen mit ihren beiden Schwestern, die ebenso schön sind wie sie – obgleich ich sagen muß, daß Lilienperle allgemein als die Schönste angesehen wird. Aber ich bin mir ziemlich sicher, daß ihr beiden viel Gesprächsstoff haben werdet, die ihr gemeinsam bereden könnt, obwohl Tausendschön sehr schüchtern und bescheiden ist, wenn sie sich nicht in der Gesellschaft ihrer vierbeinigen Freunde befindet. Aber Sie könnten ihr Herz natürlich sehr leicht gewinnen, wenn Sie ihr die eine oder andere Tierweise vorsingen würden.«

»Oder du könntest dich genausogut auch viehisch benehmen«, flüsterte ihm Gretchen hinter vorgehaltener Hand zu.

Die Witwe, ob sie sie nun gehört hatte oder nicht, ließ sie jedenfalls links liegen und gab sich noch ungefähr eine Stunde lang mit der Aufzählung der zahllosen Reize ihrer drei Töchter ab, und vergaß dabei nicht, in geschickt vorauskalkulierten Abständen einfließen zu lassen, wie wichtig es sei, daß Colin eilends eine Abordnung einberief, um Prinz Leofwin von der Fee Riesel zu befreien und die Zombies von Immerklar der Herrschaft von ganz bestimmten, verantwortlichen Einwohnern von Klein-Lieblos zuzuführen.

Gretchen war froh, daß es Colin vorsichtigerweise unterlassen hatte, dic Einhörner in seinem Bericht zu erwähnen, wahrscheinlich hätte die Witwe nur wieder wissen wollen, ob die Einhörner einen standesgemäßen Stammbaum oder Verbindungen zum Hof hatten. Bei diesem Gedanken stand Gretchen ohne Entschuldigung auf, schob die Wäsche kurzerhand zur Seite und stieg die Wendeltreppe hinauf, um sich für die Nacht auf einem Lager aus Stroh einzurichten, das sie aber nicht einmal mit Hilfe ihrer Zauberkraft sehr bequem machen konnte.

»Ich fürchte, daß wir in einer schlimmeren Zwangslage sind, als ich gedacht habe«, sagte Pegien zu den Einhörnern, als sie mit Rauchen fertig war und die letzten Rauchwölkchen in der Nachtluft verflogen waren. Adlerflaum, der immer noch seine Ohren anlegte, wenn er sie ansah oder wohl ab und zu mit dem Horn in ihre Richtung stieß, um sie zu erschrecken, hatte sich auf Schneeschattens Bitte hin zurückgezogen und schien nicht mehr so unmittelbar bedrohlich zu sein.

Schneeschatten war sehr viel ruhiger geworden. Von ihrem Körper ging eine schützende Heiterkeit aus, die Pegien für ihr Denkvermögen als sehr förderlich empfand. »Ich weiß nicht, was ihr nach all dem von Fruchtbart denken müßt – und natürlich auch von mir«, sagte die Prinzessin, »aber ich kann euch versichern, daß ihm die ganze Angelegenheit nicht gleichsieht. Sonst war er immer ein ganz reizender Mensch, ich fürchte jedoch, daß ihn diese Nymphe verhext hat und daß er seitdem keinem vernünftigen Argument mehr zugänglich ist. Wahrscheinlich hat es auch keinen Sinn, an seinen Anstand zu appellieren, damit er euch freiläßt, denn offenbar hat er keinen mehr.«

Adlerflaum wieherte so gewöhnlich wie ein Pferd, also gar nicht einhornmäßig und sagte dann: »Das kann man wohl sagen, Schwester!«

»Dann muß ich euch wohl selbst aus dieser elenden Lage befreien«, sagte Pegien, »dazu werde ich natürlich viel Mut und List brauchen, aber als Kronprinzessin wurde ich schließlich zur Heldin erzogen.«

»Es ist mir überhaupt nicht klar, wie uns jetzt irgendwelche Rangesvorzüge noch helfen könnten«, sagte Schneeschatten skeptisch. »Wir sind einem Haufen von Schurken in die Hände gefallen, die keine Achtung von Ihrer königlichen Herkunft haben!«

»Da hast du recht, meine Beste«, erwiderte Pegien, »jedoch sollte man zuerst einmal die ganz normale Art einer Flucht aus dem Gefängnis in Betracht ziehen – die darin besteht, daß man demjenigen, der einen gefangengenommen hat, nicht verrät, was man vorhat. Ich muß eigentlich nur eine Karte vom Labyrinth skizzieren, die Tür zu eurem Verschlag öffnen und euch auf die andere Seite des Labyrinths zur Freiheit führen. Es ist alles ganz einfach – ich könnte es in einem oder zwei Tagen schaffen, und ich glaube kaum, daß jemand eine bessere Lösung hätte.«

»Haben Sie denn dabei nicht etwas ganz wesentliches vergessen?« fragte Adlerflaum, »und müssen Sie dazu vielleicht nicht erst hier rauskommen? Warum bilden Sie sich eigentlich ein, daß ich Sie gehen lasse? Auch wenn Sie Schneeschatten an der Nase herumgeführt haben, so würde ich Sie doch lieber auf meinem Horn aufspießen, als Sie ansehen.«

»Nein, das stimmt nicht!« sagte Pegien mit fester Stimme und freute sich insgeheim darüber, wie gut sie ihre Furcht verbarg. »Wenigstens würdest du dir damit keinen Gefallen tun«, fuhr sie fort, »weil ich eure einzige Hoffnung bin. Das Loch, das du mit deinem Horn in die Wand gebohrt hast, hat euch absolut gar nichts gebracht, und unsere derzeitige Flucht ist nur eine Frage der Gruppenzusammenarbeit und Organisation. Du mußt mir erlauben, auf deinem Rücken zu stehen, so daß ich auf den Mauerrand steigen und auf dem gleichen Weg wieder hinausgelange, auf dem ich hereingekommen bin.«

Wulfric verbarg sein Grinsen unter der überdimensionalen Kapuze, als er den Spielmann durch die rechteckige Türöffnung, die das Sonnenlicht hereinließ, in die schwach beleuchtete Wirtsstube stolpern sah. Colin mußte sich an den Tischen und Bänken festhalten, bis sich seine Augen an die Dunkelheit gewöhnt hatten. Belburga hatte gute Arbeit geleistet und ihm den Sangesschmied in die Arme getrieben. Obgleich der Morgen eine denkbar schlechte Zeit war, um unter den Gästen im Wirtshaus das Interesse für eine Tätigkeit zu erwecken, die anstrengender war als ins Bierglas zu starren, hatte ihn die Witwe Belburga – seinem schlauen Plan folgend – offenbar dazu überredet. Und was das Beste daran war, sie hatte den Spielmann, die Hexe und das Einhorn voneinander getrennt, so daß er nun mit jedem von ihnen einzeln abrechnen konnte.

Sie konnten also keinen gemeinsamen Plan mehr aushecken, um ihn zu demütigen, wie sie das zuvor getan hatten, als sie nämlich in Fleisch und Blut erschienen waren, nachdem er Sally gemeldet hatte, daß sie tot wären. Er durfte gar nicht mehr daran denken, wie beschämt er gewesen war, als Sally von dem zuletzt eroberten Einhorn gehört hatte, daß diejenigen, von denen sie gedacht hatte, daß sie von den Tieren des Waldes verschlungen worden wären, in Wirklichkeit quicklebendig waren und sich gemeinsam gegen den Dunklen Pilger und seine Anhänger verschworen hatten. Eilends hatte er sich damals daran gemacht, ihre Spur zu verfolgen, aber sie waren schon zu weit, als daß sie Sallys Gefolgsleute hätten überholen können. Aber wenigstens konnte er ihre weiteren Schritte verfolgen und nun seinerseits einen Plan aushecken, er mußte es einfach versuchen, um nicht für alle Zeiten als Feigling zu gelten!

Und war ihm sein Plan etwa nicht geglückt? Schließlich hatte er doch aus ihren Gesprächen in der fremden Sprache etwas über die seltsamen Ereignisse in Immerklar erfahren und Sally ganz schnell darüber unterrichtet, bevor er wieder zu seiner Fährte zurückgekehrt war. Und schließlich hatte er, Wulfric, die schlaue und durchtriebene Sally dazu gebracht, ihre Fallstricke nicht nur für das Einhorn, sondern auch für ihre anderen Feinde auszulegen, so daß nur noch dieser eine Mann übrig war, mit dem Wulfric allein fertig werden mußte.

Colin Liedschmied räusperte sich und fragte die Gäste: »Könnte mir bitte jemand sagen, wer hier der Gendarm ist? Ein Dorf in der Nachbarschaft hat nämlich ein kleines Problem und...«

»He – hast du etwa vom Gendarmen gesprochen?« fragte ein stattlicher Kerl mit einer Knollennase. »Ja nun, Junge, der Dorfgendarm wurde vor ungefähr sechs Monaten von den Waldgeistern gefressen, hab ich recht, Scherer?«

»Ja, war 'ne fürchterliche Sache«, erwiderte ein zahnloser alter Mann, »als sie ihn gefunden haben, war nichts mehr von ihm übrig außer seinem Schnurrbart und seinem gichtigen Bein. Wahrscheinlich haben die Trolle gedacht, daß sie von der Gicht Sodbrennen bekommen!«

»Nein«, sagte der erste, der geredet hatte, »wenn ihnen alles übrige von ihm gut bekommen ist, dann hätte ihnen das auch nicht mehr geschadet.«
Der Spielmann wurde ganz blaß bei dieser rohen Stichelei und reagierte genauso, wie es Wulfric von ihm erwartet hatte. Liedschmied würde sich nämlich sehr bald davon überzeugen können, daß ihn von den Leuten in der Wirtsstube niemand außer dem treuen und mutigen Wulfric durch den Wald zu den vom Pech verfolgten Bewohnern von Immerklar begleiten würde.
»Das tut mir aber leid«, sagte Liedschmied und nahm gegenüber von dem Mann mit der Knollennase, dem zahnlosen Alten und zwei anderen Männern am Tisch Platz, »denn ich bin mir ziemlich sicher, daß er meine Geschichte wahrscheinlich als bemerkenswert empfunden hätte, auch wenn er persönlich keinen Blick in die Wirtsstube geworfen hätte.«
»Von welchem Wirtshaus sprichst du denn, Junge?« fragte der Alte. »Und wenn die Geschichte so interessant ist, warum erzählst du sie dann nicht einfach, wo es hier doch meistens so langweilig ist!«
Colin Liedschmied schüttelte den Kopf, seufzte, bestellte eine Runde Bier für die Leute am Tisch und fuhr dann fort: »Meine Herren, wahrscheinlich lohnt es sich nicht wirklich, daß ich Ihnen diese Geschichte erzähle. Ich habe ja nur gedacht, daß der Gendarm vielleicht diesen armen, benebelten Wirt, der offensichtlich nicht wußte, was er tat, davor bewahren könnte, unnötigerweise sein gutes Bier zu verschenken.«
»Hier, bitte!« sagte der Wirt, als er ihnen das Bier servierte, wer ist der Trottel, der sein gutes Bier herschenkt?«
»Du ganz sicher nicht, Wirt!« zog ihn der Alte auf.
»Ich wäre euch allen dankbar, wenn ihr diese aufregende Geschichte nicht mehr unterbrechen würdet«, sagte ein Dritter, dessen rote Gesichtsfarbe genau zu der Farbe der wenigen Haare paßte, die noch auf seinem Kopf wuchsen, »laßt doch den Jungen reden!«
»Es gibt eigentlich gar nicht viel zu erzählen«, sagte Liedschmied,

»außer, daß alle Bewohner von Immerklar unter dieser eigenartigen Krankheit zu leiden scheinen...«
»Handelt es sich um die Pest?« fragte ein anderer.
»Nein, nichts dergleichen, die Bewohner können noch herumspazieren und essen und trinken, nur sind sie sich nicht dessen bewußt, was sie eigentlich tun. Sie haben all ihre Besitztümer ohne Aufsicht gelassen, und, wie gesagt, schenkt der Wirt einen Krug Bier nach dem anderen her. Es ist alles sehr traurig, und deswegen dachte ich – das heißt, die Freifrau Belburga im Turm, wo ich mit meiner Gefährtin übernachtete, dachte, daß es das Humanste wäre, wenn die Gemeinde von Klein-Lieblos die Bewohner von Immerklar sozusagen unter ihre Fittiche nähme, bis sie vollständig wiederhergestellt wären.« Als er dies gesagt hatte, trank er einen Schluck Bier und betrachtete seine Gesprächspartner nachdenklich. »Ich finde auch, daß man jemanden im Wirtshaus lassen müßte, um nach dem Rechten zu sehen, bis der Wirt wieder gesund ist.
»Belburga soll das gesagt haben?« fragte ein anderer, ein stämmiger, junger Bauer mit einem Babygesicht und den Muskeln eines Hufschmieds. »Du meinst, Lilienperles Mama? Ich finde, wir sollten die Bewohner von Immerklar zuerst zu Lilienperles Mama bringen, wenn wir zurück sind, damit sie uns sagt, was wir tun sollen, nicht wahr?«
»O ja«, erwiderte Liedschmied, »selbstverständlich werden wir das tun!«
Wulfric mußte sich nun einmischen, weil das Gespräch nicht so verlief, wie er es sich gewünscht hatte. Er sagte: »Aber meine lieben Freunde, habt ihr denn noch nichts von den Banditen gehört, die den Wald in der Nähe von Immerklar unsicher machen, und denkt ihr denn überhaupt nicht an die wilden Tiere und die Kobolde, von denen ihr gerade noch gesprochen habt? Ist es euch denn jetzt nicht zu gefährlich, jetzt nach Immerklar zu gehen?«
Aber Wulfric war zu spät dran. Colin hatte den Männern eine zweite Runde Freibier spendiert, an der sie sich nun ergötzten, und der Mann mit der Knollennase sagte nur: »Ach ja, mag schon sein,

daß es ein bißchen gefährlich ist, aber es ist doch ein Jammer, wenn einer sein ganzes Bier herschenkt. Denk doch nur, was für eine Verschwendung das bedeutet!«

»Ja, und ich möchte nicht, daß Lilienperle denkt, daß ich zu feige wäre, um meinen Nachbarn zu helfen«, fügte der junge Bauer hinzu. »Ich gehe mit, wenn du uns führst, Fremder!«

»Und ich«, sagte der mit der Knollennase.

»Der angeheiratete Neffe der Tochter des Sohnes des älteren Vetters meiner Tante lebt in Immerklar, oder vielmehr lebte dort«, sagte der Alte ganz nachdenklich, »oder war es der älteste angeheiratete Vetter des Sohnes der Tochter ihres Neffen? Wie dem auch sei – ich gehe besser mit!«

Der Wirt zog seine Schürze aus und sagte: »Nun, auch wenn ich mein Geschäft dadurch an den Rand des Ruins bringe, komme ich mit, um meinem Kollegen zu helfen, der sein ganzes Bier verschenkt, während er krank ist. Ich könnte dafür sorgen, daß er einen angemessenen Preis dafür fordert.«

»Ich habe auch meine Erfahrung mit Wirtshäusern«, sagte der Rotkopf, »und wenn's darauf ankommt, auch mit Banditen. Bis vor kurzem war ich auf Schloß Eberesch bei der Truppe stationiert, die die Grenze überwachte.«

»Wenigstens möchte ich Ihnen auch meine Begleitung anbieten«, warf Wulfric schnell ein, weil er die letzte Gelegenheit wahrnehmen wollte, um sich einen Platz in der Nähe seiner Beute zu sichern. »Ich kenne mich gut aus in den Wäldern und könnte euch führen«, fügte er hinzu.

»Ich habe aber gedacht, daß es Ihnen dort zu gefährlich wäre«, sagte Colin Liedschmied ironisch.

»Ich wollte Sie ja nur warnen, gnädiger Herr«, erwiderte Wulfric. »Aber wenn ich mich in der Gesellschaft von solch tapferen Männern befinde, könnte ich denn da lange fackeln, zumal meine Dienste ja den Unterschied zwischen dem Gelingen und Mißlingen einer Mission ausmachen könnten?«

Gretchen war es ziemlich egal, wie edel Colins Auftrag war oder wieviel Scherereien er ihr damit hatte ersparen wollen. Jedenfalls war es ziemlich unfair von ihm, wieder nach Immerklar zurückzukehren, ohne ihr ein Sterbenswörtchen davon zu sagen. Nun mußte sie wohl oder übel bei dieser aufdringlichen Witwe und ihren drei makellosen Töchtern bleiben.

Belburga hatte gerade ihre Hühner gefüttert, als Gretchen mit viel Mühe über die Wendeltreppe in den Hof gelangte. Belburga sagte zwar keinen Ton, aber dafür war ihr Grinsen vielsagend. Offensichtlich hatte sie gehofft, daß Gretchen gekränkt wäre, wenn sie feststellen würde, daß Roundelay nicht mehr im Stall und der Spielmann fort wäre.

Laut vor sich hin murmelnd, befahl sie den Mistansammlungen der vergangenen Nacht, aus dem Stroh zu verschwinden und sich auf den Komposthaufen der Witwe zu begeben. Insgeheim hoffte sie, den Mut zu haben, der Witwe auch ein paar Klumpen davon ins Gesicht zu zaubern.

Mondschein beobachtete Gretchen und sah dabei viel verwirrter, elender und schuldbewußter aus, als man dies bei einem Einhorn für möglich gehalten hätte, aber mittlerweile hatten sich auch ihre Gefühle mit einem Panzer von Abgestumpftheit umgeben, was es für sie natürlich einfacher machte, der Versuchung zu widerstehen, Mondscheins Hals zu streicheln oder ihn am Bart zu kraulen. Jedenfalls hätte er das auch gar nicht gewollt.

»Ich weiß, daß es hier nicht besonders angenehm für dich ist«, sagte sie, »aber wenigstens mußt du dir nicht das Geschwätz von dieser albernen Witwe anhören. Den ganzen Abend über hat sie von nichts anderem gesprochen als von ihren hinreißenden Töchtern. ›Meine Lilienperle hier und meine Rubin- irgendwas dort‹, ging es die ganze Zeit – es war zum Davonlaufen!«

»Töchter?« fragte Mondschein und spitzte die Ohren, Gretchens Mut sank, als sie zustimmend nickte. Also hatte er wirklich vor, sich nach einer anderen Jungfrau umzutun. Trotz allem hatte sie immer noch Schwierigkeiten, es zu glauben. Ach, wo waren denn nur all die vernünftigen Ansichten geblieben, die sie ihm damals

bei Tante Sybil mitgeteilt hatte? Diese Zeit schien ungeheuer weit weg zu sein.
»Ich – weiß aber nicht genau, wo sie sind«, sagte sie, »gib mir ein bißchen Zeit, damit ich mich umsehen kann. Wenn ich eine gefunden habe, komme ich zurück, um dich zu holen!«
Aber Mondschein rollte wild mit den Augen und erwiderte: »Nein, nein! Ich flehe dich an, führ mich aus diesem Pferdestall hinaus, denn ich möchte die Jungfrauen selbst suchen!«
Sie legte ihm die Hand auf den Hals, so daß er ihr in den Morgen hinaus nachfolgen konnte. Obgleich die Sonne schon in vollem Glanze hoch oben am Himmel stand, waren die Gebirgsausläufer von einem Band weißer Wolken umsäumt. Über ihnen ragten die Gipfel mit ihrer scharf sich abzeichnenden, blaugeäderten Weiße in der Ferne überm Wald in die Höhe, und über dem Fluß und den frischgepflügten Auen dampfte der Tau, was im Gegensatz zur sonstigen Klarheit des Tages stand.
Zuerst hielten sie das Mädchen zwischen den Blumen des dunstumflorten Gartens für einen Geist, denn auf den ersten Blick schien sie nur aus Nebel zu bestehen. Ihre Haut war so blaß, daß Milch im Vergleich dazu schmutzig erschienen wäre, ihre Haare waren fein und weiß wie Seidenfäden. Das Mädchen war klein und schlank, aber in dem fließenden weißen Gewand aus einem schimmernden Material sah sie sehr würdevoll aus. Gretchen erinnerte sich daran, daß sie das Kleid in der Nacht zuvor auf der Wäscheleine gesehen hatte. Das arme Ding mußte ja viel waschen, dachte Gretchen, wenn sie in dieser Umgebung zu Hause war und dies ihre alltägliche Aufmachung war. Das Mädchen beachtete sie überhaupt nicht, sondern beschäftigte sich damit, weiße Rosen mit einer langen, silbernen Schere abzuschneiden. Ihr Gesicht verstärkte nur den Eindruck von geisterhafter Unstofflichkeit und durchgehender Blässe. Während die Erscheinung dunkelblaue Augen, rosige Wangen und Lippen und einen makellosen Teint hatte, also die Voraussetzungen für das argonische Schönheitsideal erfüllte, war ihrer Miene nicht zu entnehmen, daß sie jemals durch einen Ausdruck oder ein Gefühl getrübt worden wäre.

Mondschein schien darauf überhaupt nicht zu achten, er stampfte so aufgeregt auf den Boden wie ein Streitroß vor der Schlacht. »Meine Freundin«, sagte er, »bitte entferne *jetzt gleich* meine Tarnung, bevor sie mir entflieht!«

»Ja, es würde mich auch wundern, wenn sie viel Zeit im Freien verbringen würde, sie hätte wahrscheinlich schreckliche Angst davor, schmutzig zu werden.«

Bevor sie Mondscheins Tarnung in der Rocktasche verstauen konnte, trabte dieser schon auf das Mädchen zu, das sich auf eine Bank aus Stein gesetzt hatte und die Blumen in einem Korb arrangierte. Als ihr die Anordnung gefiel, begann sie die Blütenblätter auszurupfen.

Begeistert zog Mondschein die Luft ein: der Geruch von Unberührtheit umgab sie mit einem sehr viel lieblicheren Parfüm, als den zerdrückten Rosenblättern im Korb jemals entströmen würde.

»O holde Jungfrau, sieh mich an!« Mondschein überbrachte dem Mädchen seine Botschaft und zeigte sich von seiner besten Seite, indem er sich hehren, reinen Gedanken hingab, bis sie ihren hübschen Kopf erheben und von dem Korb aufsehen würde, mit dessen Inhalt sie so anmutig spielte. Mondschein war sich sicher, daß sich das Mädchen auf den ersten Blick in ihn verlieben würde.

Schließlich sah sie dann auch auf und bedeutete ihm mit einer ziemlich unwirschen Geste ihrer langgliedrigen, sorgfältig manikürten Hand, deren Fingernägel so durchscheinend waren wie sein Horn, daß er sich entfernen möge. Die Spur eines Stirnrunzelns trübte ihre vollkommenen Züge, als sie mit einer hohen, klaren Stimme sagte: »Entschuldige, Pferd, aber könntest du bitte ein bißchen aus dem Weg gehen, ich halte nämlich Ausschau nach einem Prinzen, der nun jeden Tag hier vorbeikommen könnte, um sich in mich zu verlieben. Ich weiß, daß Mama furchtbar wütend wäre, wenn ich ihn verpassen würde!«

Das war allerdings nicht die Art von Empfang gewesen, die sich Mondschein erhofft hatte, aber dann redete er sich ein, sie eben überrascht zu haben. Wahrscheinlich war es von jemandem, der so vorzüglich war wie das Mädchen, zuviel verlangt, sich Hals über Kopf in ihn zu verlieben. Für diesen Fall blieb ihm aber immer noch die klassische Geste. Er kniete sich also neben ihr auf den Boden und machte Anstalten, sein Haupt in ihren Schoß zu legen, also genauso, wie es der Codex vorschrieb. »Kein Pferd, holdeste Maid«, verbesserte er sie sanft, »sondern ein Einhorn – seht nur, seht!«

»Sag mal, würde es dir furchtbar viel ausmachen, wenn du dein Nickerchen irgendwo anders halten würdest?« fragte sie mit der leisesten, niedlichsten Andeutung von Grobheit in der Stimme. »Mit dem spitzigen Dingsda an deiner Stirn wirst du nur mein Kleid aufschlitzen und – ach, du meine Güte, jetzt sieh dir nur mal an, was du getan hast! Du hast mich ganz durchweicht, deine Haut ist bedeckt von Tau, und außerdem liegst du in den Rosenbüschen!«

Mondschein erhob sich ganz schnell wieder. Das Mädchen glättete und säuberte sein Gewand und zog einen silbernen Spiegel aus der Rocktasche, um einen prüfenden Blick auf ihre Frisur zu werfen. Ein Teil ihrer flachsfarbenen Locken war zu einer kunstvollen Krone aufgesteckt, während der Rest über ihren schlanken Nacken herabfiel.

»Du bist unvergleichlich schön, holdes Mädchen«, sagte Mondschein, etwas eingeschüchtert.

»Na klar, muß ich ja wohl auch sein, bei all der Mühe, die ich mir gebe. Jeden Tag hundert Bürstenstriche, morgens und abends und drei Stunden für meine Frisur, nicht zu vergessen, daß ich jeden Tag die Blütenblätter für mein Rosenblätter- und Milchbad pflükken muß. Weil es angeblich gut sein soll für meine Haut, wie meine Mutter behauptet, obwohl ich finde, daß die Kratzer von den Dornen an meinen Händen die Vorzüge so ziemlich ausgleichen. Jedenfalls riecht es gut, und ideal wäre es eben, wenn einer Sklävchen hätte, die diese niederen Verrichtungen für einen erledigen. Aber fürs erste muß man eben das beste daraus machen, bis dann der Prinz erscheint. Aber es ist alles nicht so einfach. Ich muß mich von den Eiern des Zaunkönigs und Artischockenherzen

ernähren, nur einmal in der Woche bekomme ich ein bißchen Wildblütenhonig und ein paar gelbe Trauben, weil es für die Verdauung gut sein soll, wie Mama behauptet.«
»Aber das ist ja ganz furchtbar«, sagte Mondschein, der ehrlich entrüstet war, »sie hungern dich ja regelrecht aus. Erlaube mir, dich aus diesem ganzen Elend herauszuführen!«
»Jetzt mach dich bloß nicht lächerlich!« sagte das zarte Wesen und klang dabei fast genauso grob wie Gretchen. »Wenn du mich jetzt von all dem hier wegholst, werde ich auch nicht mehr hier sein, wenn mein Prinz kommt, und alle meine Bemühungen wären umsonst gewesen. Ich würde dann die Gelegenheit versäumen, das Erbe meiner eigenen königlichen Abstammung anzutreten, und müßte dann bis in alle Ewigkeit die Rosenblätter für meine Bäder selbst auspressen. Ich werde doch nicht meine Zukunft wegen eines Einhorns aufs Spiel setzen!« Und da Mondschein den Kopf traurig hängen ließ, fügte sie tröstend hinzu: »Vielleicht könntest du aber neben mir hergehen, während ich warte, solange du mir nicht die Sicht auf den Weg versperrst! Eigentlich paßt du ja ganz vorzüglich zu meiner Ausstattung!« Als sie dies sagte, glättete sie die Falten in der Mitte ihres Mieders mit zwei grazilen Fingern und befestigte eine Lilienblüte an ihrem Busen, als sie aufstand. »Wir können ja ein bißchen herumspazieren, aber langsam und ohne heftige Bewegungen, weil diese nur meinem Faltenwurf abträglich wären!«

Seufzend hatte sich Gretchen zum Flußufer zurückgezogen, als sich Mondschein der jungen Lilienperle genähert hatte. Mit so etwas konnte sie wahrscheinlich nicht konkurrieren, Freifrau Belburgas bleichgesichtige Tochter stank förmlich nach jungfräulicher Unberührtheit. Nun gut, wenn Mondschein dies wollte, dann mußte sie sich eben geschlagen geben! Gretchen würde hier am Bach warten müssen, bis die beiden so gut miteinander bekannt waren, daß sie sich wieder einmischen konnte und Mondscheins neuer Gefährtin den Tarnkegel anvertrauen – und sie vor den Einhorn-Entführern warnen konnte. In der Zwischenzeit

konnte es nicht schaden, wenn sie sich wusch und die Freifrau Belburga im Auge behielt, denn was Einhörner und gewisse Spielleute anbetraf, so traute Gretchen der Herrin von Lieblos nicht über den Weg.
Gretchen ließ den Garten nicht aus den Augen und fand schließlich eine Stelle in der Nähe des Wassers, die durch Bäume von der Straße abgeschirmt war. Wenn sich Mondschein und Lilienperle nicht zu weit entfernten, konnte Gretchen die beiden im Auge behalten, während sie badete.
Mit einiger Mühe formte sie sich eine Waschschüssel. Obwohl ihr ihre Magie dabei geholfen hatte, den Mist aus dem Pferdestall zu schaufeln, gehorchte sie ihren Befehlen jetzt nur sehr zögernd. Aber schließlich gelang es ihr doch, die Schüssel fertigzustellen und zu brennen, und Gretchen tauchte sie in den Bach, um Wasser für ihr Bad herauszuschöpfen. Da die Bewohner von Klein-Lieblos weiter flußabwärts das Wasser sicherlich benutzten, wollte sie es nicht unnötig verschmutzen, damit Klein-Lieblos nicht das gleiche Schicksal träfe wie Immerklar. Außerdem mußte sie, wenn sie die Schüssel benutzte, nicht wirklich im Bach baden und konnte, unter Berücksichtigung der Natur ihrer Bemühung, die Berührung mit dem Wasser so geringfügig wie nur irgend möglich halten. Obwohl sie bis jetzt ja noch nicht geschmolzen war, konnte man ja nie wissen …
Gretchen genoß das Schmutzigsein nicht wirklich, denn im Gegensatz zu den Leuten, die sie kannte, benutzte sie Wurzelseife, wenn sie sich wusch, was sie viel sauberer machte, als wenn sie nur Wasser benutzt hätte. Die überdurchschnittliche Verwendung von Seife hätte die weniger häufige Anwendung von Wasser bei Gretchen ausgleichen sollen. Zu dumm nur, daß ihre Konservierungszauber nicht auf ihre eigenen Säuberungsaktionen angewandt werden konnten, oder daß ihre Magie keinen Reinigungszauber enthielt, bei dem man nicht naß wurde.
Mit dem Stück Wurzelseife, das sie in ihrem Medizinbeutel hatte, seifte sie zuerst das eine und dann das andere Bein ein; und bei ihrer Säuberungsaktion machte sie nacheinander das Waschwas-

ser von vier Schüsseln so gründlich schmutzig, daß sie es nachher wegschütten mußte. Und das auch noch, bevor sie ihr Haar gewaschen hatte! Aber das Endergebnis war sehr zufriedenstellend – sie fühlte sich um einige Pfund leichter, und die schwarzen Ränder unter ihren Fingernägeln waren verschwunden. Sie zog sich bis auf ihren Unterrock aus grobem Leinen aus, um ihre wollene Oberkleidung waschen zu können, während ihr Haar trocknete. Wieder brauchte sie mehr Kraft als gewöhnlich, um die Arbeit zu tun, weil ihr ihre Magie wieder einmal nur sehr zögernd gehorchte. Aber die Sonne war warm, und die Herdhexenmagie zusammen mit den Sonnenstrahlen trockneten ihre Kleider so schnell, daß sie auch noch ihre Unterwäsche waschen konnte. Sie atmete auf, als auch diese trocken war, obwohl ihr wollenes Unterhemd und der Schlüpfer ganz fürchterlich auf der Haut kratzten.

Später würde sie dann vielleicht das seidene Gewand färben, bei dem sie so manche hübsche Farbe ausgelassen hatte, nur um sich die Zeit zu vertreiben. Gretchen überlegte sich, daß angesichts der Konkurrenz von Lilienperle und ihrer Frau Mama ein Tropfen vom Liebeselixier ihrer Großmutter hinterm Ohr nichts schaden könne. Fürs erste beschäftigte sie sich damit, daß sie ihr Haar lokker flocht und in ein grobes Haarnetz steckte, das ihr ziemlich weit im Nacken herunterhing.

Alles in allem fand sich Gretchen sehr sauber. Da sie nun wieder mehr Selbstachtung gewonnen hatte, ging sie durchs Gehölz hinaus, um nachzusehen, ob Mondschein mit Lilienperle schon soweit war, daß Gretchen dem Einhorn wieder die Tarnung überstülpen konnte. Glücklicherweise war ihr der Tarnkegel wieder eingefallen, bevor sie ihren Rock ausgewaschen hatte, und sie hatte ihn in ihr immer noch schmutziges Taschentuch gewickelt – man konnte ja nie wissen, wie sich eine gründliche Wäsche auf empfindliche Zauber auswirkte, und es wäre ziemlich ärgerlich gewesen, wenn sie den Kegel im Gras verloren hätte.

Mondschein kniete gerade vor seiner neuesten Eroberung und sagte: »Holdestes Mädchen, vielleicht hättest du Lust, auf meinem

Rücken Platz zu nehmen und mit dem Wind um die Wette zu reiten?«

»Das habe ich mir doch gleich gedacht, als ich dich zum erstenmal sah, daß du mir dermaßen unanständige Anträge machen würdest!« rief Lilienperle und stampfte wütend mit ihrem kleinen Fuß auf den Boden. »Nachdem ich *Stunden* darauf verwendet habe, mein Gewand zu waschen und zu bügeln, damit es richtig fällt, willst du, daß ich durch unschickliche athletische Abenteuer meine Arbeit wieder zunichte mache! Es scheint dir auch vollkommen egal zu sein, daß wir Damen von königlicher Herkunft eine zarte Haut haben. Ich würde fürchterliche Schwielen an den Beinen bekommen, wenn ich deinem Rat folgen würde. Erst letzte Woche hat mich Mama noch vor den Einhörnern gewarnt. Sie *sagte*, daß ihr alle gleich wärt – daß ihr ein Mädchen nur dazu bringen wollt zu vergessen, daß es eigentlich eine Dame ist, und mit ihr einfach im Wald verschwindet. Ich erlaube dir nur, mit mir zu sprechen, weil wir so schick zusammen aussehen...«

»Dann...«, sagte Mondschein ungläubig, »sind wir also durch keine Liebesbande miteinander verbunden?«

»Nein, natürlich nicht«, erwiderte sie, »ich wäre ja wirklich bekloppt, wenn ich etwas derartiges für dich empfinden würde, nicht wahr? Das heißt, es ist alles so schnell gekommen – ich kenne dich ja kaum!« Als er vor ihr zurückwich, fügte sie etwas freundlicher hinzu: »Aber du bist ja beinahe so schön wie ich – aber stell dich jetzt bitte an meine linke Seite, damit ich vor der Sonne geschützt bin, ich kriege nämlich ziemlich schnell einen Sonnenbrand!«

Aber Mondschein galoppierte durch den Garten zurück und überquerte den Bach, dann bahnte er sich seinen Weg durch das Gehölz und verschwand im Wald auf der Westseite des Turmes.

Als ihn Gretchen schließlich wiederfand, schwitzte sie ganz erbärmlich, keuchte und war vor allem schrecklich wütend. Ihre Knie waren aufgeschürft und schmutzig, die Fingernägel hatten wieder Trauerränder und aus ihrem sorgsam aufgesteckten Haar hatten die tieferhängenden Zweige ein Rattennest gemacht. Unvernünftigerweise machte sie Lilienperle für die Zerstörung ihrer

Toilette verantwortlich, auf die sie sehr viel Sorgfalt verwendet hatte. Das Mädchen mußte ein Monopol für Sauberkeit haben. Nur ihr war es zu verdanken, daß sie selbst in dieser Beziehung keinen Erfolg verbuchen konnte.

Mondschein stand auf einem Hügel in einem Zedernhain. Wie Gretchens Gewand und Beine war auch das Einhorn dreckverschmiert, verkratzt und hatte nasse Blätter an sich kleben. Er ließ den Kopf hängen und schaute nicht auf, obgleich sie wußte, daß er spürte, daß sie hier war.

»Da bist du ja! Was fällt dir eigentlich ein, ohne deine Tarnung hier draußen herumzurennen? Dies ist nämlich eine dichtbesiedelte Gegend, und falls du dem noch keine Beachtung geschenkt haben solltest: Hier schleichen sich auch Einhorn-Entführer herum, die nur auf eine so günstige Gelegenheit lauern!« Sie suchte solange in ihrer Tasche herum, bis sie den Kegel aus unsichtbarer Rinde in ihrer Hand spürte. Mondschein wehrte sich nicht, als sie seinen Kopf hob, den Kegel über sein Horn stülpte und an der Basis mit dem Taschentuch festband. Wenigstens zuckte er dieses Mal nicht vor ihrer Berührung zurück. Vielleicht sollte sie ihm jetzt, nur um ihn zu trösten, über die Nase streichen. Sie fühlte etwas Nasses an ihrer Hand und sah, daß seine amethystfarbenen Augen voller – ja das waren wirkliche Tränen!

Gretchen kniete sich vor ihn hin und sah ihm in die Augen. »Mondschein, was ist los?« fragte sie ihn, »du kannst mir alles erzählen, schließlich sind wir immer noch Freunde!«

Wie einer von Zauberer Himbeeres Ballonen, aus denen die Luft heraus war, sank das Einhorn auf den Boden und legte seinen Kopf in ihren Schoß, wie er es in Zeiten größerer Vertrautheit getan hatte. Sie streichelte seine Mähne, seinen schlanken Hals und seinen Kopf. Es verstrich einige Zeit, bevor er antwortete:

»Ich bin verloren, das Mädchen muß gemerkt haben, daß ich ein beflecktes Einhorn bin, das ihrer Reinheit nicht würdig ist – daß ich mich mit Männern eingelassen habe – und sie muß vor allem gemerkt haben, daß sie nicht meine erste Jungfrau ist – ich weiß, daß sie mich nicht liebt. Ach, ich kann gar nicht sagen, wie schwer es mich getroffen hat, und ich weiß nicht, wie ich die Wunde stillen soll.«

»Das Gefühl kenne ich«, sagte Gretchen, »versuch möglichst, nicht mehr daran zu denken. Ich glaube, niemand kann sich dagegen wehren, daß er jemanden liebt – nicht einmal ein Einhorn. Und es stimmt doch nicht, daß dich die *erste* Jungfrau, der du begegnest, wiederlieben muß, nicht wahr?« Indem sie seinen Kopf zärtlich streichelte, beantwortete sie ihre eigenen Fragen: »Nein, natürlich nicht, das kann ja gar nicht sein, sonst würden Einhörner nicht so oft verraten werden!«

Mondschein hob den Kopf und sagte: »Nein, du hast wirklich recht! Ach Gretchen, ich weiß nicht, ob ich jemals wieder eine Jungfrau finde, die so klug ist wie du?«

Gretchen verzog das Gesicht und sagte: »Ich begreife immer noch nicht, warum *ich* dir nicht genüge? Dann müßtest du dich nämlich nach keiner anderen umsehen!« Gretchens Worte zerstörten die friedliche Atmosphäre, und obwohl Mondschein sein Kinn wieder auf ihr Knie legte, war die Geste zaghaft und nervös.

»Aber Primel hat doch behauptet, ich sei kein richtiges Einhorn, wenn ich mit einem Mädchen verkehre, das keine richtige Jungfrau ist«, sagte Mondschein beharrlich. »Ich bitte dich, liebste Freundin, du mußt versuchen, mich zu verstehen. Ich tue es ja auch nicht aus freien Stücken. Ich weiß wirklich bald nicht mehr aus noch ein. Die waschechteste Jungfrau liebt mich nicht, und ich weiß wirklich nicht, wie ich sie für mich gewinnen sollte.« Er erzählte dann Gretchen, was sich zwischen ihm und Lilienperle abgespielt hatte.

»Ich würde mir keine allzu großen Gedanken machen, wenn ich du wäre«, sagte Gretchen. »Diese Warten-auf-den-Prinzen-Angelegenheit klingt ja nicht gerade so, als ob die Gute beabsichtigen würde, Jungfrau zu bleiben. Wenn ich mich nicht sehr täusche, dann ist Lilienperle auf und davon, sobald einer, der einen höheren Rang hat als ein Page, an ihrem Tor vorüberreitet. Was würde aber aus dir in einem solchen Fall? Du wärest wieder dort, wo du begonnen hättest. Wenn sie dem Rat ihrer Mutter folgt und sich Leofwin zu angeln versucht, dann kannst du dein Horn wetten, daß sie, kurze Zeit nachdem Seine Hoheit ein Auge auf sie geworfen hat, für keine Beziehung zu einem Einhorn mehr zu haben ist. Vielleicht hättest du mehr davon, wenn du es mit einer ihrer Schwestern versuchen würdest.« Sie schnitt wieder eine Grimasse und fuhr fort: »Ihre Mutter behauptet, daß eine so schön ist wie die andere, aber das würde wohl jede Mutter tun!«

Obwohl Mondschein diese Anregung zuerst begeistert ins Auge faßte, verwarf er sie dann schließlich doch wieder. »Sicher kommt kein anderes Mädchen dafür in Frage, wenn Primel recht hat und du nicht die erste Jungfrau bist, die den Anforderungen des Bekenntnisses genügt, dann trifft das gewiß auf die Dame Lilienperle zu. Und es stimmt doch wirklich – daß ihr Gesicht so makellos *ist* wie der Vollmond, ihre Stimme so süß wie Honig und daß sie gewachsen ist wie eine Tanne und so fort...«

»Nun, ja«, gab Gretchen zu, »aber sie mochte dich eben nicht sehr, stimmt's oder hab ich recht? Aber, aber, jetzt fang bloß nicht gleich wieder an zu weinen. Wenn du willst, kann ich ja bei ihr ein gutes Wort für dich einlegen – ich könnte mit ihr ja auch vereinbaren, daß ich ihr in den nächsten Tagen beim Herausputzen mit meiner Magie helfe, so daß sie mehr Zeit hat, um mit dir bekannt zu werden. Ich bin mir ziemlich sicher, daß, wenn sie dich erst einmal richtig kennengelernt hat...«

»Nein, meine Freundin, denn ihre Zurückweisung, obwohl sie mich natürlich zutiefst beunruhigt, wurde dadurch etwas gemildert, daß du mich wieder daran erinnert hast, daß die erste Jungfrau, der ein Einhorn begegnet, ja auch nicht immer seine Liebe erwidern muß. Nein, was mich noch sehr viel mehr betrübt ist, daß ich Lilienperle trotz ihrer Schönheit, ihrer Anmut und obwohl sie sich zur Gefährtin eines Einhorns vorzüglich eignen würde, gar nicht – gar nicht besonders gern mag!«

»Ich – glaube, ich verstehe bald gar nichts mehr«, sagte Gretchen, wobei sie sorgsam darauf bedacht war, den Schimmer von Hoffnung hinunterzuschlucken, der sich in ihre Stimme einzuschleichen versuchte.

»Das trifft sich ja wieder einmal wunderbar, mein gutes Gretchen, denn mir geht es genauso!«

Die Schatten wurden schon länger. Gretchen warf einen Blick zurück zum Turm. Vielleicht würde Colin am Abend wieder zurück sein, nachdem er die Abordnung nach Immerklar entlassen hatte, denn da sie ja wußte, wie sehr er Gefahren abhold war, war sie sich sicher, daß er versuchen würde, jemand anderen zu finden, der sich zutrauen würde, die anderen durch den Wald zu führen, obwohl ja die Witwe seltsamerweise darauf bestanden hatte, daß er die Rettungsmannschaft anführen solle.

Gretchen erhob sich vom Boden und strich sich die Blätter vom Rock. »Ich gehe nun besser wieder zurück, weil es ja ein ziemlich weiter Weg ist und ich wahrscheinlich wieder abwaschen muß, bevor mir die lustige Witwe etwas zu essen gibt. Das heißt aber nicht, daß ich der alten Beißzange nicht die eine oder andere Lektion übers Kochen erteilen könnte, wenn mich einmal die Lust dazu packen würde.«

»Steig auf!« sagte Mondschein, »du bist mir aus Freundschaft gefolgt, und ich würde deine Treue schlecht vergelten, wenn ich zulassen würde, daß du meinetwegen deine Mahlzeit versäumst.«

»Sag mal, bist du dir auch ganz sicher, daß du dir nichts dabei vergibst, wenn du mit meinesgleichen Umgang pflegst?« fragte sie mürrisch.

Aber er antwortete traurig: »Nein, meine Freundin, mein Rücken fühlt sich allein ohne dein Gewicht, und was geschehen ist, ist nicht mehr rückgängig zu machen.« Er machte einen so niedergeschlagenen und müden Eindruck, daß sie wegen ihres scharfen Tons vor Scham in den Boden hätte versinken mögen.

Die Rettungsmannschaft bestand aus sieben Personen, dem Alten, Scherer, Knollennasen-Archie, Giles Dachdecker, der trotz seines Aussehens kein Bauer war, Brauer, dem Wirt, und Griffin Hügelmann, dem ehemaligen Wächter. Neben Colin war noch der Fremde mit von der Partie, der aber seinen Namen nicht nannte und seinen ganzen Vorrat an Gesprächsstoff schon im Wirtshaus

verbraucht zu haben schien, denn er sprach mit keinem mehr, sobald sie den Wald erreicht hatten.
Nicht, daß jemand daran Anstoß genommen hätte. Der Kerl war nämlich alles andere als ein guter Gesprächspartner, und die anderen amüsierten sich auch ziemlich gut ohne ihn. Colin genoß sowohl ihren zotigen Humor wie auch ihre Versuche, ihn durch Geschichten in der Art der fantastischen Erzählung von den Trollen zu verwirren (soviel er wußte, waren in Argonia mindestens in den vergangenen hundertfünfzig Jahren keine kannibalistischen Trolle mehr vorgekommen).
Unter diesem Menschenschlag war Colin aufgewachsen, einfache Menschen, die ihre Namen aus ihrer Arbeit oder dem Beruf ihrer Väter ableiteten. Colin war von einem Onkel großgezogen worden, der Bauer war; und Colin hatte sich noch lange, nachdem er sich an der Gesangsschule einen neuen Namen zugelegt hatte, als einen Bauer verstanden, der zum Liedschmied wurde, denn außer dem Landleben in Ost-Oberkopfingen hatte er bis dahin nichts gekannt, und seine Tante und Onkel waren die einzigen Verwandten, die er noch hatte. Weil ihm keiner von den beiden etwas über seine Mutter oder seinen Vater erzählte, nahm er an, daß seine Geburt unter schmachvollen Umständen stattgefunden habe, und deswegen war er auch immer sehr schüchtern gewesen; bis zu dem Moment, als er die Seejungfer auf der Reise mit Gretchen zur Rettung Bernsteinweins kennenlernte, hatte er geglaubt, daß er sein musikalisches Talent einzig und allein dem Umstand zu verdanken habe, daß er als Waise ziemlich isoliert war von den anderen Kindern in Ost-Oberkopfingen. Bevor er aufgrund seines phänomenalen Stimmtalents als einziger im weiten Umkreis ein Stipendium an der Gesangsschule bekam, nutzte er es, um sich bei Tanzveranstaltungen und anderen Zusammenkünften beliebt zu machen, bis ihm dann schließlich der Status eines fahrenden Sängers verliehen wurde, fühlte er sich so gut wie jeder andere in seiner gesellschaftlichen Stellung und verstand sich auf seinen Beruf besser als die Mehrzahl der anderen.
Aber über seine Herkunft hatte er nichts gewußt, bevor er die

Seejungfer getroffen hatte, die steif und fest behauptete, daß er ein Verwandter von ihr sei. Den Beweis dafür hatte er dann bekommen, als sie ihm zeigte, wie er bequem und ohne Schaden zu nehmen durchs eisige Wasser schwimmen konnte und daß seinem Gesang eine Kraft innewohnte, die übers Informieren und Unterhalten hinausging. Daß er nun wußte, wer er eigentlich war, erklärte so vieles andere, zum Beispiel seine Befähigung zur Schiffahrt, und warum er immer über seine eigenen Beine stolperte – nun, da er erfahren hatte, daß ein Teil seiner Vorfahren nicht einmal Beine gehabt hatte, schämte er sich schon sehr viel weniger wegen seines ungeschickten Benehmens, das immer dann einsetzte, wenn er festen Boden unter den Füßen hatte. Als Folge davon war er auch in seinem Gehabe an Land sehr viel sicherer geworden. Zusammen mit dem Bewußtsein, daß unter seinem musikalischen Talent Kräfte schlummerten, die über das Normalmaß hinausgingen, hatte ihm auch seine Stellung als Begleiter des Königs mehr Selbstvertrauen gegeben. Ebereschs phänomenale Selbstsicherheit war zum Teil kommunizierbar, sicherlich auch deswegen, weil sich der König damit brüstete, daß sein Hofmusikant mindestens genauso viel wert wäre als bei anderen Fürsten zehn Krieger. Brüllo Eberesch hatte wirklich eine ganz besondere Begabung dafür, derlei Dinge zu übertreiben, aber das lautstark verkündete Lob seines Spielmanns bewirkte, daß ihn die anderen in des Königs Gefolge wenigstens dem äußeren Schein nach mit Respekt behandelten.

Hinsichtlich seines Rangs und seiner Stellung hatte Colin eigentlich alles, was er sich wünschen konnte. Außerdem himmelten ihn jetzt soviele gertenschlanke, blonde Damen von hohem gesellschaftlichem Rang an, wie er es sich nie im Leben hätte träumen lassen. Aber seine Stellung am Hof wäre natürlich keinen Pfifferling mehr wert, wenn dort seine Rolle in Gretchens persönlicher Rebellion bekannt würde. Nicht, daß ihm das so sehr viel ausgemacht hätte, denn Herr Eberesch würde ihnen sicherlich verzeihen, wenn er erst einmal die Situation begriffen hätte, und was die anderen bei Hofe anbetraf, so gab er auf deren Meinung sehr viel

weniger als auf die der einfachen Handwerker, mit denen er nun durch den Wald ritt. Und was die Damen anbetraf – so verfügte keine über eine so nützliche Zauberkraft, wie sie Gretchen eigen war, und in letzter Zeit hatte er gefunden, daß gerade die hübschesten unter ihnen alle gleich fade und farblos aussahen, und keine Einzelheit bezüglich der Damen bei Hofe war ihm in so deutlicher Erinnerung geblieben wie Gretchens verwirrter, hilfesuchender Blick oder das wütende Rotwerden ihrer Wangen, als sie gegen ihren Willen zur Prinzessin ernannt wurde. Er stellte fest, daß ihn die Erinnerung an die leidenschaftlichsten Umarmungen mit seinen vornehmen Geliebten weniger berührte als die an eine rotnäsige Hexe, die mit zerzaustem Haar weinend in seinen Armen lag und seinen Kuß mit einer ganz persönlichen Herzlichkeit erwiderte. Von nun an mußte er besser auf sich achtgeben, denn es war durchaus in Ordnung gewesen, solange er mit der verstoßenen älteren, unehelichen Tochter eines unbedeutenden Edelmannes durch die Wälder geritten war und gefunden hatte, daß ihr Gesicht nichtssagend und ihre Magie minderwertig war. Nun, da er wußte, daß sie eine Prinzessin war, die für eine standesgemäße Heirat bestimmt war, eine Zauberin, deren nährende Magie sehr mächtig war, und eine junge Frau, die zu allem hin auch noch eine sehr eigenwillige und nicht alltägliche Schönheit besaß, deren ursprünglicher Zauber ihn so sehr in Bann schlug, daß er dadurch in allerlei Arten von gefährlichen Abenteuern verstrickt wurde.
Sobald er wieder in Klein-Lieblos war, würde er sie unverzüglich nach Königinstadt bringen, so wie es ursprünglich vereinbart gewesen war, und dann konnte sie seinetwegen einen Verbündeten des Königs heiraten oder Eberesch solange drangsalieren, bis er ihr sämtliche Einhörner des gesamten Königreiches zusammenlas. Er selbst würde sich damit bescheiden müssen, ihre kurze und mehr oder weniger zufällige Tändelei zu vergessen und sich ein nettes, leichtfertiges Ding suchen, mit dem alles nicht so kompliziert wäre, obwohl es wahrscheinlich auch etwas langweiliger wäre.
Die anderen ließen nun ihre Pferde hintereinander gehen und führten sie entlang einem dichtbewachsenen Pfad, wobei sie sich

nach Möglichkeit unter den Bäumen hielten, um dem strömenden Regen so gut es ging auszuweichen. Trotz der Unzugänglichkeit des Terrains schien der Fremde keine Mühe zu haben, Schritt mit den Berittenen zu halten, und war wieder einmal verschwunden. Aber keinem war es besonders leid, weil der Gestank, der von dem unzureichend gegerbten Gewand des Kerls ausströmte, durch die Feuchtigkeit nicht gerade gedämpft wurde.
Mittags machten sie in der Nähe eines Bachs halt und ließen sich an seinem Ufer nieder, um Brotzeit zu machen. Es regnete immer noch, obwohl jetzt die Sonne durchschien und sich ein Regenbogen über den Wipfeln der Bäume wölbte. Die Männer von Klein-Lieblos freuten sich über den schönen Tag und erzählten Colin mit großem Genuß und abwechslungsweise, wie scheußlich das Wetter in diesen Breiten sonst immer war.
Sie erreichten Immerklar bei Einbruch der Nacht. Die Siedlung war im großen und ganzen so, wie sie Colin beim ersten Mal gesehen hatte: öde, verlassen und ohne Leben, nur daß jetzt der Schmutz auf den Straßen festgetreten war und sich der Geruch verbessert hatte, aber ansonsten waren keine beunruhigenden Anzeichen von Mondscheins verjüngender Magie zu bemerken. Trotz des Schlamms war der Fluß immer noch ziemlich sauber geblieben, aber um sich nicht zu vergiften, beschlossen die Männer einstimmig, das Wasser zu vermeiden und statt dessen ihre Wasserbehälter mit Bier zu füllen – natürlich aus rein medizinischen Gründen.
»Das heißt ja nicht, daß wir dir nicht glauben, wenn du uns versicherst, daß das Wasser wieder in Ordnung gebracht wurde«, sagte Griffin Hügelmann zu Colin, »aber das will mir noch gar nicht richtig in den Kopf, wie es kommt, daß die Bewohner solchen Schaden genommen haben – und die Jungs und ich sind auch gar nicht so neugierig, daß sie es um jeden Preis herausfinden wollen!«
Colin war unbehaglich zumute, weil er die Fee und Leofwin mit ihrer Arbeitskolonne nicht sofort gesichtet hatte, aber er kam zu dem Schluß, daß sie wahrscheinlich alle in der Wirtschaft waren, zu Abend aßen und sich zum Schlafengehen vorbereiteten. Jedoch

hätte man erwartet, daß wenigstens einer davon auf das Pferdegetrappel aufmerksam geworden und herausgekommen wäre, um nachzusehen, was dort draußen los war.
Aber auch als die Rettungsmannschaft ihre Pferde vor dem Wirtshaus festband, war immer noch kein Laut zu hören. Ungeachtet der Stille, sprachen und scherzten die Männer aus Klein-Lieblos miteinander, als sie die Wirtschaft betraten, und klopften zuerst den Schmutz von den Schuhen, wie sie es auch zu Hause gemacht hätten.
Abgesehen von den Fackeln, die sie anzündeten, und ihrer Unterhaltung, blieb die Wirtsstube jedoch dunkel und still. Mit weniger Ungestüm als zuvor füllten die Männer dann das restliche Bier in Krüge, nahmen auf den Bänken Platz, wo sie sich beim Schein der Fackeln forschend ins Gesicht blickten, als sie entschlossen und mit kräftigen Zügen ihr Bier austranken. Colin trank nichts, er konnte es einfach nicht verstehen, daß die Wirtsstube leer war. Auch wenn die Zombies schon in ihren Betten und die Fee wieder an ihrem Fluß gewesen wäre, dann hätte doch wenigstens Leofwin hier sein müssen. Aber das einzige, was sich hier bewegte, waren Spinnen, deren Netze nun sehr viel größere Flächen an der Decke und zwischen den Tischbeinen bedeckten als bei Colins letztem Besuch. Obgleich der Zombiegestank nun schwächer war, war der Geruch von abgestandenem Bier in der Zwischenzeit sehr viel stärker und widerlicher geworden.
So gern die Männer von Klein-Lieblos das Wirtshaus betreten hatten, so gern gingen sie auch wieder weg. Sie tranken, so schnell sie konnten, und füllten noch ihre Wasserschläuche mit dem Bier, bevor sie sich leise zur Tür hinausschlichen. Sie mochten ja Wirtshäuser ganz gerne, aber nicht dieses hier. Colin blieb noch sitzen, nachdem sie gegangen waren, und starrte in die Flamme, die an einer Fackel brannte. Er war vollkommen erschöpft und fühlte sich gefoppt und verwirrt.
Gretchen hatte behauptet, daß dieser Ort auf eine ganz heimtückische Art und Weise verhext sei, und Colin war nun überzeugt davon, daß sie recht hatte. Irgend etwas war hier faul. Den ganzen

Tag über war er das Gefühl nicht losgeworden, daß man ihn heimlich beobachtete. Und was war bloß in Leofwin, die Fee und die Bewohner eines Ortes gefahren, die nur aus Zombies bestanden, daß sie so mir nichts dir nichts innerhalb eines Tages verschwanden?
Plötzlich hörte Colin ein Klopfen, das wie Ton auf Holz klang und vom Nachbartisch kam. Er erhob sich und näherte sich vorsichtig dem Tisch. Allmächtige Mutter, würde er aber froh sein, wenn er aus diesem unheimlichen Nest erst mal wieder draußen wäre! Was zwar nicht hieß, daß er vor Gespenstern Angst hatte, aber andererseits hatte er sie auch nicht besonders gern. Die Dorfhexe in Ost-Oberkopfingen hatte sich darauf spezialisiert, die Geister der Verstorbenen zu beschwören, und Colin hatte schon damals nicht eingesehen, warum sie das tat, da sie ja niemand dafür bezahlte, obwohl sie wahrscheinlich einige dafür entlohnten, daß sie die Geister wieder dorthin zurückverbannte, wohin sie gehörten. Wie dem auch sei, er hatte es nie erlebt, daß ihre Magie jemandem genützt hätte. Im großen und ganzen war sie eine Plage, die den Landbewohnern auch noch das bißchen Privatleben wegnahm, das ihnen geblieben war. Man konnte nie sicher sein, daß man auch wirklich allein war. Da konnte es zum Beispiel passieren, daß man gerade badete oder auf der Toilette war oder sich an die Tochter des Müllers im Vorratsraum heranmachte und dieses unheimliche Frösteln verspürte, und natürlich war mitten im Winter auf dem Klo nichts widerwärtiger als eine frostige Geistererscheinung. Colin hatte die Hexe schon die ganze Zeit über verdächtigt, daß sie die Gespenster zum Spionieren benutzte, aber er hatte es nie beweisen können.
Aber wenn er auch keine Angst vor Gespenstern hatte, so war er sich doch nicht sicher, daß die Phänomene hier, wo bereits jeder halbtot war, mit den Erscheinungen in Ost-Oberkopfingen zu vergleichen waren. Möglicherweise war einer von den Dorfbewohnern zu den Gespenstern übergelaufen und hatte vergessen, seine sterbliche Hülle zurückzulassen. Wenn dies wirklich der Fall war, würde er sich wahrscheinlich eine gehörige Tracht Prügel einheimsen.
Als Colin die Fackel höher hielt, sah er, daß der Lärm von einem

umgedrehten Bierkrug herrührte, der auf einem entfernten Tisch hin und herwackelte, als ob er das Gleichgewicht wiedergewinnen wollte. Nun, das war offenbar die Quintessenz von diesem Ort: Die Leute hatten keine Persönlichkeit mehr, aber dafür hatten die Gegenstände aus der unbelebten Welt eine.

Aber auf tanzende Bierkrüge war Colin dann doch noch nicht so richtig gefaßt: er klatschte also mit der flachen Hand auf den eigentlichen Boden des umgedrehten Bierkrugs und hielt ihn auf dem Tisch fest.

Ein dünnes, gedämpftes Stimmchen drang aus dem Innern hervor: »He, du! Das habe ich aber gespürt! Laß sofort los! Wenn du den Krug nicht losläßt, bis ich auf sieben gezählt habe, dann werde ich, so wahr mir die Allmächtige helfe ...«

Sie brauchte nicht mehr zu sagen, da Colin Riesels Stimme wiedererkannt hatte und schnell den Krug wieder umdrehte.

»Wie bist du denn da hineingeraten?« fragte er die Fee, die damit beschäftigt war, ihr vormaliges Gefängnis mit ihren winzigen, nackten Füßchen über den Tisch zu kicken. Dann wandte sie sich Colin zu, wobei aber die Wut nur sehr langsam aus ihrem Gesicht verschwand.

»Also du bist's, großer Junge! Hallo. Vielen Dank auch fürs Umdrehen. Von den abscheulichen Dämpfen da drin wurd ich allmählich stockvoll besoffen. Von allen miesen Tricks ...«, sagte sie und stieß den Krug nochmals an.

»Aber wie ...?« wiederholte Colin.

»Kannst du dir's denn nicht denken? Der Märchenprinz hat mich hier reingesteckt. Zuerst hat er so getan, als ob er kooperativ wäre, und dann, als ich zufälligerweise mal nicht aufpaßte, grapschte er mich und brach mir beinahe die Flügel, als er mich in dieses Dingsda hineinstopfte. Der hinterhältige Hurensohn!« schimpfte sie und spuckte aus.

»Aber was ist denn mit den Zom ..., ich meine natürlich mit den Bewohnern los?« fragte Colin.

»Was soll denn mit ihnen los sein? Ja – halt mal – *was ist mit ihnen los?* Ich hoffe, daß dieser aufgeblasene Schurke nicht einfach abge-

hauen ist, ohne den armen Teufeln zu sagen, daß sie aufhören könnten, Kloaken zu graben, sonst müßten sie jetzt nämlich bald auf der anderen Seite der Welt sein!«
»Wir haben weder die Bewohner noch irgendwelche Kloakenlöcher gesehen«, sagte Colin.
Sie machte auf Colin einen merkwürdig schuldbewußten Eindruck.
»Ich habe selbst nicht viel Erfahrung mit den Untoten«, sagte sie, »und weiß wirklich nicht, wo sie sein könnten. Du nimmst doch hoffentlich nicht an, daß sie von sich aus in den Wald marschieren würden, um dort allein zu sterben, wie Hunde und andere Lebewesen es zu tun pflegen, wenn sie sich selbst überlassen bleiben?«
Colin machte zuerst eine Bewegung, die eine Mischung aus Achselzucken und Schaudern war, und wiederholte dann mit Nachdruck: »*Wenn* sie sich selbst überlassen bleiben...«
Es blieb Colin erspart, daß er seine Bemerkung der Fee und sich selbst gegenüber erklären mußte, weil nun Archie zur Tür hereingestürmt kam.
»He, Spielmann, dieser Prinz, von dem du gesprochen hast, ist er vielleicht ein stämmiger Kerl? Dem die Haare ausgehen? Glattes rötlichblondes Haar?«
Colin nickte.
»Dann haben wir ihn also gefunden! Aber du schaust dir ihn am besten selbst an, bevor du ihn weitertransportierst. Er ist nämlich nicht in der allerbesten Verfassung!«

Nachdem Herr Cyril zwei Tage lang barfuß durch den Wald gegangen war, empfand er beim Anblick der buntbemalten Wagen und beim Schrei der Zigeunerin, als diese Seine Königliche Hoheit wiedererkannte, eine Freude wie nie zuvor in seinem Leben.
»He, König, was tust du denn hier? Warum du nicht regieren Königreich?«
»Xenobia, mein stolzer, alter Liebling mit der schwarzen Seele«, dröhnte Eberesch, warum bist du denn ausgerechnet hier? In diesem Teil meines Reichs gibt's für dich doch wohl kaum Geldbeutel zum Aufschlitzen, oder täusch ich mich?«

»He, König, wie geht's der Frau?« fragte ein hübscher, dunkelhäutiger junger Mann mit blitzenden braunen Augen, einem strahlenden Lächeln seiner blendendweißen Zähne und ziemlich viel unechtem Schmuck um den Hals. Er gesellte sich zu der älteren Frau. Hinter seinem Rücken schaute ein schwangeres Zigeunermädchen mit mandelförmigen Augen hervor.
Seine Majestät ließ den Mann links liegen, aber zog das Mädchen zu sich hin, indem er ihre beiden Hände in seine unförmige Pranke nahm, sagte er: »Zorah, mein kleiner Liebling, hat dich dieser große Lümmel von einem Ehemann etwa wieder geschlagen und soll ich ihn dafür verdreschen, Liebes?«
»Nein, König«, antwortete das Mädchen und erwiderte Ebereschs Lächeln, »mein Mann ist zu sehr damit beschäftigt, sich an die eigene Brust zu schlagen, weißt du, was ich damit meine – und ich mache ihn dafür zum Papa!«
»Was soll denn das bedeuten?« sagte ein Mann, der nun aus einem Wohnwagen herausschaute. Obwohl er zigeunermäßig gekleidet war, sah der Mann aber nicht sehr danach aus. Als er den König erblickte, sprang er vom Wagen herunter und umarmte ihn wie ein Bär. »Brüllo Eberesch, alter Knabe!« sagte er erfreut.
Eine Umarmung wie ein Bär? überlegte sich Herr Cyril. Aber natürlich, eine Umarmung wie ein Bär. Von ihren Namen und der Tatsache, daß der König den Zigeunerstamm kannte, leitete Herr Cyril ab, daß dies Xenobias Stamm sein mußte, den Colin Liedschmied in seiner epischen Ballade: »Die Suche zur Befreiung Königin Bernsteinweins« besungen hatte. Der Nicht-Zigeuner war niemand anders als Prinz H. Würdigmann der Würdige, der früher ein Bär und nun der Prinzgemahl von Xenobia, der Königin der Zigeuner, war. Xenobia war die altmodische Matrone, die sie als erste begrüßt hatte.
Prinz Würdigmann, der mit der Liebe seines Herzens im selbstgewählten Exil und fern von seinem Heimatland, Ablemarle, lebte, war ein treuer Verbündeter des Königs und bei der waghalsigen Befreiung der Königin eine große Hilfe für die Nationalheldin Gretchen Grau gewesen (die nun Prinzessin Greta hieß, obgleich dies

Cyril immer wieder vergaß, denn das Mädchen in Liedschmieds Ballade hörte sich wirklich nicht wie eine Prinzessin an). Der nett aussehende junge Mann war sicherlich der ursprüngliche Entführer der Königin, der begnadigt worden war. Er war der Sohn von Xenobia und Prinz H. Würdigmann, der im Volksmund als Zigeuner Davie bekannt war. Das hübsche schwangere Mädchen mußte dann Zorah sein, die den König zur endgültigen Befreiung von Königin Bernsteinwein, Gretchen Grau, Liedschmied, Prinz H. Würdigmann (damals noch in der Gestalt eines Bären) und der zu diesem Zeitpunkt schon reumütigen Xenobia mitsamt Sohn aus den Fängen der damals noch nicht verbündeten Luftstreitmacht, dem Drachen Grimmut, geführt hatte. Herr Cyril Hühnerstange erinnerte sich mit einiger Erleichterung an diese Details, denn sie gaben Aufschluß über die Freude des Königs beim Anblick Zorahs und Prinz H. Würdigmanns und seiner Kälte Davie gegenüber.

Seine Majestät der König erwiderte die Bärenumarmung Seiner Königlichen Hoheit mit einem zärtlichen Eisriesendrücken. »Würdigmann, was führt denn dich hierher?« fragte der König in einem schleppenden argonischen Dialekt, der vor Aufregung und Erleichterung immer breiter wurde.

»Nun, Eberrresch, das soll jetzt nicht deine Sorrrge sein. Du weißt ja bereits, daß es sich um etwas höchst Ordnungswidriges handelt«, sagte Prinz H. Würdigmann lachend. Bei einigen seiner R's knurrte er immer noch, es handelte sich um eine Sprechbehinderung, die ihm von seiner langen Gefangenschaft als Bär geblieben war. »Und du?« fragte der König, »machst einen Spaziergang mit deinen Jungs, wie?«

»Um die Wahrheit zu sagen, alter Freund«, erwiderte der König, wobei er die Messer am Gürtel der Zigeuner und die Pferde, die ihre Wagen zogen, im Auge behielt, »das würde ich gerne mit dir besprechen.«

Es wurden keine Fragen mehr gestellt, und Eberesch wollte nun gar nicht mehr wissen, wie es kam, daß sich die Zigeuner mit ihren ganzen Wagen ausgerechnet hier, mitten in den waldbewachsenen, östlichen Küstengebieten aufhielt, ob sie auf Raub oder

Schmuggelei aus waren, war eigentlich egal. Der König war klug genug, anzuerkennen, daß die Zigeuner ihr eigenes Gesetz hatten, nach dem sie handelten. Die Zigeuner aber, die einst dem Zauberer Furchtbart ihre Autonomie geopfert hatten und dann von Gretchen Grau und Colin Liedschmied wieder befreit und von König Eberesch begnadigt wurden, waren nun sehr froh, ihrem obersten Herrn helfen zu können.

»Uns bleibt nur wenig zu tun übrig, alter Knabe«, sagte Prinz H. Würdigmann bedauernd, »auf unserem Weg zu – um unsere Arbeit zu verrichten, haben wir auf Schloß Eberesch haltgemacht. War aber niemand dort – machte alles einen ziemlich verlassenen Eindruck!«

»Meine Jungs waren sicher gerade auf Patrouille«, sagte der König, der aber immer noch ziemlich besorgt aussah, als er Würdigmanns Zweifel zerstreute. »Aber ich habe es mir ohnehin anders überlegt, ich werde nicht dorthin gehen, denn ihr habt ja hier im Lager genug Pferde und auch so etwas wie Waffen. Und dies soll ja keine richtige militärische Operation sein, sondern ein bißchen politische Diplomatie, die ich hier spielen lassen muß. Wie wär's, wenn du mir jetzt den Weg zu Finbars früherem Zufluchtsort zeigen würdest?« Er winkte mit der Hand Herrn Cyril heran, der ihm daraufhin die Handschrift reichte, die der Steuermann aus dem Schiffswrack gerettet und wieder in seine Obhut gegeben hatte. »Vor zwei Tagen hat eine Seeschlange unser Schiff vor der Küste zerstört, deswegen sind wir ein bißchen in Verzug gekommen. Könntest du vielleicht die Tierchen satteln und die bewaffneten Männer antreten lassen, damit sie uns zum Schloß bringen?«

Xenobia schaute Prinz H. Würdigmann über die Schulter, als er die Karte untersuchte, und machte sofort wieder einen Satz zurück. Herr Cyril Hühnerstange wußte vom Hörensagen, daß die Zigeunerdamen in ihrem Benehmen gewöhnlich zur Dramatisierung neigten.

»Jetzt hör mir mal gut zu, König«, rief Xenobia, »dieser Ort verheißt nichts Gutes. Das Unglück verfolgt dich. Wenn du nicht auf

mich hörst, wirst du es eines Tages bereuen, daß du den Worten einer Zigeunerin keinen Glauben geschenkt hast!«
»Aber Liebling!« sagte Prinz Würdigmann und umfaßte dabei die Taille seiner Lebensgefährtin mit seinem stämmigen Arm. »Jetzt übertreibst du aber ein bißchen! Jetzt benimm dich wie eine richtige Königin und laß die Männer die Tiere für diese Burschen satteln, ja?«
Xenobia blitzte ihn einen Augenblick lang mit ihren schwarzen Augen an und sagte dann mit aufgeblähten Nasenflügeln und viel Pathos: »Ach, Liebster, du weißt ja, daß ich dir nichts verwehren kann, weil ich so vernarrt in dich bin. Aber dieses Mal muß ich dir sagen: Sei vorsichtig, denn was dieses Schloß anbetrifft, so habe ich ein ziemlich ungutes Gefühl. In Drachenruh wartet der Tod auf euch! Hört auf mich!«
Die Königin der Zigeuner küßte Würdigmann leidenschaftlich, riß sich los und rauschte in einem Wirbel von farbenprächtigen, aber schmutzigen Unterröcken davon. Würdigmann sagte lächelnd: »Eine bemerkenswerte Frau, die Königin, die aber noch nie in ihrem Leben eine glaubwürdige Voraussage gemacht hat. Sollten wir jetzt vielleicht den Schlachtplan ausarbeiten, alter Knabe?«

Kurz nachdem Gretchen Mondschein die kalte Abreibung gegeben hatte und sie sich wieder auf dem Weg zurück zum Turm befanden, war die Sonne untergegangen, und die Luft hatte sich abgekühlt. Wenn sie sich noch einmal waschen wollte, bevor sie Belburga gegenübertrat, überlegte Gretchen, dann würde sie es am besten jetzt tun, bevor es noch kälter würde.
Diesmal verschwendete sie keine Zeit mit der Waschschüssel, sondern entfernte nur den gröbsten Schmutz und löste zuletzt die Flechten ihrer ruinierten Frisur, kämmte die Haare aus, die ihr bis zur Taille reichten, und ließ sie lose herabhängen.
Als sie sich wieder sehen lassen konnte, packte sie ihre Habseligkeiten und machte sich auf den Weg zum Turm, hielt aber plötzlich inne, denn auf der Küchenetage war kein Licht zu sehen, das

bedeutete, daß Belburga kein Abendessen servierte, auch nicht, wenn es Gäste waren, die dafür bezahlen würden.
Gretchen fluchte ausgiebig vor sich hin, war aber trotz ihres Bärenhungers nicht besonders enttäuscht. Von ihrer Unfreundlichkeit abgesehen, wirkte die Witwe ziemlich abstoßend. Gretchen bekam eine Gänsehaut, wenn sie daran dachte, und sie war erst zufrieden, daß sie Belburga aus dem Weg gehen konnte.
Sie beschloß, sich am Flußufer niederzulassen und dort eine Weile zu bleiben, um zu sehen, ob Colin spät am Abend zurückkehrte. Obwohl er offensichtlich blind war gegen Belburgas Ekelhaftigkeit, hatte er es doch fertiggebracht, bei der erstbesten Gelegenheit abzuhauen. Sie war stinksauer auf ihn, weil er sich allein davongeschlichen und sie mit der Witwe alleingelassen hatte.
Gretchen wartete solange, bis es schon ziemlich dunkel war, aber er kam nicht. Sie hatte auch nicht wirklich damit gerechnet, aber da sie nun einmal nicht von Leuten umgeben war, die scharenweise um ihre Gesellschaft buhlten, fühlte sie sich jetzt recht einsam. Sie dachte auch daran, einfach zu Mondschein zurückzugehen und mit ihm zu sprechen, aber sie wußte auch, daß er noch einige Zeit brauchte, um über seine Situation nachzugrübeln, das heißt, wenn er nicht schon schlief. Sie nahm ein Stück Dörrfleisch aus der Tasche, schaute es an und steckte es dann wieder lustlos zurück. Es lohnte sich einfach nicht, es allein hinunterzuschlingen. Nachdem sie nun fast einen Monat mit zwei ihr sehr nahestehenden Begleitern gereist war, hatte sie das Bedürfnis, abends mit jemand zu sprechen, aber eben nicht mit der Freifrau Belburga. Die Vorstellung, sich, nachdem sie gegessen hatte, in einem unwirtlichen, dunklen Turm zur Ruhe zu legen, machte ihr absolut keinen Spaß.
Gretchen kuschelte sich zusammen, weil sie entsetzlich fror. Sie überlegte sich, daß es ihr viel lieber wäre, wenn sie die verworrene Situation klären und sich der Krone mit den damit zusammenhängenden Pflichten einschließlich des Heiratszwangs endlich entledigen konnte. Aber wenn sie dieses Mal am Ziel ihrer Suche anlangten, dann wäre es ihr lieber, wenn nicht jeder seines Weges,

sondern wenn sie zusammen weiterziehen würden. Sie könnten dann abends an einer Reihe von magischen Lagerfeuern ausruhen, während die Sterne auf sie herabsehen und sich Colin alberne Lieder ausdenken würde über alles, was während ihrer abenteuerlichen Reise vorgefallen war.

Eine salzige Träne tropfte in einen ihrer nach oben gezogenen Mundwinkel, um die ein Lächeln spielte als Reaktion auf ihre angenehmen Gedanken. Sie wischte die Träne weg. Wie dumm sie doch war! Was auch immer geschehen sollte, es würden nicht alle sein, die beieinander wären: Mondschein würde die Pflichten erfüllen müssen, die Einhörner gegenüber einer neuen Jungfrau eben hatten – er hatte ihr dies ja schon zur Genüge klargemacht; und Colin war ein vielbeschäftigter Mann, sie vergaß das immer wieder, er würde wahrscheinlich nur den rechten Moment abwarten und sich nur so lange mit ihr abgeben, bis sich alles von selbst löste. Dann konnte er wieder ruhigen Gewissens seinen eigenen Geschäften nachgehen. Doch ja, er mochte sie. Er mußte sie wirklich gern mögen. Hätte er ihr denn sonst wohl geholfen, die panische Furcht vor fließendem Wasser zu überwinden, indem er sang, als sie den Fluß entlangsegelten; oder hätte er sie sonst vor all den bösartigen Tieren bei Zauberer Himbeere errettet (obwohl sie schon mit ihnen fertiggeworden wäre, wenn sie sich nicht gegen sie verschworen hätten); und überhaupt – wäre er denn zurückgekommen, um sie aus dem Turmgefängnis zu befreien, wenn er sie nicht gern gehabt hätte? Und war er nicht, der Schelte wegen ihrer Vorliebe für ritterliche Abenteuer zum Trotz, auf dem Weg hierher ganz besonders lieb zu ihr gewesen?

Bei dieser Erinnerung lächelte Gretchen vor sich hin und fuhr sich mit den Fingerspitzen über die Lippen. Es gab doch wohl niemanden, der aus purer Menschenfreundlichkeit *so* lieb war, nicht wahr?

Der Nebel stieg vom Fluß auf, so daß sie den Weg, der aus dem Wald herausführte, nicht mehr richtig sehen konnte, aber sie beschloß, noch ein letztes Mal zu schauen, bevor sie ihr Warten aufgeben und zum Turm zurückkehren würde. Sie ging bis zur

Mitte der kleinen Zierbrücke, die den Fluß überspannte, und suchte den Waldsaum am Ende der Wiesen ab.
Natürlich war nichts zu sehen. Wenn Colin wirklich nach Immerklar gezogen war, und dies schien nun sicher zu sein, dann würde er einen ganzen Tag brauchen, um dorthin zu gelangen, und einen Tag für die Rückreise – und mit den vom Unglück heimgesuchten Dorfbewohnern im Schlepptau sogar noch länger. Wieder wünschte sie, er hätte sie geweckt, damit sie ihn hätte begleiten können. Sie machte sich Sorgen, daß er nicht genügend Helfer gefunden hatte, erinnerte sich dann aber auch wieder daran, daß ihn keine zehn Pferde in diese Wälder zurückgebracht hätten, wenn dies nicht der Fall gewesen wäre. Colin war nicht der Typ, der ein unnötiges Risiko auf sich nahm, wenigstens nicht, solange er nicht dazu herausgefordert wurde. Gretchen lächelte vor sich hin: Dann war er nämlich zu den unglaublichsten Heldentaten fähig! Das mußte sie noch ein letztes Mal erleben, dachte sie mit einem Anflug von Bitterkeit, nachdem nun Mondschein seine neue Jungfrau gefunden hatte, und bevor man sie von ihm entfernen würde, um einen entsetzlichen Herzog oder dergleichen zu heiraten.
Gretchen Grau, du bist ja wirklich eine boshafte Hexe, beglückwünschte sie sich und wandte den Blick von den Bäumen ab. Aber in dem Augenblick, in dem sie das tat, blinkte ein Licht im Innern des Waldes auf. Sie suchte die Bäume ab, und das Licht belohnte sie für ihre Mühe, indem es immer wieder blinkte, und zwar von der gleichen Stelle aus. War es ein Irrlicht? Aber ein Irrlicht würde sich hin- und herbewegen und an einer anderen Stelle wieder auftauchen. Vorausgesetzt natürlich, daß Irrlichter auch wirklich das taten, was man von ihnen erwartete, und Gretchen wußte nicht, ob dies auch so stimmte, weil sie bisher noch keinem Irrlicht begegnet war, obwohl sie viel darüber gehört hatte. Angeblich sollten sie sich hauptsächlich in der Nähe von Moorgebieten und einsamen Gebirgspfaden aufhalten, damit nichtsahnende Wanderer vom Weg weggelockt wurden und den Tod fanden.
Was auf ihre Situation überhaupt nicht zutraf, denn sie war viel zu

weit weg, als daß sie das Ziel des Irrlichts hätte sein können, das einen Wanderer verführen wollte, und dann hätte es sich ihr wohl kaum gezeigt, aber die magischen Erscheinungen in diesem Land waren manchmal unberechenbar, wie ihr Vater zu sagen beliebte. Sie schüttelte den Kopf und schickte sich an, zum Turm zurückzukehren. Dort sah sie gerade noch einen Lichtschimmer, der sie wie eine Entsprechung zu dem Licht im Wald anmutete. Einen Augenblick später erlosch das Licht auf den Zinnen des Turmes, der nun – bis auf einen winzigen Spalt über Gretchens Zimmer – wieder ganz dunkel war. Ein schwacher Schein drang durch die schmale Öffnung und warf einen blassen Schimmer an der Turmmauer herab, der kraftlos mit der Dunkelheit des Hofs verschmolz.
Schaudernd rannte Gretchen zu dem alten Turm zurück, froh, daß die Witwe wenigstens nicht so weit gegangen war und ihr die Tür vor der Nase verriegelt hatte. Als die Tür mit lautem Getöse hinter ihr zugefallen war, zündete sie eine der Fackeln an der Wand an und stieg dann die Wendeltreppe hinauf.
Mühelos fand sie das erleuchtete Zimmer, blieb vor der Tür aber zögernd stehen, nicht wissend, ob sie vorher klopfen oder den Verschwörer, der die nächtlichen Signale gesendet hatte und sicher nichts Gutes im Schilde führte, auf frischer Tat ertappen sollte. Sie klopfte also einmal ganz kurz und laut an die Tür, stieß sie auf und stürzte ins Zimmer.
Das fuchsartigste Mädchen, das ihr jemals begegnet war, lümmelte in einem Sessel, dessen gerader Rücken und starre Armlehnen überhaupt nicht dafür geeignet waren. Das Mädchen blickte zu ihr auf und strich sich ihren feuerroten Haarschopf aus den schrägstehenden, ovalen Augen, die so grün waren wie mit Eisenkies gesprenkelte Oliven. Alles an ihr schien spitz zu sein. Sie hatte ein langes, schmales Gesicht, dessen Pferdehaftigkeit auch nicht durch ein niedliches, spitz zulaufendes Kinn gemildert wurde. Ihre scharfgeschnittene Nase zeigte nach unten, während ihre spitzen Ohren genau wie die von Mondschein nach oben zeigten. Als es Gretchen erblickte, wäre das Mädchen fast an dem Apfel erstickt, den es gerade mampfte, fing sich aber gerade noch und

kaute den Bissen, den es gerade im Mund hatte, besonders gründlich und schluckte ihn dann hinunter. In ihrem Schoß, auf den das Licht einer Kerze fiel, lag ein schwerer, in Holz gebundener Foliant.

Das Mädchen erwiderte Gretchens stieren Blick und schloß das Buch. Dabei erhaschte Gretchen gerade noch einen Schimmer, der vom Goldschnitt herzurühren schien.

»Schaust dich wohl ein bißchen in der Gegend um?« fragte die Rothaarige. Von ihrer Farbe schloß Gretchen darauf, daß es sich um die vielgerühmte Rubinrose handeln mußte. »Oder willst du vielleicht sagen, daß du dich im Zimmer geirrt hast? Ich weiß nämlich, daß dir Mutter ausdrücklich verboten hat, uns aufzusuchen.«

»Ich...« fing Gretchen an und kam dann aber doch ins Stocken, während sie krampfhaft versuchte, sich eine plausible Ausrede auszudenken. Dann fiel es ihr aber plötzlich wieder ein, daß schließlich nicht *sie* diejenige war, die etwas Böses im Schilde führte, und daß sie genauso nach den Lichtsignalen fragen könnte. »Ich habe im Wald ein Licht gesehen und eines auf den Zinnen, unmittelbar über diesem Zimmer. Und...«

»Und da glaubst du Schlaumeierin nun, daß ich meinem Straßenräubergeliebten Lichtsignale sende, wie?« fragte Rubinrose frech zurück. Nun, da sich ihre Augen an das Licht gewöhnt hatten, konnte Gretchen sehen, daß das Mädchen noch kaum das richtige Alter für irgendeine Art von Geliebten hatte – sie war bestimmt nicht älter als vierzehn.

»Du hast wohl öfter Visionen, nicht wahr?« stichelte das Mädchen.

»Nein, in meiner Familie ist meine Tante diejenige, die die Visionen hat«, erwiderte Gretchen gelassen. »Aber ich *habe* wirklich ein Licht gesehen, und du weißt etwas darüber, stimmt's?«

»Mag sein«, gab Rubinrose zu. »Welcher Tag ist denn heute?«

»Ich glaube Samstag. Warum?«

»Doch nicht das, du Dummchen«, sagte das Mädchen herablassend, »ich meine natürlich, welches *Datum*?«

»Ich habe nicht die leiseste Idee«, gab Gretchen zu, »ich weiß nur, irgendwann im Spätsommer.«

»Ach wirklich?« Die Stimme des Mädchens sprühte plötzlich vor Interesse, und die Rothaarige sah zum Fenster hinaus, als ob sie sich eine Beglaubigung für die Information holen wollte, was ihr natürlich nicht gelang, da die Nacht schon hereingebrochen war. »Ich muß mir wirklich angewöhnen, von Zeit zu Zeit nach draußen zu gehen«, sagte sie. »Wir Gelehrten haben aber sehr wenig Zeit zum Spazierengehen, und ich muß manchmal feststellen, daß ganze Jahreszeiten unbemerkt an mir vorübergegangen sind und mir deswegen irgendwelche wertvollen Forschungsergebnisse entgangen sind. Bist du dir sicher, daß es Sommer ist?«

»Nun, ja. Wie gewöhnlich haben wir Taufe an der Sommersonnenwende abgehalten und...« So gut sie konnte, zählte sie die Tage und Wochen seit der Taufe zusammen, die aus ihrem Gefängnisaufenthalt im Turm, dem Untertauchen im Wald, dem Tag und der Nacht, die sie sich bei Tante Sybil aufhielten, der Reise zu Zauberer Himbeere und der Reise nach Immerklar bestanden hatten – um nicht die Nacht, die sie bei den Zombies verbracht hatten, und der darauffolgenden Reise nach Klein-Lieblos zu vergessen. Gretchen hatte nicht genug Finger, um alles daran abzuzählen, sie mußte noch einmal beginnen, aber da sie die Ereignisse laut aufzählte, war ihr Rubinroses Verstand schon weit vorausgeeilt.

»Dann muß es also Ende August sein?« fragte das fuchsige Mädchen.

»Ja, nach dem scharfen Zug in der Luft zu urteilen, würde ich das auch sagen. Gehst du eigentlich wirklich nie nach draußen?«

»Nur, wenn es sich überhaupt nicht mehr vermeiden läßt«, sagte die andere. »Draußen werden meine Sommersprossen noch schlimmer«, fuhr sie fort und deutete dabei auf ihre Nase, auf der unzählige Sommersprossen waren, die offenbar auf ihre Wangen und ihr spitz zulaufendes Kinn übergequollen waren. »Mutter ist der Meinung, daß Sommersprossen eine schwere Plage sind, außerdem ist es dort draußen meistens ziemlich regnerisch, und der Regen würde ja mein Buch kaputtmachen.«

»Aha, so ist das also«, sagte Gretchen, die langsam ziemlich nervös wurde, weil das Mädchen genauso schrullig war wie seine Mutter.

»Jetzt setz dich doch endlich hin«, sagte das Mädchen, »ich kann schon nicht mehr vernünftig denken, weil du mich durch dein ewiges Herumhampeln ziemlich nervös machst!«

Gretchen gehorchte ihr und zog behutsam einen Schemel neben Rubinroses unbequem anmutenden Stuhl und setzte sich auf die Kante.

»Du machst mich auch ziemlich nervös«, sagte Gretchen zu der Rothaarigen. »Du bist doch Rubinrose, Freifrau Belburgas zweitälteste Tochter, nicht wahr?«

Die Rothaarige schnitt eine Grimasse und sagte: »Aber ich bitte dich, den Namen ›Rubinrose‹ hat mir doch nur meine affektierte Mutter gegeben, als ich noch zu klein war, um mich dagegen zu wehren. Wenn ich erst einmal auf dem Gebiet der Alchimie eine Meisterin bin, dann werde ich meinen Namen in »Rostie« umändern. So nennt mich schon jetzt mein Vater. Wie weit ist er denn noch von uns weg, würdest du sagen?«

»Wer denn?« fragte Gretchen und schaute sich im Zimmer um, aber es war niemand außer ihnen dort.

»Natürlich mein Vater«, erwiderte Rostie. »Es muß sein Signal gewesen sein, das du gesehen hast. Er besucht mich jedes Jahr um diese Zeit, und gewöhnlich versucht er, mir ein Zeichen zu geben – ein Vogel am Fenster oder etwas dergleichen, so daß ich nach draußen komme, um ihn zu sehen. Dann braucht er Mutter nicht gegenüberzutreten. Ich möchte bloß wissen, wer dem alten Drachen gesagt hat, daß er kommt, so daß sie noch rechtzeitig sein Signal abfangen konnte!«

Gretchen schüttelte verwundert den Kopf. »Halt, du bist ein bißchen zu schnell für mich. Ich dachte, dein Vater wäre tot!«

»Dann solltest du vielleicht das Denken bleiben lassen«, sagte Rubinrose (Rostie) kurz angebunden, »weil er nämlich nicht gestorben ist, ist er noch am Leben. Er hat nur soviele Verkleidungsmöglichkeiten in petto, wenn er reist – und er reist immer incognito –, daß ihn niemand erkennen kann, wenn er ihn unterwegs sieht, so daß jeder, dem nichts anderes bekannt ist, annehmen muß, daß er tot ist, und Mutter läßt die Leute bei dem Glauben, weil sie sie dann für eine Witwe halten, anstatt die Wahrheit zu kennen. Wahr ist aber, daß mein Vater gar nicht mehr mit ihr zusammenleben kann, also tut er es auch nicht, und ich kann es ihm nicht einmal übelnehmen. Ich würde es ja schließlich auch nicht tun, wenn ich die Wahl hätte!«

Gretchen wollte der vaterlosen Waise gegenüber ihre Anteilnahme ausdrücken, aber die vaterlose Waise grinste sie ganz plötzlich mit einem gierigen Gesichtsausdruck an, wobei sie ihre perlweißen, spitzen Zähne fletschte.

»Aber eines Tages werde auch ich von dieser Menschenfresserin loskommen«, erklärte das Mädchen. Sie verstellte ihre Stimme, die nun theatralisch tief und drohend klang. Auch hielt sie jetzt die Kerze, bei deren Licht sie gelesen hatte, unter ihr spitzes Kinn, so daß düstere Schatten auf ihrem Gesicht entstanden. »Wenn ich erst einmal eine Alchimistin bin, dann werde ich das Unerkennbare erkennen, und eines Tages, wenn sie wieder einmal versucht, meine Sommersprossen mit einer Seifenlauge abzureiben und überhaupt nichts ahnt, werde ich das Unaussprechliche aussprechen, und ein Scheinbild oder Golem wird aus dem Nichts auftauchen und sie in die Unterwelt befördern. Ich sehe dies natürlich nur als den ersten Schritt in meiner langen und glänzenden Karriere an!« Als sie dies Gretchen anvertraut hatte, stellte sie die Kerze wieder beiseite und sagte: »Aber wäre das denn vielleicht kein großartiger Anfang?«

»Eigentlich ist es ziemlich schlimm«, sagte Gretchen und versuchte, ein Lächeln zu unterdrücken, »sogar für *deine* Mutter. Aber ich weiß, wie dir zumute ist. Meine Großmutter ist nämlich eine Hexe, und manchmal, wenn sie in voller Fahrt ist, würde ich am liebsten den einen oder anderen Dämon beschwören, um mir zu helfen, aber lasse es dann doch bleiben.«

»Hmmm«, sagte Rubinrose nachdenklich, »wahrscheinlich bist du dazu gar nicht in der Lage, auch wenn du es wolltest, sonst wärst du nämlich eine Vollidiotin, andererseits, wenn du wirklich Dämonen beschwören könntest und auch nicht dumm wärest, dann muß ich also daraus schließen, daß deine Oma, die Hexe, auf ihre Art angenehmer sein muß als meine Mutter, die Menschenfresserin. Vielleicht sollte ich meinen Vater ganz einfach von meinen Lakaien hierherbringen lassen, wann immer ich ihn sehen will. Besser wäre es allerdings, wenn ich mir an einem abgelegenen Ort ein Schloß bauen ließe, wo uns Mutter nicht aufspüren kann.« Sie machte plötzlich ein langes Gesicht und fuhr fort: »Obwohl ich glaube, er hätte dies schon von selbst getan, wenn er nur wollte ... aber ich glaube, er fürchtet sich vor mir, weil ich von einer Menschenfresserin abstamme und ich meiner Mutter nachschlage – obwohl jeder sehen kann, daß ich so werde wie er.« Als sie dies sagte, zog sie an einem ihrer spitzen Ohrläppchen. »Ich kann's gar nicht erwarten, bis ich ihm meine Variante der Zauberformel beschreiben kann!« Sie schlug vielsagend auf das Buch, das vor ihr lag, und wechselte ganz schnell das Thema, weil es ihr offensichtlich peinlich war, von ihrem Vater zu sprechen.

»Und was soll die Formel bewirken?« fragte Gretchen.

»Man kann damit Heidelbeerbüsche in Giftpilze verwandeln, wenigstens theoretisch, bis jetzt habe ich's allerdings noch nicht ausprobiert.«

»Ich weiß wirklich nicht, warum du so etwas tun willst!« sagte Gretchen.

»Weil es über deinen Verstand geht«, sagte Rubinrose kurz angebunden, »du bist eben kein Genie wie ich, das zur Alchimistin geboren ist.«

»Das vielleicht nicht gerade, obwohl ich eine erstklassige Hexe bin«, erwiderte Gretchen. Sie war wütend und tat ihr Bestes, es nicht zu zeigen. Sie wußte, daß sie nicht die Kontrolle über sich selbst verlieren durfte, obwohl es ihr widersprach, daß sie von einem Mädchen, das wesentlich jünger war als sie, erniedrigt wurde. Rubinrose war ihr durch ihre Gelehrtheit überlegen, und wegen ihrer Jugendlichkeit fühlte sich Gretchen ziemlich alt, denn wenn ihre Zeitzählung richtig war, dann war ihr einundzwanzigster Geburtstag – die für Hexen so wichtige dreimal Sieben – entweder sehr nahe oder sogar schon vorüber. Zum ersten Mal wünschte sie, ihrem Lehrer mehr Aufmerksamkeit geschenkt zu haben, der sie und Bernsteinwein als Kinder unterrichtet hatte. Dann hätte sie jetzt auch mit normalen, nichtmagischen Zahlen umgehen können und andere Sprachen verstanden. Hätte sie doch nur nicht in diesen trübsinnigen Stunden die Blicke über Bernsteinweins buntgemusterten Rocksaum gleiten lassen! Dann hätte sie nämlich dieser altklugen kleinen Rotznase jetzt zeigen können, daß auch Gretchen Grau das eine oder andere wußte. Aber da sie sich wirklich nur noch an die Farben von Bernsteinweins Gewand und die schmerzhaften Tatzen erinnern konnte, die sie von ihrem Lehrer für ihre Unaufmerksamkeit bezog, hielt sie lieber den Mund.

»Wenn du wirklich eine so erstklassige Hexe bist«, hänselte sie Rubinrose, »dann zeig's mir doch und versuch ja nicht, mich hereinzulegen! Mein Vater ist nämlich ein erstklassiger Zauberer, so daß ich sehr wohl den Weizen von der Spreu trennen kann!«

Gretchen rümpfte verächtlich die Nase und sagte dann: »Ich lasse mich doch auf keine kindischen Abenteuer ein!«

»Aha, du schaffst's wohl nicht! Dann hat meine Mutter also doch recht, und du bist nur ein ganz gewöhnliches Küchenmädchen, das mit diesem Spielmann durchgebrannt ist. Übrigens, wenn er dich sitzenlassen sollte, kannst du nicht hierbleiben, das ist dir doch wohl klar?« Ein blasiertes Lächeln ging über ihr Fuchsgesicht, und dann legte sie die Beine auf dem Fußschemel übereinander, der neben Gretchen stand.

»Ich bin weder eine Küchenmagd, noch habe ich was mit Colin!« begehrte Gretchen auf. Aber stimmte das auch? Es war vollkommen egal, jedenfalls ging es dieses verfluchte Mädchen nichts an. Mit großer Genugtuung befahl Gretchen Ruß und Holzsplittern auf Rubinroses kleine spitze Ohren herabzuregnen.

»Du abscheuliche Hexe!« schrie das Mädchen, sprang von ihrem Sitz auf und rieb sich den Ruß aus den Augen, so daß sie jetzt fast einem Fuchs ähnlich sah. Aber es war nicht ihr Gesicht, um das sie sich Sorgen machte. Sobald sie wieder sehen konnte, wischte sie den geschwärzten Umschlag ihres kostbaren Buches wieder ab. »Du hast es absichtlich kaputtgemacht, weil du zu dumm bist, um es zu verstehen!« beschimpfte das Mädchen Gretchen.

»Du hast ja selbst gewollt, daß ich dir eine Probe meiner Zauberkraft gebe«, sagte Gretchen sanft und hoffte, daß sie mithilfe ihrer Zauberkraft das Buch genauso schnell wieder säubern konnte, wie sie es beschmutzt hatte. Den ganzen Tag über war ihre Zauberkraft nicht mehr so wirksam gewesen wie bei diesem Aschenregen! Wahrscheinlich zogen es ihre Hausgeister vor, mit so elementaren Stoffen wie Dreck und Mist umzugehen, und scheuten Wasser und Seife, da sie ja Blutsverwandte ihrer nicht ganz makellosen Hexen-Vorfahrinnen waren. Kein Wunder, daß es ihr leichter fiel, boshafte Zaubertricks auszuführen als nützliche! Plötzlich war sie gar nicht mehr so stolz auf sich und sah ein, daß sie aus kindischer Angeberei ihre Kräfte zu dem mißbraucht hatte, wofür sie eigentlich nicht gedacht waren – nämlich, um damit eine Sauerei anzurichten und zu zerstören statt zu säubern, auszubessern und etwas damit wieder in Ordnung zu bringen. Also konzentrierte sie sich jetzt viel stärker als je zuvor und brachte einen Reinigungszauber zustande, der zwar nicht das Mädchen, aber das Buch säuberte, so daß es so sauber und makellos aussah wie vor dem Aschenregen.

Bevor der Zauber seine Wirkung vollends getan hatte, hörte Rubinrose auf, Gretchen wütend anzustarren, und als das Buch schließlich sauber war, grinste sie schon wieder unverschämt und sagte: »Bravo, Hexe, das hat mir gefallen!« Dabei betrachtete sie interessiert ihre schmutzigen Hände. »Ach, ich wünschte nur, daß mich Mutter so sehen könnte. Was meinst du, sollte ich jetzt vielleicht zu meiner älteren Schwester gehen und sie fragen, ob ich ihr die Haare richten soll?«

Gretchen fing an zu kichern, und dann lachten plötzlich beide. Schließlich fing sich Rubinrose und fragte glucksend: »Was kannst du eigentlich sonst noch?«

»Ich fürchte, nichts, was dich noch mehr beeindrucken könnte«, antwortete Gretchen, »meine Magie ist zwar auf ihre Weise recht nützlich, aber eben nicht besonders spektakulär.« Plötzlich fiel ihr ein, daß dies eine ausgezeichnete Gelegenheit war, Mondscheins Sache vorzubringen: »Die andere Sache, die dir vielleicht auch noch Eindruck machen würde, ist, daß ich mich mit Einhörnern unterhalten kann.«

»Mit Einhörnern, ehrlich?« fragte Rubinrose und lehnte sich nach vorn, wobei das Gold in ihren Augen – vor Begeisterung? – zu leuchten begann. Wenigstens schien sie nicht die verächtliche Haltung von ihrer Mutter und Schwester gegenüber Mondscheins Rasse zu teilen. »Was meinst du, könnte ich vielleicht eines bekommen?« fragte Rubinrose Gretchen.

Obgleich Gretchen den habgierigen Blick des Mädchens nicht mochte, mußte sie sich eingestehen, daß wahrscheinlich die Eifersucht sie so entsetzlich mißtrauisch machte. »Ich werde dich morgen einem Einhorn vorstellen«, versprach sie ihr.

»Geht's möglichst früh?« fragte das Mädchen, wobei es wieder seine frühere Überlegenheit zurückgewann, »denn wenn mein Vater hier ist, habe ich vielleicht keine Zeit mehr«, fügte es erklärend hinzu. Dann legte Rostie das Buch ganz vorsichtig hin und ging zu der Waschschüssel aus Porzellan hinüber, wo sie sich sehr behutsam von ihrer Schmutzschicht zu befreien begann.

Gretchen, die wußte, wann sie nicht mehr erwünscht war, ging hinaus – und sorgte natürlich dafür, daß die Tür ja recht laut hinter ihr zuschlug.

Als sie am nächsten Morgen erwachte, fühlte sie sich etwas besser. Colin würde wahrscheinlich bis zum Abend zurück sein, dann würden sie mit oder ohne Mondschein herauszubekommen versuchen, wo die Banditen die anderen Einhörner hingebracht hatten, und König Brüllo Eberesch dazu überreden, etwas in der Sache zu unternehmen, sobald er nach Königinstadt zurückkehrte. Wahrscheinlich wollte Colin gar nicht dorthin zurückkehren, ohne sein Möglichstes zur Ergreifung des Gesindels beigetragen zu haben, das die Tiere bedrohte. Und hatte nicht auch Leofwin von einer Revolution gesprochen? Wenn sie mit dieser

Art von Information zum König kamen und nicht mit leeren Händen, so würde er ihrem Gesuch sicherlich mit größerem Wohlwollen gegenüberstehen, und auch Colin würde das bestimmt einsehen.
Was die Signale anbetraf – so war es nicht sehr wahrscheinlich – zumal es im Wald von Banditen und Zombies nur so wimmelte –, daß diese gleichmäßigen Lichtzeichen nur von Rubinroses liebevollem Papa herrührten. Belburgas zweitälteste Tochter konnte von ihr aus noch so gescheit sein, aber wenn sie zur Lösung des Rätsels nur ihre eigene Version gelten ließ, dann mangelte es ihr eben an gesundem Menschenverstand.
Aber wer in der Sache recht hatte und wer nicht, würde sich noch herausstellen. Im Augenblick hatte sie jedenfalls furchtbaren Kohldampf und brauchte dringend ein Frühstück.
Belburga, die noch am Tisch saß, als Gretchen eintrat, beachtete sie überhaupt nicht, aber jedenfalls protestierte sie auch nicht, als Gretchen aus dem Kochtopf über dem Herd Brei auf einen Teller schöpfte. Aber eigentlich kam es auch nicht mehr darauf an, denn allein der Anblick der Frau reichte schon aus, damit Gretchen der Appetit verging. Vielleicht war die Witwe ja wirklich eine Menschenfresserin, wie ihre Tochter behauptete. Derartige Ungeheuer mußten heutzutage nicht mehr unbedingt riesengroß und behaart oder böse Hexen oder kleine Elfen sein. Gretchen würde ihr schon noch auf die Schliche kommen! Rubinroses spitze Zähne hatten wohl nichts zu bedeuten, obwohl spitze Zähne allgemein als Merkmale von Vampiren galten. Bei der Witwe, die ansonsten ganz normal aussah, wäre es allerdings ein totsicheres Indiz gewesen, aber schließlich gab es ja auch noch andere Wesen, die solche Zähne hatten. An Rubinrose war auch sonst alles spitzig, warum sollten es dann ihre Zähne ausgerechnet nicht sein? Aber ihre Mama war eben ein Fall für sich.
Gretchen wollte der Sache nachgehen.
Dazu wäre es nicht unbedingt nötig gewesen, daß sie die Ratte herbeizauberte, und doch tat sie es, weil sie es diesem Weibsbild schuldig zu sein glaubte, das sie hinter ihrem Rücken als eine ver-

wahrloste Küchenmagd bezeichnet und ihr eine miserable Verpflegung und Unterkunft für einen stolzen Preis gewährt hatte.

Gretchen lockte die Ratte mit einem Stück Brot herbei, während Belburga vor sich hinmurmelte. Es war nicht besonders schwer, weil Belburga, die zwar darauf achtete, daß ihre Töchter immer schneeweiße Kleider und saubere Hände hatten, im Grunde genommen eine schlampige Hausfrau war, so daß bestimmt keine Katze, die etwas auf sich hielt, bei solch einem widerwärtigen Weibsstück bleiben würde.

Das fette, graue Nagetier kam sofort. Es kroch in dem Augenblick aus seinem Loch heraus, als ihm Gretchen das Brot unter dem Tisch hinhielt. Das Tier benahm sich so selbstverständlich wie ein Hund, der sein wohlverdientes Fressen in Empfang nimmt, und überhaupt war die Ratte ja auch beinahe so groß wie ein kleiner Hund. Gretchen schleuderte das Stück Brot über die Zehen der Witwe, und die Ratte rannte natürlich hinterher.

Die Witwe stieß einen markerschütternden Schrei aus und rannte hinter der Ratte her. Das arme Tier warf sich halbtot vor Schreck auf den Boden. Der Schrei enthüllte Belburgas Rachen, Mandeln und Zunge bis ins kleinste Detail, aber vor allem enthüllte er ein Gebiß, dessen Zähne sehr viel länger und spitzer waren als die Zähne von Rubinrose.

Nachdem Belburga sich gebührend erschreckt hatte, jagte sie mit einem Besen hinter der unglückseligen Ratte her. Gretchen verließ eilends das Zimmer, ohne ihr Frühstück auch nur angerührt zu haben. Die verarmte Edelfrau geiferte sogar, als sie hinter der armen Ratte herjagte.

Also war Belburga wirklich ein Vampir, kein Wunder, daß sie so abstoßend war, denn diese Art von Ungeheuer und sogar ihre Nachkommen standen im Ruf, *Menschen* zu fressen. Nun, vielleicht nicht gerade die Nachbarn, Verwandten oder Freunde, soweit sie überhaupt welche hatten, sondern die Besucher waren leichte Beute für ihresgleichen. Kein Wunder, daß die gute Witwe Leute bei sich übernachten ließ. Gretchen hätte zu gern gewußt, wieviele sie wieder ihres Wegs hatte ziehen lassen. Dieser Gedanke veranlaßte sie, schnurstracks zum Stall hinüberzurennen.

»Du bist ja ganz außer Atem, meine Freundin«, sagte Mondschein, »wo drückt dich denn der Schuh?« Das Einhorn mampfte friedlich den Hafer aus dem Eimer, der vor ihm stand.

»Mondschein, es ist wirklich sehr wichtig«, sagte Gretchen, als sie wieder zu Atem gekommen war, »*wer* hat Roundelay aus dem Stall geführt? War es Colin oder jemand anderes?«

»Es war Colin und kein anderer. Er hat mir zu verstehen gegeben, daß er sich nach Hilfe für die leidenden Verbündeten der bösen Einhornjäger umsehen wolle.«

»Mann«, sagte Gretchen und sank seufzend auf das schmutzige Stroh nieder. Dann erzählte sie Mondschein, was sie über die Witwe und deren Töchter erfahren hatte.

Mondschein war skeptisch. »Die schöne Lilienperle mag ja unerträglich egozentrisch sein, aber darum ist sie doch noch lange keine Menschenfresserin. Vielleicht ist die Freifrau Belburga auch nur ihre Stiefmutter, und ihre Zähne sind vielleicht ein bißchen verunstaltet durch die Härten ...«

»Durch die man sich beißen muß, wenn man das Mark aus den Menschenknochen heraussaugen will?« ergänzte ihn Gretchen.

»Sie hat weder dir noch Meister Colin etwas zuleide getan und lebt mit den Leuten hier in Frieden«, gab Mondschein zu bedenken, »und das widerspricht doch nun wirklich deinen Vermutungen, nicht wahr?«

»Ha!« rief Gretchen verächtlich, »wahrhaftig, sie lebt mit den Leuten hier in Frieden! Mit Ausnahme eines sehr seltsamen Fremden, den wir ja bereits kennengelernt haben und der ein Interesse an dieser Dame zu haben scheint, das sich aber nicht auf ihre Töchter bezieht, wie? Ich weiß wirklich nicht, warum sie uns noch nicht gefressen hat – vielleicht hebt sie uns für das Dessert auf, oder vielleicht mag sie auch Prinzen lieber und wartet nur darauf, bis sie Leofwin zwischen die Zähne kriegt!« Grinsend fügte sie hinzu: »An dem wird sie sich aber etliche Hauerchen ausbeißen!«

»Meine gute Hexe«, sagte Mondschein freundlich, »ich denke, du bist von der Reise etwas übermüdet!«
»Meinst du wirklich? Dann komm doch mit, daß ich dir Rubinrose hole. Sie ist zwar ein ziemlich eigenartiges Mädchen, aber weiß ganz genau, wer eine Menschenfresserin ist und wer nicht. Zwar wird das von da an keine Rolle mehr spielen, wenn die ganze Blase, einschließlich Belburga, Lily, Rostie und das andere blumenhafte Gör einen Kochkessel übers Feuer hängen, in dem sie mich schmoren lassen wollen. Ich rühre mich nicht mehr vom Fleck, bis Colin zurückkommt. Wenn du dieses Mädchen aber magst, dann rate ich dir um der Sicherheit willen, Rostie möglichst schnell für dich zu gewinnen, denn auch sie ist nicht besonders scharf darauf, hier zu leben. Sobald Colin wieder aufkreuzt, sollten wir uns schleunigst aus dem Staube machen!«
»Das hast du sehr schön gesagt, meine Freundin. Führe mich zu ihr, denn ich bin sehr erpicht darauf, diese neue Jungfrau kennenzulernen.« Frohgemut folgte er Gretchen zu ihrem Versteck im Zedernhain, der das Flußufer säumte.
»Sei bitte nicht zu sehr erpicht darauf«, ermahnte ihn Gretchen, »ich muß sie zuerst einmal hierherbringen. Sie zieht es nämlich vor, im Haus zu bleiben, weil sie sofort Sommersprossen bekommt und sich lieber die ganze Zeit über mit Alchimie beschäftigt. Sie ist fest dazu entschlossen, eine Alchimistin zu werden, Mondschein! Sag mal, wird sie das nicht sogar daran hindern, eine richtige Einhornjungfrau zu werden? Soweit ich mich entsinnen kann, war ja meine Zauberkraft einer der Einwände, die Primel gegen mich ins Feld geführt hat!«
»Da die betreffende Jungfrau bis jetzt noch keine Zauberin ist, kann ihr Ehrgeiz vielleicht in ganz andere Bahnen gelenkt werden, wenn wir uns besser kennen«, erwiderte das Einhorn.
Gretchen sah Mondschein zornig an: »Sag mal, sind eigentlich alle Einhörner solch unverbesserliche Optimisten? Aber du brauchst mir meine Frage nicht zu beantworten, denn schließlich ist es ja dein Bier, aber Primel ist zum Beispiel auch ein Einhorn, und ich glaube nicht, daß sie einen Funken Optimismus im Leibe hat.«

Mondschein wies sie mit seinem Blick zurecht, aber Gretchen stellte fest, daß er ihr nicht widersprach.
Der Dauernebel stieg in Schwaden vom Fluß auf und umhüllte Gretchen und Mondschein, so daß sie vollkommen von der Außenwelt abgeschnitten waren und ihnen nur noch das kleine Stück Waldboden blieb, das taubedeckt vor ihnen lag. Gretchen machte sich den Schutz zunutze, den ihnen der Nebel bot, um Mondscheins Tarnung herunterzunehmen. Das Einhorn sonderte sich von ihr ab und legte sich ins Gebüsch. Als sie sich davon überzeugt hatte, daß sie in Sicherheit waren und Belburga nicht um den Weg war, schlich sie sich in den Turm zurück und ging sofort die Treppe zu Rubinroses Gemach hinauf.
Das Wunderkind empfing sie an der Tür und sagte vorwurfsvoll: »Du bist vielleicht eine laute Hexe!«
»Hör mal«, sagte Gretchen so höflich wie sie konnte, »aber du hast ja selbst gesagt, daß du mit meinem Freund möglichst frühzeitig zusammentreffen wolltest. Wenn du also jetzt die Güte hättest und dein modriges Buch aus der Hand legen würdest, denn ich bin mir ziemlich sicher, daß du sofort einsehen wirst, daß Mondschein deine geschätzte Aufmerksamkeit verdient hat!«
Nachdem sich Rubinrose in einen Schal gehüllt hatte, der genauso olivgrün war wie ihre Augen, folgte sie Gretchen in den Garten.
»Donnerwetter«, rief das Mädchen vor lauter Bewunderung, als es Mondschein erblickte, »ist das aber ein hübsches Exemplar!« Streckte dabei ihre spitzen Finger begierig nach ihm aus, die Mondschein beschnupperte. Dann sagte das Einhorn zu Gretchen: »Ich glaube, du kannst uns nun allein lassen!«
»Ich glaube, ich weiß selbst ganz genau, wenn ich nicht mehr erwünscht bin«, erwiderte Gretchen gekränkt und zog sich daraufhin ins schützende Gebüsch zurück, das den Fluß säumte, weil sie von dort aus die Menschenfresserin im Auge behalten wollte, die sich überhaupt nicht mehr blicken ließ, was natürlich sehr verdächtig war. Vielleicht pflegten auch Menschenfresserinnen tagsüber zu schlafen wie die Vampire, sobald sie gefrühstückt und ihre Hühner gefüttert hatten. Gretchen hatte zwar noch nichts davon

gehört, aber bei denen konnte man nie wissen! Aber was auch immer Belburga tun mochte, Gretchen würde ihr raten, damit fortzufahren und sich nicht in Mondscheins Angelegenheiten zu mischen. Wenn dies nämlich der Fall wäre, würde ihr Gretchen Saures geben, und zwar mit großem Vergnügen. In der Zwischenzeit hielt sie es für das beste, sich nicht von der Stelle zu rühren. Wenn sie nach Colin Ausschau halten und ihm im Wald entgegengehen würde, wenn er zurückkehrte, würde sie ihn totsicher verfehlen und dem menschenfressenden (oder zumindest rattenfressenden) Ungeheuer in die Hände fallen. Auch konnte sie ihn nicht gut zu Fuß abpassen, und das einzige Reittier, das ihr zur Verfügung stand, flirtete gerade mit seiner auserkorenen Jungfrau.

»Verstehen Sie mich recht, Hoheit«, sagte Adlerflaum, »es geht hier nicht darum, daß wir etwas gegen Ihre gutgemeinten Besuche und die Leckereien hätten, aber wann sind Sie denn endlich mit Ihrem Gekritzel fertig und führen uns aus dieser abscheulichen Eisbärenhöhle heraus?«
»Bitte iß den Rest auch noch auf«, flehte ihn Pegien an. Adlerflaum hatte nämlich nur die Hälfte von seinem Apfel gegessen, während Schneeschatten ihren Apfel auf eine sehr gezierte Weise, aber nichtsdestotrotz auf einen Sitz verzehrt hatte. »Wenn die Wachen hier irgendetwas finden, was sie euch nicht selbst gebracht haben, würden sie draufkommen, daß euch jemand besucht hat«, fügte Pegien hinzu.
»Seien Sie unbesorgt, Hoheit!« erwiderte Adlerflaum und senkte den Kopf, so daß das gezackte Ende seines abgebrochenen Horns drohend gegen die Tür gerichtet war, die in das dicke, bläuliche Eis eingelassen war, »die kommen hier nicht rein – die fürchten sich viel zu sehr davor, daß sie das abbekommen, was ihnen dann auch unwiderruflich blüht!«
»Gut, du sollst sie ja auch richtig einschüchtern. Weißt du, bei diesem entsetzlichen Wetter, das wir gerade haben, kann ich nämlich erst heute abend mit unserer Karte beginnen.«

»Heute abend?« riefen die beiden Einhörner wie aus einem Mund, mit einer Stimme, die beinahe wie ein Klagegeheul klang, »aber Sie haben doch schon vor einer Woche gesagt, daß Sie den Plan innerhalb von zwei Tagen fertig hätten!«

»Tut mir leid, aber es war nicht anders zu machen, ich kann nicht bei Regen arbeiten, trotz der Illuminierungsmagie, über die ich verfüge.«

»Was ist denn los mit Ihnen? Haben Sie Angst, daß Euer Hochwohlgeboren ein bißchen naß wird?« fragte Adlerflaum.

»Es geht hier nicht um mich, sondern darum, daß meine Tinten nicht antrocknen. Sie fließen – eine Technik, die sich zwar sehr gut für Tuschzeichnungen eignet, aber eben nicht für die Kartographie.«

»Er hat es ja nicht böse gemeint, Prinzessin«, versuchte Schneeschatten einzulenken, »aber ich fühle, daß die Zeit immer knapper wird!«

Pegien fühlte es ebenfalls. Sie hatte die Nächte damit zugebracht, in ihren Gemächern auf und ab zu gehen und zum tief herabhängenden, wildbewegten Himmel durch Regen- und Graupelschauer emporzuschauen. Sie fühlte sich so überflüssig, als sie dem Regen lauschte, der an den Schloßmauern niederprasselte. Die ganze Woche schon hatten sie Stiefel aus Fischdarm angehabt, weil die Böden mit eisigem Wasser überschwemmt waren, das unter den Türen hereingesickert war. Obwohl sie sich in ihren dicksten Schal gewickelt hatte, fühlte Pegien die Kälte bis ins Mark, als sie in den Gängen auf und ab gegangen und viel zu unruhig war, um schreiben oder auch nur lesen zu können. Sie hatte Furchtbart belauscht, als er sich mit seinen Offizieren beriet und weitere Pläne schmiedete, um König Brüllo zu stürzen. An diesem Abend war es ganz besonders rutschig im Labyrinth gewesen, weil der Regen bis zum Sonnenuntergang angehalten hatte. Dann rissen die Wolken plötzlich auf, um den Mond und die Sterne zu enthüllen. Die Einhörner standen bis zu den Knöcheln im Wasser, das ganz schnell zu Eis gefror, und ihr Fressen war vollkommen durchweicht. Pegien war froh, daß sie daran gedacht hatte, ihnen die Äpfel mitzubringen, aber es tat ihr leid, daß sie ihnen hinsichtlich des Fluchtplans nichts Erfreulicheres melden konnte.

»Also gut, nun habe ich mit eigenen Augen gesehen, daß ihr gesund und wohlbehalten seid, so daß ich also so vorgehen werde, wie ich es geplant hatte, aber ich muß euch im voraus sagen, daß das Erstellen der Karte wahrscheinlich noch etwas länger dauern wird, als ich dachte.«

Die beiden Einhörner wieherten entsetzt.

»Bei Nacht habe ich einfach nicht genug Licht, um die entferntesten Orte aufzuzeichnen, und bei Tage habe ich keine Zeit dazu, weil dann nämlich Gretchen von mir verlangt, daß ich ihm Karten für seine Feldzüge zeichne und kunstvoll geschriebene Proklamationen liefere, die er nach seiner Thronbesteigung publik machen will. Außerdem wird er auch weniger Verdacht schöpfen, wenn ich so tue, als ob ich mit Eifer bei der Sache wäre; um das Labyrinth vollends aufzuzeichnen, muß ich jede Nacht weiter hinauskriechen auf der Mauer, wenn das Wetter so gut ist, daß man jedesmal etwas mehr von den verschlungenen Gängen sieht, das man dann festhalten kann...«

»O Prinzessin, seien Sie vorsichtig und setzen Sie doch nicht Ihr Leben aufs Spiel!« sagte Schneeschatten besorgt.

»Ich fürchte, daß mein Leben nicht viel länger dauern würde als eures, wenn es mir nicht gelingt, euch irgendwie freizubekommen. Denn als Tochter von Finbar, dem Feuerfesten, und als die Letzte aus dem Geschlecht der Ashburns gebe ich euch mein Wort darauf, daß ich es nicht zulassen werde, daß Furchtbart mit seinen Lakaien euch noch mehr zuleide tun werden, als sie es bereits getan haben. Aber solange ihr geduldig auf mich wartet?«

»Ja?«

»Warum schlägst du nicht ganz einfach weiter nach diesem Loch aus, das du dir schon gegraben hast?«

Als sie auf der Hochebene angelangt waren, über die ein schneidender Wind in einer unablässigen Wirbelbewegung hinwegfegte, kam Herr Cyril Hühnerstange nach reiflicher Überlegung zu dem

Schluß, daß sie ohne die Zigeunerwagen weiterreisen mußten, weil sie sonst in den mannshohen Schneewehen steckenbleiben würden. So war er sehr erstaunt, als er sah, wie sich die Frauen an den Rädern ihrer Wohnwagen zu schaffen machten – in der Regel waren es drei oder vier, die sich um ein Rad kümmerten – und sie mit flinken Bewegungen herunternahmen.

»Meiner Treu, Herr, können Sie mir vielleicht sagen, was Ihre Damen da tun?« fragte er den Zigeuner Davie, der sich in aller Seelenruhe an einen Wagen lehnte und den Frauen beim Arbeiten zusah. Im Unterschied zu sonst hatte er sein Hemd bis obenhin zugeknöpft und verdeckte seine zahlreichen Ketten. Er hatte ein seidenes Halstuch an, das unter einem wunderschön bestickten Schaffellmantel hervorschaute. Er schien das miese Wetter als einen guten Vorwand anzusehen, um ihnen die prächtigen Gewänder vorzuführen, die er bis jetzt noch nicht getragen hatte, aber ansonsten schien es ihn nicht zu tangieren.

»Sieh dich mal um, Gefolgsmann des Königs«, wies er Herrn Cyril an, wobei er die Arme in einer weitausholenden Geste ausstreckte. Davies Hände steckten in warmen Schaffellhandschuhen. »Was siehst du vor dir?« fragte er Herrn Cyril.

»Schnee, oder meinst du, was sonst noch?« fragte Hühnerstange.

»Schnee, stimmt genau! Was hältst du davon, du, ziemlich schlau, nicht wie einige von den Gefolgsleuten, die zu dumm sind, um sich von meiner Frau aus der Hand lesen zu lassen. Überall um uns herum liegt Schnee. Du weißt, was mit Wagenrädern im Schnee geschieht?«

»Sie bleiben stecken, ich hätte deswegen geglaubt, daß wir die Wagen ganz einfach stehenlassen.«

»Aber nicht doch – Gefolgsmann des Königs. Diese Wagen sind unser Zuhause. Außerdem, wer wird denn schon den Paß zu Fuß überqueren wollen – sehr mühsam. Nicht die richtige Zigeunerart.«

Herr Cyril Hühnerstange stimmte mit dem Zigeuner vollkommen überein. Auch er wollte nicht das Gebirge zu Fuß überqueren, also

ging er zu den Frauen hinüber, um ihnen zu helfen, den Wagen zu heben, der links von ihm stand. Die Frauen scherten sich überhaupt nicht um den schauerartigen Schneewind, der ihnen die Röcke und Haare um die mageren braunen Körper peitschte, und schoben Herrn Cyril energisch zur Seite. Davie zupfte sich noch fröstelnd am Ärmel, bevor er sich wieder in den Schutz des Wohnwagens begab. Die Frauen, die die schweren, fransengeschmückten Tücher fest um die Schultern geschlungen hielten, während sie den Wagen hochhoben, schienen auf diese Schwerarbeit genauso stolz zu sein wie auf ihre Koch- und Tanzkünste.
»Du hast doch hoffentlich nicht vor, sie die Wagen auf ihren Schultern über den Paß tragen zu lassen, oder?« fragte Cyril den Zigeuner argwöhnisch. Davie schüttelte den Kopf und deutete grinsend auf ein paar junge Mädchen, die jetzt zur Hinterseite eines Wagens rannten, wo sie lange Holzlatten herauszogen. Während die Frauen die Wagen hochhoben, schoben die Mädchen die Latten so unter die Wagen, daß die Bretter genau unter den Naben lagen. Dann ließen die älteren Frauen den Wagen wieder los, der polternd niederfiel.
»Skier?« fragte Cyril.
Davie, der sich königlich über Cyrils Verwunderung amüsierte, fing zu grinsen an und sagte: »Natürlich Skier! Ist nämlich ein alter Zigeunertrick. Dieser Paß ist leichter Paß. Wir spannen Pferde vor Schlitten, wo es eben ist oder ansteigt, und machen auch schöne Schlittenfahrt, wo es abwärts geht. Schlau, was? Wo Schnee sehr tief – Pferde kommen in die Wagen, und die Menschen fahren Ski. Kommen Sie, suchen Sie sich doch jetzt ein paar Skier aus!«
Der König war auch gerade dabei, sich seine auszusuchen, zwei lange Latten, die von einem Wagenschlitten abgebrochen waren. Die Miene des Königs war finster. Cyril wußte, warum sich Seine Majestät Sorgen machte: Bis jetzt hatten sich nämlich die Mannen auf Schloß Eberesch noch nicht zu der Nachricht geäußert, die ihnen Grimmut überbringen sollte. Zigeunerschlitten und ein Dolch am Gürtel waren ja schön und gut, aber bevor man sich mit

bösen Zauberern herumschlug, mußte man vor allem richtig ausgerüstet sein.

In einem Gebüsch in der Nähe der Schmiede besudelte Leofwins regungsloser Körper den Boden mit Blut. Der Prinz konnte von Glück sagen, daß der Speer, der in seiner Brust steckte und ihm zuerst soviel Lebenssaft entzogen hatte, nun wie ein Propfen wirkte, der das restliche Blut vor dem Ausfließen bewahrte. Der Prinz atmete noch.

Zum Glück war Colin auch in dem Wirtshaus so geistesabwesend gewesen, daß er vergessen hatte, das von Mondschein gesegnete Wasser auszuleeren. Er trug es noch immer in seinem Wasserbehälter mit sich herum.

Aber bevor Colin den Prinzen damit benetzen konnte, spürte er eine Hand auf seinem Arm. Der graubärtige Fremde stellte sich vor Leofwin, um Colins Werk zu verhindern, und sprach: »Haben Sie uns nicht selbst gesagt, o Spielmann, daß dies ein *schlechter* Mensch ist? Ein Mann, der Ihre Begleiterin vergewaltigt hätte, wenn Sie ihm nicht so mutig entgegengetreten wären? Und vor allem einer, der mit den Entführern der Tiere unter einer Decke steckt, deren gesegnetes Wasser Sie dazu mißbrauchen wollen, ihn zu heilen? Kurzum, ein Wüstling und ein abscheulicher Schläger, und ich finde, daß es dieser Mann nicht wert ist, zu leben. Lassen Sie ihn zugrunde gehen, nach dem kräht doch kein Hahn mehr!«

Colin blinzelte den Fremden zuerst gedankenvoll an, schüttelte dann die Hand von sich ab und sagte: »Ihre Gründe leuchten mir zwar ein – äh – hmmm, Fremder, aber die Freifrau Belburga will nun mal, daß ich diesen königlichen Leichnam bei ihr abliefere, und ich bin mir nicht sicher, ob auch nur einer von uns unerschrocken genug ist, um dieser Dame zu widersprechen!« Einzeln und im Chor bestätigten es ihm seine Kameraden, daß ihnen die erforderliche Unerschrockenheit ebenfalls fehlte. Als ihm Colin das verabredete Zeichen gab, riß Giles das Schwert aus Leofwins Wunde, Colin begoß sie mit Einhornwasser, das die dunkelrote Farbe des herausquellenden Blutes rosa färbte.

»Macht, was ihr wollt!« sagte der Fremde und entfernte sich, da ihn keiner beachtete. Colin hatte das unangenehme Gefühl, daß er den Kerl nicht restlos überzeugt hatte, aber er war zu beschäftigt, um sich darum zu kümmern, schließlich war er hin und hergerissen zwischen dem Samariterdienst, den er Leofwin erwies, und seiner persönlichen Abneigung dagegen. Er wünschte nun, daß Gretchen mitgekommen wäre. Sie konnte das nämlich sehr viel besser als er. Gemeint war das Heilen und nicht das Erbrechen. Es wäre so schön gewesen, wenn er sie jetzt hier gehabt hätte, und sei es auch nur, um *seinen* Kopf zu halten, obwohl sie dabei sicherlich eine schneidende Bemerkung gemacht hätte.

Spuckend kam Leofwin wieder zu Bewußtsein. »Verflixt noch mal, Sally«, lallte er ungnädig, »mit deinem Schwert durchbohrt hast du mich schon, willst du mich vielleicht jetzt auch noch ersäufen?«

Colin hörte auf, die Wunde zu begießen, und gab dem Kerl statt dessen ein paar tüchtige Ohrfeigen. »Hoppla, alter Knabe«, sagte er dann, »du wirst uns eine ganze Menge erklären müssen, und ich bestehe darauf, daß du wenigstens solange überlebst, bis du uns alles erzählt hast!«

»Sachte, Junge«, versuchte ihn Scherer zu beruhigen, »würdest du es wirklich fertigbringen, ihn innerhalb von einer Stunde zum Leben zu erwecken und ihn dann abzumurksen? Dafür hast du doch morgen früh noch genügend Zeit!«

Die allgemeine Stimmung und die Blässe des Prinzen gaben dem Alten recht, so daß die Rettungsmannschaft nun in der Schmiede ihr Nachtquartier bezog. Natürlich alle, außer dem Fremden, der es Colin offenbar immer noch übelnahm, daß er seinen Vorschlag nicht angenommen hatte, und deswegen die Einsamkeit vorzog.

Als der Morgen dämmerte, war er mindestens ebenso grau und schwach wie der königliche Patient.

Müde hob Leofwin ein Augenlid und schielte mit einem Auge nach seinen Schlafgenossen, das genauso gelblich braun und geädert war wie ein Eichenblatt im Herbst. »He! Ach du bist's also!« stöhnte er, als er Colin erblickte.

»Stimmt, ich bin's. Ich will aber wissen, was dir zugestoßen ist, und was noch wichtiger ist, was mit den Zom – äh – ich meine, mit den lieben Bewohnern dieser Stadt passiert ist?«

Der Prinz wollte sich auf die Ellbogen stützen, sank aber kraftlos wieder zurück. Colin vermutete, daß – obwohl sich die Wunde innerhalb von kürzester Zeit, nachdem er sie mit dem Wasser aus seiner Feldflasche benetzt hatte, geschlossen hatte – selbst die Einhornmagie einige Zeit brauchte, um das biergesättigte königliche Blut, das nun die Landschaft zierte, zu regenerieren.

»Im Grund genommen ist alles nur deine Schuld!« klagte ihn der Prinz an. »Wenn du nicht, wie der miese kleine Dieb, der du in Wirklichkeit bist, mir mein Schwert mit Hilfe deines großen, hörnenen Pferdes und deiner dunkelhaarigen Dämonin entwendet hättest, dann hätten sie mich niemals untergekriegt!«

»Wen meinen Sie denn damit, Hoheit?« fragte Giles.

»Sally Offenherz, Wulfric und ihre Bande von Halsabschneidern, die meine ich damit. Sie kamen zurück, um eure heißgeliebten Zombies abzuholen, und haben mir Saures gegeben, als sie hier waren. Soviel ich weiß, glauben sie, daß man aus den Bewohnern von Immerklar vorzügliche Sklaven machen könnte – Banditen sind zwar gute Kämpfer, aber arbeiten nicht gern. Ich habe zufällig gehört, wie einer davon sprach, daß sein Herr sich sicher darüber freuen würde, wenn er wieder Dienerinnen für ›die gnädige Frau‹ bekäme. Wer auch immer das sein mag, jedenfalls konnten sie die Nymphe damit nicht gemeint haben.« Und dann begann er mit zunehmender Energie und in sehr bunten, fantasievollen, oft sadistischen, aber nichtsdestotrotz erotischen Details zu beschreiben, warum der Ausdruck ›gnädige Frau‹ auf Sally Offenherz nicht zutraf. Seine Befreier waren beeindruckt, denn es war eine wirklich erstaunliche Show für einen Mann, der kurz zuvor noch eine tödliche Wunde gehabt hatte.

»Herr?« fragte Colin erstaunt, »na, da mußt du dich ja wohl verhört haben, Banditen pflegen nämlich keine Herren über sich zu haben, deswegen sind sie ja schließlich Gesetzlose geworden – um außerhalb des Gesetzes zu sein und sich nicht mit irgendwelchen

Herren herumschlagen zu müssen. Wenigstens hat man es mir immer so dargestellt!«
Aber der Prinz war wieder in die Bewußtlosigkeit zurückgesunken. Ungerührt von Colins Einwänden, schnarchte er laut vor sich hin.
»Was machen wir nun?« fragte Archie und rieb sich dabei gedankenvoll mit seiner schwieligen Hand an der Nase. »Ich möchte wirklich nicht so schnell Bekanntschaft mit diesen Banditen machen. Und schließlich müssen wir ja Seine Königliche Hoheit zu Belburga bringen – wenn er vorher nicht abkratzt!«
»Er wird sich unterstehen«, sagte Colin, »Belburga erwartet ihn!«
Obgleich Colin nicht hätte sagen können, wann sich der Fremde wieder zu ihnen gesellt hatte, sah er sich plötzlich dem Mann gegenüber, der ihn am Arm packte und ihm leise ins Ohr zischte: »Ich habe Spuren entdeckt, Spielmann, Spuren von vielen Menschen. Sie sind doch hoffentlich nicht so pflichtvergessen und versäumen es, sie zu verfolgen?«
Colin schluckte, bevor er erwiderte: »Nun, natürlich würde ich es nicht, aber wissen Sie, da ist doch dieser Verwundete zu berücksichtigen und –«
Als er dies sagte, fiel ihm Griffin Hügelmann ins Wort: »Mach dir keine Gedanken wegen des Prinzen, Junge. Ich und die Jungs können ja eine Bahre zusammenbasteln und ihn zu Belburga zurücktragen. Bei uns ist er so gut aufgehoben wie ein Baby in den Armen seiner Mutter. Aber du bist ja der eigentliche Held, *du* solltest unbedingt die Banditen verfolgen!«
»Nicht um gegen sie zu kämpfen, Spielmann«, beruhigte ihn der Fremde. »Denn das wäre ja furchtbar töricht. Aber könnten wir ihnen denn nicht nachspionieren, um herauszufinden, wo sich die Bösewichte versteckt halten, die die armen Dorfbewohner und die Einhörner entführt haben? Würde man Sie dann nicht mit Ehren überhäufen, wenn Sie den König mit seinen Gefolgsleuten zum Räubernest führen könnten und unser schönes Land endlich wieder von dieser Pest befreien würden?«

Colin fand, daß der Kerl das Ganze ein bißchen übertrieb, aber Archie sagte: »Ausgezeichnete Idee!« und band den Prinzen an der umgedrehten Werkbank des Schmieds fest. Die provisorische Bahre befestigte er dann an seinem eigenen und an Griffin Hügelmanns Pferd.

»Ja, das klingt wirklich gut«, stimmte ihm Giles zu, »so gerne ich auch mal ein richtiges Räubernest zu Gesicht bekommen möchte, so bin ich mir doch auch ziemlich sicher, daß zuviel Leute bei der Spurensuche deren Geheimhaltung gefährden, und außerdem rechnet Lilienperles Mama damit, daß wir diesen Prinzen zu ihr heimbringen.«

»Ach, ich glaube nicht, daß es etwas ausmachen würde, wenn wir noch einen zusätzlichen Mann mitnähmen«, begann Colin einzuwenden, aber Giles und Brauer hatten sich bereits in den Sattel geschwungen und winkten ihm zum Abschied zu, während Brauer behauptete, daß er es zwar unendlich bedauern würde, ihnen nicht bei ihrer Suche behilflich sein zu können, aber daß ihn sein Rheumatismus im Moment so sehr plagte, daß er nicht genau wußte, ob er sich nicht noch vor Ende der Reise zu dem Prinzen auf die Bahre legen mußte.

»Aber du mußt uns alles ganz genau erzählen, wenn du morgen wieder zurück bist...«, schloß der alte Mann.

»Aber ich bin doch ein ganz miserabler Spurenleser!« schrie ihnen Colin nach, »ich finde ja beinahe nicht zum Klo ohne einen Lageplan!« Nachdem er dies gesagt hatte, wandte er sich dem Fremden zu – der Einzige, der noch in Reichweite war. »Aber sicher haben Sie einen vorzüglichen Plan, der sich aber als eine Zeitverschwendung erweisen wird. Wir können doch nicht eine so alte Fährte durch all diese Wälder verfolgen...«

Der Fremde schüttelte den Kopf. Das unverschämte Grinsen, das Colin gerade um dessen Mundwinkel entdeckt hatte, wurde immer breiter, und er sagte schließlich: »Keine alten Fährten, o Held, sondern ganz frische, die nach Schweiß und Exkrementen riechen!«

»Natürlich!« seufzte Colin und gab auf. »Also gut, ich schätze, daß wir besser nachsehen, wo sie hinführen. Der König wird es sicherlich wissen wollen. Aber lassen Sie sich's gesagt sein, wir wollen sie unter keinen Umständen auf uns aufmerksam machen!«

Colin traute dem seltsamen Kerl nicht und konnte ihn auch nicht ausstehen. Es wäre ihm lieber gewesen, wenn er sich jetzt aufs Pferd hätte setzen können, um den anderen nachzureiten. Aber jedesmal, wenn er dieser Banditenaffäre den Rücken zugekehrt hatte, war sie unendlich komplizierter geworden: Zuerst hatte es sich nur um die Einhörner gedreht, aber inzwischen waren die Verschwörung der Rebellen, ein verwundeter Prinz und die rund zwei Dutzend Gefangene aus Immerklar hinzugekommen. Konnte er sich denn die Gelegenheit entgehen lassen auszukundschaften, wo die Halunken demnächst zuschlugen? Abgesehen davon, wenn er ohne die Leute von Immerklar zurückkehrte, würde Gretchen wahrscheinlich darauf bestehen, hierher zurückzukommen und gegen die Banditen zu kämpfen. Wenn er ihr versichern konnte, daß er sich bereits um die Sache gekümmert und brauchbare Informationen dazu hatte, die sofort dem König weitergereicht werden mußten, konnte er sie wahrscheinlich eher dazu überreden, ihm aus der Gefahr heraus zu folgen, anstatt mit ihr wieder dorthin zurückzukehren. Außerdem hatte der Fremde keine Waffe, während Colin immer noch Leofwins Schwert besaß. Die Männer aus Klein-Lieblos verschwanden nun ziemlich schnell aus dem Blickfeld, als sie im Wald untertauchten. Von ihnen konnte Colin nichts mehr erhoffen, so daß er schließlich all seinen eisengestärkten Mut zusammennahm und dem Fremden in den Wald nachwatete.

Schon nach kürzester Zeit konnte Colin feststellen, daß er allein war und die Orientierung verloren hatte. Wenn der Mann ihn abhängen wollte, dann war ihm dies sehr gut gelungen, überlegte sich Colin. Im Dickicht, das sich auf der anderen Seite eines kleinen Hügels befand, über den ihn sein Weg führte, hörte er ein lautes Geraschel und Japsen, das er dem Fremden zuschrieb. Colin rief danach, und eine Stimme schien ihm auch zu antworten, obwohl sie sich so anhörte, als ob sie noch weit weg wäre.

Colin ging dem Laut nach und sah sich nach anderen Zeichen um, denen er hätte folgen können. Er hatte das Gefühl, daß er den Mann total unterschätzt hatte, denn seinen eigenen Befürchtungen zum Trotz mußte der Fremde ein ganz vorzüglicher Spurenleser sein. Colin war zwar alles andere als ein guter Jäger, aber jeder Junge, der in Ost-Oberkopfingen aufwuchs, lernte mindestens, wie man Kaninchen und Wild in den Auen aufspürte. So war er denn nicht ganz unbedarft, was das Aufspüren von Fährten anbetraf. Aber er entdeckte keine einzige Spur, keinen abgebrochenen Ast oder herabhängenden Busch, keine zerdrückten Blätter oder lose Rinde. Kein einziger umgeknickter Grashalm markierte die Fährte, der sie folgen sollten. Aber soweit es Colin beurteilen konnte, waren weder die Banditen noch der Fremde hier vorbeigekommen.
Tatsächlich befand er sich auch nicht auf einer Spur, dies war nur ein mit Moos durchsetzter Grasstreifen ohne Bäume, der sich durch den Wald wand. Um wenigstens das dichteste Gestrüpp zu umgehen, mußte er zahllose Umwege machen, die ihn bergauf und bergab führten, so daß er sich bald wie eine Bergziege vorkam. Es war keine reine Freude dort zu gehen, denn der Boden war voller Hubel, durchweichtem Moos und ziemlich holprig wegen der herabgefallenen Äste; die Hügel waren ziemlich steinig, und in den Vertiefungen hatten sich sumpfige Tümpel gebildet.
Ab und zu war der Schafspelz des Fremden flüchtig zu sehen, aber jedesmal schien der Mann sofort wieder mit dem Wald zu verschmelzen. Das schwer zugängliche Terrain schien ihm keine Schwierigkeiten zu bereiten.
Bald wurde Colin, der doch die hohen Noten länger als jeder andere in seiner Klasse an der Gesangsschule halten konnte, furchtbar müde. Er atmete schwer, und es trieb ihm die Tränen in die Augen, bei jedem Atemzug rasselte es in seiner Kehle, und sein Mund war vollkommen ausgetrocknet, die Muskeln an den Beinen und in den Hüften waren wie Blei und schmerzten entsetzlich, und auch das Eisenschwert wurde immer schwerer. Er mußte sich unbedingt ausruhen, und wenn es auch nur für kurze Zeit war.

Aber als er sich niederfallen ließ, schaute er mit verschwommenem Blick auf, um zu sehen, wie weit er noch gehen mußte. Der grauhaarige Fremde ging kurz auf demselben Weg zurück, offensichtlich wollte er dafür sorgen, daß sich Colin nicht vollkommen verirrte. Als er Colin dort sitzen sah, lachte er kurz auf und sprang wieder davon. Sein Gelächter hörte sich wie Bellen an.

Ein Spielmann, der die Waghalsigkeit nicht richtig einschätzen kann, ist ein armer Spielmann und verdient die Bezeichnung nicht. Laut fluchend erhob er sich mit Hilfe des bißchen Atems, das ihm noch verblieben war. Seine Beine schmerzten unerträglich, trotzdem humpelte er noch ein paar Schritte weiter. Es war ihm so, als ob seine Kehle wegen Reparaturarbeiten zu schließen beabsichtigte. Seine Beine waren wie gelähmt, und er strauchelte, aber vor sich sah er nun auch den Fremden, der frohgemut davonsprang.

Schließlich rannte der Mann einen Berghang empor, bei dem es Colin zuviel wurde – das Schlimmste war ja, daß in seinen Augen nun *alle* Berge gleich auszusehen begannen: Es waren nur noch steinige, schlüpfrige, schlammige, mit vermodernden Blättern bedeckte Martergipfel – so daß sich Colin seinem gesunden Menschenverstand beugte, als ihm seine Beine den Dienst versagten.

»H-h-halt«, keuchte Colin. Er mußte sich eben in sein Schicksal fügen. Manche Leute waren von Natur aus beweglicher als andere, obgleich Sterbliche, die *so* beweglich waren, eigentlich verboten gehörten.

Er war drauf und dran zu glauben, daß der Fremde einfach nicht anhalten konnte, daß ihn die Berge mit einer Art unsichtbarem Seil oder durch einen Zauber in sich hineinzogen. Aber zu seiner großen Erleichterung blieb der Mann sofort stehen, grinste ihn schadenfroh an und fragte: »Müde, wie?«

Colin nickte und übersah das Grinsen. Er ließ sich erschöpft zu Boden sinken, während er die Arme auf den Knien anwinkelte und seinen müden Kopf damit stützte.

»Das habe ich mir schon gedacht, daß Sie es nicht mehr sehr viel länger durchhalten würden«, sagte der Mann, dessen Stimme sich zusehends veränderte und rauher wurde. »Vierbeiner, auch wenn sie sich nur auf zwei Beinen fortbewegen, laufen eben sehr viel schneller als Zweibeiner, denen zwei Beine fehlen.«

»Ga-ganz wie Sie meinen«, sagte Colin liebenswürdig und keuchte dabei vor Anstrengung.

»Ggr«, sagte der Fremde, was auch immer das zu bedeuten hatte, die Stimme des Fremden veränderte sich nun so schnell, daß es Colin nicht mehr gelang, sie einzuordnen – und er war sich nun ganz sicher, daß er sie schon mal gehört hatte, in einer Umgebung, die dieser ähnlich war, es war mit Gretchen und Mondschein gewesen und...

»S-sagen Sie mal, guter Mann, haben Sie vielleicht Verwandte in höheren Stellungen? Da gibt es zum Beispiel einen Graf Schwindelgut, der – aber nein, das kann nicht sein!« Am Ende seiner Frage hob er den Blick und sah, daß das Geschöpf, das sein Führer gewesen war, plötzlich eine ganz lange Schnauze bekam, das Schaffell verwandelte sich in einen Wolfspelz, und dann bekam das Tier, das sich ohne viel Aufhebens auf alle viere niederließ, auch noch einen buschigen Schwanz. »Nein, nein, ich bitte um Entschuldigung, aber du kannst das unmöglich gewesen sein, ich muß dich wohl mit einem anderen Kerl verwechselt haben!«

Der Wolf knurrte drohend und kauerte sich auf den Boden. Er speichelte mit aufgerissenem Maul durch seine gelben, spitzen Zähne, so daß das Ganze aussah wie eine Höhle voll tropfender Stalagtiten und Stalagmiten, auf die die Tropfen herabfielen. Nach diesem Knurren und den glitzernden grünen Augen zu urteilen, schien es ja ein ziemlich unschöner Tod zu werden, dachte sich Colin, aber er war zu erschöpft, um Angst zu haben, geschweige denn, um etwas dagegen zu unternehmen. Er war hauptsächlich verblüfft.

»Mir scheint, daß du jetzt einfach nicht fair bist«, sagte Colin in einem so gekränkten und zugleich distanzierten Ton, daß er sich selbst wundern mußte. »Ich habe es aus verläßlicher Quelle, daß sich Werwölfe nur bei Vollmond in ihr – äh – niedrigeres Selbst zurückverwandeln!«

»Ist ja ganz typisch für den Lakaien eines königlichen Tyrannen, daß er solch abergläubisches Zeugs weitertratscht!«
Colin verspürte eine angenehme kühle Brise, als der Wirbelwind, der die weibliche Stimme enthielt, die zu ihm gesprochen hatte, zwischen ihm und dem hungrigen Wolf herumtanzte. Nach einer abschließenden zierlichen Pirouette fegte der Wind wieder davon, und an seiner Stelle stand eine unglaubliche schöne Frau mit goldenem Haar vor Colin, die ein sehr dürftiges Jagdgewand trug. Als sich ihre Blicke trafen, verzog sie, provokativ schmollend, ihren hübschen, rosafarbenen Mund.
»Die Sterblichen haben so altmodische Ansichten über uns Zauberwesen«, beschwerte sie sich, »jede unbedarfte Dryade weiß, daß nur Werwölfe den Vollmond brauchen, um sich verwandeln zu können, während die armen Werleute ihre wahre Tiergestalt jederzeit wieder annehmen können, aber jeden Tag müssen sie mindestens ein paar Stunden lang Mensch sein. Dann nimmt ihre Magie furchtbare Formen an, sie werden gefährlich und verhalten sich niederträchtig gegenüber allem, was ihnen in die Quere kommt. Wenn sie ihrer niedrigen menschlichen Natur dann erst einmal freien Lauf gelassen haben, können sie wieder ihre normale tierische Gestalt annehmen und sind mindestens so nett wie die Leute, mit denen du gerne gesellschaftlichen Umgang pflegen würdest. Wulfric entstammt einem uralten Geschlecht, bei dem das Wermenschentum erblich war. Der arme Kerl, er hatte sich schon mit einem Leben abgefunden, das aus sinnloser Brutalität bestand, er teilte sein Los mit einem wilden Haufen von grausamen Schlägern, bis ich ihm die rettende Botschaft von der gemeinsamen Sache und unserem Dunklen Pilger überbrachte. Er und seine Gefolgsleute sind nun meine Waffenbrüder, die sich der Rettung Argonias und dem Sturz des Tyrannen geweiht haben. Obwohl er sich immer noch in seine menschliche Gestalt zurückverwandeln muß, hat er nun sein grausames Ränkespiel in den Dienst unserer Sache gestellt. Hab ich recht, Wulfie?«
Wulfric wedelte mit seinem buschigen Schwanz und winselte, während er unterwürfig, aber überglücklich zu ihr hinkroch.

Und das verwunderte Colin nun nicht besonders. Er fand, daß er noch nie eine so schöne Frau erblickt hatte. Ihre Bewegungen erinnerten ihn an Wasser, das sich nach einer verborgenen Melodie kräuselte, ihre Stimme war reinste Musik, ihr Haar war Honig, der mit frischgeprägten Goldmünzen verschmolzen war, und ihre Augen hatten die Farbe vom ersten Gras im Frühling. Die Pfirsichfarbe ihrer Lippen ließ ihm die überlieferte Rosenfarbe von jungfräulichen Wangen als vulgär erscheinen. Unter ihrem durchsichtigen Gewand – das zudem eine Schulter freiließ – war ihr makelloser Körper zu sehen, der ihm so weiß wie eine Birke und so warm und pulsierend wie die Brust eines Vogels vorkam. Colin wurde schwindlig; ihm schwirrte der Kopf. Obwohl er fand, daß er mit Wulfric durchaus richtig verfahren war und es relativ gelassen hingenommen hatte, als sich der finstere Fremde in einen Wolf verwandelt hatte, begann vielleicht der Schock erst jetzt richtig zu wirken. Der Wirbelwind, der sich in eine schöne Frau verwandelte, hinderte ihn daran, die Überrumpelungstricks des Wermenschen richtig einzuschätzen. Sie lenkte ihn von diesem ab, indem sie nur dastand und dabei so unschuldig und kindlich – nun, es handelte sich natürlich um eine reifere Art von Kindlichsein – und wahnsinnig süß aussah. Allerdings war ihre Sprechweise ganz anders, aber konnte dies denn wirklich die berüchtigte Nymphe sein, über die er in letzter Zeit soviel gehört hatte? Colin mußte sich unbedingt darüber Klarheit verschaffen, zumal ihr Aussehen dazu angetan war, sich in sie zu verlieben, was er aber, wenn seine Vermutung richtig war, lieber unterließ.
»Ich bitte Sie um Entschuldigung, gnädiges Fräulein, aber sind Sie vielleicht Sally Offenherz, die legendäre Revolutionsführerin?« Von Spielleuten erwartete man, daß sie immer höflich blieben, auch wenn sie sich an die verbrecherischen Elemente wandten, besonders wenn diese quasi mit einem Wolf bewaffnet waren, der sie beschützte, und vor allem wenn sie so hübsch waren wie die wirbelwindartige Banditin.
Ein huldvolles Lächeln erhellte ihr Gesicht, und sie sprach: »Ja, die bin ich, warum fragst du?«

»Nun, ich hatte einfach – nicht mit einem so anmutigen Geschöpf gerechnet. Ich habe immer geglaubt, daß Revolutionsführer älter und irgendwie grimmiger wären!«
»Wie niedlich, da kann ich ja nur hoffen, daß du mich wegen meines Aussehens nicht auf die leichte Schulter nimmst, das wäre nämlich...« und dabei sah sie ihn stirnrunzelnd an, »ein großer Fehler!«
»Da kann ich Ihnen nur beipflichten«, erwiderte Colin. »Ich habe da zum Beispiel diese Freundin, die eine Hexe ist, die wie eine Küchenmagd oder Gänsehirtin aussieht, aber die erstaunlichsten...« Er brach ab, als er sah, daß sich Sallys anmutige Stirn umwölkte, und fügte dann hinzu: »Je nun, sie ist natürlich nicht halb so hübsch oder interessant wie Sie!« Er beobachtete sie ziemlich genau, als er vor sich hin babbelte, und überlegte sich krampfhaft, worüber er jetzt noch sprechen könnte, um sie abzulenken, denn er hatte das unangenehme Gefühl, daß wenn er jetzt aufhörte zu reden, es für immer war.
Als Wulfric ungeduldig knurrte, fuhr Colin erschreckt zurück. Dabei fiel ihm seine Flöte aus der Tasche, die er sofort wieder an sich nahm. »Ja, gnädige Frau, ich meine Fräulein, ich habe Ihre glänzende Karriere mit großem Interesse verfolgt – lange bevor ich wußte, daß Sie so hübsch sind. Wissen Sie, ich hatte nämlich schon immer den geheimen Wunsch gehegt, ein Revolutionär zu werden, aber habe anscheinend nie die Kurve gekriegt – hah, hah! Aber wenigstens habe ich dies kleine Lied zu Ihren Ehren verfaßt. Wenn ich ein Instrument hätte, mit dem ich meinen Gesang begleiten könnte, würde ich es Ihnen vorsingen, aber so kann ich es Ihnen nur auf der Flöte vorspielen...«
»Ein Lied – mir zu Ehren?« sagte Sally, die offensichtlich sehr geschmeichelt war und Wulfric mit einer ungeduldigen Geste hinter sich schob. »Um was für ein Lied handelt es sich denn?«
»Oh – natürlich um eine sehr hübsche Art!« sagte Colin, der keine Ahnung hatte, was er ihr auf der Flöte vorspielen konnte, um sie zu besänftigen, und nur hoffte, daß ihn seine Sirenengabe das spielen ließ, was sie am liebsten hören würde. Die Eingebung begann

zu wirken, und er sagte: »Ah – es ist eine aufregende heroische Ballade, deren Moll-Klänge sich hinter einer feinen Ornamentierung verbergen – irgendwie ist Ihnen das Lied wesensverwandt, gnädige Frau, wenn Sie mir die Kühnheit erlauben, das zu sagen?«

Hinter Sallys Rücken hatte Wulfric wieder seine menschliche Gestalt angenommen und verlangte nun, daß sie ihm zuhörte. Er sagte: »O Sally, dieser schlaue Kerl tändelt doch nur mit dir, um sein erbärmliches Leben zu retten, sollte ich dir nicht seine Angebereien ersparen, indem ich jetzt einfach seine Kehle durchbeiße?«

Aber Sally war anderer Meinung: »Wulfric, dieser Mann hat eine Hymne zur Ehre unserer gemeinsamen Sache verfaßt, weil ihn mein Beispiel dazu beflügelt hat. Ich muß mir's also wenigstens anhören. Wenn sie gut ist, dann wird sie sich auch der Dunkle Pilger anhören wollen. Du bist zwar ein ausgezeichneter Spion, aber du weißt überhaupt nicht, was man tun muß, um unsere Gefolgsleute bei der Stange zu halten. Verwandle dich nun lieber wieder in einen Wolf und sag meiner Stute, daß ich sie brauche. Dann haben wir noch etwas im Turm zu erledigen. Und du«, sagte sie zu Colin gewendet, »fängst jetzt an zu spielen!«

Er gehorchte ihrem Befehl und spielte, was das Zeug hielt.

Zu seinem großen Erstaunen gelang es ihm, eine Melodie zu spielen, die beinahe so klang, wie er sie beschrieben hatte. Wenn er imstande gewesen wäre, zu gleicher Zeit auf der Flöte zu spielen und den Atem anzuhalten, hätte er es gerne getan, weil er der Weise, die aus seinem Instrument aufsteigen würde, mit großer Besorgnis entgegensah, die aber unbegründet war, weil die Flöte fast ohne sein Zutun eine Melodie hervorbrachte, die einen Marschrhythmus, einen Hauch von Moll und eine fließende Ornamentierung hatte. Er wußte, daß alles gut ging, aber war sich noch nicht im klaren darüber, wie gut, bis er die Augen wieder öffnete. Er hatte sie nämlich geschlossen, weil er sich konzentrieren mußte und nicht sehen wollte, was ihm widerfuhr, wenn sein Lied durchfiel. Aber er hätte unbesorgt sein können, denn Sally

Offenherz wiegte sich anmutig im Takt zur Musik, so daß es beinahe so aussah, als ob sie mit Leofwins großem eisernen Schwert als Partner tanzte.

»Ach«, sagte sie, als sie sah, daß ihr Colin zuschaute, »war das aber ergreifend, ich zweifle kaum noch daran, daß der Dunkle Pilger das Lied zu unserer Nationalhymne erklären wird, wenn er's hört. Du mußt ja mächtig von mir beeindruckt gewesen sein, um sowas fertigzubringen«, fügte sie hinzu.

»O ja, das war ich auch wirklich. *Unheimlich* beeindruckt«, erwiderte er.

»Nun, dann kann ich vielleicht erreichen, daß man dich ein bißchen länger leben läßt. Das würde aber heißen, daß du ganz brav und willig bist und mich nicht dazu treibst, dir die Kehle durchzuschneiden, was natürlich sehr schade wäre, weil ja dann der Dunkle Pilger dein Lied nicht mehr hören würde, das heißt *mein* Lied. Glaubst du, daß du das schaffen wirst?«

Colin erklärte ihr, daß er das natürlich könnte, was aber auch alles war, wozu er noch Zeit hatte, bevor eine große Schar von Männern aus den Büschen hervorbrach wie die Blüten im Frühling, tralla! Aber das war nicht die einzige Überraschung für Colin, der nun sah, wie Himmelsschlüssel freiwillig und in zierlichem Galopp herbeieilte, um ihre Schnauze an Sally Offenherz' Ohr zu reiben.

X

Gretchen saß mit übereinandergeschlagenen Beinen am Ufer des Flusses, beobachtete das Glitzern der Sonne auf dem Wasser und tat sich selbst fürchterlich leid. Sie hatte versucht, dem Gespräch zwischen Mondschein und Rubinrose zu lauschen. Die beiden waren aber zu weit entfernt oder hatten sie, was noch wahrscheinlicher war, bewußt aus ihrer Unterhaltung ausgeschlossen. Gretchen fand das unfair. Hexen waren um nichts unberührter als menschenfresserähnliche Zauberinnen, und daß Mondschein dies nicht erkannte, war grausam. Selbst wenn Rubinrose etwas gebildeter und auch begabter war als sie, so konnte dies doch Mondschein gleichgültig sein, da Einhörner ohnehin nicht lasen, und er nie auch nur das geringste Interesse für Alchimie gezeigt hatte.

Das war eine feine Art sie zu behandeln, und noch dazu an einem Tag, der nach Gretchens Berechnungen am Abend vorher gut ihr Geburtstag sein könnte. Noch nicht einmal Steine gab es, die sie über das Wasser hätte flitzen lassen können. Das Ufer war glatt und mit Gras bewachsen, und außer Blumen, die aber nicht mit einem lauten Platscher ins Wasser fielen, fand Gretchen nichts Festes. Sie wünschte sich fast, daß Belburga erschiene und versuchen würde, sie auf der Stelle zu fressen. Im Kampf gegen die Menschenfresserin hätte sie wenigstens etwas zu tun. Langes Warten war ihr verhaßt.

Sie blickte auf, als sie das von Panik erfüllte Quaken einer Ente hörte. Eine große Wildente, die heftig mit den Flügeln schlug, flog direkt auf den Fluß vor ihr zu. Der Anflug gelang ihr aber nicht sehr gut, und Gretchen meinte sehen zu können, wie die Ente vor Schrecken mit den Augen rollte. Ihr Quaken schien zu sagen, »Paß auf! Paß auf!« Wie auch immer, Gretchen gehorchte und rutschte ein paar Meter zurück. Die Ente landete mit dem Bauch zuerst, dann schlug sie mit dem Schnabel auf, der Schwanz war gen Himmel gerichtet, und zu Gretchens großem Erstaunen

versank der sogenannte Schwimmvogel unter großem Gepruste und Gespritze auf dem Grund des Flusses.
Bevor Gretchen überhaupt darüber nachdenken konnte, wie unangenehm ihr die unmittelbare Berührung mit jeglichem Wasser war, oder vielleicht weil sie in ihrer eigenen Abneigung gegen das nasse Element Mitleid für die ertrinkende Ente empfand, watete sie ins Wasser. Der Fluß war erstaunlich tief, das Wasser reichte ihr bis zu den Oberschenkeln und war sehr kalt. Sie hatte sich die Stelle, an der die Ente gesunken war, gemerkt und tauchte jetzt mit Arm und Schulter in das kalte, leicht bewegte Wasser. Ihren Kopf drehte sie dabei zur Seite, damit ihr Mund und ihre Nase nicht naß würden; einer ihrer Zöpfe wurde allerdings dabei tropfnaß. Sie machte ihren Arm möglichst lang und suchte tastend nach Federn, fand aber keine.
Statt dessen tauchte eine Hand aus dem Wasser auf und griff nach Gretchens Ellbogen.
Gretchen schrie – ganz und gar nicht wie eine Hexe. Ein Wassergeist! Ein Wassergeist hatte sie gepackt! An diese Möglichkeit hätte sie denken müssen, bevor sie in einem unbekannten Fluß herumwatete. Flußmänner oder Wassergeister lockten, genau wie ihre weiblichen Gegenstücke, die Wassernixen, gerne Menschen des anderen Geschlechts ins Wasser, wo sie ertränkt werden konnten. Und Gretechen war sogar das Vergnügen, zuerst noch verführt zu werden, entgangen! Nun ja, was konnte man schon von einem Flußmann erwarten, der seine Angriffe von einem kleinen Flüßchen aus startete? Gretchen wehrte sich heftig gegen ihn. Sie glitt in dem trüben Wasser immer wieder aus und schlug dabei wild um sich. Sie konnte zwar das Wesen, das sie festhielt, nicht sehen, aber sie kämpfte mit aller Macht, um sich zu befreien. Plötzlich rutschte sie aus, verlor den Boden unter den Füßen.
Sie fiel, nach Luft schnappend, auf ihre Knie, dann schlug das kalte Wasser über ihrem Kopf zusammen. Zwei starke Hände packten sie an den Haaren und – zogen sie wieder an die Wasseroberfläche!
»Mein liebes Mädchen,« meinte der Zauberer Himbeere, der sel-

ber tropfnaß war. »Ich dachte, du würdest mir helfen. Du hast mich fast umgebracht. Wie geht's dir denn? Alles in Ordnung?«
Gretchen spie das Wasser aus und schlug sich mit der Hand gegen die Schläfe, um das Naß auch aus den Ohren zu bekommen. Dann wateten beide, der Zauberer und das Mädchen, ans Ufer.
»Wie sind Sie denn da hineingekommen?« fragte Gretchen den Zauberer.
»Ich bin hineingeflogen. Hast du mich nicht gesehen?
Ich habe versucht, dich zu warnen. Leider gelingen mir die Drei-Punktlandungen noch nicht sehr gut. Ich konzentriere mich eher aufs Fliegen und vergesse dabei die anderen Fähigkeiten, die erst eine Ente ausmachen – wie etwa das Gleiten auf dem Wasser. Anscheinend habe ich leider beim Eintauchen ins Wasser mein Kostüm verloren.« Der Zauberer beugte sich über das Wasser und suchte nach Wildentenfedern. Mit bloßen Beinen stand er jetzt wieder in seinem eigenen pitschnassen, ohne Sorgfalt bestickten Überkleid da. »Ich habe die Verkleidung als Ente nur gewählt, weil sie am schnellsten ist. Es ist eine schwierige Verkleidung, weil ich meinen großen Körper in eine solch kleine Gestalt verwandeln muß – aus diesem Grunde gehe ich auch eher unter als daß ich schwimme. Allerdings glaube ich, daß ich bald herausgehabt hätte, wie es geht. Glücklicherweise habe ich meine zweitschnellste Verkleidung mitgebracht.« Er zog aus seinem Überkleid ein durch und durch nasses Hasenfell.
»Ist ja faszinierend«, sagte Gretchen so trocken, wie dies unter den gegebenen Umständen möglich war. »Aber jetzt erzählen Sie mir bloß nicht, daß Sie gerade in der Gegend waren und nur mal eben vorbeischauen wollten. Was ist der Grund Ihres Kommens und warum sind Sie so in Eile? Und entschuldigen Sie bitte die Frage – aber warum die Ente?«
»Es tut mir schrecklich leid«, entschuldigte sich der Zauberer. Er war gerade damit beschäftigt, das Kaninchenfell über seinen linken Fuß zu ziehen. »Ich habe ständig das Gefühl, daß ich zu spät komme, und ich glaube, daß ich jetzt einfach nicht genug Zeit habe, dir alles zu erklären.«

Während er sprach, wurde seine Nase, die weder klein noch niedlich war, langsam in der Mitte runzelig, und fing, genau wie seine Ohren, an zu zucken. »Ich muß in mein Kostüm schlüpfen und wieder weiter!«

»Einen Augenblick«, bat Gretchen, die seine zuckenden Ohren beobachtete und plötzlich erkannte: »Spitze Ohren! Natürlich! Sie sind der Vater von Rubinrose!«

»Überführt«, gab der Zauberer zu, zog das Kaninchenfell wieder aus und blickte dabei verstohlen in alle Himmelsrichtungen. »Ich muß mich wirklich entschuldigen. Das Kostüm gibt mir immer das Gefühl, als sei ich in schrecklicher Eile – außerdem ist hier in der Nähe jemand, den ich nicht treffen möchte. Aber ich kann wohl kaum einfach wieder verschwinden, ohne dir zu sagen, warum ich herkam, da ich ja hauptsächlich deinetwegen gekommen bin. Natürlich muß ich auch Rustie begrüßen während ich hier bin. Eine Schwierigkeit, die das gute Verkleiden mit sich bringt, ist die, daß man anfängt, sich mit der Rolle zu identifizieren und sich auch fühlt wie zum Beispiel ein Kaninchen.« Ein Großteil seiner Zaghaftigkeit verschwand wieder, als er das Kaninchenfell beiseite legte, aber seine Ohren zuckten noch etwas, bevor auch sie sich beruhigten. »Belburga ist doch nicht etwa in der Nähe?« fragte er dann und gab damit seinem vernünftigen, menschlichen Wunsch, die Menschenfresserin nicht treffen zu wollen, Ausdruck.

»Ich weiß nicht, wo sie ist; aber Ihre Tochter spricht gerade mit Mondschein«, antwortete Gretchen und wechselte das Thema. »Das ist eine erstaunliche Verkleidung. Wie machen Sie das? Wie haben Sie das Kostüm angefertigt?«

»Das Kaninchenkostüm habe ich nicht selbst gemacht. Das Fell gehörte einem Kaninchen, mit dem ich befreundet war, und das inzwischen gestorben ist. Es vermachte mir das Fell ausdrücklich zu diesem Zweck. Ich nehme an, daß mein Freund es wesentlich interessanter fand, eine Verkleidung zu werden, als einfach nur zu einem Mantel, einem Teppich oder gar einer ausgestopften Trophäe verarbeitet zu werden.«

Gretchen hatte zwar noch nie davon gehört, daß jemand Kaninchen als Trophäen ausgestopft hatte, aber da der Zauberer von der Geste seines Freundes ganz offensichtlich gerührt war, und sie diese auch nicht schmälern wollte, gab sie ihm recht.
»Der Zauberspruch ist ganz einfach, wenn einem diese Art der Zauberkraft angeboren ist«, erklärte Himbeere. Nachdem er erst einmal angefangen hatte zu erzählen, schien er auch Gefallen daran zu finden. Wahrscheinlich mußte er sich auch erst einmal von der vielen Fliegerei erholen. »Ich schlüpfe so weit wie möglich in das Fell, und dann spreche ich über die noch unbedeckten Teile meines Körpers einen Zauberspruch aus, diese eine Zeitlang unsichtbar macht – nun, dieser Zauber ist bei weitem nicht so mächtig wie der von Mondscheins Horn. Dieser Zauber wirkt nur bei mir, weil ich der Zauberer bin, verstehst du – wenn ich einmal damit angefangen habe, kannst du es allerdings nicht sehen – na, jedenfalls werde ich so eine Art – na, folgendes geschieht tatsächlich – also ich verwandele mich in dieses Tier, *werde* dieses Tier. Selbstverständlich muß ich die richtigen Verhaltensweisen vorher gestalten, damit ich alles richtig mache.« Bei dieser Erklärung deutete Himbeere auf seine zuckenden Ohren. »Fast die meiste Zeit, die ich mit meinen Freunden im Wald verbringe, benutze ich, um zu beobachten. Deshalb kann ich die meisten auch so nachahmen, daß ich selbst damit zufrieden bin. Außer Enten.«
»Das ist ja viel interessanter als die Herdhexenkunst«, meinte Gretchen dazu. »Könnten Sie mir beibringen, wie man sich verwandelt?«
»Tut mir leid, aber das geht leider nicht. Ich kann dich zwar Dinge lehren, die ich selbst von der Pike auf erlernen mußte, – wie das Herstellen von Ballons – aber das Verwandeln ist für mich eine solche Selbstverständlichkeit, daß ich leider gar nicht wüßte, wo ich mit dem Erklären anfangen sollte. Ich habe ja keine Ahnung, wieviel du bereits weißt und was du nicht weißt. Du weißt schon, was ich meine. Es sieht ganz so aus, als könnte ich nicht einmal Rostie in dieser Zauberkunst unterrichten. Und ich täte es doch so gerne. Ich schätze ihre Beschäftigung mit der Alchimie, die sie

jetzt begonnen hat, gar nicht. Ich habe ihr zwar zu ihrem letzten Geburtstag einen alten Tiegel, der bei mir herumlag, geschenkt. Aber ich finde, daß es keine passende Beschäftigung für eine junge Dame ist. Zu künstlich. Sie bekommt bei Belburga, und das weiß die Große Mutter, schon ausreichend gekünsteltes Verhalten mit.«

»Vielleicht brauchen Sie sich überhaupt keine Sorgen zu machen. Mondschein versucht gerade, sie zu überreden, ihre Alchimie aufzugeben und seine Jungfrau zu werden. Dabei fällt mir ein, Sie sollten ihr wirklich sagen, daß Sie hier sind. Ich habe nämlich Rubinrose von dem Signal erzählt, das Sie gestern abend gegeben haben.«

»Mein Zeichen? Welches Zeichen? Ich habe keinerlei Signal gegeben. Das war deine Tante, die mit Hilfe ihres Wellensittichs das Zeichen gab. Ich war gerade auf dem Weg zu dem Schloß Eberesch, um mit dem Drachen Grimmut darüber zu sprechen. Aber dann habe ich dich hier sitzen gesehen, und dachte, daß du es erfahren mußt. Normalerweise komme ich nicht gerne hierher, ohne Rostie vorher Bescheid zu geben, damit wir uns treffen können.«

»Daß ich was erfahren soll?« fragte Gretchen. Sie fand, daß der Zauberer in seiner Aufmachung als Wasserschloßungeheuer wesentlich leichter zu ertragen war, wenn die Verkleidung als Kaninchen dazu führte, daß er die ganze Zeit so besorgt und so viel sprach.

»Der König. Er befindet sich in größter Gefahr. Er hat Schiffbruch erlitten mit einer Handvoll seiner Männer, und hat nun den Drachen Grimmut nach Schloß Eberesch geschickt, um Verstärkung herbeizuholen. Aber Sybil hat sich neulich nachts überall im Lande umgesehen und dabei entdeckt, daß aus dem alten Sommerschloß am Drachenruhgletscher Rauch aufstieg. Sie richtete daraufhin ihre Seherkraft auf das Schloß, das fast ganz durch einen Zauber verdeckt war, aber sie konnte doch noch die Truppen rund um den Gletscher sehen; sie bestanden aus bewaffneten Banditen. Außerdem konnte sie Prinzessin Pegien und zwei Einhörner, die in einer Art Gehege gefangengehalten wurden, erkennen. Sie hatte dann noch eine ganz kurze Vision vom König und seinem Gefolge, die alle Schiffbruch erlitten haben. Sybil fürchtet, und da muß ich ihr voll zustimmen, daß es sich um eine Falle handelt. Ich werde jetzt den Drachen aufsuchen, um ihm beim Auftreiben der Verstärkung zu helfen – ich spreche die Drachensprache, zumindest die Dialekte, die an der Küste und im Inneren des Landes gesprochen werden. Mit Hilfe des Drachens könnten wir alle dem König zur Hilfe eilen – springend, fliegend, marschierend oder reitend.« Der Zauberer blickte traurig auf das Wasser, das seine Entenfedern gefordert hatte. »Jetzt werde ich den restlichen Weg hoppeln und darauf vertrauen müssen, daß Grimmut vorfliegt und den König und seine Leute warnt. Es wird zwar länger dauern, aber ich muß es versuchen, sonst werden König Eberesche und seine Männer bald mausetot sein.« Himbeere hielt an, sah etwas besorgt aus und strich sich mit der Hand über Mund und Bart. »Tut mir leid, mein Mädchen, daß ich dir das Ganze so beibringen mußte. Ich weiß, daß du den König gern hast.«

»Und das ist noch nicht mal unser einziges Problem«, erwiderte Gretchen. »Mir scheint, daß Banditen, die Könige und Einhörner entführen, nicht gerade das Wohl Argonias am Herzen liegt.«

»Meine Verbindungsleute unter den Bewohnern des Waldes meinen, daß der Anführer der Banditen eine Frau sei.«

»Prinz Leofwin erwähnte das auch«, sagte Gretchen und fuhr fort: »Ich verstehe das Ganze nicht. Wahrscheinlich werden viele Frauen Räuber, weil sie das Neue an der Sache reizt; so viel ich weiß, rauben die meisten Räuber aber um der dicken Geldbörsen willen.« Sie dachte noch eine Weile nach und zog dabei ihre Schultern hoch, um ihre Unfähigkeit, die Situation zu durchschauen, zum Ausdruck zu bringen. »Vielleicht haben sie die Absicht, den König gegen ein Lösegeld freizulassen und die Einhörner den Meistbietenden zu verkaufen. Jedenfalls werden Colin und ich, während Sie Verstärkung herbeiholen, die Festung der Räuber ausspionieren und aufpassen, daß sie den Einhörnern und Prinzessin Pegien kein Leid zufügen. Colin und die Rettungsmannschaft müßten bald zurück sein.« Sie blickte suchend hinüber zum Wald, obwohl es noch zu früh war.

»Ihr zwei könnt nicht alleine gehen, das ist viel zu gefährlich«, sagte der Zauberer Himbeere ganz entschieden.

»Es ist auch nicht gefährlicher als wie eine Ente herumzufliegen«, gab Gretchen zurück. »Und außerdem sehen wir uns nur um.«

»Na gut, wahrscheinlich hast du recht«, gab der Zauberer zu. »Wenn Colin und Mondschein auf dich aufpassen, wird dir schon nichts zustoßen.«

Als Gretchen das hörte, mußte sie wieder weinen. Der Zauberer tröstete sie und klopfte ihr dabei nach Kaninchenart auf die Schulter, bis sie aufhörte. Dann erzählte sie ihm alles vom Himmelsschlüssel und auch von Mondscheins augenblicklichem Unterfangen, um eine neue Jungfrau zu finden.

»Das finde ich aber nicht sehr anständig,« empörte sich Himbeere. »Meiner Meinung nach bleibt die erste Jungfrau die erste Jungfrau, und damit basta. Mich wundert nur, daß du dich überhaupt noch um das Problem mit den Einhörnern kümmerst. Wenn man bedenkt, daß Mondschein mit anderen Mädchen herumschäkert, und daß Himmelsschlüssel ganz generell hartherzig ist!«

Gretchen zuckte nur mit der Schulter. »Nach dem, was Sie gesagt haben, geht es auch um den König – und um Prinzessin Pegien. Ich bin zwar sicher, daß es Ihnen und den Truppen des Königs gelingen wird, *sie* vor den Räubern zu schützen, aber ich fürchte, daß die Einhörner dabei verletzt oder gar geopfert werden könnten. Sie sind *sehr* wertvolle Tiere – als Colin und ich durch eine Stadt kamen, trug sich dort etwas zu, was mich veranlaßt hat zu glauben, daß die Einhörner viel wertvoller sind, als wir alle bisher gemeint haben. Sie müssen beschützt werden.« Gretchen hielt inne, überlegte sorgfältig und suchte nach Worten, während sie sprach, in der Hoffnung, daß sie nicht allzu töricht und arrogant klang. »Außerdem ist da noch die Sache mit mir, nämlich, daß ich eine Prinzessin bin. Prinz Leofwin – ich habe Ihnen doch erzählt, daß wir in Immerklar auf ihn stießen – hatte seltsame Vorstellungen davon, wie königliche Hoheiten sich zu verhalten haben. Ich glaube aber nicht, daß König Brüllo Eberesch auch so denkt – und ich glaube auch nicht, daß er mir eine Krone aufs Haupt gesetzt hat, nur weil er fand, daß sie auf meinen netten, braunen Haaren hübsch aussah. Ich meine, – ach, ich meine, daß er, selbst wenn er wollte, daß ich eine Prinzessin werde, damit ich jemand Passenden heiraten kann, auch wollte, daß ich, Gretchen, eine Prinzessin sein sollte, weil er das sichere Gefühl hatte, daß ich – ach, ich weiß' nicht, mich um die Bauern kümmern würde und auch zusehen würde, daß der Mann, den ich heirate, das Richtige für das Reich täte. Ich weiß nicht viel über Politik, aber ich weiß was richtig und was falsch ist, und eine Sache hat ihre Richtigkeit, nämlich, daß Könige ihre Untertanen schützen sollen – und zwar alle ihre Untertanen; in diesem Land bedeutet das Hexen, Riesen, Elfen, Einhörner, Zwerge und Menschen, einfach alle. In Immerklar konnten wir dank Mondscheins Zauber das Dorf mehr oder weniger retten vor einer Krankheit, die dort niemals ausgebrochen wäre, wenn nicht die Einhörner geraubt worden wären. Großer Zauberer, die Einhörner sind für das Wohlergehen der Bewohner dieses Landes von höchster Notwendigkeit. Sie halten das Wasser rein und verhindern, daß die Tiere und Menschen sich vergiften. Wenn Mondschein sich entschließen sollte, bei Rustie oder Lilienperle oder gar bei Belburga zu bleiben, so ist das seine Sache. Was mich betrifft, ich bin schon zu sehr in die Sache verstrickt. Ich werde jetzt nicht einfach König Eberesch oder die wertvollsten Lebewesen dieses Reiches im Stich lassen, bloß weil ich meinen ganz persönlichen Einsatz in Form eines bestimmten Einhorns verloren habe. Abgesehen davon«, sagte Gretchen mit einem kleinen, schiefen Lächeln auf den Lippen, »Sie bringen doch ganz bestimmt die Soldaten, nicht?«

»So schnell wie möglich. Aber was geschieht, wenn ich zu spät komme? Was tust du dann?«

Gretchen zuckte wieder nur mit der Schulter. »Ich weiß nicht. Darüber denke ich erst nach, wenn es soweit ist.«

Plötzlich hörten sie dumpfen Hufschlag und als sie aufblickten, sahen sie Mondschein, der direkt auf sie zu galoppierte. Der Schaum flog ihm in Fetzen vom Maul, und er hatte seine Augen so weit zurückgerollt, daß man nur noch das Weiße erkennen konnte. Seine messerscharfen Hufe kamen immer näher auf sie zu – erst im letzten Augenblick nahm Mondschein seine Beine hoch und sprang über den Fluß.

»Nicht schon wieder«, rief Gretchen. »Mondschein, warte! Ich habe jetzt nicht die Zeit, dich wieder im Gebüsch zu suchen! Im Moment haben wir größere Probleme. Bleib' stehen und sag' mir was los ist.«

Zu ihrem Erstaunen hielt das Einhorn beim Klang ihrer Stimme tatsächlich an. Es atmete schwer; seine Flanken und seine Beine zitterten heftig, aber nachdem Gretchen über die Brücke zu ihm gegangen war, um es eine Weile zärtlich zu streicheln, konnte es wieder einen zusammenhängenden Gedanken fassen. »Bitte, liebstes Gretchen, laß' dieses schreckliche Mädchen nicht näher herankommen. Sie ist eine abscheuliche Person.«

Hinter ihnen stand der Zauberer Himbeere, der durch den Fluß gewatet war, um zu ihnen zu gelangen. Er seufzte: »Weil ich eine Menschenfresserin geheiratet habe, bin ich wahrscheinlich schuld daran.«

Rubinrose lugte hinter einem Baum weiter unten am Fluß hervor, und Mondschein versuchte, sich hinter Gretchen zu verstecken.

Der Zauberer sagte streng: »Was hast du denn jetzt wieder angestellt?«

»Vater«, rief Rustie und durchquerte spritzend den Fluß, warf sich dem Zauberer um den Hals und umschloß seine durchnäßte Gestalt mit ihren langen, dünnen Armen. »Ach, Vater, du bist *doch* gekommen!«

»Ja, ich bin gekommen. Ich besuche dich doch immer um diese Jahreszeit, oder? Aber erst mal will ich wissen, wie du es geschafft hast, dieses Geschöpf, mit dem ich übrigens seit langem befreundet bin, zu ängstigen.«

»Es war nichts Besonderes«, sagte sie in leicht abfälligem Ton, der gegen Mondschein gerichtet war. »Er hatte mir gesagt, daß ich

alles, was ich wollte, von ihm bekäme; und ich wollte doch nur ein winzig kleines Teilchen von seinem Horn.«
Schmollend fuhr sie fort: »Wirklich, er sagte, er würde alles für mich tun. Er *hat* es gesagt. Und dann nahm er alles zurück, lief fort und verpetzte mich, das gräßliche Tier. Ich wollte das Horn doch nur für meine Alchimie verwenden.«
Himbeere seufzte wieder und erhob seine Augen gen Himmel. »Ich weiß, daß es daran liegt, daß sie ein vernachlässigtes, mittleres Kind ist, dessen Vater fast nie da ist, und dessen Mutter Menschenfresserin ist«, bekannte er einer unbekannten Gottheit. »Aber sie ist ein gescheites Mädchen. Im Grunde ein braves Mädchen. Wirklich. *Warum* im Namen der sieben geheiligten Rituale und der dreizehn heiligen Namen der Großen Mutter sieht sie nicht ein, daß es einfach erbärmlich und abscheulich ist, ein liebenswürdiges Wesen, das mit Zauberkräften ausgestattet ist, zu verunstalten, um ihre Mutter in eine Kröte zu verwandeln?«
»Ach, Papa«, stöhnte das Mädchen. »Du übertreibst immer. Ich wollte Mutter doch gar nicht in eine Kröte verwandeln – jedenfalls nicht ganz.« Dann bat sie in schmeichlerischem Ton: »Könntest du mir bitte zeigen, wie es ohne Einhorn geht, ich meine, nur für alle Fälle?«
Gretchen wartete die Antwort des Zauberers nicht ab, sondern führte Mondschein an seine Lagerstätte, bürstete ihn und sprach solange mit ihm, bis er erschöpft einschlief. Sanft ließ sie die Tarnung wieder über sein Einhorn gleiten.
Als sie zurückkam, saßen der Zauberer und seine Tochter wieder am Fluß, sie waren aber an eine Stelle gerückt, die durch eine Gruppe dichtgewachsener Bäume vor Einblicken vom Turm besser geschützt war.
»Wie *konntest* du nur?« fragte Gretchen Rubinrose, die erstaunt zu ihr aufsah. »Du hast ihn so sehr getroffen, daß ich gar nicht weiß, ob er je darüber hinwegkommt. Einhörner sind sehr sensibel und überempfindlich. Sie bieten ihre Freundschaft nur wenigen Menschen an. Er wollte dich lieben, dein Beschützer und Gefährte sein, und das einzige, woran du interessiert warst, war, ihn für

deine sogenannten Studien zu sezieren! Wenn Studieren solch eine Wirkung auf die Menschen hat, dann will ich nichts damit zu tun haben! Weil du immer über deinen dummen Büchern sitzt und nie an die frische Luft gehst, fängt dein Gehirn langsam an zu verschimmeln, glaube ich!«

Gretchens Worte machten keinen Eindruck auf Rubinrose. »Ich verstehe gar nicht, warum du so ein Theater machst. Ich wollte doch die Gefühle dieses dummen Tieres nicht verletzen. Ich hatte ja nur gedacht, ich könnte ein kleines Stück seines Hornes nehmen und damit meine Zauberkraft vergrößern.« Verärgert wandte sie sich ihrem Vater zu. »Warum hast du Mutter überhaupt geheiratet, wenn es so furchtbar ist, Menschenfresserin zu sein, und ich mich auch nicht wie eine benehmen soll? Und warum muß ich mit ihr zusammen – leben? Ich habe nur versucht, meine angeborene Neugierde für jegliche Zauberei zu befriedigen; und du weißt sehr wohl, daß ich diese Eigenschaften von dir geerbt habe. Die kannst du nicht Mutter zuschreiben. Das einzige, was sie wirklich wissen will, ist, wieviel Geld und Macht Lilienperlens Verehrer haben.«

»Bitte«, sagte Himbeere mit einem schmerzlichen Ausdruck, »bezeichne deine Mutter nicht als Menschenfresserin.«

»Nun, du tust es doch. Außerdem ist sie eine«, erwiderte das Mädchen. Um ihren schmalen, kleinen Mund war ein bitterer Zug zu sehen.

Himbeere schwieg einen Augenblick, starrte über den Fluß hinweg auf den Horizont jenseits der Bäume. Der Himmel war trüb und grau, das Land nur verschwommen zu erkennen, so daß die von Gletschern zerfurchten Berge in der Nähe leicht und schwerelos wie eine Wolkenbank aussahen. »Wenn ich doch nur einen Zauberspruch wüßte, der mich in einen Vater verwandeln würde«, sagte er zu Gretchen, die sich neben ihn gesetzt hatte.

»Irgendwie hat sie recht«, gab Gretchen zu.

»Wie?« Himbeere sah sie erst verständnislos an, dann kehrte das Zwinkern langsam wieder in seine besorgten Elfenaugen zurück.

»Ja, das stimmt tatsächlich. In mehreren Punkten hat sie recht. Aber nicht, was das Abhacken des Einhornes deines Freundes betrifft.

»Nein, wirklich«, Gretchen bestand darauf. »Sie hat recht. Wenn man schon eine Menschenfresserin heiratet, dann kann man doch nichts anderes erwarten, als daß sie kleine Menschenfresserinnen zur Welt bringt, oder?«

»So viele Eigenschaften einer Menschenfresserin hat Belburga auch wieder nicht«, erwiderte der Zauberer. »Jedenfalls nicht, solange man sie nicht näher kennt. In ihrer Familie gibt es viele Nymphen, einige Hexen und außerdem noch Feen, glaube ich – obwohl das ja seltsame Nymphen, Hexen und Feen gewesen sein müssen, die sich mit Menschenfressern verheiratet haben. Aber ihre Zauberkräfte sind nur mehr gering, sie sind verwässert und geschwächt durch die Ehen der einzelnen Familien untereinander, wie das bei vielen Leuten heutzutage ja der Fall ist.«

»Ich verstehe immer noch nicht, warum du dich überhaupt mit Mutter eingelassen hast, wenn Menschenfresserinnen so gräßlich sind.« Rubinrose blickte drein wie ein unschuldiges Kind, aber aus ihrer Stimme klang Spott. »Du bist ja schließlich kein dummer Mann.«

»Mein kleines Mädchen«, sagte er, »du mußt noch viel lernen. Wenn ein Mann eine Frau kennenlernt, die so anziehend ist, wie das deine Mutter damals war, dann spielt der Verstand keine Rolle. Und außerdem wird man mit zunehmendem Alter klüger – du tätest gut daran, dies zu bedenken, mein kleines Genie. Um ehrlich zu sein, ich lernte Belburga kennen, als ich mich gerade von einer Enttäuschung mit einer gewissen hübschen, jungen Hexe erholte – mit deiner Tante Sybil, Gretchen.« Er lächelte, als er das Erstaunen auf Gretchens Gesicht sah. »O ja, wir standen uns sehr nahe – dann machte sie Schluß; allerdings sind wir Freunde geblieben. Sie hat mir nie gesagt, warum sie es tat, aber ich nehme an, weil ich damals noch ein unerfahrenes, ungehobeltes Bürschchen war, und es mir an jeglicher Urteilsfähigkeit fehlte, so daß ich mich sofort in die nächste Dame, die mich anlächelte, verliebte. Damals stellte ich noch falsche Schnurrbärte, Perücken und Nasen aus Flußton her; ich hatte einem Mädchen nicht viel zu bieten. Aber Sybils Ablehnung traf mich sehr und ich glaubte, mein Herz sei gebrochen, da ich damals noch keine Ahnung hatte, wie flexibel dieses Organ tatsächlich ist. Ich sang nur noch traurige Liebeslieder, verfaßte schlechte Gedichte und trug eine jammervolle Clownsmiene zur Schau, bis mein Vater mich nicht mehr ertragen konnte und zu einer Elfencousine zweiten Grades, die noch dazu von hohem Rang war, schickte. Meine Cousine Maisie genoß eine Vertrauensstelle am Hofe König Finbars.

Maisie kannte sich aus in der Welt, sie war eine Stadtelfe, in der Stadt geboren und dort auch aufgewachsen. Sie erkannte einen jungen Menschen mit Liebeskummer auf den ersten Blick und sah zu, daß ich ihre hübschesten Freundinnen kennenlernte; ich habe den Verdacht, daß sie ihnen zu verstehen gab, daß sie nett zu mir sein sollten. Wie gesagt, sie hatte ziemlichen Einfluß. Aber irgendwie fühlte ich mich in ihrer Gesellschaft noch täppischer, als ich, wie ich ohnehin wußte, war.

Dann hörte ich zufällig, wie sich Maisie bei einer Freundin beklagte, weil ihr Friseur so ungeschickt sei. Wie du wahrscheinlich weißt, haben junge Elfendamen eine sehr empfindliche Kopfhaut.« Er fuhr seiner Tochter mit der Hand durch den glänzenden, kleingelockten Wust von Haaren; Rostie war mürrisch. »Die echten Elfen haben auch feines, dünnes Haar, das sich nicht lockt, wie es gerade Mode ist. Das ist eines *meiner* weniger wünschenswerten Merkmale, dem du entgangen bist, mein Mädchen. In den Wäldern tragen sie Mützen, die aus Blättern gefertigt sind, damit sich die Äste nicht in ihren Haaren verfangen, aber in der Stadt, wenn Hüte gerade nicht in Mode sind, ist ein guter Friseur für jemand wie meine Cousine von unschätzbarem Wert. Ihre Freundin erzählte Maisie von einer neuen Zofe, der Witwe eines Prinzen, der aus irgendeinem unbekannten Inselreich stammte. Angeblich konnte die Frau mit Haaren wahre Wunder vollbringen.

Etwa eine Woche später bat mich ein Verehrer von Maisie, der seine Bitte mit einer neuen Silbermünze unterstrich, meiner Cousine einen Strauß Gänseblümchen, die er kurz vor Morgengrauen für sie gepflückt hatte, zu überbringen. Du weißt selbst, wie zart diese Blumen sind. Sie wären verwelkt, wenn ich gewartet hätte, bis Maisie mit ihrer Toilette fertig war. Deshalb störte ich sie dabei.

Die neue Friseuse öffnete auf mein Klopfen hin die Tür. Ach, mein zynischer, kleiner Liebling, du hättest deine Mutter damals sehen sollen. Sie bewegte sich so geschmeidig wie ein Luchs, war hübsch wie eine Füchsin und auch so zierlich. Ihre Augen waren so schwarz wie Schlehen und waren in der Kunst der Verstellung viel geschickter als ich – hätte ich es nur damals schon gewußt. Hinter ihrer Liebenswürdigkeit, hinter der stillen Bescheidenheit eines jungen Häschens verbarg sie nämlich die Charaktereigenschaften einer hungrigen Wölfin. Aber damals wußte ich das noch nicht.

Da ich meinte, in ihrem Lächeln eine Spur von Sybils Lächeln wiederzufinden, warb ich um sie. Deine Mutter stellte sich unter ihrem neuen Ehemann nicht gerade einen jungen, unerfahrenen Clown vor. Aus diesem Grund hielt sie sich eine Weile mit ihrer Koketterie auf Distanz. Aber je mehr sie mir auswich, desto leidenschaftlicher wurde ich. Ich dachte mir neue, phantastische Verkleidungen aus, um sie zu erheitern, in dem steten Bemühen, etwas Neues, Überraschendes zu schaffen. Ich schlich mich etwa, in einen der Pfauen verwandelt, im Garten an sie heran und überreichte ihr eine Feder. Einmal gab ich vor, ein kleiner Hund zu sein, der unbedingt auf ihrem Schoß sitzen wollte; sie aber ließ sich keine Sekunde täuschen: Tiere haben deine Mutter nämlich nie gemocht, weißt du. Unabhängig davon, ob sie nun beeindruckt war oder nicht, nahmen meine Zauberfähigkeiten in erstaunlichem Maße zu. Ich konnte damit die Aufmerksamkeit König Finbars auf mich lenken, und nach einer Weile wurde ich zum obersten Verbergungsmeister der Palastwache ernannt. Ich dachte mir Verkleidungen aus, machte Vorschläge für Tarnungen, so etwas eben. Da wir nun häufiger zusammen waren, fand der König Gefallen an mir und beförderte mich zum Spionageobersten des Hofes. Ich konnte damals das Aussehen einer jeden Person, ganz wie

ich wollte, annehmen, und außerdem konnte ich Hunde und Pfauen nachahmen.
Ich klatschte über alle möglichen Leute am Hofe und steigerte damit mein Selbstwertgefühl. Ich hatte gar keine Zeit mehr, wegen Sybil oder Belburga Trübsinn zu blasen. Diese Tatsache erwies sich natürlich als Unglück für deine Mutter und folglich auch für mich – wenn deine Mutter nämlich etwas nicht ertragen kann, dann ist es das folgende: nicht beachtet zu werden. Mit meinem zunehmenden Ansehen stieg auch ihr Eifer, und sie begann, mir nachzusteigen. Wahrscheinlich wäre ich ihren Ränken entgangen, wenn ich damals nicht gerade eine Verschwörung aufgedeckt hätte, durch die die jungen Prinzen beseitigt und durch untergeschobene Kinder ersetzt werden sollten. Belburga wußte von dem Komplott und gab vor, es mir zu verraten, obwohl ich glaube, daß sie bereits wußte, daß ich davon Kenntnis hatte. Aber es verschlug mir die Sprache, als sie mir verriet, wer der Täter war. Mir war sofort klar, daß ich das, was sie mir gesagt hatte, für immer geheimhalten mußte, da sie die Schuld meiner Gönnerin, meiner Cousine Maisie gab.
»Mir standen zwei Möglichkeiten offen – die eine bestand darin, meine Cousine zu vernichten, die andere darin, Belburga zum Schweigen zu bringen. Ich sagte Maisie, was ich wußte, und obwohl sie alles leugnete, zog sie sich, da ich darauf bestand, vom Leben bei Hofe zurück. Außerdem hielt ich die Heirat mit deiner Mutter, da ich ohnehin schon halb verliebt war in sie, für eine angenehme Alternative zu der Möglichkeit, sie auf etwas dauerhaftere Weise zum Schweigen zu bringen. Deshalb bat ich den König um Erlaubnis, und wir vermählten uns. Ich führte sie weit fort aus der Hauptstadt, aber du kannst dir denken, daß ich, indem ich die Stellung, die ich bei Hofe innehatte, aufgab, gleichzeitig auch auf jeglichen Anspruch auf Belburgas Zuneigung verzichtete.«
Sie nahm es mir übel, daß ich sie in das Haus meines Vaters brachte, zu zwanzig Elfenbrüdern und -schwestern. Obwohl ich kurz nach deiner Geburt ein eigenes Heim für uns baute, verließ

sie mich. Zu diesem Zeitpunkt hatte ich ihre scharfen Zähne schon oft genug gesehen und auch zu spüren bekommen; ich hatte daher keinerlei Bedürfnis, sie zu suchen.«
Er lächelte Gretchen an: »Versteh das nicht falsch. Meine frühere Frau ist zwar eine Menschenfresserin, aber nur im übertragenen Sinn. Ihre Großmutter war, soviel ich weiß, noch wesentlich direkter.«
Rubinrose war nicht mehr unglücklich und empört, sondern wie jedes Kind, entzückt von der Erzählung, und sie kuschelte sich fest an ihren Vater, von seinem Arm geschützt. Himbeere lächelte sie auf die gleiche, verträumte Art an, wie vorher Gretchen.
»Nein, mein Kleines, deine Mutter ist genausowenig wie jede andere Frau in der Lage, mit ihren Zähnen das Fleisch eines Mannes zu reißen. Nur in ihren Machenschaften, durch die ein Mann sich vor Gram verzehren kann, ist die Zauberkraft ihrer Vorfahren noch vorhanden. Sie fordert viel und gibt nichts.« Er blickte seiner Tochter länger in die Augen, und das Mädchen zog die Schultern hoch und wich zurück, noch näher an ihn heran. »Dieser Charakterzug liegt der Menschenfressernatur zugrunde, Rostie. Ich freue mich über deine Elfeneigenschaften, deine Neugierde, deine Fertigkeiten. Eine gewisse – Ausgewogenheit – ist allerdings wirklich in jeder Kunst nötig, wenn man sie meisterhaft beherrschen will. Man muß von allem lernen, von der Natur und von anderen Menschen ebenso wie aus Büchern; indem du dich dem widmest, was dich lehren kann, gibst du dich deiner Zauberkunst hin. Sonst wirst du ihr Opfer und wirst verzehrt von deiner Begierde danach – wie die Vorfahren deiner Mutter sich selbst und andere früher verschlangen.«
Rubinrose versuchte ihr leicht zynisches Lächeln zu verbergen, aber ihr Vater sah es doch.
»Weder ein hübsches Gesicht, noch ein fähiger Verstand schützen dich vor den Übeln, die du dir durch das Erbe deiner Mutter selbst oder auch anderen zufügen kannst, Kind. Deine Mutter war früher so hübsch wie du, wenn auch nicht so gescheit. Ich habe gehört, daß sie für ihr Alter immer noch gut aussieht, auch wenn du

anderer Meinung bist. Da ich einmal in ihrer Macht war, will ich sie nicht mehr sehen – ich fürchte, daß ich dann wieder in ihren Bann gezogen werde. Auch aus diesem Grund sind meine Besuche bei dir so selten.«

»Schon gut, schon gut. Ich verstehe nur zu gut, was du sagen willst! Rostie seufzte und wollte damit andeuten, daß viel von ihr gefordert wurde und wandte sich zu Gretchen.

»Du kannst deinem Einhorn sagen, daß es mir den Hof machen darf, wenn es will, und ich werde es nicht mehr behelligen wegen seines dummen Hornes.« Sie blickte zurück zu ihrem Vater, dessen Gesicht seltsam zuckte, vor allem die Mundwinkel und die Augen, und fragte: »Das klingt schon besser, oder?«

»Nun, es ist zumindest ein Anfang«, antwortete er und fügte schnell hinzu, »es ist nicht leicht, auch an die anderen zu denken. Es erfordert Geduld und Übung. Aber ein Könner, der so hochbegabt ist wie du, sollte damit fertig werden.«

»Ich glaube dir«, antwortete seine Tochter. »Aber etwas will ich noch wissen, Papa. Wenn du schon unter so viel Geheimnistuerei gekommen bist«, ihre Augen fielen auf sein Überkleid, das langsam trocknete. »In welcher Gestalt bist du denn überhaupt gekommen? Als Fisch? Also, wenn du schon heimlich gekommen bist«, fuhr sie fort, ohne auf eine Antwort zu warten, »warum hast du mir deine Ankunft nicht so signalisiert, daß ich hätte antworten können?« Sie deutete auf Gretchen. »*Sie* glaubt, daß Mutter das Zeichen gesehen hat und es zurückgegeben hat.«

»Ich habe nichts gesehen«, meinte der Zauberer. »Ich habe auch kein Zeichen gegeben. Dieser Besuch ist eine Überraschung.«

»Wenn sie nicht das Signal gegeben hat, wer dann?« fragte Gretchen.

»Wahrscheinlich war es nur das Feuerchen eines harmlosen Holzfällers«, meinte er. Seine Worte entbehrten allerdings jeglicher Überzeugungskraft.

»Es hat aber jemand auf das Signal geantwortet«, erinnerte Gretchen ihn.

»Du könntest dich nicht vielleicht getäuscht haben?«

»Ich gebe Großmutter Graus geheimes Bierrezept darauf, daß ich etwas gesehen habe.«
»Es ist unwahrscheinlich, daß Belburga sich mit Räubern verbündet – sie hielte sie sicher für zu ungeschlacht.« Der Zauberer hob seinen kleinen Finger wie seine frühere Frau, und Rostie kicherte.
»Ich wäre mir da nicht so sicher«, Gretchen dachte an die Ratte.
»Letzte Woche erst hörte ich, wie Mutter sich mit einem seltsam aussehenden Mann unterhielt«, erzählte Rostie unaufgefordert voller Eifer. »Sie sagte irgendwas wie, daß die Familie des Mannes ihr etwas schuldig sei, und daß sie uns anständig verheiraten wolle. Darüber spricht sie *ständig*.«
»Mein Herzchen, nicht ein Mann führt diese Räuber an«, gab ihr Vater ihr zu verstehen, »sondern eine Frau. Eine Nymphe, meinen die Tiere des Waldes.«
»Wie Tausendschöns Vater? Du weißt schon, der, der sich in einen Baum verwandelt hat, um Mutter zu entkommen? Er war ein Nymphenmann und hatte eine Schwester, die für ihren eigenen Fluß verantwortlich war. Ich erinnere mich, daß ich sie einmal gesehen habe, als ich noch klein war. Sie kam nach Tausendschöns Geburt zu Besuch. *Sie* war schön – neben ihr sah Lilienperle nachgerade blaß aus. Aber sie wirkte ernst und unglücklich. Ich weiß es noch genau, weil ich mir damals nicht vorstellen konnte, daß ein so hübsches Mädchen überhaupt einen Grund haben könnte, traurig zu sein.«
»Was meinen Sie?« fragte Gretchen. »Das hört sich sehr nach dem Anführer unserer Räuber an.«
»Wenn die Lage so ernst ist, solltest du, glaube ich, deinen Kaninchenanzug anziehen, Vater, und jemandem Bescheid geben.«
»Ich habe ja auch die Absicht, meinen Anzug anzuziehen, mein Herz«, erwiderte der Zauberer und brav zog er das Kaninchenfell wieder über einen nackten Fuß. Dann stand er auf. Er beugte sich mit einer gewissen exzentrischen Autorität über Gretchen, die sitzen geblieben war. »Zuerst möchte ich, daß Prinzessin Greta schwört, vor der Rückkehr des Meister Liedschmieds nichts zu unternehmen, und auch später nur in einiger Entfernung zu folgen

und die Schritte der Räuber weiter zu beobachten. Das Risiko, auf einmal zwei Mitglieder der königlichen Familie zu verlieren, können wir nicht eingehen.«

»Ich muß schon sagen, mächtiger Zauberer, ich finde das überkorrekt und altmodisch.« Gretchen war empört.

»Trotzdem bestehe ich darauf. Dein Schwur?«

»Also gut. Hiermit schwöre ich.« Sie gab zwar ihr Versprechen, aber in ihrer Rocktasche überkreuzte sie ihre Finger. Himbeere war zufrieden. Er gab seiner Tochter noch einen Kuß, dann murmelte er leise einen Zauberspruch, während seine Ohren und seine Nase in zunehmenden Maße zuckten. Je dünner, blasser und durchsichtiger er wurde, um so voller und echter wirkte das Kaninchenfell an seinem Fuß. Schließlich verschwand die geisterhafte Erscheinung des Zauberers vollständig, eine unsichtbare Hand zerzauste Rubinrose das Haar, das Kaninchen klopfte noch einmal mit seinem Hinterlauf als Warnung an Gretchen auf den Boden, und dann hoppelte es in den Wald.

Leofwin wurde auf dem Tisch, der als Tragbahre diente, und auf dem er transportiert wurde, hin- und hergeschüttelt, bis er das Gefühl hatte, sämtliche Knochen im Leibe würden ihm zerbrochen. Es war unmöglich, sich auf einem solchen Gebilde auszuruhen oder gar zu erholen. Die Männer, die ihm diese Marter antaten, beachteten weder sein Aufschreien noch sein Stöhnen. Sie lachten, unterhielten sich laut und machten Scherze über das Gesicht des jungen, frechen Spielmanns, als sie ihn zurückgelassen hatten mit dem stinkenden Fremden.

Leofwin wußte, welchen Spielmann sie meinten, aber er wußte nicht, um wen es sich bei dem Fremden handelte, und es war ihm auch egal. Vielmehr wünschte er nur, daß sie ihn als tot zurückgelassen hätten.

Die herzlosen Rüpel schleppten die Bahre unter Gespritze durch den Fluß; Leofwin wurde bis auf die Haut naß, der ganze Haufen konnte zum Teufel gehen! Hatten sie denn keine Ahnung, wie man einen Verletzten zu behandeln hatte?

Er wollte sich lieber strecken und vierteilen lassen, als dies noch länger ertragen!
Er überlegte sich gerade eine Reihe von Flüchen, einzig und allein zur Erbauung seiner Träger, als er von Gekicher nahe an seinem linken Ohr unterbrochen wurde.
»Was ist denn das?« Der Prinz versuchte, nach links zu schauen, aber er konnte seinen Kopf nicht weit genug drehen.
Das leise Gekicher schwoll an und wurde schließlich zu einem tiefen Lachen.
»Wer zum Zwergengeschwätz lacht mich aus?« fragte der Prinz. »Sag mir doch, was du so komisch findest, oder ich mach dich zu Staub, sobald ich aus diesem übergroßen Steckkissen rauskomme, so helf mir die Große Mutter.«
»Ihr Helden seid so wild«, lachte sein Peiniger und landete höchst unsanft auf seiner Nasenspitze. Es war Riesel, die kleine Wespe! Er hätte es wissen müssen. »Der mächtige Spielmann singt den unnützen Nymphen Liebeslieder vor, während deine beherzten Kameraden deinen stinkenden Hintern durch meinen Fluß schleifen und dadurch verschmutzen. Und Sie sind eingepackt wie ein Baby, das ein Nickerchen machen soll!« Die Fee lachte wieder, ihr Lachen und ihr winziges Gesicht waren beide bitter.
»Ich verstehe nicht, warum du so böse auf mich bist«, beklagte sich Leofwin, der besorgt war wegen der Fee, die zwar nur so groß war wie ein Insekt, aber so nah an seinem Auge saß. »Ich bin wohl kaum in der Lage, dir etwas zu tun. Ach so, der Behälter für das Bier – darüber könntest du noch etwas verärgert sein. Es war aber nur ein Spaß; verstehst du keinen Spaß?«
»Ich bin jederzeit für einen Spaß zu haben, mein großer Junge«, antwortete Riesel und zeigte ihre kleinen, glänzenden Zähne. »Ich werde sogar vor Lachen sterben, wenn die anderen Einhorndiebe weiter vorne aus dem Gebüsch springen und euch zu Kleinholz machen.«
Die anderen Einhorn-*Wa – As*?! He, ihr da! Ihr Tölpel! Haltet an! Dreht sofort dieses Ding um! Laßt mich raus! Gebt mir ein Schwert!« Er schrie so laut, daß es die Fee von seiner Nase blies.

Sie lachte immer noch, schlug Purzelbäume durch die Luft und verschwand dann.
Es kam Leofwin gar nicht in den Sinn, darüber nachzudenken, warum die Fee ihm von dem Hinterhalt erzählt hatte, wenn sie doch, wie sie behauptete, unbedingt wollte, daß aus ihm und den Männern aus Klein-Lieblos Hackfleisch gemacht würde. Er verfluchte sie innerlich, bis Giles und Archie ihn losgebunden hatten, alle abgestiegen waren und ihre Pferde in einem großen Bogen weit weg von dem Pfad geführt hatten, auf dem die Räuber angeblich lauerten.
Voller Schrecken eilte Wulfric zu seiner angebeteten Führerin, als sie von Primels Rücken stieg und anfing, sich schnell zu drehen. Sie bereitete damit ihre Verwandlung in einen Wirbelwind vor.
»Sally, läßt du mich und dein Roß allein in diesem Wald zurück, während du davonfliegst? Sollten wir nicht zusammen weiterziehen?«
»Mein fähigster Statthalter kann doch gewiß selbständig Initiative ergreifen und eine einfache kleine Sache alleine durchführen. Oder, Wulfie? Das kannst du doch?« fragte sie ihn streng. Er winselte und bedeckte die Schnauze mit seinen Pfoten. »Belburga hat auf mein Zeichen geantwortet. Sie läßt dich in die Kammer der Hexe, damit du sie im Schlaf töten kannst.
Leofwin, dieser Wüstling und die Stadtbewohner, die du dummerweise in diese Geschichte mit hineingezogen hast, dürften jetzt schon tot sein. Primel weiß, was sie mit dem Einhorn tun soll. Ich muß jetzt los und alle Vorbereitungen treffen, damit sich unsere neuen Gefangenen wohlfühlen.«
»Du willst also dieses Wesen, dieses neue Einhorn nicht wie die anderen mit deiner Schönheit bezaubern, Sally?«
»Aber Wulfie«, sagte sie und blickte dabei vielsagend zu Primel, die ihnen den Rücken zuwandte, hinüber. »Welche anderen meinst du? Primel ist mein getreues Pferd. Ich könnte unmöglich ein anderes nehmen. Außerdem wäre kein Einhorn, das sich bereits mit einem ganz einfachen Mädchen befreundet hat, ausschließlich für meine Worte empfänglich. Es bräuchte auch das

Vorbild eines anderen Einhorns, damit der Einfluß der gewöhnlichen Frau zunichte gemacht werden könnte, und es auf den wahren Pfad geführt würde.«
»Wenn ich nicht solch ein dummes Tier wäre, weise und gütige Führerin, dann wäre ich selbst darauf gekommen. Verzeih mir, daß ich dich an deinem Vorhaben hindere. Ich werde alle deine Befehle durchführen.«
Das Einhorn stampfte auf und sah Wulfric abschätzig an, als Sally sich als Wirbelwind davonmachte, aber es lachte sich ins Fäustchen. Nein, er würde seine geliebte Anführerin nicht hintergehen, aber in Klein-Lieblos lebte ein gewisses Lämmchen, das einer gewissen Menschenfresserin gehörte. Dieses Lamm würde ihm eine schmackhafte Vorspeise abgeben, bevor er die gewiß zähe und faserige Hexe verschlang.
Bei dem Gedanken an das Festmahl stolperte er fast über seine Zunge, die ihm vor Gier aus dem Maul hing. Schließlich erinnerte ihn das Einhorn, das ihn nur in Wolfsgestalt ertragen konnte, daß *sie* den Weg nach Klein-Lieblos nicht kannte, und daß er sich beeilen und sie hinführen sollte.

»Du hast dein Essen noch nicht mal angerührt«, stellte Gretchen fest. Sie bückte sich und schlüpfte in Mondscheins Stall, um ihm von der schlechten Nachricht vom König, die Himbeere überbracht hatte, zu erzählen. Außerdem wollte sie die Entschuldigung, die Rostie so zögernd ausgesprochen hatte, weitergeben.
Das Einhorn lag zusammengekauert in einer Ecke seiner Lagerstatt. Es zitterte zwar nicht mehr, aber es hielt seinen Kopf tief gesenkt, als ob das Gewicht seines Hornes zu schwer zu tragen sei. Außerdem schien sein Horn auch matter zu sein, es war nicht mehr so opalisierend und schön.
»Wo hast du deine Tarnkappe?« fragte Gretchen. Sie kniete im Stroh, tastete es mit ihren Händen ab und suchte nach dem verlorengegangenen Kegel.
Mondschein antwortete nicht, sondern hob nur kurz seinen Kopf, um ihn dann wieder zu senken. Er mied Gretchens Blick.

»Jetzt paß mal auf, Mondschein«, sagte sie bestimmt und kroch, weiter tastend, auf Händen und Füßen durch den Stall. »Diese Sache mit den Jungfrauen bedrückt uns beide, aber im Augenblick haben wir wirklich Wichtigeres zu tun. Ich glaube ohnehin, daß der Turm einer Menschenfresserin nicht gerade der ergiebigste Ort ist, um Jungfrauen zu finden. Warum verschiebst du dieses Unternehmen nicht ein Weilchen? Sobald Colin zurückkehrt, müssen wir uns um die Rettung der anderen Einhörner kümmern. Bei der Suche nach ihnen brauchen wir deine Hilfe. Vergiß doch einfach dieses dumme Zeug und komme mit uns! Ein oder zwei weitere Tage in meiner Gesellschaft werden dich doch bestimmt nicht noch mehr beflecken, als du es ohnehin schon bist.«

»Ich würde gerne mit dir gehen, meine Freundin«, sagte Mondschein nach einer langen Pause. »Aber wie kann ich den anderen Einhörnern entgegentreten, ihnen ins Auge sehen? Ihr müßt sie alleine befreien, weil mein Anblick sie beleidigen würde. Offensichtlich bin ich nicht geeignet ein Einhorn zu sein – die zweite Jungfrau hat mich, genau wie die erste, zurückgewiesen, und die zweite wollte mich auch noch entstellen.«

Gretchen stand auf und tastete das Futter im Trog ab. »Ach, das wollte ich dir noch sagen. Es tut ihr leid. Sie ist zwar ein gescheites Kind, aber nicht von der empfindsamen Sorte. Sie war so mit ihren eigenen Plänen beschäftigt, daß sie gar nicht an deine Gefühle gedacht hat. Aber ich glaube, daß sie nicht gänzlich schlecht ist. Sie *ist* schließlich auch die Tochter des Zauberers Himbeere und nicht nur Belburgas Kind. Du könntest ihr noch eine Chance geben. Sie hat sicher auch versöhnende Eigenschaften.«

»*Sie* ist vollkommen.« Mondscheins Seufzer klang so freudlos wie der Hauch des Windes im Winter. »Ich habe versagt.«

»Ach, Krötenfedern!« rief Gretchen ungeduldig, dann blickte sie wieder in den Futtertrog und schnupperte voll Mißtrauen am Inhalt. Mondschein war außergewöhnlich empfindsam was diese Sache anbelangte – vielleicht war die Gerste gegoren und das Einhorn davon betrunken.

Nein, die Gerste war in Ordnung. Trotzdem sagte sie aufmunternd: »Du warst einfach nicht genug an der frischen Luft und hast dich auch nicht genügend bewegt, seit wir hier sind. Deshalb kannst du nicht mehr klar denken. Jetzt verschaffen wir uns einfach etwas Bewegung und vielleicht finden wir auch Belburgas dritte Tochter. Wenn du dir überhaupt die Mühe machen willst. Sie zumindest soll gut zu den Tieren sein, und außerdem verbringt sie ihre ganze Zeit im Freien. Das sollte dir gefallen. Von allen drei Töchtern scheint sie mir die netteste zu sein.«

Sie bewegte ihr linkes Knie und etwas knackste unter ihr. »Ach, da haben wir's ja«, sagte Gretchen und hob die verbogene, aber immer noch unsichtbare Tarnung hoch. »Wir setzen dir dies auf, und dann gehen wir. Ich habe es satt zuzusehen, wie du dich nach diesem kapriziösen Mädchen verzehrst. Je eher wir hier rauskommen, desto besser.«

Nachdem sie ihm die Tarnung aufgesetzt hatte, streichelte sie ihm die Schnauze, und er liebkoste mit seinen Nüstern ihre Hand, ganz wie früher. »Ich wünschte, wir hätten dies Unterfangen nie begonnen, Gretchen, geliebte Freundin, und ich hätte die Dame Himmelsschlüssel nie getroffen. Ich weiß zwar, daß es nicht richtig ist, dich zu lieben, aber dennoch – meinst du nicht, daß hier ein Irrtum vorliegt? Himmelsschlüssel könnte doch ein Fehler unterlaufen sein, weil sie unser Bekenntnis nicht richtig verstanden hat?«

»Mir wäre das sehr recht, aber ich glaube kaum, daß du sie dazu bringen wirst, das einzugestehen«, sagte Gretchen.

Nachdem sie außerhalb des Bereiches waren, der vom Turm aus überschaubar war, stieg Gretchen auf das Einhorn, und sie ritten auf die kleine Lichtung zu, die im Westen an den Wald anschloß. Mondschein ritt so schnell er konnte, senkte seine Hufe in den Boden, sein Schweif sah aus wie ein Segel und seine Mähne wehte im Wind.

Gretchen fühlte sich auf diesem Ritt angenehm angeregt, verspürte aber gleichzeitig eine gewisse süße Bitterkeit. Sie war ihrem Freund in diesem Augenblick genauso nahe wie früher, aber sie wußte, daß er sie sofort verlassen würde, wenn er eine passendere Jungfrau fände; nicht etwa eine bessere Freundin, oder eine, die ihn mehr liebte, sondern ganz einfach eine passendere. Sie nahm es Mondschein fast gar nicht mehr übel, und sie gab ihm ohnehin nicht mehr die Schuld an der Sache. Gretchen meinte sich allmählich daran gewöhnt zu haben, zurückgewiesen zu werden. Immer, ihr ganzes Leben lang, hatte jemand entschieden, daß sie aus diesem oder jenem Grunde nicht die passende Person war – und die Gründe waren jeweils außerhalb ihres Einflußbereiches gewesen. Im Dorf gehörte sie nicht dazu, weil ihr Vater ein Adeliger war, obwohl ihre einfache Herkunft bei den Adeligen wiederum fragwürdig war. Ihr Vater hätte lieber einen Sohn gehabt, und ihrer Großmutter wäre es lieber gewesen, wenn ihre Zauberkraft hexenwürdiger und nicht nur einfach Hexenzauberei gewesen wäre. Colin mochte, große, süße, elegante, blonde Mädchen, nicht braunhaarige wie sie eines war, und selbst Bernsteinwein hatte ihr immer gesagt, daß sie nicht so ungestüm in ihrer Art, so stur in ihren Ansichten und nicht so laut und taktlos sein sollte; nichts hatte sie in den Griff bekommen, ebensowenig wie sie ihre Zauberkraft oder ihre Haarfarbe hätte ändern können. Sie erkannte jetzt, daß Mondschein sie nicht ablehnte, weil sie weniger hübsch war als Lilienperle oder dümmer als Rostie, oder gar weniger damenhaft als Primel, sondern weil er etwas suchte, von dem *er* nicht wußte, wie er es finden sollte. Sie war ein wenig enttäuscht, als ihr klar war, daß sie sich doch nicht so einmalig verstanden hatten; sie zog sich innerlich ein klein wenig von dem Einhorn zurück. Sie wollte ihm zwar so gut sie konnte auch weiterhin helfen, aber sie fühlte sich nicht mehr verantwortlich für die Tatsache, daß sie seinen Idealvorstellungen nicht entsprach. Sie hätte ihm gerne klar gemacht, daß selbst ein Einhorn nicht der vollständige Traum eines jungen Mädchens wie Lilienperle oder Rubinrose – oder gar sie selbst, sein konnte. Genausowenig konnte er eines dieser Mädchen ganz für sich gewinnen, wie sie ihn zurückgewinnen konnte und ihre Liebe wieder so grenzenlos wie in den ersten Tagen ihres Zusammenseins sein würde.

Obwohl der Gedankenaustausch noch ganz frei zwischen ihnen

stattfand, konnte sie ihn weder warnen noch beruhigen, und er machte sich ständig Vorwürfe.
Das Reiten half ihm. Sie spürte, daß er erleichtert war, dem dunklen, muffigen Stall entkommen zu sein. Als er eine Klippe hinauftänzelte, die zehnmal so hoch war wie das Pferd selbst, zu einer Stelle, wo der Fluß in einem jadefarbenen Wasserfall hinabstürzte und unten die flüssige Spitze schäumte, spürte sie, daß er daran dachte, hinabzuspringen, seiner Schuld ein Ende zu machen und sie zu befreien. Aber sie klammerte sich an seiner Mähne fest und weigerte sich, befreit zu werden. Sie machte ihm unmißverständlich klar, daß sie ihn töten würde, wenn er noch einmal solche Gedanken hegte. Der Augenblick ging vorüber.
Als sie schließlich den Berg wieder hinunterritten auf die Lichtung zu, die den Turm umgab, zeichnete sich am Himmel die Abenddämmerung ab und warf violette Schatten auf die Berge, die in der Nähe lagen. Auf dieser Lichtung erblickte Mondschein die Tiere, die sich am Fluß versammelt hatten, und er sah das Mädchen, das, einer Blume gleich, in ihrer Mitte saß. Und eben da entdeckte Gretchen eine sehr kleine Gruppe von Reitern, die die höhergelegene Straße aus dem Wald herunterritten und dann die Wiese überquerten, auf den Turm zu. Die Reiter zogen zusammen einen umgedrehten Tisch hinter sich her, auf den der Körper eines Mannes gebunden war.
»Colin!« schrie Gretchen, »das ist die Rettungsmannschaft, aber wo ist Colin?«
Mondschein aber ging verträumt auf die Tierschar und das Mädchen mitten unter ihnen zu. Gretchen glitt von seinem Rücken und lief am Fluß entlang, lief durch die Lichtung der Menschenfresserin und über die Brücke auf die Wiese, den herannahenden Reitern entgegen.

Außer beim Zauberer Himbeere hatte Mondschein noch nie eine solch große Anzahl, eine solche Vielfalt an Tieren gesehen, wie die, die sich um das reizende Mädchen scharten. Eines, ein Wolf, kam ihm sogar bekannt vor. Er sah genau aus, wie der Wolf, der bei

der anderen Versammlung herumgelungert war. Es schien aber doch unwahrscheinlich, daß ein Wolf sich soweit von seinem Revier entfernte.
Noch unglaublicher war allerdings die reizende Schönheit des sanften Mädchens, das friedlich mitten unter seinen Verehrern saß. Sie streichelte der Reihe nach die große Schar der Tiere. Da waren Bären, Kaninchen, Rehe, Elche, Füchse, der Wolf, ein Wildschwein, ein Luchs und eine Wieselfamilie – ganz abgesehen von den Hunden und Hauskatzen, die wahrscheinlich aus der Stadt gekommen waren, den Pferden, Lämmern, Rindern, Ziegen, Gänsen, Hühnern und Enten.
Obwohl sie noch etwas Kindliches, Rundliches an sich hatte, besaß die junge Frau bereits auch weibliche Schönheit. Unter gänseblümchengelben Locken strahlten fröhliche, moosgrüne Augen aus einem vollkommenen, herzförmigen Gesicht. Sie lächelte all die Tiere, die sich um sie scharten, aufmunternd an, ihre Wangen schimmerten rosig, und sie freute sich an der Gesellschaft der Tiere. Eine getigerte, gelbbraune Katze saß auf ihrem Schoß und ein grauer Vogel, den sie verspielt ganz flüchtig küßte, umflatterte ihren Finger. Mit ihrer anderen Hand kraulte sie einem jungen Bären, dessen Mutter ihr erstaunlicherweise ohne jegliche Anzeichen von Aggression dabei liebevoll zusah, den Nacken.
Mondschein sah vom Rand der Menge aus zu; er war entzückt und wurde sich zunehmend sicherer, daß er hier endlich die für ein Einhorn vollkommene jungfräuliche Gefährtin vor sich hatte. Sie war schön, sanft, weise und lieblich. Dieses Mädchen wurde doch gewiß den höchsten Ansprüchen selbst der allerkritischsten Einhörnern gerecht?
Ihre Stimme war so süß wie der Tau, der von den Blütenblättern der Stiefmütterchen fällt, als sie die Tiere, die in ihrer unmittelbaren Nähe standen, nacheinander ansprach.
»Lieber, kleiner Vogel, süße, kleine Miezekatze, wie hab ich euch beide lieb! Und du braver, kleiner Bärenjunge – du wirst von Tag zu Tag deiner lieben wuscheligen Mama ähnlicher.«
Die anderen Tiere kamen sofort näher und begannen zu schwatzen

und Bemerkungen zu machen, die Mondschein gar nicht erst zu verstehen suchte. Ihre Ausrufe waren alle ähnlich, etwa: »Ich! Ich! Ich komme zuerst! Kennst du mich noch? Du hast gesagt, ich sei dein Lieblingstier, Esmeralda Tausendschön! Bitte, jetzt komme ich dran!« Während sie so auf sie einsprachen, legten sie kleine Geschenke zu ihren zierlichen Füßen nieder – Blumen, hübsche Steine, kleine Stückchen alter Bänder und Material für den Nestbau, sogar eine tote Maus, wofür die Katze allerdings zärtlich gescholten wurde.

»Sieh nur, was ich dir gebracht habe!« riefen sie. »Siehst du mein Geschenk? Ist es nicht hübsch? Es ist alles für dich. Bin ich nicht dein bester Freund, Esmeralda?«

Und sie sagte wirklich jedem einzelnen, daß er ihr liebster Freund sei.

Diese Zeremonie dauerte eine ganze Weile. Eine ganze Menge der Verehrer des Mädchens hatten es irgendwie fertiggebracht, sich einen Dorn in ihre Pfote einzuziehen, Arthritis im Schwanz zu verspüren oder Kletten im Fell zu haben – und ein Flügel war wirklich tatsächlich gebrochen; all diese Tiere forderten von ihrem sanften Liebling, daß sie sie streichelte, zauste, verband und zärtlich mit ihnen sprach.

Mondschein trat von einem Bein auf das andere – er konnte nicht gut ruhig stehenbleiben – und wartete darauf, endlich seinen Kopf in ihren Schoß legen zu können und ihr zu erzählen, daß Einhörner und Jungfrauen – untrennbare Gefährten sein sollten, und so weiter. Er wußte bereits, was er sagen wollte, da er ja in letzter Zeit ausreichend geübt hatte. Er näherte sich seinem Ziel nur ganz langsam, weil er fürchtete, auf jemanden zu treten, wenn er seine ganze Körpergröße einsetzte, um sich nur ein wenig weiter nach vorne zu bewegen.

Der Wolf, den er am Rande des Waldes gesehen hatte, empfand keinerlei Hemmungen dieser Art. Er schob sich heimlich zwischen eine Kuh, die weit vorne stand und die Bärenmutter; dies hätte sich als gefährlich erweisen können, wenn nicht der Bär gerade damit beschäftigt gewesen wäre, sein allzu lebhaftes Kind zu ermahnen. Der borstige graue Wolf knurrte, warf mit einem Hieb seiner kräftigen Vordertatze einen Biber um und biß der getigerten Katze in den Schwanz, so daß sie vom Schoß des Mädchens sprang. Der Wolf kroch weiter vor und schmiegte seinen Kopf zärtlich in den Schoß, an dem Mondschein bereits Besitzerinteresse gezeigt hatte. Der gräßliche Kerl drängte sich weiter vor, ohne darauf zu achten, daß seine Pfoten die zarte Haut des Mädchens zerkratzten, während er über ihre Brust tappte, um ihr Gesicht mit feuchten Küssen zu bedecken.

»Was für ein reizender – pfui – Wolf!« rief Tausendschön zwar, empfand aber offensichtlich nicht so. Er machte ihr hübsches Kleid mit grünen und gelben Blümchen kaputt, er zerriß es mit seinen Pfoten und hinterließ Schmutzspuren. Mondschein konnte an der Art, wie sie ihr Gesicht abwandte, erkennen, daß der Atem des fleischfressenden Tieres nicht angenehm war.

Mutter Bär tapste vor, schimpfte laut und beklagte sich, aber der Wolf drehte sich um und knurrte sie so wild an, daß sie zurückwich und sich mit ihrem Jungen in den Wald trollte.

»Du – pfui – bist so – ach – ein ungestümes Tier«, meinte das Mädchen und versuchte zur gleichen Zeit den Wolf zu streicheln und ihn von ihrem Schoß zu schieben. »Was für große Augen du hast!«

»Kann ich dich, liebe Schwester, damit nicht besser sehen, als die anderen Bewohner des Waldes?« fragte der Wolf in der Wolfssprache und in einem Tonfall, den Mondschein deutlich verstand. »Und ist es nicht die Pflicht meines Schwanzes, in deiner Gegenwart zu wedeln und die Pflicht meiner Nase, deine Düfte zu genießen und die Pflicht meiner Zunge, dich abzulecken?«

Er betrachtete sie, wedelte mit dem Schwanz, beschnupperte sie und leckte sie demonstrativ ab; er ließ sich immer mehr hinreißen und zerriß das Kleid des Mädchens dabei noch mehr. »Und müssen diese Zähne nicht ...«

»Halt, du wölfischer Wüstling! Es reicht jetzt«, befahl Mondschein. Er wußte genau, wozu Wolfszähne gut waren. Aber bevor das böse Tier Gelegenheit hatte, diese zu zeigen, überholte das

Einhorn eine Kuh, stieg über ein Eichhörnchen und setzte die Spitze seines Einhorns unter den wedelnden Wolfsschwanz an und gab dem Wolf einen kräftigen Stoß. Dieser richtete sich ruckartig auf, machte dann drei Purzelbäume durch die Luft und rannte heulend in den Wald.

Mondschein wandte sich scheu dem Mädchen zu; er war bereit, seinen Platz als ihr treuer Beschützer, Retter und wahrer Freund einzunehmen. Obwohl sie sich vorbeugte und seine Schnauze auf eine Art streichelte, die ihm sehr gefiel, erfüllten Tausendschöns Worte seine Erwartungen nicht.

»Bist du aber ein schönes Tier«, meinte sie. »Außerdem mußt du neu in der Gegend sein – sonst wüßtest du, daß meine Freunde einander höflich behandeln. Was du mit Herrn Wolf gemacht hast, war nicht sehr nett. Und das liebe, kleine Eichhörnchen war noch vor dir. Ich finde, daß du, um zu zeigen, daß es dir leid tut, hinter den anderen warten solltest, bis wir uns ernsthaft unterhalten können über dein Problem, dein unüberlegtes Handeln.«

»Aber *Jungfrau?*« protestierte Mondschein, »ich wollte dich doch nur –« er wollte noch »verteidigen« sagen, aber Esmeralda brachte ihn mit einem lieben, traurigen und sehr strengen Blick zum Schweigen und deutete auf einen Platz hinter drei Füchsen, einer Ente, einem Pferd und einem Wiesel, das hinkte. Dem Einhorn wurde, da es sich erniedrigt fühlte, ganz heiß, als es sich umdreht, um zu gehorchen. Die anderen Tiere wandten ihre Aufmerksamkeit wieder Esmeralda Tausendschön zu, und sie plauderte wieder mit ihnen. Mondschein war beleidigt. Er haßte es, Schlange zu stehen, und Gedränge konnte er auch nicht leiden. Einhörner waren ja schließlich keine Herdentiere. Da er in seinem Teil des Waldes das einzige Tier seiner Gattung war, war er, bis er Gretchen kennenlernte, immer alleine gewesen. Und *sie* hatte stets Rücksicht genommen auf seine Privatsphäre. Oder hatte er nur einfach kein Bedürfnis verspürt, allein zu sein, wenn sie in der Nähe war?

Lange und eingehend betrachtete er dieselben Adern auf denselben Blättern, bewunderte er die leuchtenden Farben des Sonnenunterganges, beobachtete er, wie die Feldblumen hinter Esmeralda

Tausendschön zu grauen Schatten verblaßten. Er prägte sich ihr Kleid ein, die Risse in diesem Kleid, die Biegung ihres Armes und Halses und jede Locke ihres Haares, bis das schwindende Licht ihre Erscheinung immer undeutlicher werden ließ. Schließlich wandte er sich, um etwas anderes zu sehen, als nur die Dinge, die er wohl seit Stunden betrachtet hatte, dem Wald zu – und zwar genau in dem Augenblick, als ein zweites Einhorn heraustrat.

»Frau Primel!« rief er und trabte einige Schritte auf sie zu, bevor er einen Blick zurückwarf. Niemand hatte sein Weggehen bemerkt, außer den Tieren, die sich hinter ihm angestellt hatten; sie drängten jetzt nach vorne und füllten die Lücke, die durch seine Abwesenheit entstanden war.

Entschlossen schüttelte Mondschein seine Mähne und folgte Primel, die ihm Zeichen gab, ihr in den Wald zu folgen. »Wie bist du denn hierhergekommen?« fragte er eifrig. »Und warum? Du hast dich doch erinnert an einen Teil des Codex', der alles, was du über Gretchen gesagt hast, in Frage gestellt hat, oder? Du wolltest kommen und mir sagen, daß sie ...«

»Sprich mir nicht von diesem Biest!« Primel schnaubte und zuckte mit ihrem Schweif. »Lernst du nie dazu, du dummer Kerl? So nah an die Stadt heranzukommen! Hast du dich trotz meiner Warnung von ihr zu einem Pferd machen lassen? Jetzt hör mir gut zu, mein Junge. Ich bin gekommen, um dich wieder in die Wälder zurückzuführen, damit du eine wahrhaft vollkommene Jungfrau kennenlernst.«

»Von der du schon einmal gesprochen hast, Primel?« Mondschein war besorgt, da er sich erinnerte an Gretchens Überlegungen, daß Primels wiedergefundene Jungfrau die Räubernymphe sein könnte; aber selbst das gescheite Gretchen konnte sich einmal täuschen. Primel schien jedenfalls nichts zugestoßen zu sein.

»Ja. Sie ist sogar noch reiner und hat noch strengere Prinzipien, als ich mir je erträumt hätte. Sie hat einen besonders erhabenen Auftrag – aber das soll sie dir selbst erzählen. Schnell jetzt, springen wir über die Wiese, bevor man uns sieht!«

»Aber ...« Mondschein wollte noch einwenden, daß Gretchen sich

Sorgen machen würde, aber dann dachte er, daß er ohnehin bald zurückkehren wollte, und zwar sobald er seine Neugierde befriedigt hatte. Wenn sie ihm von Colins Aufgaben berichtete, konnte er ihr dann auch interessante Neuigkeiten erzählen. Er hatte den Stall, den düsteren Schatten des Turmes und die hübschen, aber seltsamen Töchter der Witwe einfach satt. Jetzt wollte ihm Primel, statt einfach immer nur Erklärungen abzugeben, eine richtige Jungfrau zeigen. Dann würde er wenigstens wissen, wie das Mädchen sein sollte, das er suchte. Mit stolz erhobenen Einhörnern, die sich wie Banner trugen und ihren Mähnen und Schwänzen, die sich silbern und golden von der nächsten Lichtung absetzten, donnerten die beiden an der erschreckten Esmeralda Tausendschön und ihren Huldigern vorbei, sprangen über den Fluß und galoppierten über die weite Wiese hinein in den Wald.

Die Erklärung der Männer von Klein-Lieblos, daß »Colin mit dem stinkenden Kerl« losgezogen sei, beruhigte Gretchen in keiner Weise; noch war sie sonderlich berührt von der mißlichen Lage des verletzten Leofwin. Sehr glücklich war sie darüber allerdings auch nicht. Sie war auch nicht erfreut als sie ihr von der Warnung, die Leofwin von Riesel erhalten hatte, erzählten. Ihre Beunruhigung stieg noch, als sie ihr berichteten, daß die Zombies von Immerklar von Banditen entführt worden waren.

»Seltsame Räuber sind das!« sagte Gretchen halb zu sich selbst. »Ich habe noch nie von Räubern gehört, die Einhörner, Könige und Zombies entführen.«

»Nun, gute Frau«, sagte der Alte, der vorne rechts Leofwins Bahre trug, »wenn man mal so alt ist wie ich, dann weiß man, daß es auch solche Typen gibt.«

Gretchen schenkte der Weisheit des altehrwürdigen Mannes gebührende Aufmerksamkeit und beschloß dann, zu Mondschein zurückzukehren, da sie sah, daß Belburga, Lilienperle und Rostie auf sie zuliefen. Sie war schon besorgt genug und hatte keinerlei Bedürfnis, auch noch geärgert zu werden.

Sie konnte aber nicht sofort entkommen. Belburga sprang vor und

als Gretchen versuchte, an ihr vorbeizukommen, packte sie das Mädchen in einem eisernen Griff. Die Menschenfresserin teilte ihr in einem Tonfall, der einem Drachen alle Ehre gemacht hätte, mit, daß sie ihre Unterröcke in Streifen reißen solle, um den verletzten Prinzen zu verbinden.
»Der braucht keinen Verband, Frau«, sagte der junge Mann mit dem Engelsgesicht, den die anderen Giles nannten, und wandte sich an Belburga, ohne seine Augen von Lilienperle abzuwenden. »Seine Wunde ist fast verheilt.«
»Wir müssen *alle* Verbandsstreifen machen«, Belburga bestand darauf. »Das gehört sich so für eine Frau.«
»Na gut«, gab Gretchen nach. »Ich helfe beim Herstellen der Bandagen, bis wir ihn in den Turm geschafft haben. Sie brauchen den Verband vielleicht auch noch, um seine Hände zu fesseln, die sich verirren könnten, wenn er sich wieder wohl fühlt. Aber sie werden ihre eigenen Unterröcke opfern müssen – ich habe nur den einen; verdammt, den will ich Leofwin nicht geben.«
Es blieb Gretchen nichts anderes übrig, als der Menschenfresserin und ihren Töchtern zu helfen und den Prinzen zu versorgen. Sie hörte dabei den ausführlichen Bericht der sogenannten Rettungsmannschaft und was ihnen auf ihrer Reise zugestoßen war. Je mehr sie hörte, desto besorgter wurde sie; während Belburga eine, wie sie sagte, Kraftbrühe zubereitete, während Rostie den Rettern aufgeregt die Frage stellte, wieviel Blut vergossen worden sei, und während Lilienperle Leofwins Hand hielt, seine fiebrige Stirn streichelte, gefühlvoll in seine Augen blickte und Leofwins Hand unter Lilienperles Rock glitt, machte Gretchen sich dran, zu verschwinden.
Sehr zu ihrem Erstaunen wandte sich die Menschenfresserin, als sie gerade aus der Tür schlüpfen wollte, ihr zu und sagte mit jener honigsüßen Stimme, von der Gretchen angenommen hatte, daß sie sie nur für Prinzen verwandte: »Weißt du, mein liebes Mädchen, du brauchst dich nicht am Fluß zu waschen, bevor du zu Bett gehst. Wir haben hier im Kessel reichlich heißes Wasser für dich. Mach dich ein bißchen frisch und geh dann in dein Zimmer und

schlafe. Du bist sicher erschöpft von diesem langen und schrecklichen Tag; du willst doch sicher wieder frisch sein, wenn dein gutaussehender Spielmann zurückkommt?«
Keines der beunruhigenden Ereignisse des Nachmittages hatte Gretchen so erschreckt und betroffen wie das: Belburga war tatsächlich höflich zu ihr und um ihr Wohlergehen bedacht! Unvorstellbar war das! Sie raste wie der Blitz aus dem Zimmer.
Mondschein war nicht mehr an der Stelle, wo sie ihn zurückgelassen hatte und auch nicht da, wo sie meinte, daß er sein könnte. Ihre Unruhe nahm zusehends zu.
»Er war aber doch vor kurzem noch hier«, wandte Esmeralda Tausendschön ein, als Gretchen ihre Verehrer vertrieben hatte und ihr von Mondscheins Verschwinden berichtete.
»Jetzt ist er aber nicht hier«, gab sie grimmig zurück und scheuchte noch ein paar Kühe, Gänse und Füchse auf. »Verschwindet! Kümmert euch um euren eigenen Kram!« Sie sprach mit einem besonders sturen Kranich, der den ganzen Nachmittag gewartet hatte. »Hast du keine Eier, die du ausbrüten mußt, oder so was?« fragte sie das Tier ungeduldig, dann wandte sie sich wieder Esmeralda zu. »Die Frage ist nur, wo er hingegangen ist und wann. Los, Mädchen, sag's schon! Ich habe keine Zeit mehr. Mondschein und mein Freund Colin befinden sich vielleicht in großer Gefahr.«
»Ich weiß es nicht. Ich weiß es wirklich nicht! Ich besprach gerade mit Herrn Eichhorn den Nußmarkt im Winter, und Herr Eichhorn stand da drüben, als ...«, das Mädchen hielt verwirrt inne. Sie war unter Menschen scheu und wußte nicht, wie sie sich bei dieser Hexe mit den wilden Augen verhalten sollte. Tränen und Verwirrung ließen ihre grünen Augen feucht werden.
»Wo genau?« Gretchen bestand auf einer Antwort.
»Na, genau hier etwa, wo Liebchen Kuh gerade steht....«
Gretchen schob Liebchen Kuh beiseite und entdeckte einen unversehrten Hufabdruck Mondscheins – zumindest war so viel davon zu erkennen, daß sie die Richtung, die er genommen hatte, feststellen und den nächsten Abdruck finden konnte. Dann hielt sie

verwundert an. Aus der entgegengesetzten Richtung tauchten nämlich ähnliche, etwas kleinere Abdrücke auf; ein paar Schritte liefen sie nebeneinander her, dann verloren sich beide am Ufer des Flusses.
Esmeralda Tausendschön raffte ihre weiten, geblümten Röcke in einer Hand und ging zu der Untermieterin ihrer Mutter, dieser Zigeunerin, die am Boden hockte und mit ihren braunen Fingern eine Spur verfolgte. Die Tiere waren alle geflohen. Sie mochten keine fremden Menschen, vor allem nicht solch unhöfliche wie diese Frau.
»Wann kam das andere Einhorn?« fragte Gretchen sie. »War sie zufällig ein Schimmel mit goldener Mähne und goldenem Schweif?«
»Jetzt, wo du es sagst, ja, da *war* noch ein Einhorn und sie und dein Freund *sind* wirklich zusammen davongaloppiert! Jetzt erinnere ich mich wieder! Ich sagte gerade Liebchen Ente, daß ihre Eier sich wesentlich verbessert hätten und sah zufällig auf, als die Einhörner vorbeiliefen. Aber du hast mir solche Angst gemacht, du hast mich vollständig verwirrt. Du bist wilder als *alle* meine anderen Freunde im Wald, liebes Hexchen.«
Gretchen schenkte ihr keine Beachtung. Statt dessen zog sie ihre Röcke hoch und überquerte, von Stein zu Stein springend, den Fluß. Einmal sprang sie daneben, versank spritzend bis zu den Knien im Wasser; das andere Ufer war zum Greifen nahe.
Esmeralda Tausendschön schüttelte ihre hellen Locken, als die nasse Hexe fluchend an Land platschte und über die Wiese weiterzog. Sie bewegte sich langsam, aber mit großer Entschlossenheit, und beugte sich weit hinunter, so daß sie im Mondlicht sehen konnte, wo erst kürzlich das Gras von den Einhornhufen durchfurcht und niedergetrampelt worden war.

XI

Sobald Mondschein und Primel das schützende Gebüsch des Waldes erreicht hatten, eilte Primel ihm voraus und mit ihren Hufen sprengte sie Wasser, Erde und Blätter in die Höhe, die Mondschein, der hinter ihr hergaloppierte, trafen. Sie preschte einen gewundenen Weg zwischen den Bäumen hindurch, schlug neue Pfade ein, sprang über Gestrüpp, das ihr bis zum Bauch reichte und wich dem Dickicht aus. Sie schien die halbe Nacht zu rasen, bis der Mond mitten am Himmel stand, und Mondschein folgte ihr. Sie hielten nur an Flüssen und Teichen an, und dann auch nur so lange, daß sie gerade mit den Spitzen ihrer Hörner über die Oberfläche des Wassers fahren konnten. Mondschein hielt schließlich lange genug an um auch trinken zu können. Als er aufsah, war Primel verschwunden.

Er sprang über den Fluß, stürmte durch das Gebüsch in die Richtung, aus der er ihre Fährte noch wittern konnte, und auch das Donnern ihrer Hufe noch zu hören war.

Plötzlich schnappte etwas zurück, als ob der hervorstehende Ast der ausladenden Zeder neben Mondschein sein Gesicht getroffen hätte; es war aber kein Ast. Er spürte, wie er gegen eine Barriere stieß. Noch ehe Mondschein mit seinen Hufen nach allen Seiten ausschlagen konnte, wurde etwas Raues über seine Ohren gezogen, schabte an seiner Schnauze und nahm ihm den Atem.

Er bäumte sich auf, sprang herum und wieherte laut, da er überzeugt war, daß Primel ihn hören und ihm zu Hilfe eilen würde. Aber dann sah er die Männer, und ehe er einem von ihnen einen Stoß versetzen konnte, banden sie seine Hufe mit Seilen zusammen, warfen über seinen Kopf noch weitere Seile und zurrten sie über seinem Nacken fest, so daß er nicht mehr atmen konnte.

Seine Nasenflügel bebten, und der mondhelle Wald, der plötzlich voller Menschen war, verschwamm ihm vor den Augen, die er schreckerfüllt verdrehte. Er versuchte erneut, sich aufzubäumen, er wollte seine Angreifer unter seinen Hufen zermalmen, aber die

Seile ließen ihm keine Bewegungsfreiheit. Er versuchte nach ihnen zu stechen, konnte aber seinen Kopf nur soweit wie die Spitze seines Hornes hin und her bewegen; das Seil hinderte ihn daran, sich mehr zu bewegen.
Um ihn herum scharten sich jetzt übelriechende Männer, banden ihn mit zusätzlichen Seilen noch fester und nahmen ihm mit einem Netz den Atem. Er bäumte sich ein letztes Mal auf, krümmte sich und wich vor ihren grausamen Händen zurück, aber der Seile waren zu viele, und sie waren auch zu fest gebunden, so daß er schließlich schwerfällig stürzte. Er spürte im Fallen einen scharfen Schmerz an der Seite, und sein Inneres schob sich nach oben, in dem Versuch, aus seinem röchelnden Hals zu treten.
Als er schließlich nicht mehr mit den Augen rollte und wieder scharf sehen konnte, obwohl er sonst zu nichts in der Lage war, sah er sie. Primels vollkommene Jungfrau über ihn gebeugt. Ein süßes, gefälliges Lächeln umspielte ihre vollkommen geformten Lippen.

Noch bevor sie die Hälfte der Wiese überquert hatte, erkannte Gretchen, daß es sich als schwierig erweisen würde, bei Nacht die Spur der Einhörner zu verfolgen. Sie brach von einem nahegelegenen Baum einen frischen Ast ab und benutzte ihre Nähschere, um die Blätter abzustreifen; dann wickelte sie den Saumstreifen ihres Unterrockes um die Spitze des Astes. Vorher hatte sie sich geweigert, dieses Kleidungsstück für Leofwins Verband zu opfern. Erst wollte sie das hübsche Seidenkleid, das zusammengeknüllt in ihrer Tasche steckte, verwenden. Da sie sich aber an die vielen Stunden erinnerte, die sie selbst mit ihrer Zauberkraft gebraucht hatte um die Seide zu spinnen, beschloß sie, es nicht zu nehmen. Wenn sie die Fäden dehnte und weiterspann, wenn nötig, würde ihr Gewand fast für die ganze Nacht reichen. Sie hoffte allerdings, daß dies nicht nötig sein würde. Solche Zauberkunststücke kosteten viel Zeit.
Wie es nun einmal so geht, der eine Streifen, den sie hatte, sollte ohnehin die ganze Nacht reichen. Ihre Zauberkraft erzeugte näm-

lich einfach nicht die übliche, wichtige Flamme, es half nichts, daß sie den Namen der Großen Mutter fluchend anrief, ihn nur murmelte.
Wenn sie plötzlich auf ihre Hände hinuntergesehen hätte und festgestellt hätte, daß ihre Hände fehlten, wäre sie in dem gleichen Maße erschrocken wie jetzt. Außerdem war es verdammt lästig. Sie weigerte sich daran zu denken, daß es sich als mehr als lästig erweisen könnte. Sie war überzeugt, daß der Verlust zeitlich begrenzt war. Die Ursache dafür kannte sie aber auch nicht. Wenn sie Mondschein gefunden und mit seiner Hilfe Colin aufgespürt hatte, war immer noch reichlich Zeit, um darüber nachzudenken. Der unerklärliche Verlust kam zwar ungelegen für sie und auch zum falschen Zeitpunkt, da sie das Licht hätte gebrauchen können, aber sie war doch immer noch eine starke, gesunde, fähige Hexe, mit oder ohne Zauberkraft. Sie wollte erst gar nicht daran denken, daß eine Hexe ohne Zauberkraft, ganz allein und unbewaffnet in einem düsteren Wald, keineswegs besser gestellt war als ein gewöhnliches Mädchen. Um nicht mehr daran zu denken, konzentrierte sie sich auf die Hufabdrücke. Sie stellte fest, daß die Spuren, da die Einhörner sehr schnell vorangekommen waren auf einem Boden, der offensichtlich immer feucht war durch die Regenfälle, die in dieser Gegend täglich niedergingen, so tief waren, daß sie diese durch die weiche Sohle ihrer Lederstiefel spüren konnte. Dort, wo sich die Bäume lichteten und das Mondlicht, das alles um sie herum erhellte, durchließen, vermochte sie oft die ganze Spur zu erkennen.
Abgesehen von einer leichten, feuchten Kälte und einem gelegentlichen Schauer, wenn sie an einen mit Regentropfen überzogenen Ast stieß, fühlte sie sich ganz wohl. Obwohl der Wind, dessen Ächzen sie hören konnte, die Schatten der Bäume im Mondlicht tanzen ließ, gab es nichts, das nicht auch schon tagsüber dagewesen wäre, vor dem sie sich nachts hätte fürchten müssen. Der arme Colin hatte jeden Grund Angst zu haben, da er die Räuber bis auf den »Stinkigen« ganz alleine verfolgte. Sie glaubte, daß dies nach der Beschreibung von Griffin Hügelmann derselbe widerliche Typ

war, den sie, Colin und Mondschein, auf der Straße nach Klein-Lieblos getroffen hatten. Und Mondschein – was könnte ihn dazu veranlaßt haben, einfach fortzulaufen, ohne ihr ein Wort zu sagen? Er hatte ihr doch versprochen, bei der Suche nach den anderen Einhörnern zu helfen! Und warum war Primel ihn abholen gekommen? Hatte sie etwas über die Räuber erfahren?
Plötzlich verschwamm die schemenhafte Spur vor ihr, und vor ihrem Auge entstand ein Bild, das genauso klar war wie die Visionen in Tante Sybils Kristallkugel. Sie sah, wie Mondschein voll Eifer sein Horn in einen Fluß tauchte. Dies Bild verschwand und wurde von einem anderen ersetzt, in dem ihr Einhorn verletzt und blutend am Boden lag und sie leise um Hilfe rief. Nachdem sie einmal damit angefangen hatte, hing sie weiter solch schrecklichen Gedanken nach. Obwohl sie zuerst mehr mit ihrem inneren Ohr als mit ihrem inneren Auge an Colin dachte, um sie zu erheitern. Dann sah sie ihn auch, wie er so sang, mit seinem Gesicht und seinen Händen Geschichten erzählte, und plötzlich, bevor sie es verhindern konnte, starrte er sie mit leeren Augen an, sein ausdrucksfähiger Körper war kalt, starr und unbeweglich, nicht mehr fähig, mit ihr zu streiten, sie aufzuziehen, zu schimpfen, zu küssen oder einfach nur auf dem verdammten Pferd zu halten, wenn sie nicht mehr die Kraft hatte, weiterzureiten. Sie machte die Augen fest zu und als sie sie wieder öffnete, war der Wald noch da, wo er hingehörte. Gretchen ging steifbeinig weiter und spürte, wie die Erde um ihre Sohlen quietschte. Wenn jemand Mondschein etwas zulcide getan hatte, oder gar Colin, der trotz seiner sonderbaren Verstocktheit der einzige Mensch war, von dem sie ehrlich behaupten konnte, daß sie ihn gern hatte, würde sie den Schuldigen mit ihren eigenen Händen systematisch zerstückeln. Das heißt, wenn sie jemals wieder aus diesem schrecklichen Wald herausfände und dies schien immer unwahrscheinlicher. Durch ihre Tränen konnte sie selbst das wenige, das der Mond sie erkennen ließ, nicht mehr sehen.
Sie brauchte das Mondlicht allerdings nicht, als sie wieder aufblickte, nachdem sie eine Hufspur näher untersucht hatte. Sie

konnte die wilden, gelben Augen, die sie anglühten, ganz deutlich sehen; mit der gleichen Deutlichkeit hörte sie auch das bedrohliche Knurren. Noch bevor sie sich aufrichten konnte, sprang das Tier auf sie zu.

Colin versuchte, die Absichten der Räuber und ihren Bestimmungsort in Erfahrung zu bringen, mußte aber bald feststellen, daß dies von ihrem Lager aus schwierig war. Das Hauptproblem bestand darin, daß die anderen Gefangenen Zombies waren und jetzt auch nicht mitteilsamer waren als damals, als er sie kennenlernte, obwohl sie besser rochen. Die Wachposten waren nicht besonders freundlich und ihr Vokabular schien sich auf Drohgebärden zu beschränken; gelegentlich unterstrichen sie diese durch Worte, die sich anhörten wie etwa: »Genug jetzt«.
Sie hatten ihr Lager an der Öffnung zu einer Höhle östlich von Immerklar aufgeschlagen, im Vorgebirge der schnee- und eisbedeckten Berge, die drohend über dem Wald aufragten.
Colin und die anderen Männer waren mit Seilen, die locker um ihren Hals geschlungen waren, aneinandergebunden. Colins Hände und Füße waren ebenfalls gefesselt, obwohl keiner der Zombies so eingeschränkt war in seiner Bewegungsfreiheit. Da sie bereitwillig alles taten, was man ihnen befahl, mußten sie nicht zusätzlich gefesselt werden. Colin nahm an, daß die Seile um ihren Hals sie hauptsächlich davon abhalten sollten, herumzustreunen und sich im Wald zu verirren.
Die Räuber ließen etwa fünf Männer als Wache zurück. Sie saßen hinter dem Eingang zu einer Höhle um ein Feuer herum, das sie vor der Öffnung der Höhle gemacht hatten. Colin und seine Gefährten mußten draußen bleiben, waren aber nahe genug am Feuer, um die Wärme spüren zu können. Sie fanden aber keinen Schutz vor dem Regen, der seit einer Stunde auf sie niederprasselte.
Die meisten Zombies schienen zu schlafen, und die Posten sahen nicht besonders wachsam aus. Colin glaubte, daß auch seine Fänger dem Schlaf erliegen würden, wenn er sie mit einem hübschen

Wiegenlied einlullte. Er überlegte, welche Lieder er kannte und beschloß, daß das Wiegenlied vom revidierten juristischen Codex des Königreiches Argonien genau das Richtige sei, um sie ins Land der Träume zu locken. Er räusperte sich und öffnete den Mund.

Und schloß ihn sofort wieder. Ein Pfeil schoß an seiner Nase vorbei und bohrte sich in einen halb abgestorbenen Baum, der am Eingang der Höhle stand.

Der wachsamste Posten öffnete ein Auge und reckte seine Hand, um den Pfeil aus dem Baum zu ziehen. »Genug jetzt«, brummte er, kratzte sich am Kopf und gähnte. »Was is?« Er hielt den hinteren, mit Federn besetzten Teil des Pfeiles über das Feuer, das ein rötliches Licht darauf warf.

»Rotiser?« fragte der andere Posten verschlafen und blinzelte auf das Geschoß.

»Ja«, antwortete der erste und steckte zwei seiner schmutzigen Finger in den Mund, der einer Kohlengrube glich, und stieß einen grellen Pfiff aus.

»Kommrein und rausdamit«, grummelte er, als sein Pfiff verhallt war, und ein scharrendes Geräusch aus dem Schatten jenseits ihres Versteckes hörbar wurde. »Hier kann sich der Mensch nirgends ausruhen, immer will er mit einem schwatzen.«

Der Schütze, der offensichtlich den Pfeil abgeschossen hatte, brach aus dem Gebüsch und trat in den Lichtkreis des Feuers. Er führte ein schwitzendes Pferd, er selbst war naß und sah erschöpft aus. »Wo ist sie?« fragte er. »Hab 'ne Nachricht vom Herrn.« »Sie is fort, nach Norden«, gab der erste Wachposten zurück. »Was willse denn?«

»Wasse will is, daß ihr zum Schloß zurückkommt. Hast 'nen Happen zu essen oder 'nen Schluck für 'ne arme Seele?«

»Ham nix. Müssen *die* füttern, sagt se«, und er deutete mit seinem Daumen auf Colin und die Leute von Immerklar. Der Bote spähte über das Feuer zu ihnen hinüber. »Wer isn das?«

»Sklaven. Tun, was man ihnen sagt. Beste Zivilisten, die man haben kann. Obwohl se viel essen.«

»Sehn wie tot aus, oder? Bis auf den.« Er nickte Colin zu, der höflich zurücknickte.
»Der wird bald noch toter sein als die anderen, sobald sie seiner müde sind, glaub ich«, sagte der Wachposten, dann erstarrte er, als ob er lauschen wollte. Colin hörte es sofort. Ein gewaltiger Aufruhr im Wald, der getragen wurde von einem aufkommenden Wind.
»Sie kommt«, sagte der Wachposten.
Die anderen Männer begannen sofort das Feuer zu schüren, die Vorräte zusammenzupacken, Pfeile zu spitzen, die Gefangenen zu drangsalieren und sich mit Dingen zu beschäftigen, die zu einem Räuberleben gehörten – als wollten sie versuchen, geschäftig und zielstrebig zu wirken.
Das war auch gut so, da Sally Offenherz sich in einen wahrhaften Wirbelsturm verwandelt hatte. Sie trieb mehrere unselige Straßenräuber vor sich her, die sie mit Baumstücken bewarf und mit stürmischen Beschimpfungen überhäufte, während diese ins Lager stolperten und sich unterwürfig neben die anderen Männer stellten.
Ihr Sturmwind entfachte das Feuer zu einem Inferno, das alle zu umschließen drohte. Dann hatte sich Sallys Wut, und auch die des Feuers anscheinend verbraucht; der Wirbelwind ließ nach, und die Nymphe drehte sich in seinem Zentrum.
»Wenn Sie mich nur erklären lassen, Gnädigste«, bat der mutigste unter den Männern, die gerade neu angekommen waren.
»Versagen erklären? Daß ihr unsere Partei im Stich gelassen habt? Durch euren Mangel an Sorgfalt ist die Sache verraten worden!« Sallys blütengleicher Mund war von Ärger verzerrt. Sie machte eine Pause, ihr Fuß klopfte auf den Boden, der Wachposten hatte die Gelegenheit, seine Erklärung abzugeben.
»Das Schwein ist gar nicht erschienen, Gnädigste. Wir haben, wie Sie uns befohlen haben, genau dort, an der zweiten Gabelung, wo der Hügel und die Bäume uns gut verbargen, gewartet. Aber wir haben während der ganzen Zeit nur einen Nachtvogel und einen Uhu gesehen.«

Verdächtig schnell erlosch die Wut in Sallys schönen Augen; ihre Stimme klang glatt, als sie sagte: »Warum hast du mir das nicht gleich gesagt? Es muß sie jemand gewarnt haben. Ich hätte euch Männer nicht so beschimpft, wenn ihr mir das früher gesagt hättet. Wer hätte denn wissen können, daß ihr dort sein würdet? Die Hexe?« Ihr Blick fiel auf Colin. »Du hast mich doch, was die Hexe betrifft, nicht angelogen, mein Lieber? Seid ihr zusammen gekommen?«
Colin schnürte es den Hals zu, als ihr Blick ihn durchbohrte. Er wich zurück und stieß auf eine Gruppe von Zombies, die ihm auch nicht helfen konnten. Sally aber lächelte ihn an, ihr Gesichtsausdruck veränderte sich genauso plötzlich wie vorher bei den Männern. »Nein, sie kann es nicht gewesen sein«, überlegte sie. »Wulfric hätte es gewußt. Er war ja mit dir zusammen. Wer hat uns denn dann verraten? Ich glaube, du weißt es.« Fast zärtlich nahm sie ein brennendes Scheit aus dem Feuer und ging um die Flammen auf Colin zu. Wie Kerzenschimmer schmeichelte das Licht des brennenden Holzstückes der Tönung ihrer Haut. Es gab ihr einen warmen, honigfarbenen Glanz. Ihre Bewegungen waren geschmeidig und ihr Körper grazil, als sie auf ihn zuschwankte; sie hielt ihm das Holz wie eine Gabe hin. Er konnte die Hitze an seiner Wange spüren, als sie freundlich lächelnd sagte: »Weißt du, du mußt die Wahrheit sagen. Wenn du diese Spitzel deckst, wird unsere Arbeit ernsthaft behindert. Wir werden uns jetzt die Zeit, die wir für wichtige Aufgaben gebraucht hätten, nehmen müssen, um dafür zu sorgen, daß Prinz Leofwin und deine Freunde erledigt werden. Du verstehst doch, wie ungelegen uns das kommt, uns *allen*, oder?«
Der Holzscheit näherte sich seinem Auge, so daß er seinen Kopf kaum mehr heben und senken konnte. Die Flamme tanzte vor seinen Augen. Er sah nur noch dieses Feuer. Seine Muskeln waren angespannt und drückten gegen die Seile um seine Fuß- und Handgelenke. Colin drängte weiter nach hinten, wo die starre Masse der anderen Gefangenen war. Das Feuer tanzte trotzdem noch so nahe vor seiner Nase, daß es sie fast versengte. Sally wollte ihn foltern, und Colin wußte, daß es sehr schmerzhaft sein würde. Ein seltsa-

mes Klopfen erfüllte sein Ohr, und er dachte noch, daß es sein eigenes Herz sei, das so heftig pochte. Dann wurde das Klopfen von einem gewaltigen Brausen in seinen Ohren übertönt, die Flamme wurde zu einer Lichterwand, und eine wohltuende Kühle legte sich auf sein Gesicht, als die Dunkelheit ihn umfing.

Der Regen auf seinem Gesicht und die Spannung des Seils, das ihn fast erwürgte, belebten ihn schneller, als ihm recht war. Um ihn herum ertönten Stimmen, einige von ihnen hörte er nicht mit seinen Ohren, sondern in seiner Gedankenwelt; sie vermischten sich mit seinen eigenen chaotischen Gedanken.

»Wo soll ich denn die Eicheln hintun, Sally?« fragte eine rauhe Stimme. »Dein oller Gaul is fast so kleinlich wie der neue.«

»Jungfrau, du hast gesagt, daß du meinen Artgenossen nur anwerben wolltest«, protestierte eine der Stimmen in seinem Kopf.

»Ach, war ich dumm!« schluchzte eine andere Stimme. Es war die von Mondschein. »Wenn ich mir vorstelle, daß ich mein liebes Mädchen Gretchen, die jetzt um mich trauert, verlassen habe! Und ich bin Primel auf ihrem schlechten Pfad gefolgt!«

Colin versuchte sich unauffällig, mit halbgeschlossenen Augen umzuschauen, aber konnte in der Dunkelheit auf der anderen Seite des Feuers wenig erkennen. Daher blieb er ruhig im Schoß einer der Frauen aus Immerklar liegen und lauschte.

Sally Offenherz' Stimme zitterte vor Mitleid, als sie sagte: »Aber, aber, Primel, mein Liebes, jammere nicht so. Mit den Seilen bleibt er nur gefesselt, bis wir eine Gelegenheit haben, ihn dazu zu überreden, bei uns mitzumachen. Er stand bis jetzt unter dem schrecklichen Einfluß dieser Hexe, und erst wenn Wulfric diese Frau ein für alle Male fertig gemacht hat, wird Mondschein unseren Überredungskünsten zugänglich sein.«

Primel war weniger empört und etwas ruhiger, als sie ihren nächsten Gedanken äußerte: »Ich nehme an, Jungfrau, daß du es am besten weißt. Wenn dein lieber Wolf diese schreckliche Person erst einmal gefressen hat, wird Mondschein vielleicht die Vortrefflichkeit deines Planes erkennen.«

»Gefressen?« wieherte Mondschein heiser, und Colin konnte das

Aufschlagen schwerer Knüppel hören, als die Räuber das Einhorn, das sich heftig wehrte, schlugen und wieder in die Knie zwangen. Die Woge der Verzweiflung, die Colin überkam, rührte nur zum Teil von Mondschein her. Colin selbst fürchtete, daß diese lächerlichen und ausgesprochen verrückten Männer irgendwie sein kluges tapferes Gretchen, die ihr Leben auf ihre sture Art aufs Spiel setzte, um sie zu retten, umbringen könnten. Er zweifelte nicht daran, daß Gretchen schon unterwegs war, es sei denn – verdammter Gedanke –, sie hatte statt dessen bereits dem hassenswerten Wolfsmann als Nahrung gedient.

»Beruhige dich, Mondschein«, Colin versuchte, dem Einhorn Mut zuzusprechen und ihm eine positive Einstellung zu vermitteln, die er selbst nicht hatte. »Gretchen hätte es nicht gern, wenn wir jetzt Zustände bekämen, weißt du!«

»Meister Colin?« Er konnte fast spüren, wie das Einhorn seine Ohren spitzte.

»Ja, leider. Bitte, versuche, sie nicht zu provozieren, so daß sie dir weh tun, und behalte einen klaren Kopf. Wir zwei kommen hier allein nicht raus, aber...« Er wollte noch hinzufügen, daß sie sich vielleicht mit Hilfe einer List davonmachen könnten. Da drang Primels unheilvolles Wiehern in seine Gedankenwelt.

»Ein sehr vernünftiger Rat für einen aus der unteren Schicht wie du es bist, Menschenkind. Wenn du schon Einfluß auf meinen Artgenossen hast, dann wirst du ihn dazu überreden, der Führung meiner Jungfrau zu folgen. Ihre Weisheit überragt deinen kleinkarierten Verstand. Mondschein wird bald von dem Zauber dieser gräßlichen Hexe befreit sein, und dann wird er uns sicher gerne folgen. Ich habe selbst gesehen, wie der Wolf deiner Liebsten nachschlich; er ist ein sehr hungriges Tier, dieser Wolf.«

»Wirklich«, dachte Colin gereizt, »ich würde den Tag nicht vor dem Abend loben, wenn ich du wäre, Sally. Gretchen kann mit Tieren, die Herrschaften hier ausgeschlossen, gut umgehen, wie dir Mondschein und gewisse Drachen gerne bestätigen werden!«

Aber Colins Tapferkeit war gespielt. Er wußte wohl, daß Wulfric kein gewöhnliches Tier war, sondern ein wildes, magisches Ungeheuer. Selbst eine Hexe würde sich harttun, alleine gegen ihn anzukommen. Und was konnte eine Erdhexe einem Wolf schon tun? Sie hatte natürlich immer noch den Zaubertrick mit dem Feuer. In der Hoffnung, daß Primel damit beschäftigt war, Sally anzuhimmeln und darüber einen Augenblick vergessen würde zu lauschen, erinnerte er Mondschein leise daran.

Leider zeigte die menschenfeindliche Stute Sally nicht nur ihre Verehrung, sondern sie verriet ihr auch, daß Colin sich erholt und mit Mondschein Verbindung aufgenommen hatte.

Colin stöhnte, als sich die Nymphe ihm wieder zuwandte, mit einem Gesichtsausdruck, den man bei jeder anderen Nymphe als Ausdruck freundlicher Anteilnahme gehalten hätte – als einen Blick, der sagen wollte: »Erzähl mir alles von dir.« Aber diesmal täuschte sie ihn nicht.

»Was auch immer sie mir antun, Mondschein«, warnte er leise, »tu nichts, was dazu führen könnte, daß man dir weh tut – außer du meinst, es könnte funktionieren.«

Sally kniete neben ihm nieder, aber sie hob den brennenden Holzscheit nicht noch einmal auf. »Ich fürchte, ich habe vorhin unüberlegt gehandelt, lieber Spielmann«, entschuldigte sie sich. »Es tut mir wirklich leid, weil du uns sehr nützlich sein kannst. Du schreibst nicht nur ergreifende Lieder, sondern du wirkst anscheinend auch beruhigend auf unseren Neuankömmling. Mir ist inzwischen klar, daß ich dich eigentlich nicht verantwortlich machen kann für jedes kleine Zauberstück im Walde, das gegen die gemeinsame Sache gerichtet ist. Die gemeinsame Sache hat eine Unmenge von Feinden, aber wir werden sie im Lauf der Zeit alle niedermachen, verstehst du? Es ist sehr schade, daß deine Freundin, die Hexe, die aus so gutem Holz geschnitzt ist, sich entschieden hat, gegen uns zu sein. Du verstehst sicher, daß sie, wie jeder andere königliche Lakai, entweder bekehrt werden muß, oder wir sie beseitigen müssen. Was dich betrifft, so wirst du deine Lieder singen und uns helfen, dieses neue Tier ohne Zwischenfälle in unsere Festung zu bringen, und zwar, bis du den dunklen Pilger persön-

lich kennenlernst und dich verpflichtest, in seinen Dienst zu treten. Dann muß ich dich nicht töten. Einverstanden?«
Colin war sprachlos, weil er noch mal davongekommen war, und völlig überwältigt von den Stimmungsschwankungen der launischen Dame, aber er beeilte sich, ihr zuzustimmen. Er selbst hätte nichts Besseres vorschlagen können, um Zeit zu gewinnen, bis Gretchen zu ihrer Rettung kam. Fröhlich vermittelte er Mondschein seine Vorstellung von Gretchen, wie sie noch eine Pause macht, um einen mit Wolfsfleisch belegten Toast als Stärkung zu essen, bevor sie an der Spitze einer kleinen Armee zu ihrer Rettung eilte.
»Schon an einem guten Tag ist es nicht leicht, ein Bote zu sein«, beklagte sich der Schütze, der noch Pfeile bei sich hatte, mit weinerlicher Stimme. »Wenn Frauen das Kommando haben, kann ein Mann kein Wort sagen, um seine Haut zu retten.« Flüsternd beklagte er sich bei dem stämmigen Räuber, mit dem er zuerst gesprochen hatte, aber so, daß die Nymphe nichts hören konnte.
Der andere drückte ihm den Pfeil in die Hand und brummte: »Sie kann nicht Gedanken lesen, weißte? Sag's ihr.«
Der Bote stand auf, ging zu Sally und überreichte ihr den Pfeil wie ein Herr eine Visitenkarte überreichen würde. »Der gnädige Herr braucht Sie und die Männer in der Festung, Gnädigste. Und zwar jetzt. Ich soll Ihnen ausrichten, daß die Truppen des Königs gelandet sind, und er Sie braucht, um sie niederzumachen.«
Sallys Gesicht sah weich und fröhlich aus, als ob ihr jemand ein hübsches Kompliment gemacht hätte. »Natürlich, sofort«, stimmte sie zu, setzte ihr silbernes Jagdhorn an die Lippen und blies fest hinein. Der Ton war einer Frau würdig, deren anderes Ich ein Wirbelwind war.

Gretchen rollte sich zur Seite und wich dem angreifenden Wolf aus, sprang auf die Beine, als er an ihr vorbeiflog und auf den Boden flog.
»Weg du dummes Tier!« schimpfte sie. »Im Moment habe ich

keine Lust, deine widerwärtigen Angriffe zu ertragen. Verschwinde, und ich werde vergessen, was geschehen ist.«
Unbeeindruckt von ihrer Großherzigkeit griff der Wolf wieder an, aber sie entkam und versteckte sich hinter einem Baum. Sie versuchte dann auf den Baum zu klettern. Fangzähne schnappten nach ihrem Rockzipfel, sie spürte ein Zerren und hörte ein Reißen. Gretchen versuchte, ein Feuer herzuzaubern, um dem Tier etwas einzuheizen, aber nicht eine einzige Flamme konnte sie entfachen, und der Wolf schob sich über ihren Rock hinaus zu ihren saftigeren Körperteilen vor.

Ausgerechnet jetzt mußte ihre Zauberkraft versagen! Wenn sie jemals lebend aus der Sache rauskäme, wollte sie versuchen, herauszufinden, warum die Zauberkraft ausgerechnet zu diesem Zeitpunkt versagte. Im Moment war sie aber damit beschäftigt, ihren Halt nicht zu verlieren. Sie klammerte sich verzweifelt an einen Baumstamm in ihrer Nähe fest und versuchte, sich daran hochzuziehen. Er brach aber ab, und Gretchen fiel herunter.

Sie landete mitten auf einem haarigen, knurrigen, sich windenden Haufen; es war der Wolf. Ihre Knie bohrten sich in seine Weichteile, seine Krallen zerkratzten ihr den Arm. Sie rollte zur Seite, aber diesmal rollte er mit ihr, und dann rollten sie zusammen einen leichten Abhang hinunter. Am Fuße des Hügels war ein Fluß.

Kurz vor dem Wasser hielten sie an. Gretchen lag oben und packte mit einer Hand die Schnauze des Wolfes, damit er ihr nicht die Nase abbeißen konnte. Mit der anderen Hand tastete sie nach seinem Hals; sie war fest entschlossen, das Tier zu erwürgen. Der Wolf trat ihr mit seinen Hinterläufen in den Bauch und versuchte, ihr so den Bauch aufzuschlitzen. Dies wäre ihm auch fast gelungen, als sie sich vorbeugte, um ihren Würgegriff zu festigen. Sie sprang beiseite, rappelte sich auf und rannte los ohne zu bedenken, was wohl bei der Konfrontation mit einem wilden Tier vernünftiger gewesen wäre.

Eh sie sich versah, hatte der Wolf sie schon eingeholt; er sprang ihr auf den Rücken und warf sie wieder zu Boden. Sie lag auf einem

Arm und mit dem anderen umklammerte sie seinen Hals und hielt seine Zähne in Schach. Sie konnte das Innere des Wolfsrachens ganz aus der Nähe sehen, näher als ihr lieb war.
Dann veränderte sich das Maul und mit ihm das ganze Gesicht. Er löste sich auf, und es entstand ein Wesen, das weder Mensch noch Tier war. Es war gräßlich anzuschauen in diesem Übergangsstadium. Plötzlich wurden die Pfoten auf ihren Schultern zu Händen mit langen Fingernägeln und borstigen Haaren. Das Gesicht vor ihr verwandelte sich in das eines Mannes, den Gretchen schon einmal gesehen hatte.
»Schwindelgut!« rief sie. »Sind Sie nicht Graf Schwindelgut?«
»Jaaa«, gab er geifernd zurück. »Und wirst du nicht köstlich schmecken?« spottete er.
Während er dies sagte, verlagerte er sein Gewicht etwas und Gretchen machte eine Bewegung, so daß sie ihre Hand befreien konnte. Sie griff schnell nach ihrem Medizinbeutel, der aus ihrer Rocktasche hing und zog etwas heraus. »Allerdings nicht ohne Gewürze«, antwortete sie und schleuderte ihm gemischte Kräuter und Pulver ins Gesicht.
Schwindelgut ließ sie los, und sie mußten beide niesen. Er hatte aber am meisten abbekommen und hustete und schnappte nach Luft. Während dessen verwandelte er sich wieder in einen Wolf, der sogar noch mehr hustete und prustete.
Da Gretchen jetzt wußte, wer er war, und daß er nicht die Absicht hatte, wie ein anständiges, vernünftiges wildes Tier in die Wälder zurückzulaufen, und da ihr außerdem klar war, daß sie nicht schnell genug fliehen könnte, hatte sie keinerlei Skrupel, ihn zu töten. Sie griff nach ihrer Nähschere die sie für die nutzlose Fackel benutzt hatte und in ihre Tasche gesteckt hatte. Sie öffnete die Schere und hielt sie wie einen Dolch in ihrer Faust. Sie griff das Ungeheuer an, während es unfähig war sich zu wehren.
Er war aber noch nicht so angegriffen wie sie dachte. Er wollte sich wieder über sie hermachen, als Gretchen vorsprang, das näheste Stück Fell, das ihre Hand berührte, schnappte und mit der offenen Schere danach stieß. Der Wolf wälzte sich unter ihr. Sie hielt die

Schere nicht mehr so fest und verschob ihren Griff; sie führte keinen Stoß aus, sondern einen Schnitt, der ihrem Daumen weh tat.
Der Wolf heulte aufs Schauerlichste, sprang Blut spuckend auf und verschwand im Dunkeln.
Gretchen saß auf dem Boden und versuchte, wieder zu Atem zu kommen. Sie konnte kaum fassen, daß das Ungeheuer weg war, und sie immer noch am Leben war. Sie konnte auch kaum glauben, daß ihre Zauberkraft so schmählich versagt hatte, und sie konnte kaum glauben, daß sie den abgetrennten Wolfsschwanz, der ihr Übelkeit bereitete, in ihrer blutigen und zerkratzten Hand hielt.
Sie stand ohne nachzudenken auf und ging zum Fluß, um sich zu waschen. Ihre Knie gaben immer wieder nach, wollten sie nicht tragen, und schließlich mußte sie sich hinsetzen und mit Wasser bespritzen. Es war kalt, aber es belebte sie auch.
Sie hörte das Flügelschlagen erst, als die Fee unmittelbar vor ihr schwebte. Sie sah Gretchen neugierig an. »He, du siehst ja schrecklich aus. Was ist denn passiert? Warum verdreckst du meinen Fluß mit Blut?«
»Dies wilde Tier hat – mich angegriffen«, erklärte Gretchen und deutete auf den Schwanz.
»Riesel flog darauf zu und landete dann mitten auf dem Fellstück. Sie bewegte ihre Zehen darin hin und her und streichelte es. »Das ist gutes Material. Erinnert mich auch an jemand. Sag mal, was willst du dafür haben?«
»Dafür haben?« Gretchen verstand zunächst die Frage nicht. »Aber das ist doch – ich meine, das Tier war ein Mensch, manchmal jedenfalls. Vielleicht verwandelt sich das Ding auch in was anderes?«
»In was denn? Menschen haben keine Schwänze. He, warte mal, willst du damit sagen, daß dich ein Werwolf angegriffen hat?«
»Ich nehme an, daß es das war.«
»Also, so was. Wie interessant. Paß auf; wie wär's, wenn ich dir etwas dafür gäbe? Ich kenne das Tier, von dem hier die Rede ist.

Glaube mir, er verwandelt sich in eine menschenähnliche Person, aber im Kern ist er nur wölfisch. Der Schwanz gäbe einen guten Teppich ab für meine Wohnung, er wäre viel besser als das Vogelnest, das ich zur Zeit verwende.«

Gretchen hörte ihr gar nicht zu. »Er wollte mich fressen«, murmelte sie und sprach dabei mit sich selbst und mit der Fee. »Er wollte mich tatsächlich fressen. Ich war doch höflich genug zu ihm.

Ich habe ihm nie etwas getan. Noch nie in meinem Leben habe ich abfällige Bemerkungen über Werwölfe gemacht. Im Wald ist ausreichend eßbares Wild vorhanden, und dann wollte dieser Wolfshurensohn *mich* fressen!«

Gretchen, deren Gesicht vom Schrecken gezeichnet war, war empört und blickte finster drein. »Aber er hat es nicht geschafft. Stattdessen habe ich dies.« Sie hielt den Schwanz hoch und langsam löste sich der Schock, und der finstere Blick wurde zu einem Grinsen – genau das boshafte Hexengrinsen, das schon die Opfer ihrer entfernten Vorfahren versteinert haben muß. Selbst Riesel wich flatternd zurück. »Willst du ihn?« fragte Gretchen. »Was gibst du mir dafür?« fragte Gretchen. »Was gibst du mir dafür? Hast du nicht irgendeine Feenzauberkraft, die du entbehren kannst? Meine scheint verschwunden zu sein.«

»Also, ich könnte dir wahrscheinlich schon einen Zauber, der die Menschen verwirrt, abtreten, um dir dein Unternehmen zu erleichtern«, bot Riesel ihr an.

»Nein, das würde nicht funktionieren. Nur Werwölfe suchen mich. Ich bin diejenige, die all die anderen sucht.«

»Alle bezieht sich nicht zufällig auf einen gewissen Spielmann und ein gewisses Einhorn, oder?« fragte die Fee schüchtern. »Wenn das nämlich stimmt, dann bist du, fürchte ich, etwas spät dran. Sie haben sich sozusagen üblen Gefährten angeschlossen.«

»Ich muß schon sagen, du hast mir sehr geholfen«, sagte Gretchen. »Aber warum hast du nicht versucht, sie zu retten?« Riesel zuckte mit den Schultern. »Sie schienen zu wissen, was sie taten, bis sie dort hinkamen; dann, naja, mir liegt an Werwölfen, Nym-

phen und Räubern genausowenig, wie an der nächsten Fee. Außerdem muß ich auf meinen Fluß aufpassen, weißt du.«
»Ich dachte, du *magst* Einhörner. Mondschein hat doch deinen Fluß gereinigt, oder?«
»Ja, das stimmt, aber seine Freunde verschmutzten ihn immer wieder.« Die Angriffslust in Riesels Stimme verschwand. Sie begann sich zu schämen, und sie sagte zu ihrer Verteidigung: »Ich habe diesen Tölpel von einem Prinzen des Hinterhalts wegen gewarnt, aber ich kam zu spät, um deinen Freund und Mondschein zu retten.
»Könnte deine Zauberkraft ihnen nicht helfen?«
»Nicht, wenn jemand von meiner Größe sie anwendet.«
»Wie wär's mit jemandem, der so groß ist wie ich? Ich gebe ihn dir nicht, wenn du mir nicht hilfst. Überhaupt, wenn du mir nicht irgendwie hilfst...« Drohend klapperte sie mit der blutigen Schere.
»Sehr beängstigend«, antwortete Riesel verächtlich und schob sie mit ihren winzigen Händen beiseite. »Paß auf, du Hexe. Ich kenn dich doch. Du bist wie ich. Du sagst häßliche Sachen, aber es muß einer dir schon ziemlich zusetzen, bis du ihm was tust. Also, wenn ich gewußt hätte, daß der Zauber, den ich über die armen Idioten in Immerklar gesprochen habe, dazu führt, daß sie nicht merken, wenn das Wasser verdorben ist, dann...«
»Ich *wußte* doch, daß da irgendein fauler Zauber im Gange war«, sagte Gretchen. »Erzähl weiter. Ich finde dieses Geständnis sehr interessant.«
Plötzlich war der Wald von einem einzigen silberhellen Schall erfüllt. Riesel und Gretchen lauschten beide. Nachdem der Ton verhallt war, sahen sie sich lange gebannt an.
»Die Zeit läuft uns davon, Hexe«, sagte Riesel. »Was immer ich getan oder nicht getan habe, geht dich nichts an. Wenn du deinen Freunden helfen willst, solltest du lieber losgehen. Ich sag dir was. Ich kann dich nicht begleiten, und auf große Entfernungen kann meine Zauberkraft nicht viel bewirken; aber wenn du mir das Ding hier gibst, gebe ich dir etwas, wodurch du mit bestimmten Leuten,

die ich kenne, in Verbindung sein wirst. Sie können dir eventuell später helfen.«
»Na gut«, gab Gretchen nach, »hier, nimm ihn.«
Das tat Riesel auch und flog damit weg. Ein paar Minuten später kehrte sie mit einem Strauß kleiner, blauen Blumen in der Hand zurück. »Feenglöckchen«, erklärte sie. »Läute sie einfach, wenn du dich in einer Zwangslage befindest; ich habe Freunde, die dir dann später helfen werden.«
Gretchen sah etwas skeptisch drein, nahm die Blumen aber an. »Ist das alles?« fragte sie.
Riesel seufzte. »Nein. Paß auf, du Hexe, ich muß hier am Fluß meine Pflicht erfüllen, sonst käme ich schon mit, wirklich. Aber du weißt ja, wie das ist. Also, ich sag dir was. Mein Zauber führt dich jetzt auf die richtige Fährte, und ich verspreche dir, daß du, solange du in diesen Wäldern bist, darauf bleiben wirst. Folge einfach deinen Füßen. Wenn du dich beeilst und Sally tut das nicht, dann kannst du sie noch einholen. Aber – ach.«
»Aber was?«
»Du mußt dich beeilen. Was wir gerade da gehört haben, war ihr Jagdhorn – sie benutzt es, um ihre Diener zu rufen. Klingt mir so, als ob sie zum Aufbruch rüsteten.«
Gretchen war mehr als bereit, der Gesellschaft der Fee zu entfliehen. Sie fürchtete, daß sie mit dem wespengleichen, kleinen Wesen mehr gemein hatte, als sie sich eingestehen wollte. Wenn sie, was ihre Zauberkräfte betraf, auch so hart, rachsüchtig und eifersüchtig reagierte, dann brauchte sie sich nicht zu wundern daß Winnie und ihr Vater sich schon seit Jahren über ihre schlechte Laune beklagten. Riesel war in der Art wie ihre Großmutter Oonaugh, so wie Gretchen sie sich vorstellte, – jederzeit bereit, wahllos böse Zauberworte zu verbreiten, ohne Rücksicht darauf, wen sie trafen.
Riesel *war* natürlich ein kleines Wesen, und es war allgemein bekannt, daß sie empfindlich und schwierig waren; sie schadeten den Menschen ebenso gerne wie sie ihnen halfen. Im Gegensatz zu den anderen Feenvölkern – Riesels kleines Volk war ein Nebenstamm

dieser Feenvölker – konnten sich die kleinen Wesen mit den größeren Feen verheiraten oder mit ihnen Verbindungen eingehen. Offensichtlich war der Größenunterschied die Ursache dafür, daß sie eher angriffslustig waren als versöhnlich. Die meisten, die Riesel kannte, waren zumindest brummig, wenn nicht sogar regelrecht bösartig; alle waren aggressiv und nachtragend.

Und ausgerechnet sie mußte von Bösartigkeit reden, gestand Gretchen sich ein. Hatte sie nicht gerade ein anderes Lebewesen verstümmelt? Sie war froh, daß Riesel den Schwanz gewollt hatte – schon bei dem Gedanken daran fühlte Gretchen sich etwas unrein. Nicht schmutzig. Schmutz machte ihr nicht besonders viel aus, aber sie hatte das Gefühl, sich, wie Winnie zu sagen pflegte, »erniedrigt« zu haben, indem sie dem Wolf das angetan hatte, was er offensichtlich ihr zufügen hatte wollen.

Vielleicht war es *sowas*, diese Unreinheit, weshalb Himmelsschlüssel meinte, daß eine Hexe nicht dazu geeignet sei, sich mit einem Einhorn zu befreunden. Vielleicht hatte sie recht. Im Augenblick sah es allerdings eher so aus, als ob Mondschein Freunde brauchte, denen es nichts ausmachte, sich schmutzig zu machen. Sie wollte sich jetzt darüber keine Gedanken machen. Sie selbst ging, im Gegensatz zu einigen kleinen Feen, deren Namen sie kannte, der Ausübung ihrer eigenen Zauberkräfte nicht so blind ergeben nach, daß sie dann nicht bereit war, sie kurz aufzugeben, um jemandem zu helfen.

Bei ihr war es eigentlich genau umgekehrt, dachte Gretchen wehmütig. Sie hatte die Ausübung ihrer Zauberkräfte nicht beenden müssen – statt dessen hatte ihre Zauberkraft sie verlassen. Aber gewiß war es nur ein zeitlich-begrenzter Verlust. Gretchen war nicht bekannt, daß eine Hexe aus der Grau-Familie jemals ihre Zauberkräfte für immer verloren hätte, es sei denn, man zählte ihre Mutter dazu, die, wie Großmutter Grau behauptete, ihre Möglichkeiten als Hexe nie richtig entwickelte, weil sie schon als ganz junge Frau umworben und erobert worden war, wenn auch nicht verehelicht, so daß sie ihre ganze Zauberkraft auf ihren Liebhaber und ihre Tochter verströmte.

Bei Gretchen war das keineswegs der Fall. Sie hatte nie geheiratet. Das war auch zum Teil der Grund für ihr Dilemma, aber selbst gemessen an Hexenmaßstäben war sie jetzt wirklich alt genug, sich, wenn sie wollte einen Partner zu suchen. Großmutter Grau hatte das ja immer wieder gesagt, und sie häufig an ihren einundzwanzigsten Geburtstag, der immer näher rückte, erinnert. Nach altem Brauch war das ein Tag von großer Bedeutung, der in Zusammenhang gebracht wurde mit dem Kommen und Gehen von Kräften, die von größter Wichtigkeit waren für das Leben und die Zauberkraft. Nun, was auch immer das bedeutete, da war sie nun; sie stand mit ihren Füßen mit Hilfe einer fremden Zauberkraft auf einem unsichtbaren Pfad, während ihr eigener Zauber nicht in der Lage war, den Regen daran zu hindern, sie durch ihr zerrissenes Kleid bis auf die Haut zu durchnässen. Außerdem versorgte ihre Kraft sie auch nicht mehr mit Licht, Nahrung und Feuer. Zumindest war es unwahrscheinlich, daß sie in diesem regnerischen Klima Durst leiden werde, dachte Gretchen und fing mit ihrer Zunge kleine Wassertropfen aus der Luft.

Es dämmerte schon, und mit ein bißchen Glück würde die Sonne scheinen und es warm werden. Allerdings konnte man das in diesem tristen Land nie so genau wissen. Sie überlegte, ob sie nicht die Blumenglocken läuten und einen Genossen von Riesel bitten sollte, ihr einen Umhang zu leihen. Ein Feenumhang wäre aber ohnehin zu klein für sie. Möglicherweise führte ihr Weg direkt durch ein Gebiet, das beherrscht wurde von einer anderen Hexe oder einem Zauberer, die mächtig genug waren, ihre Zauberkraft auszuschalten. Wenn sie deren Gebiet durchquert hatte, würden ihre Kräfte schon wiederkehren. Sie hatte schon gehört, daß so etwas passieren konnte. Wenn dem so war, warum war es dann nicht passiert, als Colin und sie durch dieses Gebiet gekommen waren?

Vielleicht hatte die Großmutter Recht. Vielleicht hatte die Freundschaft mit einem Einhorn, zu einem Zeitpunkt in ihrem Leben, zu dem die meisten Hexen heiraten, dazu geführt, daß ihre Zauberkräfte nachließen. Sie hatte eine ganze Menge davon dar-

auf verwandt, Mondschein zu helfen. Es war allerdings nicht mehr, als sie über den gleichen Zeitraum im Schloß ihres Vaters verbraucht hätte. Und früher hatte sie sich immer erneuert. Zuhause im Schloß hatte sie ihre Kräfte natürlich für die Dinge benutzt, für die sie gedacht waren. Sie mußte sie nicht verfälschen, damit sie zu ihrem eigenen Schutz und dem ihrer Gefährten ausreichten. Hatte Heiraten denn wirklich so viel damit zu tun? Tante Sybil hatte auch nicht geheiratet. Zumindest hatte sie das praktisch zugegeben. Sybil war allerdings eine Seherin und keine Erdhexe. Man mußte nicht unbedingt mit ihr zusammenleben, um von ihren Zauberkräften zu profitieren, – im Gegenteil, sie lebte allein, weil die meisten Leute sich nicht wohlfühlten im Zusammenleben mit jemandem, der so mühelos ihr persönlichstes Leben sehen konnte. Obwohl Sybil sich eigentlich nie in die Angelegenheiten anderer einmischte.
Was hatte die Großmutter damit gemeint? Sie hatte damit angedeutet, daß Gretchens eigene Zauberkraft sich selbst und sie nicht auf unbegrenzte Zeit erhalten könnte, es sei denn, sie verstärke sie durch – was? Indem sie eine Art der Liebe – nämlich die des Einhorns – für eine andere, – die eines Mannes – aufgab? Aber warum? Vielleicht, weil Mondschein ihre Zauberkraft eigentlich nicht brauchte. Er hatte ja selbst genug. Waren Männer überhaupt anders? Colin hatte schließlich auch seine Zauberkraft. Sie war allerdings bei weitem nicht so mächtig oder nützlich wie ihre oder die von Mondschein. Normalerweise wandte er sie auch nicht an, höchstens um anzugeben. Vielleicht ließ sich das Problem reduzieren auf das, was der Zauberer Himbeere versucht hatte, Rostie zu erklären, nämlich, daß man seine Kräfte stärken konnte, indem man sie mit anderen teilte. Nun, erst mal sollte ihre Zauberkraft ruhig in ihrem Versteck schmollen. Gretchen hatte keine Zeit, sich mit ihren kapriziösen Launen herumzuschlagen.
Wenn doch der Zauber der Fee, der sie auf die richtige Fährte gebracht hatte, auch etwas gegen Blasen tun könnte! Sich hinsetzen und ausruhen half nichts; ihre Füße liefen immer weiter, selbst wenn sie auf ihrem Hinterteil saß. Die Sohlen ihrer Stiefeln waren

völlig durchgelaufen. Ihre Unterschenkel taten weh, und ihr Rükken fing auch an zu schmerzen. Aber ihre unnachgiebigen Füße marschierten auf ihrem festgelegten Weg weiter; und zwar die ganze Nacht, den ganzen nächsten Tag bis zum darauffolgenden Abend. Sie hätte niemals einen Feenzauber annehmen dürfen, ohne sich vorher über alle Schwierigkeiten zu informieren! Ihre schmerzenden Muskeln, Kälte, Hunger und Müdigkeit machten ihr weniger zu schaffen, als eine zusätzliche Angst, die jetzt in ihr aufstieg. Wenn Riesel sich den blödsinnigen Zauber nicht genauer überlegt hatte, als es jetzt schien, dann bestand die Wahrscheinlichkeit, daß das dumme Ding sie zu erschöpft und mit allzu schmerzenden Füßen, als daß sie sich überhaupt noch hätte wehren können, direkt ins Räuberlager marschieren ließ.

Als Gretchen am späten Nachmittag an einer Hütte vorbeikam, erfüllte sie diese Angst vollständig. Kohlestücke lagen in einem Ring aus Steinen am Eingang zur Höhle, und vor der Höhle verschmutzten Menschen – und Einhornexkremente das niedergetrampelte Moos. Das Feuer war verloschen und das Jagdhorn hatte sie lange vor dem Morgengrauen gehört. Die Beute, die sie verfolgte, hatte noch einen großen Vorsprung, aber sie war einfach zu müde, um darüber nachzudenken. Der einzige Gedanke, den sie fassen konnte, war sich auszuruhen.

Irgendwann mitten in der Nacht hörte sie, wie der Wind zu einem Heulen anschwoll. Gretchen stellte fest, daß sie jetzt mehr nur den Wind selbst hörte, als das Rauschen der Blätter. Sie hörte auch nicht mehr, wie die Äste aneinanderstriffen. Der Mond blieb verborgen. Sie stolperte häufig oder stieß an etwas, das sie nicht sehen konnte, bald aber vermißte sie die Hindernisse. Das Blattwerk an ihrem Weg war immer weniger geworden, und dasselbe galt für den Schutz vor dem Wind.

Wie Dreschflegel schlugen ihre Kleider und ihr Haar gegen ihre kalte, rauhe Haut. Das einzig Gute daran war, daß ihre Füße mehr oder weniger gefühllos waren, obwohl sie sich noch ein Weilchen bewegten. Aber schließlich, als der Wind am heftigsten blies, die Schatten der Nacht auf zwei Streifen reduziert waren und sich die

Dunkelheit wie ein einzelner, schwarzgefärbter Zahn irgendeines gräßlichen Riesen gegen das hellere Schwarz des Himmels absetzte, hörten ihre Füße auf, sich zu bewegen. Ihre Beine gaben unvermittelt unter ihr nach. Sie bemerkte gar nicht mehr, wo sie hinfiel; sie schlief bereits fest, bevor sie den Boden überhaupt berührte.

Colin konnte nicht lauthals lachen, als der schwanzlose Wulfric aus dem Wald gehinkt kam, um sich den marschierenden Banditen und Zombies anzuschließen. Er gab sich zufrieden mit einem unterdrückten Gekicher, das weniger Ausdruck von Heiterkeit, als vielmehr von Erleichterung war. Anscheinend hatte Gretchen wieder einmal zugeschlagen.

Primel rümpfte die Nase und sagte zu Sally Offenherz: »Ich finde, daß deine Günstlinge von minderem Format sind, wenn sie einfach den Schwanz einklemmen und vor einer so primitiven Frau wie dieser Hexe davonlaufen.«

»Das ist sehr ungerecht«, sagte ihr Colin direkt ins Gesicht. »Er konnte wohl kaum seinen Schwanz einklemmen, da er ihm ja geraubt wurde, oder etwa nicht?« Die Nymphe untersuchte die Wunde ihres stellvertretenden Befehlhabers. Sie preßte die Lippen fest zusammen; sie war tief beeindruckt, konnte aber gleichzeitig nicht glauben, daß jemand dem bis jetzt unbesiegbaren Wulfric solchen Schaden zufügen konnte. Colin beschloß, seine Meinung zu äußern. »Sally, im Interesse einer erfolgreichen Revolution, laß mir dir einen Rat geben: Wenn ich du wäre, würde ich alle Gefangenen und Tiere freilassen und mich nicht mit der Hexe einlassen. Ich kenne sie jetzt schon eine ganze Weile, und ihre Kräfte sind die mächtigsten, die ich je gesehen habe. Der Verfassung unseres armen Kameraden nach zu urteilen, würde ich sagen, daß sie anscheinend nur noch mächtiger wird. Ich glaube kaum, daß es der gemeinsamen Sache zuträglich sein wird, wenn sich eine Kraft wie die ihre gegen uns richtet.«

Sally zog es vor, ihn zu ignorieren. Wulfric wimmerte und blickte mit großen, traurigen Wolfsaugen zu ihr auf. Sie streichelte ihn

abwesend und fragte mit, wie Colin zu spüren meinte, echter Sanftheit: »Täte es nicht weniger weh, wenn du dich wieder in deine Menschengestalt verwandeln würdest?«
Der Wolf blinzelte mit den Augen, als ob ihm das nie eingefallen wäre; er machte sich sogleich daran, ihrem Vorschlag zu folgen.
»Jetzt geht's doch schon besser!« meinte sie. Wulfric stand auf und rieb sich dabei sein Hinterteil. Sein menschliches Gesicht verzog sich zu einer schmerzverzerrten Grimasse.
»Ach, Sally, meine Menschengestalt hat zwar keinen Schwanz, aber mein Rücken spürt ihn noch von der Wolfsgestalt her, und trauert um dessen Verlust. Ich fürchte, daß ich höchstens noch hinken kann, und ihr mit mir nur langsam vorwärtskommen könnt. Wenn nötig, laßt mich zurück!«
»Das kann ich nicht, Wulfie; du weißt, daß du den Gletscher niemals allein wirst überqueren können. Ich bin die einzige, die uns sicher drüberführen kann. Außerdem hat uns der Dunkle Pilger befohlen, zur Festung zurückzukehren.«
»Ach, Sally! Dann muß ich sterben, als Märtyrer für die gemeinsame Sache.« Bei den letzten Worten schwang ein Tonfall mit, der verdächtig nach Wolfsgeheul klang.
»Ich habe immer gewußt, daß du wahrhaftig an unsere Sache glaubst«, rief Sally und warf ihre Arme um seinen Hals. Durch diese Geste erhellte sich sein verzweifelter Gesichtsausdruck kurz.
»Jede Sache, die es wert ist, kann einen Märtyrer gebrauchen, aber mir tut es leid, dich zu verlieren. Hast du noch einen letzten Wunsch, den wir dir erfüllen können, bevor wir dich zum Sterben hier zurücklassen?«
Gierig leuchteten Wulfrics Augen auf. Es war offenkundig, daß er die Gelegenheit eines letzten, besonderen Gefallens nicht ungenutzt lassen wollte. Colin rutschte beunruhigt hin und her, als der Blick des Wolfes zuerst auf ihn, dann auf Mondschein und dann wieder zu ihm zurückkehrte. Obwohl auf Wulfrics Gesicht nur mehr ein Hauch des früheren wölfischen Grinsens zu sehr war, reichte dies aus, um Colin vor Angst beben zu lassen. Der Wolfsmann beantwortete Sallys Frage.

»Jenes Untier das hätte meinen Schwanz schon lange vor der schlauen Hexe geraubt; obwohl ich weiß, daß du den Mann im Moment schätzt, war er eine Zeitlang der Gefährte der Hexe. Laß sie mich beide umbringen, Sally, und ich werde mein Martyrium mit größter Freude ertragen.«

»Wulfric, laß uns vernünftig sein. Du weißt, daß du das Einhorn nicht töten kannst. Der Dunkle Pilger braucht so viele Einhörner, wie wir ihm nur bringen können; wir haben bis jetzt erst vier gefangen. Außerdem«, sie machte mit ihrem Kopf eine Bewegung und blickte bedeutungsschwer in Primels Richtung. »Dennoch«, fuhr sie fort, »würde der Dunkle Pilger zweifelsohne einsehen, daß ein Schwanz gegen einen anderen ein faires Tauschgeschäft ist, und er würde dir erlauben, den Schwanz des Einhorns als Rache für deinen eigenen Verlust zu nehmen. Du könntest ihn zusammen mit dem Körper des Spielmanns zurücklassen, damit die Hexe ihn findet und zu ihrem Schmerz erkennen muß, was wir mit Menschen tun, die unserer gemeinsamen Sachen in die Quere kommen.«

Wulfric schien mit diesem Kompromiß zufrieden zu sein. Er zog ein Messer aus dem übelriechenden Umhang, den er als Mensch immer trug, ging von hinten an Mondschein heran und packte seinen Schweif.

Mondschein schrie auf, laut hörbar für die Räuber und leise für Colin. Das Einhorn war aber so stramm gefesselt, daß er seinen Schweif ohne Hilfe nicht dem Zugriff des Wolfsmannes entziehen konnte.

»Einen Augenblick«, sagte Colin, »gnädige Frau, Sie können doch nicht zulassen, daß er dies einem hilflosen Gefangenen antut. Was würde das für ein Licht auf die gemeinsame Sache werfen?« Er hatte keine Ahnung, was er sagen oder tun sollte, um sich und Mondschein zu retten. Er redete nur, um Zeit zu gewinnen. Hilfe kam aus einer unerwarteten Ecke.

»Jungfrau, Sie haben mir versprochen, daß ihm kein Leid zustößt«, protestierte Primel, trabte vor und starrte Sally Offenherz an. »Sie haben gesagt, das er zu Ruhm und Ehre gelangen würde durch unsere gemeinsame Sache. Wie können Sie es nun zulassen, daß ihr dreckiger Liebling einen von uns *anfaßt*? Alles, was dieser gräßliche Wolf kann, ist sich in einen noch gräßlicheren Mann zu verwandeln. Mondschein und ich können Wasser rein machen, Vergiftungen vermeiden, Krankheiten heilen ...«

»Wunden heilen«, fügte Colin plötzlich erregt hinzu. Also, gnädige Frau, Sie würden das Leben von drei Ihrer wertvollsten Anhängern wegwerfen. Und vielleicht verlören Sie auch noch die treue Ergebenheit dieser Einhorndame, wenn Sie Ihren Freund gewähren lassen.«

Colins Worte machten auf Sally keinen Eindruck. »Spielmann, du verstehst mich anscheinend nicht. Ich habe mein Wort gegeben. Dein Einhorn hat einen tapferen Kämpfer unserer Sache verletzt, und deine Hexe hat ihn verstümmelt. Es ist nur gerecht, wenn du jetzt auch leidest und dein Tier seinen Schweif verliert. Wenn ich nicht gerecht bin, werden mich meine Männer nicht respektieren. Abgesehen davon muß ich für euch meinen ergebenen Mitkämpfer opfern.«

Colin nahm all seine schauspielerischen Fähigkeiten, die er sich durch das Balladensingen erworben hatte, zusammen, um entspannt und ruhig zu wirken. »Ich versteh nicht, wie sie ihn ergeben nennen können, da er sich doch lieber in die Büsche verdrücken will, wenn er uns ermordet hat, als auch weiterhin der gemeinsamen Sache zu dienen. Als Mondschein ihn angriff, wußte er gar nicht wer der Wolf war, oder Mondschein?«

»Neieieiein, Spielmann!« wieherte Mondschein, »sonst hätte ich ihn durchbohrt!«

»Sehen Sie«, sagte Colin; er übersetzte das hörbare Wiehern und verabsäumte taktvollerweise, den letzten Teil der Antwort des Einhorns zu erwähnen. »Er wußte nicht, daß er einen Waffenbruder kitzelte. Was Gretchen betrifft, so war es ein fairer Kampf. Schließlich ist sie nur ein Mädchen, und er ist ein großer, böser Werwolf.«

»Ich bin auch ein Mädchen«, erinnerte Sally ihn und richtete sich auf.

»Ja, gnädige Frau, das sind Sie auf jeden Fall, und es bestätigt auch genau das, was ich gesagt habe. Sie *brauchen* die Hilfe ihres Mitkämpfers. Zwingen Sie ihn doch, sich der Behandlung zu unterziehen und dann mit uns zur Festung zu eilen, statt zuzulassen, daß er uns niedermetzelt und selbst seine Wunden leckend herumschleicht, während Ihre Leute ihn als Märtyrer verehren!«

»Mich einer Behandlung unterziehen?« fragte Wulfric. »Was ist das für ein Unsinn? Behandlung?«

»Jetzt tu nicht so, Wulfric, alter Knabe. Du kannst mir doch nicht erzählen, daß du nicht die ganze Zeit wußtest, daß Mondscheins Zauberkraft dich heilen kann. Du hast doch *gesehen*, wie Leofwins Stichwunde damit geheilt wurde. Also, ich wette, daß Mondschein dir einen neuen Schwanz wachsen lassen kann...« Aber Colins Finger wollte nicht schnalzen. »Oder, daß er die Wunde wenigstens verheilen läßt, damit du wieder laufen kannst. Das kannst du doch Mondschein, oder?«

»Niemals!« gab Mondschein zurück. »Siehst du, er kann das«, sagte Colin laut. Für Mondschein fügte er noch hinzu: »Wenn du uns jemals hier lebend rauskriegen willst, dann mußt du mehr einhornmäßiges Mitleid zeigen und dieses Tier mit deinem ganzen Herzen heilen wollen.«

»Aber noch nie habe ich einen Schwanz wieder anwachsen lassen!« antwortete Mondschein. »Ich wüßte gar nicht, wo ich anfangen soll.« »Überlaß das einfach deiner Zauberkraft.«

»Na gut; wenn du in der Lage bist, Wulfric soweit zu heilen, daß er uns begleiten kann, dann schenke ich euch euer Leben«, sagte Sally.

»*Ich will meinen Schwanz.*« Wulfric bestand knurrend darauf.

»Na schön. Wenn er dir deinen nicht wieder wachsen läßt, dann darfst du dir wenigstens seinen nehmen«, gestand sie ihm zu. »Dies alles nimmt viel Zeit in Anspruch, und wir sollten uns schnellstens auf den Weg zur Festung machen. Spielmann, veranlasse das Tier, sofort zu zaubern.«

Um die Sache so geheimnisvoll und kompliziert wie möglich aussehen zu lassen, besorgte Colin sich einen Schlauch voll Wasser

von einem der Wächter. Er hielt den Schlauch in besonders feierlicher Haltung, während Mondschein die Spitze seines Hornes oben durch die schmale Öffnung steckte.
Während er unsinnige Silben, die als Euphemismen für unaussprechbare Körperteile und -funktionen dienten, vor sich hin murmelte, sprengte der Spielmann das Wasser über den Rumpf, der wieder der eines Wolfes war. – Er hielt den Atem an.
Er hätte sich keine Sorgen machen müssen. Die Wunde begann sofort sehr schön zu heilen. Innerhalb weniger Minuten sproß und wuchs etwas aus dem unteren Ende von Wulfrics Wirbelsäule. Es war dünn, unbehaart und blaß und sah sehr wie eine blutarme Karotte aus; aber es wedelte richtig, als Wulfric es sah und ihm klar wurde, was es war. Der Wolf war tatsächlich so erleichtert, seinen Schwanz wiederzuhaben, daß er ihn wie ein junger Hund jagte, ehe Sally ihn beruhigen konnte.
»Er sieht nicht wie ein richtiger Schwanz aus«, sagte sie kritisch.
»Fell *kann* ich nicht zaubern«, erklärte Mondschein Colin hochmütig. Das Einhorn war immer noch verärgert, weil man es gezwungen hatte, seine Zauberkunst für einen Feind anzuwenden.
»Er sagt, daß es eine Weile dauert, bis das Fell nachgewachsen ist, gnädige Frau. Aber es wächst auf jeden Fall nach. Soviel ich weiß, wird manchmal zum Kurieren von Kahlheit durch Zauberkräfte das ganze Haar vorher abrasiert, damit es dann um so dicker und üppiger nachwächst.«
»Wirklich?«
»Ja, ganz bestimmt.« Er nickte heftig mit dem Kopf. »Aber, gnädige Frau, entschuldigen Sie bitte, meinen Sie nicht auch, daß wir sofort weiter sollten zu Ihrer Festung, nachdem wir dieses kleinere Problem gelöst haben? Ihr Dunkler Pilger könnte uns doch benötigen, oder?«
Sally sah ihn mit ihren blauen Augen fast mit kokettem Interesse an. »Wenn ich mir deiner Treue doch nur sicher sein könnte, Spielmann. Aber ja, du hast recht. Wir müssen sofort losmarschieren.«

Sie banden einen Stoffverband um Wulfrics neuen Schwanz, um ihn vor der Kälte zu schützen. Colin war immer noch gefesselt, allerdings nicht mehr so fest, und auch Mondscheins Fesseln waren gelockert worden. Colin durfte das Einhorn führen, unter der erneut gestellten Bedingung, daß er ihn ruhighalten und zur Zusammenarbeit überreden würde.

Er sang auf ihrem Weg, der sie in die Wälder und wieder hinausführte und hinaufging in das karg bewachsene Land, das den großen Berg umgürtete, in dessen Schatten sie zitterten. Er dichtete ein Lied über Wulfrics Schwanz, das er passenderweise *Die Ballade von Wulfrics Schwanz* nannte. Darin erzählte er, daß Mondschein ein bedeutender und mißverstandener Held für Sallys Sache war; er fand enorm schmeichelnde Worte, als er sich daranmachte, Sally und Mondschein zu beschreiben. Er hob den Marschrhythmus hervor, was ihm das Laufen erleichterte und die Wächter in gute Stimmung versetzte, so daß sie ihn und die anderen Gefangenen nicht zu oft schlugen, sondern grummelnd dahinstapften, wie zufriedene Tiere.

Sally ließ Wulfric vorgehen, und sie selbst fiel zusammen mit Himmelsschlüssel etwas zurück, um neben Colin zu laufen. Sie stiegen jetzt eine weite, baumlose Wiese hinauf, und obwohl überall sehr viel Platz war, ging Sally dicht neben dem Spielmann; aufmerksam neigte sie ihren Kopf, als ob sie einfach nur seine Lieder deutlicher hören wollte. Aber er kannte die Anzeichen. Die hinreißende Rebellenführerin zeigte genauso deutlich wie all die Damen bei Hofe, daß ihr nicht nur seine Musik, sondern auch er selbst gefiel. Wenn man so ausgestattet war mit Talenten und Charme, dann mußte man so etwas in Kauf nehmen; in diesem speziellen Fall allerdings erfüllte ihn die Aufmerksamkeit mit großem Unbehagen. Sein Charme, den er bei dieser Dame spielen ließ, könnte sich, wenn falsch angewandt, leicht als fatal erweisen.

Nicht, daß es besonders schwer war, zu jemandem, der so anziehend war wie Sally Offenherz, charmant zu sein. Mochte sein Interesse an ihrer politischen Lehre auch noch so vorgetäuscht sein, mochte die Logik, die dieser Lehre zugrundelag, auch noch so zweifelhaft sein, ihre physische Anziehungskraft war wirklich unbestreitbar und stand außer Frage. Und dennoch, die Unterhaltung, die er ihr bot, erinnerte ihn ein wenig an die Geschichte, die ihm der Hauptarchivar, Herr Cyril Hühnerstange, einmal erzählt hatte. Darin vollbrachte der Urgroßvater von Finbar dem Feuerfesten Zauberkunststücke. Der Vorfahre aus der Linie der Aschenbrenners, Selwyn der Schlangentöter, mochte, wie alle Aschenbrenners, auffallende, unterhaltsame Zauberkunststücke, die sich am vorteilhaftesten vor einem Publikum vorführen ließen, sehr gerne und hatte selbst ein großes Talent dafür. Selwyn hatte seine Begabung unbeachtet gelassen, um der harten Pflicht des Schlangenerschlagens nachzugehen. Zu seiner Zeit, als Argonias Küsten von den Schlangen heimgesucht wurden, war das nötig. Als Selwyn älter war, fand er, daß das Erschlagen von Seeschlangen langweilig und keine Herausforderung sei. Er hatte damit begonnen, Melodien zu pfeifen, mit denen er die Schlangen in der Nähe von Queenstown ans Ufer lockte. Er unterhielt sie so gut, daß die Ungeheuer gerne in die Harpunen der kriegerischen Freunde von Selwyn liefen, die die Situation ausnutzten und so viele Schlangen wie möglich erschlugen. Selwyns erstaunliche Kunststücke beeindruckten das Volk genauso wie die Seeschlangen, und von dem Tag an nannten die Argonier ihren König nicht mehr Selwyn den Schlangentöter, sondern sie nannten ihn statt dessen Selwyn den Schlangenbeschwörer. Colin fand, daß für Sally Offenherz zu singen ein bißchen so war.

Um Mittag mußte er aufhören zu singen, da sie so hoch hinaufgestiegen waren, daß es auf dem steilen Weg schwer war, den Fuß zu setzen; selbst die Einhörner gingen nicht mehr so sicher wie vorher. Sie konnten nur mehr ein oder zwei Stunden weitersteigen, dann schlugen sie ihr Lager auf, weit oben an der Flanke des Berges, im Schatten des Gletschers, der sie auf drei Seiten umschloß. Colin war für die Ruhepause dankbar, da er nicht an die Höhe gewöhnt war und schon gar nicht an lange Fußmärsche, vor allem nicht zusammen mit Vorführungen.

Außerdem machte er sich Sorgen um die Gesundheit der Leute

von Immerklar, mit denen er wieder zusammengebunden war. Sie sahen noch lebloser als gewöhnlich aus, ihre Hautfarbe war jetzt ein unansehnliches Graublau, das zu dem Dunst paßte, der die Spitze, die hinter ihnen aufragte, wie ein Schleier umgab. Ihre Nasen liefen, natürlich putzten sie sie nicht, so daß es gefror. Dies trug noch zu der generellen Unappetitlichkeit ihrer Gesamterscheinung bei.

Die meisten Räuber hatten Winterkleidung mitgebracht, die sie jetzt aus ihren Rucksäcken hervorholten und anzogen. Ihre Anführerin aber fror seltsamerweise noch in ihrem dünnen, durchsichtigen Gewand und umfaßte sich selbst in der Nähe des Feuers. Colin überlegte, daß sie entweder gern mit leichtem Gepäck reiste, oder sie meinte, daß ihre Kleidung gut für die Stimmung war. In jedem Fall war ihre Protektion zu wichtig für sein Überleben, als daß er hätte zulassen können, daß sie das Risiko einging, sich auch nur leicht zu erkälten.

»Sieh mal, Wache«, er sprach niemanden direkt an. »Wenn ich nicht so fest gefesselt wäre, würde ich unserer schönen Anführerin *meine* Jacke anbieten, das heißt, wenn ich eine Jacke hätte. Was seid ihr eigentlich für Kerle?«

Seine Ritterlichkeit hatte unerwarteten Erfolg. Sally wurde überhäuft mit so vielen Umhängen, daß sie ihm sogar einen abgab. »Du verstehst es, deinen Führer mit Achtung zu behandeln, nicht wahr, Spielmann? So etwas gefällt mir an einem Mann!«

Colin ging auf Nummer Sicher und stellte sich schlafend.

Gretchen betrachtete die scheinbar unüberwindbaren Höhen des Gletschers und hätte am liebsten geweint. Das blöde Ding ragte senkrecht hoch, hatte tiefe, im kalten und beängstigenden Blau getönte Spalten, und Schneeschauer umwehten die unteren Hügel. Die oberen Hänge konnte sie gar nicht sehen. Sie waren von perlgrauen Wolken überdeckt, die auch den größten Teil der näheren Umgebung einschlossen.

Am Morgen war sie mit steifen Gliedern und frierend aufgewacht, ihre Haare und ihr Rücken waren von einem dünnen Hauch Neuschnee bestäubt. Die Feenglocken hatten sich auf ihrer Backe abgedrückt, da, wo sie sie beim Fallen zerdrückt hatte. Wenigstens hatten ihre Füße aufgehört zu laufen; sie hatte lange keine Ahnung warum, noch wußte sie, warum ihre Beine sie an diesen nicht sehr viel versprechenden Ort geführt hatten. Dann aber wehte der Wind einige Wolkenfetzen fort und ließ einen Moment eine Reihe schwarzer Punkte auf dem oberen Teil des Gletschers sichtbar werden.

Gretchen versuchte, sich selbst zu überreden, daß die Punkte nur schwarze Bergschafe waren oder Gnome beim Klettern; sie wußte aber ganz genau, daß sie das nicht waren. Ihre Füße hatten sie, wie es der Zauberspruch der Fee festgelegt hatte, auf dem rechten Pfad durch den Wald geführt. Nur war sie jetzt auf dem kargen Berghang nicht mehr *im* Wald. Und Colin und Mondschein auch nicht. Das waren die beiden, da oben, in all dem Nebel, Schnee und Wind. Und der Wind, die Kälte und der Schnee da, wo sie selbst stand, waren auch nicht gerade zum Lachen. Selbst wenn sie ihre Füße dazu brächte, sich zu bewegen, wußte Gretchen nicht, wie sie ohne ihre Zauberkraft die Kälte überstehen sollte.

Ihre Zauberkraft funktionierte immer noch nicht. Sie machte einen Versuch, und als es ihr nicht gelang zu zaubern, brach sie in Tränen aus und verschwendete damit kostbare Zeit. Kröte noch mal, sie war ja eine richtige Heulsuse! Viele Leute konnten nicht einfach, wann immer sie wollten, ein Feuer mit Zauberkraft machen; und sie weinten deshalb auch nicht. Was taten sie denn, um sich beim Klettern auf einem Gletscher warmzuhalten? Sie betrachtete eingehend das kurzgewachsene Moos, das die kühle Erde unter ihren Füßen bedeckte, die wenigen Blumen, die ganz kalt aussahen, die lockeren, feuchten Erdhügel, die überzogen waren von einem Teppich aus Pflanzen, deren Stile oder Zweige nicht größer waren als Riesels kleiner Finger. Eines war gewiß, Menschen ohne die Fähigkeit, Feuer zu zaubern, würden auf der Suche nach Brennmaterial nie in solch eine Gegend kommen. Und zweifelsohne wären sie so vernünftig, zum Klettern übers Eis Mantel, Handschuhe und Stiefel mit Sohlen zu tragen.

Du solltest dich reden hören, dachte Gretchen wütend, jammernd und die Hände ringend wie eine Milchmagd mit einer trocken stehenden Kuh. Du wirst selbstverständlich dein Bestes tun, und wenn das nicht ausreicht, wirst du einfach damit fertig werden müssen, wenn es soweit ist.
Sie zog das Seidenkleid, das sie in ihrer Tasche hatte, über ihr wollenes drüber; so war sie etwas vor dem Wind geschützt. Sie nähte die Löcher in den Sohlen ihrer Stiefel mit einem Faden, den sie aus ihrem Rock gezogen hatte, und einer Nadel aus Knochen, die aus ihrem Medizinbeutel stammte, zu. Sie polsterte ihre Stiefel von innen mit Moos aus, bevor sie wieder hineinschlüpfte. Dadurch würden sie wesentlich wärmer sein, wenn ihre Körperwärme erst das feuchte, kalte Moos genügend erwärmt hatte, so daß es als Isolierung dienen konnte. Zumindest behaupteten Waldläufer, die sie kannte, dies immer. Jetzt tat es ihr leid, daß sie Riesel den Schwanz gegeben hatte. Er hätte einen Hut oder Muff abgeben oder sogar ihren Hals wärmen können. Den Stoff, den sie von ihrem Unterkleid gerissen hatte, benutzte sie als Kopfbedeckung; die Hände steckte sie in die Taschen, außerdem wanderte alles, was nicht sofort brauchbar war, einschließlich der Blumen von Trickle, dort hinein. Wenn die Hilfe, die Feen leisteten, nicht praktischer war, als die, die Riesel geboten hatte, dann wollte sie es alleine schaffen; aber trotzdem herzlichen Dank.
Ihre Vorsichtsmaßnahmen waren alle nicht sehr wirksam, obwohl ihr doch etwas wärmer war als vorher. Sie brauchte den ganzen Tag, um den Berghang hinaufzusteigen. Sie hörte nur ihren eigenen schweren Atem und spürte das schwere Schlagen ihres Herzens. Abgesehen von ihrem eigenen Elend war das einzige, woran sie denken konnte, was Großmutter Grau sagen würde, wenn sie erfuhr, und sie würde bestimmt erfahren, daß Gretchen erfroren war, nämlich: »Ich habe diesem Mädchen schon tausendmal gesagt, daß sie ihren Mantel anziehen soll, wenn sie hinausgeht.«
Obwohl ihre Beine so schmerzten, daß sie sie kaum mehr tragen konnten, ihre Zunge bald zu trocken war, um damit ihre Lippen zu befeuchten, konnte sie auch heute, genausowenig wie am Abend

vorher, anhalten. Sie machte sich keine Hoffnung, den gesamten Gletscher in ihrer jetzigen Aufmachung überqueren zu können, aber sie dachte, daß sie weiter oben wenigstens sehen könnte, wo ihre Freunde hingebracht wurden; sie könnte dann später, wenn sie dazu noch in der Lage war, mit Hilfe zurückkehren. Sie hatte allerdings ihre Zweifel. Aber Colin und Mondschein waren irgendwo da oben und brauchten sie. Gretchen konnte es nicht ertragen, untätig zu sein, nichts zu tun, um ihren Freunden zu helfen.

Jedesmal, wenn es ihr fast gelungen war, sich selbst davon zu überzeugen, daß sie töricht sei und daß es richtiger wäre, nach Klein-Lieblos zurückzukehren und auf den Zauberer Himbeere zu warten, legte sich der Wind ein Weilchen, oder sie glaubte, die Punkte ganz oben auf der Spitze des Gletschers wieder entdeckt zu haben; und dann ging sie wieder weiter. Der Schnee, der am Morgen gefallen war, war nicht geschmolzen, sondern hatte sich wie eine eisige Kruste über den moosbewachsenen Berghang gelegt; am Nachmittag brachte ein weiterer Schneeschauer Nachschub.

Gretchen stapfte mühsam noch einige Schritte weiter, bald aber wurde das Schneetreiben dichter und der Wind wirbelte den Schnee so sehr vor ihr auf, daß sie nicht mehr sehen konnte, wo sie war. Sie sank auf ihre Fersen und wollte warten, bis der Schneesturm vorbei war. Kurz davor hatte es noch so ausgesehen, als sei der Rand des Gletschers ganz nahe; außerdem konnte sie ohnehin nicht mehr lange weitergehen. Vielleicht würde sie etwas sehen können, wenn der Sturm vorbei war.

Ihr wurde jedoch ziemlich schnell klar, daß der Sturm noch lange nicht nachlassen würde. Er wurde stetig heftiger, bis der Wind durch all ihre Kleider blies und sich rund um sie herum Schneewehen häuften.

Sie hatte sich das Erfrieren zwar deutlich vorgestellt, aber nicht wirklich damit gerechnet. Sie konnte nicht gerade behaupten, daß sie dazu Lust hatte. Schon sehr bald spürte sie weder ihre Zehen, noch ihre Nase, ihre Augen oder Finger, und ihre Lippen und Wangen brannten, da die Flocken auf sie fielen.

Da es eigentlich kaum möglich war, daß sich die Lage noch verschlechterte, wollte Gretchen mal sehen, ob Riesels kleine Freunde große Höhen schätzten. Sie mußte ihre linke Hand erst dazu bringen, vorne über ihren Körper zu gleiten, um zur rechten Hand in ihrer Rocktasche auf dieser Seite zu gelangen. Sie mußte das Seidenkleid mit den Zähnen hochhalten, während ihre Hände versuchten, die verblühten Blumenstiele zu halten. Da der Wind die Blumen fast wegblies, sobald sie sie aus der Tasche zog, preßte sie ihr Gesicht in den Schoß und schützte damit ihre Hände, bis sie die Blumen zwischen die Zähne nehmen konnte. Dann schüttelte sie die Blumen, wie ein Hund einen alten Pantoffel hin- und herzerren würde. Hatte sie gehofft, Glocken zu hören, so wurde sie in dieser Erwartung enttäuscht. Sie hörte nur den Wind; allerdings schmeckte sie den bitteren Pflanzengeschmack der Feenglocken, da, wo sie in die Stiele hineingebissen hatte.
Sie hatte sich also umsonst bemüht. Es erschien keine Fee, um den Schneesturm anzuhalten oder um eine Zauberkette um ihren Hals zu legen, die sie, wenn sie den Wunsch nur aussprach, hintrug, wo sie wollte. Die letzten Gedanken darauf zu verwenden, Flüche über das Haupt einer armen, kleinen, abgehackten Wasserfee zu ergießen, schien ihr nicht gerade die beste Art zu sterben. Ob gut oder schlecht, Gretchens Wut reichte aber aus, um sie zu erwärmen, so daß sie am Leben blieb bis Hilfe kam.
Zuerst sah sie sie nicht. Dann aber lief sie beinahe davon, weil sie sie nicht als solche erkannte.
Es hätte auch eine hohe Schneewehe, die auf sie zugetrieben wurde, sein können. Nur, daß sie in die falsche Richtung driftete. Sie hätte zur Seite und mit den Schneemassen den Berg hinunter geblasen werden müssen. Statt dessen umkreiste die Wehe Gretchen von oben und trieb von unten auch auf sie zu. Da erkannte Gretchen, daß die Schneewehe nicht aus Schneeflocken bestand, sondern aus zerzaustem, weißem Fell, das sich in Arme und Beine, die an einem riesigen Rumpf steckten, auflöste. Das Gesicht oben war so stark mit Haaren bewachsen und mit einem Bart, daß es wie ein Tier aussah. Es ging, als es sich ihr näherte, mit seltsam stol-

perndem Gang und sein Gesicht war weit, weit über dem ihren. Sie kannte keinen Mann, der größer war als dieses Wesen, höchstens der König; es war aber kleiner als ein durchschnittlich gewachsener Riese. Sie kauerte sich nieder und beschloß, daß es noch am besten sei, wenn sie sich zusammenrollte und wie ein Schneeball den Berg hinunterkugelte. Selbst wenn sie sich dabei den Hals bräche, wäre das immer noch besser, als was das Ding mit ihr vorhatte.

Aber das Ding stand jetzt breitbeinig vor ihr, versperrte ihr die Möglichkeit, den Berg hinunterzurollen. Es öffnete seinen gähnenden Rachen und durch das Tosen des Sturmes konnte sie seine Worte ganz deutlich verstehen.

»Bist du der junge Mensch, der um Hilfe geläutet hat?«

Gretchen nickte verwirrt, und die Glocken zwischen ihren Zähnen schwankten wieder. Sie spuckte die Blumen aus und stopfte sie mit ihren eisigen Fingern wieder in die Tasche. Zu mehr hatte sie keine Zeit, denn schon griff sie das Wesen mitten aus der Schneewehe, die um sie herum entstanden war, auf und hob sie hoch. Es war keineswegs unangenehm, so von dem Wesen gehalten zu werden, Gretchen glaubte in einen warmen, pulsierenden Pelzmantel gehüllt zu sein.

»Wir tauen dich erst einmal ein bißchen auf, mein Fräulein«, sagte es. »Und du kannst mir sagen, wer genau du bist, wie es kommt, daß du auf meinem Berg bist und wie du zu den Glocken gekommen bist.«

Gretchen konnte aus seinem Tonfall keine bösen Absichten heraushören und fand auch die Art, wie er sie hielt und wärmte, nicht respektlos; gleichzeitig bedeckte er ihr erfrorenes Gesicht, die Hände und die Füße, die bereits prickelten und begannen aufzutauen. Dennoch fühlte sie sich nicht ganz wohl, weil etwas an seinem Ton sehr steif und reserviert war.

»Du weißt wenigstens *was* ich bin«, sagte Gretchen. »Was ich von dir nicht behaupten kann.«

Er sprang in großen Sätzen den Berg hinauf und hielt sie dabei in seinen großen, pelzigen Armen; sein Tonfall war jetzt gefällig, so als ob er an einem warmen, sonnigen Tag seinen Verdauungsspaziergang machte und nicht mitten in einem Schneesturm. Gretchen hatte das Gefühl, in die Mitte eines Reispuddings gerührt zu werden in diesem Sturm. »Mein Fräulein, wir sollten nicht so persönliche Fragen stellen! Ich habe mich weiß Gott schon genug für dich eingesetzt. Ich war gerade dabei, einen Grizzlybären für mein Abendessen zu erledigen, als ich dich die kleinen Glocken da läuten hörte. Ich frage dich, hab ich nicht ohne zu zögern auf deinen Hilferuf reagiert?«

»Aber warum *hast* du reagiert?« fragte sie in sein Fell murmelnd; zuerst mußte sie allerdings einige Haare ausspucken, ehe sie ihre Frage näher definieren konnte. »Also, ich meine, warum hast du mir geantwortet? Du bist doch keine Fee, oder?«

Statt ihr sofort darauf zu antworten, hielt er an. Gretchen drehte sich ein wenig und konnte über die Biegung seines einen pelzigen Ellbogens lugen. Sie bereute es sofort. Das Schneetreiben war noch genauso stark, so daß sie weder vor sich, noch an den Seiten etwas sehen konnte.

Aber unmittelbar vor ihnen, dort, wo die Zehen ihres Trägers bzw. Retters hätten sein sollen, fiel und fiel der Schnee, fiel unentwegt, wie seit Menschengedenken schon, direkt an ihnen vorbei, leicht wie Federn direkt hinunter in die tiefe, weit offene Gletscherspalte mit blauen Wänden, die zur Hälfte in den Kern des Berges drang.

Gretchen versuchte gerade deren Tiefe zu schätzen und überlegte, warum das Wesen hier angehalten hatte, oberhalb von diesem unglaublich scharfen, blauen Eis, als er sein Gewicht verlagerte und sprang.

Und er kam auf dem Boden auf, so leicht wie ein Vogel. Als Gretchen sich davon überzeugt hatte, daß sie noch am Leben war, riskierte sie noch einen kurzen Blick. Sie sah, daß sie am Boden der Gletscherspalte gelandet waren. Um sie herum stiegen Eisschichten in blanken Wänden auf, hie und da von langen, tiefen Rissen durchzogen. Einer dieser Risse vor ihnen hatte die Wand gespalten. Der Spalt war so breit, daß ein Mensch unten durchgehen konnte. Der Spalt lief über ihren Köpfen, soweit sie sehen konnte, zu einem kaum sichtbaren Riß zu. Mit zwei Schritten brachte das Wesen sie sicher durch den Spalt und setzte sie auf einem Pelzhaufen ab.

Die Höhle war seltsam gemütlich; ihre saphirfarbenen Wände, die sie vor dem alles zudeckenden Schnee und dem aufsteigenden Wind, der draußen heulte, schützte, luden sie nachgerade ein, ihrer Müdigkeit nachzugeben, und zwischen den dicht gestreuten, vielfarbigen Pelzen ein Nickerchen zu machen. Aber das Wesen machte sich im hinteren Teil der Höhle zu schaffen und unterbrach sie, als sie gerade schön schläfrig und verträumt versuchte, die Schneewogen zu zählen, die vor dem Höhleneingang herabglitten.

»Hier, mein Fräulein. Trink ein Schlückchen Kräutertee«, sagte das Monster. Er hielt ihr einen Becher aus Eisfacetten an die Lippen und nahm mit einer Pfote ihren Kopf, als ob er ihr das Zeug gewaltsam einflößen wollte.

»Halt! Warte mal! Was ist denn das?« Gretchen wachte langsam auf.

»Wie ich gesagt habe. Kräutertee. Von meinen Freunden unten gesammelt. Sei jetzt ein liebes Kind und trink ihn schnell, ja, bevor er meinen Kelch zum Schmelzen bringt.«

Obwohl sie noch argwöhnisch war, sah sie, daß der Kelch tatsächlich schmolz und damit das penetrant riechende Getränk darin verdünnte und kühlte. Na gut, wenn er sie ohnehin beiseite schaffen wollte, hätte er das längst schon auf andere Art und Weise tun können, und nicht durch Vergiften. Ohne seine Hilfe wäre sie erfroren. Sie nahm ein Schluck und würgte; sie war sich sicher, daß sie doch vergiftet wurde. Das Zeug schmeckte höllisch.

»Wie heißen die Kräuter, die da drin sind?« fragte sie.

»Es sind nur die üblichen drin«, gab er zurück. »Das Wasser ist die geheime Komponente. Hinter dieser Spalte sprudelt eine heiße Quelle. Das Wasser daraus gibt dem Tee seinen besonderen Geschmack – ist angeblich sehr gesund. Hat man mir zumindest gesagt. Scheint jedenfalls eine heilsame Wirkung auf dich zu haben.

Deine Wangen sind viel röter. Das ist bei euch Pelzlosen doch ein gutes Zeichen, oder? Selbst Elfen werden röter, wenn sie meinen Tee trinken. Ich habe ihn immer extra für sie bereit. Sie stellen die Kräuter und ich das Wasser.«

»Aha«, Gretchen. Sie wollte gerne das Thema wechseln, damit sie gar nicht erst versucht war, ihm ihre tatsächliche Meinung über seinen Tee zu sagen. »Du stammst also nicht aus dem Feenreich, obwohl du auf meine Glocke reagiert hast?«

»Vielleicht schon, vielleicht auch nicht«, sagte er, sank auf die Felle, die ihr gegenüber lagen und rieb die Handflächen gegen seine Knie. Sie konnte jetzt sehen, daß er Hände hatte – sehr behaarte zwar, aber es waren Hände, keine Pfoten. »Ich bin zumindest derjenige, den man zugeteilt bekommt, wenn man in dieser Gegend um übernatürlicher Hilfe läutet. Eigentlich könnte man wahrscheinlich schon sagen, daß ich eine Art Fee bin. Ihr glatthäutigen Leute scheint die Vorstellung zu hegen, daß *alle* Feen ein einfaches Naturell haben und nichts anderes zu tun haben, als die ganze Zeit niedliche, kleine Reigen zu tanzen. Oder, daß sie wie die großen Feen sind und mit *deinen* Leuten zusammenkommen. Aber einige von uns sind ein wenig anders, wir haben auch unsere Pflichten, die wir sehr ernst nehmen, sag ich dir: So wie zum Beispiel die kleine Riesel, ein tüchtiges, kleines Ding, die ihre Aufgabe, ein strategisch *äußerst* wichtiges Stückchen Nässe zu hüten, wirklich ausgezeichnet erfüllt. Dem Klang der Glocken nach zu urteilen würde ich sagen, daß sie es war, die dich zu mir geschickt hat. Stimmt's?«

Gretchen nickte und starrte ihn weiter fasziniert an. Sein Fell bedeckte ihn fast ganz, aber sie hatte irgendwie das Gefühl, daß an seinem Aussehen etwas nicht stimmte.

Er starrte sie fast genauso an, fuhr aber dann fort zu sprechen. Er hatte eine tiefe, beruhigende Stimme, die den Wind übertönte. »Riesel ist nur ein Beispiel dafür, welch gute Arbeit eine Fee leistet, indem sie auf ihr Teilchen des Landes aufpaßt. Es gibt auch solche, die Bäume behüten, eure Nymphen und Dryaden und so, aber auf die kann man sich nicht besonders verlassen. Ein paar von ihnen wohnen an den unteren Hängen; sie bewachen die Bergausläufer. Dann gibt's noch die Zwerge. Meistens leben die Zwerge in den Bergen, weil die Wahrscheinlichkeit, daß dort Minen sind, größer ist. Und dann gibt's noch die Gnome in den Feldern und Wäldern und so. Ich bin einer von denen, die man auf Gletschern antrifft.«

Erstaunt schüttelte Gretchen ihren Kopf. »So jemanden wie dich habe ich noch nie gesehen.«

»Entschuldige, wenn ich so direkt bin, mein Fräulein«, antwortete er. »Wenn du nicht eine junge Dame mit großer Erfahrung bist, ist es doch klar, daß es unwahrscheinlich ist, daß du so jemanden wie mich schon mal gesehen hast. Man könnte sagen, daß es meine Aufgabe ist, Leute wie dich daran zu hindern, ständig auf Gletschern rumzusteigen.«

»Bist du eine Art sprechender Bär?« fragte sie. Sprechende Bären hatte sie schon erlebt. Einer ihrer guten Freunde war früher ein verzauberter Bär gewesen.

»Ich würde sagen, nein.« Er hielt ihr seine Hände zur näheren Betrachtung hin. Jede hatte zehn Finger, die Innenflächen waren weich und gepolstert wie Füße, aber glatter. Jeder Finger hatte sechs Glieder, außer dem Daumen, der nur vier hatte. Aus den Fingerspitzen wuchsen scharfe, gebogene Krallen. Als nächstes hob er einen seiner Füße, der die Größe einer Fleischplatte hatte, hoch, und sie sah jetzt, was sie an ihm so gestört hatte. Der Fuß war verkehrtherum angewachsen. Seine Zehen zeigten nach hinten, und seine Fersen nach vorne. Es sah schrecklich aus.

Er grinste, und es sah aus, als hätte er den Mund voller Eiszapfen. »Ganz schön schlaue Methode, um euch Menschen von unserer Spur abzulenken, was? Ich habe meine Schneewehenschleicher von meiner Ur-Ur-Ur-Urgroßmutter geerbt. Sie war eine Schneefee, die während der großen Säuberungswelle in Chai-yong in dieses Land einwanderte. Eine Adlige war sie, meine Großmutter. Was die Glatthäutigen aber auch nicht davon abhielt, sie zu verfolgen.«

»Chai-yong?« Gretchen überlegte. Sie hatte den Namen nur im

Zusammenhang mit bestimmten Luxuswaren gehört; in letzter Zeit allerdings gar nicht mehr. »Ich wußte gar nicht, daß es überhaupt Feen *gab* in Chai-yong.«
»Glaub kaum, daß nach der Säuberungswelle noch welche da waren«, antwortete er. »Also, interessiert dich das oder nicht?«
Sie nickte demütig.
»Meine Großmutter mußte die Schneegebiete von den verdammten Glatthäutigen freihalten, in dem sie jeden Eindringling, der dumm genug war, sie auf ihrem Berg zu stören, in sein Verderben führte. Sie trat immer ganz blaß und hübsch vor sie hin und lächelte freundlich, weißt du; dann lenkte sie sie mit ihrem Rückwärtsfußtrick vom Weg ab. Der arme Teufel lief dann immer im Kreis und erfror schließlich. Die funktionierten jedesmal, diese Schneewehenschleicher.« Er schlug sich auf die Schenkel, wobei das Fell das Aufklatschen dämpfte und lachte ein vulkanisches Lachen. »Du solltest sie sehen, wenn sie versuchen rauszukriegen, ob ich sie beobachte oder nicht. Macht sie ganz verrückt.«
»Wen? Macht wen verrückt?«
»Na, die Typen, die mit der Nymphe raufgekommen sind. Wohlgemerkt, ich treibe meine Spielchen nicht mit ihnen, wenn sie dabei ist – bei ihr stimmt's nicht ganz im Oberstübchen – sie ist immer mit Menschen zusammen und so, und letztlich ist sie doch eine von uns. Aber sie wissen, daß ich sie beobachte, und es soll nur einer ausbrechen und versuchen, den Schatz, von dem sie meinen, daß ich ihn verberge, zu finden!«
»Stimmt das?«
Er grinste wieder sein Eiszapfengrinsen und fragte: »Hast du mich deshalb gerufen, Fräzlein? Um meinen Schatz zu suchen?«
»Nein, mein Herr«, gab sie nachdrücklich zurück. »Ein Schatz ist wirklich das letzte, was ich will oder brauch. Aber wenn du vielleicht ein Pferd hättest – oder besser noch wären Flügel?«
Er lachte wieder. Dadurch wurde von einem überhängenden Rand der Schnee gelöst, der zu Boden glitt und sich glänzend auf dem grauen Fell, das ihre Füße bedeckte, häufte.
»Wenn ich ein Pferd hätte, würde ich es essen, und du kannst ja

sehen, daß ich keine Flügel habe. Aber durch das kleine Sträußchen, das du hast läuten lassen, hast du Anspruch auf jede nur mögliche Hilfe, die ich dir geben kann; mit den besten Empfehlungen von Riesel. Außer ich will bei ihr in Ungnade fallen – ich bin zwar kein Feigling, aber das will ich wahrlich nicht.« Und wieder lachte er; aber diesmal flog ihnen das halbe Gewölbe der Höhle um die Ohren. Er ließ sich dadurch nicht stören, sondern breitete einfach nur seine pelzbedeckte Gestalt wie ein Zelt über Gretchen, bis all das Eis, das sich gelöst hatte zu Boden gerattert war. Wenigstens war er in dieser Beziehung ein guter Gastgeber.
»Muß wohl meinen Humor hier etwas in Schach halten«, vertraute er ihr an. »Hab nicht so oft Besuch und laß mich dann hinreißen. Hab ich wahrscheinlich von meinem Vater geerbt.«
Gretchen konnte aus dem Stolz in seiner Stimme heraushören, daß er ihr erst helfen würde, Riesel hin und her, wenn er ihr alles erzählt hatte. »Was«, fragte sie also zuvorkommend, »waren dein Vater und seine Verwandten?«
»Eisriesen, natürlich, mein Fräulein, Eisriesen! Siehst du das nicht?« Er schüttelte seine behaarten Arme und zwinkerte sie aus blauen Augen an, die jetzt, da sie sie sah, denen des Königs wirklich sehr ähnlich waren. »Einer von den Typen hat sich mal, als er wie alle hinter meiner kleinen Großmutter her war, verirrt. So einen wie ihn hatte sie noch nie gesehen, und er gefiel ihr sehr gut. Er war natürlich nicht so behaart wie ich. Das kam alles später. Aber er war an Schnee und Kälte gewöhnt und fror nicht; er war nur etwas verwirrt und gehemmt. Nachdem er das abgelegt hatte, lebten sie zusammen und gründeten meine Gattung.«
»Und welche ist, wenn ich fragen darf, deine Gattung?«
»Die Feen, die Großmama noch gekannt haben, nennen mich Yeti, obwohl das natürlich ihr Name war, nicht meiner. Manche nennen mich auch Schneemensch.«
»Aha, dann habe ich doch schon von dir gehört«, ihr Interesse war jetzt geweckt. »Manchmal erzählen die Jäger im Wirtshaus meines Vaters Geschichten über schreckliche Schneemenschen.«
»Pah«, sagte der Yeti, »die haben ja keine Ahnung! Im ganzen

Land gibt es nur mich und meine zwei Brüder; wir tun unsere Arbeit und leben sehr zurückgezogen. Wir finden eure Waldläufer auch ziemlich gräßlich; sie verscheuchen das wenige Wild, das bis hier 'rauf kommt. Die Glatthäutigen, mit denen wir zu tun haben, erkennen uns meist an unseren Spuren, und diejenigen unter ihnen, die lebend davonkommen, brauchen uns nicht schrecklich zu nennen. Ich hab' gehört, daß sie uns meist Großfuß nennen.« Er blickte wieder stolz auf seine Fersen, dann, als erinnerte er sich seiner Manieren, fügte er hinzu: »Ich heiße Sebastian.«

»Äh, ich heiße Gretchen. Gretchen Grau, Tochter der Bronwyn, Tochter der Maud, Tochter der Oonaugh, Tochter der Elspet«, fügte sie noch hinzu, da Sebastian ja so gerne über Verwandte sprach.

»Ah, dann bist du also eine Hexe«, meinte er; er war beeindruckt von ihrer langen Ahnenreihe der weiblichen Linie. »Warum hast du das nicht gleich gesagt? Ist doch klar, daß Riesel dich in Ordnung findet. Was kann ich für dich tun?«

»Und ich dachte schon, du würdest nie fragen.« Sie erzählte ihm, daß Sally auf Einhornraub aus war.

»Das ist also ihr Spielchen, das sie treibt? Einhörner sind es also. Ich hätte wissen müssen, daß Einhörner sich nicht mit so rauhen Typen, wie die, in deren Gesellschaft sich Kapuzinerkresse befand, zusammentun.« Wütend sah er Gretchen an, und sein Blick war so beängstigend, daß Gretchen, wenn sie von der ängstlichen Sorte gewesen wäre, bei seinem Anblick gezittert hätte. »Das hättest du mir früher sagen müssen. Sie haben gut eineinhalb Tage Vorsprung. Wir können es überhaupt nur schaffen, indem ich dich durch das Nadelöhr führe.«

»Das Nadelöhr?« Es hörte sich an, als ob es schmerzhaft sein könnte.

»Ja«, er nickte heftig mit dem Kopf. »Das Ohr. So nennen wir Kleinen Wesen den Geheimweg durch die Berge. Sie wird ihn auch benutzt haben und ihre dreckigen Einhorn-Entführer mitgenommen haben; dafür sollte sie zu einem Sterblichen werden! Allerdings stammt sie nicht von Großmama Yeti ab, und sie kennt sich in diesem alten Gletscher nicht so genau aus wie ich. Los, komm, mein Mädchen!« Ohne sich auf eine Diskussion einzulassen, schwang er sie wieder in die Höhe, hielt sie in seinem Pelz und trug sie aus der Höhle, wieder hinaus in den pfeifenden Wind und tosenden Schneesturm. Mit einem Satz der genauso mühelos war wie der hinunter, sprang er hinauf und landete so sanft wie ein fallendes Blatt auf dem Rand der Gletscherspalte. »Nicht schlecht für einen Kerl mit umgekehrten Füßen, was, mein Fräuleinchen?« fragte er.

Jetzt da Gretchen wußte, daß sie wirklich in guten Händen war, konnte sie ihren Kopf, ohne Angst zu haben, soweit drehen, daß sie ihren Weg sehen konnte, obwohl sie ihre Nase in das Fell seines Unterarms, auch wenn es kitzelte, steckte.

Er glitt über den Neuschnee, der den Boden bedeckte, und schob seine Fersen wie Schlittschuhe vor. Nachdem er das flache Schneefeld überquert hatte, benutzte er die kleinen, blauen Spalten als Treppenstufen und kletterte ganz leicht hinauf! Seine Füße standen dabei fast rechtwinklig zueinander. Nie mußte er sich mit den Händen festhalten. Gretchen wurde auf der einen Seite gegen hartes, blaues Eis gedrückt, auf der anderen Seite kuschelte sie sich an Sebastian. Der Großfuß kletterte den Berg leichter hinauf, als Großmutter Graus Katze auf Bäume kletterte. Gretchen schien ihm keine Last zu sein. Sie lauschte dem tiefen, dunklen Schlag seines Herzens und fühlte sich wie ein Baby, das in den Schlaf gewiegt wird. Sie mußte sich selbst erst wachrütteln, als er wieder mit ihr sprach.

»Jetzt sind wir da, mein Fräulein. Ich nehme an, daß du dies nie vergessen wirst und es später deinen Enkelkindern erzählen wirst.«

Gretchen schaute auf. Das Nadelöhr war ein vertikaler Spalt im Gletscher, ein Riß, der dem in Sebastians Lager sehr ähnlich war. Nur, daß dieser hier von ihrer Seite der Gletscherspitze zur anderen etwa zweihundert Meter tief war. Als Gretchen sich umsah und auch hinunter guckte, erkannte sie, daß sich da, wo sie den steilsten, aber auch direktesten Weg zu der Öffnung gegangen waren, noch ein schmaler Pfad den Berg hinaufwand, ein langsamer, qualvoller Weg, den Sally Offenherz und ihre Leute genommen haben mußten.

Am Hang unter ihnen tobte der Schneesturm weiter, und der Wind stöhnte durch das Öhr, aber es fiel kein Schnee, da wo sie waren. Die Sonne sah aus wie ein Schneeball, der am Himmel festgefroren war, und die Spitze, auf deren sonnenabgewandter Seite sie standen, warf tiefviolette Schatten.

Sebastian setzte sie ab und schob sie sanft vor. »Hier bist du auf dich selbst gestellt, mein Fräuleinchen. Ich komme kaum allein mit heiler Haut durch, mit dir auf dem Arm schon gar nicht.«

Vorsichtig schlitterte sie vor ihm los und stützte sich an den Wänden ab, damit sie nicht ausrutschte. Sie schlitterte so schnell wie möglich durch, da es in dem Tunnel sehr kalt war. Als sie auf der anderen Seite angelangt waren, umfing Sebastian sie wieder mit seinem dichten Pelz.

Auf dieser Seite des Berges war der Gletscher am größten. Sebastian brauchte Stunden, um sie wieder hinunterzutragen. Als er etwa die Hälfte der Strecke geschafft hatte, und ihre Nase und ihre Finger wieder aufgetaut waren, ging die Sonne am Himmel unter.

Rund um sie herum legte sich auf dem riesigen Panorama der Berge und Täler erst tiefes Purpur in die Schluchten, dann Indigoblau, dann Violett, und ein zartes Rosa breitete sich über die Gipfel der verschneiten Berge. Schließlich färbte sie dort, wo die Bergkette an den erleuchteten Himmel stieß, alles langsam hellgelb. Mit dem Sonnenuntergang wurden die Farbtöne wieder etwas dunkler, rosaviolette Schattierungen waren nun zu sehen, und zwar in Linien, die so gerade und gestreift waren wie die Fäden an Gretchens Webstuhl.

Während Sebastian leichtfüßig die eisigen Hänge hinuntersprang, veränderte sich der Himmel wieder und wurde noch dunkler. Als Sebastian den Rand des Eises, wo es schmutzig und dunkel war auf dem Erdboden des Berges auflag, erreichte, stellte er sie auf den Boden. Am Fuße des Berges sah sie das breite, silberne Band eines

Flußlaufs, und jenseits zweier Bergketten konnte man das Meer erkennen. Von den Gletschern der in der Ferne liegenden Bergketten blinkte vereinzelt Licht auf, sie glänzten wie rosa Edelsteine und warfen verspielt die Strahlen der untergehenden Sonne von ihren Eisflächen zurück.

Lautes Geschwätz ertönte zu ihrer Begrüßung; Gretchen schrak auf und blickte aufmerksam um sich, um zu sehen, wo es herkam. Eine ziemlich große Gruppe Menschen bewegte sich um das helle Licht eines Lagerfeuers, wie Insekten um eine Kerze. »Denen ist wohl gleich, wer ihnen zuhört?« sagte sie zu Sebastian.

»Die reden gar nicht. Du kennst das Plappermaulland noch nicht, wie mir scheint. Es ist der Fluß, den du da hörst. Verzaubert, weißt du. Vor langer Zeit lebte hier mal eine mächtige Hexe. Geboren war sie in einem kleinen Dorf, das man von hier aus nicht sehen kann; es liegt direkt drüben unter dem Rand des Labyrinths von Schloß Drachenruh – das zerfurchte Stück Eis genau auf der anderen Seite. Siehst du es?«

Gretchen folgte mit ihrem Blick seinem behaarten Finger, der auf den Gletscher am Berg direkt ihnen gegenüber, der überzogen war von einem Labyrinth aus Windungen und Furchen, die kreuz und quer verliefen, deutete. Aha! Jetzt kam sie der Sache schon näher! Das mußte das Felsenschloß sein, von dem der Zauberer gesprochen hatte. Es war genau unter dem Labyrinth ins Eis gehauen worden. Sie konnte die Türme kaum erkennen.

»Die Hexe war eine unglückselige Frau«, fuhr Sebastian fort mit seiner Geschichte. »Trieb alle Leute fort aus ihrem Dorf. Sie gingen alle, einfach um von ihr fortzukommen. Das war ihr gar nicht recht, kann ich dir sagen. Fast das Schlimmste an ihr war, daß sie am liebsten die ganze Zeit sprach. Aber sie redete nicht gerne mit sich selbst. Also verzauberte sie den Fluß, so daß er die ganze Zeit plapperte, ohne wirklich wirklich etwas zu sagen, genau wie die Frauen aus dem Dorf, die sie so vermißte. Ihr Zauber war so wirkungsvoll, daß sie es bald selber nicht mehr aushielt. Kurze Zeit später stürzte sie sich in den Fluß und ertrank darin. Das hätte den Plappermaulfluß eigentlich zum Schweigen bringen müssen,

wenn es sich um einen normalen Fluß und um einen normalen Zauberspruch gehandelt hätte. Das war er aber eben nicht, verstehst du; und deshalb plappert er immer weiter. Einige Feen behaupten, daß das alte Mädchen noch im Fluß ist und dir, was auch immer du willst, erzählen wird, wenn du lange genug wartest. Aber ich glaube, daß die viele dicke, dreckige Luft, die die Kleinen Wesen dort unten einatmen, sie verwirrt. Wie dem auch sei, mein Fräuleinchen, ich kann dich nur bis hierher begleiten. Ich mag so dreckigen Boden nicht. Verbrennt mir nur die Füße, weißt du.«
Gretchen nickte, murmelte etwas und wollte schon den Hang hinunterlaufen; sie hatte nämlich die Einhörner gesehen und wollte unbedingt los.
»Sachte, Fräulein«, warnte der Schneemensch, »sachte!«
Sie drehte sich errötend zu ihm um. »Es tut mir leid«, sagte sie, »ich hab' mich nicht 'mal bei dir bedankt, und du warst doch so nett und hilfsbereit.« Sie kramte mit ihrer Hand in der Tasche, während sie nach Worten suchte, die ihren Dank auszudrücken vermochten. Mit der rechten Hand stieß sie auf die Feenglocken. Sie holte sie heraus und betrachtete sie, wie man einen zerbrochenen Topf ansieht; die Blumen waren ziemlich mißhandelt worden, aber die Blüten hatten noch Farbe, und die Blütenblätter waren noch heil – sicher dank des Zaubers. »Meinst du, daß sie einen deiner Brüder drüben auf dem anderen Gletscher herbeirufen würden, falls ich in Schwierigkeiten gerate?«
Sebastian schüttelte den Kopf, daß sein Fell nur so flog. »Auf keinen Fall, mein Fräuleinchen, nein, wirklich nicht. Da drüben mußt du unbedingt besonders vorsichtig sein, damit du nicht in eine Klemme gerätst. Von meiner Familie muß niemand diesen Ort hüten. Da wohnt nämlich ein Lindwurm, weißt du. Riesiger Kerl mit dampfendem Atem, der dich in einem Atemzug schmelzen läßt, und so Zeugs. Er gehört bestimmt nicht zum Feenvolk. Nein, mein Fräulein, laß du dich auf keinen Fall mit dem Lindwurm ein. Von unserer Art findest du hier in der Gegend keinen – es ist hier viel zu laut mit dem Fluß und so. Ich fürchte, daß dir die Blumen jetzt nichts mehr nützen werden. Wahrscheinlich war es Riesels

Absicht, daß du mit ihrer Hilfe nur bis zu mir kommen solltest – es ist unser Zeichen; wenn sie mich besucht, bringt sie immer ein Sträußchen mit, um zu läuten und um meine Höhle zu schmükken. Sie sind das einzige, was mir aus der Welt da unten gefällt, und was ich auf meinem Gletscher nicht bekommen kann.«
Gretchen verstand, was er sagen wollte und hielt ihm den Blumenstrauß hin. »Wenn das so ist, würde ich mich freuen, wenn du die Blumen annehmen würdest. Sie sind etwas zerzaust, aber haben doch noch viel Farbe. Bitte, nimm sie und vielen Dank!«
Sebastian nahm sie vorsichtig in Empfang und flocht sie in das Fell über seinem Ohr. Er sah jetzt kühn aus und eher so, als ob er aus einem tropischen Land stammte.
»Es war mir ein Vergnügen. Bitte, bitte, Fräuleinchen«, sagte er, und schon nach den ersten drei Schritten, die er den Berg hinaufgegangen war, konnte sie ihn, da er sich gegen das Eis gar nicht absetzte, nicht mehr sehen.

XII

Rostie duckte sich unter die Brücke, wo sie sicher nicht nach ihr suchen würden und blätterte in dem alchimistischen Buch herum, das sie auf den Knien liegen hatte. Der Zauber, den sie für den Kampf mit ihrer Mutter brauchte, mußte irgendwo dort drinnen sein.

Eigentlich war ihr jeder Zauber recht, solange er nur den alten Blutsauger unschädlich machte. Die Menschenfresserin war dieses Mal zu weit gegangen – viel zu weit! Für Rostie war es schon schlimm genug gewesen, daß sie hintereinander zwei Nächte lang für diesen unwürdigen Prinzen, der ohnehin nur bluffte, die Handlangerin hatte spielen müssen, während Lilienperle und er sich gegenseitig aufgeilten oder Mutter und er sich über Familienstammbäume unterhielten. Für ihre Begriffe hatte Esmeralda Tausendschön ungewöhnlich vernünftig reagiert und war auf dem Absatz umgekehrt, als sie ihren Turm von fremden Männern besetzt vorfand und wieder in den Wald zurückgeflohen.

Die Bergungsmannschaft war schon kurze Zeit, nachdem sie angekommen waren, wieder weggezogen. Das war schade, denn ihre Geschichten waren sehr viel interessanter als die des Prinzen. Rostie war überzeugt davon, daß Leofwin alle die Geschichten erfunden hatte, die er ihnen erzählte und denen zufolge er mehrere Banditen erschlagen hatte, bevor sie ihn dann fertigmachten und daß er gleich noch zwei oder drei böse Zauberer obendrein erledigt habe.

Das Wasser glitt durch den Schatten der Brücke und bewegte die Schilfkolben, die in der Nähe des Ufers wuchsen. Rostie konzentrierte sich auf das beruhigende Gurgeln des Wassers, um die Stimmen ihrer Mutter und Schwester nicht hören zu müssen, die nach ihr riefen. Sie wollten nämlich, daß sie mit ihnen gehe.

Ha! Und dabei gab es nichts, was die alte Schachtel lieber gewollt hätte. Sie wußte nämlich sehr gut, was ihre zweitälteste Tochter ihr gegenüber empfand, und Rostie war überzeugt davon, daß sie insgeheim das gleiche fühlte, obwohl sie für jeden, der in Hörweite kam, die Illusion aufrechterhielt, daß sie die liebende Mutter sei. Rostie dachte, daß sie vielleicht nur deswegen noch diese Schau abzog, weil sie nicht genau wußte, welche von ihren Töchtern den reichsten Gemahl aufgabeln würde. Ihre Mutter war zu klug, als daß sie nicht von den Beispielen legendärer Mütter gelernt hätte, die ihre ungeliebtesten Sprößlinge ausstießen. Waren es Mädchen, dann wurden sie prompt von irgendeinem König oder Prinzen aufgegabelt, der auf eine solche Gelegenheit nur gewartet zu haben schien.

Sie riefen noch stundenlang nach ihr und dachten offenbar nicht daran, unter der Brücke nachzuschauen. Das war das erste Mal, daß sie sich länger als nötig aus ihrem Zimmer entfernt hatte, und sie wußten offenbar überhaupt nicht, wo sie nachschauen sollten. Außerdem wollte sich wahrscheinlich keine von den beiden schmutzig machen, indem sie auf Händen und Knien herumrutschte und unter den Brücken nachsah. Nur Esmeralda Tausendschön wäre dazu imstande gewesen und die verabschiedete sich wahrscheinlich gerade von den Hühnern oder dergleichen.

So blieb also Rostie den ganzen Nachmittag unter der Brücke, während sie nach ihr riefen und löschte ganz einfach das Bewußtsein davon aus, indem sie in ihrem Buch nach einem Zauber suchte, um ihre Meinung zu ändern, aber keinen fand. Es konnte ja immerhin sein, daß der Prinz bis zu dem Zeitpunkt, da sie wieder aus ihrem Versteck hervorkommen und zum Abendessen gehen mußte, zu dem Schluß kommen würde, daß er Lilienperle überhaupt nicht mochte oder Belburga, daß sie den Prinzen nicht mochte.

Aber dann hörte sie wieder Schritte auf der Brücke und die Stimme ihrer Mutter, die so klang, als ob sie in den Wald rufen würde: »Komm jetzt, Liebes! Wir reisen ab! Du weißt, daß die Dämmerung bald hereinbricht und deine Mama am liebsten reist, wenn es dunkel ist! Rubinrose? Kannst du mich hören? Rostie, komm sofort zurück, sonst lassen wir dich hier, du miserables Geschöpf! Ich schwöre, daß wir das tun werden! Ich werde nicht zulassen, daß du

meine – die Heiratschancen deiner Schwester zunichte machst!«
Auch wenn es sich um eine gute Partie handelte, so verstand Rostie doch nicht, warum es ihre Mama gar so eilig hatte. Warum so plötzlich und mitten in der Nacht? Auch wenn Belburga ein Nachtgeschöpf war, Lily und Tausendschön waren es wenigstens nicht und auch der Prinz erweckte nicht den Anschein. Hing diese Hast vielleicht mit dem seltsam aussehenden Gast zusammen, den ihre Mutter bewirtet hatte, demselben, von dem ihr Vater und die Hexe behauptet hatten, daß er etwas mit Einhörnern und Banditen zu tun hatte? Rostie hatte den starken Verdacht, daß ihre Mutter dieses Mal in eine wirklich schmutzige Angelegenheit verwickelt war, aus der sie auf Lilienperles schneeweißem Rücken entkommen wollte, aber Rostie hatte wirklich nicht die Absicht, ihr dabei zu helfen.
Dennoch war sie ziemlich erstaunt, Pferdegetrappel zu vernehmen, offensichtlich handelte es sich um Pferde, die im Dorf bestellt worden waren. Kurz vor Einbruch der Dämmerung galoppierten sie über die Brücke und spritzten Dreck und Steinchen auf ihr Buch und hinterließen Schmutzspuren auf ihrem Kleid und in ihrem Haar.
Aber sie war überhaupt nicht gefaßt auf den Schrecken, den sie erlebte, als die Pferde, die nun schwer beladen waren, wieder über die Brücke zurücktrabten. Ihre Mutter, die mit schriller Stimme Befehle und Verweise erteilte, rief nun nicht mehr nach Rostie, und auch Lilienperles Äußerungen waren ausschließlich an den Prinzen gerichtet.
Rostie versuchte, ohne ihr Kleid zu zerreißen oder ihr Buch zu verlieren, unter der Brücke hervorzukrabbeln, aber sie konnte nicht so schnell aus ihrem Versteck schlüpfen, daß sie ihre Familie und den Prinzen erst sah, als diese die Wiese schon überquert hatten und in südwestlicher Richtung im Wald verschwunden waren. Sie rannte auf die Brücke und blieb dort wie versteinert stehen. Entsetzt starrte sie auf die Bäume, hinter denen gerade das letzte Pferd verschwand. Die zarte, tränenerstickte Stimme ihrer kleinen

Schwester trug der Wind zu ihr zurück: »Lebt wohl, meine lieben Hühner, lob wohl, meine liebe Kuh und ihr, meine süßen, kleinen Vögelchen!... sagte sie und dann auch: »Tschüs, Rubinrose!«

Nachdem Zauberer Himbeere drei Tage lang querfeldein gehoppelt war, nahm er wieder seine menschliche Gestalt an, legte sein Hasenkostüm zusammen und verstaute es in seiner Zaubertasche. Dann klopfte er an das große Außentor von Schloß Eberesch und wartete, ohne daß sich etwas rührte.

Er schrie sich heiser, aber weder antworteten ihm die Wachen, noch begrüßten ihn die Bediensteten, und auch in seiner Hasenverkleidung hätte er es nicht geschafft, über die Mauern zu springen. Müde und besorgt ließ er sich vor dem Tor nieder und beobachtete das Schilfgras, das sich im Wind bewegte und die Vögel, die über das Ödland hinwegflogen, das das Schloß umgab. Dabei überlegte er sich, was er nun tun solle und wartete darauf, daß seine Ohren und seine Nase endlich aufhörten zu zucken. Das einzige Problem mit dem Hasenkostüm war, daß es ihn so unbeständig machte, daß er nicht mehr richtig denken konnte, also versuchte er absichtlich, nicht zu denken, sondern sich statt dessen aufs Entspannen nach der langen Reise zu konzentrieren und seine Blicke und Gedanken schweifen zu lassen.

Die Ebenen um das Schloß waren von dem berühmten Ebereschenwald umrahmt, der auch rechtmäßiger Grenzbaron in diesem Gebiet war. Hinter dem Wald ragten im Norden und Osten die eisbedeckten, von Höhlen zerklüfteten Berge in den Himmel, die Argonien vor einer Invasion von Norden und Osten schützten. Das war das Gebirge, das Eberesche früher überwacht hatte und in dem nun die Männer Späherdienste versehen sollten, die hier stationiert waren.

Sie waren aber nicht hier und Himbeere bezweifelte auch, daß sie auf Patrouille waren. Sein Klopfen hatte hohl und verloren geklungen, als es von dem kreisrunden Bergfried zurückgeworfen wurde. Wahrscheinlich würde er nach jemandem Ausschau halten müssen, wenn er sich ausgeruht hatte, aber im Augenblick war er zu müde, um auch nur einen weiteren Hopser zu machen.

Er beobachtete noch ein Weilchen die Vögel über dem Moor und genoß ihre unbekümmerten Sturzflüge, als sie hoch über die Baumwipfel hinwegglitten, um zu den fernen Felsen zurückzukehren. Sie ließen sich vom Wind tragen, trieben mit dem Luftstrom, stießen herab, segelten kreischend und verströmten hellrote Flammen. Verströmten *was*?

Himbeere erhob sich schwerfällig, weil seine Beine eingeschlafen waren und suchte noch einmal das Gebirge und die Wälder ab. Der Himmel war grau und trübe mit tiefhängenden Regenwolken, die sich noch nicht entladen hatten, und er hatte nur die allgemeinen Bewegungen der Fauna in der näheren Umgebung beobachtet. Aber das war zweifellos ein Aufblitzen gewesen, was er gesehen hatte und das von einer fliegenden Gestalt herrührte.

Und... ja natürlich. Die Gestalt war rot. Es war Grimmut der Drache, höchstwahrscheinlich jagte er und war aufgeflammt, um an diesem nebligen Tag das Gelände besser zu sehen. Himbeere winkte ihm mit beiden Armen. Obwohl ihn der Drache offensichtlich nicht gesehen hatte, kam er aus dem Wald herausgerauscht und flog in weitem Bogen um das Schloß.

Himbeere brüllte in der Sprache des Gottes Pan, die alle Tiere verstanden, und Grimmut hielt im Fliegen inne, so daß er beinahe abgestürzt wäre. Er konnte sich aber gerade noch fangen und flog herbei, um die Angelegenheit zu untersuchen. Mit ausgestreckten Klauen landete er auf den Zinnen des runden Steinturms, der sich über dem Tor erhob.

»Grimmut«, sagte der Zauberer keuchend. Er war von seinem Herumhüpfen und Schreien noch ganz erschöpft, um ganz zu schweigen von der Anstrengung, die er bereits früher am Tag gemacht hatte. »Bin ich aber froh, dich hier zu sehen!« fügte er noch hinzu.

»Wo brennt's denn, Heißsporn?« fragte der Drache recht freundlich. »Sag' mal, du hast hier nicht zufällig Wild vorbeikommen sehen? Hier soll nämlich angeblich eine Rinderherde auf uns, das

heißt auf mich und meine Gnädigste warten, aber ich habe sie bis jetzt noch nicht ausfindig machen können. Die Gnädigste kann jetzt nämlich jeden Augenblick niederkommen und sich nicht so richtig darauf konzentrieren, wenn sie Hunger hat, das leuchtet doch ein oder nicht?«
Himbeere stimmte dem Drachen zu und versuchte Grimmut über die mißliche Lage des Königs zu unterrichten, aber der werdende Vater war vollkommen verständnislos.
»Er wird sich schon noch halten, bis mein Sohn geboren ist, Heißsporn. Wir hatten nämlich vereinbart, daß er für uns eine Viehherde bereithält und wir ihm dafür eine Übersicht über das Land aus der Drachenperspektive liefern. Also ich sehe keine Herde und du?«
Himbeere mußte zugeben, daß er auch keine sah.
»Nun denn, du mußt dich hier eben noch ein bißchen gedulden, während ich etwas Frischfleisch jage, bevor sich meine Griselda an mir labt!«
Himbeere tat das einzig Vernünftige in einem solchen Fall; wenn ein so großer, festentschlossener Drache ihm riet, sich zu gedulden, dann wartete er eben.

»Wir sind gleich da!« sagte Sally nach dem Essen mit erhobener Stimme zu den Männern. Wenn sie sich jetzt so laut äußerte, so war es nicht deswegen, weil die Männer lauter als gewöhnlich waren und ganz bestimmt auch nicht wegen der Zombies oder Einhörner, sondern weil der Fluß so laut plapperte.
Der träge, schmutzigbraune Plappermaulfluß machte seinem Namen alle Ehre und schwadronierte laut und unaufhörlich drauflos, so daß man ihn nur mit der allergrößten Anstrengung übertönen konnte. »Nun, das darf doch nicht wahr sein, sage ich, o nein, das geht ganz und gar nicht, und dann sagt er zu mir, er geht, jetzt hör mir mal zu, wenn du doch nicht wegen jeder Kleinigkeit ein solches Theater machen würdest, aber ich kann dir sagen, das hab' ich mir nicht gefallen lassen und bin davongerauscht...« Der Fluß mit seiner heiseren Stimme klang fast wie die Höflinge am Kö-

nigshof, dachte Collin, abgesehen von ein paar stilistischen Entgleisungen.
Unerschrocken versuchte Sally den Fluß niederzubrüllen, und die Mehrzahl der Männer, die plötzlich eine völlig unbanditenhafte Höflichkeit an den Tag legte, mühten sich ab, sie zu verstehen. »In Augenblicken wie diesem«, schrie sie, »habe ich das Gefühl, daß es unsere Bürde leichter macht...«
»*Was?*« fragten ein paar, die am Rand saßen und die um keinen Preis die Botschaft ihrer Herrin missen wollten.
»*Macht. Unsere. Bürde. Leichter.*« Sally schrie nun noch lauter, um allen gefällig zu sein. »*Macht unsere Bürde leichter und beflügelt unsere Schritte, wenn wir uns die Geschichte unserer mutigen...*«
»*Nochmals?*«
»*Unserer mutigen Bewegung wieder ins Gedächtnis zurückrufen. Deswegen würde ich jetzt gerne mit Euch, meine lieben Waffenbrüder, an einem abgeschiedenen Ort über die Ziele unserer glorreichen Revolution sprechen!*«
»*Wie bitte?*«
»*Unserer glorreichen Rev – Na, kommt schon!*« Mit einer ausladenden Bewegung ihres wohlgeformten Armes lud sie die Nymphe zu gehen ein und führte sie so weit den Berg hinan und von dem plappernden Fluß weg wie sie konnte. Himmelsschlüssel und Wulfric, der immer noch in seiner Wolfgestalt war, rannten hinter der Nymphe her und legten wie selbstverständlich die Köpfe auf ihre Knie, als sie sich gesetzt hatte.
Colin leuchtete die Dringlichkeit ihres Ansinnens ein. Ein Bandit lockerte die Schlinge, die ihn an die Zombies band und schubste ihn an. »Sie will, daß du auch mitkommst, Singvogel!« fauchte ihn der Bandit an und packte die Stricke, mit denen Colin an den Handgelenken gefesselt war und schleifte ihn den Hügel hinauf.
Sally belohnte ihre versammelten Tölpel mit einem höflichen, gewinnenden Lächeln und sagte dann: »Ich weiß, daß ihr wie ich begierig darauf seid, zu unserer Festung zurückzukehren und bedaure, daß wir unser Lager neben diesem lauten Fluß aufschlagen

müssen. Aber im Unterschied zu mir, unserem Bruder Wulfric und den Einhörnern würdet ihr Männer und gewiß auch die neuen Diener unseres Meisters ihr Leben aufs Spiel setzen, wenn sie den Fluß bei Nacht überquerten...«

»Das wissen wir doch auch, Sal«, sagte Colins Begleiter.

Sallys Stimme war voller Gefühl, als sie zu sprechen begann. In den tiefen Schatten des fernen Lagerfeuers und dem sanften Mondlicht, das von oben kam, nahmen die Flächen und Vertiefungen ihres Gesichts eine geheimnisvolle Bedeutung an. Ihre Stimme war um so wirkungsvoller, als sie genau hinhören mußten, um sie überhaupt zu verstehen, wenn sie die tiefsten Register zog, aber wenn sie sich beim Sprechen erregte, klang es beinahe wie nächtlicher Gesang, der sogar Plappermauls lautes Murmeln durchbrach, als ob es sich dabei um einen ganz gewöhnlichen Fluß handelte.

Mühsam zurückgehaltene Tränen glitzerten in ihren Augen, die um so mehr den Vergleich mit Sternen zuließen, als in dieser wolkenverhängten Nacht keine Sterne zu sehen waren, die mit ihnen konkurriert hätten. Ihre Hände flatterten wie Nachtvögel, um das Ausgesagte zu unterstreichen, das, soweit es Colin beurteilen konnte nur vorzüglich dramatisiertes, unlogisches Gewäsch war. Die Männer, die um ihn herumstanden, teilten seine Ansichten jedoch nicht, und als er ihren Gesichtsausdruck beim Aufnehmen ihrer rhetorischen Floskeln beobachtete, lief es ihm eiskalt über den Rücken.

»Ist sie öfters so?« fragte er den Banditen, der neben ihm stand.

»O nein, meistens noch besser! Im allgemeinen findet es in den Nächten statt, in denen wir alle zusammen sind und Sal gerade keine Späherdienste versieht oder hinter Einhörnern herjagt. Gibt einem Mann einen wahnsinnigen Auftrieb, was?«

Sie wurden durch die Männer, die neben ihnen standen, zum Schweigen gebracht, aber Sally schien nichts zu bemerken, ihr Busen bebte und senkte sich vor Stolz, als sie ihnen erzählte, wie der Dunkle Pilger an ihren Fluß gekommen und gleich gemerkt hatte, daß sie keine bloße Nymphe war, sondern ein Wesen, das neben seines Charmes und seiner Schönheit auch Intelligenz und Talent besaß.

Die Banditen nickten und lauschten ihr verzückt und mit offenem Mund, obwohl Colin den Eindruck hatte, daß manchmal der eine oder andere verwirrt dreinsah, so als ob er sich an etwas zu erinnern versuchte. Wulfric winselte hie und da, um die Schilderung zu unterstreichen, und sah dabei so aus, als ob er am liebsten losheulen würde.

»Unser großer Führer hat mir erläutert«, fuhr Sally fort, »daß es meine Pflicht ist und sogar meine heilige Bestimmung, euch zu versammeln und zu führen und mit eurer Hilfe die Werkzeuge einzusammeln, mit denen wir dieses Land von unseren Unterdrückern befreien werden. Ich wurde auserwählt, ich, die ich vor euch Sterblichen mit einer angeborenen Kenntnis unseres Landes und einflußreichen Freunden aus der Feenwelt und dem menschlichen Bereich ausgestattet bin, darunter Wermenschen und sogar Menschenfressern, da mein Bruder die Quasi-Menschenfresserin oder Schwester-in-der-Sache zur Frau genommen hat, nämlich Belburga.

»Erzähl uns nochmals, wie die Menschenfresserin so leidenschaftlich wurde, daß sich dein Bruder in einen Baum verwandeln mußte, um seine Ruhe vor ihr zu haben«, rief der rauhe Geselle, der neben Colin stand.

Sally fuhr mit einem gewinnenden Lächeln fort und sagte: »Ich bin überzeugt davon, daß sich mein Bruder noch rechtzeitig erholen wird, um seinen rechtmäßigen Platz in unserem neuen Regime einzunehmen, das Wunder wirken und Glanz bringen wird und Gesundheit, Jugend und Schönheit für die Rechtschaffenen und Bestrafung für die Verruchten. Unser großartiges Heer mit seinen einzeln ausgesuchten Soldaten, von dem ihr die Vorhut seid, wird das Rückgrat eines Reichs sein, das nicht seinesgleichen hat!«

»Entschuldigen Sie die Frage, gnädige Frau«, sagte Colin, der sich Mühe gab, wie ihr eifriger Anhänger zu klingen, »aber worin besteht denn nun eigentlich unsere Mission und bitte entschuldigen

Sie meine Unwissenheit, aber warum brauchen wir denn eine neue Ordnung?«

Sally schaute ihn so nachsichtig an, als ob er ihr Kind wäre, das sie gerade gefragt hatte, warum Lerchen singen und warum sie seine Mutter sei. »Natürlich um die *alte* Ordnung zu ersetzen«, erwiderte sie, »weil dieses Land von einer kleinen Elite von magisch begabten Personen regiert wird, die die hart arbeitenden und verdienten Massen kontrolliert – Personen, die das wenige, das sie besitzen, durch persönliche Verdienste erworben haben.« Colin war überzeugt davon, daß sie es Wort für Wort so herunterbetete, wie sie es von ihrem sogenannten »Dunklen Pilger« gelernt hatte.

Natürlich trug ihre Ideologie nicht der Tatsache Rechnung, daß sowohl sie als auch der Pilgrim und natürlich auch die Einhörner magische Eigenschaften besaßen, aber Colin brachte diesen Widerspruch lieber nicht zur Sprache, da es dann so ausgesehen hätte, als ob er sich mit ihr herumstreiten wollte, und dazu war er nun wirklich nicht in der Lage. Offensichtlich waren sie und ihre Mannen von etwas überzeugt, das über das menschliche Fassungsvermögen hinausging, von dem Quatsch zu urteilen, den sie verzapfte.

Angewidert wandte er seinen Blick ab. Für jemanden, der die Magie so sehr verachtete, benutzte der Dunkle Pilger aber verdammt viel zu seinem Vorteil. Deshalb konnten auch Sally und die hilflosen Bewohner von Immerklar mit diesem Haufen von Halsabschneidern herumziehen, ohne belästigt zu werden, und deshalb wunderte es Colin auch nicht, daß die Schurken für ein Projekt arbeiteten, das außer »Gesundheit, Jugend und Schönheit« keinerlei Profit für sie abwarf. Sie waren genauso verhext worden wie die armen Dorfbewohner. Nur mit größtem Widerwillen dachte er daran, was mit den Leuten von Immerklar in der Festung der Banditen passieren würde und auch mit ihm selber, was das anbetraf. Aber wenigstens war ihm bewußt, was er tat im Unterschied zu diesen armen, blinden Trotteln. Schau nur, sie machten nicht einmal beim Schlafen die Augen zu, und ihr Atem stank ganz erbärmlich, weil der Unterkiefer immer ganz schlaff herabhing. Nur

durch die Lichteffekte des Feuers bekamen sie überhaupt einen Gesichtsausdruck – wie die Frau mit dem Kopftuch, die ziemlich hinten am Rand stand, die ihm zuzuzwinkern schien.
Sally schwafelte unverdrossen weiter. »Meine Kameraden«, sagte sie, »erinnert ihr euch auch noch an alles, was ich euch gesagt habe?«
»Ja«, riefen die Banditen feierlich im Chor, und es klang so, als ob eine der Klassen in der Gesangsschule dazu aufgefordert worden wäre, alle achtundsiebzig Strophen eines obskuren Klagelieds zu rezitieren. »Und der Dunkle Pilger traf sie am Fluß und...«
Was Colin anbetraf, so nickte er nur und lächelte, als ob er verstanden hätte, aber innerlich schüttelte es ihn, und er wandte sich nach den Zombies um. Er zog ihre ehrlichen, verblödeten Gesichter, die wenigstens so verhext waren, daß man es auch wirklich sehen konnte, denen der Banditen vor, die sich noch der Illusion hingaben, daß sie selbständig denken konnten.
Colin rieb sich die Augen vor Müdigkeit und wandte sich noch einmal nach den Zombies um. Dann wiederholte er den Vorgang. Ihm war es nun so, als ob sich eines dieser willenlosen Wesen, nämlich die Frau, die ihm schon vorher aufgefallen war, nach vorne, zum Rand der Gruppe hin bewegt hätte, genau an dem stämmigen Schmied vorbei. Collin war überzeugt davon, daß sie nun dort stand, wo vorher die Frau des Schuhmachers gestanden hatte. Sehr langsam hob sie nun den Kopf, sah ihm voll ins Gesicht und zwinkerte ihm wieder zu.
Mondscheins Stimme nahm mit ihm Verbindung auf und flüsterte ihm zu: »Sachte, Spielmann, wenn du sie nicht dem Gaul unserer Feindin verraten willst. Ich habe ihre Nähe sogar gespürt, als *dich* diese Nymphe umgarnt hat!«
Die Nymphe hielt gerade eine Ansprache, in der sie den Banditen »Gute Nacht« sagte, nachdem diese ihre Lektion aufgesagt hatten und wahrscheinlich bevor sie jeden einzelnen davon ins Bett steckte.
»Sing ihnen doch ein Gute-Nacht-Lied«, Gretchen nahm nun über Mondschein mit ihm Verbindung auf: »Sie werden niemals von

selbst einschlafen, wenn dieser blöde Fluß die ganze Nacht weiterschwatzt!«
»Ich kenne eben nur das eine«, erwiderte Colin, sehr erleichtert, daß sie wohlauf und gekommen war, um sie zu retten. »Ich werde es singen, sobald Sally ausgeredet hat. Dann kannst du deine Truppe – wo du die auch versteckt haben magst –, hervorkommen lassen und diesen Abschaum hier gefangennehmen lassen, ja?«
»Nicht ganz so«, sagte sie, »aber so ähnlich.«
»Du meinst, du willst versuchen, uns hier herauszulotsen, indem du nur deine Magie benutzt?«
Gretchen wand sich einen Augenblick lang und sagte dann: »Nun, eigentlich *deine* Magie. Meine scheint – äh – nicht mehr richtig zu funktionieren. Wenn du nur das tun wolltest, was ich dir sage und die Kerle in den Schlaf singen würdest, dann könnte ich dich von deinen Fesseln befreien, und wir könnten fliehen.«
»Was verstehst du eigentlich unter ›nicht mehr richtig funktionieren?‹« fragte er und war dabei so außer sich, daß er Wulfric gar nicht bemerkte, der von Sally aufgestanden war und sich geschüttelt hatte, um dann einen Felsbrocken oder einen Baum auszuschnüffeln, an dem er seine Duftmarke hinterlassen konnte. »Sag mal, spinnst du? Ohne Magie bist du ja nur ein ganz gewöhnliches Mädchen, und ich kann dir sagen, dies hier ist nicht der richtige Ort für ganz gewöhnliche Mädchen! Findest du es denn nicht schon schlimm genug, daß Sally und ihr kleiner Haufen mich und Mondschein gefangengenommen haben? Hast du dich denn so einsam gefühlt oder so furchtbar übergangen, daß du dich wieder ins Getümmel hast stürzen müssen, nur um nicht mehr allein zu sein? Das ist wieder dieser Befreiungstick von dir, nicht wahr, Gretchen? Nun, laß es dir gesagt sein, Gretchen, du kannst niemanden befreien, wenn du nichts hast, mit dem du's tun kannst, und überhaupt nicht weißt, wohin du nach vollbrachter Tat gehen sollst. Sie würden dich nämlich ganz leicht wieder einfangen. Wie meinst du wohl, sollen wir einem Wirbelwind und einem Werwolf entkommen?«
»Sie würden schlafen«, sagte sie, »und da ist immer noch Mondschein…«

»Vielleicht ist einer davon schwerhörig und würde nicht einschlafen. Hast du dir das mal überlegt? Ich glaube nicht. Und damit du's nur weißt, *sie* haben auch ein Einhorn. Und *sie* weiß ganz genau, daß du kein Zombie bist!«

»Wenn du jetzt mal gefälligst deinen Mund halten würdest und deine sauberen Freunde in den Schlaf singen würdest, sie wird nie erfahren, daß ich hier war« erwiderte Gretchen.

»Meister Colin, jetzt tu doch endlich, was sie dir gesagt hat«, sagte Mondschein flehentlich. »Denn obgleich sie klug und weise ist, so kannst doch nur du uns helfen. Ich kann schneller laufen als Primel, denn sie ist alt und auch befleckter, als ich nach ihrer Meinung bin, und ich weiß, daß das Recht auf deiner Seite ist.«

»Ja, wirklich?« erwiderte Colin. »Wie tröstlich!«

»Also ehrlich, Colin«, Gretchens Gedanken funkten dazwischen, bevor er seinen eigenen Gedanken zu Ende führen konnte. »Wahrscheinlich glaubst du jetzt, daß wir keine Chance mehr haben, aber auch wenn du wütend darüber bist, so ist das noch lange kein Grund, um Mondschein anzuknurren.«

»Ich habe ja nur ›wie tröstlich‹ gesagt«, begehrte Colin auf. »Ich habe ja gar nicht geknurrt.«

Er hatte sich nach Sally Offenherz umgedreht, um jeden Verdacht von den Zombies abzulenken, aber nun sah er den Abhang hinunter und war vollkommen perplex.

Auf der anderen Seite des Zwergwüchsigen, zwischen Gretchen und dem Berg, kauerte eine langgestreckte, dunkle Gestalt, deren Fell sich sträubte, das Licht des Feuers wurde von den Bandagen an einem und den Reißzähnen am anderen Ende zurückgeworfen. Wie Colin sehr wohl wußte, hatte sich sowohl der Wolfsschnauze als auch dem Wolfsrücken die Erinnerung an Gretchen unauslöschlich eingegraben. Er sprang auf die Füße, die gefesselt waren, und kramte in seiner Tasche nach seiner Flöte. Fieberhaft suchte er nach einem Schlaflied für einen Wolf.

Aber es klappte nicht. Er stolperte über seine Fesseln, fiel hin und rollte den Berg hinunter geradewegs in die Gruppe von Wolf, Zombies, Gretchen und allem Drum und Dran.

»Das ist sicher ein Weg, um einen Werwolf von seinem bösen Treiben abzuhalten« – Gretchens wütender Gedanke kam in dem Augenblick zu Colin, als er gerade versuchte, sich zu befreien. Seine Beine grätschten über dem Brustkorb des Zwergs, mit seinen ausgebreiteten Armen stieß er Gretchen in den geräumigen Schoß des Bäckers ohne Gedächtnis. Unter ihm lag keuchend der Wolf, dem es den Atem verschlug, als Colins Kopf seinen Bauch gerammt hatte.

»Wie ungezogen!« rief Sally Offenherz, die sich Primels entledigte und in ihrer Wirbelwindgestalt den Berg hinunterraste, um der Störung nachzugehen. »Unter den widrigen Umständen habe ich heute abend meine lange Rede gehalten, besonders auch deinetwegen, Spielmann, und dies ist, wie ...«

»Hochnäsig sind wir auch noch«, plapperte der Fluß, »ich werde dir schon noch die Würmer aus der Nase ziehen, sag' ich und sie ...«

»Auuuwauuuwauuu!« brüllte Wulfric.

»Da schau mal einer an«, sagte der Schläger, der Sallys Rede schon den ganzen Abend über mit seinen begeisterten Zurufen untermalt hatte. Er packte Gretchen am Kinn und drehte ihr Gesicht zum Feuer hin. »Unser Wulfric hat eine Lebendige erwischt!«

Gretchen wollte ihm tüchtig auf die Finger klopfen, aber da sie sich so sehr mit dem Bäcker verheddert hatte, konnte sie den Hieb nicht richtig ausbalancieren und tat ihm auch nicht weh. Er aber zwang sie in die Knie und band ihre Hände auf den Rücken.

Sally trat vor sie hin und musterte einen Augenblick lang Gretchens Gesicht, dann riß sie das Kopftuch von dem durcheinandergebrachten, braunen Haar herunter und sah sie noch viel prüfender an als zuvor. »Das ist also deine Hexe?« fragte die Bandenführerin Colin.

Primel, die hinter ihr den Berg hinuntergetrottet war, sagte nun: »Ja, das ist die Hexe, o Jungfrau. Ein häßlicher Fratz, wie?«

Aber über Sallys Gesicht huschte ein Ausdruck freudiger Überraschung, und sie sagte: »Aber nein, Primel, wie kannst du denn etwas so Garstiges sagen? Sie ist wunderschön und dem Dunklen Pilger wie aus dem Gesicht geschnitten.«

Zauberer Himbeere war froh, als er den Drachen Grimmut wieder zurückkehren sah, aber über den raubgierigen Blick in den Augen der großen, gefährlichen und sehr hungrig aussehenden Bestie war er allerdings nicht so glücklich. »Hat's geklappt?« fragte er. Dieses Mal ließ sich Grimmut vor dem Zauberer auf dem Weg nieder und nicht auf den Zinnen des Schlosses, eine Stellung, die Himbeere den Fluchtweg abschnitt, wenn eine Flucht erforderlich würde. »Wenn dem so wäre, würdest du's doch merken, Heißsporn. Aber hast du vielleicht was rumlaufen sehen, was nach einer zünftigen Drachenmahlzeit aussieht?«
»Nicht, aber auch gar nichts«, erwiderte der Zauberer mit aufrichtigem Bedauern, das um so aufrichtiger war wegen der Art, mit der ihn der Drache aus den Augenwinkeln betrachtete, als ob er ihn bereits in Steaks, Rippchen, Koteletts und Lendenbraten zerteilte. »Wirklich, du hast mein ganzes Mitgefühl, aber ich bin selber hungrig, und zwar so sehr, daß ich schon fühlen kann, wie die Knochen durch die Haut dringen«, sagte er mit Nachdruck und rieb sich seine hageren Knie, um es zu beweisen. »Sag mal«, fügte er hinzu und wechselte abrupt das Thema, »weißt du, was ich glaube, was aus den Rindern geworden ist?«
»Nein«, sagte der Drache, »aber es sieht so aus, als ob du mir's erzählen wolltest. Also, schieß los!«
»Ich habe darüber nachgedacht, und ich wette, daß sich die Halunken, hinter denen der König her ist, hier verteilt haben und sich alle Rindviecher unter den Nagel gerissen haben. Würdest du nicht schon deswegen dem König helfen wollen?«
»Das macht mich nur noch hungriger«, sagte Grimmut, der ein simples Geschöpf war und sich nicht durch emotionalen Schnickschnack drausbringen ließ. »Keine Sorge, wenn du recht hast, dann werde ich diesen Gesellen schon noch einen Denkzettel verpassen, weil sie von mir geklaut haben, aber jetzt braucht meine Gemahlin zuerst mal ganz dringend was zum Essen, und ich kann mich auch nicht allzu weit von unserer Höhle entfernen.«
»Wenn hier doch nur ein Fluß in der Nähe wäre, würde ich dir ja gerne Fische zum Abendessen fangen, aber ich glaube nicht...«

»Fische!« Der Drache blies eine kleine rußige Wolke grauen Rauches aus, um Himbeere zu zeigen, was er von der Idee hielt. »Fisch ist doch nicht das Richtige für einen Drachen! Glaubst du vielleicht, daß ich mir die Flügel wund fliegen würde, um mich nach richtigem Wild umzusehen, wenn sich die Gnädigste auch mit Fisch begnügen würde? Der südliche Abschnitt des Plappermaulflusses ist ganz in der Nähe, und zwar nördlich von hier, und er ist voll von diesen kümmerlichen, geschuppten Dingern, aber eine schwangere Drachenfrau soll nur das Beste...«

»Oh, da bin ich mit dir ganz einer Meinung!« fügte Himbeere ganz schnell hinzu, denn Grimmut setzte nun seinen Dampfkopf auf, seine Schuppen glühten sehr viel roter durch das innere Feuer, und wegen der Rauchschwaden, die er dem Zauberer unwillkürlich ins Gesicht rülpste, mußte dieser husten. Zweifellos war nun größte Eile geboten. »Aber was ist, wenn der Fisch gar nicht wie Fisch aussieht oder schmeckt? Im Grunde genommen ist nämlich Fisch sehr nahrhaft, ich hab' mir sagen lassen, daß er die Schuppen, äh – glänzend macht. Meinst du nicht, wenn Madame Grimmut gar nichts davon weiß und da es ja weit und breit nichts anderes gibt, ich meine...«

»Nichts davon weiß! Fisch, der nicht nach Fisch schmeckt! Sag mal, mit was für einem Quatsch willst du mich denn da einnebeln, Heißsporn?«

»Ich will dich doch nicht einnebeln, edler Drache, es ist nur eine der kleinen Sozialleistungen, die mir meine Meisterschaft in der Verkleidung zuläßt. Wenn du mir jetzt den Weg zu diesem Fluß zeigen würdest, würde ich dir gerne gratis eine Vorführung machen.«

Grimmut entblößte seine flaschengroßen, spitz zulaufenden Zähne zu einem breiten Drachenlächeln und sagte: »Klar, Heißsporn, steig auf! Ich mache mit, wenn du mitmachst, ha, ha!«

»Es handelt sich also um Onkel Furchtbart«, sagte Gretchen. »Der Dunkle Pilger, von dem sie andauernd spricht, ist kein anderer als Onkel Furchtbart.«

Der Morgen war heraufgezogen, und die Banditen brachen das Lager ab. Wegen des Flusses, der unaufhörlich gequasselt hatte, und der sturzbachartigen Regengüsse, die um Mitternacht herum begonnen hatten, hatten alle äußerst schlecht geschlafen. Colin und Gretchen, beide gefesselt, lagen nebeneinander vor den Zombies. Sally, die von Gretchens Ähnlichkeit mit dem Großen Führer sehr beeindruckt war, hatte angeordnet, daß weder die Hexe noch der Spielmann belästigt werden durften. Der Dunkle Pilger würde über ihr weiteres Schicksal entscheiden.
Gretchen fröstelte in ihren durchnäßten Kleidern. Das nasse Haar klebte ihr am Kopf. Sie lehnte sich an Colin, und sie kuschelten sich von der Schulter bis zur Hüfte aneinander. »Wir können wohl nicht darauf hoffen, daß mich mein Onkel in lieber Erinnerung behalten hat, wie?« sagte Gretchen müde.
»N-n-n-ein-tsch! Nein«, erwiderte Colin, der mit seiner Nieserei kämpfte, »das glaube ich auch nicht!« Das scheußliche Wetter und der Mangel an Schlaf hatten ihn nun eingeholt. Er hatte beinahe die ganze Nacht über gehustet und geniest.
»*Ich* werde uns schon retten«, sagte Mondschein. »Himmelsschlüssel hat mir gesagt, daß Gretchens Onkel eine richtige Einhornstat von mir zu sehen wünscht. Nun, ich werde sie ihm ganz einfach verweigern – komme was wolle –, bis er euch beide freiläßt.«
»Irgendwie habe ich aber das Gefühl, daß du dich nicht selber entscheiden können wirst, Liebes«, sagte Gretchen, »aber trotzdem, danke, daß du überhaupt daran gedacht hast.«
»Wenn wir heute nacht weit genug vom Fluß weg sind, singe ich die Bande in den Schlaf, und wenn ich... hatschi...« Colins Nasenflügel zuckten, und er fügte schnell »jodeln muß« hinzu und nieste dann richtig.
Aber auch wenn Sally beschlossen hätte, nicht am Fluß entlangzugehen, hätte Colin seinen Plan nicht ausführen können. Denn da er die ganze Nacht über gehustet hatte, war jetzt seine Kehle trokken und entzündet und seine Brust tat von dem ständigen Gerassel weh. Als sie den Fluß durchquerten, wurden seine Stiefel naß, was

sein Unwohlsein noch steigerte. Keiner im Zug lief Gefahr auszutrocknen. Es goß in Strömen, und der kalte, graue Regen schlug ihnen peitschend ins Gesicht, als sie das Tal durchquerten.
Gretchen hielt nach dem Schloß im Eis Ausschau, das sie vom Gletscher aus gesehen hatte, aber da die Wolken so tief hingen und das Vorgebirge erst in der Ferne anstieg, erblickte sie keine Spur davon. Den ganzen Tag lang sagte keiner ein Wort, und als das trübe Tageslicht noch eine Schattierung dunkler wurde, husteten und niesten die meisten Zombies und auch der eine oder andere von den Banditen.
An der nächsten Biegung durchwateten sie wieder den Fluß, und Gretchen sah die Stadt. Zuerst glaubte sie, daß dies ihr eigentliches Ziel sein mußte, aber dann sah sie, daß es an mehreren Gebäuden, die kein Dach mehr hatten, ins geplünderte Innere regnete und es auf diese Weise aushöhlte. Das mußte die Stadt sein, die Sebastian erwähnt hatte, aus der alle geflüchtet waren wegen der Hexe. Als sie durch die Stadt zogen, kamen die Räuber in Schwärmen aus den Ruinen hervor und mischten sich unter die Neuankömmlinge.
»Da hast du dir ja einen erbärmlichen Haufen mitgebracht, Mami«, sagte einer davon zu Sally Offenherz. »Und Frauen dabei? Was soll denn aus dieser Revolution noch werden?«
»Sie lassen sich gehen, Feldwebel!« sagte sie und warf sich dabei in die Brust, nach Gretchens Meinung ein sehr durchschaubares Mittel, um ihn daran zu erinnern, daß sie eine Frau war.
Sie durchquerten die Stadt und gingen einen Weg hoch, der zu und über einen hohen Abhang führte. Als sie um den Berg herumbogen, schaute Gretchen auf. Sie war nicht sonderlich erstaunt, als sie den eisigen Unterbau des Bergschlosses erblickte.
»Na, schön, Männer«, sagte Sally munter. »Kümmert euch um die Einhörner!« Sie wandte sich nach Primel um, die ihr wie ein Schoßhündchen gefolgt war, und warf ihr den Riemen ihres Jagdhorns um den Hals. Die anderen, die hinzukamen, fügten ihre Seile zum Riemen hinzu.
Primel, im Nu festgebunden, war zu verblüfft, um sich dagegen aufzubäumen. »Mädchen, was soll denn das?« fragte sie Sally.

»Das ist nur zu deinem Besten, Liebes. Du mußt dort – hinaufgezogen werden.« Dabei deutete sie auf das Schloß. »Und dazu sind eben Seile nötig.«
»Aber ich *will* doch gar nicht dort hinauf«, sagte das Einhorn wiehernd. »Ich verabscheue hochgelegene Orte. Kann ich denn nicht hier unten warten? Wenn euer Führer etwas von mir will, dann sollte er anstandshalber hier runterkommen und es sich holen!«
»Bei ihr wird es Schwierigkeiten geben«, sagte Sally in eiskaltem Ton zu den Männern. »Nehmt sie zuerst dran und dann den anderen und sperrt sie am gewohnten Ort ein. Was die anbetrifft«, und dabei deutete sie auf die Bewohner von Immerklar, »ich habe im Vorbeigehn ein Haus gesehen, bei dem noch Teile vom Dach dran waren. Haltet sie dort fest, bis ich mit dem Dunklen Pilger über das gesprochen habe, was er mit ihnen vorhat. Und jetzt«, sagte sie und drehte sich dabei schnell im Kreis, »werde ich hinaufwehen und den Dunklen Pilger von der Ankunft seiner Verwandten unterrichten, die ihm einen Besuch abstattet. Es könnte sein, daß er ihr einen ganz speziellen Empfang bereiten will.«

Im *Wirtshaus zur angesengten Katze* kam gerade das abendliche Geschäft in Schwung, die Lampen brannten und schimmerten anheimelnd durch den Rauch, der aus den Pfeifen der Gäste aufstieg. Giles Dachdecker und der alte Scherer nickten und machten von Zeit zu Zeit ihre Bemerkungen zu dem Bericht von ihren jüngsten Abenteuern, mit denen Hillman seine Freunde unterhielt. Brauer, der Wirt, lächelte und schob die vollen Bierkrüge über den Tresen zu seiner Frau hin, die sie den Gästen servierte. Obwohl ihn die Spritztour nach Immerklar einen Tagesgewinn gekostet hatte, machte er dies nun wett, da jeder Hirt, Bauer oder Jäger auf einen Sprung ins Wirtshaus kam, wenn er es sich leisten konnte, um die Geschichte von dem verlassenen Dorf und dem verletzten Prinzen aus erster Hand zu hören.
In der Wirtschaft war es so laut und es ging dort so geschäftig zu, daß geraume Zeit verstrich, bis jemand die Gestalt entdeckte, die verloren am Eingang herumstand und ein großes Buch an sich

drückte und etwas, das wie eine Schüssel aussah. Mutter Brauer war die erste, die sie sah, und sie sagte zu ihr: »Husch, Kind, geh wieder, das ist hier doch nichts für kleine Mädchen«, sagte sie und machte dabei mit den Händen eine abwehrende Geste, wie sie das bei ihren eigenen Kindern auch getan hätte.

»Ich bitte Sie um Verzeihung, gute Frau«, erwiderte das Mädchen, »aber so können Sie doch nicht mit mir reden. Ich bin die Tochter der Menschenfresserin Belburga und des mächtigen Zauberers Himbeere, und ich bin selbst eine bedeutende Alchimistin. Ich würde mir bei Ihnen gerne etwas zu essen kaufen und ein Pferd, so daß ich auf Schloß Eberesch nach meinem Vater schauen kann.«

»Meiner Treu«, sagte Mutter Brauer und blinzelte sie erstaunt an. Dann sagte er: »Ich glaube – aber natürlich, du *bist* doch – die zweitälteste Tochter der Freifrau, nicht wahr? Die Rote? Wie war doch gleich dein Name?«

»Rostie«, sagte das Mädchen wie aus der Pistole geschossen.

»Ach ja, natürlich, Rostie, obwohl das irgendwie nicht richtig klingt, aber ist ja auch egal. Also, Rostie, du gehst jetzt sofort zu deiner Mama zurück, bevor sie auf mich und meinesgleichen wütend wird, und läßt dich von ihr verköstigen und ins Bett bringen, wie es sich für ein braves Mädchen gehört. Eine Schenke – das ist doch wirklich nicht der angemessene Ort für eine junge Dame wie dich.«

»Meine Mutter und meine Schwestern sind fortgezogen, um meine älteste Schwester mit einem Prinzen zu vermählen, und sie haben mir im Turm nichts zu essen zurückgelassen«, sagte Rostie mit eiskalter Stimme, obwohl ihr Kinn dabei ein bißchen zitterte. »Ich muß also etwas zu essen kaufen und ein Pferd, um meinen Vater aufsuchen zu können. Ich kann Sie auch angemessen bezahlen – ich würde mich freuen, wenn ich meine magischen Fähigkeiten als Gegenleistung...«

»Belburga ist weg?« unterbrach sie Mutter Brauer. »Bist du dir da ganz sicher?« Aber bevor ihr das Mädchen antworten konnte, rief sie über die Schulter in den Raum hinein: »He, ihr dort, was sagt ihr denn dazu? Das Kind hier sagt, daß Belburga und ihre Töchter mit diesem Prinzen durchgegangen sind. Habt ihr nicht davon gesprochen, daß der Prinz ans Bett gefesselt war?«

»Ja, nun – weil er übermüdet war, Molly«, rief ihr Mann zurück, um sie zu berichtigen. »Einhornwasser hatte ihn schon wieder geheilt, bevor wir hier eintrafen.«

»*Ein*hornwasser?« fragte Mutter Brauer verächtlich, als ob sie noch nie etwas davon gehört hätte.

»Ja, natürlich, Einhornwasser! Gute Frau, bist du denn wirklich so unwissend, daß du *das* nicht kennst!«

»Natürlich kenne ich das, aber...«

»Jetzt laß doch endlich das Mädchen herein, Molly«, brüllte Hügelmann, der darauf erpicht war, daß der Wirt und die Wirtin aufhörten, sich gegenseitig anzubrüllen, so daß er seine Geschichte weitererzählen konnte.

»Ja, ich glaube, das wäre wohl auch das Vernünftigste«, gab Molly Brauer zu und legte ihren Arm um Rosties Schultern. Molly war nicht besonders überrascht, daß das Mädchen am ganzen Leib zitterte. »Am besten, wir geben dir jetzt Brot und Käse zur Stärkung, Kleines«, sagte sie mütterlich, »und ein bißchen Bier dazu.«

»Ja, gnädige Frau«, antwortete Rostie, die jetzt ganz eifrig und überhaupt nicht mehr hochnäsig war. »Und dann werde ich's Ihnen bezahlen.«

»Puh – ein Kind wie du? Wenn der Ortsgendarm nicht an der Gicht gestorben wäre, dann würde er den Laden schließen lassen, weil wir an Kinder verkaufen! Nein, kommt gar nicht in Frage. Du setzt dich jetzt dort drüben neben Giles hin und...«

»Aber es ist wirklich Rubinrose, Lilienperles kleine Schwester!« rief Giles Dachdecker. »Wie geht's denn der hübschen Schwester, Fräuleinchen? Und dem Prinzen?«

»Die sind doch abgehauen«, sagte Rostie bitter und begann zu weinen, was sie aber entsetzte, da es überhaupt nicht dem Image einer unabhängigen, aber brillianten Alchimistin entsprach, die allein ihr Glück versuchte. Schniefend teilte sie ihnen mit, daß sie den Verdacht hatte, daß ihre Mutter in ein Komplott gegen den König verwickelt sei und von ihres Vaters Reise zum Schloß Eberesch in der Verkleidung eines Hasen und von der darauffolgenden Abreise der Mutter mit ihren beiden Schwestern an Leofwins Seite. »Ich wollte nicht gehen«, erklärte sie ihnen, »also habe ich mich versteckt. Aber sie hat alles mitgenommen und mir nur das hier dagelassen.« Als sie dies sagte, hielt sie das große Buch hoch, »und meinen Schutztiegel«, wobei sie auf das bronzene Gefäß deutete. »Wenn das im Boden meines Schrankes nicht in ein Mauseloch gefallen wäre, hätte sie mir das auch noch weggenommen. Ich bin froh, daß sie es nicht getan hat, weil ich damit die besten magischen Kunststücke vollführe, und außerdem hat ihn mir mein Papa zum Geburtstag geschenkt. Er sagte, daß er ihn von einem einflußreichen orientalischen Herrscher als Gegenleistung für eine magische Tat bekommen habe.«

Hügelmann beugte sich nach vorn, wobei er die dicken, fleischigen Arme über der Brust gekreuzt hatte.

»Du hast gesagt, daß dein Vater auf Schloß Eberesch ist? Dort wird er aber keine Hilfe bekommen, kleines Mädchen. Ich habe dort vor sechs Monaten gedient, aber ich und die anderen Söldner wurden entlassen. Ein Bote kam, der sagte, daß uns seine Königliche Hoheit in unsere Heimatdörfer zurückgehen läßt, dort Wache zu schieben.«

»Und doch ist mein Vater dorthin gegangen. Er sagte, daß der König in der Nähe eines Gletschers sei und sich in höchster Gefahr befinde, und daß er den mit dem König befreundeten Drachen dazu bewegen wolle, diesem zu helfen. Deswegen brauche ich auch unbedingt ein Pferd, so daß ich meinem Vater zu Hilfe eile.«

Rostie schniefte noch immer und sagte dann aber sehr ernst: »Wenn das, was ihr sagt, wahr ist, dann wird er auch alle mir zur Verfügung stehenden Geheimkräfte gut gebrauchen können, um dem König zu helfen.«

»Ich werde dorthin gehen und mit deinem Vater sprechen«, sagte Hügelmann. »Aber Geheimkräfte hin oder her, du wirst auf keinen Fall gehen, denn schließlich haben ja Kinder im Krieg nichts verloren.«

»Ich bin *kein* Kind«, sagte Rostie würdevoll, obwohl die Wirkung durch das aggressive Hochrecken ihres spitz zulaufenden Kinns verdorben wurde. »Ich werde ihm zu Hilfe eilen, ob du es willst oder nicht, Grobian!«

»Ja, wirklich?« fragte Hillman leichthin, »dann ist es wohl besser, wenn du ein bißchen zauberst, weil du es sonst nämlich gar nicht schaffst.«

Rostie legte ihr Buch hin und schlug mit großer Entschlossenheit eine beliebige Seite auf. Obwohl sie bis jetzt noch mit keiner einzigen Formel das erwünschte Resultat erzielt hatte, wollte sie es diesen Rüpeln nicht zeigen. Sie würde ihnen sagen, daß dies ein ganz spezieller Fall sei und daß ihre Magie gewöhnlich tadellos funktionierte. Wie dies ja auch eines Tages der Fall sein würde – aber warum eigentlich nicht jetzt gleich? Sie hatte nämlich sehr angestrengt geforscht. Obwohl die Schrift und die Bilder im Buch sehr eng zusammengepfercht und verblichen waren und manchmal über den Seitenrand hinausgingen, hatte sie die Hälfte der Formeln im Kopf. Eigentlich mußten sie ihr doch zugute kommen, nur war dies eben nie der Fall. Trotzdem nahm sie den Schmelztiegel, den sie im Schoß liegen hatte, und stellte ihn auf den Tisch, indem sie ihren Blick auf die Buchseite geheftet hielt und sich nicht darum kümmerte, was ihre Hand tat.

Der Schmelztiegel stieß gegen einen Bierkrug, der umkippte. Dabei lief Bier in die bronzene Schüssel. Rostie riß ihr kostbares Buch in die Höhe, bevor das Bier die Seiten verschmierte. »Wie ungeschickt!« sagte sie und blickte dabei jeden in der Runde vorwurfsvoll an.

»Allerdings«, beschwerte sich Scherer bei Rostie, »mein gutes Bier!«

»Seht mal dort!« rief Giles. »Ist das nicht süß? Ihr Tiegel raucht, und sie hat nicht mal ein Feuer angerührt!«

»Hmmm«, sagte Scherer, der immer noch seinem Bier nachtrauerte, verächtlich. »Billiger Trick. Einfach läppisch! Das ist doch keine gescheite Magie!«

Mit großem Vergnügen beobachtete Rostie, wie der Rauch vom Schmelztiegel herunter und quer über den Boden trieb. Der Rauch

war weder besonders dicht noch besonders eindrucksvoll und auch nicht viel anders als der Dunst, der jeden Morgen, den sie bis jetzt erlebt hatte, den Fluß vor ihrem Fenster bedeckt hatte. Allmählich verfestigte er sich jedoch und nahm Farbe an, und in seinem Innern war ein tiefes und vergnügtes Lachen zu hören.
»He Bursche, warum lachst du denn?« fragte Scherer in den Rauch hinein. Die anderen waren verstummt, denn das Lachen kam offensichtlich von dort, wo es eigentlich hätte herkommen sollen.
»Das hat ja *so* gut geschmeckt!« antwortete die Stimme, »und ich war ja schon so trocken wie brennendes Gras. Ich habe schon seit zweihundert Jahren oder mehr keinen gescheiten Zug mehr getan! Und nun – um die Rechnung zu begleichen – wem habe ich das eigentlich zu verdanken?«
»Mir!« rief Rostie und sprang dabei von der Bank auf. »Ich habe dich heraufbeschworen. Du *bist* doch ein Trugbild, hab' ich recht?«
Das Ding in dem Rauch war immer noch nicht viel mehr als ein unförmiger Kloß pastellfarbenen Protoplasmas, der eine entfernte Ähnlichkeit mit einem Menschen hatte. Plötzlich richtete es sich auf und neigte sich zu ihr hin. »Ein was?« fragte es und nahm plötzlich die Gestalt eines Piraten an.
Alle konnten nun sehen, daß es ein Pirat war. Obwohl er unten leicht neblig blieb, sprach das rote Taschentuch, das er um die Stirn gebunden hatte, eine beredte Sprache wie auch das Holzbein, das am Knie begann, der schwarze Augenschutz über dem rechten Auge und das wissende Grinsen auf seinem wettergegerbten Gesicht.
»Ein Trugbild«, wiederholte Rostie mit fester Stimme. Dem Gesindel mußte man mit Festigkeit entgegentreten, wenigstens hatte ihr das ihre Mutter beigebracht. »Ich habe ein Trugbild beschworen und keinen Piraten. Wenn du kein Trugbild bist, mußt du ganz einfach wieder von der Bildfläche verschwinden und mir ein Scheinbild an deiner Stelle schicken.«
»Mich trifft der Schlag, Mädel, deine Zunge ist genauso scharf wie die meines letzten Kapitäns, und was du sagst, ist genauso wirr.«

Die Figur schwebte jetzt in Kniehöhe in der Luft und strahlte sie von oben herab an, so als ob sie ihr gerade seine Anerkennung ausgesprochen habe. »Das einzige, was dort drin war«, und dabei zeigte sie auf den Schmelztiegel, »war ich, und ich war schon beinahe so ausgetrocknet, daß ich zu Staub zerfallen bin. Nur dein rechtzeitiges Einflößen von Spirituosen – hi, hi, ist das nicht komisch? Spirituosen für den Geist – also nur deine Spirituosen haben mich wieder zum Leben erweckt. Sag mal, du hast nicht noch zufällig einen klitzekleinen Tropfen für mich übrig?«
»Nein!« sagte Molly Brauer bestimmt. »Ich habe gesagt, daß das Mädchen freigehalten wird, aber der Service wird natürlich nicht auf jeden x-beliebigen saufenden Golem ausgedehnt, den sie hier anschleppt.«
»Oho, wenn das nicht ein temperamentvolles, dralles Frauenzimmer ist – es wäre wiederbelebend genug, eine von deiner Art zu sehen, meine Schöne, nach all diesen einsamen Jahren, wenn mich dieser tückische Wesir nicht in der Wüste ausgetrocknet hätte, bevor er den Tiegel weitergab. Und dies gerade mir, einem Mann, der zur See geht! Ich kann dir sagen, meine Liebste, hat mir überhaupt nicht gut bekommen, all die heiße Luft und der Sand. Ich wurde beintrocken. Aber wie ich sehe, bist du eine Frau mit Prinzipien und...«
»Nun ja, vielleicht noch eines«, ließ sich Molly erweichen.
»Wenn du kein Trugbild bist, wer bist du dann?«, unterbrach Rostie ungeduldig die beiden.
»Ja, und was hast du hier eigentlich zu suchen?« fragte Hügelmann. »In unserem Land herrscht momentan der Ausnahmezustand, und wenn du zu nichts taugst, dann wäre ich dir dankbar, wenn du wieder verduften würdest. Wir können hier in Klein-Lieblos keine Vaganten und Vagabunden brauchen!«
»Also gut«, antwortete der Pirat nach reiflicher Überlegung, die durch einen großen Schluck von Molly Brauers Freibier verschönt wurde. »Ich war *früher* mal ein ganz einfacher Seefahrer, der für eine private Import-Export-Firma gearbeitet hat, die auf hoher See ihre Geschäfte abschloß, könnte man sagen.«

»Ha!« rief Rostie, »für mich siehst du aber eher wie ein Pirat aus!«. In den Liedern, die die Barden und Spielleute unter Lilis Verehrern sangen, waren Piraten oft und sehr detailliert beschrieben worden.

»Also hör mal, Mädel. Ich schwöre, daß mir noch nie zuvor ein Mädchen begegnet ist, das mich auf eine derart fiese Art und Weise in Verruf gebracht hätte. Aber nun gut, wenn du willst, eben »Pirat«. Man nannte mich ›Jehan der Flotte‹, bis ich dann eine meiner Pinnen in einem – äh – Streit verlor, den mein Arbeitgeber mit einem seiner Geschäftsrivalen wegen einer Fusion hatte. Durch die gleiche Affäre bin auch ich auf den Hund und in den Topf gekommen. *Das* ist passiert, als sich mein Arbeitgeber nach dem Untergang eines kabulischen Kriegsschiffes aus dem Geschäft zurückzog – und zwar für immer. Meine Matrosen wurden bis auf einen einzigen Mann getötet, und mich haben sie zuerst ins Meer geworfen, um mich dann wieder herauszufischen und zuerst hierher zu bringen. Der Schiffsmakler war ein gemeiner Kerl, ein gerissener, niederträchtiger Zauberer ...«

»Mein Vater ist aber auch ein Zauberer«, teilte ihm Rostie in frostigem Ton mit.

»So, aber ist er etwa ein kabulischer Zauberer, ich glaube doch nicht, und außerdem kann ich dir sagen, daß es natürlich auch solche und solche darunter gibt. Aber er war es dann auch, der mich in diesen Topf hier gesteckt und durchs ganze Land geschleift und mich immer nur solange rausgebracht hat, daß er seinen Kameraden erzählen konnte, wie er unser Schiff versenkt hat, um mich dann wieder in den Topf zurückzuzaubern. So kommt es also, daß ich glücklich in eurer Gesellschaft gelandet bin.«

»Taugt nichts«, sagte Hügelmann. »Das dachte ich mir schon, daß das Mädchen hier genauso wenig magische Eigenschaften besitzt wie ich selber. Ich muß nun gehen, Jungs, um dem König zu dienen. Freiwillige vor!«

»Nur man sachte, Soldat!« knurrte Jehan, der frühere Befehlshaber zur See, »wer behauptet denn, daß sie nichts taugt? Wie es der Zufall will, ist dies Mädel hier mein derzeitiger Arbeitgeber und hat – wie es in meinem Vertrag geschrieben steht – die drei üblichen Wünsche frei. Also, was wünscht du dir, Liebes?«

»Nimm mich – das heißt, uns – zu meinem Vater auf Schloß Eberesch«, befahl sie ihm, und mit einer umfassenden Handbewegung schloß sie alle Gäste in der Wirtschaft mit ein. Sie war überzeugt davon, daß ihr Vater schon wüßte, was er mit einem Haufen von Leuten anfangen solle, die dem König helfen konnten, auch wenn sie nicht genau wußte, wie. Und er würde ihr das sicher hoch anrechnen, daß sie so umsichtig gewesen war und die Männer einfach mitgebracht hatte.

»Also, hör mal, Fräuleinchen, sei nicht so gemein!« rief Scherer. »Vielleicht sind ein paar von uns gar nicht in der Lage zu reisen.« Er selber haßte nämlich schon die Vorstellung, daß er sich von seinem Bier trennen mußte, ganz zu schweigen von seinem Bett, mit dem er nach dem erfolglosen Ausflug nach Klein-Lieblos ein friedliches Wiedersehen feiern wollte.

Rostie wandte ihr entschlossenes kleines Gesicht wieder Jehan dem Geist zu und sagte: *»Bring sie soweit,* daß sie wollen«, befahl sie ihm, »und führe uns *dann* von hier weg!«

»Das waren schon zwei Wünsche«, sagte Jehan, »aber: gesagt, getan.«

»Da ist ja Ihr Gletscher, König«, sagte Davie der Zigeuner und deutete für den König und sein Gefolge auf etwas, was ein Stück kompakter Materie sein konnte oder auch nicht in dem Gemisch von grauem und weißem Nebel, Regen, Wolken, Schnee und Eis, das den Horizont und die nähere Umgebung an diesem Tag bedeckte.

»Erstaunlich«, sagte Herr Cyril Hühnerstange und schüttelte den Kopf, weil er immer noch nicht genau wußte, was er sah. »Müssen Sie aber gute Augen haben, ich hätte das ja nie selbst entdeckt!«

»Nein, Höfling«, erwiderte Davie voller Bescheidenheit, »nicht die guten Augen sind schuld daran, sondern meine Mutter, die sich in der Gegend auskennt. Sie war hier als kleines Mädchen, wo unser Volk jeden Sommer vor König Finbar zu tanzen pflegte. Sie kennt sich in diesem Tal gut aus.«

»Ach so, das macht es verständlich«, sagte Hühnerstange und nickte. Dann schaute er noch einmal durch den Regen zurück, wo wahrscheinlich das Schloß lag. Er sammelte seine Beobachtungen im Gedächtnis, damit er sie im Archiv eintragen konnte, wenn er wieder zurück war. Ihm war kein Spielmann bekannt, der hier herumgereist wäre, und nur in den seltensten Fällen teilten die Zigeuner ihre Überlieferung mit den Archiven. Natürlich wußte Prinzessin Pegien über die Gegend Bescheid, aber sie hielt es oft nicht für angebracht, in ihren Briefen etwas über die Umgebung zu sagen. Was sie jedoch erwähnt hatte, war ein verzauberter Fluß. Er meinte sich sogar daran zu erinnern, daß sie davon gesprochen hatte, daß der Fluß sprach. Und hatte Herr Cyril in der vergangenen Nacht, als die Zigeuner endlich aufgehört hatten zu schwatzen und in ihren Wohnwagen vor dem Regen sicher untergebracht waren, nicht auch wirklich in der Ferne, genauer gesagt in nordwestlicher Richtung, so etwas wie ein leises Murmeln gehört?

König Brüllo Eberesch schritt im Regen auf und ab, als ob er gar nicht vorhanden gewesen wäre. »Sehr gut, Jungs. Sieht so aus, als ob wir diese Sache allein anpacken müßten. Unsere Kameraden, die Zigeuner, werden uns dabei mit ihren Pferden und Waffen begleiten, während die Damen mit den Wagen in sicherer Entfernung halten.«

»Und die Drachen nehmen wir nicht mit, Herr?« fragte ein General.

»Wir nehmen all die Drachen, die du jetzt um dich herum erblikken kannst, Warfield. Ist damit deine Frage beantwortet?«

Herr Cyril hatte das Gefühl, daß dieser Entschluß König Brüllo ebensowenig behagte wie seinen Gefolgsleuten, gemessen an der Verdrießlichkeit der königlichen Antwort. Gewöhnlich drückte sich nämlich Eberesch nicht mithilfe von Sarkasmen aus, und was das anbetraf, so tat er es auch nicht besonders gut.

Aber der König hatte natürlich guten Grund, beunruhigt zu sein.

Sein Leben mit dem einer kleinen Gruppe von Kämpfern, die er selbst ausgesucht hatte (einschließlich eines gelehrten Beobachters) aufs Spiel zu setzen, war eine Geschichte. Die Männer waren bewaffnet bis an die Zähne, hatten Schlachtrosse und zwei Drachen zur Bewachung dabei. Aber sein Leben aufs Spiel zu setzen mit dem, was von diesen Männern übriggeblieben war, nachdem sie Schiffbruch erlitten hatten, war wieder eine ganz andere Geschichte. Jetzt waren sie ein Haufen von ungefähr zwanzig fußkranken, halb ertrunkenen Matrosen und einer Handvoll von Zigeunern, die sich zwar darauf verstanden, um Frauen zu kämpfen, aber nicht, wenn es dabei um Politik ging. Beunruhigend war auch, daß nur jeder Fünfte ein Pferd hatte und daß ihnen nur ein paar Zigeunerdolche zur Verfügung standen, die sie unter sich aufteilen mußten.

Die einzigen Pluspunkte, die sie sonst noch hatten, waren des Königs Schwert, nämlich der Alte Darmschlitzer und die Schwerter von zwei Generälen, die diese beim Schiffsunglück noch hinüberretten konnten. Herr Cyril hatte sich ein handliches kleines Federmesser in den Gürtel gesteckt, das ihm ein schmelzend schönes Zigeunermädchen geschenkt hatte, das ihm mit dem größten Vergnügen alles über die Handlesekunst beibrachte, was sie wußte, und ihm die Zukunft voraussagte, die eine schöne, dunkelhaarige und geheimnisvolle Frau mit einschloß, die natürlich keine andere als sie selber war.

Xenobia tauchte aus einem der Wagen auf und schritt über den vom Wasser an der Talsohle durchweichten Boden geradewegs auf die Gruppe von Männern zu. Sie warf den mit Fransen besetzten Schal über die Schulter, so daß es aussah, als ob sie in einen langen Umhang gehüllt wäre. Sie sah die Männer der Reihe nach herausfordernd an, zuletzt wandte sie sich an Prinz Würdigmann.

»Du bist verantwortlich für meine Männer, die für deinen König sterben«, sagte sie. »Und sie werden sterben, und auch du wirst sterben!«

»Na, na, Xenobia, altes Mädchen«, besänftigte sie der Prinz und schlug auf seine tollpatschige Weise den bärenstarken Arm um sie.

»Ich weiß es ja zu schätzen, daß du dir um mich Sorgen machst, aber du darfst so nicht weiterreden. Schlecht für die Kampfmoral.«

Die Zigeunerin entwand sich seinem Griff, schlang die Arme um seinen Hals und küßte ihn leidenschaftlich. »Xenobia wird sich nicht mehr ängstigen, mein Schatz. Sie werden dich töten und dann werden wir sie töten, oder?«

Würdigmann strahlte sie zärtlich an und sagte: »Richtig, mein Schatz.«

»Da wir jetzt auch eine Nachhut haben«, sagte der König, indem er mit dem Kopf der sich entfernenden Xenobia nachnickte, »sollten wir jetzt vielleicht beherzt ausrücken.«

DIE DINGE STEHEN FÜR COLIN, GRETCHEN UND MONDSCHEIN SCHON SCHLECHT GENUG, ALS DASS MAN DARAUS AUCH NOCH EIN 13. KAPITEL MACHEN MÜSSTE.

XIV

Sally Offenherz warf eine Strickleiter aus einem Loch im eisigen Gesims herab, das an der Ostseite des Schlosses entlanglief. Ein Wachposten stieg die Leiter hinunter. Am Fuß des Felsens machte er kehrt, um dem Feldwebel zu salutieren, Wulfric, der immer noch in seiner Wolfsgestalt war, ließ er links liegen.

»Der Dunkle Pilger gebietet vier Mann nach oben zu schicken zusammen mit der Hexe und dem Spielmann. Der Rest verbringt die Nacht hier unten.«

Obwohl das Schloß so düster aussah, war Gretchen froh, daß sie und Colin dort oben übernachteten und nicht bei den Banditen in den Hütten im Dorf, die zum größten Teil kein Dach mehr hatten. Colins Husten war nun so schlimm, daß er sich nur mit äußerster Mühe an der Leiter festhalten konnte. Sie versuchte ihm zu helfen, aber der Wachposten, der vor ihr die Leiter hinaufstieg, griff nach unten, um sie brutal an den Haaren zu ziehen. Von unten hörte sie Mondscheins entsetztes Gewieher, als Sallys Gefolgsleute, die ihm ein Seil um den Bauch geschlungen hatten, sich daranmachten, ihn hochzuziehen. Dann sah sie, wie die Füße des Wachpostens, der vor ihr die Leiter hinaufgeklettert war, durch das Loch verschwanden, um unmittelbar danach durch seine Hände ersetzt zu werden, die Gretchen von der Leiter herunter und über den Mauerrand heraufzog. Er wartete, bis Colin und die anderen Wachposten bei ihnen angelangt waren, dann schob er Gretchen vor sich her in einen langen, naßkalten Korridor hinein, der nur von rauchenden, zischenden Kerzen erleuchtet war.

»Allmächtige Mutter!« beschwerte sie sich und versuchte dem Wasser auszuweichen, das von der Decke herabtropfte, und dabei trotzdem ihr Gleichgewicht auf dem glitschigen Boden unter den Füßen zu halten. »Ich glaube, draußen war das Wetter besser.«

Colin hustete und schaffte gerade noch den Anflug eines gequälten Lächelns, bevor sie ein Wachposten wieder weiterschob und dazu knurrte: »Vorwärts, marsch!«

Sie rutschte bis zum Ende des Korridors und stieß gegen eine Mauer, die sich zu einem riesigen Raum hin öffnete. Zuerst konnte sie kaum etwas sehen, die Dunkelheit wurde nur noch verwirrender durch die Spinnweben von rauchigem Licht, das von den Fackeln ausging, die an den Wänden hingen. Allmählich konnte Gretchen auch die Wachen erkennen, die, mit Speeren bewaffnet, den Eingang flankierten, an dem Gretchen nun stand; nach einer Weile sah sie dann auch die anderen Posten, von denen jeweils zwei die vier restlichen Rundbogeneingänge bewachten, die sich ihr gegenüber und zu ihrer Linken und Rechten befanden. Der Raum senkte sich von der Mitte aus nach den Wänden zu, ein Gefälle, das so minimal war, daß man bequem gehen konnte, aber steil genug, daß das Wasser, das von der Decke herabtropfte, nach den äußeren Korridoren hin abfloß. Eine feine Ascheschicht, die den Boden des Gemachs bedeckte, gestattete den Wachen herumzugehen, ohne hinzufallen. Von der Decke hingen mehrere vom Wasser angegriffene und zerfetzte Banner herab. Gretchen erkannte deren Wappen und Farben als die der vornehmsten Familien von Argonien wieder. Über der Mitte des Raums war ein Thronhimmel angebracht, um die Personen auf oder in der Nähe des Throns, der den ganzen Raum beherrschte, vor dem fortwährenden Tröpfeln zu beschützen.

Was seine Größe und Formgebung anbetraf, so war der Thronsessel wirklich pompös. Er war aus einem schwarzen Material geschnitzt und mit Fellen drapiert. Darauf thronte Gretchens Onkel, Furchtbart Grau, der aussah, als ob er sehr zufrieden mit sich wäre und sich auf seinem Sitz wahrscheinlich so großartig vorkam, daß er sich nicht dazu entschließen konnte aufzustehen. Zu seinen Füßen kniete auf einem durchweichten Teppich Sally Offenherz.

Gretchen stolperte nach vorn, als man ihr Colin in den Rücken stieß. Dann trieben sie ihre Wachen zur Mitte des Raums und zwangen sie dazu, in der Asche zu knien.

»Heute haben wir aber einen guten Fang gemacht, Herr?« sagte Sally und lächelte dabei zu Gretchens Onkel hinauf.

Furchtbart sah sie mit betont beiläufigem Interesse an. Er hatte

sich wenig verändert, seit ihn Gretchen zum letzten Mal gesehen hatte, er war immer noch groß, dunkel und sah bedrohlich aus, die charakteristische lebhafte Hautfarbe und die ausgeprägten Züge der Grau-Familie waren bei ihm ins Grausame und Verräterische verzerrt. Die luxuriöse Kleidung, die er auf seinem eigenen Schloß auf der Insel des Bösen getragen hatte, war hier einem dunklen Kapuzenmantel gewichen, dessen Kapuze zwar seinen Kopf schützte, aber nicht sein Gesicht verdeckte. Natürlich. Dazu wäre er auch viel zu eitel gewesen, ging es Gretchen durch den Sinn. Seine Augen glitzerten wie vergiftete Speerspitzen.
»Liebe Nichte, wie nett von dir, mich aufzusuchen«, sagte er schließlich.
»Sag' mal, Onkel, hast du die Kapuze auf, weil dir die Barbaren, die du hier um dich scharst, die Haare ausgezupft haben, wie es der Kerl hier bei mir versucht hat?« fragte sie, weil ihr nichts besseres einfiel. Ihr Onkel erhob seine Hand und ließ sie wieder fallen, als ob sie zu schwer sei. Der Kerl, der Gretchen so gerne an den Haaren herumzuziehen schien, ließ sie sofort los.
»Ach, süßes Kind, du bist ja so scharfzüngig und so hübsch wie eh und je, und wie ich sehe, hast du auch deinen fischigen Freund mitgebracht. Gut. Unsere Sally hat mir erzählt, daß er eine kleine Weise komponiert hat, die unsere revolutionäre Bürde etwas leichter machen soll.« Er ließ seinen giftigen Blick zu Colin hinüberschweifen. »Spiele!« sagte er nur.
Aber Colin konnte nicht spielen, er mußte wieder husten.
Furchtbart lachte höhnisch. »Diese höfischen Lakaien haben überhaupt keine Durchhaltekraft!« Und zu der Wache, die rechts von Colin stand, sagte er müde: »Er ist völlig nutzlos. Töte ihn!«
»Nein!« schrie Gretchen und warf sich auf Colin, der immer noch zu stark hustete, um den Speer der Wache abwehren zu können. Gretchen streckte ein Bein aus und ließ den Mann, der gerade zum Stoß ausholte, darüber stolpern, so daß er mit gespreizten Beinen und Armen auf die beiden niederstürzte. Die übrigen drei Wachen sprangen nach vorn, aber Furchtbart hob die Hand.
»Halt!« sagte er. »Nun also, mein liebes Gretchen, gehe ich recht

in der Annahme, daß du mich mit deinem unwürdigen Theater dazu überreden wolltest, einen nutzlosen Parasiten zu verschonen, der nicht mal seinen Dienst richtig versehen kann?«

Gretchen, die sich auf die Knie erhoben hatte, aber immer noch schützend über ihren Freund beugte, sagte: »Ich möchte, daß du Colin verschonst. Wenn es das ist, was du meinst, ja.«

»Du weißt, daß ich beinahe alles für dich tun würde, liebe Nichte, aber ihr jungen Dinger habt eben keine Ahnung von militärischen Zwängen und seid nur allzu bereit, die emotionale Wichtigkeit einer Sache auf Kosten ihrer vernünftigen Beurteilung überzubewerten. Dieser Mann ist ein Spion – wie du übrigens auch, meine Liebe, obwohl es mir natürlich nicht leicht fällt, dies von einer lieben Verwandten zu behaupten.«

»Ach so ist das? Ein Esel schilt den andern Langohr, wie?« fuhr sie ihren Onkel an, weil sie wieder einmal die Beherrschung verlor. »Wir sind keine Spione und schon gar keine Verräter, wie einige Leute, die ich an dieser Stelle erwähnen könnte. Wenn du schon auf jemanden wütend sein mußt, dann nimm gefälligst mich dazu her. Colin ist ja nur mitgekommen, weil ich...«

Furchtbart, der einen Augenblick lang so ausgesehen hatte, als ob er explodieren würde, lehnte sich wieder in seinen Sessel zurück und verfiel, indem er sich sichtlich Mühe gab, wieder in seinen trägen Katz-und-Maus-Spiel-Ton. »Das ist nun ganz unwichtig. Ich fürchte, daß er sterben muß. Auch schon allein bist du viel zu gefährlich, als daß ich dir Verbündete lassen oder Zugeständnisse machen könnte. Du hast mich beschimpft und versucht, mich zu ärgern, sogar damals, als ich aus dir eine Königin machen wollte. Du hast deine Putzfrauen-Magie dazu benutzt, um mich herauszufordern, und...«

»Aber das werde ich doch jetzt nicht tun! Darüber brauchst du dir keine Sorgen zu machen!« erwiderte sie. »Ich kann meine Zauberkraft ja gar nicht mehr gegen dich benutzen, weil sie futsch ist. Ich kann dir gar keinen Schaden mehr zufügen, und das gleiche gilt auch für Colin. Wir sind weit weg von allen Personen, die dir schaden könnten. Warum läßt du uns also nicht einfach gehen?«

Es war ja nicht so, daß sie dies wirklich von ihm erwartet hätte, aber der Vorschlag war ihr rausgerutscht, bevor sie noch Zeit hatte, sich zu überlegen, wie albern er im Grunde war. Aber wenigstens schien sich seine Laune dadurch zu verbessern. Er lachte sich kaputt.

»O du durchtriebene kleine Hexe, du! Euch ziehen lassen und – keine magischen Eigenschaften mehr! Sag mal, glaubst du denn wirklich, daß ich dir das alles abnehme?« Er bleckte seine Zähne, wobei er wie Wulfric aussah und sogar noch etwas niederträchtiger und hungriger. »Wie dem auch sei, wozu ist denn eine Hexe ohne ihre Zauberkraft zu gebrauchen? Höchstens als Serviererin oder um die Baracken meiner treuen Garde zu zieren und mit mehr Wärme zu erfüllen.«

Colin sprang auf wie von der Tarantel gestochen, stieß den Posten nieder, der gerade wieder auf seine Beine gekommen war, und entwand ihm dabei seinen Speer. Das lange Ende der Waffe kam in Schwung und streifte die Bäuche der drei Wachen, die hinter Colin standen, als dieser mit der Speerspitze Sallys Kehle bedrohte. Gretchen, ebenfalls zur Seite geworfen, als Colin diesen Angriff führte, sah, wie Sally und die Wachen ihre Waffen auf ein Zeichen Furchtbarts hin sinken ließen. Die Wachen traten einen Schritt zurück. Colin sagte keuchend und mit krächzender Stimme zu Furchtbart: »Sie ist deine eigene Nichte, du Hunde...« Plötzlich wurde er aber wieder von einem Hustenanfall geschüttelt, der ihn so sehr schwächte, daß Sally nur noch den Speer greifen mußte und ihn mühelos gegen Colin wenden konnte.

Gretchen konnte sich noch rechtzeitig auf die Knie erheben, um die Waffe abzuwehren. Die beiden waren wieder von Wachen umringt. Mit einem süffisanten Lächeln, das den vorangegangenen panischen Gesichtsausdruck Lügen strafte, schnippte Furchtbart mit den Fingern nach den Wachen und sagte: »Halt. Laßt ihn fürs erste leben. Ich bin ganz fürchterlich ergriffen von seinem Sinn für Ritterlichkeit. Was sagst du nun, Nichte? Wenn ich dein kleines Schoßhündchen nicht umbringen lasse, wirst du dann auch tun, was ich von dir verlange, und zwar *alles*?«

»Du hast zwar eine kranke Vorstellung davon, wie du ein Mädchen unters Volk bringen willst, Onkel, aber ja, verschone Colin. Ich werde deinem Befehl gehorchen.«

»Gut, gut. Dann werden wir den Tagungsort zu den Gästezimmern verlegen, und du kannst uns dabei helfen, daß er es bequemer hat.«

Es kostete Gretchen einige Anstrengung aufzustehen. Sie war schwächer in den Knien, als sie es sich eingestehen wollte. Trotzdem wollte sie Colin helfen, aber die Wachen hatten ihn in die Zange genommen und stießen ihn vorwärts. Er hustete immer noch, als ob sich jetzt dann gleich sein Innerstes nach außen kehren würde. Furchtbart stieg von seinem Thron herab und packte Gretchen mit eisernem Griff am Ellbogen.

Er geleitete sie zum entferntesten Torbogen, der zu den Baracken führte, die aus einer Doppelreihe von trostlos aussehenden Verschlägen bestand. Gretchen war sorgsam darauf bedacht, nicht hinzuschauen. Am Ende des Raums waren ein weiterer Torbogen und zwei schwere Türen aus Zedernholz, die die beiden Wachen schwerfällig aufstießen. Ein kalter Windhauch fegte durch den Raum, der mit Hagel vermischt war und sie alle einen Moment lang zurückstieß.

Ein weiterer Posten stapfte dem Sturm entgegen und öffnete das Tor, das zu einem offenen, leeren Zimmer führte, dessen Wände aus Eis bestanden. Die Wächter schleppten Colin herbei und warfen ihn dort hinein.

Gretchen befreite sich von dem eisernen Griff ihres Onkels und suchte seinen Blick. Eilig verließen die Wachen Colins Zelle und stürzten sich auf Gretchen, die sie von dort wegzogen. »Du hast mir versprochen, daß du ihn am Leben lassen würdest!« schrie sie in den niederprasselnden Hagel hinein. »Er ist krank, er wird den Morgen nicht überleben!«

»Bist du aber nervös, Mädel. Habe ich dir nicht gesagt, daß ich eine Aufgabe für dich hätte? Weißt du, Nichte, ich traue dir eben noch nicht so recht. Ich möchte mit eigenen Augen sehen, ob du – was deine erbärmlichen häuslichen Hexentricks anbetrifft – auch wirklich die Wahrheit gesprochen hast. Wenn du nämlich immer noch dazu fähig bist, dann kannst du ja für alle nötigen Annehmlichkeiten sorgen, damit es dein Freund in dem Quartier, das ich ihm freundlicherweise zur Verfügung gestellt habe, auch wirklich bequem hat. Ans Werk, meine Liebe, nun kannst du ja dafür sorgen, daß er warme und trockene Kleidung bekommt. Zünde ihm doch eines deiner entzückenden kleinen Feuer an oder sorge dafür, daß er Licht hat, und vielleicht besorgst du ihm auch ein kleines Zelt, um ihn vor den Elementen zu schützen. Weißt du, es ist wirklich deine eigene Angelegenheit. Wie du selbst sagst, hast du ihn ja in die Sache hineingezogen. Ich kann es mir wirklich nicht leisten, mit meiner Revolution baden zu gehen, nur weil ich einer Menge Mitläufer Samariterdienste erweise, um meinen Verwandten zu gefallen. Wenn du willst, daß er am Leben bleibt, dann mußt du selber für ihn sorgen. Sonst...« Er brach ab und zuckte mit den Schultern.

Gretchen funkelte ihn zornentbrannt an, stieß die Wachen beiseite und versuchte zu zaubern, aber es kam ihr so vor, als ob sie nie die Kraft dazu besessen hätte. Nichts rührte sich und drang in Colins Zelle ein, und auch dort veränderte sich nichts, außer daß sich der Hagel dort ansammelte und der Wind die Hagelkörner auf dem Boden herumwirbelte. Colin lehnte vornübergebeugt in einer Ecke und hustete, als sie die Tür schlossen und dann verriegelten.

Gretchen, die vor Wut und Verzweiflung heulte und halb blind war vor Tränen, blieb auf diese Weise wenigstens das schadenfrohe Grinsen ihres Onkels erspart. Sie zerfleischte sich mit den Fingernägeln die Handflächen, als sie die Wächter wieder anpackten.

»Du bist ein sehr wahrheitsliebendes Mädchen«, sagte Furchtbart, »aber das werden wir dir auch noch abtrainieren!«

Er ließ sie von den Wachen wieder in den Thronsaal zurückschleppen und nahm selber wieder auf dem Thron Platz. »Nun werde ich dir sagen, was wir mit dir vorhaben. In Wirklichkeit bist du nämlich genauso nutzlos wie dein Freund. Wie lästig es doch ist, ein Führer zu sein! All diese unbrauchbaren Leute auf meiner Tür-

schwelle! Ein Spielmann, der nicht spielen, und eine Hexe, die nicht das einfachste Zauberkunststück vollbringen kann! Und dann bist du ja schließlich auch noch eine Grau, so daß ich dich lieber nicht mit meinen Leibwächtern verkehren lasse, obwohl du dich anderweitig auch noch nützlich machen könntest...«
Furchtbart hielt in seiner Rede inne und schaute an Gretchen vorbei, als eine Dame hereinspaziert kam, die so aussah, als ob sie sich im Zimmer geirrt hätte. Ihr pummeliger Körper zitterte förmlich vor Aufregung, aber eine Aura von rosafarbenem Licht umgab sie, die um das Haupt herum besonders hell war. Der Kopf war von einem grauen, zerzausten Lockenschopf bedeckt, aus dem ein Federkiel herausragte, der hinter dem Ohr steckte. »Furchtbart – ach, du mußt schon entschuldigen, mein Lieber, ich meinte natürlich Dunkler Pilger, mein Lieber. Mir ist gar nicht zu Bewußtsein gekommen, daß du gerade Hof hältst. Bitte entschuldige, daß ich hier so einfach hereinschneie, aber ich habe geraden, den Plan fertig gezeichnet, um den du mich gebeten hast, und scheine den Schreibgriffel verlegt zu haben, mir dem ich so gerne arbeite. Ich hoffe, daß er hier nicht irgendwo auf den Boden gefallen ist und vom Wasser hinausgeschwemmt wurde oder daß seine Federn in der Asche ganz dreckig wurden.«
Respektlos ließ sie Furchtbart von einer Backe auf die andere rutschen, als sie unter der Pelzdecke und den Kissen, die den Thron bedeckten, herumstocherte. Dann richtete sie sich wieder zu voller Größe auf, kratzte sich am Kopf und wandte sich nun dem Teppich zu. Entschlossen packte sie ihn an dem einen tropfenden Ende und zog daran, so daß Sally Offenherz nach hinten kippte. »Entschuldigung«, sagte die frühere Prinzessin von Argonia. Es klang aber kein bißchen zerknirscht. Indem sie ständig vor sich hinmurmelte, ließ sie zuerst Gretchens Wächter und dann diese selbst ihre Füße heben, als sie auf dem Boden nach ihrem Handwerkszeug suchte. Als sie dann wieder aufsah, gab sie sich den Anschein, als ob sie Gretchen jetzt erst sehen würde. »Guten Abend, meine Liebe. Kennen wir uns?« fragte sie und streckte Gretchen die Hand zum Gruß hin. Eine von den Wachen zwang Gretchen vor der Prinzes-

sin auf die Knie und stieß sie mit dem Gesicht zu der ausgestreckten, mit Tintenklecksen übersäten Hand hin und deutete damit an, daß sie diese küssen sollte. Bevor sie aber dazukam, zog Pegien ihre Hand wieder zurück und hielt sie vor den Mund. »Oh! Jetzt weiß ich's wieder, du bist bestimmt das neue Dienstmädchen, das mir Furchtbart versprochen hat!«

Furchtbarts Lächeln verschwand zum ersten Mal von seinem Gesicht, seit die Wachen Gretchen und Colin als mit vorgehaltenem Speer hereingeführt hatten. »Sie ist kein Dienstmädchen, meine Liebe«, berichtigte er Pegien, »ist dir denn nicht die Familienähnlichkeit zwischen ihr und mir aufgefallen? Dies ist meine Nichte Greta, die kürzlich von dem Kerl, der den Thron deines Vaters geraubt hat, in einen Rang erhoben wurde, der deiner gesellschaftlichen Stellung, wenn nicht höher, so doch zumindest ebenbürtig ist. Prinzessin Greta von Argonia, darf ich dir Prinzessin Pegien Aschenbrenner, die rechtmäßige Erbin des argonischen Throns, vorstellen, die neben mir regieren wird, wenn unsere glorreiche Revolution erst einmal ihre Früchte trägt.«

Sally Offenherz blieb vor Erstaunen der Mund offen stehen, und sie sagte: »Aber Dunkler Pilger, du hast *mir* doch versprochen...«

»Ach, ja, richtig, ich habe Hauptmann Offenherz versprochen, daß ihre Männer mit Speis und Trank bewirtet würden, und ich werde nun hinuntergehen und mich um die übrigen Gefangenen kümmern. Pegien, meine Liebe, wenn du so gut wärst und Gretchen in deine Gemächer mitnehmen und dafür sorgen würdest, daß sie nicht in die Nähe von spitzen Gegenständen und Salz kommt. Wachen, ihr sorgt dafür, daß keine der beiden Prinzessinnen die Gemächer der Königlichen Hoheit ohne meine ausdrückliche Aufforderung verläßt!« Er lächelte Pegien bedauernd zu. »Unsere Agenten haben Ebereschs Trupp einen Tagesmarsch vom Plappermaulfluß entfernt aufgespürt, meine Liebe. Ich muß für deine Sicherheit sorgen und dich von nun an unter den Schutz meiner Garde begeben.«

Pegien erhob sich auf die Zehenspitzen und gab Fruchtbart einen

Kuß auf seine hagere Wange. »Natürlich, mein Schatz, du bist ja so aufmerksam. Komm jetzt, meine liebe Greta!« Sie schien nichts dabei zu finden, daß der Wachposten, der Gretchen begleitete, die Nichte ihres Führers mit einem Speer bedrohte.

Ohne aufzumucken ließ Mondschein seine Peiniger die Schlinge und die Seile entfernen, mit denen sie ihn gefesselt hatten, denn er gedachte sie zu beißen, sobald er frei war. Primel dagegen bäumte sich auf und wieherte erbärmlich. »An welch *entsetzlichem* Ort sind wir denn hier gelandet?« fragte sie, obwohl natürlich keine der Wachen die Gabe besaß, Einhörner zu verstehen. »Hier liegt ein Fehler vor! Meine Jungfrau hat bestimmt nicht beabsichtigt, mich auf diese abscheuliche Weise zu schmähen!«

Aber die Wachen, die aus ihren vorangegangenen Erfahrungen mit Einhörnern gelernt hatten, zogen die Seile mit einem schnellen Ruck von ihr und Mondschein herunter und traten dann sofort zurück, um durch andere ersetzt zu werden, die die Einhörner mit vorgehaltenen Speeren in die eisige Zelle am Ende des Schlosses trieben.

Die Zelle war leer und lag offen unter dem Himmel, von dem der Hagel niederprasselte, aber wenigstens, dachte Mondschein, würde er das tun können, weshalb er überhaupt fortgezogen war, nämlich andere Einhörner treffen. Zwei davon standen mit gesenktem Haupt in einer Ecke zusammengedrängt und wehrten mit den Ohren die Hagelkörner ab. Der Hengst blickte zu ihnen auf, schüttelte die Schloßen von seinem abgebrochenen Horn ab und sagte: »Huh, da kommen noch zwei Dummköpfe. Seid ihr beide etwa auch bereit, euern bescheidenen Beitrag für die Revolution zu leisten?«

»Ich *war* es«, sagte Primel und schlug mit ihren Hinterhufen gegen die Tür. »Aber jetzt denke ich ja gar nicht mehr daran, wenigstens solange nicht, bis man mir diese abscheuliche Behandlung vollständig erklärt und mich dafür in gebührender Weise um Verzeihung gebeten hat!«

Der Hengst ließ das längste Pferdegewieher erschallen, das Mondschein jemals gehört hatte. »Du bist ja einsame Spitze«, gluckste er, als er sich schließlich wieder in der Gewalt hatte. »Das ist der beste Witz, den ich jemals gehört habe! Entschuldigung! Erklärung!«

»Die Männer dort werden es noch bitterlich bereuen, wie sie mich mißhandelt haben, wenn meine Jungfrau dahinterkommt, wie sie ihre Befehle vermasselt haben«, sagte Primel geziert.

»Deine Jungfrau?« fragte der fremde Hengst betont unschuldig. »Meinst du vielleicht eine blonde Frau, die mit einem silbernen Jagdhorn protzt und praktisch nichts anhat?«

»Das ist eine genaue, aber ungehörige Beschreibung von ihr«, mußte Primel schließlich zugeben.

»Halt dein Horn fest, mein Schatz, aber diese Schlampe hat sicher schon einen Zeitpunkt vereinbart, zu dem sie mitansehen kann, wie sie dir das Horn abnehmen und es zu Pulver zermahlen und dir bei lebendigem Leib das Fell abziehen, damit sie sich daraus einen Gürtel machen kann!«

»Lügner!« schrie Primel und griff ihn an.

Der Hengst hatte sich erhoben und wehrte ihren Angriff mit einer gewandten Bewegung seines abgebrochenen Hornes ab, bevor sie überhaupt wußte, was passiert war. »O nein, ich könnte nicht lügen«, sagte er, »hast du denn vergessen, daß ich ein Einhorn bin wie du auch?«

»Und das gehört auch zum Einhorn-Codex –
Daß ein Einhorn niemals in die Irre führt
Sondern immer die Wahrheit sagt
Ohne Erbarmen oder Rücksicht
Obgleich dich die Wahrheit in Wirklichkeit bluten läßt.«

Der Vers verwirrte Mondschein mehr als die katastrophaleren Ereignisse des Tages. »Das hast du dir gerade ausgedacht, nicht wahr?« fragte er den Hengst. »Ich habe diesen Abschnitt des Codex noch nie zuvor gehört.«

Einen Augenblick lang sah ihn der Hengst mißtrauisch an, ging

dann zu ihm hinüber und trabte im Kreis um ihn herum. »Willst du mich etwa auch einen Lügner heißen, Söhnchen?«
»Nein – ich dachte nur...«
»Adlerflaum, schämst du dich denn überhaupt nicht«, schimpfte ihn seine Gefährtin aus, die sich nun ebenfalls erhob. Sie war ein hübsches, schneeweißes Füllen mit Augen in einem gedämpften Moosgrün. »Das sind doch auch nur Gefangene, und genau wie uns hat man sie verletzt, und sie sind nun verwirrt, und statt sie zu trösten, verspottest du sie nur!«
»Was ist denn um Himmels willen mit deinem Horn passiert, Fräuleinchen?« wollte Primel von dem Füllen wissen, dessen Horn in einem ebenso reparaturbedürftigen Zustand war wie das des Hengstes.
»Es ist abgebrochen«, sagte sie, »während wir gegraben haben.«
»Gegraben? Bist du ein Einhorn oder ein Erdhörnchen?«
»Laß sie in Ruhe, Primel!« warnte sie Mondschein. »Nachdem du mich auf so schändliche Weise verraten hast, wirst du dich ja kaum mehr als den Inbegriff der Einhornmoral ausgeben können!«
Das Füllen ging zu ihm hinüber und schnüffelte, offensichtlich mochte es, was es roch. »Sei nicht so streng mit ihr«, sagte es sanft und blickte ihn lange mit seinen wunderschönen, grünen Augen an.

> »Denn dies ist der Einhorn-Codex:
> Der Liebe zu folgen, wohin sie einen führt...«
>
> »Und die erste Lektion«, schloß Primel anstelle des Füllens,
> »Ist, wenn deine Geliebte dir winkt
> Ist es eine Ehre, an ihr Knie gelehnt zu sterben.«

Das ältere Einhorn schien einen Moment lang durch das edle Gefühl, das im Vers zum Ausdruck kam, wieder Auftrieb zu erhalten, aber dann fügte er traurig hinzu: »Außer, daß mir meine Geliebte ihr Knie entzogen hat. Wie kann ich an ihrem Knie sterben, wenn sie gar nicht hier ist?«

»Wenn sie hier wäre«, versprach Adlerflaum, »dann würde ich dafür sorgen, daß sie mit dir stürbe. Übrigens habt ihr beide den Vers falsch aufgesagt. Sobald euch nämlich die Jungfrau betrügt, heißt es, jedes Einhorn für sich selber, wie es der Codex klar und deutlich in dem folgenden Vers ausdrückt:

»Denn dies ist der Einhorn-Codex:
Zu kämpfen, bis ihr kein Blut mehr in den Adern habt
Zu fliehen wie der Wind
Vor der Menschenrasse
Und sie zu töten, wenn es nötig ist.«

Er seufzte. »Schade, daß ich mit so etwas wie diesem gesetzlosen Füllen zusammentreffen mußte. Zeit meines Lebens habe ich mich auf die Art von Liebe gefreut, die ein Einhorn mit seinem Mädchen haben sollte, die in dem Vers beschrieben wird, den ihr gerade so fürchterlich verpfuscht habt:

»Denn dies ist der Einhorn-Codex:
Der Liebe zu folgen, wohin sie einen führt.
Ob nun blondhaarig oder rotbackig,
Hauptsache sie ist dein Herzenskamerad
Deine Freundin in der Not und überhaupt.«

»Halt!« sagte da Mondschein, der verwirrter denn je war. »So heißt das aber *nicht*! Ich weiß, daß dies nicht der Codex ist, den mir meine Mutter beigebracht hat. So heißt das überhaupt nicht. Von der ersten Jungfrau ist die Rede, und, wart mal, es geht so: ›wohin auch die Liebe führt...‹«
»Wagst du es etwa, mir zu widersprechen, Grünschnabel?« sagte der Hengst herausfordernd. »Wenn dies der Fall sein sollte, dann laß dich bloß nicht durch mein beschädigtes Horn davon abhalten. Ich brauche schließlich kein Horn, um dich im Viereck herumzujagen!«
»Schäm dich, Adlerflaum!« warf Schneeschatten ein und stellte

sich zwischen den aufgebrachten Hengst und Mondschein. »Du mußt ihm verzeihen«, sagte sie zu Mondschein. »Wie uns alle quält ihn der Schmerz des Verrats, und er sucht nun Streit, um sich abzureagieren. Aber wir Einhörner dürfen nicht unter uns streiten.«

»Du bist so weise«, erwiderte Mondschein, schaute ihr dabei tief in die Augen und atmete ihren trotz des Schmutzes süßen Geruch ein. Obwohl er gefangen war, fühlte er sich auf eine merkwürdig versöhnliche Art glücklich. »Ich bitte um Verzeihung, edler Adlerflaum«, sagte er zum Hengst, »und bin sicher, daß du das Bekenntnis so sprichst, wie du es gelernt hast. Es ist nur so, daß ich als unwissender Jüngling, der nicht so gut Bescheid weiß über das Bekenntnis, wie er eigentlich will, mich auf die Suche gemacht habe, um alles darüber zu erfahren. Auch hätte ich nicht gedacht, daß das Bekenntnis, das mich meine Mutter gelehrt hat, andere Variationen zuließe.«

Lachend erwiderte Schneeschatten:

»Wie könnte es auch anders sein,
daß der Einhorn-Codex überhaupt deren Bedürfnisse befriedigt?
Wir sind doch keine Herdentiere
Und gebrauchen nicht die Worte von anderen,
Um unsere Gedanken und Taten zu beherrschen.«

»Natürlich nicht«, stimmte ihr Mondschein zu. »Aber – aber es *gibt* doch einen Codex – nicht wahr?«

»Natürlich gibt es einen Codex«, schnaubte Adlerflaum. »Wir halten uns alle an ein Bekenntnis, nur scheint es von Einhorn zu Einhorn ein bißchen anders zu sein, nach dem zu urteilen, was das kleine Füllen hier und ich herausgefunden haben.«

»Bist du . . . ?« fing Mondschein an, aber wußte nicht, wie er seinen Gedanken zu Ende führen sollte. Er hätte sich aber keine Sorgen darüber zu machen brauchen, denn Schneeschatten wußte ganz genau, was er fragen wollte.

»Nein, ich gehöre nicht zu Adlerflaum. Er wurde vor mir gefangengenommen, aber durch die gleiche Jungfrau, wenn sie das auch wirklich ist, so daß also keiner von uns jemand hat. Sie hat uns alle verraten.«

»Aber ich habe jemanden«, sagte Mondschein.

»Hast du mich denn mißverstanden?« fragte Schneeschatten traurig. »Laß es dir gesagt sein: Das Banditenmädchen ist eine ganz falsche Person!«

»Aber sie ist *nicht meine* Jungfrau«, sagte Mondschein beharrlich. »Meine Jungfrau ist eine wunderschöne Hexe, die sehr heftig sein kann. Sie hat vorübergehend ihre Zauberkraft verloren, aber ich bin überzeugt davon, daß sie ihren Onkel zwingen wird, uns alle freizulassen, wenn sie ihre magische Kraft wieder zurückerobert hat.«

»Ihr *Onkel*?« fragte Schneeschatten.

»Der böse Zauberer, der dem Banditenmädchen befehligt, ist ein entfernter Verwandter meiner Jungfrau«, sagte Mondschein so beiläufig wie nur irgend möglich. »Aber sie gleicht ihm kein bißchen, sie haßt ihn sogar, und sie liebt mich. Deswegen weiß ich auch, daß sie uns befreien wird...«

»Mich wird sie allerdings nicht befreien«, sagte Primel plötzlich ganz kleinlaut. »Nicht nach dem, was ich dir angetan habe und über sie gesagt habe. Nein, sie wird mich sicher nicht befreien.«

Niedergeschlagen ließ die ältere Stute den Kopf hängen. Sie schien nun die ihrer Situation zugrundeliegende Wahrheit und das, was ihr die anderen darüber erzählten, akzeptiert zu haben. Jetzt, da Sally Offenherz mit ihrem überwältigenden Charme nicht mehr anwesend war, erkannte sie zum ersten Mal das ganze Ausmaß ihres schrecklichen Mißgeschicks.

Schneeschatten stupste sie zärtlich am Hals. »Verzweifle nicht, ältere Schwester, wir werden alle miteinander befreit. Wenn Mondscheins Jungfrau so gut und so wunderbar ist, wie er behauptet, wird sie dich wenigstens seinetwegen befreien, und wenn nicht, nun, dann werde *ich* darauf bestehen.«

Adlerflaum schnaubte wieder und sagte: »Habt ihr Dummköpfe es

denn immer noch nicht begriffen, daß sich keine sterbliche Jungfrau damit abgeben wird, ein paar eingefangene Einhörner zu befreien? Ich hatte schon fast gedacht, daß uns diese pummelige Prinzessin helfen würde, aber ich glaube, statt auf menschliche Hilfe zu warten, wäre es besser, wenn wir Mondschein und Primel dazu überreden könnten, unser Fluchtloch vergrößern zu helfen.«
»Nun ja, es kann ja schließlich nichts schaden, wenn wir tun, was in unserer Macht steht«, pflichtete ihm Schneeschatten bei.
»Welches Loch denn?« fragte Mondschein.
»Der Einstieg zu unserem Fluchtweg«, sagte Schneeschatten. »Komm und schau dir's an, es ist schon beinahe groß genug.«

Pegien wartete, bis die Tür hinter ihnen zugeschlagen wurde, nahm dann Gretchen bei der Hand und zog sie zu der Wand hinüber, die am weitesten von der Tür entfernt war. »Ach, mein liebes Mädchen, ich habe alles kommen sehen, und es tut mir ja so furchtbar leid. Du mußt mir glauben, daß dein Onkel nicht immer so grausam war. Auf seine Art mag er dich sogar sehr gern.«
»Dann hat er allerdings eine seltsame Art an sich, es mir zu zeigen«, sagte Gretchen. »Seine überwältigende Zuneigung wird mir wahrscheinlich und meinem Freund ganz sicher das Leben kosten.« Ihr Lachen war bitter, und sie war kurz vor dem Überschnappen: »O nein, gnädige Frau. Sie täuschen sich. Mein Onkel haßt mich bestimmt. Er hat gedroht, mich zu – ach, ist ja egal!«
»Ja, wirklich«, schniefte Pegien und strich teilnahmsvoll über Gretchens Knie. »Sei unbesorgt, denn ich sage dir, Furchtbart haßt dich nicht, er könnte niemals jemanden hassen, der so sehr ein Abbild seiner selbst ist. Trotzdem hat er wegen dieser sogenannten Revolution den Verstand verloren, und es ist unsere Aufgabe, etwas dagegen zu unternehmen.«
Gretchen zuckte zusammen und war so überrascht von der unerwarteten Anteilnahme der Prinzessin, daß sie vorübergehend sogar aufhörte, sich im Raum nach einem Gegenstand umzusehen, den sie der anderen Frau über den Schädel knallen könnte. »Sie

wollen also damit sagen, daß Sie vorhin absichtlich hereingekommen sind?«

»Ja, ich muß mich dafür entschuldigen, daß ich es nicht fertiggebracht habe, deinen jungen Freund vor dem Labyrinth zu retten, weißt du, ich bin eben nicht besonders tapfer, denn ich habe schon vorher gewußt, daß Furchtbart etwas Entsetzliches mit ihm vorhatte, ganz abgesehen davon, was du oder ich tun könnte. Obwohl dich Furchtbart mag, ist er immer noch wütend auf dich, weil du seinen ersten Versuch, auf den Thron von Argonia zu gelangen, vereitelt hast. Ich fürchte, daß er dich damit treffen will, wenn er deinem Freund etwas antut. Natürlich hätte er auch dir übel mitspielen können, aber er ist viel zu stolz, als daß er ein Mitglied seiner eigenen Familie vor mir dran erniedrigt. Er ist schon fast so weit zu glauben, daß seine Familie genauso vornehm ist wie meine. Nicht, daß das zählen würde, aber deswegen kann er dich kaum in aller Öffentlichkeit mit Schimpf und Schande überhäufen.«

»Dann wollen Sie mir also helfen?« fragte Gretchen, »und Sie sind nicht auf seiner Seite?«

»Natürlich bin ich auf seiner Seite«, erwiderte die Prinzessin. »Aber weißt du, es ist alles ein bißchen komplizierter, denn obgleich ich auf seiner Seite bin, ist er nicht mehr der, auf dessen Seite ich bin. Dieses entsetzliche Weibsbild hat ihn vollkommen verdorben, und ich muß ihn davor bewahren, Dinge zu tun, die er eigentlich nicht wirklich beabsichtigen kann. Er wird froh sein und es mir danken, wenn er wieder zu sich kommt – das hoffe ich wenigstens.«

Gretchen sah die Prinzessin mißtrauisch an. »Entschuldigen Sie die Frage, gnädige Frau, aber hat vielleicht Ihr Essen in den vergangenen paar Monaten ein bißchen schal und fade geschmeckt?«

»Du meinst, weil Salz das Gegenmittel gegen Furchtbarts magische Fähigkeiten ist? Nein, du irrst dich, meiner Kost mangelt es an nichts. Ich fürchte, daß weder Salz noch Magie etwas mit dem Zauber zu tun haben, den Furchtbart auf mich ausübt. Auch für eine Prinzessin, die sich an den Gedanken gewöhnt hat, keine besonders große Schönheit zu sein, ist es nicht so besonders angenehm, in die Jahre zu kommen ohne ein ›Es-war-einmal‹, geschweige denn ein ›Und-wenn-sie-nicht-gestorben-sind…‹. Furchtbart leidet an einem rücksichtslosen Ehrgeiz, über den er die Kontrolle verloren hat. Da ich ihm nicht helfen kann, kann ich nur hoffen, daß er unter der richtigen Führung…« Sie hielt inne, als sie Gretchens mißtrauischen Blick sah, fügte sie mit müder Stimme hinzu: »Weißt du, er hat mir viele schöne Träume geschenkt.«

»Wenn Sie ›Alpträume‹ gesagt hätten, wäre das leichter zu verstehen«, sagte Gretchen. »Colin friert sich in seinem erbärmlichen Gefängnis zu Tode, und die Allmächtige Mutter weiß nur, was aus den Einhörnern geworden ist.«

»Sie sind in Sicherheit«, sagte Pegien in ruhigem Ton, dem keine Besorgnis zu entnehmen war. »Im Augenblick wenigstens«, fügte sie noch hinzu.

»Er wird auch König Eberesch umbringen, wenn…«

»Ihn umbringen? Aber König Brüllo Eberesch hat doch bestimmt genügend Männer und Waffen dabei, um mit diesem zerlumpten Haufen von Raufbolden, die Furchtbart um sich versammelt hat, fertigzuwerden?«

»Sie hatten einen Unfall«, teilte ihr Gretchen finster mit, »und nun befürchte ich, daß man sie wie uns einfach abschlachten wird.«

»Hmmm«, sagte Pegien unverbindlich, »Furchtbart *ist* in der letzten Zeit immer abweisender geworden – und er hat dieser entsetzlichen Nymphe neben dem Quartier für ihre Gefolgsleute auch noch etwas anderes versprochen, wenn ich mich nicht ganz irre.« Sie lächelte traurig vor sich hin. »Weißt du, ich möchte gar nicht daran denken, was dieses Versprechen beinhalten könnte.« Sie schwieg einen Augenblick lang, und als sie Gretchen dann wieder ansah, waren ihre Augen ungewöhnlich klar. Mit ihren tintenverschmierten Fingern strich sie über Gretchens Wange und Kinn und sagte: »Weißt du, du siehst ihm so ähnlich. Wirklich, so *sehr* ähnlich – du könntest seine Tochter sein, so ähnlich siehst du ihm.

Und doch, nach dem zu urteilen, was ich alles über dich erfahren habe, bist du ein liebes, ehrliches und offenes Mädchen, das so gut ist – wie er...«

»Ja«, sagte Gretchen sanft, »ich und er. Völlig richtig. Die Frage ist nur, was sollen wir denn nun machen? Colin ist krank. Das Fieber wird ihn umbringen, bevor die Nacht zu Ende ist, wenn er nicht vorher erfriert. Irgendwie müssen wir auch verhindern, daß der König abgeschlachtet wird, und ich weiß immer noch nicht, was Furchtbart mit den Einhörnern vorhat...«

»Aber ich weiß es«, sagte Pegien wütend, indem sie die Zähne in die Unterlippe grub.

»Haben Sie die Absicht, unseren Bewacher hereinzulocken, damit ich ihn bewußtlos schlage, oder soll ich ihn hereinlocken, damit Sie ihm die Honneurs machen?«

»Weder – noch«, erwiderte Pegien. »Es gibt noch eine andere Möglichkeit, aber wir müssen warten, bis es dunkel wird.«

Als Colin auf dem Boden seines eisigen Gefängnisses lag und von Wind und Hagelschloßen gegeißelt wurde, tröstete er sich bei dem Gedanken daran, wie großartig er gewirkt haben mußte, als er Sally Offenherz und ihren Banditen und dem bösen Zauberer um Gretchens willen getrotzt hatte. Ganz genauso wie in den Balladen, dachte er. Genaugenommen sogar eine Tat, die selber einer Ballade würdig wäre. Und dieses Mal war es auch nicht nur Schauspielerei gewesen wie in der Wirtschaft in Immerklar, wo er genau gewußt hatte, daß Leofwin nicht nur durch ihn, sondern auch durch Gretchens Magie und Mondscheins Horn in Schach gehalten wurde. Nein, dieses Mal war er wirklich aus Liebe zu seiner Dame einer drohenden Gefahr tapfer entgegengetreten, obwohl ihnen dies wahrscheinlich überhaupt nichts nützen und auch nicht besungen würde, wegen des verfrühten Hinscheidens all derer, die Colin so wohlwollend gegenüberstanden, daß sie die Tat aufgezeichnet hätten.

Ja nun, wenn ihm wirklich daran gelegen wäre, daß alles glatt ablief, hätte er sich nur in den Musiksälen herumtreiben und sich

nicht mit Hexen einlassen dürfen. Aber er wußte, daß Gretchen diese Geste zu schätzen wußte, so wie er sie dafür liebte, daß sie versucht hatte, ihn zu retten. Vielleicht hatte er sogar ihr Ende hinausgezögert, weil Furchtbart warten mußte, bis er sie mit dem Anblick von Colins erfrorenem, leblosen Leib quälen konnte. Wahrhaftig eine beglückende Vorstellung! Würde wohl nicht lange dauern, unter diesen Umständen! In seinen Armen und Beinen hatte er bereits kein Gefühl mehr, das gleiche galt für die Nase, den Mund und das Kinn, was natürlich ein Segen war in Anbetracht des Hagels. Aber im Innern fühlte er sich so, wie er es sich immer von Drachen vorgestellt hatte, die von einem fortwährenden Herzbrennen geplagt wurden, das unerträglich und überwältigend heiß war. Durch das ständige Husten und Niesen klappte sein Körper krampfartig zusammen, ganz abgesehen davon, ob er es sonst geschafft hätte oder nicht.
Es war zwar entsetzlich trübsinnig, aber wenn er sich mit dem Sterben genügend Zeit ließe, würde er vielleicht für Gretchen soviel Zeit herausschlagen, daß König Eberesch sie noch unter den Lebenden antreffen und befreien würde. Wenn es jemand verdiente, gerettet zu werden, dann war es Gretchen, die ja wirklich ein übriges tat, um alle anderen zu retten. Und nun hatte sie ihn dazu gebracht, es ihr gleichzutun. Nun gut. Ihm war so heiß in seinem Innern, daß er wahrscheinlich das Erfrieren noch ziemlich lange hinauszögern konnte. Aber das Husten tat entsetzlich weh, durchzuckte seine Brust mit einem stechenden Schmerz und schüttelte seine gelähmten und nutzlosen Glieder bei jedem krampfartigen, den Hals entlangrasselnden Anfall. Auch in seinem Kopfinneren schien ein Feuer zu brennen – das Feuer eines Hufschmieds mit dem Hufschmied, dem Hammer und dem Amboß gleich dabei.
Zwischen den Hustenanfällen versuchte sich Colin auf das Klappern seiner Zähne zu konzentrieren, die wie Kastagnetten klangen, aber schließlich gab er es auf. Obgleich er dagegen ankämpfte, schlief er am Ende doch ein. Er träumte von leicht zerzaustem, braunem Haar, braunen Augen, die vor Liebe und Bewunderung

für ihn überflossen, und von einer Frau mit einem warmen, zimtfarbenen Körper, die ihn hingebungsvoll umarmte; und was das Schönste war, er träumte von einem süßen und üppigen Mund, der zu sehr damit beschäftigt war, ihm seine Küsse zurückzugeben, um ein einziges Wort zu sagen.

Nach Ablauf von einer Stunde, in der sie ruhelos auf und ab gegangen war und nervös an den Fingernägeln herumgekaut hatte, öffnete Pegien die Tür und sprach zu ihrem Bewacher: Prinzessin Greta und ich werden uns nun zur Ruhe begeben, bitte sorgen Sie dafür, daß wir nicht gestört werden!«

Der Mann grinste unverschämt. Pegien interpretierte das als ein Zeichen der Zustimmung und schloß wieder die Tür, die sie rachgierig von innen verriegelte. Nachdem sie die wollenen Umhänge und Handschuhe aufgehoben hatte, die sie aus ihrem Reisekoffer herausgefischt hatte, winkte sie Gretchen zum Wandschirm hinüber, den sie zur Seite schob, wodurch der Eingang zu ihrem Geheimtunnel sichtbar wurde.

»Wer hätte das gedacht!« rief Gretchen. »Man würde doch meinen, daß so etwas einen fürchterlichen Zug erzeugt.«

»Schnell!« sagte Pegien. »Wir werden gerade noch genügend Zeit haben, bevor es im Schloß still wird und man sich ins Labyrinth hinauswagen kann.«

»Genügend Zeit wofür?« fragte Gretchen, die sich etwas duckte, damit sie mit dem Kopf nicht an die Decke des Tunnels stieß und im hastigen Bestreben, innerhalb von Pegiens rosafarbener Aura zu bleiben, nicht ausrutschte.

Pegien kniete sich nieder und schob den riesigen Schneeball zur Seite, den sie dazu benutzte, um ihren Tunnel zu verbarrikadieren. Dann setzte sie sich hin und rutschte auf dem Hintern am oberen Ende der hohen Labyrinthmauern entlang, bis Gretchen neben ihr Platz hatte.

Der Hagelschauer hatte sich nun gelichtet und der Wind gelegt. Die Wände des Labyrinths waren übersät mit Hagelkörnern, die durch Pegiens Aura rosa gefärbt waren.

»Tu den Schneeball wieder an seinen Platz zurück, Gretchen, sei so gut. Er ist zwar gut als Zapfen, aber ich muß ihn jedesmal wieder erneuern, wenn es wärmer wird.« Sie redete schnell und kramte in ihrer Rocktasche herum, während sie schwatzte. »Ach da ist sie ja!«

Sie zog eine Fackel heraus, die so lang war wie ihr Vorderarm, und dazu eine Streichholzschachtel. Dann zündete sie die Fackel an, so als ob sie ihr bester Freund wäre, und sagte: »Ist schon Tage her, seit ich zum letzten Mal geraucht habe. Das Wetter war ja auch scheußlich!«

»Ja«, sagte Gretchen zustimmend, »aber jetzt sieht es so aus, als ob es sich aufhellen würde.« Ein schwaches, gräulich gefärbtes Licht wurde über dem Horizont sichtbar, über dem Gletscher hinter dem Schloß, aber sonst war alles, was außerhalb der Aura der Prinzessin lag, pechschwarz. Diese Aura war eine sehr praktische Art von Zauberkraft, überlegte sich Gretchen. Obgleich es von der Prinzessin sehr umsichtig war, eine Fackel mitzubringen, so glaubte Gretchen doch nicht, daß sie diese wirklich brauchen würde, solange sie sich in der Nähe von Pegien hielt.

Das wollte sie auch gerade sagen, als sich Pegien wohlig zurücklehnte, ihren Hals genüßlich bog und das angezündete Ende der umgedrehten Fackel in ihren begierig wartenden Mund senkte. Gretchen, die zu verblüfft war, um etwas zu sagen, kam es so vor, als ob Pegien die Fackel bis zur Hälfte ihrer Speiseröhre hinablassen würde. Nach einer geraumen Weile, während der die Prinzessin an der Fackel regelrecht zu saugen schien, zog sie diese wieder heraus, löschte sie und gab einen befriedigten Seufzer von sich. Daraufhin blieb sie noch eine Weile sitzen und blies heiter Rauchringe in den verschiedensten Farben aus ihren Nasenlöchern, die in der Farbe von hellem Perlmutt glühten. Sie erinnerte Gretchen an die Drachenfrau Griselda in einer heiteren Gemütsverfassung.

Leicht hüstelnd und mit einem klareren Blick und einer festeren Stimme, als sie zuvor gehabt hatte, sagte Pegien: »Schade, daß du nicht auch rauchen kannst, bevor wir losgehen. Es wärmt einen so

wunderschön auf und hat nebenbei auch eine beruhigende Wirkung auf die Nerven.«
»O ja, ich habe begriffen, wo es einen wärmt«, sagte Gretchen zustimmend. »Was das Wärmen anbetrifft, meinst du, daß wir nun zu Colin gehen könnten?«
Der Hagel hatte ihren gefährlichen Fußpfad sogar noch schlüpfriger gemacht, als er gewöhnlich war, und sie mußten manchmal aufhören zu krabbeln, um am Mauerrand entlangzugleiten.
Pegien hatte Angst, daß sie etwas durcheinanderbringen würde oder daß sie sich verirren könnten. Nie zuvor war es so dunkel gewesen, als sie das Einhorngehege aufgesucht hatte. Jedesmal, wenn sie eine der Windungen des Lindwurms wieder zur Rückwand des Schlosses zurückführte, atmete sie erleichtert auf.
Gretchen hatte einen langen Rock an, aber war barfuß. Ihre Füße waren schon ganz taub von der unmittelbaren Berührung mit dem Eis. Sie versuchte, die Falten ihres Gewands so zu legen, daß ihre Haut dadurch besser geschützt war, aber brachte es nur fertig, sich selber am Fortkommen zu hindern und ihr Tempo zu verlangsamen. Trotz des Umhangs und der Handschuhe, die sie sich von Pegien geborgt hatte, war sie durch den Wind und das nasse Eis steifgefroren. Nach kurzer Zeit begann sie öfters auszurutschen, weil ihre Hände und Knie vom Herumkriechen ganz taub, ihre Muskeln aber müde und geschwollen waren, weil ihr ganzes Gewicht auf ihnen lastete. Sie waren schon eine unerträglich lange Zeit herumgekrochen, als Pegien plötzlich anhielt und sich nach vorn beugte, indem sie ihre Aura in den Abgrund auf der linken Seite der Mauer leuchten ließ, auf der sie sich befanden.
Bevor die Prinzessin dazu kam, Gretchen alles zu erklären, fühlte diese, wie Mondschein mit ihrem Bewußtsein Kontakt aufnahm.
»Bist du es, Jungfrau? Ich habe doch den anderen versprochen, daß du kommen würdest!«
Gretchen vergaß ihre Müdigkeit und die Kälte, flitzte nach vorn und schaute über den Rand, nur um ihren geliebten Mondschein

und drei andere Einhörner zu erblicken, die sie von unten herauf anstarrten.
»Haben sie dir was zuleide getan?« fragte sie.
»Nein, Jungfrau, haben sie nicht, aber dir?«
»Nein, mir geht es gut.«
»He, Hoheit«, sagte eines der Einhörner herausfordernd, »sind Sie etwa gekommen, um uns hier rauszuholen?«
»Ach du meine Güte, wie dumm von mir!« rief Pegien, indem sie sich mit dem Daumennagel an die Zähne schlug, »ich hätte meinen Plan mitbringen sollen, damit wir alle miteinander fliehen könnten. Ich war so durcheinander wegen Gretchens jungem Freund, daß ich ihn einfach vergessen habe.«
»Typisch Mensch«, schnaubte der Hengst, »die eigene Rasse geht vor!«
»Meister Colin ist in Gefahr?« fragte Mondschein, und Gretchen zeigte ihm das Bild von Colin, wie sie ihn zuletzt gesehen hatte: Hustend und frierend in einer Zelle, die der glich, in der die Einhörner untergebracht waren. »Befreit ihn jetzt gleich!« sagte Mondschein. »Ich, für mein Teil werde mich nicht auf seine Kosten aus dem Staub machen!«
»Ich auch nicht!« trompetete das Füllen an seiner Seite. Ihr schneeweißes Vlies verschmolz so vollständig mit dem Eis, daß nur ihre Augen klar umrissen waren. Sie fing an zu zitieren:

»Denn dies ist der Einhorn-Codex:
Von einer unziemlichen Flucht abzusehen
Wenn der Freund eines Freundes
Ganz in der Nähe verendet
Muß das Einhorn einschreiten!«

»Ich wünschte, du würdest das unterlassen, Schneeschatten«, beschwerte sich Mondschein. »Es verwirrt mich, wenn du immerfort Strophen des Einhornbekenntnisses zitierst, die ich noch nie zuvor gehört habe.«
Das Füllen entschuldigte sich zuerst bei ihm und dann auch bei der

Prinzessin und Gretchen. »Los, tapfere Jungfrau«, sagte sie schließlich, »erlöst euren Freund von seinem traurigen Los!«
»Aber – Jungfrau Mondscheins?« wandte sich Primel schüchtern an Gretchen.
»Ja, was gibt's?« fragte Gretchen, und die Kälte in ihrer Stimme war nicht ausschließlich dem Wetter zuzuschreiben.
»Ihr kommt doch wieder zurück, nicht wahr?«
Pegien antwortete an Gretchens statt. »Ich werde sie nur zu ihrem Freund bringen und beide hierher zurückführen, dann hole ich den Plan, und zuletzt werden wir alle durch das Schlupfloch kriechen und in der ersten Dämmerung durch das Labyrinth entfliehen. Darauf gebe ich euch mein Wort als königliche Aschenbrennerin und Tochter von König Finbar.«
»Das klingt schon besser!« trompetete der Hengst Adlerflaum. »Schart euch um mich, Freunde, und macht euch mit euren Hinterhufen wieder an unserem Schlupfloch nützlich!«

Gretchen und Pegien krochen vorsichtig um das Einhorngefängnis herum, erklommen die Mauer und folgten dem weiten Bogen, den dieser am Hintereingang des Schlosses machte, bis sie schließlich zu dem Verlies gelangten, in das Furchtbart Colin hatte werfen lassen.
Gretchen fluchte leise vor sich hin, als sie ihn mit angewinkelten Knien auf der Seite daliegen sah und ihnen die Aura der Prinzessin durch den Frost in seinem Bart, seinen Haaren und an seinen Augenwimpern wieder entgegenfunkelte. Zuerst dachte sie, daß er bereits tot wäre und daß sie zu spät gekommen seien, aber ein schwacher Husten, der seinen starren Körper schüttelte, belehrte sie bald eines anderen.
»Du meine Güte!« rief Pegien, »sieht nicht so aus, als ob er aufstehen könnte. Ich hatte gehofft, daß wir beide ihn hochziehen könnten, aber ...«
»Natürlich kann er nicht aufstehen!« fuhr sie Gretchen an. »Er ist krank und halb erfroren. Wir hätten eben früher kommen sollen! Hilf mir jetzt wenigstens dabei, wenn ich zu ihm hinabsteige!«

»Aber was hast du denn vor?« fragte Pegien. »Von dort unten kommt ihr doch allein nicht wieder herauf, und zweien auf einmal kann ich nicht helfen, weil ich einfach zu schwach dazu bin. Die Baracken sind nur eine Mauer weiter. Du meine Güte, was würde passieren, wenn sie euch erwischen!«
»Ich würde ihnen das Gefühl vermitteln, daß sie's lieber nicht getan hätten«, sagte Gretchen grimmig. In ihrer derzeitigen Verfassung vermochte ihr sogar eine leere Drohung ein bißchen Mut zu machen. Pegien hing quer über die Mauer, und Gretchen ließ sich an den ausgestreckten Beinen der Prinzessin in Colins Verlies herabgleiten.
Als sie Colin berührte, fühlte er sich genauso kalt an wie das Eis, aber als sie die Punkte abtastete, die ihr ihre Großmutter gezeigt hatte, und an denen angeblich die Lebensgeister einer Person ganz dicht unter die Oberfläche kamen, konnte sie seine wahrnehmen, wenn sie auch ganz müde und matt waren, so waren sie doch nichtsdestoweniger vorhanden, und sie konnte seinen Atem hören, der sich seinen Weg durch die zugefrorenen Nasenlöcher bahnen wollte.
»Wirf mir die Streichholzschachtel und die Fackel herunter!« rief Gretchen zu Pegien hinauf. »Ich werde versuchen, ihn zu wärmen, während du deinen Plan holen gehst. Vielleicht ist er, wenn du zurückkommst, soweit aufgetaut, daß wir ihn mit unserer Hilfe bis zum Einhorngehege bringen. Mondschein kann seine Leiden und Wunden heilen und ihn, wenn nötig, auf seinem Rücken durchs Labyrinth tragen.«
Pegien nickte ungeduldig und sagte: »Vielleicht finde ich auch etwas, mit dem wir ihn besser heraufziehen können – und vielleicht sollte ich auch etwas Asche von meinem Kamin mitbringen, damit wir uns beim Zurückgehen leichter tun.«
Streichholzschachtel und Fackel fielen knallend auf den Eisboden und rollten vor Gretchens Füße. Sie zündete die Fackel an, häufte frischgefallenen Schnee und Hagelkörner auf und steckte das Licht hinein.
»Ich werde mich beeilen«, versprach Pegien noch, und dann wur-

den ihre Stimme und ihr Licht mit einer wahnwitzigen Geschwindigkeit von der bitterkalten Nacht absorbiert.
Gretchen trauerte ihrer eigenen Zauberkraft nach, als sie sah, wie wenig Wärme und Licht die Fackel abgab, und mußte an das gemütliche Feuer denken, über das sie noch vor nicht allzu langer Zeit frei verfügen konnte. Aber wahrscheinlich sollte man erloschenen Feuern nicht nachweinen. Alle Bewohner Burg Eiswurms kannten schließlich auch noch andere Techniken, um Personen mit Erfrierungen aufzutauen, und sie würde diese benutzen, um Colin solange zu wärmen, bis er allein zum Einhorngehege zurückkriechen oder -gehen konnte, wo sie dann mit Hilfe der Fackel Eis schmelzen und Mondschein dazu veranlassen würden, sein Horn in das Wasser zu tauchen, um ihren Freund zu heilen.
Was danach geschehen würde, mußte von Fall zu Fall entschieden werden.
Da ihre Hände und Knie beinahe so kalt waren wie die von Colin, konnte sie nur mit äußerster Anstrengung Pegiens Umhang unter seinen erstarrten Körper schieben, in einem Winkel, der das Kleidungsstück zum Teil freiließ, so daß Gretchen, als sie sich neben Colin niederlegte, ihren Freund und sich selber damit zudecken konnte. Verstohlen griff sie nach seinen Händen und steckte sie sich unters Hemd, und zwar in die Achselhöhlen, wo nach der Aussage ihrer Großmutter mit die wärmsten Körperstellen waren. Dann mußte sie ihm die Stiefel von den Füßen ziehen, was gar nicht so einfach war in solch einer ungeschickten Stellung und nur dadurch ermöglicht wurde, daß seine Stiefel wie ihre eigenen bereits in ihre Einzelteile zerfielen, so daß sie nicht mehr im Ganzen heruntergezogen werden mußten, sondern ganz einfach auseinandergenommen werden konnten. Kurzentschlossen nahm Gretchen seine nackten Füße, steckte sie sich unter den Rock und preßte sie zwischen die Schenkel. Nachdem sie damit begonnen hatte, seine Gliedmaßen zu erwärmen, also die Körperteile, die von der Kälte am meisten gefährdet waren, wand sie sich wieder nach oben und zog Colins Gesicht zu sich herab, so daß seine Nase und seine Augen durch ihren Atem erwärmt wurden, dann steckte

sie ihre eigenen Hände, die ebenfalls vor Kälte halb erstarrt waren, in seinen Hosenbund, um sie an seinem Bauch zu wärmen.
Eine Ewigkeit verging, in der sie nur das langsame Pochen seines Pulses und ihren eigenen Pulsschlag vernahm, erst allmählich verschmolz die Kälte in seinem Körper mit ihrer Wärme, bis sich ihre Körpertemperaturen ausgeglichen hatten. Vielleicht würde sie sich nun mit ihm zusammen zu Tode frieren, wenn Pegien nicht zurückkam. Sie konnte sich vorstellen, wie das die Wachen amüsieren würde, wenn sie versuchen würden, die miteinander verschlungenen Körper wieder auseinanderzureißen. Wenn nur die Fackel nicht so mickrig und unzulänglich wäre. Sie schmiegte sich noch enger an Colin, dessen Körper ihr jetzt sehr viel wärmer vorkam.
Das tat sie ganz plötzlich, ihr Kopf war dabei in den Umhang gehüllt, und sie bildete sich ein, daß sie sowohl Wärme in ihrem Rücken spürte als auch Wärme, die von Colin herrührte, was sie aber bald wieder vergaß, weil sie durch ein kaltes Rinnsal abgelenkt wurde, das in der Halsmitte und zwischen ihren Brüsten heruntertropfte. Als sie den Kopf hob, strich sie mit dem Gesicht an Colins Bart vorbei. Der Bart war aufgetaut und pitschnaß.
Durch diesen Umstand wurde Gretchen dazu ermutigt, sich noch näher an Colin hinzukuscheln. Er vergrub sein Gesicht, das sich immer mehr ihrem Nacken näherte, an ihrer Schulter, und sie fühlte, wie sich seine Augenwimpern bewegten, die sie am Schlüsselbein kitzelten. Um es für ihn leichter zu machen, veränderte sie ihre Lage und strich ihm mit der freien Hand am Nacken entlang, um ihn zu wärmen, da sie wußte, daß dies eine Stelle war, die ganz besonders empfindlich gegen Kälte war.
»Hmmm, Gretchen?« Er bewegte sich jetzt schon ganz ungehindert, streckte die Füße aus, die er dann zwischen ihren Knien am Saum des Umhangs ruhen ließ.
Gretchen schloß ihn in die Arme und murmelte: »Wurde aber auch Zeit, daß du erwacht bist!« Seine Hände rückten nun ein bißchen weiter und waren offensichtlich nicht mehr ohne Gefühl, als sie sich um ihre Brüste schlossen.

»Mmmmm«, sagte er nur und grub sein Gesicht immer tiefer ein und hielt erst inne, als er mit der Nase zwischen ihren Brüsten war.
Colins Stimme war noch ziemlich schwach und zitterte, und Gretchen stellte fest, daß er immer noch ab und zu von einem Hustenanfall geschüttelt wurde. Als Reaktion darauf preßte sie seinen Kopf noch fester an sich und küßte sein tropfnasses Haar. Sie war sich der Kälte inzwischen nicht mehr bewußt und streichelte seine widerborstigen Nackenhaare mit der freien Hand, bis sie sich bei der zärtlichen Behandlung legten.
»Ach«, sagte er, »deine Hände tun so gut! Aber, du Arme, du bist ja ganz in der Kälte!« Kaum hatte er dies gesagt, legte er sich kurzerhand auf Gretchen, um sie vor der kalten Nachtluft zu schützen.
Und sie dachte, daß es wohl der falsche Zeitpunkt wäre, um zu erwähnen, daß sie keineswegs fror, sondern förmlich dampfte.
»Weißt du, wir machen das nicht richtig«, keuchte er ihr ins Ohr.
»Nein?«
»Nein. Ich weiß es aus zuverlässiger Quelle, daß man die beste Wirkung erzielt, wenn keine Kleider zwischen den verschiedenen Hautoberflächen sind.«
»Nun, wenn dem so ist...« pflichtete sie ihm bei, und gemeinsam machten sie sich daran, den Fehler zu korrigieren.
»Worauf warten wir eigentlich noch?« fragte er.
»Auf Prinzessin Pegien. Sie kommt mit einem – äh Plan oder einer – äh – Karte zurück.«

Pegien hörte das Klopfen an ihrer Tür, als sie noch im Tunnel war. Als sie den Umhang und die Handschuhe hinter der Schutzwand ausgezogen hatte, drückte sie sich daran vorbei und schob den Schneeklumpen wieder an seinen Platz, bevor sie zur Tür hinüberging und den Riegel zurückschob. Furchtbart streckte den Kopf herein.
»Pst!« sagte sie und hielt den Zeigefinger vor den Mund. »Deine Nichte schläft schon.«
»Vorzüglich. Dann kannst du ja in mein Arbeitszimmer mitkom-

men und mir dabei helfen, die genauen Formeln für die Herstellung der Einhornmedikamente und Einhornzauber zu entziffern, was bis zum Tagesanbruch geschehen sein muß. Es wird meine Gefolgsleute wahrscheinlich sehr zuversichtlich machen, wenn sie in dieser ersten Schlacht sehen, wie sie meine Umsicht, die mich bewegt hat, Einhörner einzufangen, vor Gefahren schützt. Wenn sie erst einmal erkennen, daß sie keine bleibenden Verletzungen davontragen, wird mein Heer unschlagbar sein!«

»Du wirst doch hoffentlich die Tiere nicht noch heute nacht opfern?« fragte Pegien und versuchte, weniger Beunruhigung zu zeigen, als sie eigentlich fühlte.

»Doch nicht opfern, meine Liebe. Sie sind viel zu wertvoll, um geopfert zu werden. Aber wir werden mindestens von zweien die Teile herausschneiden, die wir brauchen, sobald wir die Rezepte kopiert haben. Ich hoffe, daß du nicht herumtrödeln wirst!«

»Ich bin gleich da, ich muß nur noch vorher meinen Umhang holen. Die Gänge im Schloß sind so zugig, besonders bei Nacht. Ich bin in einem Augenblick fertig.«

»Gut, eine der Wachen wird dich begleiten, ich werde in meinem Arbeitszimmer auf dich warten.«

Pegien verriegelte die Tür hinter sich und kramte in ihrer Mappe aus Wachstuch herum, bis sie den Plan fand, der zwar entsetzlich unvollständig war, aber daran konnte man jetzt nichts mehr ändern.

Dann schlüpfte sie wieder in den Tunnel zurück, nahm ihren Mantel und glitt wieder ins Labyrinth hinaus, krabbelte dann auf allen vieren weiter, bis sie zum Gemach, das an das Einhorngehege grenzte, von ihr aus gesehen im Aufwind war. Dann faltete sie den Plan in der Gestalt eines Vogels, berief sich auf einen unbedeutenderen Zauber, den ihr König Finbar, ihr Vater, beigebracht hatte. Es war ein Zauber, den alle berufsmäßigen Magiere kannten, nämlich wie man aus unbelebten Gegenständen, wie zum Beispiel Papier und Taschentüchern, vorübergehend Vögel hervorzauberte. Mit einer schwungvollen Handbewegung und einer gemurmelten Beschwörung, die sie als Kind gelernt hatte wie andere Kinder Kinderlieder, ließ sie den kostbaren Plan zur Zelle fliegen, in der Gretchen und der Spielmann waren. Sobald der Plan aus ihrer Hand war, verwandelte er sich in eine strahlende rosafarbene Taube, die geradewegs auf ihr Ziel zuflog, wo sie – wieder als Plan – auf den Boden fiel. Pegien dachte, daß sie sich vielleicht später in der Nacht, wenn sich Furchtbart auf seine Vorbereitungen zur Schlacht konzentrierte, wieder wegstehlen konnte, um sie zu warnen, aber im Augenblick war der Plan die beste Hilfe, die sie ihnen zu bieten hatte.

»Das hätten wir nicht tun sollen«, sagte Gretchen, als sie fertig waren.
»Ich weiß«, erwiderte Colin, »weil du nun nicht mehr Mondscheins Mädchen sein kannst – Haaatschi!«
»Das meine ich doch gar nicht, du Dummer! Ich meine, daß wir das nicht hätten tun sollen, weil sich dadurch dein Husten verschlimmert hat. Du mußt ja hohes Fieber haben, fühl mal, wie naß es unter uns ist!« Tatsächlich war auch das Stück des Umhangs, auf dem sie gelegen hatten, ganz durchweicht, und Colins Gesicht war feuerrot.
»Unsinn, ich fühle mich schon sehr viel besser dank dieses Feuers, das du angefacht hast. Das ist es nämlich, was alles so naß macht. Es hat schon ein richtiges Loch in die Wand geschmolzen.«
Gretchen spitzte aus den Falten des Umhangs hervor. Flammen prasselten bis zum Mauerrand hoch, ein gewaltiges, brennstoffloses Freudenfeuer loderte an der Stelle auf, wo vorher die mickrige Fackel gebrannt hatte. Schließlich erhob sich Gretchen auf die Knie und begann sich anzuziehen. Auch Colin zog sich wieder die Kleider über, abgesehen von den ramponierten Stiefeln, die er nur traurig betrachtete, bis sie Gretchen mit einem beinahe automatischen Augenzwinkern unverzüglich wieder zusammenflickte. Ihre Magie war geheilt wie eine kleine Verletzung an der Hand oder am Fuß und funktionierte plötzlich wieder ganz natürlich, so als ob sie nie beeinträchtigt gewesen wäre.
Colin lächelte zuerst seine Stiefel liebevoll an, als er wieder hinein-

schlüpfte, und dann Gretchen, die das Feuer löschte und bereits mit einem Bein durch das Loch war, das sie in die Eiswand geschmolzen hatte. »Wie ich sehe, hast du sie wiedererlangt«, sagte er und deutete auf das Loch, das die Wiederkehr ihrer Zauberkraft signalisierte. »Ich – danke dir, daß du dich um mich gekümmert hast, wollte ich sagen.«

Sie zog ihr Bein wieder zurück und stellte sich wieder neben ihn. »Ich weiß nicht so genau, wer wen geheilt hat. Sie ist erst wieder zurückgekehrt, als wir – wie dem auch sei, bleib in der Nähe. Wer weiß, wozu deine Magie noch fähig ist? Es kann schon sein, daß sie sich's nochmals anders überlegt und daß wir wieder – die entsprechenden Maßnahmen ergreifen müssen.« Sie grinste ihn vielsagend an, und er erhob sich, schloß sie in die Arme und küßte sie herzhaft, aber kurz, bevor ein erneuter Hustenanfall ihre Umarmung unterbrach.

»Am besten wir schmelzen uns sofort unseren Weg zu Mondschein«, sagte sie, »dein Husten hört sich ja immer schlimmer an.«

Colin wollte ihr gerade sagen, daß seine Erkältung auch für ihn selber nicht besonders angenehm war, als sein Blick auf einen seltsamen, schwach leuchtenden Gegenstand gelenkt wurde, der an der Eiswand lehnte. Er bückte sich und hob das Stück Pergament auf, das zu einem dreieckigen Gegenstand zusammengefaltet war. Die Spitze davon war naß. »Was ist denn das?« fragte er, indem er das Stück Pergament an seinem Schenkel glattstrich.

Gretchen warf ebenfalls einen Blick auf das Blatt; eine Seite war zu drei Vierteln von glühenden, verwackelten Linien bedeckt, durch die sich eine stärker hervorgehobene Schlangenlinie durchzog, die von einem Pfeil am unteren Rand der Zeichnung ausging und sich in dem unvollendeten und ein bißchen durchweichten Nichts am oberen Rand verlief.

»Es ist eine Karte – das muß der Plan sein, den Pegien holen wollte«, sagte sie.

»Aber warum hat sie ihn uns wohl in der Form überbracht? Was meinst du, vielleicht ist sie zurückgekommen, während wir – du weißt schon – und wollte uns dabei nicht stören, weil sie viel zu höflich ist?«

Aber Gretchen schüttelte nur den Kopf und ging durchs Loch zurück. »Nein, irgendetwas muß passiert sein, daß sie doch nicht zurück konnte. Das heißt also, daß wir den Plan nehmen und ohne sie gehen müssen. Beeil dich!«

Auf der anderen Seite des Lochs war das Gemach, das am hinteren Eingang des Schlosses lag. Gretchen entzündete ihr Feuer in angemessener Entfernung von den Türen und ließ die Flammen an der Wand hochzüngeln, die das Gemach mit dem Einhorngehege verband.

»Wir hätten ja auch die Tür benutzen können«, sagte Colin.

»So ist es viel leiser«, versicherte sie ihm. »Dann habe ich auch gar nicht mehr daran gedacht. Und es dauert ja ohnehin nur einen Moment. Sieh dir doch das Feuer an!« Er hörte den Stolz eines Handwerkers aus ihrer Stimme heraus, als sie den kräftigen, orangefarbenen und bläulichen Flammen zusah, die sich durchs Eis fraßen.

»Deine Magie ist ja wirklich mit aller Macht zurückgekehrt«, sagte er anerkennend. »Wenn ich dabei bin, mußt du offenbar aufpassen, daß du auch wirklich nur Lagerfeuer entfachst und keine Waldbrände auslöst!«

Als sie die zweite Mauer durchbrachen, empfingen sie die Einhörner, die die Augen wild rollten, mit kampfbereiten Hörnern.

»Halt!« rief Colin mit erhobener Hand, um einen möglichen Angriff abzuwehren. »Wir sind's nur!«

»Wir haben gedacht, es wäre ein Lindwurm!« erklärte ihnen Schneeschatten.

»N-n-nein«, erwiderte Colin und nieste, was wiederum einen Hustenanfall auslöste.

Gretchen deutete auf die Lache von geschmolzenem Eis zu ihren Füßen und flehte Mondschein an: »Bitte, läutere dieses Wasser ganz schnell, damit er davon trinken kann und wieder gesund wird, denn er ist immer noch sehr krank.«

»Halt mal«, sagte Adlerflaum und drängte sich nach vorn. Mit

geblähten Nästern schnupperte er in Gretchens Richtung. »Hast du uns nicht erzählt, sie sei noch eine Jungfrau, alter Junge? Da ist aber nicht die Spur von Unberührtheit wahrzunehmen! Wenn die eine Jungfrau ist, bin ich ein Zebra!«
Mondschein, der gerade sein Horn in die Lache tunkte, blieb unbewegt stehen. »Natürlich ist sie eine Jungfrau. Gretchen?! Was hast du denn getan?«
Gretchen schaute schuldbewußt zu Colin hinüber, der ihren Blick ziemlich verdattert erwiderte, bevor sich dann beide Mondschein zuwandten und mit den Schultern zuckten.
»Spielmann Colin, und ich hab dir so sehr *vertraut!*« jammerte Mondschein. »Schau, was du angerichtet hast!«
»Sie scheinen sehr gut zu wissen, was sie zusammen angerichtet haben!« sagte Primel, die wieder zu ihrem griesgrämigen Gehabe zurückgekehrt war.
»Klar, wissen sie das«, sagte Schneeschatten. »Und ich, für mein Teil, finde es ganz süß und aufregend. Mir ist noch nie zuvor ein Liebespaar begegnet. Und überlegt doch mal, trotzdem können sie noch uns Einhörner verstehen! Das ist doch wirklich sehr merkwürdig, aber ich finde es großartig!« Sie ging zu Gretchen hinüber und stellte sich zwischen das Liebespaar und die anderen Einhörner. »Sag mal, ganz unter uns, war es wirklich sehr schön?«
»Äh – Colin, wenn du jetzt davon trinken würdest, dann sollten wir uns, glaube ich, auf den Weg machen«, schlug Gretchen vor.
Colin kniete sich hin und schöpfte mit den Händen das geläuterte Wasser aus der Lache, trank es und wischte sich dann den Mund ab. »In der Dunkelheit?« fragte Colin.
Aber bevor Gretchen seine Frage erwidern konnte, hörten sie zuerst, wie etwas Schweres übers Eis schleifte und dann ein lautes Quietschen, das von Stimmen und Schritten begleitet war. Es war Prinzessin Pegiens schrille Stimme, die die übrigen übertönte und die nun ziemlich lautstark protestierte: »Aber Furchtbart, ich habe dir doch bereits gesagt, daß diese Übersetzung falsch ist! Wir dürfen diese Sache doch nicht überstürzen!«
»Doch, die Zeit drängt nun und wir müssen uns beeilen, meine

Liebe«, erwiderte der Zauberer mit leiser Stimme, die aber lauter wurde, je näher die Schritte kamen. »Du brauchst jetzt nicht mehr Theater zu spielen, Pegien. Ich weiß, wie zimperlich du bist. Wenn du könntest, würdest du mich, glaube ich, auf unbestimmte Zeit davon abhalten, die Tiere zu benutzen. Ich habe keine Lust mehr, mir das noch länger gefallen zu lassen!«

Gretchen kroch durch das Schlupfloch, das die Einhörner an der Rückwand der Zelle gegraben hatten, und begann dann in dem Raum, der an das Einhorngehege anschloß, ein weiteres Loch zu schmelzen.

»Du könntest doch wenigstens bis zum Morgen warten!« Pegien schrie nun beinahe. Adlerflaum stürmte hinter Gretchen her durchs Loch.

Der Riegel, der sich an der Tür zur Zelle befand, ächzte in den Haken und schlug mit einem dumpfen Geräusch auf dem Boden auf.

»Nun, warum in aller Welt wollen Sie eigentlich bis zum Morgen warten, *gnädige Frau?*« Es war Sally Offenherz' Stimme, die das fragte und die kaum mehr ihre Verachtung kaschierte. Als Primel, die schon halbwegs durchs Loch geschlüpft war, deren Stimme hörte, hielt sie inne. Mondschein gab ihr daher mit seinem Horn keinen allzu sanften Stoß, der sie dann vollends hinübertrieb.

»Ich habe nur gedacht, daß die Tiere vielleicht etwas schwer in Schach zu halten wären und daß einer unserer Männer verletzt oder erschlagen werden könnte, wenn er bei Nacht versucht, sie zu unterwerfen«, sagte Pegien.

Zuerst verschwanden Schneeschatten, dann Mondschein durch das Loch. Colin folgte.

Gretchens Feuer hatte nun ein Loch in der gegenüberliegenden Mauer geschmolzen, das groß genug für die Einhörner war.

Furchtbarts Stimme hörte sich sehr drohend an, als er sagte: »Pegien, ich finde, daß deine Besorgnis sehr merkwürdig ist für jemanden, der gerade die halbe Nacht damit verbracht hat, Texte zu übersetzen, die eindeutig beweisen, daß man durch den Gebrauch diverser Teile dieser Tiere jeden erschlagenen Soldaten wiederbeleben kann.«

»Meine Gefangenen sind ein schlagender Beweis dafür«, sagte Sally Offenherz. »Liegt Ihnen das Gelingen der gemeinsamen Sache am Herzen oder haben Sie vielleicht noch andere Motive, Prinzessin?«

Gretchen wandte sich von einem Loch um, das nun zur richtigen Größe geschmolzen war, und rannte an den Einhörnern vorbei, um wieder ins Gehege zurückzuklettern, aus dem sie gerade entkommen waren.

Colin packte sie am Arm. »Was hast du eigentlich vor?« fragte er.

»Wir können Pegien nicht zurücklassen«, sagte sie, als sich gerade die Tür zur Zelle öffnete und Pegien hereingeschubst wurde, der Sally Offenherz, Furchtbart und ein paar bewaffnete Soldaten folgten.

Gretchen packte die Prinzessin und stieß sie durch die Öffnung zu Colin hinüber, dann sprang sie selbst durch das Loch zurück und fachte ein prasselndes Feuer hinter sich an, das die ganze Breite der Zelle vor dem Fluchtloch umspannte.

»So, das sollte sie eigentlich abhalten«, sagte sie, als sie wieder bei ihren Gefährten war, und mußte lächeln, als sie die Schreie und Flüche hörte, die sie hinter ihr hersandten.

Der Abschnitt des Labyrinths, in den Gretchen einen Eingang gebrannt hatte, war einer der Hauptgänge und nicht wieder eine Sackgasse wie die Gänge, die näher an der Rückwand des Schlosses waren. Nur sehr widerstrebend ließ es Adlerflaum zu, daß Pegien auf ihm ritt, und mit Gretchen, die auf Mondschein, und Colin, der auf Schneeschatten ritt, galoppierten sie schließlich ins Herz des Labyrinths.

XV

Zauberer Himbeere schritt auf dem Felsvorsprung hin und her, der aus der Öffnung der Drachenhöhle herausragte. Manchmal mußte er einen Satz machen, um Grimmut auszuweichen, der mit seinem mächtigen Schwanz ängstlich besorgt um sich schlug. Mit seinem mächtigen Körper versperrte Grimmut, der über seine Gefährtin wachte, die ein Ei ausbrütete, den Eingang der Höhle.

Die letzten beiden Tage war der Drache nur solange von seinem jetzigen Platz gewichen, um den Zauberer zu nehmen, ihn zum Fluß zu fliegen, wo er Fische fangen konnte, die er als Wild tarnte, und mit ihm wieder zum Felsvorsprung zurückzukehren. Grimmut war wenigstens so aufmerksam gewesen, um einen oder zwei Fische von einem Ausflug für Himbeere zu reservieren, aber der Zauberer ärgerte sich selbst über diese Art von gastlicher Gefangenschaft, wenn er an die mißliche Lage des Königs dachte.

Zuletzt wurde er des Hin- und Hergehens müde und ließ sich an der Felswand nieder, in die sich Grimmuts Höhle hineinfraß. Zur Abwechslung war die Sonne einmal angenehm und warm, und es hatte vor ungefähr einer Stunde zu regnen aufgehört. Ein doppelter Regenbogen über ihnen schien zum Greifen nahe. Steinflechten machten den Sitz, auf den sich Himbeere setzte, sehr weich. Außerdem hatte er hier auch seine Ruhe vor dem unruhig ausschlagenden Drachenschwanz.

Bei soviel Freundlichkeit fand er es schwer, sich mit dem König zu befassen. Schließlich war der Mann ja ein Krieger und hatte in vielen Schlachten mitgekämpft, so daß ihm sicher etwas einfallen würde, wie er sich helfen könnte. Und man konnte auch nicht den Drachen Grimmut dafür tadeln, daß er so schnell aus der Königlichen Luftstreitmacht ausgeschieden war, denn er hatte ja schließlich seine Familie, um die er sich kümmern mußte. Nun waren aber aus irgendwelchen unerfindlichen Gründen die Rinder verschwunden, die Eberesch dem schuppigen Paar als Entgelt für seine Dienste versprochen hatte, denn es war allgemein bekannt, daß Drachen nicht gerade einen Sinn für Patriotismus hatten.

Schließlich schlief der Zauberer ein mit dem Gedanken, daß, wenn man schon der unfreiwillige Besucher von Drachen wurde, man von Glück sagen konnte, wenn einen Tiere fingen, die in einer so schönen südlichen Lage hausten.

Er wurde wieder wach, als die Erde unter ihm zu rumpeln anfing. Dazwischen hörte er Donnergebrüll, und ein brandiger Geruch stieg ihm in die Nase. Himbeere setzte sich auf und rieb sich verwundert die Augen. Direkt über dem Felsvorsprung über einer zerklüfteten violettfarbenen Szenerie, die steil ins unergründliche Nichts abfiel, flog der Drachen Grimmut mit erstaunlicher Wendigkeit die verschiedenartigsten akrobatischen Figuren. Sowohl das Gebrüll wie auch der brandige Geruch rührten von dem aufgeregten Drachen her, der aus vollem Halse brüllte, während er dabei einen richtigen Flammenstrom hervorrülpste, der alles verkohlte, was in die Nähe der Drachenschnauze kam.

»AAAAROOOGAH! AAROOGAH!« frohlockte der Drache.

Himbeere ging auf Zehenspitzen zum Eingang der Höhle und hielt sich dabei in der Nähe der Wand, um von Grimmut nicht geröstet zu werden.

Griselda saß inmitten einer Ansammlung von zerbrochenen Eierschalen, den Schwanz hatte sie liebevoll um eine gold-grüne Miniaturausgabe ihrer selbst geschlungen. Sie schleckte die Schuppen des kleinen Drachen mit der langen Zunge und machte den Eindruck, als ob sie sehr zufrieden mit sich selber wäre.

Himbeere nahm einen faulig riechenden, heißen Luftstrom hinter sich wahr und hörte einen dumpfen Aufschlag. Als er aufsah, erblickte er Grimmut, der hinter ihm auf dem Felsvorsprung gelandet war.

»Es ist ein Mädchen geworden«, teilte ihm der Drache mit, griff mit seiner großen Klaue ins Innere der Höhle und zog etwas Glitzerndes daraus hervor, das er dem Zauberer in die Hand drückte. »Hier, nimm den Diamanten. Ich schenk dir sogar zwei davon. Ich bin Vater geworden! Ist sie nicht wunderschön? Wird sicher mal so hübsch wie ihre Mutter. Ein großer Wurf!«

Aber bevor Himbeere die beiden Drachen zu ihrem Nachwuchs beglückwünschen konnte, drangen plötzlich eine ganze Menge Leute auf den Felsvorsprung ein, die praktisch aus dem Nichts gekommen waren. Sie hatten zwar den Geruch von Gespenstern an sich, aber waren nicht von der Art, die durch Wände gehen kann. Ein paar hielten sogar noch Bierkrüge in der Faust. Erstaunlicherweise war auch seine eigene, spitzohrige Tochter darunter.

»Hallo, Vater!« sagte sie, »wir sind gekommen, um dir zu helfen.«

»O Grimmut!« rief Griselda aus dem Inneren der Höhle, »wie aufmerksam! Dein Fleischlieferant hat unserem Baby ein Geschenk gebracht! Wie hat er denn gewußt, daß dies jetzt genau das Richtige wäre? Unsere arme kleine Grippeldiz ist schon fast verhungert!«

Die Einhörner galoppierten die ganze Nacht hindurch ohne anzuhalten und trugen ihre Reiter immer höher den Berg hinauf und tiefer ins Labyrinth hinein. Obwohl sie stolperten und ausglitten und manchmal auf dem abschüssigen und eisglatten Boden des Labyrinths hinfielen, eilten sie weiter, getrieben von der Angst vor der Verfolgung, und kämpften gegen den scharfen Wind. Pegiens Aura war ihr Leuchtfeuer, aber die schwarzen Spalten in dem glitzernden Kristall hatten so eine heimtückische Art, erst dann in Erscheinung zu treten, als Adlerflaum schon beinahe dort angelangt war.

Als die ersten Lichtstrahlen sichtbar wurden, waren sie immer noch in der Tiefe des Labyrinths, am Eingang eines Tunnels. Colin wandte sich auf Schneeschattens Rücken um und horchte angestrengt. In der Nacht hatte er mehrere Male die Rufe von Männern gehört, und einmal hatte er weit hinten am Fuße des Labyrinths Fackellicht gesehen, aber nun hörte er nur noch das Klagen des Windes.

»Sieht so aus, als ob wir sie abgehängt hätten«, sagte er gähnend und streckte sich. Obwohl das Einhornwasser auch die Steifheit der Glieder bei Erfrierungen zusammen mit seiner Erkältung weggespült hatte und er sich besser fühlte als je zuvor, war er dennoch müde, weil er nicht genügend geschlafen hatte und die ganze Nacht hindurch ohne Sattel geritten war. Gretchen machte einen Buckel, spreizte die Zehen und streckte sich dann. Pegien stieg ab und ging dann zu dem Tunnel hinüber, den sie sich näher besah.

»Kein Wunder, daß ich vom Schloß aus nie eine klare Vorstellung vom Labyrinth bekommen konnte«, sagte sie, als sie wieder zu ihnen zurückkehrte, nachdem sie ihre Neugierde befriedigt hatte. »Wenn ich ein bißchen mehr Grips im Kopf gehabt hätte, dann wäre mir auch bewußt geworden, daß ein Lindwurm, der sich durch einen Gletscher gräbt, eine völlig andere Art von Labyrinth schafft wie ein reicher Grundbesitzer, der von seinem Gärtner einen Irrgarten zur Unterhaltung der Gäste anlegen läßt. Wir müssen nun in dem Teil des Gletschers sein, wo die Eisschicht so dick ist, daß der Eisdrache nicht alles durchschmelzen konnte, was ihm im Weg war. Versteht ihr? Er hat sich förmlich durchs Eis gebohrt.«

»Ich hoffe nur, daß er sich nicht nach unten, sondern nach oben gebohrt hat«, sagte Gretchen. »Zwar könnte ich uns wahrscheinlich einen Weg nach draußen schmelzen, aber es würde viel Zeit kosten.«

»Nein, ich habe ein Licht am anderen Ende gesehen«, versicherte ihr Pegien. »Danach wollte ich eigentlich schauen. Ich glaube aber, daß wir besser absteigen, wenn wir dorthin gehen. Seid vorsichtig, denn durch den Atem des Lindwurms und den Druck, den er beim Vorübergehen ausgeübt hat, sind die meisten der natürlichen Spalten miteinander verschmolzen, aber vielleicht entdecken wir auch, daß dies im Innern des Tunnels nicht der Fall ist. So, ich gehe langsam voran.«

Sie gingen noch durch drei weitere Tunnel, ohne daß ihnen etwas zugestoßen wäre. Glücklicherweise wurde die Aura der Prinzessin um so heller, je dunkler es in den Gängen wurde. Als sie den letz-

ten Tunnel glücklich hinter sich gebracht hatten, war es Morgen geworden.
Sie mußten noch ein kurzes, aber steiles Stück hinaufklettern, um auf das Hochplateau zu gelangen, das sich über den Tunneln befand und dessen felsiger Untergrund nur von einer so dünnen Eisschicht bedeckt war, so daß die Wälle des Labyrinths an manchen Stellen weniger als einen halben Meter dick waren und den Flüchtlingen den Ausblick auf eine beträchtliche Fläche von durchfurchtem Eis erlaubten.
Auf allen Seiten des Plateaus, wo das Eis dicker wurde, befanden sich hohe Wälle und Tunnel, die jenen ähnelten, durch die sie gerade gegangen waren. Unter ihnen sahen sie in weiter Ferne das Schloß liegen, das mit dem Gletscher verschmolz. Weil ihnen ihr Aussichtspunkt eine ungewöhnliche Perspektive eröffnete, konnten sie auch die Ruinen des Dorfes sehen, in denen es nun von kleinen schwarzen Punkten wimmelte, die nichts anderes als Furchtbarts Soldaten waren. Der Plappermaulfluß war immer noch in seinen morgendlichen Nebelschleier gehüllt, der so dicht war, daß er das Wasser vollkommen verdeckte.
»Unter anderen Umständen würde ich einen Tag wie diesen genießen«, sagte Pegien zu ihren Begleitern, »es kommt nicht oft vor, daß es im Tal so klar ist. Es ist erstaunlich, wieviele Details man sehen kann.« Dann schirmte sie die Augen mit der Hand ab, als sie über den Gletscher ins Tal hinuntersah. »Meistens kann man nicht einmal genau erkennen, wo der Fluß ist, geschweige denn – ach du meine Güte!« Sie deutete auf einen Punkt in der Ferne. »Seht, dort im Süden! Könnt ihr sie sehen?«
Colin und Gretchen hielten nun die Hand schützend über die Augen und blinzelten in die Richtung von Pegiens Zeigefinger. Sie sahen ein paar Punkte, die ein paar Meilen vom Fluß entfernt waren und sich darauf zubewegten. An der Spitze der Punkte befand sich einer, der doppelt so groß war wie die anderen und von dessen Spitze die Sonne geschmolzenes Kupfer reflektierte.
»Dein königlicher Schwager ist eingetroffen«, sagte Colin zu Gretchen.

Sie nickte zögernd. Pegien sah niedergeschlagen und schuldbewußt aus.
»Daran bin ich schuld«, sagte sie. »Ich wollte ihm aber nur helfen und wirklich nicht in eine Falle locken. Aber versteht ihr, als ich ihm eine verschlüsselte Botschaft übersandte, die ihm unseren Aufenthaltsort verriet, wollte ich ihn doch nur darüber informieren, was er tun könnte, um die arme Prinzessin von Furchtbarts entsetzlichem Fluch zu erlösen. Und nun werden sie alle diese tapferen Männer niedermetzeln!«
»Und wir können nichts anderes tun als zuschauen«, sagte Colin bitter. Primel sah an ihrer langen Schnauze herab auf das, was sich drunten im Tal abspielte, und sagte: »Ja, eure Freunde werden sicher sterben, denn meine Sally ist sehr tapfer. Sie ist angetreten, um zu siegen.«
Adlerflaum schnaubte verächtlich. »Ich dachte, daß du begriffen hättest, aber du bist offenbar ein bißchen langsam von Begriff. Deine teure Sally ist nämlich gar nicht da unten. Sie ist irgendwo hier oben und sucht diesen wurmzerfressenen Gletscher mit einem großen Schlächtermesser in der Hand nach uns ab.«
Primel starrte ihn einen Augenblick lang verständnislos an, ihre wässrigen grauen Augen waren nun noch tränenreicher, dann machte sie kehrt und verschwand eilends in einem Tunnel auf der anderen Seite des Gletschers.
»So warte doch!« schrie ihr Schneeschatten nach. »Warte, wir müssen doch alle zusammenstehen!«
»Laß doch das Spatzenhirn«, sagte Adlerflaum. »Das dumme, flatterhafte Geschöpf ist uns jetzt doch nur im Weg!«
»Ich hätte nichts dagegen, wenn ich jetzt flattern könnte«, sagte Colin. »Gretchen, erinnerst du dich daran, wie mich deine Großmutter in eine Spottdrossel verwandelt und mir Ching hinterhergehetzt hat? Da habe ich auch gedacht, daß ich nie wieder einen Vogel sehen möchte.«
Gretchens Blick war immer noch auf Ebereschs Trupp geheftet, der langsam, aber sicher seinem Tod entgegenschritt. »Ja, ich kann mich daran erinnern«, sagte sie abwesend.

»Und was würde ich nun darum geben, wenn sie mich wieder fliegen lassen würde!« sagte er nachdenklich. »Dann könnte ich Brüllo Eberesch warnen, und wenn die Tat später besungen würde, würde er nur sagen: »Und dann hat mir ein kleines Vöglein gesungen...«
Gretchen wirbelte auf dem Absatz herum und sah ihn an, ihre Augen begannen zu leuchten: »Sag das nochmal!«
»Ich habe nur gesagt, daß der König sagen würde: ›Und dann hat mir ein kleines Vöglein gesungen‹, als ich...«
»Nein, ich meine das mit dem Fliegen. Nein, laß es. Du Tausendsassa! Du hast mich nämlich auf etwas gebracht! Ja, ich glaube, daß wir alles haben, was wir dazu brauchen!«
»Ich? Wir? Nun, ich bin immer ganz glücklich, wenn ich zu Diensten sein kann!« Dann hörte er plötzlich auf zu strahlen und kratzte sich verwirrt am Kopf. »Was?«
»Wir können tatsächlich hinunterfliegen, um den König zu warnen«, teilte sie den anderen mit. »Erinnerst du dich an Zauberer Himbeeres kleines fliegendes Spielzeug?«
»Du meinst die Ballons?« fragte Colin.
»Wollt ihr damit sagen, daß er immer noch an diesen Ballon-Dingern arbeitet?« fragte Pegien lachend. »Er hat nämlich schon versucht, sie flugtüchtig zu machen, als er noch Geheimagent am Hof meines Vaters war. Ich weiß wirklich nicht, wie die uns helfen sollten, Gretchen! Auch wenn du jetzt noch einen rechtzeitig fertigstellen könntest, würdest du es niemals schaffen, ihn mit einer Botschaft am richtigen Platz zu landen, es sei denn, du gebietest dem Wind wie dem Feuer.«
»Nein, das nicht, wenigstens nicht auf eine so große Entfernung, aber ich kann manchmal das eine oder andere mit Luftströmungen erreichen, wenn ich meine Magie ein bißchen strecke und so tue, als ob ich wirklich nur Herdhexenarbeit verrichte. Nein, aber ich hatte jetzt etwas ganz anderes im Sinn.« Sie zog das Seidenkleid aus ihrer Rocktasche, wo sie es versteckt hatte, als sie sich als Bäuerin aus Immerklar verkleidete, bevor sie sich am Fuße des Gletschers Sally Offenherz' Räuberbande anschloß. Aus ihrem Medi-

zinbeutel holte sie dann die Knochennadel, Schere und Taschenspindel heraus. »Nun, wohlan.« Sie schloß die Augen und konzentrierte sich darauf, vor ihrem inneren Auge größere Versionen der Gebilde entstehen zu lassen, die sie für den Zauberer aus seidenen Taschentüchern geschneidert hatte.

Pegien, die selbst eine geschickte Handwerkerin war, nickte beifällig, als Gretchens Schere aus dem Rock des Gewandes Ballonteile schnitt, aus dem Leibchen Seidenfäden herauszog und den weiteren Arbeitsgang der Spindel überließ, die den Faden lang und fein ausspinnen mußte. Dann schlüpfte das Ende des Fadens durch das feine Nadelöhr, die die Ballonteile im Handumdrehen zusammenfügte. Pegien hätte die gleiche Zeit gebraucht, um zehn Stiche zu tun. Die Einhörner rannten vor der schnappenden Schere und fliegenden Nadel davon, sprangen über den niederen Wall, der am nächsten war, und beobachteten von dort aus das Geschehen, wobei sie wild mit den Augen rollten.

Colin setzte sich nur auf den Rand eines Eiswalls und blies auf seiner Flöte vor sich hin. So langsam gewöhnte er sich an diesen Zirkus.

»Nun denn«, sagte Gretchen, als der fertige Sack zu ihren Füßen lag. »Wir dürfen jetzt keine Zeit verlieren. Colin und Pegien, ihr müßt mir helfen, jeden Strohhalm aufzulesen, der noch am Fell der Einhörner klebt.«

»Doch nicht schon wieder einen Korb?« fragte Colin, als er zu ihr aufsah und gleichzeitig seine Flöte wieder in die Hosentasche zurücksteckte.

»Genau, wieder einen Korb, den ich ja schließlich brauche, wenn ich hinabfliege, um Eberesch zu warnen.«

»Was, du willst hinabfliegen? Sei bloß nicht so albern! Du weißt ja selbst, daß es nicht funktioniert. Weißt du – er müßte«, und dabei formte er beide Hände zu einem Ball und fuhr dann fort: »irgendwie *runder* sein, nicht wahr?« Trotzdem sprang er auf die Mauer und begann das Stroh aus dem Gehege von Schneeschattens Fell herunterzubürsten.

Die Prinzessin tat das gleiche bei Adlerflaum und Mondschein.

»Natürlich muß er noch aufgeblasen werden«, sagte Gretchen zu Colin, »aber hier oben ist es ja schließlich sehr windig.«

»Schau mich nicht so an, wenn du das sagst«, meinte Colin lachend, »obwohl ich ein Lied mit achtzig Strophen ohne anzuhalten singen kann, bin ich nicht windig genug, um dieses Ding dort aufzublasen!«

»Nein, aber wenn wir es vielleicht über die Öffnung eines Tunnels spannen würden, wißt ihr, was ich meine?«

»Das ist eine prima Idee, Prinzessin«, sagte Gretchen. »Ich hätte gar nicht daran gedacht, die Tunnel zu benutzen.«

Sie legten das Stroh auf einen Haufen, und Gretchen setzte sich daneben. Sie zog kurze Halme heraus, bis sie länger wurden und sich zu langen Fasern dehnten, die sich dann, ohne daß sie viel dazutun mußte, ineinander verflochten und sich wie ein Nest mit Schlangen wanden. »Das sollte genügen«, sagte Gretchen, als ihr der Korb bis zum Kopf ging. Ganz abrupt steckten sich die Enden der Strohhalme in der letzten fertigen Reihe fest und hörten auf, sich zu bewegen. Gretchen erhob sich und wischte sich die Hände an ihrem Rock ab. »Auf, zum Tunnel!« rief sie.

Sie mußten zu dritt festhalten, als der Wind durch den Tunnel fegte und den Sack mit kalter Luft füllte. Aber noch sehr viel schwieriger war es, darüber zu wachen, daß die Luft nicht aus dem Ballon entwich, als sie diesen schlossen und ihn Gretchen noch vollends zuzog.

Schließlich schafften sie es dann auch, den Ballon wieder zum Plateau zurückzuschleppen, als Primel mit wildem Blick und Schaum vor dem Maul auf dem gleichen Weg zurückgaloppiert kam, den sie vor kurzer Zeit zum Labyrinth eingeschlagen hatte.

»Flieht!« schrie sie erregt. »Flieht sofort, sonst werdet ihr bei lebendigem Leib gedünstet, wie mir's beinahe ergangen ist! Der Lindwurm hat sich gewendet!« Primel wäre beinahe den anderen Weg wieder hinuntergerutscht, wenn sie nicht Colin und die Prinzessin aufgefangen hätten. Sie beruhigten die aufgebrachte Stute, bis diese dann schließlich von ihrem angsterfüllten Aufbäumen abließ.

»Du meinst, der Lindwurm ist erwacht?« fragte Pegien. »Aber er *war* doch nie wach!«
»Vielleicht hat ihn der neuerliche Trubel gestört«, meinte Colin, »und schließlich sind wir ja in seinen Gletscher eingedrungen. Lindwürmer sollen zwar nicht besonders schlau sein, aber sie sind doch so eine Art Hüter.«
»Hört auf, lange herumzuquatschen und *flieht* lieber!« riet ihnen das schweißgebadete Einhorn mit schriller Stimme.
»Wohin denn?« fragte Pegien. »Es könnte uns nämlich passieren, daß wir in einem der tiefen Gänge oder einem Tunnel steckenbleiben, wo sich dann das Ungeheuer auf uns stürzen kann. Hier ist alles niedrig, und wir können dem Monster wenn nötig ausweichen. Nein, ich glaube wir sind hier an einem der sichersten Orte für eine Auseinandersetzung mit einem Lindwurm.«
Gretchen blickte auf den halbgefüllten Ballon herab und ließ ihren Blick dann wieder über den Gletscher zu den Pünktchen schweifen, die nun in der Nähe des Flußufers angehalten hatten. »Nun werden wir Ebereschen nicht mehr warnen können«, sagte sie.
»Natürlich nicht, wenn wir bei lebendigem Leib gedünstet werden«, fügte Pegien hinzu.
»Gedünstet?« fragte Gretchen, »Sie meinen geröstet?«
»Du denkst an Drachen, meine Liebe, aber Eisdrachen arbeiten mit Dampf, so wurden nämlich all diese Gänge geschaffen.«
»Es war ganz entsetzlich!« schrie Primel. »Schwaden um Schwaden von diesem heißen, faulig riechenden Dampf, der mir im Tunnel entgegenwehte. Ich rannte so schnell wie noch nie in meinem Leben, und als ich zurückblickte, habe ich das Monster gesehen: Es war größer als die zehn höchsten Zedern zusammen und über und über mit einem ekligen blauen Pelz bedeckt.«
»Keine Schuppen?« fragte Pegien.
»Aber nein – Pelz! Und – und es hat sich *gekräuselt* und ist hinter all diesen Dampf geglitten und oh, es war einfach abscheulich!«
»Dampf, hmmm?« sagte Gretchen.
»Und Wellenbewegungen«, sagte Primel und schüttelte sich. »Große, fiese, sich schlängelnde Wellen!«

»Wieviel Dampf?«
»Genug für mich, danke! Er war mindestens auf einer Strecke zu spüren, die dreimal so lang war wie der Lindwurm. Entsetzlich! Und er hat gezischt!«
»Gezischt, sagst du?« fragte Colin. »Vielleicht so?«
Ein leises Geräusch wie von einem undichten Wasserkessel erfüllte die Luft. Ein zischendes Gleitgeräusch und ein dumpfer Schlag folgte.
»Schnell, über den Wall!« rief Pegien.
»Nein, helft mir zuerst!« rief Gretchen und zog den seidenen Sack zu der Kante des Plateaus, die am weitesten entfernt war von ihrem bisherigen Standort, entlang dem Weg, über den Primel vor dem Lindwurm fliehen wollte. »Begreift ihr denn nicht, wir können doch den Dampf des Drachens dazu benutzen, um den Ballon aufzublasen! Dann brauchen wir ihn vor dem Lindwurm nur noch in Sicherheit zu bringen und über die Mauer zu klettern, und während dann das Ungeheuer froh seines Weges dahingleitet, befestigen wir den Korb daran, und ich fliege zum Fluß hinunter, um Eberesch zu warnen!«
Colin hielt nicht viel von Gretchens Plan, aber noch weniger mochte er die Vorstellung, daß der Lindwurm wach sei und sie sich auf seinem Gletscher befänden. Er war überzeugt davon, daß, wenn er nur das angemessene Wiegenlied laut genug singen würde, er das Ungeheuer wieder einlullen konnte. Aber da es ihm jetzt schon so zuwider war, das bißchen Dampf im Vorhinein in Kauf zu nehmen, um Gretchens Ballon vollends zu füllen, um wieviel mehr mußte dies der Fall sein, wenn ihn der Dampf aus dem Rachen des Lindwurms bei seiner Serenade voll treffen würde. Also schwieg er lieber.
Leider taten es andere auf dem Gletscher nicht. Als die erste Dampfwolke aus dem Tunnel auf der linken Seite ihres Plateaus hervorschoß, hörten sie, vermischt mit dem schlurfenden, schleifenden Geräusch vom Herannahen des Lindwurms auch Säbelgerassel, Flüche und Sally Offenherz' hohe, kindliche Stimme, mit der sie ihren Soldaten zurief: »Vorwärts, Männer!«

Aber zu diesem Zeitpunkt füllte sich der Ballon bereits mit zischendem Dampf und entfaltete sich wie eine pilzartige Blume. Mit vereinten Kräften hielten sie den Ballon, während Gretchen den kostbaren Dampf einschnürte. Es wurde ihnen ziemlich heiß dabei, und sie fühlten sich sehr unbehaglich, als sie den Ballon aus dem Weg räumten, um nicht vollständig vom Dampf eingeschlossen zu werden.

Kaum hatten sie den Ballon über den Wall gezogen, als sich auch schon das Ungeheuer auf sie stürzte. Gretchen, die den Korb am Ballon befestigte, sah gerade noch rechtzeitig auf, um das Monster aus seinem Dampfschleier herauskommen zu sehen. Der Anblick brachte sie so sehr aus der Fassung, daß sie Ballon, König und Banditen vergaß und alles stehen und liegen ließ, weil sie von dem Schlittern und Plumpsen einer Säule aus blauem Pelz, die mindestens zweimal so hoch war wie der große Saal auf der Eisdrachenfeste, wie hypnotisiert war.

Pegien konnte den Anblick des Ungeheuers nicht ertragen, er war zu gräßlich. Gerade noch rechtzeitig wandte sie ihren Blick ab, um ihre letzte Hoffnung – unmittelbar über den Einhörnern – in die Luft entschweben zu sehen.

Sie machte einen Luftsprung und hechtete über den Rand des Korbes; Kopf, Oberkörper, Arme und Schultern waren schon im Innern des Korbes, während sie noch mit den Beinen in der Luft herumzappelte, und der Ballon immer höher stieg. Lautlos glitt er über den Lindwurm, das Labyrinth und das Tal hinweg, in dem jetzt bald eine große Schlacht geschlagen werden würde.

Obwohl es für eine Person schwierig war, deren Kopf in einen Korb herein hing und deren Hintern den Wolken Gesellschaft leistete, vernünftig zu denken, schaffte es Pegien. Es hätte ihr ja nichts genützt, wenn sie durchgedreht wäre oder auch nur geschrien hätte. Aber selbst wenn sie die anderen hätten hören können, was sie stark bezweifelte, hätten sie ihr nicht helfen können. Auch wenn sie nicht schrie – jemand anders schien es um so gründlicher zu besorgen. Schreckliche Angstschreie drangen zu ihr von der Stelle herauf, wo ihr unfreiwilliger Flug seinen Anfang genommen hatte. Sie hoffte, daß es nicht ihre Freunde waren, die so schrien, aber sie konnte sich im Augenblick nicht um andere sorgen, weil sie genug eigene Probleme hatte, mit denen sie fertig werden mußte.

Eines davon war zum Beispiel, wie sie ihre untere Körperhälfte mit der oberen vereinigen konnte, die schon *im* Korb war. Als sie dies fertiggebracht hatte, indem sie ein akrobatisches Talent an den Tag legte, von dem sie hätte schwören können, daß sie es überhaupt nicht besaß, war sie zu nichts anderem mehr fähig, als sich auf dem Boden des Korbs sitzend zu verschnaufen.

Als sie sich langsam wieder erholte, fiel ihr Blick auf den hin und her flatternden dünnen Faden, mit dem der Ballon zusammengeschnürt war. Von ihm hing es ab, ob sie in der Luft blieben, und er schien für eine so heikle Angelegenheit viel zu dünn zu sein. Aber obgleich Pegien lieber oben blieb, als unten im Tal zu zerschellen, wäre es ihr jetzt sehr willkommen gewesen, wenn ihr Gretchen wenigstens erklärt hätte, wie man es fertigbrachte, daß dieses verfluchte Ding langsam und wie es sich ziemte *abwärts* flog, so daß man in unmittelbarer Nähe von Brüllo Eberesch landen und ihn warnen konnte. Das war ja schließlich der Zweck dieser anstrengenden Übung gewesen.

Ein schauerlicher Gedanke ging ihr durch den Sinn. Vielleicht war, da Gretchen mit dem Ballon fliegen wollte, die Kontrolle über den Flugkörper ganz eng mit den magischen Fähigkeiten der Herdhexe verbunden. Entschlossen wischte Pegien den Gedanken beiseite, denn schließlich war Gretchen nicht die einzige Person mit Talent. Hatten denn Pegiens Untertanen nicht schon immer, eben auch während der Regierungszeit ihres Vaters behauptet, daß Pegien die Illuminatorin auch das Gute im Unglück sah. Und die Wolken, die sie umgaben, schienen nichts Gutes zu verheißen, sie war jetzt so nahe dran, daß sie beinahe die einzelnen Regentropfen zählen konnte.

Aber sie konnte doch unmöglich *so* hoch oben sein! In der Regel hingen ja die Wolken ziemlich tief über dem Tal. Ach, jetzt sei doch

nicht so ein Feigling, ermutigte sie sich selbst. Wenigstens könntest du mal rausgucken, um dich zu orientieren.
Pegien erhob sich also auf die Knie und blickte zuerst auf die riesige Fläche leerer grauer Luft herab, dann auf ein Feld, das ganz schnell flacher wurde. An der einen Seite erblickte sie eine winzige Stadt, durch die ein dünner grauer Faden ging: Es war der in Nebel gehüllte Plappermaulfluß.
Zitternd vor Furcht sank sie nach kurzer Zeit wieder auf den Boden des Korbes herab. Sie kam zu dem Schluß, daß auch die Neugierde keine große Tugend sei.
Sie bedauerte, heruntergeschaut, bedauerte, den Ballon an sich gerissen, bedauerte, die Botschaft an Eberesch gesandt und bedauerte vor allem bitterlich, jemals ein Auge auf Furchtbart Grau geworfen zu haben. Aber am meisten bedauerte sie, daß sie vergessen hatte, eine Fackel und eine Streichholzschachtel mitzubringen. Jetzt würde sie wirklich *alles* hergeben, um rauchen zu können.

»Ach, nein!«
Colin, der fasziniert dem Schwanz des sich zurückziehenden Lindwurms nachgesehen hatte, riß sich von diesem Anblick los und sah nach, was Gretchens Schrei ausgelöst hatte.
Sie deutete auf etwas: Jenseits des Gletschers, am äußersten Rand des Tales segelte ihr Ballon durch die Wolken. »Die Prinzessin hat ihn gestohlen«, sagte Gretchen. »Ich hätte nie gedacht, daß die uns verraten würde!«
Colin klopfte ihr besänftigend auf die Schulter und sah ratlos zu, wie ihre letzte Hoffnung elegant davonflog. Alles war umsonst gewesen. Die Banditen würden über Eberesch und seinen Trupp herfallen, bevor er sich dessen bewußt wurde. Colin und Gretchen saßen hier oben auf dem Gletscher fest mit den Einhörnern. Und es empfahl sich nicht einmal besonders, an ein Entkommen zu denken, denn was würde aus Argonia werden, wenn es Furchtbart regierte? Colin war zu entmutigt, darüber nachzudenken. Stattdessen half er Gretchen beim Aufstehen. »Komm jetzt. Wir müssen weiter. Ich habe Sallys Leute gehört, kurz bevor der Lindwurm ...«

Schreie gellten durch die Luft, Schreie von Männern, hohe, angstvolle, gurgelnde Schreie. Todesschreie. Gezischte Schreie.
Adlerflaum fing an zu kichern. »Hört sich so an, als ob dort alle Lindwürmer zusammengekommen wären.«
»Oh, diese armen Männer!« sagte Schneeschatten leise.
»Mein Mädchen!« schluchzte Primel.
»Vergeude doch kein Mitleid an die«, fuhr Gretchen sie an. »Die hat sich wahrscheinlich schon längst wieder in einen Wirbelwind verwandelt und aus dem Staub gemacht, bevor sie das Ungeheuer überhaupt erst berührt hat.«
»Und warum können wir das nicht?« fragte Colin, der eine plötzliche Eingebung hatte. »Der Lindwurm dampft doch nicht an seiner Hinterseite. Und außerdem ist er blind, das habe ich bemerkt, als er an mir vorbeigegangen ist. Er wird uns also nicht sehen, und er ist viel zu unbeholfen, um kehrtzumachen. Wie mir scheint, müssen wir ihm also nur zum Schloß hinunter nachgehen und ihn an unserer Statt mit Furchtbarts Schergen abrechnen lassen.«
»Für einen Sterblichen gar keine so dumme Idee!« beglückwünschte ihn Adlerflaum.
»Ja«, sagte Primel und sprang auf das Eis hinauf. »Ich möchte selber nachsehen, ob meine Sally fooorrrttt...« und rutschte – alle viere von sich gestreckt – in den Tunnel hinein, durch den der Lindwurm verschwunden war und der durch das frischgeschmolzene Eis wieder sehr schlüpfrig geworden war. Ihr angsterfülltes Wiehern hallte in ihren Ohren wider, als sie in den ersten Tunnel stürzte und aus dem Blickfeld verschwand.
Colin hatte nach dem zu Tode erschrockenen Einhorn gegriffen, als es an ihm vorbeirutschte; aber als er über die Mauer gestiegen war, rutschte er ebenfalls aus und sauste den Tunnel hinab.
»Was nun?« fragte Gretchen mit flatternden Augenlidern. Sie war selbst ganz verblüfft von der Geschwindigkeit, mit der Colin seinen eigenen Vorschlag befolgt hatte.
Vorsichtig setzte Mondschein einen Huf auf den Pfad und zog ihn gleich wieder zurück. »Es ist zu glatt für unsresgleichen, Freundin Gretchen. Wir können nicht mitkommen.«

»Unsinn!« sagte Adlerflaum. »Sieht so aus, als ob dies ganz lustig werden könnte!« Er betrat ebenfalls den Pfad, aber war vielleicht unwillkürlich etwas vorsichtiger als Colin und die Stute, weil er gesehen hatte, was diesen widerfahren war. Er rutschte weder aus noch fiel er hin. »Huh«, sagte er, als er den langen Abhang sah, den die anderen vor ihm hinuntergerutscht waren, »vielleicht – vielleicht würde ich mir nicht so leicht das Bein brechen, wenn ich mich auf die Seite lege und du mir einen kleinen Schubs gibst«, schlug er Gretchen vor.

»Und die Gletscherspalten?« fragte Mondschein. »Wir könnten hineinfallen.«

»Stimmt«, erwiderte Gretchen, »aber hoffen wir, daß sie der Lindwurm wieder zusammengeschmolzen hat, und wenn wir den ersten Tunnel hinter uns haben, haben wir wahrscheinlich ein solches Tempo drauf, daß wir über die Spalten hinwegfliegen. Entweder wir nehmen das in Kauf oder wir müssen hier oben bleiben.«

»Jetzt hör endlich auf, hier herumzutrödeln, und gib mir einen Schubs, ja?« sagte Adlerflaum, der sich auf die Seite legte und seine Beine anzog. Gretchen schubste ihn an, und er sauste durch den Tunnel davon.

Mehr oder weniger zögernd folgten ihm die anderen Einhörner nach. Als Gretchen die drei hinuntergeschubst hatte, war sie froh, daß sie selber nicht gehen mußte, denn sie war zu müde.

Nach einem kurzen Anlauf hechtete sie sich, mit dem Kopf voran, aufs Eis. Vorher blickte sie noch einmal zum Himmel auf, aber der Ballon war verschwunden.

Brüllo Eberesch war ein alter Infanterist, und zwar seit langem. Weite Fußmärsche oder das Skifahren neben den Zigeunerwagen her ermüdeten ihn daher überhaupt nicht. Das war etwas, was ein guter Soldat spielend schaffte, und Eberesch war König geworden, weil er der beste Soldat im ganzen Land war.

So daß er, als er die Erscheinung sah, diese nicht seiner Müdigkeit zuschrieb, sondern dem Umstand, daß sich bei seinem Un-

fall, bei dem er beinahe ertrunken wäre, auch seine Sinne verwirrt haben mußten.
Andererseits fand er es natürlich furchtbar gemein, daß einem Mann, der seit Wochen keinen stärkenden Trunk mehr zu sich genommen hatte, so etwas erscheinen mußte.
Aber woher sie auch gekommen sein mochte, die Erscheinung ging nicht wieder weg, sondern schwebte auch weiterhin vor ihm im Nebel, der den Fluß bedeckte.
Seine Männer beendeten gerade ihr Morgenmahl. Brüllo Eberesch war mit seinem ziemlich schnell fertig gewesen, weil ihm die rechte Lust dazu fehlte. Seine sonstige Gefräßigkeit war durch ein ungutes Gefühl vereitelt worden, das in seinen Eingeweiden nagte. Zu einem guten Teil war der Nebel daran schuld. Eberesch war es lieber, wenn er sah, wohin er ging. Er würde warten, bis sich der Nebel verzogen hatte, bevor er seine Soldaten weitermarschieren ließ. Sie waren jetzt schon zu nahe an ihrem Ziel, um noch unüberlegt in der Gegend herumtappen zu können. Er, Brüllo Eberesch, war am Ufer auf und ab gegangen und hatte dem Fluß gelauscht, der vor sich hinschwatzte. So hoffte Eberesch Aufschlüsse darüber zu bekommen, was dahinter lag, als die Erscheinung plötzlich niederging.
Als sich Cyril Hühnerstange dem Fluß näherte, streckte Eberesch seine fleischige Hand aus, packte den Mann beim Kragen und deutete auf das, was er durch den driftenden Nebel zu sehen glaubte. Der Fluß war Ebereschs dröhnender Stimme natürlich nicht gewachsen, auch wenn dieser sie jetzt gesenkt hatte, im Falle, daß der Feind mithörte.
»Na, Hühnerstange, als was würdest du das dort über dem Nebel bezeichnen?«
Herr Cyril schaute angestrengt und erhob sich dann auf die Zehenspitzen, um seinem Herrn ins Ohr zu brüllen: »Es ist eine Dame, Herr! Würden Sie das nicht auch sagen?«
»Natürlich würde ich das, Hühnerstange. Ganz gewiß, und wenn du mir jetzt nur noch sagen könntest, welche Dame das ist und warum sie ausgerechnet Ihrer Königlichen Hoheit, der Prinzessin

Pegien, so ähnlich sieht und warum sie dort oben herumsegelt und mir einen mächtigen Schreck einjagt, so daß ich fast schon selber glaube, einen über den Durst getrunken zu haben.«

»Nun, Herr«, sagte Hühnerstange, der ihm seine Antwort hinter vorgehaltener Hand ins Ohr schrie, »ich hatte nie das Vergnügen, die Dame persönlich kennenzulernen. Aber da wir in der Nähe des Schlosses sein müssen, das die Prinzessin in ihrem Plan eingezeichnet hat, und da ihr, wie Sie schon sagten, die Dame auch noch so sehr ähnlich sieht, frage ich mich, ob wir von der Annahme ausgehen dürfen, daß es sich bei der Dame wirklich um die Prinzessin Pegien handelt?«

»So ein Quatsch!« brüllte der König, der seine Zurückhaltung einen Moment lang völlig außer acht ließ. »Welche Absicht sollte denn Ihre Königliche Hoheit damit verfolgen, in einem Blumenkorb und mit dieser dummen großen Blase am Mund in der Luft herumzufliegen?«

In diesem Augenblick beliebte es dem Korb, sich mit seiner Fracht am Flußufer sanft niederzusetzen. Die Dame, deren Wangen wie die eines Backenhörnchens aussahen, warf den beiden Männern einen erschreckten Blick zu. Dann entleerten sich ihre Wangen allmählich, und aus ihren Nasenlöchern quollen große Mengen Dampfes. Als der Dampf verflogen war, sahen die Männer, daß ihr Gesichtsausdruck völlig normal und sogar heiter war. Die Blase, die sie am Mund gehabt hatte, fiel in sich zusammen und legte sich um ihre Schultern wie ein Staatsgewand. Während sie ihre Hände ausstreckte, um sich von ihnen helfen zu lassen, lächelte sie ein Lächeln, das zugleich königlich und stolz war. Nun war sich Brüllo Eberesch sicher, daß sie auch wirklich Prinzessin Pegien war, und er ging zu ihr hinüber, um ihr zu helfen. Er hob sie mit einer solchen Leichtigkeit aus dem Korb hoch, als wäre sie ein Kind.

Nachdem sie ihre zerknitterten Röcke mit großer Gelassenheit glattgestrichen hatte, blickte sie vom einen zum anderen. »Soll sich noch einmal jemand unterstehen, mir weiszumachen, daß Rauchen eine schlimme und nutzlose Gewohnheit sei!« sagte sie zu den beiden Männern.

»Ja, gnädige Frau«, sagte Herr Cyril Hühnerstange, der vor ihr auf den Knien lag.
Aber zu diesem Zeitpunkt kniete Pegien bereits vor Eberesch. »Euer Gnaden, ich bin Pegien Aschenbrenner, die Tochter König Finbars des Feuerfesten, und ich bin hierhergekommen, um Euch zu warnen, weil Ihr in unmittelbarer und tödlicher Gefahr schwebt.«
Bevor sie ausgesprochen hatte, blies eine frische Brise den Nebel vom Fluß herauf.

Colin schoß mit wahnwitziger Geschwindigkeit die Gletscherrutschbahn hinab, wobei er von den hohen Mauern des Labyrinths wie ein irregeleiteter Pfeil abprallte. Die Sonne leuchtete ihm in die Augen, einen Augenblick lang blendete sie ihn, und im nächsten war sie wieder verschwunden, weil er in einen Tunnel hineinraste. Seine Zähne klapperten, als ob sie sich gelöst hätten, sein Hosenboden brannte wie Feuer, und alles andere war gefühllos wegen der Kälte. Einmal schloß er die Augen und knallte mit dem Kopf voran in eine Wand; danach hielt er die Augen offen und die Hände ausgestreckt, damit er sich von solchen Hindernissen abstoßen konnte.
Zweifellos wäre ihm beim Anblick der vom Dampf niedergewalzten Banditen schlecht geworden, wenn er lang genug hätte dableiben können, um seinen Gefühlen nachzugeben. Glücklicherweise verschwammen die Leichen der Banditen wie die anderen Geländepunkte viel zu schnell, so daß nur noch die leuchtenden Punkte blieben, die vor seinen Augen zu tanzen begannen, als die Sonnenstrahlen aufs Eis auftrafen.
Aber plötzlich sah er bis ans Ende des Schachtes, wo sich der gewaltige blaue Buckel des Ungeheuers wölbte. Hinter dem Lindwurm erblickte Colin das Felsenschloß, auf das dieser direkt zusteuerte. Der Lindwurm würde es doch bestimmt nicht wagen, in das Schloß einzudringen, oder? Er war zwar nur ein dummes, blindes Geschöpf, aber immerhin war er dem Schloß ferngeblieben, als er das Labyrinth anlegte. Oder war es umgekehrt gewesen? War

das Schloß nun vor oder nach dem Labyrinth erbaut worden? Wie dem auch sei, das war jetzt nur eine rhetorische Frage. Colin sah eine Dampffontäne in die Luft aufsteigen, die hoch genug war, um die Sonne zu verdunkeln, als der Lindwurm durch die Rückwand ins Schloß einbrach.
Der Lindwurm holte mit dem Schwanz aus, der mit dem herabstürzenden Colin zusammentraf. Dieser hielt den Arm schützend vors Gesicht, als er in den Haarknäuel hineinplumpste. Dann nahm er den Schutz wieder von den Augen. Nie hätte er auf eine so weiche Landung zu hoffen gewagt.
Primel war ebenfalls dort und trieb im Schlepptau des Lindwurms. Primel, Colin und der Schwanz des Riesenviehs waren noch außerhalb des Schlosses, aber bei jeder Vorwärtsbewegung des Ungeheuers kamen auch sie schnell voran. In wenigen Augenblicken würde der Lindwurm das Schloß durchdrungen haben und an der Vorderseite wieder herauskommen. Dann würde er sich vom Felsen herabstürzen, und sie würden hinterherfallen. Primel schien sich der mißlichen Lage überhaupt nicht bewußt zu sein. Statt der Pupillen war nur noch das angstvoll zitternde Weiße in ihren Augen sichtbar, Schaum trat ihr vors Maul, und ihr Körper wurde nicht nur durch die Bewegung des Lindwurms geschüttelt. Während Colin noch glaubte, daß er sich einen festen Halt verschaffen könne, indem er nach einem festen Gegenstand im Schloß griff und sich daran festklammerte, hatte Primel diese Wahl nicht, auch wenn sie alle fünf Sinne beisammen gehabt hätte.
Hinter sich hörte Colin ein hohes, angsterfülltes Wiehern, und als er aufblickte, sah er die drei anderen Einhörner, die Hals über Kopf den Labyrinthgang herunterpurzelten. Ein Zusammenstoß schien unvermeidlich.
Er kletterte auf den Schwanz des Ungeheuers, als ob er eine Treppe wäre, und klammerte sich an den Haarbüscheln des Pelzkleides fest. Er hatte kaum Platz gemacht, als auch schon Mondschein, Adlerflaum und Schneeschatten auf den Lindwurm herabplumpsten. Toll! Jetzt hatte er also vier Einhörner, um die er sich neben sich selber kümmern mußte.

Als der Lindwurm wieder weiterrückte, setzte sich auch Colin in Bewegung und schleppte sich auf allen vieren über den Rücken des Ungeheuers, indem er seine Finger um den blaßblauen Pelz wand. Er krabbelte sehr schnell und schickte ein Stoßgebet gen Himmel, daß der Lindwurm, der blind war, nicht auch taub sei. Offensichtlich hatte das Ungeheuer auf die Ruhestörung in seinem Gletscher empfindlich reagiert, es mußte also Schwingungen, wenn nicht sogar Töne wahrnehmen.

Nun gut, dachte er. Jetzt war gerade die richtige Zeit dazu, um dies herauszufinden. Er kroch zum Mittelteil des Lindwurms, der zum größten Teil den Thronsaal und die Baracken ausfüllte, und verlagerte solange sein Gewicht beim Voranrücken und Sich-Strecken des Ungeheuers, bis er zum Kopf gelangte. Dampf stieg heiß und stinkend vor ihm auf und zerstreute sich in der leeren Luft. Keine Wagenlänge vom Haupt des Lindwurms entfernt lief der äußerste Rand des Schlosses vorbei, von dem die schroffe Felswand abfiel, die bis ins Tal hinabreichte. Colin preßte seine magische Flöte an die Lippen und betete darum, daß ihn seine Eingebung mit einem Wiegenlied für einen Lindwurm versehen möge.

Ein langes, dünnes Geheul trillerte aus dem Instrument. Der Lindwurm erhob das Haupt. Colin fühlte, wie sich unter seinen Füßen etwas zu regen begann, das Ungeheuer setzte gerade zu seinem letzten Ruck an, bei dem sie alle ins Tal stürzen würden. Dann begann sich plötzlich die blinde, pelzbedeckte Schnauze im Takt der etwas unheimlichen Melodie zu wiegen. Der Dampf löste sich in Nichts auf, und der riesige Körper entspannte sich und blieb auch so, ohne sich weiterzubewegen.

»Es gibt offenbar Leute, die alles tun, nur um Publikum zu bekommen«, sagte Gretchen mit zitternder Stimme. Sie war hinter ihm und watete auf ihn zu, wobei sie bei jedem Schritt knietief in den Pelz des Ungeheuers einsank, das ohne darauf zu achten weiterdöste – offenbar war es wieder reif für einen Schlaf von weiteren fünfzig Jahren.

Colin zog sie zu sich herauf und hielt sie, bis *er* aufhörte zu beben.

Zu dem Zeitpunkt mußten sie beide wieder von vorn beginnen. Gretchen packte ihn am Arm und drehte ihn herum, damit er ins Tal sehen konnte. »Sieh nur«, flüsterte sie.
Obwohl die Straßen des Dorfes so verlassen waren, wie es die verfallenen Häuser erwarten ließen, wimmelte es in ihrem ausgeraubten Innern von bewaffneten Männern. Die Nymphe war ebenfalls dort, sie hatte sich im alten Wirtshaus versteckt. Der Wermensch Wulfric strich frischgestärkt und mit gesträubtem Fell um sie herum. Auf die Entfernung sah sie so munter aus wie eh und je. Sie hielt ihr silbernes Jagdhorn an die Lippen und lehnte an einer Stelle, von der aus sie den Fluß überblicken konnte. Vom Nebel waren keine Spuren zurückgeblieben, das Wasser glitzerte in der Sonne und schwatzte munter vor sich hin. Offenbar hatte der Fluß den zerlumpten Trupp von Männern, der von einem rothaarigen Riesen und einer Frau mit einer etwas dunkleren Haarfarbe angeführt wurde und der ihn durchquert hatte, schon längst wieder vergessen. Mit einer umfassenden Handbewegung deutete die Frau auf die Häuser, während sich die Männer vorsichtig um den König scharten. Nicht weit vom ersten Gebäude blieben sie stehen und bildeten einen Verteidigungsring um ihren Führer.
»Pegien hat sie gewarnt«, sagte Gretchen beinahe frohlockend. »Aber warum bleiben sie nicht stehen?«
Als ob sie ihr antworten würde, erhob Eberesch seine Stimme, die den Fluß und alle anderen Geräusche im Tal übertönte, und sie war so ehrfurchtgebietend und donnernd, daß Colin befürchtete, daß der Lindwurm dadurch wieder geweckt würde. »Es hat keinen Sinn, daß ihr euch versteckt wie winzigkleine Wiesel«, brüllte der König. »Ich weiß, daß ihr da drinnen seid und was für Flegel ihr seid. Urd ich sage euch ins Gesicht, daß ich euren ganzen Haufen niedermetzeln kann. Aber ich will mich nicht mit euch Männern herumschlagen, wer auch immer ihr seid, wenn ihr jetzt aus euren Verstecken herauskommt, euch ergebt und mir die Lehenstreue gelobt. Ich hadere nämlich einzig und allein mit dem boshaften Schurken, der meine kleine Tochter verflucht hat. Schickt ihn heraus, und ich werde um so sanfter mit euch verfahren!«

Als Antwort darauf stieß Sally in ihr Horn, und es ging ein Pfeilhagel auf Brüllo Eberesch und seine Gefolgsleute nieder. Pegien fiel sofort zusammen mit drei von Ebereschs Männern.
»Die Schweinehunde!« rief Colin. Seine Stimme wurde undeutlich, denn er suchte nach einer Abstiegsmöglichkeit, die er auch nach kurzer Zeit fand; die Revoluzzer hatten ihre Strickleiter um die eiserne Verankerung im Gletscherrand geschlungen und dort liegen lassen; glücklicherweise an einer Stelle, die der Lindwurm noch nicht zum Schmelzen gebracht hatte. Colin griff nach der Leiter, aber Gretchen zog ihn zurück.
»Halt! Was ist mit den Einhörnern? Allein kommen die nicht hinunter, und sie könnten uns helfen...«
»Hinterher, Gretchen. Nur dann. Sie können es mit Sallys Truppe nicht aufnehmen, und sie würde nichts lieber tun, als sie wieder einzufangen. Bleib du hier bei ihnen. Wenn wir unterliegen, dann sieh zu, daß sie Furchtbart nicht wieder in die Hände fallen!«
Bevor sie noch etwas einwenden konnte, hatte er sich schon auf die Leiter geschwungen und stieg hinab. Als sie dann schließlich wieder ihre fünf Sinne beisammen hatte, war Colin schon am Fuße des Felsens und riß die Leiter aus ihrer Halterung heraus. Dabei warf er Gretchen einen zugleich schuldbewußten und trotzigen Blick zu. Kaum war die Leiter neben ihm niedergefallen, als er auch schon auf dem Absatz kehrtmachte und ins Dorf hinunterspurtete.
»Zum Teufel mit ihm!« fluchte sie, weil sie wütend war über seine hinterhältige und übertrieben fürsorgliche Haltung. »Man muß einem Mann offenbar nur ein bißchen Zuneigung zeigen, und schon muß er den starken Max spielen!«
Müde begab sie sich wieder zum Schwanz des Lindwurms, wo die Einhörner auf sie warteten. Zuletzt rutschte sie den haarigen Rükken des Ungeheuers hinunter, um zu ihnen zu gelangen. Primel schien etwas ruhiger zu sein als sonst, und die drei restlichen Einhörner blickten Gretchen erwartungsvoll an.
»Jetzt schaut mich bloß nicht so vorwurfsvoll an!« schnauzte sie die Tiere an. »Dort unten bricht alles zusammen, und wegen dieses

tölpelhaften Barden sitzen wir hier oben auf dem Trockenen. Fällt euch etwas ein, was wir tun könnten?«

Adlerflaum blies noch einmal durch die Nüstern und stampfte kurz mit den Hufen auf, bevor er erwiderte: »Um die Wahrheit zu sagen, Hexe, wir könnten jetzt wirklich eine Erholung gebrauchen – von dem ganzen Durcheinander, das ihr Menschen um uns herum veranstaltet.«

»Ihr *was?*« fragte sie barsch.

Mondschein trat vor, aber hielt den Blick gesenkt, als er sagte: »Wir sind zu dem Schluß gekommen, daß wir unter uns Rat halten müssen. Es wird nicht lange dauern, aber wir wollen dabei allein sein.«

»Nur einen Augenblick«, fügte Schneeschatten flehentlich hinzu. »Es gibt Probleme, die wir unter uns aushandeln müssen.«

Gretchen starrte sie verletzt und fassungslos an, dann zuckte sie mit der Schulter, als ob ihr die Zurückweisung überhaupt nichts ausgemacht habe, ging einfach weg und sagte noch: »Ich kann ja die Zeit nützen und mich derweil nach einer Waffe umsehen. Oder überlegen, wie wir hier rauskommen. Schließlich möchte ich ja nicht, daß es von Gretchen Grau heißt, daß sie nicht weiß, wann sie unerwünscht ist!«

Sally Offenherz hatte dafür gesorgt, daß ihre Soldaten die Aufgabe erfüllten, die ihnen nun bevorstand. Nicht einmal der große Lindwurm hatte sie von dieser Schlacht abhalten können, obwohl er die tapferen Kameraden, die sie ins Labyrinth begleiteten, erschlagen hatte. Sie selber war in ihrem Wirbelwind entkommen. Und nun hatte sie die Gedanken ihrer Anhänger durch eine reine Willensanstrengung vom Angriff des Lindwurms auf ihre Festung abgelenkt und sie unter Einsatz ihres ganzen Charmes dazu abgerichtet, den Nebel zu beobachten, zu warten und nicht mehr auf das Geschleife, Geplumpse und den Dampf dort oben zu achten.

Sie war dann auch nicht besonders überrascht, als das Monster oben blieb und sich nicht ins Tal herunterwagte. Eismonster blieben im Eis, und wenn sie sich davon entfernten, gingen sie ein.

Bestimmt war das sogar dem dummen Geschöpf bewußt, das ihre Soldaten erschlagen hatte. Und dann war ja schließlich auch das Recht auf ihrer Seite und das Wohlwollen des Dunklen Pilgers, der darauf bedacht war, daß sie diese entscheidende Schlacht zur Unterstützung ihrer gemeinsamen Sache gewann. Sie würde ihn nicht im Stich lassen, und wenn sie diese Schlacht allein austragen mußte.

An ihrer Seite knurrte und winselte Wulfric, den es nach Blut dürstete. Sie hätte sich beinahe gewünscht, daß er jetzt in seiner menschlichen Gestalt wäre, um sich mit ihr zu beraten, aber sie hatte ihn seit ihrer Ankunft auf dem Schloß nicht mehr in dieser Aufmachung gesehen, und tatsächlich konnte er ja auch in seiner jetzigen Gestalt sehr viel besser und rücksichtsloser kämpfen.

Aber er war auch nicht grausamer als sie. Sally hatte mit der Geduld einer Spinne gewartet, als ihr der riesenhafte Thronräuber mit seinem arroganten Gehabe ins Netz ging, und in dem Augenblick, als er stehengeblieben war, hatte sie in ihr Horn geblasen und das Signal zum Angriff gegeben. Sie hatte selbst den ersten Pfeil auf die Brust der elitären ›Prinzessin‹ Pegien abgezielt, der Freundin des Pilgers, die ihn verraten hatte.

Mit dieser Frau waren viele andere gefallen, und der Thronräuber konnte nicht viele entbehren. Als ihre Soldaten immer mehr Pfeile abschossen und die Speere wieder zurückholten, die ihr Ziel verfehlt hatten, sammelte der Feind seine Toten und Verwundeten ein und zog sich in das Haus zurück, in dem die halbtoten Sklaven aus dem Dorf in der Nähe des Flusses waren, den sie einst bewacht hatte.

Ihre Soldaten waren nun bereit; der Feind würde ihnen keinen Widerstand mehr leisten. Sally trat auf die Straße hinaus und zeigte sich. Mit dem Horn an den Lippen blies sie zum Angriff. Dann schwenkte sie den Arm und führte ihre Kämpfer in die Schlacht.

Kochend vor Wut rannte Gretchen durch alle Räume des Schlosses und wünschte, daß sie ihren Onkel, Sally Offenherz oder sogar Colin erwischen würde, damit sie ihnen zeigte, wie gefährlich es ist, eine Hexe auszutricksen. Sie hätte am liebsten alles kurz und klein geschlagen, was ihr in den Weg kam, aber das Schloß war sehr spärlich möbliert, und wenn sie wirklich hier oben in der Falle saß, dann würde sie vielleicht noch das Bettzeug, die Kleider und die Nahrungsmittel brauchen, die noch im Schloß waren. Waffen oder irgendwelche Rüstungen hatten sie nicht zurückgelassen.

Sie schlug die Tür zur Vorratskammer zu. Leer. Das Geräusch hallte durch die Wand wider, und die seltsame Akustik in dem höhlenartigen Korridor mußte daran schuld sein, daß sich der Ton am anderen Ende des Ganges mit der gleichen Vehemenz zu wiederholen schien.

Oder vibrierte diese andere Tür immer noch, weil sie sie so gewaltsam zugeschlagen hatte, wenigstens war das ihr Eindruck gewesen, als sie sich ihr genähert hatte.

Gretchen blieb einen Augenblick lang stehen, horchte dann wieder, aber hörte nun nur noch das Geräusch des Wassers, das von der Decke tropfte. Vorsichtig öffnete sie die Tür und mußte lächeln. Hier war wenigstens etwas, das so nutzlos war, daß sie es ohne große Gewissensbisse in Stücke reißen konnte. An den Wänden und auf den langen Tischen waren die Utensilien der magischen Tätigkeit ihres Onkels aufgereiht, die zum größten Teil ein Schwindel war: Tierskelette, Schriftrollen, dicke Wälzer, Glaskolben und Bechergläser, Lampen, Schmelztiegel und Gefäße von dieser und jener Art – eben die Zutaten zu einem richtigen Freudenfeuer.

Aber als sie sich im Raum umsah, bemerkte sie, daß das Wasser, das von der Decke herabtropfte, sich am Boden nicht in einer Lache sammelte, sondern irgendwo in der Mitte ablief. Als sie der Sache nachging, sah sie den verrutschten Teppich und die Konturen der Falltür, die sich darunter befand.

Sie schob den Teppich weg und zog die Tür an dem eisernen Ring hoch, der dort angebracht war. Unter der Tür befand sich eine

Steintreppe, die so breit war, daß zwei Menschen nebeneinander hinuntergehen konnten, und die für einen so feuchten Ort erstaunlich trocken war.
Gretchen stieß einen Freudenschrei aus und eilte zu den Einhörnern zurück. Hier war eine Möglichkeit, wie sie alle über den Felsen hinuntergelangen konnten.
»Aber wir finden eben, daß wir nicht in die Händel der Menschen verwickelt werden sollten«, sagte Schneeschatten. »Es ist schon schlimm genug, wenn ihr Menschen euch gegenseitig wehtut, ihr braucht nicht auch noch Einhörner dazu. Unsere Stärke liegt im Heilen.«
»Jetzt sei mal still, Füllen, und laß die Hexe nochmals beschreiben, wo die Treppe ist«, unterbrach sie Adlerflaum. »Ich weiß nichts von dieser Heilkraft, obwohl ich natürlich mein Horn genauso schnell in eine Lache tauche wie jedes andere Einhorn, wenn es darum geht, die Tierwelt zu retten. Aber *jetzt* bin ich ganz begierig darauf, es in den Abschaum hineinzustoßen, dessenthalben es abgebrochen ist. Wenn die Leute nur meinen, daß wir Einhörner ein Haufen von dummen Fohlen sind, dann lassen sie uns nämlich nicht lange genug leben, um irgend etwas zu heilen. Ich würde sagen, spießen wir das ganze Zeug doch einfach auf!«
»Aber der Codex!« wandte Schneeschatten ein.
»Das *ist* doch der Codex, du dummes Füllen!« erwiderte Adlerflaum und wiederholte die Strophe, die vom Blutvergießen handelte.
»Und ich frage mich eben, warum sollten wir uns in etwas einmischen, das uns wirklich nichts angeht?« sagte Primel. »Denn während sich die entsetzlichen, zweibeinigen Ungeheuer gegenseitig die Köpfe einschlagen, lassen sie uns wenigstens in Ruhe und können uns nicht betrügen, gefangennehmen und verstümmeln.«
»*Ich* habe bis jetzt noch keinen von euch getäuscht, und vielleicht würde es euch interessieren, daß die Prinzessin Pegien euretwegen von einem Pfeil durchbohrt wurde«, sagte Gretchen hitzig. »Jawohl, sie ist gestorben, weil sie euch helfen wollte. Und ich versuche ebenfalls, euch zu helfen. Wenn ihr nur mal für einen Moment

aufhören würdet, euch herumzustreiten, um mir eure Aufmerksamkeit zu schenken. Solange ihr wirklich vorhabt, hier oben zu bleiben, solltet ihr euch wirklich darum kümmern, welche Seite dort unten gewinnt, sonst könnte es nämlich sehr leicht passieren, daß ihr euren Karren wieder in den gleichen Mist fahrt, aus dem wir euch soeben herausgeholt haben!«
»Also ich, für meinen Teil, finde, daß wir ruhig dabei zusehen sollten, wenn ihr euch gegenseitig die Köpfe einrennt«, schnaubte Primel verächtlich. »Aber, nun gut, ich werde mitkommen, weil ich eingesehen habe, daß die Tiere des Waldes nicht ewig ohne Einhörner auskommen können, die sich so großmütig um ihre Wunden kümmern und ihr Wasser läutern.«
»Aber wir dürfen *nicht* morden, außer wenn wir unser eigenes Leben verteidigen«, sagte Schneeschatten beharrlich. »Hab ich recht, Mondschein?«
Mondschein schüttelte ungeduldig seine Mähne. »Ich muß selbst nachsehen, was meinen Freunden widerfährt und ob ihnen mehr damit gedient ist, wenn ich ihre Feinde aufspieße oder wenn sie über meine Heilkraft verfügen können. Denn ob es nun die richtige Einhornart ist oder nicht, ich mag sie eben sehr gern.«
»Bin ich aber froh, daß wenigstens noch einer hier seine fünf Sinne beisammen hat«, sagte Gretchen und zündete eine Fackel an, indem sie mit den Fingern schnippte. »Ich finde ja, daß ihr einen ganz besonders günstigen Moment gewählt habt, um störrisch zu werden. Kommt schon!«
Sie führte sie langsam die Treppe hinunter, weil die Stufen schon sehr ausgetreten und an manchen Stellen dick mit Eis überzogen waren.
»Da wäre ich ja lieber den Gletscher hinuntergegangen!« beschwerte sich Primel.
»Ich wünschte nur, du würdest auf deinen eigenen Füßen gehen statt auf meinen«, entgegnete ihr Gretchen.
»Paß auf die Fackel auf, Hexe, oder du machst mich noch blind!« gab ihr Adlerflaum zu verstehen.
Die Schlacht konzentrierte sich auf ein kleines Gebäude, das von

allen Häusern im Dorf am weitesten vom Schloß entfernt, aber dem Fluß am nächsten war. Brüllo Eberesch und seine Soldaten verteidigten sich von der Türschwelle aus. Das Gebäude war von unzähligen Banditen eingekreist. Die Pfeile und Speere, die auf das Haus niederhagelten, blieben zum größten Teil ohne Wirkung. Der Schlamm ging den Angreifern bis zu den Knöcheln, und der beißende Geruch eines Blutbads vermischt mit Schweiß durchdrang den sonnigen Morgen.

Eberesch schlug sich seinen Weg durch die Angreifer mit der selbstverständlichen Leichtigkeit eines Holzfällers, der seine Arbeit verrichtet. Er war der einzige, der Furchtbarts Banditen überragte, und einen Augenblick lang befürchtete Gretchen, daß er allein kämpfte. Aber ab und zu, wenn er seine Aufmerksamkeit und das schwere hölzerne Wagenrad, das er als Schild benutzte, nach links oder rechts drehte, wuchs plötzlich auf der Seite, wo er gerade nichts sah, ein neuer Satz von Waffen hervor.

Dennoch verteidigte er die Stellung praktisch allein.

Gretchen schlug sich zur vordersten Gletscherlinie durch, hielt sich in der Nähe der Häuser und ging den Bogenschützen auf den Dächern aus dem Weg. Sie schaute nach allen Seiten, bevor sie es wagte, von einem sicheren Ort zum nächsten zu eilen.

Nicht, daß sie die leiseste Idee gehabt hätte, was sie tun würde, wenn sie dort ankäme. Wollte sie sich von den Feinden des Königs töten lassen oder wie seine Verbündeten in die Falle gehen? Weder das eine noch das andere war sehr verlockend.

Dann sah sie den Wolf.

Er duckte sich auf dem Dach nieder, ganz dicht hinter Ebereschs Haupt. Der König war größer als der Eingang, den er verteidigte, seine Freunde gaben ihm zwar Rückendeckung, aber keiner achtete auf sein Haupt.

Gretchen rannte nach vorn und schrie ihren Zauber heraus, so daß er wirken würde, sobald sie in Reichweite kam. Sie war immer noch ziemlich weit von der hinteren Linie des Feindes entfernt, als das Dach in tausend Einzelteile zersplitterte. In demselben Moment sprang auch der Wolf. Er heulte einmal kurz auf und fuchtelte mit den Pfoten hilflos in der Luft herum, bevor er ins Haus hinunterstürzte. Gretchen hoffte, daß ihm Ebereschs Anhänger dort den Rest geben würden.

Ein Horn ertönte, und die Angreifer drängten viel hartnäckiger nach vorn als zuvor. Eberesch wuchtete sein Wagenrad hoch und drängte blindwütig die vorderen Linien zurück. Sein Gesicht verzerrte ein wildes Grinsen, er bleckte die Zähne, und sein Blick war trügerisch heiter.

Und wieder ertönte das Horn. Diesmal flog ein Pfeilhagel über ihre Köpfe hinweg und ging über dem Gebäude nieder, das neuerdings ohne Dach war. Das Murren und Schreien schien nun zum Teil von drinnen zu kommen. Gretchen ging an der Ecke des gegenüberliegenden Hauses in Deckung, kurz bevor das Horn noch einmal ertönte.

Sie blinzelte, um die Richtung herauszubekommen, aus der das Geräusch kam. Sally Offenherz war in der vordersten Linie ihrer Kämpfer, aber sie stand auf etwas in der Nähe einer Hausecke, so daß sie sowohl vor dem Schwert des Königs als auch von ihren Anhängern sorgsam abgeschirmt war. Der letzte Pfeilhagel war etwas spärlicher gewesen als der vorangegangene, so daß die Nymphe wieder ihr Horn zückte.

Wenigstens wußte Gretchen Bescheid, wie sie dem ein Ende setzen konnte. »Mach aus dem blöden Instrument ein Trinkhorn«, befahl sie. Sallys Signalhorn kam mit dem Mund der Nymphe in Berührung, doch kein Laut unterbrach mehr das Toben, Seufzen und Schreien des Gefechts, und es folgte kein Pfeilhagel mehr.

Auch ein Riese wie der König mußte bei einem solchen Angriff müde werden. Die Hofsänger kündeten davon, daß er ganze Heere eigenhändig niedergemetzelt habe. Was dies anbetraf, so konnte Gretchen nur bestätigen, daß die Barden zur Abwechslung einmal nicht übertrieben.

Je mehr Banditen Eberesch niedermähte, damit sie von ihren Kameraden niedergetrampelt wurden, desto mehr Kameraden stürmten unter Schreien nach vorn, um ebenfalls niedergemäht zu werden. Wie konnte bloße Herdhexenkraft aus einer so ausweg-

losen Situation heraushelfen? Sie konnte es nicht riskieren, ein Feuer anzuzünden, weil dann Freunde und Feinde gleichermaßen verbrannt wären.
Einzelne Pfeile und kleine Pfeilwolken schwirrten nun durch die Luft. Gretchen stellte fest, daß es weniger als zuvor waren. Sie analysierte die Feststellung und sah, daß nur noch die drei Häuser in der unmittelbaren Nähe der königlichen Stellung in den Kampf miteinbezogen waren. Wahrhaftig ein Segen! Aber darüber nachzudenken, hatte Gretchen jetzt keine Zeit.
Dafür betrachtete sie die geschnürten Gamaschen, mit denen die meisten Banditen ihre Hosen in den Stiefeln festgebunden hatten. Sie überlegte sich, daß die Schnürsenkel, wenn sie richtig miteinander verflochten wären, ganz vorzügliche Fesseln abgeben würden.
Sie mußte sich soweit rauswagen, daß sie ihre Ziele in Reichweite hatte und in der Nähe des Materials blieb, das sie zur Feindabwehr benutzen wollte. Wenigstens paßten ihr braunes Kleid und ihre dunkle Färbung ganz gut zu dem Schlamm, so daß sie nicht besonders auffiel. Als sie ihre Arme in die Richtung der Füße ihrer Feinde ausgestreckt hatte, begann sie in einer Pantomime die Gamaschen aufzuschnüren und die Schnürsenkel zu zwirbeln und miteinander zu verflechten. Beim Wiederholen richtete sie sich nach der Anzahl der Köpfe. Sie hielt es solange aus, bis ihr der Schweiß in die Augen tropfte und sich ihre Finger und Vorderarme verkrampften. Jedesmal, wenn ihre Finger das Zeichen gaben, schnürten sich wieder Gamaschen von selber auf, und die Schnürsenkel verflochten sich in einem Paarungstanz.
Die Feinde hörten auf, Eberesch zu bekämpfen, und rauften sich nun miteinander herum, zerrten einander an den Schnürsenkeln, fluchten wild vor sich hin, purzelten übereinander, hüpften und teilten je nach dem Hiebe aus oder stachen zu, als sie versuchten, sich zu befreien.
Gretchen ging in Deckung, als der Pfeilhagel wieder dichter wurde. Jetzt waren nur noch zwei Häuser am Kampf beteiligt.
Adlerflaum und Mondschein kamen herbeigaloppiert und began-

nen, den kunterbunt durcheinandergewürfelten Banditen zuzusetzen. Sie stürzten sich auf die Kämpfenden, trampelten sie mit den Hufen nieder und stießen mit den Hörnern nach.
Ihre gemeinsamen Anstrengungen von Mensch und Tier brachten dem König die Verschnaufpause, die er brauchte, um den Eingang zu räumen. Er mähte zuerst die Feinde um sich herum nieder, und dann bahnte er sich auf diese Weise einen Weg durch die Menge. Hinter ihm kam zuerst Neddy Taschenklau aus dem Haus, dann Gretchens alter Freund, Prinz David H. Würdigmann, sein Sohn Davie und andere Zigeuner, Edelleute und Matrosen, die mit Dolchen und gelegentlich wohl auch mit einem Schwert bewaffnet waren und sich mit Topfdeckeln, Brettern, Tellern und anderen greifbaren Gegenständen abschirmten, die ihnen ein Minimum an Schutz gewährten. Im Vorbeigehen besorgten sie sich von den Gefallenen tauglichere Waffen.
Der Eingang war nun nur noch von zwei Männern bewacht, und Gretchen konnte von ihrem Versteck aus ins Innere sehen, wo es immer noch von den Flüchtlingen aus Immerklar wimmelte, aber sie sah auch ein paar Gestalten, die auf dem Boden herumlagen – Tote und Verwundete.
Ein sehr blasser rosafarbener Lichtschimmer erhellte eine dunkle Ecke des Raumes, in der ein stattlicher Mann den leblosen Körper einer Frau an sich drückte. Er schaute mit einem Blick zu ihr herab, traurig und und flehentlich zugleich. Sein Gesicht war in das Licht getaucht, das von ihrem Körper ausging. Gretchen konnte beobachten, wie das Glühen immer schwächer wurde und dann verschwand. Beide Gestalten verloren sich in den Schatten.
Aus einem letzten Haus flogen noch vereinzelt Pfeile, und ganz in der Nähe sang eine vertraute Stimme den Text aus dem revidierten juristischen Codex des Königreichs Argonia. Gretchen blickte sich lächelnd um.
Dann hörte sie noch mehr Hufe, und Schneeschatten preschte nach vorn. »Meine Leute!« trompetete sie, »meine Leute sind dort drin! Meine Dorfbewohner! Sie werden sie niedermetzeln!«
Aber die Banditen waren dabei, ihre Schnürsenkel entzweizu-

schlagen, um sich dann mit noch größerer Heftigkeit gegen Eberesch und seine Truppe zur Wehr zu setzen. Auch aus den bislang ruhigen Häusern am hinteren Ende des Dorfes kamen nun scharenweise Banditen, die zwar verschlafen gähnten, aber gut ausgerüstet waren mit kurzen Schwertern und Schilden.
Dann strömten sie auch plötzlich aus dem Nebenhaus und aus dem Haus, hinter dem sich Gretchen versteckte. Ganz in der Nähe hörte sie einen Schrei, nicht aber aus der Richtung des Gefechts.
Neben der Westwand des Hauses, das sich rechts von ihr befand, lag Colin mit dem Gesicht im Schlamm und einem Dolch im Rükken. Seine Augen wurden bereits glasig. Ein dünner Blutstreifen rann ihm aus dem Mund. Gretchen sank neben ihm auf die Knie, wußte aber noch, bevor sie ihn berührte, daß er tot war. Seine Wange war immer noch warm, und die frische Brise kräuselte sein Haar und bauschte den blutigen Rücken seines Hemdes auf. Sie nahm Colin in den Arm und streichelte liebevoll sein Gesicht und das Haar, als sie ihn hin und her wiegte. »Colin, du Dummkopf«, tadelte sie den leblosen Körper, »wenn du nicht versucht hättest, mich abzuhängen, dann hätte ich deinen albernen Rücken bewacht!«

XVI

»Entschuldige, liebe Mutter«, rief Himbeere in Griseldas Höhle hinein, »aber meine Tochter ist nicht zum Essen!«
»Findest du? Nun, laß dir's gesagt sein, Meister Fleischhauer. *Meine* Tochter ist hungrig und ich werde sie *jetzt* füttern!«
Rostie sah ihren Vater erwartungsvoll an, denn sie wartete auf seine Zustimmung. Schließlich verstand sie weder die Sprache der Drachen noch das Pan-elfische. Die Männer aus dem Wirtshaus drückten sich an die Felswand und ließen vor lauter Schreck die behelfsmäßigen Waffen und Bierkrüge fallen. Auch sie verstanden die Drachensprache nicht, aber sie schätzten die Drachennatur ziemlich realistisch ein.
»Ach komm, Heißsporn, sei doch nicht so!« sagte Grimmut, »sie ist doch nur ein Baby und wird schon nicht so viel essen, höchstens einen oder zwei!«
»Wo brennt's denn, Vater?« fragte Rostie, »brauchen die Drachen Hilfe? Vielleicht kann ich ihnen dabei behilflich sein.«
»Nein«, sagte Himbeere streng, »sag mal, hat dir deine Mutter überhaupt nichts Gescheites beigebracht? Die Höhle einer hungrigen Drachenbrut ist kein Platz für kleine Mädchen!«
»Aber ich bin doch kein kleines Mädchen mehr!« erwiderte Rostie. »Ich habe nämlich auch meine Magie!«
Neugierig streckte nun Griselda den Kopf aus der Höhle und studierte die Leute, die sich auf ihrem Felsvorsprung drängten, so wie eine Hausfrau das Warenangebot auf dem Markt studiert. »Die Rothaarige hat die richtige Größe für eine Vorspeise«, sagte sie zu ihrem Lebensgefährten, »sieht aber ein bißchen spitz aus. Wie wär's denn mit dem netten Rundlichen dort und dem Jungen. Den Alten kannst du vergessen, der ist viel zu zäh!«
»Drache Grimmut, das kannst du nicht tun!« schrie der Zauberer und versuchte Grimmut an den Klauen zu packen, als dieser nach den Personen greifen wollte, die seine Gefährtin ausgesucht hatte.

Glücklicherweise war der Drache noch milde gestimmt. »Ist doch kein Grund, gleich so hitzig zu reagieren, alter Junge. Schau, für das Baby koche ich doch alles vor. Ein kleiner Feuerstoß, und dann ist alles vorbei. Sie merken nichts.«
»Das ist doch nicht der springende Punkt, edler Drache«, erwiderte der Zauberer, »wie du auch, sind das alles treue Untertanen des Königs. Und das ist meine einzige Tochter. Ich weiß nicht, was du dazu sagen würdest, wenn ich versuchen würde, deine Tochter zu rösten?«
»Laß uns doch ein bißchen vorsichtig sein mit den feuergefährlichen Bemerkungen, nicht wahr, Heißsporn?« gab der Drache in einem Ton zu bedenken, der einen drohenden Unterton hatte.
Rostie legte ihrem Vater die Hand auf die Schulter und sagte: »Also wirklich, Vater, wenn diese Biester Hunger haben, und du ihnen nicht helfen kannst, kann ich ihnen ganz bestimmt mit meinem Zauber helfen. Sag mir nur, was du brauchst, dann lasse ich es von meinem Kobold Jehan herbeischaffen.«
Ein Pirat mit einem Holzbein, den Himbeere für einen der Männer aus der Wirtschaft gehalten hatte, der von seiner nicht unverbesserlichen Tochter auf den Felsvorsprung gezaubert worden war, segelte nach vorn, wobei weder sein Fuß noch sein Holzbein den moosbewachsenen Fels richtig berührten, und sagte: »Du wünschst dir ein Festessen, das einer Drachenfamilie würdig ist, stimmt's Mädel?« fragte er.
»Ja, das stimmt«, erwiderte sie bedeutungsvoll, weil sie dachte, daß alle mächtigen Zauberer ihren Gehilfen so antworteten.
»Gesagt, getan«, sagte der Pirat. »Aber es ist dein letzter Wunsch gewesen, und ich bin nun frei.«
»Mein letzter Wunsch?« jammerte Rostie. »Aber er war doch nicht für *mich*, sondern für Papa.«
Aber Jehan hörte nicht mehr zu, sondern löste sich auf. Als er wieder erschien, hatte er zehn Rinder, sechs Rehe und einen grunzenden Eber dabei. »Sag deinen Drachen, daß sie jetzt losfeuern können«, sagte er zum Zauberer. »Ich habe ihnen eine Kleinigkeit zum Abendessen mitgebracht!«

Grimmut grillte sofort den Eber, und bald hörten die Leute vor der Höhle ein zufriedenes Schmatzen und Schlürfen, das aus dem Innern der Höhle drang, und dem ein leiser Rülpser folgte.
Griselda streckte ihren Kopf wieder heraus. »So sicher, wie die kleine Grippeldize meine Augen hat, hat sie auch deinen Appetit geerbt. Brate ihr doch noch eine winzig kleine Kuh, meine Flamme, und dann, finde ich, sollte sie ein Nickerchen machen. Ich bin selbst auch ziemlich ausgebrannt. Vielleicht würdest du so lieb sein und unser Felsgesims räumen, während wir beide ruhen? Hier ist wirklich ein fürchterlicher Andrang!«
Als sie ihr Maul wieder in die Höhle zurückgezogen hatte, wandte sich Grimmut mit vor Stolz geschwellten Schuppen an den Zauberer: »Wird's dir dabei nicht warm ums Herz, Heißsporn? Ach, die Vaterschaft! Nun, ich fühle mich so heiß, daß ich jetzt ein ganzes Dutzend Ritter in glänzender Rüstung erschlagen könnte!«
»Wenn sich dies so verhält, edler Drache, solltest du vielleicht nun, da du ein Familienvater bist und deiner Gattin und deinem Kind sicherlich allen erdenklichen Komfort und Sicherheit geben willst, in Erwägung ziehen, ob du nicht wieder in die Dienste des Königs treten willst? Meine Tochter, die von Seiner Majestät gesandt wurde, hat dir soeben den rückständigen Lohn ausbezahlt und die Botschaft überbracht, daß der König dringend deiner Hilfe bedarf. Ich wage sogar zu behaupten, daß, wenn wir noch länger zögern, unser Herr nicht mehr unter den Lebenden sein wird und dann auch nicht mehr deine Dienste braucht.«
»Ach, verdammt, Heißsporn, ich würde dir ja so gerne helfen, aber du hast ja meine kleine Giftnudel gehört. Ich muß jetzt dieses verdammte Felsgesims säubern.«
»Dürfte ich dir vorschlagen, edler Drache, daß du uns, statt vom Felsvorsprung herunterzuschubsen, zum Labyrinthgletscher bringst, weil wir dann alle unsere Ziele erreichen: Wir würden am Leben bleiben, du könntest deine Schwelle säubern und dich zugleich im Freien körperlich betätigen, während du gleichzeitig deine Dienste gegenüber dem König erneuerst. So würden wir alle dazu beitragen, unser Heimatland Argonia zu retten.«

»Du willst damit sagen, daß ich all diese Geschöpfe auf meinem Rücken transportieren soll, und dann ziehen wir *alle* miteinander aus, um Ritter zu erschlagen?« fragte der Drache und beäugte Rosties Haufen etwas argwöhnisch.

»Ja, edler Drache.«

»Nun, denn«, sagte Grimmut und fuhr mit der Klaue durch die Höhlenöffnung und brachte eine Kralle voll funkelnder Edelsteine zum Vorschein, die er den Dorfbewohnern hinwarf. »Solange wir am gleichen Strang ziehen, sollt ihr auch ein paar Diamanten haben, Jungs, meinem neugeborenen Flämmchen zu Ehren.«

Von den Einhörnern stieß eines einen langgedehnten, schrillen Schrei aus. Gretchen richtete sich auf und zuckte unwillkürlich zusammen, als sie das Messer aus Colins Rücken zog, obwohl sie wußte, daß er nichts fühlte. Sie brauchte nun eine direktere Waffe als ihre Magie. Die Heilkraft der Einhörner hatte den Bewohnern von Immerklar das Leben wiedergegeben und die Wunden Leofwins und Wulfrics geheilt. Vielleicht würde sie auch Colin und Pegien retten, wenn man sie schnell anwandte. Aber sie würde es nie erfahren, wenn Furchtbarts Gefolgsleute diese Schlacht gewannen.

Überall entlang der Straße stießen nun verstreute Gruppen von Kämpfenden zusammen.

Mondschein und Adlerflaum, die von Banditen umringt waren, kämpften Rücken an Rücken. Hufe und Hörner forderten einen hohen Blutzoll, aber neue Feinde traten schnell wieder an die Stelle der Gefallenen.

Eberesch stand allein in der Mitte des Wegs und wirbelte wie ein Kreisel herum, und sein Schwert hielt furchtbare Ernte.

Die Zigeuner kämpften Dolch gegen Kurzschwert, aber Prinz H. Würdigmann und Davie waren bereits gefallen.

Neddy Taschenklau und ein paar seiner Männer kämpften in der Nähe des Flußufers, und es sah so aus, als ob weder sie noch die Angreifer jemals die Oberhand bekommen würden.

Und jedesmal, wenn einer von Furchtbarts Männern fiel, warteten zehn weitere, um den Mörder anzugreifen.
Das Einhorn schrie wieder, und der Schrei kam aus dem Haus, das der König verteidigt hatte.
Um den Kämpfenden aus dem Weg zu gehen, rannte Gretchen im Zickzack über den schlammbedeckten Weg dorthin.
Schneeschatten bäumte sich schreiend am Eingang auf. Ihr Fell war blutverschmiert. Sally Offenherz schlug mit einem Schwert auf sie ein, das kleiner und leichter war als das der Männer, aber ebenso verheerend in der Wirkung.
»Hau ab!« kreischte Schneeschatten. »Ich werde es nicht zulassen, daß du meine Leute umbringst! Nein, das werde ich nicht! Sie können sich nicht selbst verteidigen! Hau ab! Sie können dir nichts antun! Hau ab!«
Die Nymphe schlug immer wieder zu, aber Schneeschatten rührte sich weder vom Fleck noch griff sie an. Ein tödlicher Schlag traf das Einhorn an der Gurgel. Schneeschatten brach in die Knie, und Sally holte noch einmal mit dem Schwert aus.
Gretchen stürmte das Haus, stolperte aber und fiel der Länge nach über den Leichnam eines Banditen.
Sie hörte gerade noch einen Hufschlag, bevor ein Schatten über sie hinwegsetzte und sich Primel mit dem Horn voran Sally Offenherz in den Rücken stürzte.
Dnnn war es, als ob von oben ein Wind herabwehte, und plötzlich waren überall Rauch und Feuer und schreiende Menschen. Ein Bandit kämpfte mit einem Matrosen, aber plötzlich zertrümmerte ihm ein Bauer, den Gretchen noch nie zuvor gesehen hatte, von hinten mit einem Holzscheit das Gehirn.
Neue Gestalten mischten sich unter die Kämpfenden, während die Sonne über ihnen durch wild tanzende Schatten und einen Feuerregen ausgelöscht wurde.
Gretchen hob den Kopf und sah die Bewohner von Immerklar aus dem Gebäude kommen. Vorsichtig stiegen sie über ihr Einhorn, das für sie gefallen war, und zogen gegen den Feind. Zuerst befürchtete Gretchen, daß man sie abschlachten würde, aber dann

sah sie, daß ihre Gesichter nicht mehr ausdruckslos waren, und wie sich ihre Blicke auf ein bestimmtes Ziel richteten. Einige nahmen den Gefallenen die Waffen ab, andere wiederum fielen den erstbesten Gegner, dessen sie habhaft werden konnten, von hinten an.

Gretchen kroch zu Schneeschatten hinüber und streichelte ihre blutgetränkte Mähne. Das Einhorn wieherte leise und blies dabei rosafarbene Blasen aus. »Es waren ängstliche Leute, die keinen Sinn für meine Magie hatten.« Sie war schon sehr schwach und konnte nur noch mit äußerster Anstrengung einen Gedanken fassen. »Aber sie haben das Herz auf dem rechten Fleck. Ich konnte es einfach nicht mitansehen, wie die falsche Jungfrau sie niedermetzeln würde.«

»Pst!« Gretchen küßte ihre Stirnlocke. »Du hast sie von ihrem Bann erlöst. Sie helfen uns nun beim Kampf. Ruh dich aus!«

Sie hielt die wenigen der noch kämpfenden Banditen dem verwundeten Einhorn fern und bekam unerwartete Hilfe von einem einbeinigen Piraten, der im Kampf mit dem Entermesser sehr geübt war.

Natürlich war der Drache der entscheidende Faktor; keiner wollte bei lebendigem Leibe verbrannt werden. Aber die Banditen verzagten schnell, als ihnen durch keine faßbare Gewalt die Waffen aus der Hand gerissen wurden.

Diejenigen, die dazu noch imstande waren, flohen, hielten sich aber in der Nähe der Felsen, um sich vor dem Drachen zu retten.

Die drei Einhörner scharten sich um die gefallene Schneeschatten.

»Lebt sie noch?« wollte Mondschein von Gretchen wissen.

»Ja, aber nicht mehr lange, wenn sie keine Hilfe bekommt. Und – Mondschein, Colin – du mußt versuchen, Colin zu helfen. Sie haben ihn umgebracht, aber ...«

Primel unterbrach sie, aber es war jetzt nicht Tadel, der ihre Stimme so rauh machte, sondern Trauer. »Sag deinen Freunden, daß sie unsere Schwester zum Fluß hinabtragen sollen, und dann werden wir für sie tun, was in unserer Macht steht. Danach werden wir eure Verluste besprechen.«

»Aber Colin ...«
Mondschein schmiegte sich mit seiner blutigen Schnauze an Gretchen und sagte: »Viele sind verwundet worden und gefallen, junge Freundin. Wir werden deinen Liebsten retten, wenn es in unserer Macht steht, aber wir müssen nun eins nach dem anderen tun, und vor allem müssen wir auch etwas mit deinem König bereden. Würdest du diesbezüglich das Nötige veranlassen?«
Gretchen wischte sich die Tränen mit ihrem blutverschmierten Arm ab und nickte.
Brüllo Eberesch stand immer noch in der Mitte des Wegs und überwachte das Ordnen von Toten und Verwundeten und Freund und Feind. Einer der Männer, die mit dem Drachen eingeflogen waren, kniete vor ihm und sagte: »Euer Gnaden, ich bin Hügelmann, von der Garnison auf Schloß Eberesch. Ich bitte um Wiederaufnahme in den aktiven Dienst!«
»Wiederaufnahme genehmigt, was ja wohl klar sein dürfte«, erwiderte der König. »Bewaffne vier Männer, Hügelmann, und durchkämme mit ihnen zusammen das Dorf. Keiner dieser Schurken soll uns entkommen.«
»Ja, Euer Gnaden.«
»Und Gretchen, was tust denn du hier, wenn ich fragen darf?« sagte der König, der sich nun ihr zuwandte. »Du solltest doch eigentlich auf deines Vaters Schloß sein und dich umwerben und verwöhnen lassen!« Trotzdem lächelte er sie finster an und streckte ihr die Hand hin. Gretchen kniete sich nieder und küßte die blutverschmierte Hand des Königs.
»Ich brauche ein paar Männer, die mir helfen, das verwundete Einhorn zum Wasser zu bringen«, sagte sie. »Die Einhörner können unsere Verwundeten heilen und die Toten wieder zum Leben erwecken, nur ...«
»Die Toten zum Leben erwecken? Meine arme kleine Schwester, ich glaube, du bist doch ein bißchen zu weich für das Schlachtfeld. Ich glaube, dies Erlebnis hat deine Sinne verwirrt. Aber, nun gut.«
Als er dies gesagt hatte, schritt er zu Schneeschatten hinüber, schob die anderen Einhörner zur Seite und lud das verwundete

Tier auf seine Arme, als ob es ein Lämmchen wäre, und trug es zum Fluß hinunter, wo er es zwischen das Schilfgras legte, das an der seichten Stelle wuchs.
»Nein, sowas! Das ist ja die Höhe!« plapperte der Fluß, »das ist ganz einfach eine Blamage, und das ist die Wahrheit und nichts als die Wahrheit...«
Mondschein, Primel und Adlerflaum begaben sich ebenfalls ins Wasser, wo sie Schneeschatten Gesellschaft leisteten und ihre Hörner oder das, was davon übrig geblieben war, ins schwatzende Wasser tauchten.
Das Wasser wurde sofort ganz klar, und seine rauhe Stimme verfiel in einen angenehmen, gutmodulierten Unterhaltungston. »Ach, das tut ja wirklich sehr gut«, murmelte das Wasser dankbar vor sich hin. »Also ganz ehrlich, es ist ja schon soooooo laaaaaange her, daß ich etwas so Herrliches gefühlt habe. Seht doch nur, wie ich jetzt funkle und wie tief ihr jetzt schauen könnt. Ich sehe aus wie ein Smaragd, findet ihr nicht auch?«
Gretchen hatte nicht die Geduld, das Wasser zu bewundern, denn jetzt vollzog sich noch ein anderes Wunder: Als Adlerflaum den Kopf hob, war sein Horn plötzlich wieder ganz lang und glänzend. Es leuchtete auf wie ein geschliffener Diamant mit seinem kühnen Rillenmuster, und es war vor allem wieder ganz. Die Wunden an seinem Körper und an denen der anderen ließen sich im Wasser ebenso leicht abwaschen wie das Blut und der Schmutz. Schneeschattens Fell schimmerte wieder schneeweiß, und ihr Horn wuchs und heilte, bis es sich ihrem Blick dann wieder in seiner ganzen opalisierenden Schönheit darbot.
»Oh, ich fühle mich schon sehr viel besser«, seufzte sie und sprang wieder auf die Füße.
»Dann müssen wir uns an die Arbeit machen«, sagte Mondschein, der sich ebenfalls erhob. »Gretchen, sag deinem König, daß er *alle* Toten und Verwundeten hierher an den Fluß bringen lassen soll, und sie sollen alle geheilt werden.«
»Alle?« fragte sie.
»Natürlich, alle«, sagte Primel. »Du glaubst doch nicht etwa, daß

wir zwischen guten verwundeten Bären und bösen unterscheiden, wenn wir unsere Kunst in der Natur ausüben, oder? Darüber hat's auch eine Diskussion zwischen uns gegeben, aber zuletzt haben wir uns dazu entschlossen, daß wir eure Spezies ganz einfach unter die ›verwundeter-Bär-Kategorie‹ einreihen wollen. Das heißt aber, daß wir *alle* heilen werden. Was ihr hernach damit anfangt, ist uns egal.«

Die Szene, die folgte, erinnerte sie ein bißchen an einen Waschtag im Sommer, wenn die Mägde ihres Vaters die Wäsche auf den Steinen im Fluß reinigten – ein Verfahren, das sie mit Hilfe ihrer Magie auf ein Mindestmaß beschränkte, weil es dem Gewebe schadete. Nur daß hier, im verzauberten Wasser, statt der Leintücher, Handtücher, Röcke, Schleier und Westen richtige Menschen eingeweicht, eingetunkt und halb ertränkt wurden.

Mondschein ging mit ihr zu Colin hinüber und trug den Spielmann auf seinem Rücken zum Fluß.

Gretchen kniete im Fluß und hielt Colins Kopf in die Höhe, während das Wasser um seinen Körper herum plätscherte. Neben ihr tat der stattliche Herr, den sie in dem zerstörten Haus gesehen hatte, das gleiche für Pegien.

»Sie brauchen sich nicht zu grämen, meine Liebe!« sagte er zu Gretchen. »Die Hoheit hier ist erst ganz kurz da, aber ich könnte schwören, daß sich ihre Wangen bereits gerötet haben und daß sie schon wieder die Augenwimpern bewegt.« Gretchen blickte hinüber. Es stimmte tatsächlich. Pegien war wieder am Leben, und ihre Aura, die im Sonnenlicht zwar unsichtbar war, warf einen rosa Schimmer auf das smaragdfarbene Wasser.

Aber auch Colin schien allmählich wieder Farbe anzunehmen. Er sah jetzt schon sehr viel besser aus, was aber vielleicht nur dem Umstand zuzuschreiben war, daß er keine Blut- und Schlammspritzer mehr im Gesicht hatte. Gretchen wischte die letzten Spuren davon mit der Hand ab. Obwohl ihre Finger naß waren, als sie sein Gesicht wusch, meinte sie doch, das es sich wieder warm anfühlte.

»Ich muß aber schon sagen«, meinte der Herr neben ihr und zeigte dabei mit einer ausladenden Geste seiner Hand auf die Soldaten, denen wieder die abgehauenen Gliedmaßen wuchsen, die Matrosen, die wieder zum Leben erweckt wurden, nachdem sie tödliche Wunden erhalten hatten, die Zigeuner, deren Gesichtshaut von der ungewohnten Blässe wieder ins Dunkelbraune überwechselte, die Banditen, deren Brandwunden und Löcher verschwanden...

»Ich muß schon sagen«, fuhr der Mann fort, »daß ich so etwas sehr beunruhigend finde. Was werden Ihrer Meinung nach wohl die Folgen sein?«

»Welche Folgen denn?« fragte Gretchen, die aber nur halb hinhörte, weil sich nun Colins Augenlider zu bewegen begannen und sich nun seine Brust wieder hob und senkte mit einer Bewegung, die sehr verschieden war von der der Wellen um sie herum. »Oh, ich glaube, daß man die Banditen schließlich einsperren oder hängen wird, aber alle anderen...«

»Eigentlich habe ich sie gar nicht gemeint«, sagte der Mann. »Ich mache mir Sorgen der Einhörner wegen. Wenn die Leute hier weggehen und im ganzen Land die Neuigkeit verbreiten, daß die Einhörner über diese Zauberkraft verfügen, werden sie in Zukunft keine freien Tiere mehr sein. Denn alle werden dann um jeden Preis versuchen, die Einhörner zusammenzutreiben und sie wie Rinder oder Schweine zu züchten und ihre Heilkraft zu vermarkten.«

»Nur würde das nicht funktionieren«, erwiderte Gretchen. »Ich glaube nicht, daß Einhörner die Gefangenschaft lange überleben. Schneeschatten und Adlerflaum wären sicher eingegangen, wenn nicht die Prinzessin gewesen wäre.«

»Ja, hat jemand was zu mir gesagt?« fragte Pegien, die sich aufzurichten versuchte und es stattdessen fertigbrachte, sich selber und ihren Beschützer ins Wasser zu tunken. Er kam, wie ein Hund paddelnd, wieder an die Oberfläche und zog auch die prustende Prinzessin wieder heraus.

»Mit Verlaub, gnädige Frau«, sagte er. »Herr Cyril Hühnerstange, königlicher Archivar, zu Ihren Diensten. Erlauben Sie mir, Ihre Königliche Hoheit wieder zum Ufer zurückzugeleiten.«

Als Colin auf der ehemaligen Wallstatt umherwanderte, erfüllte ihn ein beunruhigendes Gefühl von Unwirklichkeit. Er verstand nur sehr wenig von Schlachten, nur das, was er aus Liedern oder Erzählungen kannte, und die berührten kaum die emotionale Seite der Geschichte. Aber er war sich fast sicher, daß es nicht üblich war, daß die Leute hinterher so erfrischt aussahen, wie das hier der Fall war.
Die frisch gesäuberten und wiederbelebten Banditen hatten sich willig und fast freudig mit den Stoffstreifen fesseln lassen, die man aus ihrer Kleidung gemacht hatte. Der König brüllte beglückt in der Gegend herum und gab mit barscher Stimme Befehle, während Prinzessin Pegien und Cyril Hühnerstange vergebens versuchten, mit ihm Schritt zu halten. Zauberer Himbeere und der Drache fischten weiter stromaufwärts, um für die ganze Meute ein Abendessen zu besorgen. Dabei half ihm seine Tochter Rostie, deren Freund, der Pirat, mit Neddy Taschenklau und dessen Kameraden zusammenhockte, um Seemannsgarn zu spinnen.
Gretchen führte die Aufsicht über ein großes Lagerfeuer und einen großen Kessel, aus dem sie für jeden, der wollte, kochendheißen Kräutertee herausschöpfte. Der Tee war nicht nur zur Erfrischung gedacht, sie hatte auch eine Portion Salz aus ihrem Medizinbeutel hineingeschüttet, um der Magie ihres Onkels entgegenzuwirken. Sally Offenherz saß vor dem Haus, das der wichtigste Schauplatz des Geschehens gewesen war. Der Wolf lag ihr zu Füßen. Sie schien mit dem Fluß zu schwatzen, der auch weiterhin ganz leise und vernünftig sprach.
Nur die Einhörner schienen sich unbehaglich zu fühlen. Sie standen zusammen, stampften unruhig mit den Hufen und schüttelten ihre Mähne.
Colin kam alles sehr unheimlich vor, hatte es denn jemals eine Schlacht mit blutigeren Auswirkungen gegeben? Keiner schien auch nur das geringste feindselige Gefühl seinem Gegner von vor ein paar Stunden gegenüber zu hegen.
Colin war fast erleichtert, als er Griffin Hügelmann und seine

Freunde sah, die eine Gruppe von schwitzenden, blutbeschmierten Banditen vor sich hertrieben, die entflohen waren. In ihrer Mitte trugen sie eine jammernde und wild um sich schlagende Gestalt in einem braunen Gewand.
Pegiens Wangen verloren sehr schnell ihre neugewonnene Farbe, und sie brachte nur das eine Wort »Furchtbart!« heraus.
»Du meine Güte, Herr«, sagte der Bandit, der in der Nähe der Neuankömmlinge stand, zu Hügelmann, »was ist denn nur aus unserem Dunklen Pilger geworden? Der sieht ja ziemlich mitgenommen aus!«
Einer der Banditen, der in Gretchen bei ihrer Gefangennahme den Eindruck erweckt hatte, als ob er Sallys magischer Anziehungskraft weit weniger ausgeliefert sei als die anderen, war unter Hügelmanns Gefangenen und fauchte wütend zurück: »Furchtbart wäre noch viel schlimmer dran, wenn ihn des Königs Leute nicht gerettet hätten. Da waren wir nun also und haben geschwitzt wie die Säue und geblutet und sind reihenweise draufgegangen, und plötzlich sehen wir, wie sich dieser Feigling zu seinem verrückten Schwanengefährt davonstiehlt. Da ist mir aber dann doch der Kragen geplatzt und ich sage zu den Jungs: ›Faßt ihn!‹ Und sein ständiges Gelaber, daß wir wegen der Zauberkraft der Einhörner mit heiler Haut davonkommen würden, war doch wirklich absoluter Quatsch! Er wollte ja nur verduften und uns unserem Schicksal überlassen! So haben wir ihm halt ganz persönlich demonstriert, wie das ist, wenn was in die Brüche geht.«
»Beide Arme und Beine sind gebrochen, Majestät«, sagte Hügelmann, »und wenn mich nicht alles täuscht, auch ein paar Rippen.«
Die Bauernsoldaten kippten das brüllende Bündel dem König ohne viel Federlesens vor die Füße.
Zauberer Himbeere und seine Tochter hörten den Lärm und kamen herbeigeeilt. Der Drache flog davon, von der einen Klaue sah man ein zappelndes, silbriges Bündel herabhängen.
Der König zog sein Schwert. »Nun, du Schurke«, sagte er, »am liebsten würde ich dich jetzt in tausend kleine Stücke hauen, die man den Vögeln zum Fraß vorwirft. Aber befreie mein Kind von

seinem Fluch, und ich mache es kurz und schmerzloser, als du es verdienst!«
Furchtbart wimmerte, und Eberesch hob das Schwert. Plötzlich sprang Pegien zwischen die beiden und stellte sich schützend vor ihren ehemaligen Geliebten. »Majestät, Sie schulden mir, glaube ich, eine Gefälligkeit, weil ich Sie zweimal vor Drohungen gegen Ihre Familie gewarnt habe«, sagte sie unerschrocken.
Eberesch ließ das Schwert sinken, und das kalte Feuer in seinen blauen Augen ließ etwas nach. »Gnädige Frau, ich würde Ihnen ja sehr viel gewähren, aber das Leben dieses hinterlistigen, elenden Feiglings kann ich Ihnen nicht schenken. Er hat ja nicht mal soviel Anstand, um mit mir wie ein richtiger Mann zu kämpfen, sondern bricht stattdessen einen Zauberkrieg gegen meine Frau und mein Kind vom Zaun! Aber erzählen Sie uns, was Sie auf dem Herzen haben!«
»Darüber möchte ich mit Ihnen unter vier Augen sprechen, Herr«, sagte Pegien, und da es so aussah, als ob sich der König weigern würde, flüsterte ihm Herr Cyril Hühnerstange etwas ins Ohr, und die drei gingen zu der nächstbesten Hütte.
Gretchen funkelte die bebende Gestalt ihres verhaßten Onkels einen Augenblick lang an, dann ging sie zu ihm hinüber und kniete sich neben ihn hin. Nachdem sie ihm die Kapuze aus dem Gesicht geschoben und ihm einen Schluck Tee gegeben hatte, sagte sie: »Um der Großen Mutter willen, erspare dir die Schmerzen und nimm den Fluch von Bronwyn. Er kann dir ja nun nichts mehr nützen, und vielleicht verschont dich der König, wenn du ihm gehorchst.«
Furchtbart machte einen schwachen Versuch, vor ihr auszuspukken, und sagte in einem noch viel schwächeren Ton: »Bah! Er wird mich wie Ungeziefer zertreten und dich auch, wenn du seine Pläne durchkreuzt. So wisse denn, Nichte, daß die Adligen unsere Feinde sind. Sie pressen und aus wie eine Zitrone und – und dann werfen sie uns weg ... wenn ... wenn«
»Du kannst dir deine Worte sparen, Onkel, denn ich habe heute schon meine Salzration zu mir genommen.«

Himbeere kam nun und kniete auf der anderen Seite des Zauberers. Zuerst sah es so aus, als ob ihn Hügelmann daran hindern würde, aber schließlich wollte sich der Soldat des Königs dann doch nicht mit jemandem anlegen, der sich so gut mit dem königlichen Drachen verstand wie der freundliche Zauberer. »Grau, du bist einer der mächtigsten Zauberer im ganzen Königreich«, begann Himbeere, »deine Magie ist auf ihre Weise der deiner beiden Schwestern ebenbürtig. Hör mal, ich bin wirklich in den höchsten Kreisen herumgekommen und kann dir sagen, daß es wirklich kein Zuckerschlecken ist, ein Land zu regieren. Erlöse das königliche Baby von dem Zauberbann, und ich verspreche dir, daß ich – wie die Prinzessin – beim König um dein Leben bitten werde.«

»Bah!« sagte Furchtbart wieder. »Er wird mich nie im Leben – aua! – verschonen. Ihr tut ja nur so, als ob ihr mit mir sympathisiert, um euch an meinen Qualen zu weiden!«

Nun kamen auch Schneeschatten und Mondschein zu Gretchen und dem Zauberer.

»Freundin Gretchen«, Colin fühlte nun die Berührung mit der Gedankenwelt des Einhorns stärker denn je. »Erinnere deinen König daran, daß er damit einverstanden war, daß wir *alle* Verletzten heilen!«

»Mondschein, ist dir klar, daß dies mein Onkel ist, der Zauberer, der dich und die anderen vernichten wollte?«

»Ja, das wissen wir, aber schließlich muß der Codex beachtet werden:

Dies ist der Einhorncodex,
Auf daß wir uns nun geeinigt haben:
Keine Ausnahme zu machen und
Bis zur Vollendung zu heilen.
In Ausnahmen willigen wir nicht ein.«

»Aha, ich verstehe«, sagte sie, »obwohl ihr ja den Codex in letzter Zeit ziemlich oft umkrempelt. Aber ich werd's ihm sagen.«
Der König kehrte zurück, und Colin fiel als erstes auf, daß sein Schwert wieder in der Scheide steckte.
»Was ist denn das?« fragte der König. »Eine neue Verschwörung gegen die Krone?«
Gretchen erzählte ihm in wenigen Worten, was die Einhörner gesagt hatten.
»Hmmm«, erwiderte Eberesch. »Warum auch nicht? Auf der Reise zurück nach Königinstadt wird er weniger Ärger machen, wenn er in einem Stück ist, und wenn meine gehörnten Untertanen darauf bestehen, jedes Wehwehchen zu heilen, habe ich nichts davon, wenn ich den Hundesohn jetzt um einen Kopf kürzer mache. Sie würden ihn dann nur in den Fluß tauchen und ihm einen neuen wachsen lassen. Und ich werde doch nicht so blöd sein und meinen guten Stahl auf diese Art und Weise abnutzen. Aber zuerst muß er den Fluch zurücknehmen.«
Angesichts dieser erfreulichen Wendung schien Furchtbart schließlich soviel Mut geschöpft zu haben, daß er eine einigermaßen höfliche Antwort zustande brachte. Er sagte: »Ich kann nicht!«
Eberesch hatte schon wieder sein Schwert halb gezogen, bevor Sally Offenherz rufen konnte: »Es ist wahr, er hat dein Kind nicht verflucht, König!«
»Wenn er es nicht getan hat, wer war es dann? Vielleicht du, du treulose Schlampe?«
»Nein, König. Aber ich muß zugeben, daß der Fluch von einer meiner Verwandten arrangiert wurde.«
»Da hat Mutter wieder zugeschlagen«, seufzte Rostie Himbeere.
»Was soll das denn heißen, Kind?« fragte der König.
»Meine Mutter gibt doch immer mit ihrem internationalen Freundeskreis von Hexen an, Majestät«, antwortete das Mädchen. »Ab und zu sind sie auch in unserem Turm zusammengetroffen. Die dummen alten Weiber kamen dann auf fliegenden Teppichen und

dergleichen angeflogen. Ein Baby zu verfluchen, das hätte ganz ihren Vorstellungen von erstklassiger Magie entsprochen. Du *hast* doch den Fluch von meiner Mutter, stimmt's?« fragte sie Sally.

»Ja, sie hat die Schachtel für uns besorgt und den grundlegenden Zauber, der damit einhergeht«, gab die Nymphe zu.

»Und die Befreiung vom Fluch?« brüllte Brüllo Eberesch, »wie steht's denn damit, Weib?«

Sally warf sich vor dem König nieder und sagte: »Majestät, wir haben doch nicht damit gerechnet, daß wir eine brauchen. Soviel ich weiß, wurde keine erlangt, aber Sie können ja die Menschenfresserin Belburga fragen.«

»Nein, das können Sie nicht!« sagte Rostie und schüttelte mit dem Kopf. »Tut mir leid, Majestät, aber meine liebe Mama ist mit meinen Schwesterlein nach Frostingdung gefahren. Prinz Leofwin wird Lilienperle zu seiner Königin machen.«

Anstatt wieder zu brüllen, seufzte Brüllo Eberesch nur, und alle Härte schien von ihm gewichen zu sein, als er traurig sagte: »Dann kann ich meine Bronwyn also nicht von diesem Fluch erlösen, und dabei ist sie doch nur ein winziges kleines Baby!«

Cyril Hühnerstange legte seinem Herrscher die Hand auf die Schulter und redete ihm gut zu: »Genau, Majestät, sie ist noch ein kleines Baby und kann noch nicht einmal sprechen. Welchen Schaden könnte der Fluch jetzt bei ihr anrichten? Und wenn die Zeit kommt, wo dies der Fall sein wird, können Sie immer noch Gesandte nach Frostingdung schicken, um sich nach dem Namen der Hexe zu erkundigen, die sich den Fluch für die Dame Belburga ausgedacht hat. Die anderen Probleme, über die wir gesprochen haben – sind sie denn nicht sehr viel wichtiger für die Sicherheit unseres Königreiches?«

»Ja, du hast wie immer recht, Cyril. Also, dann taucht diesen menschlichen Abschaum hier zuerst in den Fluß, und dann werden wir unseren Untertanen unsere königliche Meinung sagen!«

Furchtbart veranstaltete ein großes Gezeter, als man ihn ins heilkräftige Wasser tunkte, tauchte aber lächelnd wieder aus den Flu-

ten auf. Am Ufer warf er sich sogleich dem König zu Füßen, doch sein Lächeln verschwand, als er vor dem König kniete.
»Majestät, was Ihr auch mit mir tun mögt, ich habe es verdient«, sagte er. »Ich wünschte, ich könnte den Fluch wieder lösen, den ich schändlicherweise über Euer Kind gebracht habe. Wenn Ihr es mir befehlt, werde ich mich persönlich der Sache annehmen. Ich bitte nur darum, daß Ihr, meine über alles geliebte Nichte, die huldvolle Dame meines Herzens und diese wundersamen Tiere, deren Magie ich mißbraucht hätte, nur dem gierigen und bösartigen Mann, der nun vor Euch steht, die Schuld für den Schaden gebt, der angerichtet wurde. Und wenn Ihr mir nicht verzeihen könnt, dann wird es nur meine gerechte Strafe sein, wenn ich, verfolgt von Eurem Haß, in den Tod gehe.«
»O Furchtbart«, sagte Pegien traurig und leise.
»Aber ich bitte Sie inständigst, Majestät, einzig und allein mich dafür zu bestrafen und die, die nur die Geblendeten bei dieser Verschwörung waren, als treudienende Untertanen wieder aufzunehmen: die Nymphe Sally, den Wermenschen Wulfric und alle diese Männer, die aus ihren Heimatländern geflohen sind, um ihren Lebensunterhalt in Argonia als ›Brüder von Grünwald‹ zu verdienen, weil ich sie durch meine magischen Tricks zum Verrat verführt habe.«
»Ach, jetzt geh doch nicht so streng mit dir selber ins Gericht, Dunkler Pilger«, rief ein Bandit. »Ob die uns nun als Verräter hängen oder als Banditen, ist doch gehüpft wie gesprungen, obwohl ich zugeben muß, daß ich es auch nicht ganz begreife, wie ich einem so guten König wie Brüllo Eberesch so übel mitspielen konnte.«
»Ja«, riefen ein paar Banditen zustimmend, »wir sind da ganz deiner Meinung, Bruder!«
Eberesch sah den Haufen mit mißtrauischen Augen an. »Ihr hättet euch viel Leid ersparen können, wenn ihr vor heute früh zu dieser Einsicht gekommen wärt!« sagte er ihnen.
Sally Offenherz, die bis jetzt gekniet hatte, hob nun den Kopf. Ihre rechte Hand ruhte zwischen Wulfrics spitzen Ohren, und sie sagte:

»Euer Gnaden, tut mit mir, was Ihr wollt, aber ich flehe Euch an, verschont den Wermenschen Wulfric, der zwar mein Komplize war, aber nun kein »Wer« mehr ist, sondern nur noch ein Tier zu sein scheint.«

Adlerflaum trottete zu der Nymphe und dem Wolf hinüber und blieb eine Zeitlang vor ihnen stehen. Dann kehrte er wieder zu Gretchen zurück. Colin hörte, wie er zu ihr sagte: »Weißt du was? Seit du diesem Tier den Schwanz abgeschnitten hast, und Mondschein ihn wieder nachwachsen ließ, behauptet der Wolf, daß er nicht mehr in seine menschliche Gestalt überwechseln muß. Anscheinend hat ihn unsere Magie von seiner erblichen Wer-Krankheit geheilt und ihm gleichzeitig einen neuen Schwanz beschert. Und noch etwas: Er sagt, daß wir ihm bei lebendigem Leib die Haut abziehen könnten, wenn wir wollten, aber daß wir die Nymphe verschonen sollten.«

Gretchen schüttelte verwundert den Kopf und übermittelte dem König das Gesagte.

»Wenn du mich fragst, ich finde es schon ein bißchen merkwürdig, daß hier alle plötzlich so edelmütig werden«, beschwerte sich Brüllo Eberesch.

»Ist wohl wegen Ihrer schönen Ansprache, Herr«, meinte ein Bandit. »Nun, seit ich den ersten Heller aus dem Geldbeutel meiner alten Dame gefischt habe, habe ich mich nicht mehr so gut gefühlt!«

»Ja«, fügte ein anderer hinzu. »Mir ist plötzlich auch so, als ob ich die ganze Welt umarmen und alten Weibern die Treppe hinaufhelfen möchte!«

»Ach, lassen Sie sie doch laufen, Herr. Sind doch gar nicht so übel, die Jungs«, sagte einer von des Königs Ordnungsbeamten, ein Mann, der für seine strenge Behandlung von Übeltätern jeglicher Art bekannt war.

»Mit Verlaub, Eberesch«, mischte sich nun Prinz H. Würdigmann ein, »aber es kommt mir so vor, als ob dies alles mit ein bißchen staatsmännischem Gespür hätte vermieden werden können.«

Brüllo Eberesch kratzte sich verwirrt am Kopf. »Sprich«, sagte er nur.
»Bevor du König wurdest, habe ich dir versprochen zu helfen, wenn du politische Probleme hast«, erinnerte ihn der ehemalige Bär. »Dein einziges Problem mit Fruchtbart scheint zu sein, daß der Mann, obwohl menschlich verabscheuungswürdig, so doch ein fähiger, ehrgeiziger Zauberer ist, der keine Gelegenheit hatte, seine Zauberkraft zum Wohl des Landes zu nutzen.«
König Eberesch schaute zuerst die Prinzessin an, dann Cyril Hühnerstange und ließ zum Schluß seinen Blick wieder zu Würdigmann hinübergleiten. »Die Prinzessin hat genau das gleiche gesagt«, erwiderte er. »Was ich gerne wissen möchte, ist, warum jeder plötzlich den anderen retten will? Und warum *ich* mir das Gesülze auf eine höchst unköniglich milde Art anhöre, wo ich die Missetäter jetzt doch eigentlich um einen Kopf kürzer machen müßte!«
Colin war über sich selbst erstaunt, als er sich vor dem König in den Schmutz kniete und sagte: »Wenn Sie anfangen, die Köpfe rollen zu lassen, dann müssen Sie auch mir den Kopf abschlagen, weil ich genauso ein Verräter bin wie die anderen.«
Der König zog Colin ein bißchen unsanft hoch und sagte: »Verdammt noch mal, Junge, ich habe nicht auch noch Zeit für deinen Quatsch. Ich weiß sehr wohl, wer verhindert hat, daß diese Pfeile meine königliche Haut kitzelten und für seine Dienste ein Messer in den Rücken bekommen hat!«
Inzwischen kniete auch Gretchen vor dem König. »Majestät, das meint er nicht, aber er ist kein Verräter und es ist nicht seine Schuld. Ich bin diejenige, die Euch nicht gehorcht hat. Ich wollte meinen eigenen Willen hartnäckig durchsetzen und meine Verantwortung auf Euch abwälzen. Ich wollte gar keine Prinzessin sein, die einen Prinzen heiratet, sondern mit Mondschein auf und davon gehen, und nun – nun will ich auch noch etwas anderes. Aber es war alles nicht Colins Schuld!«
»Ich werde noch verrückt!« fluchte der König. »Verdammt noch mal, hört endlich auf damit oder ich werde euch alle nochmals in

den Fluß werfen lassen, damit ihr dort wieder ein bißchen Vernunft in euch hineinsaugt. Ihr Banditen und Verräter, benehmt euch endlich wieder wie Männer! Und du«, er zeigte mit dem Finger auf Colin, »bist einer meiner Fähigsten, und ich werde dich zum Herrn über diese Grafschaft machen, die du für mich im Auge behalten wirst, ob's dir nun paßt oder nicht, denn ich brauche dich.«
»Majestät?« fragte Cyril Hühnerstange.
»*Was denn?*« brüllte er zurück.
»Majestät, vielleicht ist der Wandel in der Haltung eurer Untertanen ein Nebenprodukt der Einhornmagie. Vielleicht können sie die Indispositionen seelischer Art ebenso wie die körperlichen heilen?«
»Das werden wir gleich haben. Hügelmann, du bist ein kräftiger Junge und schön schmutzig. Was, meinst du, sollen wir mit diesem Kerl tun?« Dabei stieß er Furchtbart mit seinem schmutzigen Stiefel an.
»Ihn ganz langsam abmurksen, Herr. Lassen Sie diese Jungs das Werk vollenden, das Sie angefangen haben.« Er deutete mit seinem schmutzigen Daumen auf die Banditen, die seine Soldaten aufgestöbert hatten, und fügte hinzu: »Und lassen Sie sie dann ebenfalls erledigen!«
Der König kratzte sich so wütend am Bart, als ob er von Ungeziefer befallen wäre, und sagte: »Hmmm. Das ist zwar eine vernünftige Antwort, Hügelmann, aber irgendwie gefällt sie mir nicht. Mann, du stinkst ja, und alle deine Soldaten und die Gefangenen stinken ebenfalls. Marsch, wascht euch im Fluß, und zwar der ganze Haufen, und ein bißchen hoppla!«
»Und die andere Geschichte, Majestät?« Hoffnungsvoll machte Hühnerstange einen Vorstoß.
»Du mußt mir Zeit geben, Mann, ich bin ja schon dabei«, fauchte der König zurück und zog dabei sein Hemd glatt, das immer noch tropfnaß war. »Hmmm«, sagte er, »es ist uns zu Ohren gekommen, daß ein paar Tiere unter uns weilen, die sogar für unser Land, dem es ja nicht gerade an Wunderbarem gebricht, sehr ungewöhn-

lich sind. Heute wurde auf die eine oder andere Weise unser aller Leben durch die Magie dieser Einhörner gerettet. Unsere eigene Erfahrung mit den lieben Tierchen, von der wir alle auf irgendeine Weise profitiert haben, hat uns zum Mitleid mit den anderen Kreaturen gerührt. Nun wissen wir zwar nicht, wie lange dieser gute Wille vorhält, aber wollen ihn doch insofern nutzen, als wir jetzt dafür sorgen, daß ihr keinen Nutzen aus den Einhörnern zieht. Ich will, daß jeder Mann und jede Frau, jeder Freund und jeder Feind hier unter euch bei seinem Blute schwört, daß diese Schlacht nie stattgefunden hat, daß ihr nie geheilt wurdet, daß ihr vielmehr plötzlich gläubig geworden oder irgendeinem anderen Zauber zum Opfer gefallen seid; es ist mir vollkommen egal, was ihr den Leuten sagen wollt, um den Wandel in eurer Natur zu erklären. Aber ihr dürft keiner Menschenseele erzählen und auch nicht mehr gegenseitig erwähnen, was unsere Einhörner an diesem heutigen Tag getan haben. Ich befehle dies nicht, um die Anerkennung zu schmälern, die sie verdient haben, auf die ich gleich noch zu sprechen kommen werde, sondern um sie vor der Gier und Bosheit der Menschen von der Art des Kümmerlings hier zu meinen Füßen zu schützen. Schwört ihr darauf?«

Alle leisteten den Eid, Furchtbart einschließlich.

»Aber für denjenigen, der diesen Eid bricht, wird es keine Gnade geben!« sagte der König finster.

»Euer Gnaden, es gibt noch einen viel unfehlbareren Weg, um die Verschwiegenheit zu garantieren«, gab Furchtbart mit einer solchen Bescheidenheit zu verstehen, daß sich Colin nun ganz sicher war, daß vor seinen Augen ein Märchen Wirklichkeit wurde, ein Märchen, das deswegen nie weitererzählt werden durfte, um nicht seinen Ursprung zu zerstören.

»Du meinst, neben der Möglichkeit, euch alle umzubringen?« fragte der König. Furchtbart nickte zustimmend. »Dann sprich«, sagte Brüllo Eberesch müde und setzte sich mit übereinandergeschlagenen Beinen in den Schlamm. Die anderen setzten sich ebenfalls. »Aber versuche, dich möglichst kurz zu fassen, ja?« fügte der König noch hinzu.

»Hoheit«, begann Furchtbart, »ich kann aufgrund meiner persönlichen Zauberkraft jeden hier davon überzeugen, daß dieser Tag etwas ganz anderes gewesen ist, als er in Wirklichkeit war, daß heute beispielsweise ein Schutz- und Trutzbündnis für Eure Majestät zustande gekommen ist oder was auch immer Sie wollen. Sie dürfen nur denen, auf die sich der Bann auswirken soll, kein Salz mehr geben, und ich verspreche Ihnen, daß diese nie mehr von diesem Ereignis als einer Schlacht sprechen, sondern gemäß ihrer eigenen Überzeugung als einem Treffen, um ihrem Lehnsherrn den Treueeid zu leisten oder was Ihnen lieber wäre.«

»Mir wäre lieber, wenn du mich nicht für einen solchen Einfaltspinsel halten würdest, der nicht sieht, daß du wieder die Oberhand über mich gewinnen willst«, erwiderte der König. »Als ob ich mir nicht schon genug Kopfzerbrechen darüber machen müßte, wie ich aus zweihundert fremden Banditen ehrliche Untertanen mache und den argonischen Adel davon abhalte, diese wundersamen Tierchen zu jagen...«

»Euer Gnaden, ich werde den Bann öffentlich und in Eurer Anwesenheit und der meiner Nichte sprechen und wen Ihr sonst noch als Zeuge dabeihaben wollt, wenn ich Euch meine Aufrichtigkeit und Loyalität versichere.«

»Hmmm. Das ist nur recht und billig, und du hast mich auch auf etwas gebracht. Du wirst diesen Männern hier und dieser Frau«, dabei deutete er auf die Banditen und Sally Offenherz, »sagen, daß sie eine neue Abteilung der Königlichen Garde bilden werden. Von heute an wird ihre Aufgabe sein, die Einhörner zu beschützen und jeden, der versucht, sie unerlaubterweise zu jagen, festzunehmen. Denn ab sofort erkläre ich den Königlich-Argonischen Forst zu einem königlichen Einhornreservat. Diese Abteilung wird als *Orden des Einhorns* bezeichnet werden. Und ich möchte von vornherein klarstellen, daß auch seine Mitglieder die Tiere nicht mehr belästigen und jagen dürfen. Wie findest du das, Hühnerstange? Ziemlich gut, wie? Und damit auch die äußere Form stimmt, möchte ich, daß du für unser Königshaus ein neues Wappen entwirfst... denk dir was aus mit Einhörnern und meinem Ebereschblatt. Wir werden verkünden, daß die Tiere unser ganz spezieller Talisman sind und unter unserem Schutz stehen. Wie klingt das?«

»Ich werde alles tun, was Sie befehlen, Herr«, sagte Furchtbart. »Wenn diese Leute heute kein Salz bekommen, kann ich sie am Abend verzaubern. Wenn sie dann noch einen weiteren Tag kein Salz bekommen, wird der Zauber ewig währen: Wenn sie danach aber wieder Salz zu sich nehmen, werden sie allerdings gegen meinen Einfluß immun.«

»Das ist ja ganz vorzüglich. In der Zwischenzeit werden wir dich knebeln und fesseln, damit du dich nicht wieder gegen uns wenden kannst. Wenn du diese Aufgabe zu unserer Zufriedenheit erledigst, habe ich noch eine kleine Aufgabe, für die du dich wie kein anderer eignest. Kannst du dich an dieses Edikt erinnern, das ich bezüglich der Drachensteuer erlassen habe? Verdammt schwer einzuziehen, aber du mit deiner Zauberkraft...«

Epilog

Gretchen schlüpfte ins Freie und klappte hinter dem Tumult im Schloß die Tür zu. Colins Idee, die Feier zur Amtseinsetzung und das Einzugsfest miteinander zu verbinden, war total erfolgreich. Illustre Leute waren gekommen: der König, Bernsteinwein und das Baby, Herr Cyril und Prinzessin Pegien und die gesamte Schiffsbesatzung der Schlangenfluch, die nach dem gemeinsamen Abenteuer gleich dageblieben war, um Colin beim Bau eines neuen Herrschaftssitzes zu helfen und die Zeit zu überbrücken, bis ihr neues Schiff vom Stapel gehen konnte.

Zauberer Himbeere war zusammen mit Großmutter Grau in der Küche tätig, Großmutter Grau, die das Bier braute und der die Brauer aus Klein-Lieblos dabei halfen. Der Zauberer tarnte zwanzig Heidelbeerkuchen, die die Gäste mitgebracht hatten, als Erdbeer-, Apfel- und Pfirsichkuchen. Er hatte auch Gretchen beim Dekorieren geholfen: Einige hundert farbenfrohe Seidenballons baumelten nun zwischen den Balken aus dem Holz von frischgefällten Zedern. Prinzessin Pegiens großartige Skizze zu einem Wandteppich, der Einhörner darstellte, schmückte die Wand gegenüber dem Hauptherd. Die Fee Riesel hatte einen Schlitten mit wohlriechenden scharlachroten und fuchsienfarbenen Blumen gefüllt, den sie und Sebastian Großfuß mit einer Ladung Eis über den Gletscher transportiert hatte.

Rostie unterhielt die Gesellschaft mit den neuen Zaubertricks, die sie zusammen mit ihrem Vater einstudiert hatte und bei denen in der Hauptsache keine exotischen Phantombilder, sondern ganz gewöhnliche Häschen herauskamen.

Die Drachen hatten, ihrer hitzigen Natur entsprechend, ›warme‹ Grüße geschickt und einen besonders hübschen Diamanten, um die Geburt ihrer neuesten Errungenschaft, nämlich Grippeldice, anzukündigen.

Xenobias Stamm hatte sein Lager ganz in der Nähe aufgeschlagen, und in dieser Nacht erstrahlte das Haus in den leuchtenden Farb-

schattierungen ihrer Kleider und war erfüllt vom Geklingel ihrer Juwelen, als sie mit den anderen Festgästen um die Wette tanzten und sangen.
Aufmerksam, wie er war, hatte der König nach Großmutter Grau, Gretchens Vater, Tante Sybil und auch Colins Tante und Onkel geschickt, die auch alle gekommen waren. Vollzählig waren sie allerdings erst mit Gretchens Hausgeist, dem Kater Pem, und Ching, Großmutter Graus Hausgeist, die erst am Morgen eingetroffen waren, nachdem sie fast drei Wochen auf dem Rücken eines Pferdes zugebracht hatten. Die wissenden Blicke, die Großmutter Grau und Tante Sybil wechselten, als sie Gretchen gesehen hatten, und die schonende Art und Weise, in der sie mit ihr sprachen, hatte sie mehr als alles andere an diesem Abend geärgert, und das Durcheinander in ihrem Kopf war ihr so auf den Magen geschlagen, daß sie jetzt unbedingt an die frische Luft mußte.
Der witterungsbedingte Kreislauf der letzten Woche von Frost, Schnee, Regen und wieder Frost hatte alles in einen feinen schimmernden Eispanzer gehüllt, der den Vollmond in Millionen von winzigen, hellen Abbildern reflektierte. Der Schnee, der den Boden bedeckte, war in der Nähe des Gebäudes abgetreten und schmutzig, aber rein und weiß an den Ufern des in Eis gehüllten Plappermaulflusses... Oder wenigstens, relativ weiß und rein... Bei näherer Betrachtung entdeckte Gretchen allerdings Hufspuren, die aus den Wäldern auf der anderen Seite des Dorfes herkamen.
Mondschein stand neben dem Fluß, sein Horn steckte noch zur Hälfte in dem Loch, aus dem die neuen Bewohner Wasser geschöpft hatten.
»Was für eine Überraschung, dich hier zu treffen!« sagte Gretchen. »Du warst so lange fort, ich habe schon gedacht, daß ich dich nie wieder sehen würde.«
»Ja, liebstes Gretchen, es ist lange her, aber es waren auch viele Flüsse, denen wir unsere Aufmerksamkeit zuwenden mußten.«
»Allerdings«, stimmte der Fluß mit ein, »aber die junge Frau hat wirklich recht, du bist viel zu lange weggewesen. Ich wäre heute

schon beinahe wieder durchgedreht, bis du dann glücklich am Abend hier ankamst.«

»Ja, aber nun bin ich da«, erinnerte sie Mondschein. »Und meine beiden Freunde sind ebenfalls hier, um mir Gesellschaft zu leisten. Wie geht's denn Meister Colin?«

Gretchen zog ihren Mantel fester um sich und tat so, als ob sie dem Fluß zuschauen würde, der dunkel an dem Eisloch vorüberfloß. »Wie soll denn ich das wissen«, sagte sie. »Seine neuen Pflichten halten ihn so sehr in Atem, daß er im vergangenen Monat kaum mit mir gesprochen hat.«

»Drücken sie ihn denn so sehr, daß er keine Zeit mehr für sein Liebstes hat?« fragte Mondschein teilnahmsvoll.

»Auch nicht mehr als deine«, begehrte sie auf. »Ich habe auch Arbeit, aber ich würde deswegen doch niemals *dich* vernachlässigen. Ich war so hilfsbereit zu allen, und nun habe ich es offenbar fertiggebracht, daß mich die beiden Geschöpfe, die ich am liebsten mag, nicht mehr brauchen.«

»Nein, Gretchen, das stimmt nicht«, sagte Mondschein. »Aber ich werde eben durch andere Verpflichtungen von dir ferngehalten, und mit Colin ist es das gleiche, denn ich weiß, daß er dich sehr gern mag.«

»Nein, tut er nicht; im übrigen glaube ich, daß deine anderweitigen Verpflichtungen nur eine Ausflucht sind, und daß du es mir eigentlich nur übel nimmst, daß ich nicht mehr unberührt bin. Stimmt's? Ich genüge eben deinen hohen Ansprüchen nicht mehr!«

»Gretchen, dein Herz ist so rein wie das eines jeden Einhorns in seiner Güte und der Liebe zur Gerechtigkeit, so wie Meister Colins Herz rein ist in seiner Liebe zu dir. Wie sich das mit dem Gebot der Reinheit verträgt, dem die Gefährten der Einhörner unterliegen, ist für mich ein Geheimnis geblieben, aber ...«

»Ein Geheimnis? Natürlich ist es ein Geheimnis!« unterbrach ihn der Fluß. »Obwohl es für Einhörner natürlich nicht geheimnisvoll sein sollte, denn mit eurer magischen Begabung, Mondschein, müßtet ihr Einhörner ja eigentlich verstehen, daß es das Geheimnisvolle in eurer Umgebung gibt, und ihr müßt vor allem auch aufpassen, mit wem ihr Umgang pflegt!«

»Halt!« sagte Mondschein. »Willst du damit sagen, daß du den Codex verstehst? Ich meine *alles* davon?«

»Wer sollte auch dazu geeigneter sein? Ich habe Generationen von Einhörnern die Hörner gewaschen, obwohl – gerade in letzter Zeit hatte ich schon sehr das Gefühl, daß ich in Vergessenheit geraten bin. Jetzt hört mal gut zu: Ich fließe schon sehr lange durch dieses Tal und bin ein bedeutender Schluck Wasser. Ich habe schon die ersten Einhörner in Argonia gekannt – und das war natürlich schon lange vor der Zeit, als mich die Hexe sprechen lehrte, was auch sein Gutes für sich hatte, weil ich damals sehr viel besser zuhörte. Deine Vorfahren haben an meinem Ufer ihre erste Ratsversammlung abgehalten, und ich kann euch sagen, diese Jungfräulichkeitsklausel wurde wirklich nicht eingeführt, damit ihr nur *reine* Personen kennenlernt, weil es so etwas nämlich gar nicht gibt. Ein junges, unerfahrenes Mädchen verschmutzt dein Wasser genauso schnell wie alle anderen und vielleicht sogar schneller, würde ich sagen. Aber wenigstens sind die Jungen noch leichter zu beeindrucken, so daß ihnen die guten Grundsätze eures Bekenntnisses das ganze Leben über bleiben. Ein solches Mädchen ist euretwegen besser als der Durchschnitt, wenn es nur ein bißchen Format hat. Mit ein bißchen Glück wird sie das, was sie von euch gelernt hat, an ihre Familie weitergeben. Es ist viel zu gefährlich für euch, mit der menschlichen Rasse als Ganzes zu verkehren, aber mit einem kleinen, gewöhnlich harmlosen Teil davon – nun, eure Vorfahren haben einfach gefühlt, daß so ein Mädchen wie das erste Kräuseln des Wassers bei der Berührung mit eurem Horn sein kann, das dann den ganzen Fluß vollends reinigt. Versteht ihr? Offenbar hatten sie schon in ihrer Heimat die entsprechenden Erfahrungen gesammelt und setzten nun darauf, Jungfrauen kennenzulernen, weil diese jung und relativ hilflos und noch formbar sind und sich Fehler leicht und schneller korrigieren lassen. Sie können natürlich auch dann den Weg der Schwangerschaft wählen«, sagte der Fluß und hielt bedeutungsvoll inne. »Das passiert oft genug. Die Jungfräulichkeit geht verloren, so wie mir eure Magie mit der Zeit davonfließt... es ist eine einzigartige, kostbare und himmlische Zeit, die sich in der Tat für die Begegnung mit Einhörnern eignet.«

»Ja«, sagte Mondschein, dessen Augen sich vor Staunen weit öffneten und der seine Nüstern vor Erregung aufblähte. »O ja, das stimmt. Deshalb ist es so! Ich fühle es – ich weiß, daß dies ein Teil der wahren Botschaft des Einhorncodex' ist! Wartet, bis ich euch die anderen sage! Und bedeutet dies nun, daß jede Jungfrau, die einmal ein Einhornmädchen war, auch immer eine Einhornfreundin bleiben wird?«

»Warum eigentlich nicht?«

»Hurra!« rief nun auch Gretchen, die von Mondscheins Begeisterung mitgerissen wurde, und fiel ihm um den Hals. »Aber warum habt ihr denn nicht gleich gesagt, was der Codex wirklich bedeutet? Keiner von euch hat es so formuliert!«

»Das sind ganz grundlegende Dinge, meine liebe Hexe«, antwortete der Fluß. »Die Vorstellung ist viel zu kompliziert, als daß man sie in Form eines Gedichtes bringen könnte. So haben dann auch die Jungen mit der Zeit den eigentlichen Sinn des Codex' vergessen.«

»Da könnte man ja wirklich eine ganze Menge über die *lauten* Wasser sagen, die tief gründen«, meinte Gretchen. »Ich finde, daß du ein sehr gescheiter Fluß bist!«

»Danke, der Meinung war ich auch schon immer!«

»O guter Fluß, o teure Freundin Gretchen, ihr müßt mich nun entschuldigen, aber ich muß nun zu Schneeschatten und den anderen eilen, um ihnen diese wunderbare neue Erkenntnis zu übermitteln. Nun denn, lieber Fluß, wenn du für mich nur noch einmal kurz wiederholen könntest, warum das Einhorn sich nur mit einer Jungfrau befreunden kann, aber warum es trotzdem sein ganzes Leben lang ihr Freund bleiben kann, auch wenn sie schon längst keine Jungfrau mehr ist... Ich möchte nämlich, daß unser Fohlen etwas darüber erfährt und daß dieses Wissen nicht wie in unserer Generation wieder verlorengeht«, fügte er zu Gretchen gewandt hinzu.

»Euer Fohlen? Mondschein, du?«

»Das ist die andere Sache, die ich schon angedeutet habe. Mein Schneeschatten wird ein neues Einhorn zur Welt bringen. Aber wie kann ich das Erlernte weiterreichen, wenn ich's mir nicht merken kann?«

»Mit einem Lied läßt sich's immer gut sagen«, erwiderte Colin, der sich ihnen näherte.

»Meister Colin, wie gut du in deinem neuen Gewand aussiehst! Würdest *du* vielleicht so lieb sein und mir einen Vers schmieden, in dem die Erkenntnis des Flusses enthalten ist, damit ich sie meinem Fohlen wahrheitsgetreu weitergeben kann?«

»Mit Vergnügen«, sagte er und legte den Arm um Gretchens Nakken. »Ich weiß, daß du fürs Versemachen kein besonderes Geschick hast. Aber da du nun schon einmal da bist, möchte ich dich auch um einen Gefallen bitten.«

»Nur zu!«

»Würdest du deinen Einfluß auf diese Dame hier geltend machen und sie überreden, daß sie, obwohl sie eine Prinzessin und hochwohlgeborene Zauberin ist, den König darum bitten soll, *mich* heiraten zu dürfen statt einen dieser anderen Kerle, die bald wieder bei ihr Schlange stehen werden? Ich weiß zwar, ich gehöre nur dem niederen Adel an und bin auch erst seit kurzem Graf, aber glaube, daß ich als Vater des Kindes, das sie nach den Aussagen ihrer Großmutter und Tante erwartet, ein gewisses Vorrecht vor den anderen habe.«

Aber Mondschein brauchte gar nicht mehr zu antworten, denn bevor Colin ausgeredet hatte, warf sich Gretchen ihm an den Hals und küßte ihn stürmisch. Aus den Schornsteinen des neuerbauten Herrensitzes loderte das Feuer so hoch auf, daß man es bis zum Regierungssitz von Brazoria sehen konnte, wo die Priesterin Helsinora den Aufstieg eines neuen Sterns am Himmel verzeichnete.

CUM GRANO SALIS